U0868743

岳麓書社

读名著　选岳麓

诗经 上

程俊英 蒋见元 导读 注译
蒋见元 重订

岳麓書社·长沙

前　言

《诗经》作为著名的"十三经"之一，在封建社会中，一直具有"正得失，动天地，感鬼神""经夫妇，成孝敬，厚人伦，美教化，移风俗"的社会功效。因此，两千多年来的经师和旧学者们，无论是推究诗旨的，还是讲求音义的；无论是考证礼乐的，还是解释名物的；无论是今文的三家，还是古文的毛诗，无不现出一副正襟危坐的神气，怀着兢兢业业的心情，将《诗经》的经学纳上正统的宝座，以期合乎这样"庄严伟大"的功效。

在经学统治时期，其覆盖面是非常大的。可以说，在中国历史上最后一个皇帝宣统逊位以前，研究《诗经》的著作几乎没有一本能够脱出经学的畛域。所以我们今天研究《诗经》，首先了解《诗经》经学的情况是十分必要的，这是一个无可回避的事实。

《诗经》是我国第一部诗歌总集，三百零五篇。最早的是《周颂》，创作于西周初期。最晚的是《曹风·下泉》，在周敬王入成周（前516）以后，已经是春秋中叶了。《诗经》产生的地域，包括今天的陕西、山西、河南、河北、山东和湖北的北部，为当时周人统治势力所及地区。从漫漫几百年间流传下来的，在茫茫几千公里中产生出来的各式各样的诗歌，是怎样结集成一本完整的《诗经》的呢？司马迁《史记》认为孔子删诗，是《诗经》的编订者。但经过历代学者的论辩，这种说法已被否定。诗三百篇的规模在孔子时已经形成，他所做的只是核定这些诗歌的乐谱而已。真正将这部诗歌总集编订成书的，看来是周王朝的乐官，即《周礼》称为太师、小师、瞽矇、眡瞭的那班人。《诗经》中有从民间采集来的民歌，也有贵族文人的创作和祭祀燕飨的乐歌，这些都保存于官府，由太师掌管。到了春秋时代，诸侯间交际频繁，一般外交家为了锻炼自己的口才，加强外交辞令，常常引用诗歌的句子来表达本国或自己的态度和希望，使其语言含蓄婉转而且优美，形成当时上层人物学诗的风气，所以孔子说："不学诗，无以言。"可能即在春秋士大夫训练口才的普遍要求下，乐官不断地加工配乐，逐渐便辑成《诗经》这本教科书。《左传》中所引的诗，百分之九十五的都见于《诗经》，孔子在《论语》中也一直称"诗三百"，可见春秋时已有固定的本子了。

《诗经》产生之后，对它的研究也就随之而来。不过当时并没有经学，因为《诗经》在先秦时期还不是"经"，当时只称为《诗》，或者《诗三百》。对《诗》的研究还没有完整的著作，而是散见于各种典籍的片言只语中。尽管这样，还是能从中区别出不同的类型来。

首先是对《诗经》内容和作用的评价。孔子虽然没有编订《诗经》，但对它还是很重视的。他说："《诗》三百,一言以蔽之，曰'思无邪'。"这是引用了《鲁颂·駉》的一句诗来概括《诗经》的思想性。他还对儿子伯鱼说："女（汝）为《周南》《召南》矣乎？人而不为《周南》《召南》，其犹正墙面而立也与？"朱熹解释说："言即其至近之地，而一物无所见，一步不可行。"他如此重视学诗，可见对《诗经》评价之高。在孔子看来，《诗经》不但可以作为处世准则，还是训练语言才能的范本（《论语·季氏》："不学诗，无以言。"），又可以观察人生和丰富知识（《论语·阳货》："诗可以兴，可以观，可以群，可以怨。迩之事父，远之事君；多识于鸟兽草木之名。"）。孔子虽然没有把《诗》当成经典，但他提出的《诗经》的种种功效，多超乎文学的意义之外，这无疑是经学的滥觞。但是，同样作为儒家学者，荀子对《诗经》却另有看法。他说："《诗》《书》故而不切。"王先谦《荀子集解》："《诗》《书》但论先王故事而不委曲切近于人。”由此荀子认为“不知隆礼义而杀《诗》《书》”者，是俗儒，还认为“上不能好其人，下不能隆礼，安特将学杂识志，顺《诗》《书》而已耳，则末世穷年，不免为陋儒而已”。这些说法似乎颇不以《诗经》为然。但也正是荀子，在他的著作中却大量地引证《诗经》，作为他所论述的观点的结论或标准。这个矛盾的现象，说明先秦时期《诗经》虽还没有被奉上崇高的地位，但功用主义的说诗倾向已十分明显。所谓“断章取义，予取所求”，正是先秦诸子对《诗经》的态度。

还值得一提的是，先秦时期已产生了《诗经》研究的方法论。《孟子·万章篇》:“故说诗者，不以文害辞，不以辞害志。以意逆志，是为得之。”这个著名的论点建立了一种极通达的说诗方法。“以意逆志”虽然只是主观的探索，但确是深入作者内心的好方法，也是理解诗的必需途径。春秋时，“断章取义”地说诗的情况很普遍，孟子可能便是对这种现象作出批评和总结，因为“以意逆志”的方法运用过了头，便会走到“断章取义”的路上去。《万章篇》还说:“颂其诗，读其书，不知其人，可乎？是以论其世也，是尚友也。”这是从作者个人的、历史的、社会的各种关系的探求来理解作品，也是很好的方法。虽然孟子的“知人论世”目的在尚友，不在文学的欣赏与批评，但同他的“以意逆志”一样，对后世的《诗经》研究产生过极大的影响。

到了秦代，始皇帝焚书坑儒，《诗经》在劫难逃。但是诗歌的流播除了书面之外，还依靠口耳相传，讽诵不绝，所以一把秦火并没有把《诗经》烧绝。

汉初，传授《诗经》的学者有三家。鲁人申培公传《鲁诗》，在汉文帝时被立为《诗经》博士，用官府的力量，让读书人学习。现在《史记》《说苑》《新序》《列女传》等书中谈诗的，多是鲁说。齐人辕固生传《齐诗》，在汉景帝时立为博士。《齐诗》西汉时也立于学官，遗说尚存于《仪礼》《礼记》《易林》《盐铁论》《汉书》等典籍中。燕人韩婴传《韩诗》，他也是汉文帝时的博士，《韩诗》也列于学官。现存的《韩诗外传》《文选注》及各种类书所引，多是《韩诗》的学说。以上三家诗用汉时通行的隶书文字写出，称为今文。自从三家诗的传授者立为博士，学说列于学官开始，《诗经》便正式上升到“经”的地位。三家诗也就称为今文经学。

西汉时，又有毛公，“赵人也，治《诗》，为河间献王博士”，“以不在汉朝，故不列于学”。毛公所传的便是《毛诗》，因为用先秦籀文书写，所以称为古文。《毛诗》在汉初虽未能立于学官，属民间私学，但到西汉末平帝时，由于刘歆的提倡鼓吹，也得立于学官，而且一直传到今天。我们看到的《毛诗故训传》便是毛公所撰。这是现存最早的《毛诗》训释著作，是阅读《诗经》必由的津梁，在《诗经》研究史上有重大的学术价值。

三家诗和《毛诗》并不像其他经典的今古文学派那样分歧之大。他们所传的《诗》都是三百零五篇，具体的篇名也都相同。所不同者主要有三点：其一是卷数不同，三家诗合邶、鄘、卫三国之《风》为一卷，《毛诗》则分而为三。其二是文字上的出入。如《汝坟》“惄如调饥”，《韩诗》作“愵如朝饥”，“惄”与“愵”、“调”与“朝”，都是假借字和本字的关系。其三是对诗篇的解释有部分不同。如《伐檀·毛序》：“《伐檀》，刺贪也。在位贪鄙，无功而受禄，君子不得进仕尔。”《鲁诗》却说：“《伐檀》者，魏国之女所作也。伤贤者隐避，素餐在位。闵伤怨旷，失其嘉会。”我们应该全面参考四家诗，庶几不为一家之说所蔽。

正因为三家诗和《毛诗》并没有势同水火的分歧，所以到东汉后期，经学大师郑玄为《毛诗》作笺，参稽吸收三家学说，今、古文得以合流，将《诗经》研究向前推进了一大步。汉人最重师法，师之所传，弟之所受，一字不敢出入，背师说即不用。这种因循蹈袭的态度，于学术实在毫无益处。郑玄师事东汉大儒马融，又受到另一著名学者郑众的影响。马、郑二位都是古文学家，而郑玄却能兼采今、古文，不为旧传统所囿。他因而遭到“不守家法”“汉学之大贼”的攻讦。但事实是，《郑笺》既出，三家诗便式微，终于《鲁诗》亡于西晋，《齐诗》佚于曹魏，《韩诗》绝于宋，独有郑玄笺释的《毛诗》流传至今。

魏晋南北朝时，政局动荡，南北分裂，经学出现衰微的局面。魏王肃著书，述《毛诗》而攻郑玄。同时的王基又驳王肃而申《郑笺》，东晋孙毓著《毛诗异同评》以申王说，陈统又著《难孙氏毛诗评》以明郑义。这些争论袒分左右，互相掊击，无非门户之见，不能促进学术的发展。究其实质，大抵都尊崇《毛诗》，而纷纷扰扰，垂数百年，愈见得是无谓的徒费口舌。

这段时期对《诗经》研究真正有贡献的，是三国吴陆玑的《毛诗草木鸟兽虫鱼疏》。《诗经》中许多诗关于自然界动植物的记载十分丰富，但由于时代变迁，许多名词已不知所以，陆玑的著作便专为此而作。这本书开《诗经》博物学的先河，“讲多识之学者，固当以此为最古焉”。

隋文帝统一天下，经学也渐归统一。当时治《诗》的著名学者有刘焯、刘炫等。但隋代国祚短促，经学不及有大发展。唐太宗贞观年间，以儒学多门，章句繁杂，诏国子祭酒孔颖达与诸儒撰定五经义疏。其中《毛诗正义》四十卷，撰写者除孔氏外，还有齐威、赵乾叶等。他们所依据的底本，即刘焯、刘炫的诗注，可见隋唐两代《诗经》学源流本自一脉。《毛诗正义》遵循“疏不破注”的原则，分别疏解《毛诗》和《郑笺》，竭力调和二者的歧异，实在无可弥缝的则各述其意。这种注疏，前人批评为“彼此互异”“曲徇注文”。以我们今天的观点看来，它虽不能厘定是非，但比起专主一家、抹煞他说的做法，毕竟保留了各种学说的完整性，显得更客观一些。《四库全书总目提要》说它“融贯群言，包罗古义”，殆非虚语。《孔疏》既出，《毛诗》的独尊地位最终得到确立。当时《韩诗》虽存，已无人传授。自唐至宋，明经取士都以《五经正义》为标准，“终唐之世，人无异词”。汉武帝独尊儒术，所立博士尚且分门授徒，各守家法，从未出现过像唐初那样绝对统一的局面，可见

《五经正义》在经学史上的重要地位。《孔疏》之前，还有一本重要的著作便是陆德明的《经典释文》，其中有《毛诗音义》三卷。陆氏主要目的在考证字音，也兼及字义辨释和版本同异的考订，“后来得以考见古义者，注疏以外，惟赖此书之存”。这是可以同《孔疏》相辅助而行的要籍。

《毛诗正义》在《诗经》经学领域中统治了三百多年，到宋代终于遇到挑战。陆游说：“唐及国初，学者不敢议孔安国、郑康成，况圣人乎！自庆历后，诸儒发明经旨，非前人所及；然排《系辞》，毁《周礼》，疑《孟子》，讥《书》之《胤征》《顾命》，黜《诗》之序。不难于议经，况传注乎？”由此可见，宋代疑古变古的风气甚盛，在经学领域全面展开了对汉学的批判。至于较早在《诗经》研究上有新的突破的，当推欧阳修的《诗本义》。欧阳修认为：“后之学者，因迹先世之所传而较得失，或有之矣，使徒抱焚余残脱之经，伥伥于去圣人千百年后，不见先儒中间之说，而欲特立一家之学者，果有能哉？吾未之信也！”他将诗旨分为诗人之意、太师之职、圣人之志和经师之业四类，主张论诗当探求“诗人之意”这个根本。为此，他颇不满于《毛序》，对汉代经师穿凿附会、曲意迁就等弊端，批评为“怪妄不经”“与诗意不类”。对这种大胆的挑战，即使同他意见相左的人，也不得不承认“《诗本义》初得之如洗肠”。他探求的“本义”尽管未必语语中肯，但是为停滞陈腐的经学界引进一股清新之气，开一代学风的作用是无可抹煞的。

欧阳修之后，疑古思想渐盛。苏辙《诗集传》、郑樵《诗辨妄》、王质《诗总闻》、程大昌《诗论》等纷纷批评《毛序》，提出新解。发展到朱熹，终于建立起《诗经》宋学的基础。朱熹的《诗经》研究并非全部摒弃汉学而另辟蹊径。比如他依然主张“孔子删诗”说，依然主张“风雅正变”说。他的主要著作《诗集传》在训诂上与《毛诗》《郑笺》更不乏沿袭相同之处。他论诗之新意，主要在废《毛序》不用。他指摘

《毛序》之失有二：一是作序者“耻其有所不知，而惟恐人之不见信”，于是“傅会书史，依托名谥，凿空妄语，以诳后人”。二是作序者“必使《诗》无一篇不为美刺时君国政而作，固已不切于情性之自然……尤有害于温柔敦厚之教”。这两条批判，尤其是第二条，极其切中《毛序》的要害。他那“切于情性之自然”的就诗论诗的标准，便是到今天也还有其合理性。有鉴于此，朱熹提出“凡诗之所谓风者，多出于里巷歌谣之作，所谓男女相与咏歌，各言其情者也”。还风诗民歌的本色，是一大功绩。他又提出《国风》中许多诗篇，如《静女》《桑中》《氓》《将仲子》等为“淫诗”，是另一大功绩。现在经常有人提出“淫诗说”来批判朱熹的封建卫道士立场。殊不知在八百多年前的宋代，要求论诗者提出“爱情诗”这样正确的概念是绝对不可能的。“淫诗说”相对于近乎梦呓的“美刺说”，无疑更接近于诗的实际内容，当然是一种突破和提高。把对象放到一定的历史范围内考察，对朱熹似不应求全责备。

朱熹的《诗》学大行，当时虽有坚持汉学的吕祖谦等与之辩驳，但终不能遏止宋学的势头。《诗经》汉学至郑玄而集大成，宋学至朱熹而集大成。郑、朱二学者都可以说在《诗经》研究史上树立了里程碑。不过朱熹奠定的疑古思辨的风气，发展到后来渐渐产生了偏差。他的三传弟子王柏著《诗疑》，认为《诗经》既经孔子删定，不该有“淫诗”尚存，主张删去《野有死麕》等三十二篇。这种想法已经超出了“大胆疑古”的范围，不但学术上荒诞不经，思想上也反映出一种自以为捍卫道统的走极端的变态心理。如果说“淫诗说”由于历史原因应予肯定的话，“删淫诗说”因其历史原因则是应予否定的。

朱熹的《诗》学确立权威地位之后，元、明两代基本上是剿袭朱说，陈陈相因。元刘瑾作《诗传通释》，大旨在于发明《集传》。他恪守朱学，就好像汉儒务守师传，唐人“疏不破注”一样小心谨慎，体现了经学走向保守的倾向。大抵元人的《诗》学著作，都不出此道。至明代永乐年间，胡广等奉敕撰《五经大全》，从表象看来似乎是同唐孔颖达撰《五经正义》一样的盛举，但是结果却大为人讪笑。胡广等撰《诗经大全》，基本剽窃刘瑾的《诗传通释》，而稍加损益。刘书尚存，所以胡书连保存资料的价值都谈不上。之所以还能流传下来，全仗着“奉敕撰”的牌子而已。《诗经》的宋学，至明代已走入末路了。另一些不盲从朱学的人，如季本撰《诗说解颐》，朱谋㙔撰《诗故》，冯复京撰《六家诗名物疏》，何楷撰《诗经世本古义》，他们或考究训诂，或发挥古义，或疏解名物，都能引证赅洽，考订详明，比宋学末流的空谈高论、师心臆解者倒反高出一筹。

有明一代真正值得大书的是陈第，他从空疏苟且的学术环境中崛起，独树一帜，著《毛诗古音考》，钩稽群籍，注重实证，提出以古音读《诗经》的创见，纠正了宋代朱熹以来以今音牵合古音的谬误。不但他的著作成为求古韵之津梁，而且他的治学方法也开清代朴学之先河。剥极生复，贞下起元，陈第的出现，可视为学术风气转变的征兆。

到了清代，经学复兴。皮锡瑞《经学历史》评论道：“国朝稽古右文，超轶前代……发周、孔之蕴，持汉、宋之平。承晚明经学极衰之后，推崇实学，以矫空疏，宜乎汉学重兴，唐、宋莫逮。”但我们也必须看到，“国朝稽古右文”，隐衷却为怀柔士人，泯灭反清意识。一般知识分子在文字狱的严酷钳制下，埋首书斋，明哲保身。因此清人的经学有汉人谨慎严密的风格，但无宋人大胆思辨的锐气；学术上取得空前的成果，思想上却乏可喜的前进。以《诗经》中“淫诗”之辨为例，钱锺书先生《管锥编》有一段评论：“毛、郑于《诗》之言怀春、伤春者，依文作解，质直无隐。宋儒张皇其词，疾厉其色，目为‘淫诗’，虽令人笑来；然固晓得伤个春而知人欲之险者，故伤严过正。清儒申汉绌宋，力驳‘淫诗’之说，或谓并非伤春，或谓即是伤春而大异于六朝、唐人《春闺》《春怨》之伤春；则实亦深恶‘伤春’之非美名，乃曲说遁词，遂若不晓得伤春为底情事者，更令人笑来矣……故戟手怒目，动辄指曰‘淫诗’，宋儒也；摇手闭目，不敢言有‘淫诗’，清儒为汉学者也。同归于腐而已。”真是入木三分！虽然“同归于腐”，但是清儒所生活的世界毕竟比宋儒又前进了五百年，学者们却在迂腐的泥淖里越陷越深。

当然，穷年矻矻的诸多大儒确实给经学带来了空前的繁荣。就《诗经》来说，特点有二，一是各研究领域的全方位高水平展开；二是由汉宋兼采而汉学，由汉学而今文汉学的层递深入。

第一方面，在空前广阔的研究领域中，体现出清儒治学的精深和眼光的敏锐。如辑佚，宋王应麟作《诗考》，辑三家佚诗，筚路蓝缕，当为首庸，然而古书散佚，搜采未备。至清代，除了马国翰《玉函山房辑佚书》所辑三家诗外，专门从事于此道的如范家相《三家诗拾遗》、陈乔枞《三家诗遗说考》、迮鹤寿《齐诗翼氏学》等。范氏因《诗考》而重加裒益，而详赡远过之。迮氏采摭群书，加以诠次，并考证《诗纬》臆改《齐诗》之误。陈氏缀辑三家遗说，殊为完备；并叙各家之传授，另为叙录，使学者于其源流兴亡了然可晓。在这些书的基础上，王先谦《诗三家义集疏》出。王氏是今文学家，在评论三家与毛的得失时难免有些左袒。但从材料的完整来看，可说是搜罗殆尽，蔚为大观。如校勘，对《诗经》异文的校订，始于王应麟《诗考》所附的诗异字异义，迄清代而此风大炽。阮元《毛诗校勘记》自不必说，其他从戴震《毛郑诗考正》起，尚有段玉裁《诗经小学》、冯登府《三家诗异文疏证》、李富孙《诗经异文释》、陈乔枞《四家诗异文考》、罗振玉《毛郑诗斠议》等等。学者们本其精湛的小学研究，初则从事毛、郑诗的校勘，继则本其三家诗辑佚的结果，进而为四家诗异文的校勘，都取得很好的成绩。如名物研究，姚炳《诗识名解》、毛奇龄《续诗传鸟名》、朱右曾《诗地理征》、焦循《毛诗陆玑疏考证》，都是赓续前人的步武而有所深入。而洪亮吉《毛诗天文考》、李超孙《诗氏族考》，更是开垦了前人尚未涉足的处女地。如音韵，陈第得风气于先，顾炎武《诗本音》继踵其后。接着孔广森《诗声类》、苗夔《毛诗韵订》、夏炘《诗经廿二部古音表集说》等不断涌现，直至江有诰《诗经韵读》，结合考古与审音两种方法，列古音为廿一部，被段玉裁誉为“精深邃密”。清人发现了古音的本质，以《诗经》为依据，推阐古音韵部，而且越出越精。这方面的成果至大至巨，其意义远远超出《诗经》本身的研究，推而及于整个经学乃至整个先秦典籍的研究。

第二方面，就清代《诗经》学经历的三个阶段来说，首先是攻击朱学，以陈启源《毛诗稽古编》、毛奇龄《毛诗写官记》《白鹭洲主客说诗》等为主。陈氏坚持汉学，不容一语之出入，被称为“古义彬彬”者。但是在《简兮》“西方美人”和《潜》“捕鱼之器”两条下忽然大谈佛教，可见要真正“稽古”也不是一件易事。毛氏则力攻朱熹“淫诗”之说，有时言词近于激烈。这时候的论辩确有矫枉过正的倾向，但如皮锡瑞所言，“虽由门户之见未融，实以途径之开未久也。此等处宜分别观之，谅其求实学之苦心，勿遽责以守颛门之绝业”。其次是发扬《毛诗》。其间胡承珙《毛诗后笺》、陈奂《诗毛氏传疏》、马瑞辰《毛诗传笺通释》三书，是其中佼佼者，反映了《毛诗》研究的最高水平。胡氏专宗毛义，凡是《郑笺》与《毛诗》不同之处，他一定返求诸本经，博稽其他典籍，以证毛义之精确。《后笺》的特点是广征博引，推论细密，较陈启源更为有力。但他胸中尊毛的成见已定，有时难免强经合己，显得武断。陈奂《诗毛氏传疏》是解释《毛诗》最完整的著作，且对《毛诗》极为推崇，其云“墨守之讥，亦所不辞；而鼠璞之譬，庶几免焉”，不仅对自己学说的严谨十分自信，而且对恪守一家的缺陷，分明也已意识到，却又不肯改。这种治学的态度在清代经学家中是很典型的。这实在是一件很可惜的事，否则以他们精湛的学问，倘能把眼光放得客观一些，必然取得更大的成绩。马瑞辰的《通释》又是另一种风格。他不专宗毛，也不专宗郑，经常发表自己独特的见解。他的主要方法是依据《说文》推求本字本义，凭借声音通转寻找假借关系，得出的结论新颖可喜。但有时刻意求新，难免失之穿凿。经过胡、陈、马三位学者的努力，可说是将《毛诗》研究推到了高峰。最后一步，清儒由毛、郑之学导源而上，追论三家诗说。如魏源《诗古微》、王先谦《诗三家义集疏》，都是拿三家遗说来否定《毛诗》的。经学发展到这一步，一切门径全部恢复洞开，真有极盛难继之感。不过今、古文《诗》学之争，两千年来没有结论，清代今文学家再度奋起，结果还是没有定谳。

在这个汉宋、今古学派前推后拥的潮流之外，还超然站着三位学者：撰《诗经通论》的姚际恒、作《诗经原始》的方玉润和写《读风偶识》的崔述。姚、方之学一脉相承，不依傍《毛诗》，也不附和《集传》，而是“涵泳篇章，寻绎文义，辨别前说，以从其是而黜其非”。崔述作《读风偶识》，“于《国风》惟知体会经文，即词以求其意，如读唐、宋人诗然者，了然绝无新旧汉、宋之念存于胸中，惟合于诗意者则从之，不合者则违之”。从他们的话中，可以看到朱熹那种大胆疑古、就诗论诗精神的复苏，这在清代经学家中已经是非常可贵的了。何况他们所吸收的只是“朱子之意”，对“朱子之言”并不盲从，采纳合理的精神内核而扬弃有瑕疵的外壳，所以他们的三本著作在众多大学者的皇皇巨制中得以异军突起；而且随着时代的前进，越来越显示出超乎前人的价值来。

清朝灭亡之后，四书五经作为封建统治者的精神支柱随之失去其经典的地位，经学的发展也就到此为止了。在此之后对这些典籍的研究，无论作者的主观意图如何，从历史的眼光来看，是不能将它们当作经学了。在《诗经》研究领域中，王国维、闻一多、郭沫若、于省吾等都开始运用科学的认识论和方法论，做出了一系列超越前人的成绩，开创了一个全新的局面。直到今天，《诗经》还是得到众多学者的研究，受到广大读者的欢迎，充满了神秘性和艺术魅力。

此书的撰写，有劳研究生白寅、朱继忠两位同志努力协助，一并志谢。

程俊英　蒋见元

目　录

风

周南

召南

邶风

鄘风

卫风

王风

郑风

齐风

魏风

唐风

秦风

陈风

桧风

曹风

豳风

雅

小雅

鹿鸣之什

南有嘉鱼之什

鸿雁之什

节南山之什

谷风之什

甫田之什

鱼藻之什

大雅

文王之什

生民之什

荡之什

颂

周颂

清庙之什

臣工之什

闵予小子之什

鲁颂

商颂

风

诗经

周南　召南

《周南》《召南》共二十五篇，其中《周南》十一篇，《召南》十四篇。

《二南》是西周末、东周初，即周王室东迁前后的作品。历来治《毛诗》的学者说《二南》是西周初年的诗歌，这是因为他们抱有一种偏见，认为《二南》一定是歌颂"文王之化""后妃之德"的，所以固执地要把它的产生上推到周文王的年代。这种胶柱鼓瑟的说法已为后人证明是错误的。

关于《二南》的产生地，《韩诗序》（郦道元《水经注》引）说："南，国名也。其地在南郡、南阳之间。"按，南郡即今湖北省江陵县一带；南阳即今河南省西南部，湖北省北部。司马迁《太史公自序》："太史公留滞周南。"亦指的东周之地，南郡、南阳之间。方玉润《诗经原始》说："窃谓南者，周以南之地也。大略所采诗皆周南诗多，故命之曰《周南》。何以知其然耶？周之西为犬戎，北为豳，东则列国，惟南最广，而及乎江、汉之间。"

历来学者还有一种意见，认为"南"是"诗之一体"，应该与《风》《雅》《颂》并列，不能包含在《风》里。这种说法滥觞于北宋苏辙的《诗集传》，王质《诗总闻》、程大昌《考古编》从之，直到清代以至近现代，都有人赞成。但是我们认为，既然《周南》《召南》都是以地域作为诗的标目，这两处地方自然也有其地方乐调，列在《风》里并无不妥之处，又何必独立呢？

《二南》中，反映妇女们劳动、恋爱、归宁、思夫、拒暴等生活和思想感情的诗居多。还有一些礼俗诗，表达了贺新婚、祝多子等主题。

周南

关雎

导读

《毛诗序》:"《关雎》,后妃之德也,《风》之始也,所以风天下而正夫妇也。故用之乡人焉,用之邦国焉。《风》,风也,教也。风以动之,教以化之。诗者,志之所之也。在心为志,发言为诗。情动于中而形于言,言之不足故嗟叹之,嗟叹之不足故永歌之。永歌之不足,不知手之舞之,足之蹈之也。情发于声,声成文谓之音。治世之音安以乐,其政和。乱世之音怨以怒,其政乖。亡国之音哀以思,其民困。故正得失,动天地,感鬼神,莫近于诗。先王以是经夫妇,成孝敬,厚人伦,美教化,移风俗。故《诗》有六义焉,一曰风,二曰赋,三曰比,四曰兴,五曰雅,六曰颂。上以风化下,下以风刺上,主文而谲谏,言之者无罪,闻之者足以戒,故曰《风》。至于王道衰,礼义废,政教失,国异政,家殊俗,而《变风》《变雅》作矣。国史明乎得失之迹,伤人伦之废,哀刑政之苛,吟咏情性以风其上,达于事变而怀其旧俗者也。故《变风》发乎情,止乎礼义。发乎情,民之性也。止乎礼义,先王之泽也。是以一国之事系一人之本谓之《风》,言天下之事,形四方之风谓之《雅》。雅者,正也,言王政之所由废兴也。政有小大,故有《小雅》焉,有《大雅》焉。《颂》者,美盛德之形容,以其成功告于神明者也。是谓四始,《诗》之至也。然则《关雎》《麟趾》之化,王者之《风》,故系之周公。南,言化自北而南也。《鹊巢》《驺虞》之德,诸侯之风也,先王之所以教,故系之召公。《周南》《召南》,正始之道,王化之基。是以《关雎》乐得淑女以配君子,爱在进贤不淫其色;哀窈窕,思贤才,而无伤善之心焉。是《关雎》之义也。"

这一篇《毛诗序》,是《诗经》的第一篇序,也是最长的一篇序。它既是《关雎》的序,也可以看作是《诗经》的总序。它论述了诗歌的形成过程、诗歌的社会作用和政治功能,对后世的《诗经》学影响极大,也是中国文学批评史上很重要的一篇文字。但是,它对《关雎》的解释却并非诗的本义,而是出于"教化"目的的发挥之义。这首诗实际描写的是贵族青年之间的恋爱。所谓"君子",是当时对贵族男子的称呼。这位君子爱上了那位采荇菜的女子,却又"求之不得",只能将美好的愿望寄托在想象中。

孔子说"《关雎》乐而不淫,哀而不伤。"说的是这首诗的乐调的风格,且从中可以看出这确是一首失恋的情歌。

《诗经》对后世文坛的影响,主要在赋、比、兴的运用和发展。而前人言兴,又常举"关关雎鸠"为例。朱熹说"兴者,先言他物以引起所咏之辞也",这是最简明的解释,但语焉不详,没有进一步说明"他物"与"所咏之辞"的关系。宋人李仲蒙则专从物与情的关系谈"兴":"触物以起情谓之兴,物动情也。"换句话说,"兴"是诗人先见一种景物,触动了他心中潜伏的本事或思想感情而发出的歌唱。另外,"兴"的作用是多方面的。朱熹解释《关雎》道:"其(指君子、淑女)相与乐和而恭敬,亦若雎鸠之情挚而有别也。"这样,"关关雎鸠,在河之洲"就不仅是起兴,而且兼有比拟下面"所咏之辞"的作用,标示了君子追求淑女的主题。"兴"的特点是触物起情,也就是即景生情。而它的妙处,正在于诗人情趣与自然景物浑然一体的契合,也即一直为人们所乐道的情景交融的艺术境界。

原文

关关雎鸠[1],在河之洲。
窈窕淑女[2],君子好逑[3]。

参差荇菜[4],左右流之[5]。
窈窕淑女,寤寐求之。

求之不得,寤寐思服[6]。
悠哉悠哉[7],辗转反侧。

参差荇菜,左右采之。
窈窕淑女,琴瑟友之。

参差荇菜,左右芼之[8]。
窈窕淑女,钟鼓乐之。

译文

雎鸠关关相对唱,双栖河里小岛上。
纯洁美丽好姑娘,真是我的好对象。

长长短短鲜荇菜,左手右手顺流采。
纯洁美丽好姑娘,醒着相思梦里爱。

追求姑娘难实现,醒来梦里意常牵。
一片深情悠悠长,翻来覆去难成眠。

长长短短荇菜鲜,左手采来右手拣。
纯洁美丽好姑娘,弹琴奏瑟表爱怜。

长长短短鲜荇菜,左手右手拣拣开。
纯洁美丽好姑娘,敲钟打鼓娶过来。

注释

1 关关:形容水鸟雌雄和鸣的象声词。 雎(jū)鸠:一种水鸟。
2 窈窕(yǎo tiǎo):美好貌。
3 逑:“仇”的假借字,配偶。
4 参差(cēn cī):长短不齐貌。 荇(xìng)菜:水生植物,可以吃。
5 左右:指采荇菜女子的双手。 流:“摎”的假借字,择取。
6 思:语助词。 服:思念。
7 悠哉:思念深长貌。
8 芼(mào):择取。

葛覃

导读

《毛序》:"《葛覃》,后妃之本也。后妃在父母家,则志在于女功之事,躬俭节用,服浣濯之衣,尊敬师傅,则可以归,安父母、化天下以妇道也。"今人多不从毛说,认为是一首出嫁女子准备回家探望父母的诗。诗中采葛、制衣、洗浣、归宁等描写,反映了当时妇女生活的一个方面。

诗共三章,第一章全章是兴。陈奂《诗毛氏传疏》:"按,葛覃,一兴也。黄鸟,又一兴也。"第二、三章是赋,朱熹说:"赋者,敷陈其事而直言之者也。"李仲蒙说:"叙物以言情谓之赋,情尽物也。"就是指"叙事—写景—抒情"的创作方法,它对楚辞、汉赋影响很大。

这首诗的结构也很有特点。崔述《读风偶识》说:"《诗》之为体,多重末章,而前特为原起。"《葛覃》本写归宁父母一事,因归宁而浣衣,因浣衣而及絺绤,因絺绤而念刈濩之劳,因刈濩而追叙山谷蔓生的葛,及集于灌木的喈喈黄鸟所触起的归思。但首章却偏从中谷景物写起,由葛及衣,至末句才点出归宁本意,所以吴闿生《诗义会通》称赞《葛覃》是"文家用逆之至奇者也"。

原文	译文
葛之覃兮,施于中谷[1];	葛藤枝儿长又长,蔓延直到谷中央;
维叶萋萋[2]。	叶子青青盛又旺。
黄鸟于飞[3],集于灌木;	黄雀飞,来回忙,歇在丛生小树上;
其鸣喈喈。	叫喳喳,在歌唱。
葛之覃兮,施于中谷;	葛藤枝儿长又长,蔓延直到谷中央;

维叶莫莫[4]。	叶子青青密又旺。
是刈是濩[5],为絺为绤[6];	割了煮,自家纺,细布粗布制新装;
服之无斁[7]。	穿不厌,旧衣裳。
言告师氏,言告言归。	告诉咱家老保姆,回娘家,去望望。
薄污我私[8],薄浣我衣[9]。	搓呀揉呀洗内衣,外衣也要洗清爽。
害浣害否[10],归宁父母[11]。	该洗该放分清楚,要回家,看爹娘。

注释

1 施(yì):蔓延。

2 维:语气词。 萋萋:茂盛的样子。

3 于:助词。

4 莫莫:茂密的样子。

5 刈(yì):割。 濩(huò):煮。

6 絺(chī):细夏布。 绤(xì):粗夏布。

7 斁(yì):厌弃。

8 薄:助词。 污:搓揉着洗。 私:内衣。

9 衣:罩衫。

10 害(hé):何。 否:不要。

11 归宁:古代指女子回娘家探亲。 这句是全诗的主旨。

卷耳

导读

《毛序》:"《卷耳》,后妃之志也。又当辅佐君子,求贤审官,知臣下之勤劳。内有进贤之志,而无险诐私谒之心,朝夕思念,至于忧勤也。"毛说非诗本义,这是一位妇女想念她远行丈夫的诗。戴震《诗经补注》:"《卷耳》,感念于君子行迈之忧劳而作也。"诗中写她丈夫上山有马、有仆,饮酒用金罍、兕觥,可见夫妇都是贵族。

刘熙载《艺概》云:"《周南·卷耳》四章,只'嗟我怀人'一句是点明主意,余者无非做足此句。"这首诗虽旨在表达作者的思念之情,但诗中着重表现的则是被思念对方的劳苦之状。正如明人杨慎《升庵诗话》评论的:"盖身在闺门,而思在道途,若后世诗词所谓'计程应说到梁州''计程应说到常山'之意耳。"刘勰《文心雕龙》谈想象,有"寂然凝虑,思接千载;悄焉动容,视通万里"之言,像《卷耳》,真可以说是"视通万里"了。想象不仅能摆脱时空的限制,还有寄托和激发情感的作用。《卷耳》诗人的感情,均通过想象曲曲传出。想象越丰富,感情越深切;想象对方越周至,感情越细腻;尽管想象中的景状均属虚构,但所表达的感情却是那么真挚。诗中并没有直写思念之情,而思情反如桃花潭水,越见深长。这样的诗篇,婉转曲折,感人尤深。后世名篇如杜甫《月夜》、李白《寄东鲁二稚子》、柳永《八声甘州》、周邦彦《风流子》等,均脱胎于此。

原文

采采卷耳[1],不盈顷筐[2]。
嗟我怀人[3],置彼周行[4]。

译文

采呀采呀卷耳菜,不满小小一浅筐。
心中想念我丈夫,浅筐搁在大道旁。

陟彼崔嵬[5]，我马虺隤[6]。 我姑酌彼金罍[7]，维以不永怀[8]。	登上高高土石山，我马跑得腿发软。 姑且酌满铜酒杯，莫叫心中长相念。
陟彼高冈，我马玄黄[9]。 我姑酌彼兕觥[10]，维以不永伤。	登上高高山脊梁，马儿病得黑又黄。 姑且酌满犀角杯，莫叫心中长悲伤。
陟彼砠矣[11]，我马瘏矣[12]。 我仆痡矣[13]，云何吁矣[14]。	登上那座乱石冈，马儿病倒躺一旁， 仆人累得跟不上，心中怎不添忧伤！

注释

1 卷耳：石竹科卷耳属一种多年生草本植物，其叶可食。旧说卷耳即苍耳，误。

2 顷筐：浅筐。

3 嗟：助词，不是叹词。

4 周行(háng)：大道。

5 崔嵬：岩石高低不平的土山。

6 我：诗人想象中丈夫的自称。下同。虺隤(huī tuí)：腿软的病。

7 金罍：青铜制的酒器。

8 永：长。

9 玄黄：马病毛色变得黄黑。

10 兕觥(sì gōng)：犀牛角制的大酒杯。

11 砠(jū)：多土的石山。

12 瘏(tú)：生病。

13 痡(pū)：过度疲劳。

14 云：助词。吁：通“忓”，忧伤。

樛木

导读

《毛序》:“《樛木》,后妃逮下也,言能逮下而无嫉妒之心焉。”毛说并非诗的本义。方玉润《诗经原始》分析道:“然诗词并无乐德意,而何以见其无嫉妒心耶?”颇合情理。现认为这是一首祝贺新郎的诗。诗中用葛藟攀附樛木来比喻女子嫁给“君子”。

这位新郎,作者称他为君子,当然是上层人物。《昭明文选》潘安仁《寡妇赋》:“伊女子之有待兮,爰奉嫔于高族。承庆云之光覆兮,荷君子之惠渥。愿葛藟之蔓延兮,托微茎于樛木。”李善注:“言二草之托樛木,喻妇人之托夫家也。《诗》曰:‘南有樛木,葛藟累之。’”潘赋和李注都以葛藟附樛木喻女子嫁“君子”,这是对诗本义的阐发,也是后人定它为新婚诗的根据。同时,他们也指出了上两句是兴的艺术手法。

原文

南有樛木,[1]葛藟累之[2]。
乐只君子[3],福履绥之[4]!

南有樛木,葛藟荒之[5]。
乐只君子,福履将之[6]!

南有樛木,葛藟萦之。
乐只君子,福履成之!

译文

南边弯弯树枝丫,野葡萄藤攀缘它。
先生结婚真快乐,上天降福赐给他!

南边弯弯树枝丫,野葡萄藤掩盖它。
先生结婚真快乐,上天降福保佑他!

南边弯弯树枝丫,野葡萄藤旋绕它。
先生结婚真快乐,上天降福成全他。

注释

1 樛(jiū)木:弯曲的树枝。

2 葛藟(lěi):野葡萄。
3 只:语助词。
4 福履:福禄。 绥:通“妥”,下降的意思。
5 荒:掩盖。
6 将:扶助。

螽斯

导读

《毛序》:“《螽斯》,后妃子孙众多也,言若螽斯。不妒忌,则子孙众多也。”毛说未免附会。从诗本身看,当是一首祝人多子多孙的诗。

诗人用蝗虫多子比喻人的多子,表示对多子者的祝贺。什么叫比?朱熹说:“比者,以彼物比此物也。”李仲蒙说:“索物以托情谓之比,情附物也。”比就是比喻,也是《诗经》中常用的一种艺术手法。

这首诗和上面的《樛木》在形式上十分相似。《国风》中的诗篇大多是叠咏体,语句反复、排比。如这两首诗均只换六个字,但就在这些用字的变换中,显示出前后之序、深浅之别,读来非但不觉其烦,反觉有无穷余味流于齿间,有一唱三叹之妙。

此外,我们今天读《诗经》的时候,一定要记得一个历史事实,即最初的《诗经》三百多篇,都是配有音乐的歌曲。孔子就曾经做过整理《诗经》乐曲的工作。《诗经》中大量的叠咏体,其实就是多段体的歌词。可惜当年的乐谱已经亡佚不可复得,否则除了一唱三叹之妙,我们一定能够更加陶醉在美丽的旋律之中。

原文

螽斯羽[1],诜诜兮[2]。
宜尔子孙[3],振振兮[4]。

螽斯羽,薨薨兮[5]。
宜尔子孙,绳绳兮[6]。

螽斯羽,揖揖兮[7]。

译文

蝗虫展翅膀,群集在一方。
你们多子又多孙,繁盛振奋聚一堂。

蝗虫展翅膀,嗡嗡飞得忙。
你们多子又多孙,小心谨慎在一堂。

蝗虫展翅膀,紧聚在一方。

宜尔子孙，蛰蛰兮[8]。 ‖ 你们多子又多孙，安静和睦在一堂。

注释

1 螽(zhōng)斯：蝗一类的虫。
2 诜(shēn)诜：众多群集的样子。
3 宜：当作“多”，多。
4 振振：繁盛振奋的样子。
5 薨(hōng)薨：昆虫群飞的声音。
6 绳(mǐn)绳：多而谨慎的样子。
7 揖揖：音义同“集”。
8 蛰(zhé)蛰：和集安静的样子。

桃夭

导读

《毛序》:"《桃夭》,后妃之所致也。不妒忌,则男女以正,婚姻以时,国无鳏民也。"毛说并非诗的本义。今人多认为这是一首贺新娘的诗。

诗人看见农村春天柔嫩的桃枝和鲜艳的桃花,联想到新娘的年轻貌美。"之子于归"句点明贺新娘的诗旨,末句则致以劝勉之意,其性质就好像旧时的"催妆词"。诗反映了当时社会对新妇的要求和人民生活的片段。

这首诗以咏物见长,如"夭夭"描写桃树少盛的形态,"灼灼"形容桃花盛开的艳丽,体物之工,古今称颂。而诗人咏桃,并非止于描摹物状。姚际恒《诗经通论》云:"桃花色最艳,故以取喻女子,开千古词赋咏美人之祖。"从这一点上说,起首的兴句可谓含比的兴。朱熹道:"桃之有华,正婚姻之时也。"虽然方玉润批评这种说法"泥而鲜通",但不可否认,这确是一首"美嫁娶及时"之诗。咏桃树和桃花在春光中的娇艳之状,对紧接着写芳龄女郎的婚嫁,正起了烘云托月的作用。刘勰《文心雕龙·物色篇》:"诗人感物,联类不穷。流连万象之际,沉吟视听之区。写气图貌,既随物以宛转;属采附声,亦与心而徘徊。"这段话可作为《桃夭》咏物的理论说明。后人在诗文中形容少女姿色,常借自然景物为喻,如杏脸、柳眉、樱唇、梨涡、玉笋、春葱、金莲、柳腰等,实滥觞于此。

原文	译文
桃之夭夭[1],灼灼其华[2]。	茂盛桃树嫩枝丫,绽开鲜艳粉红花。
之子于归[3],宜其室家[4]。	这位姑娘要出嫁,和顺对待您夫家。

桃之夭夭，有蕡其实[5]。
之子于归，宜其家室。

桃之夭夭，其叶蓁蓁[6]。
之子于归，宜其家人。

茂盛桃树枝丫嫩，桃子结得红润润。
这位姑娘嫁出门，待您丈夫要和顺。

茂盛桃树嫩枝丫，叶儿密密发光华。
这位姑娘要出嫁，和顺对待您全家。

注释

1 夭夭：少壮茂盛的样子。
2 灼灼：形容桃花鲜艳盛开。
3 于归：古代指女子出嫁。
4 宜：善。 室家：指配偶。
5 有：形容词词头。 蕡（fén）：颜色斑驳的样子。
6 蓁（zhēn）蓁：树叶茂盛的样子。

兔罝

导读

《毛序》:"《兔罝》,后妃之化也。《关雎》之化行,则莫不好德,贤人众多也。"今人多不从毛说,认为这是一首赞美猎人的诗。

诗人在路上看见英姿威武的猎人正在打桩张网捕兔,联想这些猎人的才力,希望他们能被选拔为保卫国家的武士。崔述《读风偶识》:"余玩其词,似有惋惜之意,殊不类盛世之音。……太平日久,上下恬熙,始不复以进贤为事,是以世胄常蹑高位而寒畯苦无进身之阶。文士或间一遇时,而武夫尤难以逢世。以故诗人惜之曰:'此林中之施兔罝者,其才智皆公侯之干城、公侯之腹心也。'惋惜之情,显然言外。"他的这段话,颇能体会诗意。

"借代"这种修辞,始于《兔罝》。诗人借干城代保卫国土而有才智的武士,以腹心代可信任而能尽忠的臣下,使形象越发生动。后世诗人则更常用"借代"这种手法,李清照《如梦令》"知否,知否?应是绿肥红瘦?"欧阳修《蝶恋花》"泪眼问花花不语,乱红飞过秋千去。"龚自珍《己亥杂诗》"落红不是无情物,化作春泥更护花。"皆因巧用"借代"而成名句,溯其渊源,即在《兔罝》。

原文	译文
肃肃兔罝[1],椓之丁丁[2]。	繁密整齐大兔网,铮铮打桩张地上。
赳赳武夫,公侯干城[3]。	武士英姿雄赳赳,公侯卫国好屏障。
肃肃兔罝,施于中逵[4]。	繁密整齐大兔网,四通八达道上放。

赳赳武夫，公侯好仇[5]。	武士英姿雄赳赳，公侯助手真好样。
肃肃兔罝，施于中林。	繁密整齐大兔网，郊外林中多布放。
赳赳武夫，公侯腹心。	武士英姿雄赳赳，公侯心腹保国防。

注释

1 肃肃：繁密整齐的样子。 罝(jū)：捕兽的网。

2 椓(zhuó)：打。 丁(zhēng)丁：伐木声。

3 干：盾。 城：城墙。

4 逵：同"馗"，多岔路口。

5 仇：同"逑"，这里是助手的意思。

芣苢

导读

《毛序》:“《芣苢》,后妃之美也。和平,则妇人乐有子矣。”今人多不从毛说,认为这是一群妇女采集车前子时随口唱的短歌。

这首诗从劳动的发展过程,表现了心理的发展过程。不断的采取,伴随着不断的歌唱,越采越多,越唱越高兴。语言的反复,篇章的重叠,表现了对劳动的热爱。心理过程与劳动过程的统一,内容与形式的统一,是这首诗歌的特点。但诗句比较简单,每章只换两个字,还保存着原始劳动诗歌的形态。诗中“采采芣苢”等词反复出现,但读来却觉得婉转如辘轳,流利似弹丸,毫无累赘之感,这正是民间劳动歌唱天然朴拙、不假雕琢的韵味。方玉润《诗经原始》说:“读者试平心静气,涵咏此诗,恍听田家妇女,三三五五,于平原绣野、风和日丽中,群歌互答,余音袅袅,若远若近,忽断忽续,不知其情之何以移,而神之何以旷,则此诗不必细绎而自得其妙焉。……今世南方妇女,登山采茶,结伴讴歌,犹有此遗风焉。”他这段评论,很有助于读者的欣赏。

原文	译文
采采芣苢[1],薄言采之[2]。	车前草哟采呀采,快点把它采些来。
采采芣苢,薄言有之[3]。	车前草哟采呀采,快点把它采得来。
采采芣苢,薄言掇之[4]。	车前草哟采呀采,快点把它拾起来。
采采芣苢,薄言捋之[5]。	车前草哟采呀采,快点把籽抹下来。
采采芣苢,薄言袺之[6]。	车前草哟采呀采,快点把它揣起来。
采采芣苢,薄言襭之[7]。	车前草哟采呀采,快点把它兜回来。

注释

1 芣苢(fú yǐ):车前草,旧时以为它的籽可治妇女不孕和难产。

2 薄:发语词。

3 有:取得。

4 掇(duō):拾。

5 捋(luō):从茎上成把地抹下来。

6 袺(jié):用手捏着衣襟揣起来。

7 襭(xié):用衣襟角系在衣带上兜东西。

汉广

导读

《毛序》:"《汉广》,德广所及也。文王之道被于南国,美化行乎江汉之域,无思犯礼,求而不可得也。"牵扯文王之道,实在无关诗旨。《韩诗序》曰:"汉广,悦人也。"倒是与诗意相符。

这是江、汉间一位男子爱慕女子,而又不能如愿以偿的民间情歌。诗人以乔木下无法休歇以及江、汉难以渡过为比,抒写自己失恋的心情。"汉有游女,不可求思"两句点明了诗的主题。王先谦《诗三家义集疏》:"此章乔木、神女、江汉三者,皆兴而比也。"第二、三章写男子想象和他所爱的女子结婚,想象砍柴作炬、喂马亲迎的情景。但是这种愿望无法实现,所以诗人反复吟唱"汉之广矣"四句,以表示力不从心的苦闷。陈启源《毛诗稽古编》:"夫说之必求之,然惟可见而不可求,则慕悦益至。"此说确能体会作者真挚恳切的心情。

这首诗每章末尾的四句叠咏,将游女迷离恍惚的形象、江上浩渺迷茫的景色,以及诗人心中思慕痴迷的感情,都融于长歌浩叹之中。感情不能自已,所以诗词也不能不反复。而后人又正是在词语的回往反复之中,获得美感。吟咏此诗,总觉得烟波满眼,樵唱在耳,诗境深远,余音袅袅。杜甫云"诗罢地有余""篇终接混茫",这种意境,《汉广》庶几近之。

原文	**译文**
南有乔木[1],不可休思[2]。	南方有树高又长,不可歇息少阴凉。
汉有游女[3],不可求思。	姑娘游玩汉水旁,要想追求没指望。
汉之广矣,不可泳思。	好比汉水宽又广,不能游过河那方。

江之永矣[4]，不可方思[5]。	好比江水长又长，划着筏子难来往。
翘翘错薪[6]，言刈其楚[7]。	乱柴杂草长得高，砍下荆条当烛烧。
之子于归，言秣其马[8]。	姑娘有朝能嫁我，喂饱马儿接她到。
汉之广矣，不可泳思。	好比汉水宽又广，不能游过河那方。
江之永矣，不可方思。	好比江水长又长，划着筏子难来往。
翘翘错薪，言刈其蒌[9]。	乱柴杂草长得高，割下蒌蒿当烛烧。
之子于归，言秣其驹。	姑娘有朝能嫁我，喂饱马驹接她到。
汉之广矣，不可泳思。	好比汉水宽又广，不能游过河那方。
江之永矣，不可方思。	好比江水长又长，划着筏子难来往。

注释

1 乔木：高耸的树。
2 思：语末助词。
3 汉：汉水。
4 永：长久。
5 方：同“舫”，这里指乘筏渡河。
6 翘翘：高高挺立的样子。 错：杂乱。
7 楚：荆条。 砍下柴草扎成火把，是古代婚嫁的一种习俗。
8 秣(mò)：喂马。 古代婚嫁时，男方要喂马驾车去接新娘。
9 蒌(lóu)：蒌蒿，一种湿生的植物。

汝坟

导读

《毛序》:"《汝坟》,道化行也。文王之化行乎汝坟之国,妇人能闵其君子,犹勉之以正也。"毛说似违诗之本义,今人指出这是一首"思妇之词"。

她在汝水旁边砍柴时,思念她远役的丈夫。她想象已经见到丈夫,预想相见后的愉快,对丈夫并不抛弃她而感到安慰。这是反映社会乱离的诗,《诗序》和《诗集传》认为诗意是赞美"文王之化",语涉附会,不可信。《后汉书·周磐传》注引《韩诗》曰:"《汝坟》,辞家也。"比较切合诗旨。崔述《读风偶识》更进一步指定"此乃东迁后诗,'王室如毁'即指骊山乱亡之事",也言之成理。

此诗分三章,每章作一转折。这里诗意的转折不仅仅在于陈述的内容,也表现在情感变化之中。而情感的变化,又主要通过每章结句来表现。"惄如调饥",写出对丈夫无限思念的啮人之情;"不我遐弃",写出想象见到丈夫时欢惧交集之情;"父母孔迩",则写出欲挽留丈夫的委婉之情。寥寥数语,写尽心中酸甜苦辣。以凝练的字句表达凝练的感情,后来诗人惟杜甫最长于此。如著名的《三别》诗,其中"妾身未分明,何以拜姑嫜"(《新婚别》)、"势异邺城下,纵死时犹宽"(《垂老别》)、"家乡既荡尽,远近理亦齐"(《无家别》)等语,真是字字凄婉,句句惊心。梁启超《中国韵文里头所表现的情感》认为在这一类诗中,有"一种极浓厚的情感蟠结在胸中,像春蚕抽丝一般把它抽出来",所以名之为"回荡的表情法"。

原文

遵彼汝坟[1],伐其条枚[2]。
未见君子,惄如调饥[3]。

遵彼汝坟,伐其条肄[4]。
既见君子,不我遐弃[5]。

鲂鱼赪尾[6],王室如燬[7]。
虽则如燬,父母孔迩[8]。

译文

沿着汝堤走一遭,砍下树枝当柴烧。
好久没见我丈夫,就像早饥心里焦。

沿着汝堤走一遭,砍下嫩枝当柴烧。
好像已见我丈夫,幸而没有将我抛。

鳊鱼红尾多疲劳,官家虐政像火烧。
虽则虐政像火烧,爹娘还在莫忘掉。

注释

1 遵:沿着。汝:汝水。坟:堤岸。
2 条:树枝。枚:树干。
3 惄(nì):饥饿的样子。调:通“朝”,早晨。
4 肄(yì):树木砍过而又生的嫩枝。
5 遐:疏远。
6 鲂鱼:鳊鱼。赪(chēng):红色。
7 燬(huǐ):烈火。
8 孔:很。迩:近。这句意为:父母近在身边,儿子不应远离。这章是诗人设想丈夫回家之后怎样劝他不要再去服役的话。

麟之趾

导读

《毛序》:“《麟之趾》,《关雎》之应也。《关雎》之化行,则天下无犯非礼。虽衰世之公子,皆信厚如《麟趾》之时也。”毛说不免牵强。实际上,这是一首阿谀统治者子孙繁盛多贤的诗。

王先谦说:“《韩说》曰:‘《麟趾》,美公族之盛也。’(见《昭明文选·王融〈曲水诗序〉》张铣注)诗兼言子姓,而专以美公族者子孙之盛。”他的分析大致不错。统治阶级穷奢极欲,妻妾无数,子孙众多。诗的作者以赞叹的口气赞颂他们,可见他也是一个贵族。

此诗和《汉广》虽同作叠咏,但各有特色。《汉广》每章四句叠咏,此诗每章一句叠咏。《汉广》词语反复,思慕之情溶于字中;此诗措辞简洁,赞美之意溢于言表。《汉广》渲染情景,所重在境;此诗吟咏兴叹,所重在神。《汉广》叠咏,有深远渺茫之致;此诗叠咏,有一唱三叹之音。

原文

麟之趾[1]。振振公子,
于嗟麟兮[2]!

麟之定[3]。振振公姓[4],
于嗟麟兮!

麟之角。振振公族[5],
于嗟麟兮!

译文

麒麟蹄儿不踢人。振奋有为的公子,
哎呀你是麒麟啊!

麒麟额头不撞人。振奋有为的公孙,
哎呀你是麒麟啊!

麒麟角儿不触人。振奋有为的公族,
哎呀你是麒麟啊!

注释

1 麟：麒麟，古代传说中的一种瑞兽。

2 于嗟：叹词。

3 定："顶"的假借字，额。

4 公姓：诸侯的孙子。

5 公族：诸侯曾孙以下称公族。

召南

鹊巢

导读

《毛序》:"《鹊巢》,夫人之德也。国君积行累功,以致爵位,夫人起家而居有之。德如鸤鸠,乃可以配焉。"今人以《毛序》为附会,认为只是一首颂新娘的诗。诗人看见鸠居鹊巢,联想到女子出嫁,住进男家,就用来起兴。诗中描写迎接车辆之众,可见新娘是个贵族。

此诗本咏婚姻,而以鸤鸠起兴。但自《诗序》以来,对此终无定解,穿凿附会,误尽后人。其实,《诗》三百,本非篇篇都含美刺之意。此诗言鸠居鹊巢,只作妇归夫室之喻,并无深意。姚际恒《诗经通论》道:"不穿凿,不刻画,方可说诗。""所说极似平浅,其味反觉深长。请思之!"姚说颇有理,对我们读《诗经》也不无启发。因为我们今天是应该把《诗经》当作最古老的文学珍品来欣赏的,而不是当作"经夫妇,成孝敬,厚人伦,美教化,移风俗"的金科玉律来遵奉的,完全不必受经学家穿凿附会的影响。

原文	译文
维鹊有巢[1],维鸠居之[2]。	喜鹊树上把窝搭,八哥来住它的家。
之子于归,百两御之[3]。	这位姑娘要出嫁,百辆车子来接她。

原文	译文
维鹊有巢，维鸠方之[4]。	喜鹊树上把窝搭，八哥同住这个家。
之子于归，百两将之[5]。	这位姑娘要出嫁，百辆车子保卫她。
维鹊有巢，维鸠盈之[6]。	喜鹊树上窝搭成，住满八哥喜盈门。
之子于归，百两成之[7]。	这位姑娘要出嫁，车队迎来好成婚。

注释

1 维：语助词。鹊：喜鹊。

2 鸠：鸤鸠，今名八哥。一说鸠即布谷。

3 百：虚数，即“许多”。两：今作“辆”，一辆车。御：音义同“迓”，迎接。

4 方：占有。

5 将：保卫。

6 盈：满，指陪嫁的人非常多。

7 成：指结婚礼成。

采蘩

导读

《毛序》:"《采蘩》,夫人不失职也。夫人可以奉祭祀,则不失职矣。"今人认为这是一首描写蚕妇为公侯养蚕的诗。

方玉润说:"公侯之事,事者,蚕事也。公侯之宫,宫者,蚕室也。案《礼·祭义》:'古者天子诸侯必有公桑蚕室,近川而为之,筑宫仞有三尺,棘墙而外闭之。'……盖蚕方兴之始,……仆妇众多,蚕妇尤甚,僮僮然朝夕往来,以供蚕事。不辨其人,但见首饰之招摇往还而已。蚕事既卒,……又皆各言归,其仆妇众多,蚕妇亦盛,祁祁然舒容缓步而归,亦不辨其人,但见首饰之簇拥如云而已。此蚕事始终景象。"今从其说。古代注家认为"事"指祭事,恐非诗意。

此诗特点,是连提几个问题,为设问修辞之祖。诗人胸中早有定见,话中故意提出问题的,叫作设问。设问有提问与激问两种:提问后面必有答案,如本诗。激问后面也有一个否定的答案,但不说出来,如《伐檀》:"不稼不穑,胡取禾三百廛兮?不狩不猎,胡瞻尔庭有县貆兮?"诗人发出这两个激问,并不是要求回答,因为人人心中明白,野兽和庄稼都是剥削来的。屈原《离骚》继承发展了设问修辞手法,在《天问》中,向天提出一百多个疑问,可见此诗对后人的影响了。又此诗主题,本写蚕事,似宜铺叙,诗人却轻轻带过,唯写蚕妇的首饰、形态,对于蚕事的场面、细节竟只字未提。但从末章写蚕妇之多,可逆知这次蚕事的紧要;从首饰之盛,可推想场面的隆重。故诗中虽未铺叙蚕事,已可想见其盛况。

原文	译文
于以采蘩[1]?于沼于沚[2]。	要采白蒿到哪方?在那池里在那塘。

于以用之？公侯之事[3]。	什么地方要用它？为替公侯养蚕忙。
于以采蘩？于涧之中。	要采白蒿到哪里？山间潺潺溪流里。
于以用之？公侯之宫[4]。	什么地方要用它？送到公侯蚕室里。
被之僮僮[5]，夙夜在公[6]。	蚕妇发髻高高耸，日夜养蚕无闲空。
被之祁祁[7]，薄言还归[8]。	蚕妇发髻像云霞，蚕事完毕快回家。

注释

1 于以：在何，在什么地方。蘩：白蒿，用来制养蚕的工具“箔”。

2 沼：池。沚：水塘。

3 事：指蚕事。

4 宫：蚕室。

5 被：当时妇女的一种首饰，用头发编成的假髻。僮(tóng)僮：形容妇女假髻高耸的样子。

6 夙夜：早晚。公：指公桑。即为公侯采蒿养蚕。

7 祁祁：本义是形容云多的样子，这里用来形容蚕妇回去，簇拥如云的样子。

8 薄言：有急迫之意。

草虫

导读

《毛序》:“《草虫》,大夫妻能以礼自防也。”今人则认为这是一首描绘思妇的诗,诗中的主人公是一位采菜的劳动妇女。

第一章叙述在秋天蝗鸣虫跳的季节,她忧心忡忡地思念在外行役的丈夫,并想象着团聚的欢乐。第二、三章遥叙到了春天采蕨薇菜的时候,她的丈夫还不见回来,而她却仍旧幻想着重聚的情景。诗通过对物候的更易和内心变化的描写,衬托出别离之苦。王照圆说:“两年事尔。君子行役当春夏间,涉秋未归,故感虫鸣而思。至来年春夏犹未归,故复有后二章。”其实,每章的“既见”“既觏”,都是想象之辞。

此诗主题与《卷耳》相同,都是思念行役的丈夫;表现手法也和《卷耳》相似,都借想象寄托心中的愁思。《卷耳》作者,本不知其夫近况如何,诗中却着重描写旅途的借酒浇愁和劳苦之状;此诗原写“未见君子”时忡忡、惙惙的忧心,诗中却偏添上一段既见其夫的喜悦之情。对作者来说,这原是出于无奈的自我宽慰和陶醉,而两层描写却形成了强烈的对照。这种虚幻的喜悦之情,恰如镜子,照出诗人真实的痛苦之心。所流露的喜悦愈甚,其思念之情就愈切,而无法相见的痛苦亦愈深。李商隐的名篇《夜雨寄北》,在表现手法上即受此诗的影响。由于对比能产生强烈的艺术效果,故对后世诗文的影响尤大,如欧阳修《生查子》、柳永《戚氏》、周邦彦《过秦楼》、李清照《永遇乐》等,均通过今昔对比、环境对比、哀乐对比,从而使心中难堪和难喻之情,得到深切的表现。

原文	译文
喓喓草虫[1],趯趯阜螽[2]。	秋来蝈蝈喓喓叫,蚱蜢蹦蹦又跳跳。

未见君子，忧心忡忡[3]。
亦既见止，亦既觏止[4]，
我心则降[5]。

长久不见夫君面，忧思愁绪心头搅。
我们已经相见了，我们已经相聚了，
心儿放下再不焦。

陟彼南山，言采其蕨[6]。
未见君子，忧心惙惙[7]。
亦既见止，亦既觏止，
我心则说[8]。

登到那座南山上，采集蕨菜春日长。
长久不见夫君面，忧思愁绪心发慌。
我们已经相见了，我们已经相聚了，
心儿欢欣又舒畅。

陟彼南山，言采其薇[9]。
未见君子，我心伤悲。
亦既见止，亦既觏止，
我心则夷[10]。

登到那座南山上，采集薇菜春日长。
长久不见夫君面，忧思愁绪心悲伤。
我们已经相见了，我们已经相聚了，
心儿平静又安详。

注释

1 喓(yāo)喓：虫叫声。草虫：指蝈蝈。
2 趯(tì)趯：虫跳的样子。阜螽：蚱蜢。
3 忡(chōng)忡：心神不安的样子。
4 觏(gòu)：通“媾”，夫妻相聚。止：语尾助词。
5 降：放下。
6 蕨：山菜。
7 惙(chuò)惙：心慌气短的样子。
8 说：通“悦”，欢喜。
9 薇：山菜，亦名野豌豆苗。
10 夷：平，这里指心安。

采蘋

导读

《毛序》:"《采蘋》,大夫妻能循法度也。能循法度,则可以承先祖、共祭祀矣。"现在一般认为这是一首叙述女子祭祖的诗,诗中描写了当时的风俗习尚。

《毛传》:"古之将嫁女者,必先礼之于宗室,牲用鱼,芼之以蘋藻。"这可能是当时的风俗习尚。明何楷《诗经世本古义》根据《左传》襄公二十八年的记载,中有"……济泽之阿,行潦之蘋藻,寘诸宗室,季兰尸之,敬也。敬可弃乎?"数语,认为"《采蘋》为诗人美武王元妃邑姜教成,能修此礼而作",虽言之成理,但总嫌证据不足。

此诗连用五个"于以",一个"谁",一问一答,气势壮阔,如黄河之水,盘涡毂转;群山万壑,奔赴荆门。至末两句笔锋陡转,忽然表出诗中人物。又如"万壑飞流,突然一注。"(戴君恩《读风臆评》)

原文	译文
于以采蘋[1]?南涧之滨。	哪儿采浮萍?南山溪水边。
于以采藻[2]?于彼行潦[3]。	哪儿采水藻?沟水、积水间。
于以盛之?维筐及筥[4]。	盛它用什么?方筐和圆箩。
于以湘之[5]?维锜及釜[6]。	煮它用什么?三脚、没脚锅。
于以奠之[7]?宗室牖下[8]。	祭品放哪儿?宗庙天窗下。
谁其尸之[9]?有齐季女[10]。	是谁在主祭?虔诚女娇娃。

注释

1 蘋：一种水生植物，与浮萍同类而异种，亦称回叶菜，又称白蘋，生水上，可食。

2 藻：聚藻，生水底，可食。

3 行：通"洐"，沟水。潦(lǎo)：雨后积水。

4 筐、筥：都是竹器，方的叫筐，圆的叫筥。

5 湘：通"鬺"，煮。

6 锜(qí)：三脚的锅。釜(fǔ)：没脚的锅。

7 奠：置，放。

8 宗室：宗庙。牖(yǒu)：天窗。

9 尸：主持祭祀。

10 齐：亦作"斋"，含有美好与恭敬二义。季女：少女。

甘棠

导读

《毛序》:"《甘棠》,美召伯也。召伯之教,明于南国。"诗中的召伯,前人认为是周武王、成王时的召公奭,但是《诗经》时代的人都称召公奭为召公,不称召伯,如《大雅·江汉》:"文武受命,召公维翰。"《大雅·召旻》:"昔先王受命,有如召公,日辟国百里。"《诗经》时代的人将周宣王的大臣召虎才称为召伯,如《小雅·黍苗》:"悠悠南行,召伯劳之。"《大雅·崧高》:"王命召伯,定申伯之宅。"召虎辅助周宣王征伐南方的淮夷,老而从平王东迁,颇著功绩,人们作《甘棠》一诗怀念他。诗当作于召伯死后,其年代约在东周初年。

此诗通过"勿伐""勿败""勿拜"三语,显示出对甘棠的爱惜,从而表达了人民对召伯的思念。从字面上看,从"伐"(砍伐)到"败"(摧毁),到"拜"(拔掉),对树的伤害愈来愈重,但由于前面加了一个"勿"字,其要求反愈来愈严,对甘棠的情意也显得愈来愈重,表现了诗人对召伯的热爱。方玉润道:"他诗炼字,一层深一层,此诗一层轻一层,然以轻而愈见珍重耳。"(《诗经原始》)方氏长于分析,短于训诂,盲从宋儒之说,故有此失。

原文	译文
蔽芾甘棠[1],勿翦勿伐[2], 召伯所茇[3]。	棠梨茂密又高大,不要剪它别砍它, 召伯曾住这树下。
蔽芾甘棠,勿翦勿败[4], 召伯所憩[5]。	棠梨茂密又高大,不要剪它别毁它, 召伯曾息这树下。

蔽芾甘棠，勿翦勿拜[6]， 召伯所说[7]。	棠梨茂密又高大，不要剪它别拔它， 召伯曾歇这树下。

注释

1 蔽芾(fèi)：形容树高大茂密的样子。

2 翦：同“剪”，伐，砍。

3 召伯：名虎，姬姓，周宣王时封于“召”，伯爵。 茇(bá)：草房。 这里作动词，住。

4 败：毁坏。

5 憩(qì)：休息。

6 拜：通“拔”，拔掉。

7 说：通“税”，歇下。

行露

导读

《毛序》:“《行露》,召伯听讼也。衰乱之俗微,贞信之教兴,强暴之男不能侵陵贞女也。”从内容看来,这是一首女子拒婚的诗。朱熹说:“不为强暴所污者,自述己志,作此诗以绝其人。”这位女子对一个已有妻室而又欲欺骗她成婚的男子表示严厉拒绝,虽然那个男人强暴地以打官司为要挟,她也绝不屈从。

诗中连用反诘的口气来谴责对方,比起直诉其恶,更能显出对方行径的不可容忍和自身愤慨的无法遏抑。钱锺书《管锥编》分析说:“明知事之不然,而反词质诘,以证其然,此正诗人妙用。”这种妙于用反的手法,在以后表达男女情爱的诗篇中用得最普遍,如汉乐府《上邪》、敦煌曲子词《菩萨蛮》,均用反语,来表现矢志不贰的感情。

原文

厌浥行露[1]? 岂不夙夜[2]?
谓行多露[3]!

谁谓雀无角[4]?
何以穿我屋?
谁谓女无家[5]?
何以速我狱[6]?
虽速我狱,室家不足[7]!

谁谓鼠无牙?
何以穿我墉[8]?

译文

道上露水湿漉漉,难道不愿赶夜路?
只怕道上沾满露!

谁说麻雀没有嘴?
凭啥啄穿我的房?
谁说你家没婆娘?
凭啥逼我上公堂?
虽然要挟打官司,逼婚理由太荒唐!

谁说老鼠没有牙?
凭啥打洞穿我墙?

谁谓女无家？	谁说你家没婆娘？
何以速我讼？	凭啥逼我上公堂？
虽速我讼，亦不女从[9]！	虽然要挟打官司，也不嫁你强暴郎！

注释

1 厌浥：露水潮湿的样子。 行：道路。

2 夙夜：天还没有亮的时候。

3 谓：同"畏"。

4 角：鸟嘴。

5 女：通"汝"。

6 速：招致。 狱：打官司。

7 室家：指结婚。

8 墉：墙。

9 女：通"汝"。"女从"是倒文，即"从汝"。

羔羊

导读

《毛序》:"《羔羊》,鹊巢之功致也。召南之国化文王之政,在位皆节俭正直,德如羔羊也。"而细读全诗,诗人的本意当是对那些过着衣裘公食,吸吮人民血汗的奢侈生活的统治阶级官吏们所作的讽刺。

朱熹《诗集传》:"小曰羔,大曰羊,皮所以为裘,大夫燕居之服。"《左传》襄公二十八年:"公膳,日双鸡。"杜预注:"卿大夫之膳食。"由此可见,当时已经将统治者的享受定为制度了。崔述《读风偶识》:"为大夫者夙兴夜寐,扶弱抑强,犹恐有覆盆之未照,乃皆退食委蛇,优游自适,若无所事事者,百姓将何望焉? ……明系太平日久,诸事皆废弛之象。"他的分析,颇合诗旨。

姚际恒、方玉润俱谓此诗"摹神",就是说诗中通过对人物形态(服饰、步履)的描摹,将人物的神态生动地表现出来,从而透露出作者讽刺嘲笑的意味。诗中没有一句显示主观倾向的议论,没有一句富于感情色彩的咏叹,有的只是极平淡和客观的描述。这种通过细节描写来表现主题的手法,是塑造典型人物形象的极致,在过去的诗文中并不多见,前人对此也不够注意,故今天解《诗》,对这首不出名的小品,更应予以足够的重视。

原文	译文
羔羊之皮,素丝五紽[1]。	穿了一身羔皮袍,白丝交叉缝又绕。
退食自公[2],委蛇委蛇[3]。	吃饱喝足下朝来,摇摇摆摆多逍遥。
羔羊之革[4],素丝五緎。	穿了一身羔皮袍,白丝交叉缝又绕。

委蛇委蛇，自公退食。	大摇大摆下朝来，吃饱喝足往家跑。
羔羊之缝，素丝五总。	穿了一身羔皮袍，白丝交叉缝又绕。
委蛇委蛇，退食自公。	吃饱喝足摇又摆，下得朝来往家跑。

注释

1 素丝：白丝。 五：古文作"㐅"，像交叉之义，不是数名。 紽(tuó)：缝。下文的緎(yù)和总(zōng)，都是缝的意思。

2 退食自公：从公家吃饱饭回家。 公，公门。

3 委蛇(wēi yí)：形容悠闲自得、摇摆慢步的样子。

4 革：皮袍的里子。

殷其雷

导读

《毛序》:"《殷其雷》,劝以义也。召南之大夫远行从政,不遑宁处,其室家能闵其勤劳,劝以义也。"崔述批评《序》说的错误道:"今玩其词意,但有思夫之情,绝不见所谓劝义者何在。"的确,这位妇女只是希望丈夫回来,实际上这只是一首妇女思夫的诗。

诗人衷心地赞美丈夫是个振奋有为的人,同时,却又唱出了"归哉归哉"的叠词,来反映迫切盼望丈夫早日归来的心情。全诗格调比较明快,与《诗经》中其他思妇诗那种感伤惆怅的心境不同,这反映了诗人个性的差异。

复叠是《诗经》的艺术特色之一,有叠字、叠词、叠句、叠章四种形式。此诗"归哉归哉"为叠词,诗人感情激动,不禁重复吟唱,表达望归之切,衬以语气词"哉",更有余音袅袅之妙。《关雎》的"悠哉悠哉",作用与此同。

原文

殷其雷[1],在南山之阳[2]。
何斯违斯[3]? 莫敢或遑[4]。
振振君子[5],归哉归哉!

殷其雷,在南山之侧。
何斯违斯? 莫敢遑息[6]。
振振君子,归哉归哉!

殷其雷,在南山之下。

译文

雷声雷声响轰轰,响在南山向阳峰。
为啥这时离开家? 忙得不敢有闲空。
我的丈夫真勤奋,快快回来乐相逢。

雷声轰轰震四方,响在南边大山旁。
为啥这时离家走? 不敢稍停实在忙。
我的丈夫真勤奋,快快回来聚一堂。

雷声轰轰震耳响,响在南山山下方。

何斯违斯？莫或遑处[7]。	为啥这时离家门？不敢稍住那样忙。
振振君子，归哉归哉！	我的丈夫真勤奋，快快回来乐而康。

注释

1 殷其：等于叠字“殷殷”。殷，雷声。

2 阳：山的南边。

3 斯：这；上“斯”字指时间，下“斯”字指地点。违：离。

4 或：有。遑：闲暇。

5 振振：勤奋的样子。君子：这是诗人对丈夫的称呼。

6 息：喘息。

7 处(chǔ)：居处。

摽有梅

导读

《毛序》:“《摽有梅》,男女及时也。召南之国,被文王之化,男女得以及时也。”其实这只是一位待嫁女子的诗。她望见梅子落地,引起青春将逝的伤感,希望马上同人结婚。

《周礼·媒氏》:“仲春之月,令会男女。于是时也,奔者不禁。若无故而不用令者,罚之。司男女之无夫家者而会之。”《毛传》:“会而行之者,所以蕃育人民也。”这两段话,可说明本诗的背景。龚橙《诗本义》说:“《摽有梅》,急婿也。”陈奂说:“梅由盛而衰,犹男女之年齿也。梅、媒声同,故诗人见梅而起兴。”他们道出了诗的主题和兴义。

此诗与《桃夭》,都是反映女子婚嫁的诗篇。《桃夭》充满了对妙龄女郎婚嫁及时的赞美,故诗之情趣欢快;此诗流露出待字女子唯恐青春被耽误的怨思,故诗之情意急迫。孔子说《诗》“可以观”,从这两首诗中,风俗人情,了然可见。

诗分三章,每章一层紧逼一层,与诗中人物心理活动的变化相适应。首章“迨其吉兮”,尚有从容相待之意;次章“迨其今兮”,已见焦急之情;至末章“迨其谓之”,可谓迫不及待了。三复之下,如闻其声,如见其人。

原文	译文
摽有梅[1],其实七兮[2]。	梅子渐渐落了地,树上果实留七成。
求我庶士[3],迨其吉兮[4]。	追求我吧年轻人,趁着吉日再定情。
摽有梅,其实三兮。	梅子纷纷落了地,树上只有三成稀。
求我庶士,迨其今兮[5]。	追求我的年轻人,趁着今儿定婚期。

摽有梅，顷筐塈之[6]。	梅子个个落了地，手拿畚箕来拾取。
求我庶士，迨其谓之[7]。	追求我的年轻人，趁着仲春好同居。

注释

1 摽(biào)：落下。有：词头，无义。

2 实：梅的果实。七：七成。

3 庶：众。士：未结婚的男子。

4 迨(dài)：趁着。吉：好日子。

5 今：今日。

6 顷筐：犹今之畚箕。塈(jì)：取。

7 谓：通“会”，古代有“仲春会男女”的制度，在这期间，未婚的青年男女可以自由同居。

小星

导读

《毛序》:"《小星》,惠及下也。夫人无妒忌之行,惠及贱妾,进御于君,知其命有贵贱,能尽其心矣。"实际上,这是描写一个小官吏出差赶路,怨恨自己不幸的牢骚诗。

按当时把人分为十等,《左传》昭公七年:"人有十等,王臣公,公臣大夫,大夫臣士,士臣皂,皂臣舆,舆臣隶,隶臣僚,僚臣仆,仆臣台,马有圉,牛有牧。"士是可上可下的等级,作者可能是一位知识分子。洪迈《容斋随笔》:"《小星》'肃肃宵征,抱衾与裯',是咏使者远适,夙夜征行,不敢慢君命之意。"程大昌《考古编》:"此为使臣行役之诗。"姚际恒、方玉润亦断为"小臣行役之作"。《毛序》从"抱衾与裯"一句出发,认为这是贱妾进御于君的诗,朱熹《诗集传》亦沿其说。因此,后世竟将"小星"一词作为小老婆的代称。

韵律是诗歌特色之一。《诗经》时代诗歌,多为口头创作,用韵非常自由,只求协音动听,没有什么韵书可查。其用韵之法,非常复杂,约言之,有如下三种:一、用于句首者,如《关雎》"求之不得"的"求",与"悠哉悠哉"的"悠"押韵。二、用于句中者,如《匏有苦叶》"有弥济盈,有鷕雉鸣","弥"和"鷕"为句中押韵。三、用于句末者,如《关雎》首章鸠、洲、逑押韵。这首《小星》仅两章,每章只五句。第一章星、征押韵,东、公、同押韵。第二章亦星、征押韵,昴、裯、犹押韵。(江永《古韵标准》云:"句中韵,参、衾亦韵。")每句都押韵,吟唱起来更觉音调铿锵,和谐悦耳。不过句首和句中韵,《诗经》中已较少见,后世诗坛更不复使用。

原文

嘒彼小星[1]，三五在东。
肃肃宵征[2]，夙夜在公[3]。
实命不同[4]！

嘒彼小星，维参与昴[5]。
肃肃宵征，抱衾与裯[6]。
实命不犹[7]！

译文

小小星星闪微光，三三五五在东方。
急急匆匆赶夜路，早早晚晚为公忙。
命运不同徒自伤！

小小星星闪微光，参星昴星挂天上。
急急匆匆赶夜路，抱着棉被和床帐。
人家命运比我强！

注释

1 嘒(huì)：小星微光的样子。“嘒彼”等于叠字“嘒嘒”。
2 肃肃：走路很快的样子。宵：夜。征：行。
3 夙夜：早晚。
4 实：是，这。命：命运。
5 参(shēn)、昴(mǎo)：都是星名，即指上章“三五在东”的星。
6 衾：被。裯(chóu)：床帐。
7 不犹：不如。

江有汜

导读

《毛序》:"《江有汜》,美媵也。勤而无怨,嫡能悔过也。文王之时,江沱之间,有嫡不以其媵备数,媵遇劳而无怨,嫡亦自悔也。"实际上,这是一位弃妇哀怨自慰的诗。她原谅丈夫另有新欢,幻想他会回心转意。

丈夫喜新厌旧,妻子用长江尚有支流原谅他另有新欢,还幻想他会回心转意。但这毕竟是自我安慰,自我欺骗,又何尝能使负心者悔过?闻一多《诗经通义》说:"妇人盖以水喻其夫,以水道自喻,而以水之旁流枝出,喻夫之情爱别有所归。"最后她明白丈夫终不相顾,于是不得不对沱啸歌,以寓其惆怅伤感之情。

此诗以江面景象,兴起怨望之情。诗中写江,换了三字,其表情,也相应地换了三字。水决复入为汜,作者见江水之有汜,遂起破镜重圆之念,故云"其后也悔"。渚为江中小洲,鸥鸟憩息之所,作者睹渚,复生今虽仳离,他日尚可重聚的幻想,故云"其后也处"。一"悔"字,一"处"字,写出了一位弃妇想入非非的痴情,形象鲜明。

原文	译文
江有汜[1],之子归[2], 不我以[3]。 不我以,其后也悔。	江水长长有支流,新人嫁来分两头, 你不要我使人愁。 今日虽然不要我,将来后悔又来求。
江有渚[4],之子归, 不我与[5]。 不我与,其后也处[6]。	江水宽宽有沙洲,新人嫁来分两头, 不同我住使人愁。 今日抛弃不要我,将来想聚又来求。

江有沱[7],之子归, 不我过[8]。 不我过,其啸也歌[9]。	江水长长有沱流,新人嫁来分两头, 你不找我使人愁。 不找我呀心烦闷,唱着哭着消我忧。

注释

1 汜(sì):长江的支流。
2 子:指丈夫的新欢。 归:嫁来。
3 不我以:不用我。 以,用。
4 渚:江心中出现的小洲。
5 不我与:不和我同居。 与,同。
6 处:居住。
7 沱:长江的支流。
8 不我过:不到我这里来。 过,到。
9 啸歌:号哭。

野有死麕

导读

《毛序》:"《野有死麕》,恶无礼也。天下大乱,强暴相陵,遂成淫风。被文王之化,虽当乱世,犹恶无礼也。"其实这是《召南》中一首动人的情诗,描写的是一对青年男女的恋爱过程。

男的是一位猎人,他在郊外丛林里遇见了一位温柔如玉的少女,就把猎来的小鹿、砍来的木柴用洁白的茅草捆起来作为礼物。终于获得了爱情。这是《国风》中动人的一首情诗,但历代注家或斥之为"淫诗",或曲解为"恶无礼",都是囿于封建礼教的偏见,抹杀了民歌生动活泼的本色。

此诗前两章辞意平平,未见其奇。末章忽作少女口吻,使求爱情景戏剧化,诗也由此风神摇曳,姿态横生。作为一个怀春少女,诚难抵挡异性的诱惑,但她对这种挑逗,又带着本能的羞惧。末章所流露的正是这种若推若就、亦喜亦惧的心情。"舒而脱脱兮",在这告诫之中,包含着一种善意的、甜美的希望;"无感我帨兮",羞态可掬,但这是举袂掩面、偷眼相顾的羞涩;"无使尨也吠",这惊惧之声,实非为犬而发,她是害怕恋情被人发现,幽会因此打断。通过这短短的三句话,少女丰富的感情、娇羞的形态,都得到了生动的表现。其用笔可谓简洁,其描摹可谓入神。

原文	译文
野有死麕[1],白茅包之。 有女怀春,吉士诱之[2]。	猎来小鹿撂荒郊,洁白茅草将它包。 有位姑娘春心动,小伙上前把话挑。
林有朴樕[3],野有死鹿。	林中砍下朴樕烧,打死小鹿在荒郊。

原文	译文
白茅纯束[4]，有女如玉。	白茅捆扎当礼物，如玉姑娘接受了。
“舒而脱脱兮[5]！无感我帨兮[6]！无使尨也吠[7]！”	“轻轻慢慢别着忙！别撼围裙别莽撞！别惹狗儿叫汪汪！”

注释

1 野：郊外。麕(jūn)：小獐，鹿一类的兽。

2 吉士：对男子的美称。

3 朴樕(pò sù)：一种落叶乔木。

4 纯(tún)：通“屯”，捆扎。

5 舒而：慢慢地。而，同“然”。脱(tuì)脱：舒迟缓慢的样子。

6 感：通“撼”，动。帨(shuì)：佩巾，像现代的围裙。

7 尨(máng)：多毛而凶猛的狗。

何彼襛矣

导读

《毛序》:"《何彼襛矣》,美王姬也。虽则王姬,亦下嫁于诸侯。车服不系其夫,下王后一等,犹执妇道以成肃雍之德也。"此诗描写齐侯的女儿出嫁,车辆服饰侈丽,实际上隐约地讽刺了贵族王姬德和色的不相称。

方玉润说:"《何彼襛矣》,讽王姬车服渐侈也。……'何彼襛矣',是美其色之盛极也;'曷不肃雍',是疑其德之有未称耳。"诗写齐侯的女儿出嫁,她又是周平王的外孙女,为什么这首诗列在《召南》,而不列于《齐风》或《王风》?魏源《诗古微》说:"平王四十九年以前,未入春秋,安知无王姬适齐,而所生之女别适他国者?齐女所嫁,当是西畿诸侯虞、虢之类。其诗采于西都畿内,既不可入东都王城之风,又不可入《齐风》,故从召南陕以西之地而系其风尔。"

诗的主人公是王姬。当她结婚的时候,诗人以旁观的立场,比兴的手法,问答的形式,描绘她容貌浓艳、车服侈丽、地位高贵。"曷不肃雍"两句,是全诗的枢纽,提出王姬结婚的车马怎么没有严肃和谐的气氛?以车代人,隐含讥刺,可见诗人立言之妙。

原文	译文
何彼襛矣[1]?唐棣之华[2]。	怎么那样浓艳漂亮?像唐棣花儿一样。
曷不肃雍[3]?王姬之车[4]。	怎么气氛欠肃穆安详?王姬出嫁的车辆。
何彼襛矣?华如桃李。	怎么那样地浓艳漂亮?像桃李花开一样。
平王之孙[5],齐侯之子[6]。	天子平王的外孙,齐侯的女儿做新娘。
其钓维何[7]?维丝伊缗[8]。	钓鱼是用什么绳?是用丝线来做成。

齐侯之子，平王之孙。	她是齐侯的女儿，天子平王的外孙。

注释

1 襛(nóng)：艳盛的样子。

2 唐棣：植物名。华：古"花"字。

3 曷不：何不、怎么没有。肃雍(yōng)：严肃和睦的景象。

4 王姬：周王的女儿或孙女称王姬。

5 平王之孙：东周平王宜臼的外孙女。

6 齐侯之子：齐侯的女儿。

7 维：通"惟"，做。

8 维：语助词，是。伊：同"维"。缗(mín)：钓鱼的绳。按，这两句是兴，朱熹《诗集传》："丝之合而为纶，犹男女之合而为昏也。"

驺虞

导读

《毛序》:“《驺虞》,《鹊巢》之应也。《鹊巢》之化行,人伦既正,朝廷既治,天下纯被文王之化,则庶类蕃殖,蒐田以时,仁如驺虞,则王道成也。”今人认为这只是一首赞美猎人的诗。

《豳风·七月》:“言私其豵,献豜于公。”这说农民在打猎之后,把大猪献给公家,把小猪留给自已。可见我国古代已把猪作为主要副食品,所以诗人赞美这位射野猪的猎手。

《诗序》说:“情动于中而形于言,言之不足,故嗟叹之;嗟叹之不足,故咏歌之;咏歌之不足,不知手之舞之,足之蹈之也。”可见叹词和诗歌的抒情、节奏、旋律、舞蹈都是分不开的。《诗经》的叹词较多:用于句首者,如于、嗟、噫、咨等。用于句中者,如居、斯等。用于句末者,如兮、也、矣、哉等。《毛传》对此多释为“辞”。其作用约有感叹、赞叹、语气等类。本诗是赞美驺虞猎人打猪的劳动,而发出“于嗟乎”的赞叹声。《郑笺》:“于嗟者,美之也。”朱熹:“诗人述其事以美之,且叹之。”按郑略去“乎”字,这是他的疏忽。朱释较确切。马建忠《马氏文通》说:“叹字终于单音,而极于三音,至矣!”他的话,意指诗人运用三音节的叹词,是抒写强烈、波动的感情,表示赞美之意。

原文	译文
彼茁者葭[1],壹发五豝[2]。	密密一片芦苇丛,一群母猪被射中。
于嗟乎驺虞[3]!	哎呀这位猎手真神勇!
彼茁者蓬[4],壹发五豵[5]。	密密一片蓬蒿草,一群小猪被射倒。

于嗟乎驺虞！	哎呀这位猎手本领高！

注释

1 茁：草初生出地的样子。葭：芦苇。

2 壹：发语词，无义。发：发箭，指发箭射中。五：虚数，这里指多。豝(bā)：母猪。小猪也叫豝。

3 于嗟乎：赞美的叹词。于，同"吁"。驺(zōu)虞：当时兽官名，指猎手。

4 蓬：草名。

5 豵(zōng)：小猪。

邶风　鄘风　卫风

邶、鄘、卫都是卫地。卫原来是殷商的首都，叫作牧野。武王灭殷，占领朝歌一带地方，三分其地。朝歌北边是邶，东边是鄘，南边是卫。卫都朝歌在今河南省淇县，故诗多称淇水。《卫风》的产生地，在今河北的磁县、东明、濮阳，河南的安阳、淇县、滑县、汲县、开封、中牟等地。

春秋时人们已经把《邶》《鄘》《卫》看作是一组诗，如《左传》鲁襄公二十九年记载吴公子季札到鲁国参观周乐，"使工为之歌《邶》《鄘》《卫》，曰：'美哉！是其《卫风》乎！'"又三十一年，卫北宫文子引《邶风》称为《卫诗》。三家《诗》也以《邶》《鄘》《卫》为一卷。只有《毛诗》才把它分为三卷。现在仍旧将它们合在一起。《邶风》十九篇，《鄘风》十篇，《卫风》十篇。这一组诗共三十九篇。

这组诗可考而最早的是《硕人》，《左传》鲁隐公三年："卫庄公娶于齐东宫得臣之妹，曰庄姜，美而无子，卫人所为赋《硕人》也。"卫庄公是公元前750年左右的人，《硕人》当产生于此时。后来卫国被狄人灭了，《左传》鲁闵公二年："狄入卫，……许穆夫人赋《载驰》。"接着卫戴公迁漕，文公迁楚丘，产生了《定之方中》一诗；它与《载驰》都是卫国最晚的诗。这样看来，《卫风》都是卫被狄人灭亡（前660）以前的作品。

卫国昏君特别多，人民负担重。北方受狄人的侵略，南方苦于齐、晋的争霸。卫都是一个商业发达的较大城市，为商贾必经之路。魏源说："商旅集则货财盛，货财盛则声色辏。"他概括了卫地当时的经济形势。这些都给《卫风》较大的影响。卫诗的特点：第一，产生了中国第一位女诗人许穆夫人，她的作品《载驰》（有人说《竹竿》《泉水》也是她的作品），表现着热爱故国的强烈情绪。第二，人民对政治不满，大胆揭露、反抗统治者的诗比较多，如《北风》《相鼠》《墙有茨》《新台》《鹑之奔奔》等，斗争性之强，在《诗经》中除《魏风》外，是少见的。第三，恋爱婚姻方面的诗，如《柏舟》《桑中》《氓》《谷风》等，表现了当时妇女备受压迫欺凌的命运及她们大胆反抗的精神。这和当时卫国的政治、经济、地理形势是分不开的。

邶风

柏舟

导读

《毛序》:"《柏舟》,言仁而不遇也。卫顷公之时,仁人不遇,小人在侧。"方玉润又以为这是邶国贤臣忧谗畏讥的诗。这些说法与全诗所作妇人语气不合。刘向《列女传·贞顺篇》认为此诗为卫宣夫人所作,亦与事实不符。今案:此诗的作者应该是一位妇女。这位妇女自伤不得于夫,见侮于众妾,诗中表露了她无可告诉的委屈和忧伤。

诗以坚致牢实的柏木所作的舟,比自己气节的坚贞;以未洗过的脏衣比自己心中的忧虑。这好像都是古代女子的口气。汉代张协《士命》"茕嫠为之擗摽","擗摽"一词即出于本诗。张协的意思,也认为这是妇女的作品。全诗没有一语涉及卫国政治,只是说在夫家不被宠爱,受到群小欺侮;找娘家兄弟诉苦,又得不到同情的一些家庭琐事。朱熹解此诗说:"妇人不得于其夫,故以柏舟自比。"闻一多说:"《柏舟》,嫡见侮于众妾也。"二家之说近是。

俞平伯《葺芷缭蘅室读诗杂说》谓:"这诗……五章一气呵成,娓娓而下,将胸中之愁思、身世之飘零,婉转申诉出来。通篇措词委婉幽抑,取喻起兴细巧工密,在素朴的《诗经》中是不易多得之作。"全诗字字掩抑,声声凄怨,极沉郁痛切之至。清宋大樽《茗香诗论》评此诗道:"曲写闺怨,如水益深,如火益热。"

在章法上，此诗也很值得注意。起句以柏舟之泛彼中流，比喻自身无所倚托，逗起一篇旨意。次章以翻笔接入，直写其心，势捷而矫，从中可见其情。三章更由心及容止，“见非徒内志方严，即貌亦未尝有失色失笑之嫌”（毛先舒《诗辩坻》）。其委屈怨愤，自在言外。一般诗都先道致恨之由，再写长恨之心，此诗则用逆笔，前三章表其心，至四章方写出忧从何起，故其不幸，就更易唤起同情。末章以自身不能如鸟奋飞，与起句之如舟无依呼应，兴无可奈何之叹。欲去不得去，欲归无所归，“一段隐忧，千载犹恨”（戴君恩《读风臆评》）。

原文

泛彼柏舟，亦泛其流[1]。
耿耿不寐[2]，如有隐忧[3]。
微我无酒[4]，以敖以游。

我心匪鉴[5]，不可以茹[6]。
亦有兄弟，不可以据。
薄言往诉，逢彼之怒。

我心匪石，不可转也。
我心匪席，不可卷也。
威仪棣棣[7]，不可选也[8]。

忧心悄悄[9]，愠于群小。
觏闵既多[10]，受侮不少。
静言思之[11]，寤辟有摽[12]。

日居月诸[13]，胡迭而微[14]？
心之忧矣，如匪浣衣。

译文

漂漂荡荡柏木舟，随着河水任漂流。
两眼睁睁睡不着，多少烦恼积心头。
不是无酒来消愁，不是无处可遨游。

我心不是青铜镜，难把人面清清照。
娘家虽有亲兄弟，谁知他们难依靠。
勉强回家叹苦经，见他发怒心烦恼。

我心不像石一块，任人搬东又搬西。
我心不是席一条，哪能打开又卷起。
仪容娴静品行端，优点哪个数得齐。

愁思重重心头绕，群小怨我众口咬。
横遭陷害已多次，身受侮辱更不少。
仔仔细细想一想，梦醒痛苦把胸敲。

红太阳啊明月亮，为啥老是没光芒？
心头烦恼除不尽，就像没洗脏衣裳。

静言思之，不能奋飞。 | 仔仔细细想一想，不能展翅飞天上。

注释

1 亦：语助词。
2 耿耿：心中焦灼不安的样子。
3 如：同“而”。
4 微：不是。
5 匪：同“非”。鉴：镜子。
6 茹：度，猜度。
7 威仪：庄重的仪容举止。棣棣：娴雅富丽。
8 选：算、数(shǔ)。
9 悄悄：心中愁闷的样子。
10 觏(gòu)：遇到。闵：指中伤陷害的事。
11 静：仔细。
12 辟：抚拍胸脯。有摽：即摽摽，拍胸声。
13 居、诸：都是语助词。
14 迭：轮流。微：昏暗无光。

绿衣

导读

《毛序》:"《绿衣》,卫庄姜伤己也。妾上僭,夫人失位,而作是诗也。"毛说并非诗的本意。今人多认为这是一首怀念亡妻的诗。闻一多说:"《绿衣》,感旧也。妇人无过被出,非其夫所愿。他日,夫因衣妇旧所制衣,感而思之,遂作此诗。"其实这位妻子究竟是死亡或是离异,都没有很确凿的佐证。但是我们细味诗意,再同后世诗词加以比较,则觉得悼亡的意味更重。

诗之前三章,均以"绿衣"领起,既非妙喻,亦无深意,这里反复吟咏的,只是一件在旁人看来极其普通、而于作者却倍觉亲切的衣裳,明确些说,即其亡妻之衣。作者正是借此来写其睹物生感、触目伤心之情。这种写法,在后世悼亡诗中,用得十分普遍。如潘岳《悼亡诗》"望庐思其人,入室想所历"以下八句,全写其抚悲遗物之情,虽长于铺叙,而精神、手法,与此诗实一。"曷维其已""曷维其亡",写其对亡妻不能忘怀的深情。后世诗词如潘岳的"沾胸安能已,悲怀从中起",苏轼的"十年生死两茫茫,不思量,自难忘"(《江城子》),辞意也都十分相似。"絺兮绤兮,凄其以风",通过凄凉萧瑟的景象,来映衬自身的孤寂愁苦之情,这从潘岳"凛凛凉风生,始觉夏衾单"等诗句中,可明显地见其影响。"我思古人,俾无訧矣""我思古人,实获我心",是申述"曷维其已""曷维其亡"之意,言其情为何不能自已、不能忘怀。元稹诗"尚想旧情怜婢仆,也曾因梦送钱财"(《遣悲怀》),可为"俾无訧矣"作注。"顾我无衣搜荩箧,泥他沽酒拔金钗"(同上),"消渴频烦供茗碗,怕寒重与理薰篝"(厉鹗《悼亡姬》),正是这些只有深情的妻子才可能有的行为,在其生前实获作者之心,以致在其死后,犹觉难舍难分,直欲"待结个,他生知己"(纳兰性德《金缕曲》)。前人说《诗》三百,诸体皆备,这首小诗,可谓悼亡诗之祖。

原文

绿兮衣兮,绿衣黄里[1]。
心之忧矣,曷维其已[2]!

绿兮衣兮,绿衣黄裳[3]。
心之忧矣,曷维其亡[4]!

绿兮丝兮,女所治兮。
我思古人[5],俾无訧兮[6]。

絺兮绤兮,凄其以风[7]。
我思古人,实获我心。

译文

绿色衣啊绿色衣,外面绿色黄夹里。
穿上绿衣心忧伤,不知何时停怀忆!

绿色衣啊绿色衣,上穿绿衣下黄裳。
穿上绿衣心忧伤,旧情深深怎相忘!

绿色衣啊绿色丝,丝丝是你亲手织。
想起我的亡妻啊,遇事劝我无差失。

夏布粗啊夏布细,穿上风凉又爽气。
想起我的亡妻啊,样样都合我心意。

注释

1 里:指衣服的衬里。
2 已:止、停。
3 裳:下衣,形状像现在的裙。古时男女都穿裳。
4 亡:通“忘”。
5 古人:故人。“古”与“故”通。
6 俾(bǐ):使。訧(yóu):过失,错误。
7 凄其:寒凉貌。凄,凉爽。以:通“似”,像。

燕燕

导读

《毛序》:“《燕燕》,卫庄姜送归妾也。”今人指出,这是卫国国君送其二妹远嫁的诗。

诗中的“寡人”是古代国君的自称,当是卫国的君主,“于归”的“仲氏”则是其二妹。本诗的性质是一首送别诗,对此古代学者无异议;至于送者与被送者是什么人,则有很多不同的说法。《毛序》说这是春秋初年卫庄姜送归妾的诗,《郑笺》认为这归妾就是陈女戴妫。《列女传·母仪篇》说这是卫定姜之子死后,定姜送其子妇归国的诗。清代魏源调和这两种说法,以为这是卫庄姜于卫桓公死后送桓公之妇大归于薛的诗。(见《诗古微·诗序集议》)崔述《读风偶识》说:“余按此篇之文,但有惜别之意,绝无感时悲遇之情。而诗称‘之子于归’者,皆指女子之嫁者言之,未闻有称大归为‘于归’者,恐系卫女嫁于南国而其兄送之之诗,绝不类庄姜、戴妫事也。”他依据诗的内容,分析其作者,语甚精确。又,闻一多据第四章“仲氏任只”句,以为“诗为任姓国君送妹出适于卫之作”。按今存文献所载任姓国都在卫之南,与第三章“远送于南”句抵牾,姑录以备考。

王士禛言《燕燕》之诗,“为万古送别之祖”(《分甘余话》)。这首诗为后人称道,即在诗中描写了一个感人的送别情境。朱熹言作者“譬如画工一般,直是写得他精神出”(《朱子语类》)。诗中对燕子飞翔时毛羽、形态、声音的描绘,生动形象,富于画意,但在诗中,只是起渲染情境的作用。真正传神写照的,全在前三章所叠咏的“瞻望弗及”一语,此诗的影响,主要也表现在这种情境不断地再现之中。如李白诗“孤帆远影碧空尽,唯见长江天际流”(《黄鹤楼送孟浩然之广陵》)、苏轼诗“登高回首坡陇隔,惟见乌帽出复没”(《辛丑十一月十九日既与子由别于郑州西门之外马上赋诗一篇寄之》)、韩缜词“但望极、楼高尽日,目断王孙”(《凤箫吟》)、张先词“一帆秋色共云遥;眼力不知人远,上江桥”(《虞美人》),均远绍此诗之意,而在诗的意境上作了进一步开拓,诗中情感显得更加真切,形象也更加鲜明。

原文	译文
燕燕于飞[1],差池其羽[2]。	燕子双双飞天上,参差不齐展翅膀。
之子于归,远送于野。	这位姑娘要出嫁,送到郊外远地方。
瞻望弗及,泣涕如雨!	遥望背影渐消失,泪珠滚滚雨一样!
燕燕于飞,颉之颃之[3]。	燕子双双飞天上,高高低低追逐忙。
之子于归,远于将之[4]。	这位姑娘要出嫁,送她不嫌路途长。
瞻望弗及,伫立以泣!	遥望背影渐消失,凝神久立泪汪汪!
燕燕于飞,下上其音。	燕子双双飞天上,上上下下呢喃唱。
之子于归,远送于南。	这位姑娘要出嫁,送她向南路茫茫。
瞻望弗及,实劳我心!	遥望背影渐消失,离愁别恨断人肠!
仲氏任只[5],其心塞渊[6]。	二妹为人可信任,心地诚实虑事深。
终温且惠[7],淑慎其身。	性格温柔又和顺,修身善良又谨慎。
“先君之思”[8],以勖寡人[9]!	常说“莫忘先君爱”,谆谆劝勉感我心!

注释

1 燕燕:一对燕子。

2 差(cī)池:不齐的样子。

3 颉(xié):往下飞。 颃(háng):往上飞。

4 将:送。

5 仲氏:二妹。 任:信任。 只:语助词。

6 塞:诚实。渊:深沉。

7 终:既。

8 先君:死去的国君,指诗人和他二妹的父亲。

9 勖(xù):勉励。

日月

导读

《毛序》:"《日月》,卫庄姜伤己也,遭州吁之难,伤己不见答于先君,以至困穷之诗也。"古代学者都根据《毛序》首句,认为是卫庄姜被庄公遗弃后之作,然亦无确据。近今学者却认为,这是一个弃妇申诉怨愤的诗。

此诗首句为"兴",作者睹日月生感,遂形之于诗。陈启源谓此诗本意,在"胡能有定"一句,其语甚是。但此句又只有和"日居月诸"对照起来看,方得妙解。各章前两句文字虽有小异,但总不离日月出自东方,照临下土之意。以日月之运行覆照,尚有定所,而已结为夫妇的"之人",竟心志回惑,"胡能有定",能不使人伤感!可知作者反复吟咏日月,正是为了陪衬其反复强调的"胡能有定"。末章于无可奈何之时,"忽追痛父母,笔势一纵,而神态并出"(吴闿生《诗义会通》)。方玉润说:"仰日月而诉幽怀,……一诉不已,乃再诉之,再诉不已,更三诉之。三诉不听,则惟有自呼父母而叹安生我之不辰。盖情极则呼天,疾痛则呼父母,如舜之号泣于旻天、于父母耳。此怨极也。"他对这种极为沉痛的格调分析得很中肯。

原文	译文
日居月诸[1]!照临下土。	太阳啊,月亮啊!光辉普照大地上。
乃如之人兮[2],逝不古处[3]。	天下竟有这种人,会把故居恩爱忘。
胡能有定[4]?宁不我顾[5]?	为何不念夫妻情?为何不想进我房?
日居月诸!下土是冒[6]。	太阳啊,月亮啊!光辉普照大地上。

乃如之人兮,逝不相好。
胡能有定?宁不我报[7]?

日居月诸!出自东方。
乃如之人兮,德音无良[8]。
胡能有定?俾也可忘。

日居月诸!东方自出。
父兮母兮!畜我不卒[9]。
胡能有定?报我不述!

天下竟有这种人,绝情不和我来往。
为何不念夫妻情?为何使我守空房?

太阳啊,月亮啊!日月光辉出东方。
天下竟有这种人,名誉扫地丧天良。
为何不念夫妻情?使我真该把他忘。

太阳啊,月亮啊!东方升起亮堂堂。
我的爹啊我的娘!丈夫爱我不久长。
为何不念夫妻情?不愿对我诉衷肠!

注释

1 居、诸:均是语尾助词。
2 乃:竟。
3 逝不:倒文,即"不逝"。逝,及。古处:故居。
4 定:正,指夫妇正常的关系。
5 顾:念。
6 冒:覆盖。
7 报:答。古代称夫不理妻为"不见答"。
8 德音:好名声。
9 畜:同"慉",爱。这里指丈夫之爱。

终风

导读

《毛序》:"《终风》,卫庄姜伤己也。遭州吁之暴,见侮慢,而不能正也。"州吁是庄公的儿子,在名义上也是庄姜的儿子,《毛序》作者认为她遭到儿子的欺侮而作此诗。但诗中"顾我则笑,谑浪笑敖"等词,似不切合母子间情事。朱熹《诗集传》:"庄公之为人狂荡暴疾,庄姜盖不忍斥言之,故但以终风且暴为比。"认为是庄姜受丈夫卫庄公欺侮而作。清代学者魏源、王先谦皆从朱说。今按:就诗而论,这首诗写夫妇不睦是可以肯定的,但一定坐实是庄姜伤卫庄公不见答之诗,则既无确据,亦无必要。所以解释为这是一个妇女写她被丈夫玩弄嘲笑后遭遗弃的诗,比较平实。

全诗四章,写出了一个妇女对丈夫既恨又恋的心理过程。首章伤心丈夫对己的轻薄狂暴;二章却又思念起这个掉首不顾的夫君来;三章更是想得睡不着觉,希望丈夫知其思念而打喷嚏;末章则由己及彼,希望丈夫反过来也能想念她。每一章语气都有一层转折,层层递进,将一种既怨恨又思恋,既知无望又割舍不下的矛盾心理表达得委婉尽致。汉司马相如《长门赋》描写陈皇后的愁闷悲思,始以"君曾不肯乎幸临"的失望,继之"抟芬若以为枕兮"的希冀,终则"魄若君之在旁"的痴情,所用手法与《终风》是一脉相承的。

原文

终风且暴[1],顾我则笑[2]。
谑浪笑敖[3],中心是悼[4]!

译文

大风既起狂又暴,对我侮弄嘻嘻笑。
调戏取笑太放荡,想想悲伤心烦恼!

终风且霾[5]，惠然肯来[6]？
莫往莫来，悠悠我思！

终风且曀[7]，不日有曀[8]。
寤言不寐，愿言则嚏[9]。

曀曀其阴，虺虺其雷[10]。
寤言不寐，愿言则怀。

大风既起尘飞扬，他可顺心来我房？
如今竟然不来往，绵绵相思不能忘！

大风既起日无光，顷刻又阴晴无望。
夜半独语难入梦，愿他喷嚏知我想。

天色阴沉暗无光，雷声隐隐天边响。
夜半独语难入梦，愿他悔悟将我想。

注释

1 终：既。 暴：疾风。
2 则：而。
3 谑：调戏。 浪：放荡。 敖：放纵。
4 悼：伤心。
5 霾(mái)：大风刮得尘土飞扬。
6 惠：顺。
7 曀(yì)：天阴而又有风。
8 不日：不到一天。 有：又。
9 嚏：旧谚有“打喷嚏，有人想”的说法。
10 虺(huǐ)虺：雷始发之声。

击鼓

导读

《毛序》:“《击鼓》,怨州吁也。卫州吁用兵暴乱。使公孙文仲将而平陈与宋。国人怨其勇而无礼也。”毛说可能是该诗的背景。今人进一步指出,这是一首卫国戍卒思归不得的诗。

关于诗的时代背景,《毛序》《郑笺》及三家《诗》都认为是春秋时期鲁隐公四年夏,卫公子州吁联合宋、陈、蔡三国共同伐郑的事。王先谦根据《唐书·宰相世系表》的记载,考出孙子仲即公孙文仲,与州吁同时。但姚际恒《诗经通论》提出异议,他说:“此乃卫穆公背清丘之盟救陈,为宋所伐,平陈、宋之难,数兴军旅,其下怨之而作此诗也。其时卫有孙桓子良夫,良夫之子文子林父。良夫为大夫,忠于国;林父嗣为卿,穆公亡后为定公所恶,出奔。所云‘孙子仲’者,不知即其父若子否也?”可备一说。

清乔亿言此诗乃“征戍诗之祖”(《剑溪说诗又编》)。全诗五章,前三章概括了从应征入伍至行伍涣散这一过程,笔墨简洁,揭示深刻。通过陪衬和烘托来突出主题,是此诗在表现手法上值得注意之处。第三章对丧马归林、失伍离次的描写,表现出当时士卒的怨愤叛离之状,于生动具体的形象中寄意,倍觉真切。这是征人思念家室之作,其所欲言,不单在于从军之苦。第四章笔锋一转,忽追述当日执手相誓、期以偕老之事,与前面所写的战乱景况对照,更加显出此日情状的可悲。末两章所表现的情境,对后世诗歌创作影响甚大。如托名苏武的《别诗》、陈琳的《饮马长城窟行》、杜甫的《新婚别》,写征人与家室的别离之恨,均深得其意。

原文

击鼓其镗[1],踊跃用兵[2]。
土国城漕[3],我独南行。

从孙子仲[4],平陈与宋[5]。
不我以归[6],忧心有忡!

爰居爰处[7]?爰丧其马?
于以求之[8]?于林之下。

"死生契阔"[9],与子成说[10]。
执子之手,与子偕老。

于嗟阔兮[11],不我活兮[12]!
于嗟洵兮[13],不我信兮!

译文

战鼓擂得咚咚响,官兵踊跃练刀枪。
别人修路筑漕城,我独从军去南方。

跟随将军孙子仲,调停纠纷陈与宋。
常驻戍地不让归,思妻愁绪心忡忡。

住哪儿啊息何方?马儿丢失何处藏?
去到哪里找我马?丛林深处大树旁。

"生死永远不分离",对你誓言记心里。
我曾紧紧握你手,和你到老在一起。

可叹重重隔关山,不让我们重相见!
可叹悠悠长别离,不让我们守誓言!

注释

1 镗(tāng):击鼓声。
2 兵:兵器。
3 土:在国内服役做土工。城:筑城墙。"土""城"在这里都用作动词。
4 孙子仲:卫国世卿,任南征将领。
5 平:调解两国间的纠纷。
6 不我以归:"不以我归"的倒文。
7 爰(yuán):在何处。
8 于以:与"爰"同义。
9 契阔:结合。
10 成说:定约。
11 阔:路途遥远。
12 活:聚会。
13 洵(xún):久别。

凯风

导读

《毛序》:"《凯风》,美孝子也。卫之淫风流行,虽有七子之母,犹不能安其室。故美七子能尽其孝道,以慰其母心,而成其志尔。"毛说似不合诗旨。今人指出,这是一首儿子自责并颂母的诗。

《郑笺》:"不安其室,欲去嫁也。成其志者,成言孝子自责之意。"朱熹承《诗序》《郑笺》之说,他说:"卫之淫风流行,虽有七子之母,犹不能安其室,故其子作此诗。"自是以后,读诗者多认为这是儿子劝母不要再嫁的诗。清人魏源、王先谦不同意他们的说法。魏源《诗古微》说:"如其(指《诗序》)说,则宜为千古母仪所羞道。乃汉明帝赐东平王书曰:'今送光烈皇后衣巾一箧,可时奉瞻,以慰《凯风》寒泉之思。'又《衡方碑》:'感邶人之《凯风》,悼《蓼仪》之勤劬。'《梁相孔耽神祠碑》:'竭《凯风》以惆憀,惟《蓼仪》以怆悢。'《古乐府·长歌行》云:'远游使心思,游子恋所生。凯风吹长棘,夭夭枝叶倾。黄鸟鸣相追,咬咬弄好音。伫立望西河,泣下沾罗缨。'咸以颂母德,比劬劳,毫无忌讳。何为者耶?《孟子》曰:'《凯风》,亲之过小者也。亲之过小而怨,是不可矶也。'"王先谦《诗三家义集疏》说:"《序》'美孝子',自是大师相传古谊。'淫风流行'云云,则毛所涂附。玩《孟子》'亲之过小'一语,周秦以前旧说决无'母不安室'之辞。"魏、王根据三家《诗》说,认为这是儿子感激母亲劳苦而反躬自责的诗。从诗的情调来看,并没有劝母守节的意思,三家《诗》说比《毛诗》更接近诗旨一些。

后人泥于《序》说,遂谓其意"断不可以文章之道平直出之"(吴乔《答万季埜诗问》)。其实,此诗佳处,不在婉曲,正在平直。诗中没有过分的渲染、太深的寄托,有的只是朴素明白的描述,感情自然的流露。后世一些吟咏慈母的诗篇，如孟郊的《游子吟》、钱载的《到家作》，追怀母氏劬劳，自责不能奉侍，文辞也都平直明白。对于表现骨肉至情的作品，朴素的语言常是最理想的语言，平直的手法常是最成功的手法，往往能取得最强烈的艺术效果。非朴无以见其真，非直无以见其诚。任何多余的描写，都是画蛇添足和矫揉造作的表现。

原文	译文
凯风自南[1]，吹彼棘心[2]。	和风吹来自南方，吹在枣树红心上。
棘心夭夭，母氏劬劳[3]。	枣树红心嫩又壮，我娘辛苦善教养。
凯风自南，吹彼棘薪。	和风南方吹过来，枣树成长好当柴。
母氏圣善[4]，我无令人[5]。	我娘人好又明理，我们兄弟不成材。
爰有寒泉[6]，在浚之下。	寒泉清冷把暑消，源头出自浚县郊。
有子七人，母氏劳苦。	儿子七个不算少，却累我娘独辛劳。
睍睆黄鸟[7]，载好其音。	婉转黄雀清和音，歌声吱吱真好听。
有子七人，莫慰母心。	我娘儿子有七个，不能安慰亲娘心。

注释

1 凯风：南风。

2 棘：酸枣树，初发时心赤。

3 劬(qú)：劳苦。

4 圣善：明理而有美德。

5 令：善。

6 爰：发语词。 寒泉：在卫地浚邑，水冬夏常冷，故名寒泉。

7 睍睆(xiàn huǎn)：清和婉转的鸣声。

雄雉

导读

《毛序》:“《雄雉》,刺卫宣公也。淫乱不恤国事,军旅数起,大夫久役,男女怨旷。国人患之,而作是诗。”毛说似非诗之本义。后人指出,这是一位妇女思念远出的丈夫的诗。

朱熹《诗集传》:“妇人以其君子从役于外,故言雄雉之飞舒缓自得如此,而我之所思者乃从役于外,而自遗阻隔也。”姚际恒怀疑此说,他说:“上三章可通,末章难通,不敢强说。”方玉润《诗经原始》则认为是朋友互勉的诗,他说:“《雄雉》,期友不归,思而共勖也。首章言远行乃自取。次言怀想之至。三章言难来之故。末期自勉,亦以共勖。”此说可供参考。

这首诗是闺中思远之作,前三章言相思之深,尚称真挚。末章口气一转,忽以教训说理作结,不但索然无味,连前面的意境也一并破坏了。同是思念久役的丈夫,《王风·君子于役》便远胜于此诗。钟惺评曰:“‘百尔君子,不知德行’,非妇人语。‘君子于役,苟无饥渴’,真妇人语。”所谓“妇人语”,应即指诗中这位思妇形象的抒情。此诗末章强作“非妇人语”,破坏了形象的完整性,后人对《君子于役》的赞颂远过于此诗,不是没有原因的。《雄雉》作者是上层人物,《君子于役》作者是农村妇女,诗歌源于生活,各人生活不同,主题虽一,她们歌唱的风格也就不相同了。

原文	译文
雄雉于飞[1],泄泄其羽[2]。	雄雉起飞向远方,拍拍翅膀真舒畅。
我之怀矣,自诒伊阻[3]!	心中怀念我夫君,自找离愁空忧伤!
雄雉于飞,下上其音。	雄雉起飞向远方,忽高忽低咯咯唱。

展矣君子[4]，实劳我心！	我的夫君确实好，苦思苦想心难放。
瞻彼日月，悠悠我思！	远望太阳和月亮，我的相思长又长！
道之云远[5]，曷云能来？	相隔道路太遥远，何时回到我身旁？
百尔君子[6]，不知德行。	天下“君子”一个样，不知道德和修养。
不忮不求[7]，何用不臧[8]？	你不损人又不贪，走到哪里不顺当？

注释

1 雉(zhì)：野鸡。

2 泄(yì)泄：鼓羽舒畅的样子。

3 诒：同“遗”，遗留。伊：同“繄”，此、这。阻：忧。

4 展：诚、确实。

5 云：语助词。

6 百：凡、所有。君子：泛指统治者。

7 忮(zhì)：忌恨。

8 臧：善、好。

匏有苦叶

导读

《毛序》:“《匏有苦叶》,刺卫宣公也。公与夫人并为淫乱。”毛说附会,前人多曲解之。其实这是一位女子在济水岸边等待未婚夫时所唱的诗。

朱熹《诗集传》:“此刺淫乱之诗。”方玉润《诗经原始》:“《匏有苦叶》,刺世礼义澌灭也。”王先谦《集疏》:“贤者不遇时而作也。”各持己见,令后之读者无所适从。按诗末章云:“卬须我友”,卬为古代妇女的自称,故为女求男之词。余冠英先生《诗经选》一扫旧说,还它以民歌本来面目。他说:“这诗所写的是一个秋天的早晨,红通通的太阳才升上地平线,照在济水上。一个女子正在岸边徘徊,她惦着住在河那边的未婚夫,心想:他如果没忘了结婚的事,该趁着河里还不曾结冰,赶快过来迎娶才是。再迟怕来不及了。现在这济水虽然涨高,也不过半车轮子深浅,那亲迎的车子该不难渡过吧?这时耳边传来野鸡和雁鹅叫唤的声音,更触动她的心了。”他将全诗内容用散文译述一遍,扼要生动,可谓善于说诗者。

姚际恒言此诗“四章各自立义,不为连类之辞。”(《诗经通论》)方玉润驳其言:“《诗》岂有四章各自立义,不相连类之理?……详味诗,词非不连属,亦非不明显,特其制局离奇变幻,措词谲诡隐微,若规若讽,忽断忽连,故难骤解。”(《诗经原始》)方氏能言姚说之弊,却不知自身之弊。由于他认为这“直是一篇讽世座右铭耳”,故和姚氏同样堕于穿凿附会、自生轇轕之中。朱熹言各章首句为“比”,也是因将“刺淫乱”数字梗在心中,遂成此误。其实,此诗通篇为“赋”,前三章但写渡口的所见所闻,在这些景物的描绘之中,隐隐约约露出诗中主人公的影子,至末章始表出人物,点明主题。若说其章法之奇,也仅此而已。诗中的景物描写,虽然细腻,但也只就眼前所见,信手写出,着物虽多,线索自清。总览全诗,作者何曾在制局措辞上煞费心思,故也无由得奇幻难解之叹。诗有以曲折获誉的,也有以平直见长的,有些作品须求其言外之意,有些作品的意思就在字面上,不若“虚心平看,自有意味”(朱熹《答周叔瑾》)。此诗即是一例。前人正是由于心存崎峣,想入非非,硬是推之使高、凿之使深,反失其真意,丧其自然之美。

原文

匏有苦叶[1],济有深涉[2]。
深则厉[3],浅则揭[4]。

有弥济盈[5],有鷕雉鸣[6]。
济盈不濡轨[7],雉鸣求其牡[8]。

雝雝鸣雁[9],旭日始旦。
士如归妻,迨冰未泮[10]。

招招舟子,人涉卬否[11]。
人涉卬否,卬须我友[12]。

译文

枯叶葫芦腰间收,济水渡口深水流。
水深和着衣裳蹚,水浅提起下衣走。

济水涨起满盈盈,水边野鸡吆吆鸣。
水满不湿车轴头,野鸡唱歌求配偶。

大雁嘎嘎相对唱,初升太阳放光芒。
郎若有心娶新娘,要趁今冬冰未烊。

船夫招手把客揽,别人上船我留岸。
别人上船我留岸,我等情郎来结伴。

注释

1 匏(páo):葫芦。古人常将干葫芦拴在腰上渡水。

2 涉:渡口。

3 厉:连衣徒步渡水。

4 揭(qì):提起下衣渡水。

5 有弥:即“弥弥”,河水满盈的样子。

6 鷕(yǎo):雌雉的叫声。

7 轨:车轴的两端。这句意为,河水虽涨,尚未沾湿车轴。人要渡河,没什么危险。

8 牡：雄雉。

9 雝雝：雁鸣相和之声。古代婚嫁用雁做礼物。

10 泮(pàn)：融化。古人结婚多在秋冬两季。

11 卬(áng)：我。

12 须：等待。

谷风

导读

《毛序》:“《谷风》,刺夫妇失道也。卫人化其上,淫于新昏,而弃其旧室,夫妇离绝,国俗伤败焉。”毛说对诗本义有所引申。据后人所说,这是一首弃妇的怨诗。

朱熹《诗集传》:“妇人为夫所弃,故作此诗,以叙其悲怨之情。”这是不错的。此诗以一个弃妇自述的口吻,诉说了她的不幸遭遇。缠绵悱恻,怨而不怒,是前人对此诗的总评,也确实概括了它的艺术特色。托名卓文君的汉诗《白头吟》,也是一首以女子口吻写的诗。这两首诗中的女主角,对爱情有着同样的要求:“德音莫违,及尔同死”“愿得一心人,白头不相离。”但对待对方的负心,则表现出绝然不同的态度。《白头吟》中的女子,秉性刚烈,一闻其所爱的人已经变心,便毅然分手:“闻君有两意,故来相决绝”;对于其人因贪财而背叛爱情,直言指责:“男儿重意气,何用钱刀为”,何等痛快;“今日斗酒会,明日沟水头”,对割断过去的情丝,竟毫不悔惜。而《谷风》中的女子,虽知其夫已经变心,尚曲意规劝:“黾勉同心,不宜有怒”;对于其夫因好色而喜新厌旧,但云“采葑采菲,无以下体”,何其委婉;即使在被弃离之后,犹“行道迟迟,中心有违”,充满不能自诀之情。尤其是“毋逝我梁,毋发我笱”两句,自身尚不能见容,犹顾念其家事,其情痴绝。诗中女子虽有德音,却以色衰见弃,尤见其夫薄幸可恨!但她对薄幸人犹作情厚语,虽字字含怨,却绝不怒骂,只是通过今昔对比、新旧对比,谕之以理,动之以情:“昔育恐育鞫,及尔颠覆,既生既育,比予于毒”,婉中带厉,令人惊心;“不我能慉,反以我为仇”“不念昔者,伊余来塈”,怨中有望,使人酸心。对于那个新人,也不作刻薄的妒恨怨詈。诗中三处提及“宴尔新昏”,但以“如兄如弟”形容对方逸乐,以“不我屑以”“以我御穷”形容自身的憔悴和凄凉。这样,其自陈治家勤劳、周睦邻里,就使人不觉是自我标榜,而是一种无辜的、委屈的心情的自然流露。这些絮絮屑屑的陈述,如怨如慕,如泣如诉,语婉意曲,辞烦事悲。弃妇的怨恨,其夫的薄情,人世的炎凉,女子的不幸,已尽在其中。作者一往情深,读者凄怆不已。

原文

习习谷风[1],以阴以雨[2]。
黾勉同心[3],不宜有怒。
采葑采菲[4],无以下体[5]。
德音莫违[6],“及尔同死”。

行道迟迟,中心有违[7]。
不远伊迩,薄送我畿[8]。
谁谓荼苦?其甘如荠。
宴尔新昏[9],如兄如弟。

泾以渭浊,湜湜其沚[10]。
宴尔新昏,不我屑以[11]。
毋逝我梁[12],毋发我笱[13]。
我躬不阅[14],遑恤我后[15]。

就其深矣,方之舟之。
就其浅矣,泳之游之。
何有何亡,黾勉求之。
凡民有丧[16],匍匐救之[17]。

不我能慉[18],反以我为仇。

译文

飒飒山谷起大风,天阴雨暴来半空。
夫妻勉力结同心,不该怒骂不相容。
芜菁萝卜当菜吃,难道要叶不要根。
甜言蜜语莫忘记,“和你到死永不分”。

走出家门慢吞吞,脚步向前心不忍。
不求远送望近送,谁知只送到房门。
谁说荼菜苦无比?在我吃来甜似荠。
你有新人多快乐,两口亲热像兄弟。

渭水入泾泾水浑,泾水虽浑底下清。
你有新人多快乐,诬我不洁又不清。
别到我的鱼坝去,别把鱼篓胡乱提。
今日我已不见容,往后事情难顾及。

好比河水深悠悠,那就撑筏划小舟。
好比河水浅清清,那就游泳把水泅。
家里有这没有那,尽心尽力为你求。
邻居出了灾难事,伏着爬着也去救。

你不爱我倒也罢,不该把我当冤仇。

既阻我德，贾用不售[19]。	一片好意遭拒绝，好像货物难脱手。
昔育恐育鞫[20]，及尔颠覆[21]。	以前生活困又穷，共渡难关苦重重。
既生既育，比予于毒[22]。	如今生计有好转，翻脸比我像毒虫。
我有旨蓄[23]，亦以御冬。	我有腌的美咸菜，贮藏起来渡寒冬。
宴尔新昏，以我御穷。	你有新人多快乐，拿我旧妻挡困穷。
有洸有溃[24]，既诒我肄[25]。	粗声恶气打又骂，还要逼我做苦工。
不念昔者，伊余来塈[26]。	不念昔日情绵绵，一片恩爱将我宠。

注释

1 习习：连续不断的大风声。谷风：来自山谷的风。

2 以：为、是。

3 黾(mǐn)勉：努力。

4 葑(fēng)：菜名，芜菁，即大头菜。菲：萝卜。

5 下体：指根部。葑、菲的根和茎叶均可食，但根是主要食用部分，茎叶过时即枯萎。这里以根喻德美，以茎叶喻色衰，暗指她丈夫娶妻不取其德，但取其色，色衰即抛弃。

6 德音：指丈夫曾对她说过的好话。

7 有违：指离家的行动与心意相违背。

8 畿：门槛。

9 宴：安乐。昏：古“婚”字。

10 湜(shí)湜：水清见底的样子。沚：河底。诗人在这里以泾水浊自比，以渭水清喻新人。泾水虽比渭水浊，但河底还是清澈的。以此比喻自己虽貌不如新人，但品德是洁白无瑕的。

11 屑：洁。

12 逝：往。梁：捕鱼的垒石堤坝。

13 发：同“拨”，搞乱。笱(gǒu)：捕鱼的竹篓。

14 躬:自身。阅:容纳。
15 遑:空暇。恤:担忧、顾及。
16 民:指邻人。丧:指凶祸之事。
17 匍匐:竭尽全力。
18 慉(xù):喜好、爱。
19 贾(gǔ):卖。用:货物。
20 育恐:生活恐慌。育鞫:生活困穷。
21 颠覆:指患难。
22 于:如。毒:毒虫。
23 旨:鲜美。蓄:腌的干菜。
24 洸:威武貌。溃:怒貌。
25 既:尽、全部。诒:通"贻",留给。肄(yì):劳苦。
26 伊:唯。来:语助词。塈(jì):爱。

式微

导读

《毛序》:“《式微》,黎侯寓于卫,其臣劝以归也。”今人多不从毛说,认为这是一首反映征夫痛苦的作品。

《毛序》认为诗中的“君”是指黎侯。刘向《列女传·贞顺篇》:“黎庄夫人者,卫侯之女,黎庄公之夫人也。既往而不同欲,所务者异,未尝得见,甚不得意。其傅母闵夫人贤,公反不纳,怜其失意,又恐其已见遣而不以时去,谓夫人曰:‘夫妇之道,有义则合,无义则去。今不得意,胡不去乎?’夫人终执贞一,不违妇道以俟君命。君子故序之以编诗。”刘向的《鲁诗》说明显与《毛诗》不同,以往的经今古文学家对此互相多有辩驳,但囿于成见,未能中肯。而且无论实指黎侯或黎庄夫人,都缺乏史实佐证。余冠英《诗经选》:“这是苦于劳役的人所发的怨声。”今从余说。诗用简短的几句话,表达了平民百姓对统治者压迫奴役的很深的怨恨。

此诗二章,全用设问。所谓设问,指心中早有定见,话中故意提出问题。诗人苦不堪言,因此一再反问,为什么有家不能归?为什么要在泥水、露水中受苦?这样的明知故问,比直接的叙述显得更加婉转而有情致。因此《式微》虽然只有八句,但由于设问而使得怨恨之情溢于言表,给读者的印象还是比较深刻的。

原文	译文
式微式微[1],胡不归?	日光渐暗天色灰,为啥有家不能归?
微君之故,胡为乎中露[2]?	不是君主差事苦,哪会夜露湿我腿?
式微式微,胡不归?	日光渐暗天色灰,为啥有家不能归?

微君之躬[3],胡为乎泥中[4]? ‖ 不是君主养贵体,哪会夜间踩泥水?

注释

1 式:发语词。微:幽暗,指天黑。
2 中露:即露中。
3 躬:身体。
4 泥中:泥水路里。

旄丘

导读

《毛序》:“《旄丘》,责卫伯也。狄人迫逐黎侯,黎侯寓于卫,卫不能修方伯连率之职,黎之臣子以责于卫也。”大意是说:黎国被北方少数民族狄人攻灭后,国君黎侯流亡于卫国。卫国由于害怕狄人,不敢履行一方诸侯领袖的职责,帮助黎国恢复故土。黎国的臣子便写了这首诗以谴责卫国的贵族。今从毛说。

这些因战乱而流亡到卫国的黎人,寄希望于卫国贵族的同情和救济,结果却是一无所得,自然是一肚皮的怨气。此诗第一章以旄丘之葛起兴,连用两句疑问,虽然疑惑于卫国君臣救援之迟,但还是满怀希望的。第二章连用两句设问,后面又自己作了回答。姚际恒评道:“自问自答,望人情景如画。”其实作者对卫人已经很失望,所谓“必有与也”“必有以也”,无非是一种自我宽解而已。第三章用赋法,说卫国的叔伯贵族与自己感情不相通,朱熹说:“至是始微讽之。”讥刺而仅止于“微”,活现出一种又气愤又不敢得罪人的矛盾心理。最后一章也用赋法,但末句声色俱厉,感情上到了爆发点。作者破口大骂,斥责卫人傲慢无礼,对他们的呼告恳求像聋子一样充耳不闻。此时他已经完全绝望,也就无所顾忌了。正如朱熹所说的:“至是然后尽其词矣。”用不同的艺术手法来描写不同的心理状态,层层递进,细致入微,这是读者从《旄丘》中可以仔细玩味的。

原文

旄丘之葛兮[1],何诞之节兮[2]?
叔兮伯兮!何多日也?

译文

葛藤长在山坡上,枝节怎么那样长?
叔叔啊,伯伯啊!为啥好久不帮忙?

何其处也[3]？必有与也[4]。	为啥躲在家里边，定要等谁才露面？
何其久也？必有以也[5]。	为啥拖拉这么久，定有原因在其间。
狐裘蒙戎[6]，匪车不东[7]。	身穿狐裘毛蓬松，他坐车子不向东。
叔兮伯兮！靡所与同[8]。	叔叔啊，伯伯啊！你我感情不相同。
琐兮尾兮[9]！流离之子。	我们渺小又卑贱，我们流亡望人怜。
叔兮伯兮！褎如充耳[10]。	叔叔啊，伯伯啊！趾高气扬听不见。

注释

1 旄(máo)丘：前高后低的山。
2 诞：同“覃”，延长。节：指葛藤的枝节。
3 处：安居不出。
4 与：指同伴或盟国。
5 以：原因。
6 蒙戎：蓬蓬乱的样子。
7 匪：彼，指大夫。东：疑指流亡人居住于东方。
8 同：同心。
9 琐：细小。尾：通“微”，卑贱。
10 褎(yòu)如：态度傲慢妄自尊大的样子。褎，盛服。充耳：一种挂在耳旁的首饰，这里含有双关意义，即“充耳不闻”的意思。

简兮

导读

《毛序》:"《简兮》,刺不用贤也。卫之贤者仕于伶官,皆可以承事王者也。"三家《诗》无异义。但是我们细玩全诗,唯有赞美的口气,却体会不出讽刺的意味来。

闻一多《神话与诗》说:"《左传》隐公五年:'考仲子之宫,将《万》焉。'仲子者,公之祖母,考其宫用《万舞》,可知《万舞》与妇人有特殊关系。然而《左传》庄公二十八年又曰:'楚令尹子元欲蛊文夫人,为馆于其宫侧而振《万》焉。'注:'蛊惑以淫事。'《邶风·简兮》曰'方将《万舞》''公庭《万舞》',又曰:'云谁之思,西方美人。'似亦男女爱慕之诗。爱慕之情生于观《万舞》,此则舞之富于诱惑性可知。"闻先生的考证更接近诗旨。这是一位女子观看舞师表演《万舞》,从而对他产生爱慕之情的诗。

此诗妙处,在于感情的炽热与坦率。前三章虽然是对舞师表演的客观描写,但字里行间仍充溢着赞美之情。末章则毫不掩饰地吐露了对舞师的爱慕,尤其最后两句,一再高唱,给人"情有不可已者"的强烈感受。历代说《诗》者,受《毛序》"刺不用贤也"的影响,将这首诗的艺术特点解释得曲折隐晦。吴闿生《诗义会通》认为此诗对"极伤心事"却作"极得意语"。方玉润《诗经原始》认为"末章慨然遐想,有高乎一世之志",他们二位的失误就在于因袭了《毛序》的谬说。

原文	译文
简兮简兮[1],方将《万舞》[2]。 日之方中,在前上处[3]。	敲起鼓来咚咚响,《万舞》演出将开场。 太阳高挂正中央,舞师排在最前行。

硕人俣俣[4],公庭《万舞》。	身材高大真魁梧,公庭前面演《万舞》。
有力如虎,执辔如组[5]。	力大无穷似老虎,手执缰绳赛丝组。
左手执籥[6],右手秉翟[7]。	左手握着笛儿吹,右手挥起野鸡尾。
赫如渥赭[8],公言锡爵[9]。	脸儿通红像染色,卫公叫赏酒满杯。
山有榛[10],隰有苓[11]。	榛树生在高山顶,低洼地里有草苓。
云谁之思?西方美人[12]。	是谁占领我的心?是那健美西方人。
彼美人兮,西方之人兮!	美人美人难忘怀,他是西方来的人!

注释

1 简:鼓声。

2 万舞:在周天子宗庙中演出的一种大型舞蹈,分文舞和武舞两部分。文舞用野鸡羽毛和龠的乐器,武舞用盾牌和板斧。

3 处:指处于某一位置。

4 俣(yǔ)俣:身躯魁梧的样子。

5 组:编织的一排排丝线。

6 籥(yuè):古代乐器,形似笛,三孔。

7 翟(dí):野鸡尾羽。

8 赫:形容脸色红而有光。渥(wò):涂抹。赭:红土。

9 锡:赏赐。

10 榛:榛树,实似栗而小。

11 隰(xí):低湿的地方。苓:甘草。

12 西方:指周,周在卫国西面。美人:指舞师。

泉水

导读

《毛序》:"《泉水》,卫女思归也。嫁于诸侯,父母终,思归宁而不得。故作是诗以自见也。"毛说近是,这是嫁到别国的卫女思归不得的诗。

王先谦《诗三家义集疏》据《艺文类聚》引晋刘愔母孙氏《悼艰赋》"览《蓼莪》之遗咏,讽肥泉之余音",认为"以肥泉与《蓼莪》并称,则二语为思既没之父母,古义如此"。他又据钱澄之《田间诗学》说"思须与漕"句,谓诗作于卫避狄迁漕、东渡黄河之后。"盖须是旧都,漕乃新徙。故国之变,闻而心伤,思之悠悠然长,欲归不得,故结之曰:'驾言出游,以写我忧。'罔极之哀,多难之急,皆在其内。"据他考证,则诗为思父母、忧家国的作品。何楷《诗经世本古义》、魏源《诗古微》认为这首诗和《竹竿》《载驰》都是许穆夫人所作,姚际恒《诗经通论》、方玉润《诗经原始》认为是许穆夫人媵妾所作,但均无确证。

首章"有怀于卫,靡日不思",是诗之本旨。"出宿"二章,一忆往昔,一想来日,皆用虚笔。尤以第三章遣词轻快,读之有"千里江陵一日还"之感。虽凭空结撰,并非实境,然情文斐然,其迫切心情,跃然纸上。戴君恩评:"蜃楼海市,出有入无,诗人用虚之妙。"(《读风臆评》)但作者虽有归宁之思,却无自主之权,"不瑕有害"四字,道出了她的疑惧之情。吴闿生道:"以上二章,皆决绝之词,此一句掉转,文法奇绝。"(《诗义会通》)李煜词:"梦里不知身是客,一晌贪欢。"(《浪淘沙》)故国之思,含情凄婉。若此女子,也是在设想中"一晌贪欢",情意甚悲。后世诗赋,写不能如愿之事,常于想象及梦境中得到满足,推其源始,即在此篇。

原文

毖彼泉水[1],亦流于淇。
有怀于卫,靡日不思。
娈彼诸姬[2],聊与之谋。

出宿于泲[3],饮饯于祢[4]。
女子有行[5],远父母兄弟。
问我诸姑,遂及伯姊[6]。

出宿于干[7],饮饯于言[8]。
载脂载舝[9],还车言迈[10]。
遄臻于卫[11],不瑕有害[12]!

我思肥泉,兹之永叹[13]。
思须与漕[14],我心悠悠。
驾言出游,以写我忧[15]。

译文

泉水涌涌流不息,毕竟流到淇水里。
想起卫国我故乡,没有一天不惦记。
同来姊妹多美好,且和她们共商议。

想起当初宿在泲,喝酒饯行在祢邑。
姑娘出嫁到别国,远离父母和兄弟。
临行问候姑姑们,还有大姊别忘记。

如能回家宿干地,喝酒饯行在言邑。
涂好轴油插上键,回车归家走得快。
只想快快回国去,想必看看没啥害!

心儿飞到肥泉头,声声长叹阵阵忧。
心儿飞向须和漕,绵绵相思盼重游。
驾起车子出门去,借此消我心中愁。

注释

1 毖(bì):通"泌",河水涌流的样子。泉水:卫地水名,即末章的肥泉。
2 娈(luán):美好貌。诸姬:一些姬姓的女子。卫君姓姬,卫女嫁于诸侯,以同姓之女陪嫁。
3 泲(jǐ):卫地名。
4 祢(nǐ):卫地名。
5 行:嫁。
6 伯姊:大姐。
7 干:诗人所嫁国地名。
8 言:也是诗人所嫁国地名。
9 载:发语词。脂:用油涂车轴。舝:车轴两头的金属键。

10 迈:行路。

11 遄(chuán):快、疾。

12 瑕:无。

13 兹:越发、更加。

14 须、漕:都是卫国地名。

15 写:消除。

北门

导读

《毛序》:“《北门》,刺仕不得志也。言卫之忠臣不得其志尔。”分析诗旨基本正确,但尚失之笼统。所谓“忠臣不得其志”者,一般是指“忧谗畏讥”“忠而受谤”之类。但此诗作者并非如此,他颇得卫君信任,事无巨细都交给他处理,以致不堪其劳;而生活又入不敷出,因此还受到家里人的责难。他内外交迫,无能为力,只得归之于天命,写这首诗发发牢骚,并没有标榜自己是一个忠臣。

郭沫若《中国古代社会研究》说:“这位尊驾我想来怕也不必一定是怎的贫窭,只是社会的生活程度一天一天的高涨了起来,人民也一天一天的奢华了起来,他的收入不很够供他老婆的挥霍,所以才那样很夸张的长吁短叹。总而言之,他总算是一位破产的贵族。”郭先生认为诗反映当时一些贵族已经破产的情况,很有见地。

全诗三章,每章末都重复“已焉哉,天实为之,谓之何哉”三句,一遍又一遍的叹息,衬托着这位贵族错综复杂的心理:又恼怒,又无可奈何;又想自我排解,又不免黯然。这种一唱三叹的叠章,有效地加强了感情的色彩。

原文

出自北门,忧心殷殷[1]。
终窭且贫[2],莫知我艰。
已焉哉[3],天实为之,
谓之何哉[4]!

译文

一路走出城北门,心里隐隐含忧患。
既无排场又穷酸,有谁了解我艰难。
既然这样啦,老天存心摆布我,
叫我怎么办!

原文	译文
王事适我[5]，政事一埤益我[6]。	王室差事扔给我，政事全都推给我。
我入自外，室人交遍谪我[7]。	忙了一天回家来，家人个个骂我呆。
已焉哉，天实为之，	既然这样啦，总是老天的安排，
谓之何哉！	叫我也无奈！
王事敦我[8]，政事一埤遗我。	王室差事逼迫我，政事全盘压着我。
我入自外，室人交遍摧我[9]。	忙了一天回到家，家人个个骂我傻。
已焉哉，天实为之，	既然这样啦，老天存心安排下，
谓之何哉！	我有啥办法！

注释

1 殷殷：深深忧虑的样子。
2 窭(jù)：房屋简陋，无法讲求礼节排场。
3 已焉：既然。
4 谓之何：犹“奈何”，怎么办。
5 王事：有关周王朝的差事。 适：扔。
6 政事：卫国国内的差事。 一埤(pí)：一并。
7 交：轮流。 谪：责备。
8 敦：逼迫。
9 摧：讽刺。

北风

导读

《毛序》:“《北风》,刺虐也。卫国并为威虐,百姓不亲,莫不相携持而去焉。”大意是说卫国人民不堪其统治者的暴虐,纷纷号召亲朋共同逃亡。今从毛说。

方玉润《诗经原始》:“此篇不知其为卫作乎?抑为邶言乎?若以诗编《邶风》内,则当为邶言为是。”邶亡于卫在什么时候,史不可考。据方的说法,这首诗是反映邶亡前统治者的暴虐腐败、社会混乱和人民纷纷逃亡的情况。可备一说。

朱熹言此诗“气象愁惨”。读这首诗,确实使人感到一种紧张恐惧的气氛,这种气氛,主要通过三方面来表现。一是景物的描写。诗前两章前两句是兴,通过对风紧雪盛的描述,来渲染悲惨气氛,写得凛凛有寒意。二是音节的变化。各章前四句辞尚宽缓,至末两句忽作促音,更加深了这种紧张感。三是形象的语言,“其虚其邪,既亟只且”,自问自答,通过人的紧张情绪,将这种迫不及待的气氛,淋漓尽致地表现出来。至末章以赤狐、黑乌不祥的动物象征暴虐的统治者,尤为形象。

原文

北风其凉,雨雪其雱[1]。
惠而好我,携手同行。
其虚其邪[2]?既亟只且[3]!

北风其喈[4],雨雪其霏[5]。
惠而好我,携手同归。

译文

北风吹来冰冰凉,漫天雪花任飞扬。
赞同我的好伙伴,携手同路齐逃亡。
哪能犹豫慢吞吞?事已紧急大祸降!

北风刮得寒凛凛,雪花漫天下纷纷。
赞同我的好伙伴,携手同去安乐村。

其虚其邪？既亟只且！	哪能犹豫慢吞吞？事已紧急大祸临！
莫赤匪狐，莫黑匪乌[6]。	天下赤狐尽狡猾，天下乌鸦一般黑！
惠而好我，携手同车。	赞同我的好伙伴，携手同车结成队。
其虚其邪？既亟只且！	哪能犹豫慢吞吞？事已紧急莫后悔！

注释

1 雨雪：下雪。“雨”是动词。 雱(pāng)：雪花纷纷的样子。

2 虚，通“舒”。 邪，通“徐”。“舒”“徐”都是缓慢而犹豫不决的样子。

3 亟：同“急”。 只且(jū)：语尾助词。

4 喈：寒凉。

5 霏：雪花密集的样子。

6 乌：乌鸦。古人以为狐狸、乌鸦都是妖异不祥之物，所以在这里用它们比喻祸国殃民的当政者。

静女

导读

《毛序》:"《静女》,刺时也。卫君无道,夫人无德。"今人多以毛说为附会,指出这是一首写男女约会的情诗。

欧阳修《诗本义》:"《静女》一诗,本是情诗。"可谓一语中的。《毛序》:"《静女》,刺时也。卫君无道,夫人无德。"朱熹《诗序辨说》云:"此《序》全然不是诗意。"批评得很对。但他又说"此淫奔期会之诗",却充满了腐朽的道学气,总不及欧阳永叔说得明白贴切。

诗以男子口吻写幽期密约的乐趣,语言浅显,形象生动,气氛欢快,情趣盎然。"爱而不见",暗写少女活泼娇憨之态,"搔首踟蹰",明塑男子心急如焚之状,描摹入神;"说怿女美",一语双关,富于感情色彩;"匪女之为美,美人之贻",情意缠绵,刻画心理细腻入微,道出人与物的关系,是从人与人的关系投射出来的真理。总的说,此诗以人人所能之言,道人人难表之情,自然生动,一片天籁。李梦阳引王叔武语曰:"真诗乃在民间。"以此诗诠之,诚非虚论。后世唯民歌俗谣,遣词道情,尚能得其仿佛,求诸文人集中,传神之作,不可多得。

原文

静女其姝[1],俟我于城隅[2]。
爱而不见[3],搔首踟蹰。

静女其娈,贻我彤管[4]。
彤管有炜[5],说怿女美[6]。

自牧归荑[7],洵美且异[8]。

译文

善良姑娘真美丽,等我城楼去幽会。
故意藏着逗人找,惹我搔头又徘徊。

善良姑娘真漂亮,送我彤管情意长。
彤管鲜红光闪闪,越看越爱心欢畅。

郊外送茅表情爱,嫩茅确实美得怪。

匪女之为美[9]，美人之贻。 ‖ 不是嫩茅有多美，只因美人送它来。

注释

1 静：善良。姝：美好的样子。

2 城隅：城上的角楼。

3 爱：通“薆”，隐藏。

4 贻：赠送。彤管：红管草。

5 炜(wěi)：红而有光泽的样子。

6 说怿：喜爱。说，同“悦”。女：同“汝”，指彤管。

7 牧：郊外。归：通“馈”，赠送。荑(tí)：初生的柔嫩白茅。

8 洵：确实。

9 女：同“汝”，指荑。

新台

导读

《毛序》:“《新台》,刺卫宣公也。纳伋之妻,作新台于河上而要之。国人恶之,而作是诗也。”说的是卫宣公为儿子迎娶齐女,听说齐女很美,便在河上筑新台把她拦截下来占为己有。人民就此作诗讽刺他。今从毛说。

《左传》桓公十六年:“卫宣公烝于夷姜,生急子,为之取(娶)于齐而美,公取之。”司马迁《史记·卫世家》亦有同样的记载。历来学者根据这些史料,都认为这是讽刺卫宣公乱伦,同情齐女所得非所求的诗,细析诗的内容,大概是不错的。

黑格尔说:“一种高尚的精神和道德的情操无法在一个罪恶和愚蠢的世界里实现它的自觉的理想,于是带着一腔火热的愤怒或是微妙的巧智和冷酷辛辣的语调去反对当前的事物,对和他的关于道德与真理的抽象概念起直接冲突的那个世界不是痛恨,就是鄙视。”“以描绘这种有限的主体与腐化堕落的外在世界之间矛盾为任务的艺术形式就是讽刺。”(《美学》第二卷)在这首诗中,作者即通过对“燕婉之求”与“得此戚施”这一对矛盾的揭示,用辛辣的语言、不平的口吻,鞭挞了人世“籧篨”的卑劣行径,反映了一个美好愿望的可悲的破灭,表现了理想和现实的冲突,自身和丑恶现象不能相容的愤怒心情,对邪恶的事物起了揭露、讥刺的作用。前人说一部《诗经》,诸体皆备。如这首诗,已开我国古代讽刺诗的先声。

原文	译文
新台有泚[1],河水弥弥。	河上新台真辉煌,水面一片白茫茫。

原文	译文
燕婉之求[2]，籧篨不鲜[3]。	本想嫁个美男子，碰上丑汉虾蟆样。
新台有洒[4]，河水浼浼[5]。	河上新台真高敞，水面一片平荡荡。
燕婉之求，籧篨不殄[6]。	本想嫁个美男子，碰上虾蟆没好相。
鱼网之设，鸿则离之[7]。	想得大鱼把网张，谁知虾蟆进了网。
燕婉之求，得此戚施[8]。	本想嫁个美男子，碰上虾蟆四不像。

注释

1 新台：台名，筑在水上的房子称为台。泚(cǐ)：新而鲜明的样子。

2 燕婉：安和美好。

3 籧篨(qú chú)：癞蛤蟆一类的东西。

4 洒：高峻。

5 浼(měi)浼：水势平缓。

6 殄(tiǎn)：通"腆"，善。

7 鸿：虾蟆。离：通"罹"，获得。

8 戚施：虾蟆，喻丑恶之人。

二子乘舟

导读

《毛序》:"《二子乘舟》,思伋、寿也。卫宣公之二子,争相为死,国人伤而思之,作是诗也。"卫宣公既夺伋妻,生子寿。后宣公欲杀伋,寿自愿代伋死,遂俱被害。今从毛说。

卫国政治腐败,民不聊生,多逃亡国外,《北风》即其一例。《二子乘舟》可能是抒发对流亡异国者的怀念。不同于《毛序》,刘向《新序》说:"使人与伋乘舟于河中,将沉而杀之。寿知不能止也,因与之同舟;舟人不得杀伋。方乘舟时,伋傅母恐其死也,闵而作诗。"《毛序》是古文《诗》说,刘向是今文《诗》说,但都是根据《左传》桓公十六年的记载加以附会,并不能从诗中得到确切证据,姚际恒说:"大抵《小序》说《诗》非真有所传授,不过影响猜度,故往往有合有不合。如《邶》《鄘》及《卫》皆摭卫事以合于诗,《绿衣》《新台》以言庄姜、卫宣,此合者也;《二子乘舟》以言伋、寿,此不合者也。正当分别求之,岂可漫无权衡,一例依从者哉!"他对《毛序》所持态度是很正确的。

原文	译文
二子乘舟,泛泛其景[1]。	两人同坐小船上,飘飘荡荡向远方。
愿言思子[2],中心养养[3]。	每当想起你们俩,心里不安多忧伤。
二子乘舟,泛泛其逝。	两人同坐小船上,飘飘荡荡往远方。
愿言思子,不瑕有害[4]?	每当想起你们俩,此行是否遭祸殃?

注释

1 泛泛:飘浮的样子。 景:通“憬”,远行。

2 愿:每。

3 养养:即“恙恙”,忧思心神不定的样子。

4 不瑕:不无。

鄘风

柏舟

导读

《毛序》:"《柏舟》,共姜自誓也。卫世子共伯早死,其妻守义,父母欲夺而嫁之,誓而弗许,故作是诗以绝之。"这种说法,实际是把天真无邪爱情真挚的民间歌唱附会成统治阶级的贞节牌坊,姚际恒在《诗经通论》中驳得好:"《序》谓共姜自誓。共伯已四十五六岁,共姜为之妻,岂有父母欲其改嫁之理?至于共伯,已为诸侯,乃为武公攻于墓上,共伯入厘侯羡(墓道)自杀。则《大序》谓共伯为世子及早死之言尤悖矣。故此诗不可以事实之。"他的分析,道破了《毛序》的错误。其实,这是一位少女要求婚姻自由,违抗父母之命的诗,反映了追求爱情、反抗封建礼教的精神。

此诗与《邶风·柏舟》所表现的情感、所用的艺术手法,以及语言风格,区别很大。《邶·柏舟》作于既遭弃离之后,故诗中充满了痛苦的反思;此诗作于热恋之时,故诗中突出了愤怒的抗争。《邶·柏舟》作者,其心已受伤害,其情如百尺潭水那样深沉;此诗作者,其身正遭压迫,其情如冲天之火那样热烈。《邶·柏舟》所用的是"回荡的表情法","是一种极浓厚的情感蟠结在胸中,像春蚕抽丝一般,把它抽出来";此诗所用的是"奔迸的表情法","是情感突变,一烧烧到白热度","用极简单的语句,把极真的感情尽量表出"。(梁启超《中国韵文里头所表现的情感》)《邶·柏舟》多用比喻,在意象的表现中寄情;此诗全是直陈,将毫无隐瞒的情感,迸裂到字句之中。故《邶·柏舟》风格沉郁，能长久地引起人们同情；此诗表现激烈，能很快激起人们共鸣。《邶·柏舟》语言委婉曲折，如山间溪水；此诗语言一泻无余，如大河奔流。

原文	译文
泛彼柏舟[1]，在彼中河。	柏木小船飘荡荡，一飘飘到河中央。
髧彼两髦[2]，实维我仪[3]；	额前垂发少年郎，是我心中好对象；
之死矢靡它[4]。	到死誓不变心肠。
母也天只[5]！不谅人只！	我的爹啊我的娘！为何对我不体谅！
泛彼柏舟，在彼河侧。	柏木小船飘荡荡，一飘飘到河岸旁。
髧彼两髦，实维我特[6]；	额前垂发少年郎，处处和我配得上；
之死矢靡慝[7]。	誓死不会变主张。
母也天只！不谅人只！	我的爹啊我的娘！为何对我不体谅！

注释

1 泛彼：即泛泛，疾速漂流的样子。

2 髧(dàn)：头发下垂的样子。两髦(máo)：古代男子未成年时头发的式样。

3 实：是。维：为。仪：匹偶。

4 之：至。矢：发誓。靡它：无他心。

5 也、只：都是语气词。天：指父亲。

6 特：匹偶。

7 慝(tè)：更改。

墙有茨

导读

《毛序》:"《墙有茨》,卫人刺其上也。公子顽通乎君母,国人疾之而不可道也。"可见这是一首揭露、讽刺卫国君主后妃们淫乱无耻的诗,抨击的是"不可道""不可详""不可读"的宫廷秽闻。《左传》闵公二年:"初,惠公之即位也少,齐人使昭伯烝于宣姜。不可,强之。生齐子、戴公、文公、宋桓夫人、许穆夫人。"《齐诗》说:"墙茨之言,三世不安。"(《易林》)《鲁诗》说:"卫宣姜乱及三世,至戴公而后宁。"据这些记载,这首诗的讽刺对象可能就是卫宣姜。宣姜本被聘为卫宣公世子伋的妻子,后被卫宣公中途劫夺据为己有。宣公死后,他的庶长子公子顽(即昭伯)又与宣姜私通。这些乱伦的行为,已经无复人理。方玉润说:"卫宫淫乱未必即止宣姜,而宣姜为尤甚。……盖廉耻至是而尽丧,有诗人不忍道、不忍详、不忍读者。"分析得较中肯。

此诗特点是讽刺尖锐而不直露,章末"所可道也?言之丑也",自问自答,戛然煞住,是怎样的丑恶,丑恶到什么程度,一切都留给读者自己去想象,似直实曲,似露实隐。作诗者或因有所顾忌而辍笔,读诗者却由言外得意而骋思。

原文	译文
墙有茨[1],不可扫也。	墙上蒺藜爬,不可扫掉它。
中冓之言[2],不可道也[3]。	宫廷悄悄话,不可乱拉呱。
所可道也[4]?言之丑也。	还能说什么?说来太丑啦。
墙有茨,不可襄也[5]。	蒺藜爬满墙,难以一扫光。

中冓之言，不可详也[6]。	宫廷悄悄话，不可仔细讲。
所可详也？言之长也。	还能说什么？说来话太长。
墙有茨，不可束也[7]。	墙上蒺藜生，除也除不尽。
中冓之言，不可读也[8]。	宫廷悄悄话，宣扬可不行。
所可读也？言之辱也。	还能说什么？说来难为情。

注释

1 茨(cí)：蒺藜。

2 中冓(gòu)：宫闱、宫廷内部。

3 道：说。

4 所：尚。这句是设问。

5 襄：除去。

6 详：细说。

7 束：打扫干净。

8 读：反复地说。

君子偕老

导读

《毛序》:“《君子偕老》,刺卫夫人也。夫人淫乱,失事君子之道。故陈人君之德,服饰之盛,宜与君子偕老也。”《郑笺》:“夫人,宣公夫人,惠公之母也。”这首诗讽刺的是卫宣姜的不道德,通过对她的服饰、尊严、美丽的极力渲染,讥刺她的地位和丑陋行为的不相称。君子,指卫宣公。偕老,夫妻相偕至老、相亲相爱的意思。

这首诗同《墙有茨》一样,是讽刺卫宣姜的不道德。所不同者,《墙有茨》充满厌恶斥责的情绪,而这首诗的讽刺意味却表达得非常委婉。沈德潜道:“讽刺之词,直诘易尽,婉道无穷。卫宣姜无复人理,而《君子偕老》一诗,止道其容饰衣服之盛,而首章末以‘子之不淑,云如之何’二语逗露之……苏子所谓不可以言语求而得,而必深观其意者也,诗人往往如此。”(《说诗晬语》)王照圆《诗说》言之尤详:“《君子偕老》诗,笔法绝佳。通篇止‘子之不淑’二句,明露讥刺,余均叹美之词,含蓄不露。如‘副笄六珈’‘象服是宜’,是说服饰之盛;‘委委佗佗,如山如河’,是说仪容之美。通篇俱不出此二意。‘玼兮玼兮’以下复说服饰之盛,‘扬且之皙’以下复说仪容之美;‘瑳兮瑳兮’以下又是说服饰之盛,‘子之清扬’以下又是说仪容之美。抑扬反复,咏叹淫泆,句句有一‘子之不淑’在,言下蕴藉可思。至笔法之妙,尤在首末二句。首云‘君子偕老’,忽然凭空下此一语,上无缘起,下无联缀,乃所谓声罪致讨,义正词严,是《春秋》笔法。末云‘邦之媛也’,诎然而止,悠然不尽。一‘也’字如游丝袅空,余韵绕梁,言外含蕴无穷,是文章歇后法。”这种用丽辞写丑行的艺术手法,与《墙有茨》既有异曲同工之妙,又反映出两位诗人的不同风格。后世杜甫《丽人行》,其命笔用意,与此诗仿佛。

原文

君子偕老，副笄六珈[1]。
委委佗佗[2]，如山如河，
象服是宜[3]。
子之不淑[4]，云如之何[5]！

玼兮玼兮[6]，其之翟也[7]。
鬒发如云[8]，不屑髢也[9]。
玉之瑱也[10]，象之揥也[11]，
扬且之皙也[12]。
胡然而天也[13]？胡然而帝也？

瑳兮瑳兮[14]，其之展也[15]。
蒙彼绉絺[16]，是绁袢也[17]，
子之清扬[18]，扬且之颜也。
展如之人兮[19]，邦之媛也[20]？

译文

君王爱妻亲又和，玉簪步摇珠颗颗。
仪态万方移莲步，静如高山动如河，
灿烂画袍身段合。
只是行为不端正，对她还能说什么！

文采翟衣真鲜艳，画羽礼服耀人眼。
黑发密密似乌云，不用假发更天然。
美玉充耳垂两边，象牙簪子插发间，
俊俏白皙好脸面。
莫非尘世出天仙？莫非帝子降人间？

文采展衣真艳丽，轻纱薄绢会客衣。
罩上绉罗如蝉翼，透明内衣世上稀。
看她眉目多清秀，看她容颜多美丽。
但是如此盛装女，天香国色差淑仪。

注释

1 副、笄(jī)、珈(jiā)：都是古代诸侯夫人的首饰。
2 委委佗佗：形容宣姜走路仪态的美。
3 象服：画有鸟羽图案的袍子。
4 子：指宣姜。 淑：善、好。
5 云：语首助词。 如之何：有什么办法。
6 玼：玉色鲜明貌。
7 翟(dí)：一种绘有野鸡图案的祭服。
8 鬒(zhěn)：形容头发黑而密。
9 髢(dí)：假发制的髻。

10 瑱(tiàn):古人头饰上垂在两旁的塞耳玉饰。

11 象:象牙。 揥(tì):簪子。

12 扬:形容颜色美。

13 胡然:为何这样。 天:天仙。

14 瑳(cuō):与“玼”通。

15 展:展衣,一种礼服。

16 蒙:罩。 绉絺:细夏布。

17 绁袢(xiè pàn):内衣。

18 清扬:眉清目秀。

19 展:可是。

20 媛:美女。

桑中

导读

《毛序》:"《桑中》,刺奔也。卫之公室淫乱,男女相奔。至于世族在位,相窃妻妾,期于幽远。政散民流而不可止。"按《序》意以为此诗是讽刺贵族男女互相偷情的诗,但细玩诗意,便知不确。崔述《读风偶识》云:"《桑中》一篇但有叹美之意,绝无规戒之言。若如是而可以为刺,则曹植之《洛神赋》,李商隐之《无题诗》,韩偓之《香奁集》,莫非刺淫者矣。夫《子虚》《上林》,劝百讽一,古人犹以为讥,况有劝而无讽,乃反可谓之刺诗乎!"他的驳斥很有说服力。闻一多说:"《桑中》,思会时也。"他正确地指出了诗的主题。后世研究《诗经》者,因为诗中写三人的事,而相聚又在同一地,这三位女性又都是贵族,如朱熹说:"姜、齐女,言贵族也。……弋,《春秋》或作姒,盖杞女,夏后氏之后,亦贵族也……庸未闻,疑亦贵族也。"因此,对诗的作者到底是贵族还是劳动者,大家意见有分歧。许伯政《诗深》云:"诗中孟庸、孟弋及齐姜、宋子之类,犹世人称所美曰西子耳。"他的话给我们很大启发。民歌中称人之名,多属泛指,似不应过于拘泥。诗中的三姓女子,可能都是诗人称所美者的代词。他在采菜摘麦时,想念起恋人。但不愿将她的真实姓名说出来,就借用几个美女作代称。她曾经约他在桑中、上宫相会,临别时还送他到淇水口上。这是他念念不忘的,所以在劳动时兴之所至,便顺口歌唱起来。这首诗被后人尊为"无题诗"之祖。

诗用一问一答的形式,表达诗人的深情;末用复唱,道出"期我""要我""送我"等不能忘怀的往事。情意柔和,神采飞扬,文字隽永,音节铿锵,是一首天籁自然、耐人寻味的好诗。

原文

爰采唐矣[1]？沬之乡矣[2]。
云谁之思？美孟姜矣[3]。
期我乎桑中[4],要我乎上宫[5],
送我乎淇之上矣[6]。

爰采麦矣？沬之北矣[7]。
云谁之思？美孟弋矣[8]。
期我乎桑中,要我乎上宫,
送我乎淇之上矣。

爰采葑矣[9]？沬之东矣[10]。
云谁之思？美孟庸矣[11]。
期我乎桑中,要我乎上宫,
送我乎淇之上矣。

译文

采集女萝去哪方？在那卫国朝歌乡。
我的心中想念谁？漂亮大姊本姓姜。
约我等待在桑中,邀我相会在上宫,
淇水口上远相送。

采集麦子去哪里？朝歌北面旧邶地。
我的心中想念谁？漂亮大姊本姓弋。
约我等待在桑中,邀我相会在上宫,
淇水口上远相送。

采集萝卜去哪里？朝歌东头旧名鄘。
我的心中想念谁？漂亮大姐本姓庸。
约我等待在桑中,邀我相会在上宫,
淇水口上远相送。

注释

1 爰:在什么地方。 唐:女萝,蔓生植物。
2 沬:卫国首都朝歌。
3 孟:排行居长。 姜:姓,此泛指美人。
4 期:约会。 桑中:地名。
5 要:邀请。 上宫:楼名。
6 淇:淇水,河流名。
7 沬之北:即邶国旧址。
8 弋(yì):姓。
9 葑:萝卜。
10 沬之东:即鄘国旧址。
11 庸:姓。

鹑之奔奔

导读

《毛序》:"《鹑之奔奔》,刺卫宣姜也。卫人以为宣姜鹑鹊之不若也。"这是一首人民讽刺、责骂卫国君主的诗。鹑(chún),鹌鹑,鸟名。奔奔,飞貌。这是一首人民讽刺、责骂卫国君主的诗。诗讽刺的对象是谁?作者是谁?意见有分歧。《毛序》:"刺卫宣姜也。卫人以为宣姜鹑鹊之不若也。"《郑笺》:"刺其与公子顽为淫乱行,不如禽鸟。"这是第一说。姚际恒《诗经通论》:"均曰'人之无良',何以谓一指顽,一指宣姜也?大抵人即一人,我皆自我。而为兄为君,乃国君之弟所言,盖刺宣公也。"这是第二说。方玉润《诗经原始》:"《鹑之奔奔》,代卫公子刺宣公也。"这是第三说。《左传》襄公二十七年:"郑六卿享赵孟,伯有赋《鹑之贲贲》。赵孟曰:'床笫之言不逾阈,况在野乎?非使人之所得闻也。'"杜预注:"卫人刺其君淫乱,鹑鹊之不若。"《左传》又云:"文子告叔向曰:'伯有将为戮矣。诗以言志,志诬其上,而公怨之,以为宾荣,其能久乎?'"杜预注:"言诬,则郑伯未有其实。"按春秋和晋人都以此为刺君的诗,并不将"君"解为"小君"(指卫宣姜)。至于作者,据诗"我以为兄",便认定国君之弟所作,或言人民代卫公子作,均无确据。陈奂说:"我,国人也。"《国风》多民歌,还是从陈说为是。

此诗首章以"鹑之奔奔,鹊之彊彊"起兴,但毛公没有标兴,至朱熹才把它列为兴诗。毛公漏标的原因,恐怕是嫌它喻义不明。《诗经》的兴句,大部分含有比义,但同纯粹的比句又有所不同。比的运用,是以彼物比此物,二者之间总有一个特点是相同的,总是以好比好,以不好比不好。但兴含比义时,有时也可起反衬作用,以好反衬不好等。如此诗起首两句,就是诗人看见鹌鹑、喜鹊尚且有自己固定的匹偶,联想到卫国君主荒淫无耻的乱伦生活，觉得他连禽兽都不如。毛公没有看出这种反衬的喻义，故此漏标。而这种特点，则是兴区别于比的一个明显标志。

原文	译文
鹑之奔奔，鹊之彊彊[1]。	鹌鹑尚且双双飞，喜鹊也知对对配。
人之无良[2]，我以为兄[3]。	这人鸟鹊都不如，我还把他当长辈。
鹊之彊彊，鹑之奔奔。	喜鹊尚且对对配，鹌鹑也知双双飞。
人之无良，我以为君[4]。	这人鸟鹊都不如，反而占着国君位。

注释

1 彊(jiāng)彊：义同“奔奔”。

2 人：指下文的兄或君，即诗讽刺的对象。无良：即无善行。良，善。

3 兄：泛指长辈，诗中以人兄代指人君。

4 君：君主。

定之方中

导读

《毛序》:“《定之方中》,美卫文公也。卫为狄所灭,东徙渡河,野处漕邑,齐桓公攘戎狄而封之。文公徙居楚丘,始建城市,而营宫室,得其时制,百姓说之,国家殷富焉。”这是一首人民赞美、歌颂卫文公从漕邑迁到楚丘重建卫国的诗。定,星名,二十八宿之一。方中,当正中的位置。

《左传》闵公二年:“卫文公大布之衣,大帛之冠。务材训农,通商惠工,敬教劝学,授方任能。元年革车三十乘;季年乃三百乘。”《左传》概括叙述卫文公的政绩,与本诗所反映的大抵相同,所以后世学者对此诗均无异议。至于诗的创作时间,根据末句“騋牝三千”来看,恐怕作于卫文公季年(前635)国防力量已经强大的时候。

十五《国风》,基本上都是抒情诗,这却是一首记事诗,故其情境、语言,都和其他诗有所不同。《诗》中常见的比兴、譬喻、叠咏,此诗都未见用,描写不似他诗生动形象,文字也不若他诗简洁明快。诗中对卫文公建城市、营宫室、劝农桑等事,一一缕举,细致而不累赘、拙重而不滞涩,是这首诗的特色。

原文

定之方中,作于楚宫[1]。
揆之以日[2],作于楚室[3]。
树之榛栗[4],椅桐梓漆[5],
爰伐琴瑟[6]。

升彼虚矣[7],以望楚矣。

译文

冬月定星照天中,建设楚丘筑新宫。
按照日影测方向,营造住宅兴土功。
房前屋后种榛栗,加上梓漆和椅桐,
成材伐作琴瑟用。

登上漕邑废墟望,楚丘地势细端详。

原文	译文
望楚与堂[8],景山与京[9], 降观于桑[10]。	看好楚丘和堂邑,遍历高丘和山冈, 下到田里看蚕桑。
卜云其吉[11],终然允臧[12]。	占卜征兆很吉祥,结果良好真妥当。
灵雨既零[13],命彼倌人[14]。 星言夙驾[15],说于桑田[16]。 匪直也人[17],秉心塞渊[18], 騋牝三千[19]。	好雨落过乌云散,叫起管车小马倌。 天晴早早把车赶,歇在桑田查生产。 既为百姓也为国,用心踏实又深远, 良马三千可备战。

注释

1 于:音义同“为”。楚宫:楚丘的宫庙。
2 揆:度、测量。日:日影。
3 楚室:楚丘居住的房屋。
4 树:种植。榛、栗:树名。
5 椅:梧桐一类的树。桐:梧桐。梓(zǐ):楸一类的树。漆:漆树。
6 爰:于是。
7 虚:亦作“墟”,丘。
8 堂:地名,楚丘的旁邑。
9 景:同“憬”,远行。京:高丘。
10 降:自上而下。
11 卜:占卜。
12 允:信,确实。臧:善、好。“其吉”至“允臧”都是卜辞。
13 灵雨:好雨。零:落。
14 倌人:管驾车的小官。
15 星:晴。夙驾:清早驾车出行。
16 说:通“税”,休息。

17 匪直:不仅。

18 秉心:操心,用心。塞渊:踏实深远。

19 騋(lái):大马。牝:母马。

蝃蝀

导读

《毛序》:"《蝃蝀》,止奔也。卫文公能以道化其民,淫奔之耻,国人不齿也。"这是讽刺一个女子争取婚姻自由的诗。陈奂《传疏》:"《后汉书·杨赐传》:赐曰:'今殿前之气,应为虹蜺,皆妖邪所生不正之象,诗人所谓蝃蝀者也。'李贤注引《韩诗》序云:'《蝃蝀》,刺奔女也。'"韩说最古,似较可靠。《毛序》:"《蝃蝀》,止奔也。卫文公能以道化其民,淫奔之耻,国人不齿也。"但是我们在诗中找不出什么赞美卫文公的根据。这首诗反映了当时妇女婚姻不自由的情况和这个女子的反抗精神。

《文心雕龙·比兴篇》说:"诗人比兴,拟容取心。"他所说的容,指的是客观的具体事物,是个别的;所谓心,指的是客观事物的本质,是抽象的、一般的。容和心二者的统一,以个别显示一般的特性,构成了艺术形象,达到"称名也小,取类也大"的效果。《蝃蝀》诗人以美人虹象征淫妇(实际上,是抵抗礼教、争取自由恋爱婚姻的女子),是含比义的兴。这位女子艺术形象,是个别的,具体的,她显示了当时社会上一般的本质问题,即男尊女卑、妇女婚姻不自由的特性。故此诗具有深刻的现实意义。

原文	译文
蝃蝀在东[1],莫之敢指[2]。	东方出现美人虹,没人敢指怕遭凶。
女子有行[3],远父母兄弟。	这位女子要出嫁,远离父母和弟兄。
朝隮于西[4],崇朝其雨[5]。	清晨西方彩虹长,阴雨不停一早上。
女子有行,远兄弟父母。	女子自己找丈夫,远离兄弟父母乡。
乃如之人也[6],怀昏姻也[7]。	就是这样一个人,破坏礼教乱婚姻。

大无信也[8],不知命也[9]。 ‖ 什么贞洁全不讲,父母之命也不听。

注释

1 蝃蝀(dì dōng):虹。

2 指:用手指点。

3 女子:指私奔者。有行:先奔而后嫁。行,嫁。

4 朝:早上。隮(jī):即虹。

5 崇朝:整个早上。崇,通“终”。

6 乃:可。

7 怀:通“坏”,败坏、破坏。

8 信:指贞洁。

9 命:指父母之命。

相鼠

导读

《毛序》:"《相鼠》,刺无礼也。卫文公能正其群臣,而刺在位承先君之化,无礼仪也。"实际上,这是人民斥责卫国统治者苟且偷安、昏聩无耻的诗。相,看。

诗人以鼠起兴,讥刺在位者人不如鼠。《毛序》:"刺无礼也。"这是不错的。在周代,统治者定了一套礼制,用来统治人民,巩固政权。他们嘴里说礼,实际上的行为是极其无耻、最不遵守礼制的。人民看透了他们的欺骗性,忍不住满腔怒火,大胆地诅咒他们,诅咒他们为什么不快死。这种大无畏的反抗精神,在那时候是很不容易的。班固《白虎通义·谏诤篇》引诗末章四句说:"此妻谏夫之诗也。"这是《鲁》说,似不足信。

孔子曰:"《关雎》乐而不淫,哀而不伤。"(《论语·八佾》)又《礼记·经解》:"温柔敦厚,《诗》教也。"后儒为了突出《诗》作为"经"的地位,将其中的作品都纳入封建伦理的轨道,不惜穿凿附会,将《三百篇》尽视作"乐而不淫,哀而不伤"之诗,即使是一些情辞愤激之作,也经百般曲解,偏要誉以"温柔敦厚"之名。《诗》中固然有不少含蓄蕴藉之作,但也有一些作品,"以述情切事为快,不尽含蓄也。语荒而曰'周余黎民,靡有孑遗',劝乐而曰'宛其死矣,他人入室',讥失仪而曰'人而无礼,胡不遄死',怨谗而曰'豺虎不食''投畀有昊'……"(王世贞《艺苑卮言》)。如此诗及前面的《鹑之奔奔》,后面的《小雅·巷伯》《大雅·云汉》,均为直吐怒骂之作。这些被后人称作"变风""变雅"的作品,"具忧世之怀","多忧生之意","读之当兼得其人之志与遇焉"(刘熙载《诗概》),既有强烈的感染作用,又有深刻的教育意义,故因"变"而更显示出不朽的价值。从这首诗的解释,我们可以体会经学与现代《诗》学的不同。

原文	译文
相鼠有皮,人而无仪[1]。	请看老鼠还有皮,这人行为没威仪。
人而无仪,不死何为?	既然行为没威仪,为啥还不命归西?
相鼠有齿,人而无止[2]。	请看老鼠还有齿,这人行为没节止。
人而无止,不死何俟[3]?	既然行为没节止,还等什么不去死?
相鼠有体[4],人而无礼。	请看老鼠还有体,这人行为不守礼。
人而无礼,胡不遄死[5]?	既然行为不守礼,就该快死何迟疑?

注释

1 仪:威仪。

2 止:节止。控制嗜欲,使行为合乎礼。

3 俟:等待。

4 体:身体。

5 遄(chuán):快。

干旄

导读

《毛序》:“《干旄》,美好善也。卫文公臣子多好善,贤者乐告以善道也。”今人认为这是赞美卫文公招致贤士、复兴卫国的诗。

诗人叙述卫国官吏带着良马礼物,树起招贤的旗子,到浚邑去访问贤士,征聘人才。《毛序》说诗是赞美卫文公的,和《左传》称他“授方任能”之说合。崔述《读风偶识》说:“卫之重封,由于齐桓。齐桓所封者,邢与卫也。然邢仅二十余年而遂亡,而卫历春秋及战国秦又数百年而始亡,何哉? 吾读《干旄》之篇,而知卫之所以久存,良有由也。盖国家之治惟赖贤才,而贤才不易得,故人君于贤才不惟当举之用之,而且当鼓之舞之。旌旄之贲于浚,所以下贤也,即所以劝贤也。”他的分析,很能阐发《干旄》的主题。

魏源《诗古微》引申王照圆《列女传校注》的观点,认为《干旄》是叙述卫公子寿代兄太子伋而被杀,伋载寿尸还至卫国浚邑亦自杀的事,说得比较牵强。还有认为这是卫国一个贵族乘车去看他的情人的诗,似乎也缺乏根据。

此诗共三章,每章六句。但实际每一章仅调换了五个字,三章反复述说的也只是一层求贤的意思。但这样重章叠唱,一而再、再而三地向“彼姝者子”求教,一种思贤若渴的心情随着章节的反复便越来越强烈地反映出来,真有所谓“三顾臣于草庐之中”的味道,这就是复叠的艺术魅力。最初的《诗经》诗篇都是配乐的,我们今天虽然无缘再聆听这种古乐的美妙,但是也能想象这首诗的主旋律在反复叠唱中体现出来的强烈的求贤情绪。

原文

子孑干旄[1]，在浚之郊[2]。
素丝纰之[3]，良马四之[4]。
彼姝者子[5]，何以畀之[6]？

孑孑干旟[7]，在浚之都[8]。
素丝组之，良马五之。
彼姝者子，何以予之？

孑孑干旌[9]，在浚之城[10]。
素丝祝之[11]，良马六之。
彼姝者子，何以告之[12]？

译文

招贤旗子高高飘，插在车后到浚郊。
旗边镶着白丝线，好马四匹礼不少。
那位忠顺贤才士，用啥才能去应招？

招贤旗子高高飘，驾车浚邑近郊跑。
旗边镶着白丝线，好马五匹礼不少。
那位忠顺贤才士，用啥办法去应招？

招贤旗子高高飘，车马向着浚城跑。
旗边镶着白丝线，好马六匹礼不少。
那位忠顺贤才士，用啥建议去应招？

注释

1 孑(jié)孑：形容干旄独立的样子。干：同"竿"，竹竿。旄(máo)：用牦牛尾为饰的旗子。

2 浚：卫邑名。

3 素丝：白丝。

4 良马四之：指用好马赠送贤士。

5 姝：顺从的样子。子：尊称，指贤者。

6 畀(bì)：给予。

7 干旟(yú)：也是招贤的旗子。

8 都：近郊。

9 干旌：竿顶加五彩羽毛为饰的旗。

10 城：都城。

11 祝：通"属"，编连。

12 告：建议。

载驰

导读

《毛序》:“《载驰》,许穆夫人作也。闵其宗国颠覆,自伤不能救也。卫懿公为狄人所灭,国人分散,露于漕邑。许穆夫人闵卫之亡,伤许之小,力不能救;思归唁其兄,又义不得;故赋是诗也。”这是许穆夫人回漕邑吊唁卫侯,向许国大夫表明救卫主张的诗。许穆夫人是一位有识有胆的爱国诗人,也是世界历史上最早的一位女诗人。

许穆夫人是卫宣公的儿子公子顽与后母宣姜私通所生的女儿。有两个哥哥,戴公和文公。有两个姊姊,齐子和宋桓夫人。经后人考证,她大约生在公元前690年,即周庄王七年。她幼年即闻名于诸侯,许国(许穆公)和齐国(齐桓公)都向卫国求婚。汉刘向《列女传·仁智篇》说:“初,许求之,齐亦求之。懿公将与许,女因其傅母而言曰:‘今者许小而远,齐大而近。若今之世,强者为雄。如使边境有寇戎之事,惟是四方之故,赴告大国,妾在,不犹愈乎?’卫侯不听,而嫁之于许。”可见她从小就有爱国思想和超凡谋略。她嫁许以后约十年,卫国亡于狄。懿公战死,国人分散。她的姊夫宋桓公迎接卫国的遗民渡河,住在漕邑,立戴公。戴公立一月而死,文公即位。她听到卫亡的消息,立刻奔到漕邑吊唁,提出联齐抗狄的主张,得到齐桓公的帮助而复国于楚丘。公元前656年,她的丈夫许穆公随齐桓公伐楚,病死军中。儿子名业继位,她这时当有三十多岁了。死年不详。

关于《载驰》一诗是许穆夫人的作品,《左传》闵公二年有明确记载:“冬十二月,狄人伐卫。卫懿公好鹤,鹤有乘轩者。将战,国人受甲者皆曰:‘使鹤,鹤实有禄位,余焉能战!’及狄人战于荧泽,卫师败绩,遂灭卫。立戴公以庐于曹。许穆夫人赋《载驰》。齐侯使公子无亏帅车三百乘、甲士三千人以戍曹。"据此,《载驰》即作于她抵达漕邑的时候。这一段记载,不但使后人了解《载驰》的作者是谁,而且公认为她是妇女文学的始祖。魏源《诗古微》认为,《泉水》和《竹竿》两首诗也是她的作品。

这首诗表现了诗人强烈的爱国思想。她听到祖国被灭的消息,快马加鞭地赶到漕邑吊唁,目的在于为卫国策划向大国求援。"控于大邦,谁因谁极"是全诗的主旨。可是许国的大夫反对她这一行动,竟赶到漕邑拦阻。这引起了她的愤怒和忧伤,就写了这首诗。《毛序》:"许穆夫人闵卫之亡,伤许之小,力不能救,思归唁其兄,又义不得,故赋是诗也。"《序》认为夫人并未回卫,诗为设想之词。王先谦驳之云:"言尔无以礼非责我。今日之事,义在必归。虽百尔之所思,不如我所往之为是也。故服虔注《左传》云:'言我遂往,无我有尤'也。是夫人竟往卫矣。或疑夫人以义不果往而作诗。今案'驱马悠悠''我行其野',非设想之词。服说是也。如夫人未往,涉念而止,乌有举国非尤之事?"今从王说。

关于诗的分章问题,后人亦有争论。我们按陈奂《诗毛氏传疏》的意见,将全诗分为五章。陈氏根据《左传》赋诗称章的原则(如子家赋《载驰》之四章,叔向赋《载驰》之四章,不称卒章。赋其他诗的末章,则称卒章),认为《载驰》应分为五章,他的意见是正确的。

《载驰》的风格,沉郁顿挫,感慨唏嘘,但悲而不污,哀而不伤,一种英迈壮往之气,充溢行间。许穆夫人的行止,固已贻愧须眉,其诗亦迥出流辈之上。首章起势横绝,然意蕴而未露;以下二章情辞缠绵,微露其意;四章始直抒胸臆,慨然生责;末章斩钉截铁,以一吐为快。章章转折,层层紧逼,其情愈激,其志愈决,其意愈明。没有真挚的爱国之心,怎能唱出激昂的歌曲;而后人吟咏此诗,虽千载之后,犹如闻其声,如见其人。"夫缀文者情动而辞发,觇文者披文以入情。沿波讨源,虽幽必显。世远莫见其面,觇文辄见其心。"(《文心雕龙·知音》)质诸此诗,信然。

原文

载驰载驱[1],归唁卫侯[2]。
驱马悠悠,言至于漕[3]。
大夫跋涉[4],我心则忧。

既不我嘉[5],不能旋反[6]。
视尔不臧[7],我思不远[8]。
既不我嘉,不能旋济[9]。
视尔不臧,我思不閟[10]。

陟彼阿丘[11],言采其蝱[12]。
女子善怀[13],亦各有行[14]。
许人尤之[15],众稚且狂[16]。

我行其野,芃芃其麦[17]。
控于大邦[18],谁因谁极[19]!

大夫君子[20],无我有尤。
百尔所思,不如我所之[21]!

译文

赶着马车快快走,回国慰问我卫侯。
挥鞭驱马路悠悠,望见漕邑城门楼。
许国大夫急急来,知他来意我心忧。

对我归卫都摇头,我可不能往回走。
比起你们没良策,我的计划近可求。
对我归卫都反对,决不渡河再回头。
比起你们没良策,我的计划有效果。

登上那边高山冈,采来贝母治忧伤。
女子虽然多想家,自有道理和主张。
许国大夫反对我,既是幼稚又愚妄。

走在祖国田野上,麦苗蓬勃长得旺。
赶快奔告求大国,依靠齐人来救亡!

许国大夫众高官,不要再把我阻挡。
你们纵有百条计,不如我跑这一趟!

注释

1 载:发语词,无义。
2 唁:慰问死者家属。
3 言:语助词。 漕:卫邑名。
4 大夫:指追到卫国拦阻许穆夫人的许国诸臣。
5 既:都。 嘉:赞成。
6 旋:回返。 反:同“返”。
7 视:比较。 臧:善。

8 思:计谋。远:迂曲难行。

9 济:渡河。

10 閟(bì):闭塞行不通。

11 阿丘:偏高的山坡。

12 蝱(méng):贝母,一种药草。

13 怀:思念。

14 行:道理。

15 尤:反对。

16 众:既。狂:愚妄。

17 芃(péng)芃:茂盛。

18 控:奔赴告知。大邦:大国。

19 因:亲近、依靠。极:至。带兵到他国救难称为“至”。

20 大夫君子:指许国大夫。

21 之:往。

卫风

淇奥

导读

《毛序》:"《淇奥》,美武公之德也。有文章,又能听其规谏,以礼自防,故能入相于周。美而作是诗也。"按毛说意,这首诗是赞美卫武公的,说他有文采,能虚心听取意见,故能到周王朝廷里任宰相。

《左传》昭公二年"北宫文子赋《淇奥》",杜预注:"《淇奥》,《诗·卫风》,美武公也。"三国魏徐幹《中论·虚道篇》:"昔卫武公年过九十,犹夙夜不怠,思闻训道。命其群臣曰:'无谓我老耄而舍我,必朝夕交戒。'又作《抑》诗以自儆也。卫人诵其德,为赋《淇奥》。"根据这些记载,说《淇奥》是赞美武公的诗,大致是可信的。

卫武公弒兄自立,在夺取政权的斗争中,是一个残酷的野心家。但他上台之后,《史记》说他"修康叔之政,百姓和集。犬戎杀周幽王,武公将兵往,佐周平戎甚有功。"可见在政治上还是颇有作为的。他又善写诗,《大雅·抑》和《小雅·宾之初筵》据说出自他的手笔,诗中称赞他是"有匪君子"亦非虚誉。《卫风》中许多诗对昏庸淫佚的卫宣公痛加斥骂或讥刺,但《淇奥》对卫武公却衷心赞美,一褒一贬,可以看出这两位君主在人们心目中的不同地位。

此诗与《甘棠》《君子偕老》都是描写人物的作品,所不同者,《甘棠》纯为虚写,《君子偕老》多是实摹,此诗则虚实相间,富于变化。首章"如切如磋”二句，虚状治学之勤；次章“充耳琇莹”二句，实写服饰之盛；末章“如金如锡”二句，又虚拟德器之成。前二章“瑟、僩、赫、咺”，实赞仪容之美；“不可谖兮”，虚写人品之高。末章“宽兮绰兮”二句为仪容妙旨，是实写其形状；“善戏谑兮”二句为言语妙旨，是虚写，虽不道其言语若何，但有一往摹神之妙。

原文

瞻彼淇奥[1]，绿竹猗猗[2]。
有匪君子[3]，如切如磋，
如琢如磨[4]。
瑟兮僩兮[5]，赫兮咺兮[6]。
有匪君子，终不可谖兮[7]。

瞻彼淇奥，绿竹青青[8]。
有匪君子，充耳琇莹[9]，
会弁如星[10]。
瑟兮僩兮，赫兮咺兮。
有匪君子，终不可谖兮。

瞻彼淇奥，绿竹如箦[11]。
有匪君子，如金如锡，
如圭如璧[12]。
宽兮绰兮[13]，猗重较兮[14]。
善戏谑兮，不为虐兮。

译文

河湾头淇水流过，看绿竹多么婀娜。
美君子文采风流，似象牙经过切磋，
似美玉经过琢磨。
你看他庄严威武，你看他光明磊落。
美君子文采风流，常记住永不泯没。

河湾头淇水流清，看绿竹一片菁菁。
美君子文采风流，充耳垂宝石晶莹，
帽上玉亮如明星。
你看他威武庄严，你看他磊落光明。
美君子文采风流，我永远牢记心铭。

河湾头淇水流急，看绿竹层层密密。
美君子文采风流，论才学精如金锡，
论德行洁如圭璧。
你看他宽厚温柔，你看他登车凭倚。
爱谈笑说话风趣，不刻薄待人平易。

注释

1 瞻：看。淇：淇水。奥(yù)：通“澳”，水岸深曲处。

2 猗猗:盛的样子。
3 匪:假借为“斐”,形容才华。
4 切、磋、琢、磨:都是古代治玉石、骨器的工艺,这里用作比喻。
5 瑟:假借为“璱”,矜持庄严的样子。 僴(xiàn):威武的样子。
6 赫:光明的样子。 咺(xuān):假借为“宣”,坦白的样子。
7 终:永久。 谖(xuān):假借为“萱”,忘记。
8 青(jīng)青:茂盛的样子。
9 充耳:古人冠冕上垂在两侧以塞耳的玉,亦名瑱。 琇:宝石。
10 会(kuài):皮帽两缝相合的地方。 弁(biàn):皮帽。
11 箦:假借为“积”,积。
12 金、锡、圭、璧:都是形容武公的美德。
13 宽:宽宏。 绰:亦作“婥”,温柔的样子。
14 猗:假借为“倚”,依靠。 重较:古代车上的横木,供人扶靠。

考槃

导读

《毛序》:“《考槃》,刺庄公也。不能继先公之业,使贤者退而穷处。”就诗中看,是否“刺庄公”不得而知,但确是一首隐居者抒发意趣的诗。

在《诗经》时代,除了劳动人民在压迫奴役下呻吟之外,贵族的没落、官僚的失意也到处可见。《北门》诗人所发的牢骚,以及《小雅》中的政治讽刺诗,都属于这一类。《考槃》诗人竟隐居山间,过起独善其身的生活来了。

《孔丛子》说:“孔子曰:‘吾于《考槃》,见士之遁世而不闷也。’”字里行间,对这位隐者颇为赞许。在中国古代,隐士以消极的态度抵抗浊世,他们的名声一直很好,隐逸诗也成为文学的一个流派,历世不衰。钟嵘赞陶渊明:“古今隐逸诗人之宗也。”(《诗品》)确实,隐逸诗至六朝始盛,至渊明始大,然推其始,则在《考槃》。这首诗创造了一个清淡闲适的意境,文字省净,辞兴婉惬,趣味幽洁,“读之觉山月窥人,涧芳袭袂”(吴闿生《诗义会通》),一种怡然自得之趣,流于行间。末句“独寐寤宿,永矢弗告”,意隽韵远,陶弘景名句“只可自怡悦,不堪持寄君”(《诏问山中何所有赋诗以答》),即承此意。

原文	译文
考槃在涧[1],硕人之宽[2]。	敲着盘儿溪谷旁,贤人心胸自宽敞。
独寐寤言,永矢弗谖[3]。	独睡独醒独说话,这种乐趣誓不忘。
考槃在阿[4],硕人之薖[5]。	敲着盘儿在山坡,贤人自有安乐窝,
独寐寤歌,永矢弗过[6]。	独睡独醒独唱歌,发誓跟人不结伙。

考槃在陆[7],硕人之轴[8]。	敲着盘儿在高原,兜兜圈子真悠闲。
独寐寤宿,永矢弗告。	独睡独醒独自躺,此中乐趣不能言。

注释

1 考:敲打。槃:一种盛水的木盘。

2 硕人:贤人、美人。

3 矢:发誓。谖(xuān):忘记。

4 阿:山坡。

5 薖(kē):通"窠",窝、巢。

6 过:交往。

7 陆:高平的地。

8 轴:本义为车轴,引申为盘旋。

硕人

导读

《毛序》:"《硕人》,闵庄姜也。庄公惑于嬖妾,使骄上僭。庄姜贤而不答,终以无子,国人闵而忧之。"毛说近是。这确是一首赞美卫庄公夫人庄姜的诗。

《左传》隐公三年:"卫庄公娶于齐,东宫得臣之妹,曰庄姜。美而无子,卫人所为赋《硕人》也。"这段史料,证实这确是卫人颂庄姜的诗。《列女传·母仪篇》称庄姜的傅母见庄姜妇道不正,谕之乃作诗。这是《鲁诗》说,和《左传》的记载不合,恐不足信。《毛序》"终以无子"的说法很明显是从《左传》"美而无子"一句生发开去,但诗中却看不出有"闵而忧"的意思。何楷《诗经世本古义》、姚际恒《诗经通论》、崔述《读风偶识》都认为诗作于庄姜始嫁至卫之时,细玩诗意,是正确的。按卫武公死后,庄公即位,那是公元前七五七年。《史记·卫世家》:"庄公五年,取齐女为夫人。"据此推算,这篇作品大约产生于公元前752年。

世之绝色,往往难以文字形容其美。佳人的魅力,不仅在于形,主要还在其神。形尚可写,神则难摹,故形容美人,宜于虚写,使人自去想象其美。清孙联奎释司空图《诗品·形容》中"离形得似,庶几斯人"二句:"形容处断不可使类土木形骸。《卫风》之咏硕人也,曰:'手如柔荑'云云,犹是以物比物,未见其神。至曰:'巧笑倩兮,美目盼兮',则传神写照,正在阿堵,直把个绝世美人,活活的请出来在书本上滉漾,千载而下,犹如亲其笑貌,此可谓离形得似者矣。似,神似,非形似也。"(《诗品臆说》)即主虚写之说。当然,传神也不能完全遗形,《硕人》写庄姜之美,不少是对其容貌细致、逼真的描摹。成功的描写,应是虚实相生,形神兼备。宋范晞文道:"不以虚为虚,而以实为虚,化景物为情思,从首至尾,自然如行云流水，此其难也。”（《对床夜语》）《硕人》写庄姜，即能此“难”。钟惺、吴闿生俱言此诗次章前五句犹状其形体之妙，末二句并写出性情生动处。这种由形体及性情的手法，即范晞文“化景物为情思”在描写人物上的表现。对此，宗白华说得更加明白：“前五句堆满了形象，非常‘实’，是‘错采镂金、雕缋满眼’的工笔画。后二句是白描，是不可捉摸的笑，是空灵，是‘虚’。这二句不用比喻的白描，使前面五句形象活动起来了。没有这二句，前面五句可以使人感到是一个庙里的观音菩萨，有了这二句，就完全成了一个如‘初发芙蓉，自然可爱’的美人形象。”（《中国美学史中重要问题的初步探索》）从观音菩萨到自然可爱的美人，表现出在动作描写上“化美为媚”的效果。莱辛在《拉奥孔》中谈到“媚就是在动态中的美”，“它是一种一纵即逝而令人百看不厌的美。它是飘来忽去的。因为我们回忆一种动态，比起回忆一种单纯的形状或颜色，一般要容易得多，也生动得多，所以在这一点上，媚比起美来，所产生的效果更强烈。”这种动态美的描写，发轫于《硕人》，而继承于后世。《西厢记》“怎当他临去秋波那一转”，便从“巧笑倩兮，美目盼兮”演化而来，但又青出于蓝，深得夺胎之妙。

原文

硕人其颀[1]，衣锦褧衣[2]。
齐侯之子，卫侯之妻，
东宫之妹[3]，邢侯之姨，
谭公维私[4]。

手如柔荑[5]，肤如凝脂，
领如蝤蛴[6]，齿如瓠犀[7]，
螓首蛾眉[8]。
巧笑倩兮[9]，美目盼兮[10]。

译文

高高身材一美女，身穿锦服罩单衣。
她本齐侯千金女，嫁给卫侯做娇妻，
本是太子同胞妹，邢侯称她小姨子，
谭公原是她姊婿。

细如白茅嫩手指，皮肤润泽似冻脂，
脖颈白皙像蝤蛴，牙比瓠子还整齐，
额角方正蛾眉细。
嫣然巧笑两酒窝，秋水一泓转眼时。

原文	译文
硕人敖敖[11]，说于农郊[12]。	美人身材长得高，停车休息在近郊。
四牡有骄[13]，朱幩镳镳[14]，	四匹雄马肥又壮，马嚼边上飘红绡，
翟茀以朝[15]。	雉羽彩车来上朝。
大夫夙退[16]，无使君劳。	大夫朝毕请早退，别教卫君太辛劳。
河水洋洋，北流活活[17]。	河水一片白茫茫，哗哗奔流向北方。
施罛濊濊[18]，鳣鲔发发[19]，	撒开渔网呼呼响，鳣鲔泼泼跳进网，
葭菼揭揭[20]。	芦荻高高排成行。
庶姜孽孽[21]，庶士有朅[22]。	陪嫁姑娘个子长，随从媵臣好雄壮！

注释

1 颀(qí)：身材修长。

2 絅(jiǒng)衣：麻纱罩衫，路途中所穿，以蔽尘土。

3 东宫：指齐太子得臣。东宫是太子住所，后来便称太子为东宫。

4 私：女子称她姐妹的丈夫为私。

5 荑：初生白茅的嫩芽。

6 蝤蛴(qiú qí)：天牛的幼虫，身长而白。

7 瓠(hù)犀：葫芦籽，整齐而洁白。

8 螓(qín)：虫名，似蝉而小，前额宽而方正。蛾：蚕蛾，触须细长而弯曲。

9 倩：笑起来两颊现出酒窝。

10 盼：眼波流转而显得黑白分明。

11 敖敖：身材高大的样子。

12 说(shuì)：停车休息。

13 四牡：驾车的四匹雄马。骄：健壮。

14 朱幩(fén)：马嚼两旁的铁饰，用红绸缠裹。镳(biāo)镳：盛美的样子。

15 翟(dí)：长尾野鸡。茀(fú)：遮蔽女车的竹制屏障。周天子及诸侯以野鸡毛装饰车茀。

16 夙:早。

17 北流:由齐至卫,必须渡黄河,这一段的黄河由南向北流。活(guō)活:流水声。

18 罛(gū):渔网。濊(huò)濊:渔网入水声。

19 鳣(zhān):长鲤鱼。鲔(wěi):鲤一类的鱼。发(bō)发:鱼尾甩动声。

20 葭(jiā):芦苇。菼(tǎn):荻草。揭揭:芦荻修长的样子。

21 庶姜:一批陪嫁的姜姓女子。孽孽:形容女子高大美丽。

22 庶士:指随从庄姜到卫的诸臣,古称媵臣。朅(qiè):威武健壮。

氓

导读

《毛序》:“《氓》,刺时也。宣公之时,礼义消亡,淫风大行。男女无别,遂相奔诱。华落色衰,复相弃背。或乃困而自悔,丧其妃耦,故序其事以风焉。美反正,刺淫佚也。”毛说似有发挥。就诗本身看,当是一位弃妇抒写心中怨愤的诗。

她生动地叙述和氓恋爱、结婚、受虐、被弃的过程,表达了她悔恨的心情和决绝的态度,深刻地反映了古代社会妇女在恋爱婚姻问题上受压迫和损害的现象。《毛序》的解释有部分(如“华落色衰,复相背弃”)同诗意是大致吻合的;但是它一定要牵扯上美刺之说,一定要斥不幸的弃妇为“淫佚”,则纯粹是出于封建教化的目的。两千多年来《毛序》谬种流传,其害处也正类乎此。朱熹《诗集传》曰:“此淫妇为人所弃,而自叙其事以道其悔恨之意也。”他比《毛序》高明处是看出这是弃妇自作之诗,但斥之为“淫妇”,则卫道者的面目又令人生厌。《毛序》《朱传》是两千多年来《诗经》研究中影响最大的两部典籍,我们如何从中汲取合理,扬弃糟粕,于《氓》诗的分析可见一斑。

《氓》是一首夹杂抒情的叙事诗,是诗人现实生活和悔恨情绪的再现,她不自觉地运用了现实主义的创作方法,歌唱抒述自己悲惨的命运,起了反映、批判当时社会现实的作用。诗人所叙述的是自己的切身经历、感受,这种真情实感在夫权社会中是带有普遍性的。她抓住自己和夫权代理人氓的矛盾,透露了男尊女卑制度的社会现实。她抓住了自己和兄弟的矛盾,反映了当时道德、舆论是以夫权为中心思想的社会现实。她抓住了自己内心的矛盾,婚前没有通过父母之命、媒妁之言是否可以同居?见氓就开心,不见就伤心,如何解决见与不见的矛盾?这些错综复杂的矛盾,结成诗的主要矛盾——夫权礼法制度与妇女幸福家庭生活的愿望的矛盾。这是当时社会中极为普遍的现实。《氓》诗人善于塑造人物形象;氓是一个流亡到卫国的农民,是小商人。他以假老实、假温情、假忠诚的虚伪手段,欺骗一位天真美貌的少女,获得了她的爱情、身体、家私、劳动力。同居以后,把她当牛马般使用;生活安定之后,不但虐待她,甚至一脚把她踢出了家门。他是夫权制度的产物,是商人唯利是图的产物。诗中又描绘一位善良的劳动妇女形象,她做的是养蚕缫丝的家庭副业。她天真,一下子便以心许氓了。她多情,不见氓,便泣涕涟涟。她勇敢,敢于无媒而与氓同居。她忠诚,把自己的家私都搬到氓家。她安贫,愿与氓过苦日子。她辛勤,把家务一起挑起来。她坚贞,受丈夫虐待,仍旧爱氓。她刚毅,被弃以后,坚决和氓决绝。她从一位纯洁多情的少女,到辛劳忍辱的妻子,再到坚强刚毅的弃妇。她性格的发展,是随着和氓关系的变化而发展的。本诗通过氓和女两个形象鲜明对比,谁真谁假,谁善谁恶,谁美谁丑,不是很清楚吗?当时男女不平等的社会真实面貌,不是如在目前吗?所以我们说,《氓》诗人不自觉地运用了现实主义的创作方法。虽然,这仅是上古朴素的现实主义,如实地描写生活倾向罢了;但是,无可否认,它是现实主义创作方法之源。周扬说:"有文学就有创作方法。神话传说,是浪漫主义的渊源。《诗经》是现实主义的渊源。"他的分析,是符合中国文学史的实际情况的。

原文	译文
氓之蚩蚩,抱布贸丝[1]。	流浪小伙笑嘻嘻,抱着布匹来换丝。
匪来贸丝,来即我谋[2]。	不是真心来换丝,找我商量婚姻事。
送子涉淇,至于顿丘[3]。	送你渡过淇水去,直到顿丘才告辞。
匪我愆期[4],子无良媒。	并非我想拖日子,你我良媒来联系。
将子无怒[5],秋以为期。	请你不要发脾气,深秋时节作婚期。

乘彼垝垣[6]，以望复关[7]。	登上那堵残土墙，遥望复关盼情郎。
不见复关，泣涕涟涟。	望穿秋水人不见，心中焦急泪汪汪。
既见复关，载笑载言[8]。	既见郎从复关来，有笑有说心欢畅。
尔卜尔筮[9]，体无咎言[10]。	龟甲蓍草你去占，卦没凶兆求神帮。
以尔车来，以我贿迁[11]。	拉着你的车子来，把我嫁妆往上装。
桑之未落，其叶沃若[12]。	桑叶未落密又繁，柔嫩润泽真好看。
于嗟鸠兮[13]，无食桑葚[14]。	哎呀斑鸠小鸟儿，见了桑葚别嘴馋。
于嗟女兮，无与士耽[15]。	哎呀年轻姑娘们，见了男人别迷恋。
士之耽兮，犹可说也[16]。	男人要把女人缠，说甩就甩他不管。
女之耽兮，不可说也。	女人若是恋男人，撇手摆脱难上难。
桑之落矣，其黄而陨[17]。	桑叶萎谢飘落净，枯黄憔悴任凋零。
自我徂尔[18]，三岁食贫[19]。	自从我到你家来，多年吃苦受寒贫。
淇水汤汤[20]，渐车帷裳[21]。	淇水滔滔送我回，溅湿车帷冷冰冰。
女也不爽[22]，士贰其行[23]。	我做妻子没过错，是你男人太无情。
士也罔极[24]，二三其德[25]。	真真假假没定准，三心二意话难凭。
三岁为妇，靡室劳矣[26]。	结婚多年守妇道，我把家事一肩挑。
夙兴夜寐[27]，靡有朝矣[28]。	起早睡晚勤操作，累死累活非一朝。
言既遂矣[29]，至于暴矣。	家业有成已安定，面目渐改施残暴。
兄弟不知，咥其笑矣[30]。	兄弟不知我处境，见我回家哈哈笑。
静言思之，躬自悼矣[31]。	静思默想苦难言，只有独自暗伤悼。
及尔偕老，老使我怨。	与你偕老当年话，如今老了我怨他。
淇则有岸，隰则有泮[32]。	淇水虽宽有堤岸，沼泽虽阔有边涯。
总角之宴[33]，言笑晏晏[34]。	回想年少未嫁时，一言一笑多温雅。
信誓旦旦[35]，不思其反[36]。	海誓山盟还在耳，谁料翻脸变冤家。

反是不思[37],亦已焉哉[38]!	违背誓言你不顾,那就从此算了吧!

注释

1 氓(méng):流亡者。 蚩(chī)蚩:嬉笑的样子。 贸:交换。

2 即:就、走近。 谋:商量婚事。

3 顿丘:地名,在卫国。

4 愆(qiān):拖延。

5 将(qiāng):请求。

6 乘:登上。 垝垣(guǐ yuán):毁坏残缺的土墙。

7 复关:地名。

8 载:则、就。

9 卜:卜卦。用火烧龟甲,看甲上的裂纹以判断吉凶。筮(shī):用蓍(shī)草排比推算来占卦。

10 体:卦体,就是用龟、蓍占卜所显示的卦象。 咎言:不吉利的话。

11 贿:财物,这里指嫁妆。

12 沃若:形容树叶的润泽柔嫩。

13 于嗟:叹词。 鸠:斑鸠。

14 桑葚(shèn):桑树的果实。 相传斑鸠吃桑葚过多会醉倒。

15 耽:迷恋。

16 说:同“脱”,摆脱。

17 陨(yǔn):落下。

18 徂(cú):往、到。

19 三岁:多年。“三”是虚数,言其多。

20 汤(shāng)汤:水势盛大的样子。

21 渐:浸湿。 帷裳:女子所乘车辆的车厢两旁的饰物。

22 爽:差错。

23 贰:应作“貣”,偏差。

24 罔极:反复无常。
25 二三其德:指男子三心二意,用情不专。
26 室劳:家务劳动。
27 夙:早。兴:站起来。
28 靡有朝矣:指不是某一天才这样,而是天天这样。
29 言:语首助词。遂:安定。
30 咥(xì):哈哈大笑。
31 悼:伤心。
32 隰(xí):低湿的地。泮:涯岸。
33 总角:古代男女未成年时,把头发扎成两小辫。这里代指童年。总,扎、系(jì)。宴:安乐。
34 晏晏:和悦温柔的样子。
35 旦旦:形容誓言的诚恳。
36 不思:想不到。反:变心。
37 反:违反。是:这,指当初的誓言。不思:不再顾及。
38 已焉哉:算了吧。已,止。

竹竿

导读

《毛序》:“《竹竿》,卫女思归也。适异国而不见答,思而能以礼者也。”这是一位卫国女子出嫁别国,思归不得的诗。朱熹批评《毛序》说:“未见‘不见答’之意。”的确,诗里找不出她和丈夫有什么不愉快的问题,《毛序》后两句话,显然是多余的。朱熹又说:“卫女嫁于诸侯,思归宁而不可得,故作此诗。”他叙述诗的主题简单明了,没有画蛇添足之弊。

至于诗的作者,何楷《毛诗世本古义》和魏源《诗古微》都认为《竹竿》和《泉水》均为《载驰》作者许穆夫人所作。魏源说:“盖卫自渡河徙都以后,其河北故都胥沦戎狄,山河风景,举目苍凉……望克复以何时,思旧游兮不再。一篇之中,三致意焉。词出一人,悲同隔世。”但细味诗意,只觉风神骀荡,并无《黍离》之悲。方玉润力辟忧时之说,他在《诗经原始》中说:“《载驰》《泉水》与此篇皆思卫之作,一则遭乱以思归,一则无端而念旧,词意迥乎不同。此不惟非许穆夫人作,亦无所谓不见答意。盖其局度雍容,音节圆畅,而造语之工,风致嫣然,自足以擅美一时,不必定求其人以实之也。……俗儒说诗,务求确解,则《三百篇》不过一本《记事珠》,欲求一陶情寄兴之作,岂可得哉?”他从诗的艺术风格来推度《竹竿》的主题,比凭空穿凿要高明得多。

魏源指定《竹竿》是许穆夫人所作,虽无确据,但他说:“是以泉源、淇水,曩所游钓于斯、笑语于斯、舟楫于斯者……一篇之中,三致意焉。”这一段话倒是道出了此诗的艺术特点,那便是“示现”的手法。所谓示现,是将实际上不闻不见的事物,说得如闻如见。这些事物,或者已成过去,或者尚在未来,或者纯属想象。这是作者想象活动表现最活跃的一种修辞格式。此诗第一章写旧时钓游之乐,第二章写嫁时途中所经,第三章写嫁前嬉戏之景，三章全部是回忆，作者不知不觉地用了示现的修辞，将往事活灵活现描绘出来。读者体会了诗人昔日的欢乐，再看第四章的“出游写忧”，就更加理解她思归不得的忧思是多么深长。用示现手法表现将来或过去，无论是甜蜜的憧憬还是凄苦的追思，这种甜或苦，都会使感情的浓度大大地加重，增加诗的魔力。

原文

籊籊竹竿[1]，以钓于淇。
岂不尔思？远莫致之[2]。

泉源在左[3]，淇水在右。
女子有行，远兄弟父母。

淇水在右，泉源在左。
巧笑之瑳[4]，佩玉之傩[5]。

淇水滺滺[6]，桧楫松舟[7]。
驾言出游，以写我忧[8]。

译文

竹竿竹竿细又长，当年钓鱼淇水上。
难道旧游我不想？路途遥远难还乡。

左边呀，泉源头；右边呀，淇水流。
姑娘出嫁别故国，远离家人怎不愁。

右边呀，淇水流；左边呀，泉源头。
巧笑露齿少年游，行动佩玉有节奏。

淇水悠悠照样流，桧桨松舟也依旧。
只好驾车且出游，排遣心里思乡愁。

注释

1 籊(tì)籊：长而细的样子。
2 致：达到。
3 泉源：水名，在朝歌城西北，东南流与淇水合。左：古人以北为左，以南为右。
4 瑳(cuō)：玉色洁白鲜亮的样子。这里指巧笑露齿，齿白如玉。
5 傩(nuó)：指女子身上挂着佩玉，走起路来，腰身婀娜而有节奏。这四句系作者回忆过去。

6 滺(yóu)滺：水流的样子。
7 桧：木名，柏科。
8 写：消除。

芄兰

导读

《毛序》:“《芄兰》,刺惠公也。骄而无礼,大夫刺之。”后人或以为这是人民讽刺贵族少年的诗。《左传》:“初,惠公即位也少。”杜注:“盖年十五六。”《毛序》可能是根据《左传》推测的。三家《诗》并无异义,后人亦多沿《序》说。清钱澄之《田间诗学》说:“觿所以解结,以象智也。智不足,则虚佩觿矣。韘所以发矢,以象武也。武不足,则虚佩韘矣。”他的分析切合这首诗的中心思想,即讽刺这位贵族少年徒有佩觿佩韘的外表装饰,高高在上,摆出一副贵族的架势,实际上却是个无能的纨绔子弟。

《诗经》艺术特色之一,即用形象、生动的语言,塑造诗中的主要人物及描写细节,从而突出诗的思想意义。高尔基在《论文学》中说:“文学的第一要素是语言,语言是文学的主要工具。它和各种事实、生活现象一起,构成了文学的材料。”《芄兰》诗人以佩觿、佩韘、容兮、遂兮、悸兮等词汇,描绘了诗中主要人物童子的服饰、姿态,虽然这些词对今天的读者来说已经比较陌生,但通过注释,我们还是可以约略感觉到这些词用得极为洗练而又传神,将童子人物的外形和内心活动融为一体,透露了诗人讥刺之意。使人感到逼真如在目前,以见诗人立言之妙。

原文	译文
芄兰之支[1],童子佩觿[2]。	芄兰枝上尖荚垂,儿童挂着解结锥。
虽则佩觿,能不我知[3]。	虽然挂着解结锥,可他不解我是谁。
容兮遂兮[4],垂带悸兮[5]。	大摇大摆佩玉响,东晃西荡大带垂。
芄兰之叶[6],童子佩韘[7]。	芄兰枝上叶弯弯,儿童佩韘不像样。

虽则佩韘,能不我甲[8]。	虽然佩带玉扳指,不懂亲和把话讲。
容兮遂兮,垂带悸兮。	大摇大摆佩玉响,垂带晃荡净装腔。

注释

1 芄(wán)兰:蔓生植物,亦名萝。支:同“枝”。

2 觿(xī):用象骨制成的小锥。古人用它来解衣带的结,故又名“解结锥”,成年贵族方能佩戴。

3 能:乃、而。

4 容:容仪可观,形容成年贵族走路摇摆的架势。遂:同“遂遂”,形容走路摇摆使佩玉摇动的样子。

5 悸:形容走路时大带下垂摇动有节度的样子。

6 芄兰之叶:芄兰叶像长心脏形,下垂略向后弯,它的样子很像韘。

7 韘(shè):古代射箭时套在右手大拇指上以钩弦的一种用具,用骨或玉制成,亦称“抉拾”,俗称“扳指”。佩韘,也是已经成年的标志。

8 甲:同“狎”,亲近。

河广

导读

《毛序》:“《河广》,宋襄公母归于卫,思而不止,故作是诗也。”毛说似有附会。今人多认为,这只是一首在卫国的宋人思归不得的诗。卫国在戴公未迁漕以前,都城在朝歌,和宋国只隔一条黄河。诗里极言黄河不广,宋国不远,言外之意,总有什么东西阻隔着他不能回去。宋襄公母即宋桓夫人,她是卫戴公、文公、许穆夫人的姊妹,嫁给宋桓公,生下襄公后就被遗弃而归卫。陈奂说:“当时卫有狄人之难,宋襄公母归在卫,见其宗国颠覆,君灭国破,忧思不已,故其篇内皆取其望宋渡河救卫,辞甚急也。未几,而宋桓公迎诸河,立戴公以处曹。则此诗之作,自在迎河之前。《河广》作而宋立戴公矣,《载驰》赋而齐立文公矣。《载驰》许诗,《河广》宋诗,而系列于鄘、卫之风,以二夫人于其宗国皆有存亡继绝之思,故录之。”这是说诗的作者为宋桓夫人希望宋国渡河救卫,而不是自己思归宋国。后人对这个问题多有争论,毛、陈之说恐不足信。

《周南·汉广》作者,写他对一个少女思慕不已而终不可得的感情,故望水兴叹:“汉之广矣,不可泳思。”此诗作者,望乡之情已压倒一切,故云:“谁谓河广?一苇杭之。”同样对着一条河,或言其宽,或言其狭。诗中的河,已非现实的河,而是作者心目中的河了。尤其此诗,作者心目中的黄河是那么狭,宋国是如此近,“一苇杭之”“跂予望之”“曾不容刀”“曾不崇朝”等语都是言过其实,但读起来却能感受到诗人迫切思归的心情跃然纸上。因为夸张的手法虽然违背了事实,但它造成的意境却是真实的,它反映了艺术上的真实,所以读者非但不感到它不近情理,反而被它感染了。梁启超说:“境者心造也。一切境皆虚幻,惟心所造之境为真实。”(《自由书·惟心》)就自然现象而言,未必如此。但在文学创作中,凡境都带着诗人心灵的感受、情感的色彩。境本情之境,境从情中生,无情之境是不存在的。

原文	译文
谁谓河广?一苇杭之[1]。	谁说黄河广又广?一条苇筏就能航。
谁谓宋远?跂予望之[2]。	谁说宋国远又远?踮起脚跟就在望。
谁谓河广?曾不容刀[3]。	谁说黄河宽又宽?一条小船容纳难。
谁谓宋远?曾不崇朝[4]。	谁说宋国远又远?不用一朝到对岸。

注释

1 苇:芦苇编成的筏子。 杭:渡。

2 跂(qì):踮起脚跟。

3 曾:可是。 刀:通"舠",小船。

4 崇朝:即终朝,一个早上。

伯兮

导读

《毛序》:“《伯兮》,刺时也。言君子行役,为王前驱,过时而不返焉。”《郑笺》:“卫宣公之时,蔡人、卫人、陈人从王伐郑伯也(事见《左传》鲁桓公五年)。为王前驱久,故家人思之。”春秋时代,各国互相侵略吞并,强陵弱,众暴寡,战争频繁,这是普遍现象。郑康成确指诗的背景是蔡、卫、陈人从王伐郑之役,恐未必然。朱熹反驳道:“郑在卫西,不得为此行也。”一语点破《郑笺》之失。诗中说伯执殳前驱,是担任当时“旅贲”的官职,属于“中士”级别,地位相当高,不是一般士卒,他的妻子当然也是上层人物。所以这应该是一首贵族女子思念远征丈夫的诗。

全诗四章,后三章集中写一个“思”字。方玉润《诗经原始》:“始则首如飞蓬,发已乱矣,然犹未至于病也。继则甘心首疾,头已痛矣,而心尚无恙也。至于使我心痗,则心更病矣。其忧思之苦何如哉!”他说出了诗的层递手法。这首诗写室家怨思之苦,情意至深,对后世闺怨思远之作有很大影响。如李清照《凤凰台上忆吹箫》的“起来慵自梳头”、《永遇乐》的“如今憔悴,风鬟雾鬓”,都从“自伯之东,首如飞蓬”化出。徐幹《杂诗》“自君之出矣,明镜暗不治”、杜甫《新婚别》“罗襦不复施,对君洗红妆”,很明显地继承“岂无膏沐,谁适为容”之意。欧阳炯《贺明朝》“终是为伊,只恁偷瘦”、柳永《凤栖梧》“衣带渐宽终不悔,为伊消得人憔悴”,则是“愿言思伯,甘心首疾”的发展。

原文

伯兮朅兮[1],邦之桀兮[2]。
伯也执殳[3],为王前驱[4]。

译文

阿哥壮健又威风,他是国家真英雄。
阿哥手执丈二殳,保卫君王打先锋。

自伯之东[5],首如飞蓬[6]。 岂无膏沐[7]?谁适为容[8]!	自从哥哥去征东,无心梳发像飞蓬。 难道没有润发油?讨谁欢心去美容!
其雨其雨,杲杲出日[9]。 愿言思伯,甘心首疾[10]!	好比久旱把雨盼,偏偏晴天日头灿。 魂牵梦萦想哥回,想得头痛心口颤!
焉得谖草[11]?言树之背[12]。 愿言思伯,使我心痗[13]!	哪儿去找忘忧草?找来种到后院中。 魂牵梦萦想哥回,心病难治意难通。

注释

1 伯:周代女子称丈夫为伯。 朅(qiè):威武健壮。

2 桀:才智出众。

3 殳(shū):古代兵器,竹制,形似竿。

4 前驱:在战车两旁保卫统帅的人。

5 之:往。

6 飞蓬:蓬草遇风,四散飘飞,这里用来比喻不常梳洗的乱发。

7 膏沐:润发的油。

8 适:悦。 容:修饰容貌。

9 杲(gǎo)杲:光亮的样子。

10 甘心:心痛。 首疾:头痛。

11 谖草:又名萱草,即金针菜。 古人以为这种草可以使人忘忧。

12 背:北房的阶下。

13 痗(mèi):病。

有狐

导读

《毛序》:"《有狐》,刺时也。卫之男女失时,丧其妃耦焉。古者国有凶荒,则杀礼而多昏,会男女之无夫家者,所以育人民也。"《毛序》解释诗的背景,认为是怨女旷夫之作。但是从诗意体会,这似乎是一位女子忧念她流离失所的丈夫无衣无裳而作。按《韩诗外传》:"夫处饥渴、苦血气、困寒暑、动肌肤;此四者,民之大害也。害不除,未可教御也。四体不掩,则鲜仁人;五脏空虚,则无立士。故先王之法,天子亲耕,后妃亲蚕,先天下忧衣与食也。《诗》曰:'父母何尝''心之忧矣,之子无裳'。"《外传》说人民衣食贫困,为人君的要不忘国本,急于养民,并引诗句为证,和诗的无裳、无带、无服内容相合,原与怨女旷夫无涉。按诗言淇水,当是卫未迁都时的作品,它所反映的,可能是卫懿公执政时,人民贫困不堪的情形。

诗共三章,都是诗人见狐起兴。第一章,"有狐绥绥,在彼淇梁。"是狐先走在淇水深处的桥梁上。第二章,"有狐绥绥,在彼淇厉。"是狐又走到淇水浅处的沙滩上。第三章,"有狐绥绥,在彼淇侧。"是狐最后走到淇水旁边的岸上。这是诗人不自觉地运用了层递的修辞。陈望道《修辞学发凡》说:"层递是将语言由浅及深,由低及高,由小及大,由轻及重,逐层递进地排列起来的一种辞格。"也就是陈骙《文则》说层递的特点,是"上下相接,若继踵然"。诗人见狐慢吞吞地走,联想爱人的流离失所,贫困得没有衣服穿,而唱出了三章简单的诗句。

原文

有狐绥绥[1]，在彼淇梁[2]。
心之忧矣，之子无裳！

有狐绥绥，在彼淇厉[3]。
心之忧矣，之子无带！

有狐绥绥，在彼淇侧。
心之忧矣，之子无服！

译文

狐狸缓缓走，淇水石桥上。
心里真忧愁，这人没衣裳！

狐狸缓缓走，淇水岸边濑。
心里真忧愁，这人没腰带！

狐狸缓缓走，在那淇水边。
心里真忧愁，这人没衣衫。

注释

1 绥绥：慢吞吞的样子。

2 梁：桥。

3 厉：通“濑”，水边有沙石的浅滩。

木瓜

导读

《毛序》:“《木瓜》,美齐桓公也。卫国有狄人之败,出处于漕,齐桓公救而封之,遗之车马器服焉。卫人思之,欲厚报之,而作是诗也。”毛说实为穿凿,但历来学者多沿袭之。姚际恒、方玉润等驳斥《序》说,认为齐桓对卫国有再造之恩,诗不应仅以果实喻其所投之甚微;卫人始终未报答齐国,而诗中却拟以重宝为报,未免以空言妄自矜诩。他们就诗意和史实来剖析《毛序》的破绽,很有说服力。朱熹疑此“亦男女相赠答之词”,闻一多指此为定情之诗,都胜于《毛序》。姚际恒说:“然以为朋友相赠答亦奚不可,何必定是男女耶!”也可备一说。

诗共三章,每章末叠唱“匪报也,永以为好也”两句,看似重复,诗的精神却全从此两句生出。人赠以木瓜,我竟欲报之琼瑶,报答不可谓不重,但如果诗就此而止,则恃富炫贵而已,没有什么可称道的。而下紧接“匪报也”三字,露出作者之意,原不在物,仅欲表其爱慕之诚,以永结情好。这一转折,顿时别开生面,有山重水复、柳暗花明之妙。汉秦嘉《留郡赠妇诗》:“诗人感木瓜,乃欲答瑶琼。愧彼赠我厚,惭此往物轻。虽知未足报,贵用叙我情。”虽赠答厚薄有异,但重情轻物则一,可谓善体诗人之意。

原文	译文
投我以木瓜[1],报之以琼琚[2]。	送我一只大木瓜,我拿佩玉报答她。
匪报也,永以为好也。	不是仅仅为报答,表示永远爱着她。
投我以木桃[3],报之以琼瑶[4]。	送我一只大木桃,我拿美玉来还报。

匪报也，永以为好也。	不是仅仅为还报，表示和她永相好。
投我以木李[5]，报之以琼玖[6]。	送我一只大木李，我拿宝石还报你。
匪报也，永以为好也。	不是仅仅为还礼，表示爱你爱到底。

注释

1 投：赠送。木瓜：植物名，落叶灌木，果实如黄金瓜，可供赏玩、食用。

2 琼：赤玉。这里引申为形容玉美。琚：杂佩中的一种玉名。

3 木桃：植物名，落叶灌木，果实圆形或卵形，具芳香。

4 瑶：美玉。

5 木李：植物名，落叶灌木，又名木梨，果实圆形或洋梨形。

6 玖：似玉的浅黑石，可以制成佩戴的饰物。

王风

“王”即王都的简称。平王东迁洛邑之后，周室衰微，无力驾驭诸侯，其地位下降到等于列国，所以称为“王风”。

《王风》共计十篇，全部都是平王东迁以后的作品。它的产生地在今河南省洛阳、孟县、沁阳、偃师、巩县、温县一带地方。

崔述《读风偶识》说：“幽王昏暴，戎狄侵陵；平王播迁，家室飘荡。”这便是《王风》的历史背景。表现在诗中，如《黍离》《扬之水》《兔爰》《葛藟》《君子于役》等，多带有乱离悲凉的气氛。方玉润《诗经原始》说：“后世杜甫遭天宝大乱，故其中有《无家别》《垂老别》《哀江头》《哀王孙》等篇，与此先后如出一辙。杜作人称诗史，而此册实开其先。”方氏所指出的这种前后相承的渊源，实际就是现实主义创作传统的延续。但《王风》诗人的哀思怨怒只是出于不自觉的嗟叹，而杜甫则写出了“人生无家别，何以为蒸黎”的诗句，已经比较自觉地在反映人民的痛苦，这又体现了历史的进步。

黍离

导读

自汉以来,学者对这首诗的主题和作者,迄无定论。《毛序》:"《黍离》,闵宗周也。周大夫行役至于宗周,过故宗庙宫室,尽为禾黍。闵周室之颠覆,彷徨不忍去,而作是诗也。"此说影响极大,"黍离"一词已成为后世文人感慨亡国触景生情时常用的典故。但我们就诗论诗,从中看不出有凭吊故国之意,所以《毛序》并不可信。《韩诗》说曰:"昔尹吉甫信后妻之谗而杀孝子伯奇,其弟伯封求而不得,作《黍离》之诗。"胡承珙《毛诗后笺》云:"尹吉甫在宣王时,尚是西周,不应其诗列于东都。"胡氏从时代上推断其误,是有说服力的。何况《韩诗》以具体人事附会诗旨,也没有什么证据。冯沅君《诗史》说:"这是写迁都时心中的难受。"较为切于当时的实际情况,今从冯说。所谓"迁都",是指周平王从镐京东迁到洛邑的事情。

梁启超在《中国韵文里头所表现的情感》一文中说:"'回荡的表情法'是一种极浓厚的情感蟠结在胸中,像春蚕抽丝一般,把它抽出来……这一类所表现的情感,是有相当的时间经过,数种情感交错纠结起来,成为网状的性质。"梁氏将"回荡的表情法"分成四种不同的方式,其中"引曼式"的表情法即以《黍离》为例。这种表情法,"是胸中有种种甜酸苦辣写不出来的情绪,索性都不写了,只是咬着牙龈长言咏叹一番,便觉一往情深,活现在字句上。"这首诗用重叠的字句、回往反复的韵律,来表现绵绵情思。拉长声调,反复咏叹,是它在艺术表现上的主要特色。

此诗历代传诵,影响不绝。后世诗篇,写家国兴亡之感,或得其神,或效其形。如杜甫《哀江头》,"乃子美在贼中时,潜行曲江,睹江水江花,哀思而作。”“而无穷之恨,黍离麦秀之悲,寄于言外。”(张戒《岁寒堂诗话》)刘禹锡《石头城》“潮打空城寂寞回”,“不言兴亡而兴亡之意溢于言外,得风人之旨矣。”(王鏊《震泽长语》)

原文

彼黍离离[1],彼稷之苗[2]。
行迈靡靡[3],中心摇摇[4]。
知我者谓我心忧,
不知我者谓我何求[5]。
悠悠苍天,此何人哉!

彼黍离离,彼稷之穗。
行迈靡靡,中心如醉。
知我者谓我心忧,
不知我者谓我何求。
悠悠苍天,此何人哉!

彼黍离离,彼稷之实。
行迈靡靡,中心如噎[6]。
知我者谓我心忧,
不知我者谓我何求。
悠悠苍天,此何人哉!

译文

看那小米满田畴,高粱抽苗绿油油。
远行在即难迈步,无限愁思郁心头。
知心人说我心烦忧,
局外人当我啥要求。
遥远的老天啊,是谁害我离家走!

看那小米满田畴,高粱穗儿低下头。
远行在即难迈步,心中恍惚像醉酒。
知心人说我心烦忧,
局外人当我啥要求。
遥远的老天啊,是谁害我离家走!

看那小米满田畴,高粱结实不胜收。
远行在即难迈步,心口如噎真难受。
知心人说我心烦忧,
局外人当我啥要求。
遥远的老天啊,是谁害我离家走!

注释

1 黍:小米。离离:庄稼排列得整整齐齐的样子。

2 稷:高粱。

3 行迈:远行。靡靡:走路迟缓。

4 中心:心中。摇摇:忧郁无处诉说。

5 何求:指诗人眷恋家乡故土,徘徊不忍离去,似乎还在寻求什么。

6 噎:咽喉梗塞。这里用来比喻心中郁闷,好像气都透不过来。

君子于役

导读

《毛序》:“《君子于役》,刺平王也。君子行役无期度,大夫思其危难以风焉。”王先谦《集疏》:“按据诗文鸡栖、日夕、羊牛下来,乃家室相思之情,无僚友托讽之谊。所称君子,妻谓其夫,《序》说误也。”他的意思是比较正确的。汉班彪《北征赋》说:“日晻晻其将暮兮,睹牛羊之下来。寤怨旷之伤情兮,哀诗人之叹时。”班彪也认为《君子于役》是怨女旷夫之作,可见《毛序》是臆测,不足为据。实际上,这是一位妇女思念她久役于外的丈夫的诗。

这首诗的特点是情景交融。落日衔山,暮色苍茫,鸡栖敛翼,牛羊归舍。面对此时此景,久别夫君的闺中少妇,心头涌起一阵阵难以抑制的惆怅,她想念丈夫,该不会受饥挨饿吧?暮色越来越浓,思绪越来越长。每天这一段黄昏时光,她感到实在太难挨了。王照圆《诗说》云:“写乡村晚景,睹物怀人如画。”睹物是写景,怀人是写情,写出了情景交融的凄凉境界,始能使人感到“如画”。许瑶光有《再读诗经四十二首》,第十四首云:“鸡栖于桀下牛羊,饥渴萦怀对夕阳。已启唐人闺怨句,最难消遣是昏黄。”可作此诗最好的注脚。

原文

君子于役[1],不知其期[2]。
曷至哉[3]?
鸡栖于埘[4],日之夕矣,
羊牛下来。

译文

夫君服役去远方,没年没月心忧伤。
不知何时回家乡?
鸡儿纷纷奔回窝,西天暮霭遮夕阳,
牛羊下坡进栏忙。

君子于役，如之何勿思！	夫君服役去远方，叫我怎不苦苦想！
君子于役，不日不月。	夫君服役去远方，没日没月别离长。
曷其有佸[5]？	何日团圆聚一堂？
鸡栖于桀[6]，日之夕矣，	鸡儿纷纷上木桩，西天暮霭遮夕阳，
羊牛下括[7]。	牛羊下坡聚拢忙。
君子于役，苟无饥渴[8]？	夫君服役去远方，也许不致饿肚肠？

注释

1 君子：妻子对丈夫的称呼。于役：往他处服役。

2 其期：指服役的期限。

3 曷：何。至：到家、归来。

4 埘(shí)：在墙上挖洞砌泥筑成的鸡窝。

5 有：又。佸(huó)：聚会，指与丈夫团聚。

6 桀：鸡栖息的木桩。

7 括：到来。“下括”与上章“下来”同义。

8 苟：或许。

君子阳阳

导读

《毛序》:“《君子阳阳》,闵周也。君子遭乱,相招为禄仕,全身远害而已。”关于诗的主题,说各不一。朱熹《诗集传》:“此诗疑亦前篇妇人所作。盖其夫既归,不以行役为劳,而安于贫贱以自乐;其家人又识其意而深叹美之。”以上二说,都被姚际恒所驳。他说:“《大序》谓‘君子遭乱,相招为禄仕’,此据‘招’之一字为说,臆测也。《集传》谓‘疑亦前篇妇人所作’,此据‘房’之一字为说,更鄙而稚。大抵乐必用诗,故作乐者亦作诗以摹写之;然其人其事不可考矣。”我们在诗里看不出什么“相招为禄仕”和夫妇“安于贫贱以自乐”的影子,而且簧、翿的歌舞工具,也不是当时贫贱者所能有。姚的评语,可谓恰当。据陈奂和马瑞辰考证,认为周代国王在庙朝设有专职的乐工和舞师,在寝室休息时,同样有专职演奏,以供娱乐。不过东周王国衰微,苟安在洛阳周围五六百里的地方,外患频仍,内政不修,百官废弛,还有什么余力去管理这些乐工们?所以,他们也就自得其乐了。今人一般认为这是描写舞师和乐工共同歌舞的诗。

这首诗描绘舞师神态生动活泼,格调轻松愉快,同《王风》其他各诗苍凉悲郁的气氛迥然不同,恐怕是一种“人生得意须尽欢”心理的反映。

原文

君子阳阳[1],左执簧[2],
右招我《由房》[3]。其乐只且[4]!

君子陶陶[5],左执翿[6],
右招我《由敖》[7]。其乐只且!

译文

舞师得意喜洋洋,左手握着大笙簧,
右手招我奏《由房》。快快乐乐舞一场!

舞师得意乐陶陶,左手举起鸟羽摇,
右手招我奏《由敖》。快快乐乐共舞蹈。

注释

1 君子:这里指舞师。 阳阳:快乐得意的样子。

2 簧:指笙类乐器。

3 我:本诗作者,似是乐工。《由房》:乐曲名。

4 只且(jū):语尾助词,义同“也哉”。

5 陶陶:和乐舒畅的样子。

6 翿(dào):用五彩野鸡羽毛做的扇形舞具。

7 《由敖》:舞曲名。

扬之水

导读

《毛序》:"《扬之水》,刺平王也。不抚其民,而远屯戍于母家,周人怨思焉。"《史记·周本纪》及《国语·郑语》韦昭注都说:申,姜姓,周平王的舅家。平王父亲幽王嬖褒姒,废申后。太子宜臼奔申,王伐申。申联合西戎伐周,杀幽王,立宜臼于申,是为平王。另外,吕、许二国对平王东迁洛阳也都出了力。那时南方楚国强大,有并吞小国的野心。申、吕、许三国距王畿甚近,唇齿相依,平王派兵戍守。可是王都地小人稀,派去的兵士到期不能回乡,大家怨恨思归,就作了这首诗。正如方玉润《诗经原始》所指出的:"其所以致民怨嗟,见诸歌咏而不已者,以征调不均,瓜代又难必耳。"

此诗艺术特点在于含蓄。诗人负羽从军,身处异乡。室家不见,生死相望。对水惊心,析薪断肠。百感交集,岂不凄怆!胸中塞满了独戍异地的怨思,但唱出来的歌词却不怨恨久戍,反而责怪所思念的人不和自己一起戍守。归期无望,而思情又不可遏抑,于是只能作此无聊之想。其情其意,显得格外悲凉。清文融道:"本怨戍申,却以不戍申为辞,何其婉妙。"诗的起句也很有特色,诗人以缓慢的流水漂不动束薪起兴,以寄托诗人无力与新婚妻子团聚的感慨,既含蓄,又深沉。首句"扬之水"起兴的乐调,可能也很悠扬动人,所以被后来诗人采用为诗篇的开头,如《郑风》的《扬之水》和《唐风》的《扬之水》都是。

原文	译文
扬之水[1],不流束薪[2]。	河水慢慢流过来,水小难漂一捆柴。

彼其之子[3]，不与我戍申[4]。
怀哉怀哉！曷月予还归哉[5]？

扬之水，不流束楚[6]。
彼其之子，不与我戍甫[7]。
怀哉怀哉！曷月予还归哉？

扬之水，不流束蒲[8]。
彼其之子，不与我戍许[9]。
怀哉怀哉！曷月予还归哉？

想起我那意中人，我守申国她难来。
日思夜想丢不开，哪月回家没法猜。

小河浅水缓缓流，一捆荆条漂不走。
想起我那意中人，不能同我把甫守。
日思夜想丢不开，何时回家相聚首？

河水缓缓流向东，一束蒲柳漂不动。
想起我那意中人，不能来许意难通。
日思夜想丢不开，何时我能回家中？

注释

1 扬：悠扬，水缓流无力的样子。
2 束薪：一捆柴。
3 其(jì)：语助词。 之子：指作者所怀念的人。
4 戍：守。 申：古国名，在今河南省唐河县南。
5 曷：何。 还：音义同"旋"。
6 楚：荆条。
7 甫：古国名，在今河南省南阳市西。
8 蒲：蒲柳。
9 许：古国名，在今河南省许昌市。

中谷有蓷

导读

《毛序》:"《中谷有蓷》,闵周也。夫妇日以衰薄,凶年饥馑,室家相弃尔。"这是描写一位在荒年中被丈夫遗弃的女子悲伤无告的诗。朱熹《诗集传》:"凶年饥馑,室家相弃。妇人览物起兴,而自述其悲叹之辞也。"但诗中说"有女仳离",恐怕不是弃妇所自作。这位妇女被丈夫遗弃于荒年之时,天灾人祸相逼迫,实在走投无路,只有慨叹、呼号、哭泣了。诗反映了东周时代妇女悲惨生活的断片。

同样反映弃妇的不幸,此诗和《谷风》《氓》相比,在表现手法上有较大的差别。后者含有比较完整的叙事成分,前者则是单纯的抒情。同样是控诉男子的负心,后者是通过琐琐屑屑的诉说,前者则只有慨叹悲泣。主要原因在于《谷风》《氓》是自述,《中谷有蓷》的作者是一位同情弃妇者。但在用词方面,此诗还是颇具推敲的。姚际恒《诗经通论》说:"干、修、湿,由浅及深;叹、啸、泣亦然。"《传说汇纂》记谢枋得曰:"此诗三章,言物之暵,一节急一节。女之怨恨者,一节急一节。始曰'遇人之艰难',怜其穷苦也。中曰'遇人之不淑',怜其遭凶祸也。终曰,'何嗟及矣',夫妇既已离别,虽怨嗟亦无及也。"可见诗人在刻画弃妇遭遇和表达弃妇感情时,对不同层次的描绘,是把握得比较准确的。

原文

中谷有蓷[1],暵其干矣[2]。
有女仳离[3],慨其叹矣。
慨其叹矣,遇人之艰难矣[4]。

译文

山谷长着益母草,天旱不雨草枯焦。
有位女子被遗弃,抚胸长叹心苦恼。
抚胸长叹心苦恼,嫁人嫁得太糟糕!

中谷有蓷，暵其脩矣[5]。	益母草长山谷间，天旱不雨草晒干。
有女仳离，条其歗矣[6]。	有位女子被遗弃，唉声长叹心里酸。
条其歗矣，遇人之不淑矣[7]。	唉声长叹心里酸，不幸嫁个负心汉！
中谷有蓷，暵其湿矣[8]。	益母草长山谷中，天旱草枯地裂缝。
有女仳离，啜其泣矣[9]。	有位女子被遗弃，呜咽悲泣心伤痛。
啜其泣矣，何嗟及矣[10]！	呜咽悲泣心伤痛，后悔莫及叹也空。

注释

1 中谷：谷中。 蓷(tuī)：植物名，益母草。
2 暵(hàn)：干燥的样子。
3 仳(pǐ)离：分离。 这里指被遗弃。
4 艰难：指所嫁之夫不好。
5 脩(xiū)：本义为干肉，引申为干枯。
6 条：长。 歗：同“啸”，这里指长叹。
7 不淑：不善。
8 湿：“隰(qī)”的假借字，晒干。
9 啜：哭泣时的抽噎。
10 何嗟及矣：即“嗟何及矣”。

兔爰

导读

《毛序》:“《兔爰》,闵周也。桓王失信,诸侯背叛,构怨连祸,王师伤败,君子不乐其生焉。”这是一个没落贵族因厌世而作的诗。他留恋西周宣王时代的“盛世”,那时虽有天灾,但无人祸,贵族的地位和利益尚未动摇。东迁以后,有些贵族失去了土地和人民,地位起了变化,甚至还要服役。这就是他感叹的“逢此百罹”的社会背景。他抚今忆昔,不觉产生了厌世思想,写了这么一首诗。《毛序》将诗定为桓王时的作品,那是错误的。崔述《读风偶识》:“其人当生于宣王之末年,王室未骚,是以谓之‘无为’。既而幽王昏暴,戎狄侵陵,平王播迁,家室飘荡,是以谓之‘逢此百罹’。”崔氏确定的时代比较正确。

此诗首二句是含有比义的兴,顾起元《传说汇纂》说:“三章各首二句比君子得祸,小人独免。下皆是叹其所遭而安于死也。”他指出了《兔爰》结构的特点。方玉润《诗经原始》说:“词意凄怆,声情激越,阮步兵专学此种。”他指出此诗的风格及其继承关系。可是以阮籍诗当之,则大谬不然。阮嗣宗身当魏晋多事之秋,常恐罹谤遇祸,不预世事,以沉醉获免。论其行迹,倒也算得上“尚寐无觉”。但是他虽翱翔区外,实并未浑然忘世。《咏怀》诸诗,俱悯乱之作,多感慨之词,虽文多隐避,而托体高妙。足见其胸襟高朗,意气宏放,不同凡响。与此诗作者之斤斤于个人沉浮,缺乏忧世之意,心胸狷隘,厌不乐生,相去实不能以道里计。刘勰《文心雕龙·体性》评阮诗“响逸而调远”,而《兔爰》响抑而调促,在风格上亦不相同。方氏但视其表,故有此失。

原文

有兔爰爰[1]，雉离于罗[2]。
我生之初，尚无为[3]。
我生之后，逢此百罹[4]。
尚寐无吪[5]！

有兔爰爰，雉离于罦[6]。
我生之初，尚无造[7]。
我生之后，逢此百忧。
尚寐无觉[8]！

有兔爰爰，雉离于罿[9]。
我生之初，尚无庸[10]。
我生之后，逢此百凶。
尚寐无聪[11]！

译文

狡兔自由又自在，野鸡落进网里来。
当我初生那时候，没有战争没有灾。
偏偏在我出生后，倒霉事儿成了堆。
但愿长睡口不开！

狡兔自由又自在，野鸡落进网里来。
当我初生那时候，没有迁都没有灾。
偏偏在我出生后，百般晦气连着来。
但愿长睡眼不开！

狡兔自由又自在，野鸡落进网里来。
当我初生那时候，没有劳役没有灾。
偏偏在我出生后，百样坏事上门来。
但愿长睡两耳塞！

注释

1 爰爰：自由自在的样子。
2 离：遭。罗：网。
3 尚：犹、还。为：事，指军役之事。
4 罹(lí)：忧。
5 尚：庶几，希望。寐：睡。无吪(é)：不想说话。
6 罦(fú)：一种装设机关的网。
7 造：与上章"为"同义。
8 无觉：不想看见。觉，醒，指眼睁开。
9 罿(tóng)：捕鸟网。
10 庸：用，指劳役。
11 无聪：不想听见。

葛藟

导读

《毛序》:“《葛藟》,王族刺平王也。周室道衰,弃其九族焉。”这是流亡他乡者求助不得的怨诗,同《旄丘》描写的情况相似。朱熹《诗集传》:“世衰民散,有去其乡里家族而流离失所者,作此诗以自叹。”春秋时代,战争频仍,民不聊生,纷纷逃亡。这首诗的作者可能是从洛阳附近的邻国逃亡到王都的。他到处乞求,甚至称别人为父母兄弟,希望得到一点同情和救济,但人们给他的却只有白眼。诗深刻地反映了当时炎凉无情的世态。

此诗首二句“绵绵葛藟,在河之浒”,《毛传》曰:“兴也。”但是《左传》文公七年曰:“宋昭公将去群公子,乐豫曰:‘公族,公室之枝叶也。’若去之,则本根无所庇荫矣。葛藟犹能庇其本根,故君子以为比,况国君乎?”对这种不同的解释,陈奂《传疏》分析说:“此诗因葛藟而兴,又以葛藟为比;故《毛传》以为兴,《左传》则以为比。凡全《诗》通例,《关雎》若雎鸠之有别,《旄丘》如葛之蔓延相连,《葛生》喻妇人外成于他家,《卷阿》犹飘风之入曲阿。曰若、曰如、曰喻、曰犹,皆比也,《传》则皆曰兴。比者,比方于物;兴者,托事于物。作诗者之意,先以托事于物,继乃比方于物,盖言兴而比已寓焉矣。”这种含有比义的兴的艺术手法,在《诗经》中虽然常见,但并非唯一的形式。其他还有兼赋而不含比义的兴,如“采采卷耳,不盈顷筐”;有的和下文只有音节上联系的兴,如“扬之水”。但到后来,比兴在文人诗歌中大大地发展了,不但含赋义的兴不认其为兴,连以民间习语开个头的兴也不被采用;只有兼比义的兴才被认为比兴,比兴成为一个词了。因此,了解比兴的艺术手法从《诗经》时代到秦汉之后的发展与变化,是中国诗歌爱好者需要具备的一种常识。

原文

绵绵葛藟[1],在河之浒[2]。
终远兄弟[3],谓他人父[4]。
谓他人父,亦莫我顾[5]!

绵绵葛藟,在河之涘[6]。
终远兄弟,谓他人母。
谓他人母,亦莫我有[7]!

绵绵葛藟,在河之漘[8]。
终远兄弟,谓他人昆[9]。
谓他人昆,亦莫我闻[10]!

译文

野葡萄藤绵绵长,攀在河边小树上。
离别亲人去远方,喊人阿爸求帮忙。
阿爸阿爸连声唤,没人理睬独彷徨!

野葡萄藤绵绵长,攀在河滨小树上,
离别亲人去他乡,喊人阿妈求帮忙。
阿妈阿妈连声喊,没人亲近徒悲伤!

野葡萄藤绵绵长,攀在河岸小树上。
离别亲人到异乡,喊人阿哥求帮忙。
阿哥阿哥连声喊,没人救助空流亡!

注释

1 葛藟:野葡萄。
2 浒(hǔ):水边。
3 终:既。 远(yuàn):离弃。
4 谓:称呼。
5 顾:理睬。
6 涘(sì):水边。
7 有:通“友”,亲近、亲爱。
8 漘(chún):深水岸。
9 昆:兄。
10 闻:通“问”,救助,慰问。

采葛

导读

《毛序》:“《采葛》,惧谗也。”实际上,这是一首思念情人的诗。这位情人可能是一位采集植物的姑娘,因为采葛织夏布,采蒿供祭祀,采艾以疗疾,这些在当时都是女子的工作。《毛序》说“惧谗也”,是毛公搞错了诗的主题,还错标诗的第一句为兴句。朱熹纠正《毛序》的错误,认为这是思念情人的诗,并将第一句改标为赋。但是他却又将这位被思念的情人说成是“淫奔者”,姚际恒斥之为“尤可恨”,实在骂得有道理。

此诗首章言一日不见如三月,次章言如三秋,末章言如三岁,层层递进,以见其思念之情,久而愈深。这里可注意的是“三秋”二字。作者不用“三春”“三夏”“三冬”,而偏用“三秋”,并非偶然。秋日萧瑟,草木摇落,登高望远,临流叹逝,易感别离之怀,最动故人之思。所以用“秋”字,较之“春”“夏”“冬”,更易引起读者形象的想象,以及发自内心的共鸣。前人谓杜甫善于炼字,往往用一字而神理俱出、景物逼肖。此诗用“秋”而不用他字,虽是出于作者直觉,妙手偶得,非刻意锻炼而成,但也有入神造微之妙。“一日不见,如隔三秋”二句,已成后世文人书信中常用的习语了。

原文	译文
彼采葛兮[1],一日不见, 如三月兮。	那位姑娘去采葛,只有一天没见着, 好像三月久相隔。
彼采萧兮[2],一日不见, 如三秋兮。	那位姑娘去采蒿,只有一天没见到, 像隔三秋受煎熬。

原文	译文
彼采艾兮[3]，一日不见， 如三岁兮。	姑娘采艾去田间，只有一天没会面， 好像隔了整三年！

注释

1 葛：葛藤，其皮可制纤维织夏布。
2 萧：植物名，蒿类，古人祭祀时所用。
3 艾：植物名，其叶可供药用和针灸用。

大车

导读

《毛序》:“《大车》,刺周大夫也。礼义陵迟,男女淫奔。故陈古以刺今,大夫不能听男女之讼焉。”事实上这是一首女子热恋情人的诗。她很想和情人同居,但不知对方心里究竟如何,所以还有些畏惧而不敢找他私奔。最后,她对情人明誓,表白她矢志不渝的爱情。这首诗同《国风》中其他较为含蓄委婉的恋歌相比,显得很大胆热烈,但又不失矜持。

刘向《列女传·贞顺篇》说诗是息夫人所作。息国被楚所灭,息君和夫人都做了俘虏。楚王纳息夫人为妻,她见到息君,写这首诗表明心迹,二人同日自杀。但《左传》记载与此不同。鲁庄公十四年:“楚子……遂灭息。以息妫归,生堵敖及成王焉。未言。楚子问之,对曰:‘以一妇人而事二夫,纵弗能死,其又奚言?’”《左传》并不言及息妫自杀事。后人对此聚讼纷纭,有疑《左传》者,有驳《列女传》者,有调和二《传》,以息妫与息夫人为二人者,莫衷一是。我们认为一定要坐实诗的本事,于这首诗的理解并无裨益。既然古说歧异,还是阙疑为好。

此诗末章结以誓词,别开生面。曹雪芹言历来才子佳人之书,满纸子建、文君,千部共出一套,虚张其词,令人生厌。在这类作品中,又必然插入一段海誓山盟,几乎成为表白爱情的公式。此诗末章,可说是这类誓词的滥觞,但它绝无后世作品中轻浮、夸诞之弊,而坚定、炽热之情,尽在誓中,令人读之不觉动容。《汉乐府·上邪》和杜甫《新婚别》中自明心迹之语,虽风格迥殊,但情深意长,则与《大车》同一境界。

原文

大车槛槛[1]，毳衣如菼[2]。
岂不尔思？畏子不敢。

大车啍啍[3]，毳衣如璊[4]。
岂不尔思？畏子不奔。

穀则异室[5]，死则同穴[6]。
谓予不信，有如皦日[7]！

译文

大车驶过声坎坎，毛衣青翠色如菼。
难道是我不想你？怕你犹豫还不敢。

大车驶过慢吞吞，毛衣殷红色如璊。
难道是我不想你？怕你犹豫不私奔。

活着不能同房住，死后但愿同圹埋。
别说我话难凭信，天上太阳作证来！

注释

1 大车：大夫坐的车子。槛(kǎn)槛：车行声。
2 毳(cuì)衣：用兽毛织成，上绣五彩花纹的衣裳。菼(tǎn)：初生的芦荻。
3 啍(tūn)啍：车子缓慢地行走。
4 璊(mén)：红颜色的玉。
5 穀：活着。
6 穴：墓穴。
7 如：此、这。皦：同“皎”，光明。

丘中有麻

导读

《毛序》:"《丘中有麻》,思贤也。庄王不明,贤人放逐,国人思之,而作是诗也。"历来学者对这首诗的解释很不相同,约有三说:一、《毛序》认为是思贤之作,王先谦说:"三家无异义。"二、私奔之诗,朱熹《诗集传》:"妇人望其所与私者而不来,故疑丘中有麻之处,复有与之私而留之者,今安得其施施然而来乎?"三、招贤偕隐诗,方玉润《诗经原始》:"《丘中》,招贤偕隐也。周衰,贤人放废,或越在他邦,或尚留本国,故互相招集,退处丘园以自乐。"按诗的内容看不出有什么思贤、招隐的痕迹。也不像朱熹所说这位女子和子国、子嗟父子有私情,而这二人在丘中有麻处又为新欢所留。朱、方二人都将留姓解作挽留的留,致有此误。

实际上这是一位女子叙述她和情人定情过程的诗。首先叙述他们二人的关系,是由请子嗟帮忙种麻认识的。后来又请他父亲子国来吃饭。到明年夏天李子熟的时候,他们才定情。子嗟送她佩玉,作为定情的礼物。

此诗各章中间二句为复叠句,均重复一个男子的名字,虽一字不易,其含意却大不相同。前一句说"彼留子嗟",只是客观地介绍一个在丘中的男子,但紧接着重复一句,便将这个男子和作者联系起来,成了作者的意中人,使这个普通的名字,添上浓厚的感情色彩。通过这句简单的重复,不仅突出了那男子的地位,也表白了作者自身的感情。只有能够体味其间细微的区别,方能了解这种复叠的妙用。

复叠的修辞是《诗经》艺术手法最突出的一个特征,包括叠字、叠词、叠句和叠章,它们除了将感情色彩烘托得更强烈之外,还有配合乐调的关系。天鹰《古代歌谣的艺术特征》说:"章句的重叠往复这种表现手法和古代劳动歌曲有密切的关系,是旋律的作用更甚于语言的意义的。”类似《丘中有麻》“彼留子嗟”的叠句,《王风》中还有《中谷有蓷》的“慨其叹矣”等三句,《葛藟》的“谓他人父”等三句。十五《国风》中,这类叠句在《王风》中出现最多,由此我们可以推测,当时王都的地方乐调恐怕很适宜于这类叠句的演唱。

原文	译文
丘中有麻,彼留子嗟[1]。	山坡上面种着麻,刘家小伙名子嗟。
彼留子嗟,将其来施[2]。	刘家小伙名子嗟,请他帮忙来我家。
丘中有麦,彼留子国[3]。	山坡上面种着麦,那位子国是他爸。
彼留子国,将其来食。	那位子国是他爸,请他吃饭来我家。
丘中有李,彼留之子[4]。	山坡上面种着李,刘家小伙就是他,
彼留之子,贻我佩玖[5]。	刘家小伙就是他,送我佩玉想成家。

注释

1 留:通“刘”。

2 将:请。施:帮助。原文作“施施”,衍一“施”字。

3 子国:子嗟的父亲。

4 之子:指子嗟。

5 贻:赠送。玖:似玉的浅黑石,可以制成佩戴的饰物。

郑风

周幽王的时候,郑桓公作周司徒的官。犬戎杀幽王和桓公,桓公的儿子武公继位,仍称郑。但是桓公的郑在今陕西西安附近,和武公的新郑不同地。

《郑风》共二十一篇,其本事可考者仅《清人》一首。《左传》闵公二年:"郑人恶高克,使帅师次于河上,久而弗召,师溃而归,高克奔陈。郑人为之赋《清人》。"此事约发生于公元前660年。可见《郑风》是东周至春秋之间的作品。

郑国的都城在新郑(今河南新郑在开封西南),新郑是一个大都会,民间一直流传着男女在溱、洧等地游春的习俗,故诗多言情之作。《论语》说"郑声淫",不仅是指声调而言,其内容大多也是恋爱诗歌,这就是《郑风》的特点。

缁衣

导读

《毛序》:"《缁衣》,美武公也。父子并为周司徒,善于其职,国人宜之。故美其德,以明有国善善之功焉。"毛说不可信。后人多认为这是一首赠衣诗。

古代制衣多为妇女的工作,缁衣则是当时卿大夫私朝穿的衣服,诗中改衣、授粲又似较亲密的家人口吻,所以我们揣测这位作者可能是一个贵族妇女,也可能就是这位穿缁衣者的妻妾。《毛诗》和三家《诗》都说这是赞美郑武公的诗,因为他父子都做过周卿士的官。但这种说法无非是根据《左传》"郑武公、庄公为平王卿士"一语而附会其说,并不可信。朱熹、姚际恒、方玉润虽对旧说有怀疑,但也跳不出武公的范围。今细味诗意,参酌闻一多《风诗类钞》说,定为赠衣诗。

《诗经》句式,基本上是四言的,但也有一言到八言的不等。此诗有"敝""还"的一言句,有"缁衣之宜兮"的五言句,有"予授子之粲兮"的六言句,是句式变化较多的一首。一章之中三易句式,恐怕是当时诗歌口语化的一种痕迹。其效果,将作者与"子"之间的密切关系和亲密气氛表达得很充分,使读者感到明白如话、音节悠扬的美。

原文	译文
缁衣之宜兮[1],敝,予又改为兮[2]。	黑色朝服多合样,破了,我再做衣裳。
适子之馆兮[3],还,予授子之粲兮[4]。	你去官署把事办,回来,给你试新装。
缁衣之好兮,敝,予又改造兮。	黑色朝服多美好,破了,我再缝一套。
适子之馆兮,还,予授子之粲兮。	你去官署把公干,回来,给你穿新袍。

缁衣之席兮[5],敝,予又改作兮。	黑色朝服大又宽,破了,我再做一番。
适子之馆兮,还,予授子之粲兮。	你到官署去办事,回来,给你新衣穿。

注释

1 缁(zī)衣:古代卿大夫官吏到官署所穿的衣服。缁,黑色。

2 敝:破。为:制作。

3 馆:官署。

4 粲:鲜,指新衣。

5 席:宽大。

将仲子

导读

《毛序》:“《将仲子》,刺庄公也。不胜其母,以害其弟。弟叔失道而公弗制,祭仲谏而公弗听,小不忍以致大乱焉。”三家《诗》无异义。这是根据《左传》隐公元年的记载而附会出来的,穿凿太甚,后人多不相信。朱熹引郑樵说:“此淫奔者之辞。”他虽然以卫道者的口吻斥责诗人为“淫奔者”,但毕竟明确指出这是男女情爱之诗,比《毛序》和三家《诗》前进了一大步。姚际恒说:“此虽属淫,然女子为此婉转之辞以谢男子,而以父母、诸兄及人言为可畏,大有廉耻,又岂得为淫者哉!”姚氏是反对朱熹之说的,但他虽然为诗中的姑娘脱去了“淫奔者”的帽子,却又给她戴上“大有廉耻”的枷锁,这种说法与朱熹在思想上是伯仲之间,谈不上什么进步。这是我们在分析前人《诗》学时应加以注意的。

这位女子拒绝情人的原因,是怕家庭反对和舆论批评。从她叮嘱情人仲子的语句和仲子敢于逾墙攀树来相会,可以看出她是极爱仲子的。他们之间的感情虽然真挚,但却达不到结婚的目的,这种爱情和礼教的矛盾使她痛苦不安,不得不向情人叮嘱,请他不要再来。诗歌反映了当时婚姻不自由的社会现象。

这首诗的特点是心理的描写。诗歌囿于篇幅,无法对人物的心理作很细腻的描绘。但是在诗人简练的语句中,有时候也可以将自己的心情表达得颇为尽致。此诗三章全为女子与情人讲话口气,首句“将仲子兮”,一声呼告,十分亲密,已透露那姑娘爱仲子的心情。后两句“无逾我里,无折我树杞”是要求仲子不要再来会面。然而这不是无情的拒绝,她心里还是爱仲子的,虽然回绝了仲子,却又恐怕他误解,所以急乎乎解释道:“岂敢爱之,畏我父母。”解释了还嫌不足,她索性袒露了自己的心迹:

“仲可怀也。”然而她又慑于家庭、舆论的压力，因为“父母之言”“诸兄之言”“人之多言”，“亦可畏也”。至此，整个心事和盘托出，希冀求得情人的谅解。短短八句，一波三折，曲尽女子爱和畏的矛盾心理。姚际恒在“岂敢爱之”和“仲可怀也”二句下分别评以一个“宕”字，点出了诗人婉委曲折心理的微妙。

原文

将仲子兮[1]！无逾我里[2]，
无折我树杞。
岂敢爱之？畏我父母。
仲可怀也，父母之言，
亦可畏也！

将仲子兮！无逾我墙，
无折我树桑[3]。
岂敢爱之？畏我诸兄。
仲可怀也，诸兄之言，
亦可畏也！

将仲子兮！无逾我园，
无折我树檀[4]。
岂敢爱之？畏人之多言。
仲可怀也，人之多言，
亦可畏也！

译文

二哥请你听我讲！不要翻越我里墙，
别把杞树来压伤。
哪敢吝惜这些树？只怕我的爹和娘。
二哥叫我好牵挂，只是爹娘要责骂，
想想心里有点怕！

二哥请你听我讲！不要翻过我院墙，
别伤墙边种的桑。
哪敢吝惜这些树？怕我兄长要张扬。
二哥叫我好牵挂，只是兄长要责骂，
想想心里有点怕！

二哥请你听我讲！不要翻我后园墙，
别让檀树受了伤。
哪敢吝惜这些树？怕人多嘴舌头长。
二哥叫我好牵挂，只是别人要多话，
想想心里有点怕！

注释

1 将(qiāng)：请求。仲子：伯、仲、叔、季是兄弟姊妹的排行，当时女子多以此称所爱的男子。

2 逾:翻越。里:古代二十五家为里,这里的"里"指里墙。

3 桑:古代墙边种桑。

4 檀:古代园中种檀树。

叔于田

导读

《毛序》:"《叔于田》,刺庄公也。叔处于京,缮甲治兵,以出于田,国人说而归之。"将此诗具体指为描写郑庄公的弟弟太叔段,这是附会《左传》史事。从诗中的赞美甚至溢美之词来看,毫无刺意。崔述《读风偶识》曰:"大抵《毛诗》专事附会。仲与叔皆男子之字。郑国之人不啻数万,其字仲与叔者不知几何也。乃称叔即以为共叔,称仲即以为祭仲,情势之合与否皆不复问。然则郑有共叔,他人即不得复字叔;郑有祭仲,他人即不得复字仲乎?"这段话驳斥得很痛快。《诗经》中常用伯、仲、叔、季的表字;特别是女子,多半用它称其情人或丈夫,这是当时的习俗。这首诗的作者,就可能是和"叔"住在同里的女子。朱熹说:"或疑此亦民间男女相悦之辞也。"他看出了诗中有爱悦之意,比《毛序》客观得多。所以现在定为这是一首赞美猎人的诗。

这首诗的特点是修辞的夸张。"巷无居人""巷无饮酒""巷无服马"三句,在诗人看来,整个巷子里,除了叔,别人都是不足道的。王充《论衡・艺增》说:"故誉人不增其美,则闻者不快其意。"诗人为了痛快地表达她对叔爱慕至深的感情,不自觉地用了"增其美"的修辞,留给读者强烈的印象。而且这种夸张朴实自然,并无刻意雕琢的痕迹。我们只要看接下去的几句诗:"岂无居人?不如叔也,洵美且仁。"便更觉得天籁流露,纯真无邪了。

原文	译文
叔于田[1],巷无居人。	三哥打猎出了门,巷里空空不见人。
岂无居人?不如叔也,	并非真的没住人,能比三哥有几人?

洵美且仁[2]。	他真漂亮又谦逊。
叔于狩[3],巷无饮酒。	三哥出去冬猎了,巷里不见喝酒佬。
岂无饮酒?不如叔也,	并非没有喝酒佬,三哥样样比人高,
洵美且好[4]。	他真漂亮又和好。
叔适野[5],巷无服马[6]。	三哥打猎到田野,巷里不见人驾马。
岂无服马?不如叔也,	并非别人不会驾,而是技术不如他,
洵美且武。	英俊威武人人夸。

注释

1 于:往。田:打猎。

2 洵:确实。仁:仁爱谦让。

3 狩:冬猎。

4 好:和好团结。

5 适:往。野:郊外。

6 服马:驾马。

大叔于田

导读

《毛序》:“《大叔于田》,刺庄公也。叔多才而好勇,不义而得众也。”其误与上篇《叔于田》同。这位猎手有高车四马,有弓箭,有烧火的随从人员,打来老虎又献于公所,都说明他的身份是贵族。这首诗是赞美这位猎手的。

篇名原作《叔于田》,《释文》:“叔于田,本或作‘大叔于田’者,误。”后人因此篇诗文较上篇长,故加上大小的大。严粲《诗缉》:“短篇者止曰叔于田,长篇者加大为别。”陈子展先生认为此诗“似是改写之《叔于田》,或是二者同出于一母题之歌谣”,颇有理。所谓改写的区别,看来就在于方玉润所说的“前篇虚写,此篇实赋”。这位诗人可能是狩猎的参加者,否则不会描写得如此逼真具体,有声有色。诗对于驾车、射箭、打虎、烧火等都作了细节的形容,通过这些动作的描写,把青年猎人勇武好胜的性格衬托得很鲜明。这种铺叙的手法,对后世辞赋的影响很大,所以此诗被评为“描摹工艳,铺张亦复淋漓尽致。便为《长杨》《羽猎》之祖”。

原文	译文
叔于田,乘乘马[1]。	三郎打猎上征途,驾起四马真英武。
执辔如组[2],两骖如舞[3]。	手提缰绳如丝组,骖马整齐像跳舞。
叔在薮[4],火烈具举[5]。	三郎驾车在林薮,猎火齐起截兽路。
袒裼暴虎[6],献于公所[7]。	赤膊空拳打老虎,打来献到郑公府。
“将叔无狃[8],戒其伤女。”	“三郎请勿太大意,提防老虎伤肌肤。”
叔于田,乘乘黄[9]。	三郎出猎真雄壮,驾起四马毛色黄。

两服上襄[10],两骖雁行。	两匹服马首高昂,骖马整齐像雁行。
叔在薮,火烈具扬[11]。	三郎驾车草地上,猎火熊熊把兽挡。
叔善射忌[12],又良御忌[13]。	拉弓能穿百步杨,驾车能驶万里疆。
抑磬控忌[14],抑纵送忌[15]。	忽而勒马急停车,忽而纵马四蹄扬。
叔于田,乘乘鸨[16]。	三郎打猎郊外游,四匹花马跑不休。
两服齐首,两骖如手。	中央服马头并头,两旁骖马像双手。
叔在薮,火烈具阜[17]。	三郎驾车在草泽,猎火熊熊风飕飕。
叔马慢忌,叔发罕忌[18]。	马儿走得慢悠悠,箭儿少发无禽兽。
抑释掤忌[19],抑鬯弓忌[20]。	解下箭筒揭开盖,强弓装进袋里头。

注释

1 前“乘”字,音 chéng,驾。后“乘”字,音 shèng,古时四马一车叫作一乘。

2 组:丝带。

3 两骖:驾车的四马中居于两旁的马。

4 薮(sǒu):低湿多草木之处。

5 烈:放火烧草,遮断野兽逃路。具:通“俱”。

6 袒裼(tǎn xī):赤膊。暴虎:空手打虎。

7 公:指郑公。

8 无狃(niǔ):不要因熟练而大意。狃,熟练。

9 黄:黄马。

10 两服:四马中居中驾辕的两匹。上襄:马头昂起。

11 扬:火光扬起。

12 忌:语气词。

13 良:善于。御:驾马。

14 抑:发语词。磬控:形容御者弯腰控制马匹的姿态。

15 纵送：纵马快跑。

16 鸨(bǎo)：黑白杂色马。

17 阜：旺盛。

18 发：放箭。

19 释：打开。掤(bīng)：箭筒的盖子。

20 鬯(chàng)：弓袋。这里指将弓放进弓袋里。

清人

导读

《毛序》:“《清人》,刺文公也。高克好利而不顾其君,文公恶而欲远之,不能。使高克将兵而御狄于竟,阵其师旅,翱翔河上,久而不召。众散而归,高克奔陈。公子素恶高克进之不以礼,文公退之不以道,危国亡师之本,故作是诗也。”但仅从诗中看,似乎作者只在讽刺高克屯军招摇,不作防务之实,并不见得有讽刺郑文公的意思。

《春秋》闵公二年:“冬,十有二月,狄入卫,郑弃其师。”《左传》:“郑人恶高克,使帅师次于河上,久而弗召,师溃而归,高克奔陈。郑人为之赋《清人》。”这便是诗的背景。《左传》所说赋《清人》的郑人,据《毛序》说是公子素。经后人考证,《汉书·古今人表》有公孙素,和郑文公、高克列在上下的位置,当即是公子素。

诗三章,每章都先极力渲染战马的强壮和武器的精良,末句则点出军中恬然嬉戏、闲散无备的状态。这是一种反衬的写法,形成明显的对比,那么末句不言刺而讽刺之意自见。姚际恒说:“诗人之意微婉如此。”其实这只是诗人的一种表现手法,讽刺的意味还是非常辛辣的。

原文	译文
清人在彭[1],驷介旁旁[2]。	清邑军队守彭庄,驷马披甲真强壮。
二矛重英[3],河上乎翱翔[4]。	两矛装饰重缨络,河边闲游多欢畅。
清人在消[5],驷介麃麃[6]。	清邑军队守在消,驷马披甲威风骄。
二矛重乔[7],河上乎逍遥。	两矛装饰野鸡毛,河边闲逛多逍遥。
清人在轴[8],驷介陶陶[9]。	清邑军队守在轴,驷马披甲如风跑。

左旋右抽[10],中军作好[11]。 | 身子左转右抽刀,将军练武姿态好。

注释

1 清人:清邑的人。高克是郑国清人,率部族屯戍于郑邑彭地,故曰“清人在彭”。

2 介:甲。旁旁:马强壮的样子。

3 重英:两层缨络,古代每辆战车上都竖两支矛。英,毛制的缨络,装在矛头下以为饰。

4 翱翔:指驾着战车遨游。

5 消:郑国地名。

6 麃(biāo)麃:威武的样子。

7 乔:亦作“鷮”,长尾野鸡。此指以其羽为矛饰。

8 轴:郑国地名。

9 陶:通“駋”,马行貌。

10 左旋右抽:指身体向左边旋转用右手拔剑。

11 中军:古代军队分为上、中、下三军,主帅掌中军;这里指高克。作好:作好表面工作。

羔裘

导读

《毛序》:“《羔裘》,刺朝也。言古之君子,以风其朝焉。”毛说非诗之本义,我们分析诗意,并没有讽刺的味道。如果一定要以“陈古刺今”为理由将其纳入刺诗,那么任何赞颂诗都可以算是“刺诗”了,这显然是站不住脚的。朱熹《诗集传》说:“盖美其大夫之词,然不知其所指矣。”是很客观的。郑国较小,处于晋楚两个大国之间。子皮、子产相继执政,使郑国数十年对外免除了战争之患;对内由于实行“丘赋”,国家也渐趋富强,所以人民对执政的官员比较满意。《左传》昭公十六年:“郑六卿饯韩宣子于郊,子产赋郑之《羔裘》。宣子曰:‘起不堪也。’”可见这首赞美郑国官吏的诗在当时已广泛地流行于郑国的朝野。

这首诗在艺术上没有什么突出的地方,不过诗中“舍命不渝”和“孔武有力”两句一直被人引用,已经成为汉语中的两个成语。可见《诗经》语言的表达力,无论是捕捉形象的概括集中,还是描绘人物的生动准确,都已经达到相当高的程度。所以几千年之下,它仍然具有生命力。

原文	译文
羔裘如濡[1],洵直且侯[2]。	身穿柔滑羊皮袄,为人正直又美好。
彼其之子,舍命不渝[3]。	他是这样一个人,肯舍生命保节操。
羔裘豹饰[4],孔武有力[5]。	羔裘袖口饰豹皮,为人威武有毅力。
彼其之子,邦之司直[6]。	他是这样一个人,国家司直有名气。
羔裘晏兮[7],三英粲兮[8]。	羔羊皮袄光又鲜,三道豹皮色更妍。
彼其之子,邦之彦兮[9]。	他是这样一个人,国之模范正华年。

注释

1 如：同“而”，语助词。 濡(rú)：柔而有光泽。

2 直：正直。 侯：美。

3 不渝：不变。

4 豹饰：用豹皮作袖边装饰。

5 孔：很。

6 司直：官名，掌管劝谏君主过失。

7 晏：鲜艳。

8 英：指豹饰。 粲：鲜明。

9 彦：美士、模范。

遵大路

导读

《毛序》:"《遵大路》,思君子也。庄公失道,君子去之,国人思望焉。"毛说显非诗之本义。后人指出,这是弃妇哀求男子不要抛弃自己的诗。

《文选》宋玉《登徒子好色赋》:"遵大路兮揽子袪。"朱熹据此说:"亦男女相悦之辞。"这比《毛序》的"思君子"之说要实在得多。这一对男女可能不是正式的夫妻,但同居的时间比较长,所以诗中说"不寁故也(不要离开故人)"。他们平日可能争吵过,所以又说"无我恶兮""无我丑兮"。从这些诗句看来,诗确实反映了男子喜新厌旧,女子终被遗弃的悲剧。

《国风》中写弃妇的诗甚多,而风格各不相同。如《邶风·柏舟》的卑顺柔弱而忧思深结,《邶风·谷风》的怨思虽深而犹存希冀,《卫风·氓》的追悔不及而毅然决绝,塑造了几个同一遭遇而身份、性格不同的女性。这首诗与上述三诗又有区别,诗很简短,没有那些追忆往事、谴责负心的铺叙,只有可怜的求告,"执袪""执手"二句刻画一个哀告情急的女子,形象极为生动,章末二句祈求语更能引起读者的同情。因为诗短,倒留给我们不少想象的余地。读者不妨将此诗与《野有蔓草》对看,《野有蔓草》反映了"邂逅相遇"式的爱情的甜蜜,而此诗的作者似可说尝够了这种"寁故"的苦涩。

原文	译文
遵大路兮[1],掺执子之袪兮[2]!	沿着大路跟你走,手儿拉住你袖口!
无我恶兮,不寁故也[3]!	求你不要讨厌我,多年相伴别分手!

原文	译文
遵大路兮，掺执子之手兮！	沿着大路跟你走，手儿拉住你的手！
无我魗兮[4]，不寁好也[5]！	求你不要嫌我丑，多年相好别弃丢！

注释

1 遵：沿着。

2 掺：拉住。 祛(qū)：袖口。

3 寁(zǎn)：速离。 故：故人。

4 魗：即醜(丑)，古今字。

5 好：相好。

女曰鸡鸣

导读

《毛序》:“《女曰鸡鸣》,刺不说德也。陈古义以刺今,不说德而好色也。”“不说德”的说法使人感到莫名其妙。方玉润《诗经原始》云:“《序》以为陈古以刺今,不知何所见而云然。彼其意盖谓《郑风》无美词耳。夫使美者皆述古而恶者皆刺今,则《变风》中无一可取之诗,而何以知政治得失耶?”他对《毛序》无端牵合美刺的批评是很中肯的。

闻一多《风诗类钞》:“《女曰鸡鸣》,乐新婚也。”确能体会诗的意境。这应该是一首新婚夫妇之间的联句诗。夫妇俩用对话的形式联句,叙述早起、射禽、烧菜、对饮、相期偕老、杂佩表爱的欢乐和睦的新婚家庭生活。张尔岐《蒿庵闲话》曰:“琴瑟在御,莫不静好。此诗人凝想点缀之词,若作女子口中语,似觉少味,盖诗人一面叙述,一面点缀,大类后世弦索曲子。《三百篇》中述语叙景,错杂成文,如此类者甚多。”这首诗中有男词,有女词,还有诗人的旁白,参差错落,很有情趣。实开汉武帝“柏梁体”,为后人联句之祖。

原文

女曰“鸡鸣”,士曰“昧旦”[1]。
“子兴视夜[2],明星有烂”[3]。
“将翱将翔,弋凫与雁。”[4]

“弋言加之[5],与子宜之[6]。
宜言饮酒,与子偕老。
琴瑟在御[7],莫不静好。”[8]

译文

女说“雄鸡叫得欢”,男说“黎明天还暗”。
“你快起来看夜色,启明星儿光闪闪。”
“我要出去走一走,射些野鸭和飞雁。”

“射中野鸭野味香,为你做菜请你尝。
就菜下酒相对饮,白头到老百年长。
弹琴鼓瑟乐陶陶,夫妻美满心欢畅。”

原文	译文
"知子之来之[9]，杂佩以赠之[10]。	"你的体贴我了解，送你杂佩志不忘。
知子之顺之，杂佩以问之[11]。	你的温顺我懂得，送你杂佩表情长。
知子之好之[12]，杂佩以报之。"	你的爱恋我心知，送你杂佩诉衷肠。"

注释

1 昧旦：天将亮未亮之时。
2 兴：起床。
3 明星：即启明星。
4 弋(yì)：古时以生丝作绳，系在箭上射鸟，称为"弋"。凫(fú)：野鸭。
5 言：助词。加：射中。
6 宜：烹调。
7 御：用。
8 静好：和睦友好。这一章前四句是女词。
9 子：这一章的"子"都是指妻子。来：殷勤。
10 杂佩：古人身上佩戴的饰物。
11 问：赠送。
12 好：爱恋。这一章是男词。

有女同车

导读

《毛序》:“《有女同车》,刺忽也,郑人刺忽之不昏于齐。太子忽尝有功于齐,齐侯请妻之。齐女贤,而不取,卒以无大国之助,至于见逐。故国人刺之。”《毛序》认为是讽刺郑昭公忽拒绝齐侯想把女儿文姜嫁给他的要求,失去与大国联姻的机会,卒致孤立无援,被强臣所逐。此事虽见《左传》,但从诗中看不出同忽有什么联系。前人谓“孟姜”即齐文姜,齐侯的长女,但《鄘风·桑中》有“美孟姜矣”之句,显然不是指文姜,其实“孟姜”只不过是一种泛称,犹今人称美人为西子。又有人觉得文姜是个淫荡的女子,与诗中“德音不忘”的赞扬不符,于是解释道:“齐女未必实贤实长,假言其贤长以美之(孔颖达《毛诗正义》)。”种种曲说,总为囿于《毛序》的附会。

从诗的本身看,这是一首贵族男女的恋歌。诗人看中的那位姑娘不但容貌美丽,更难得的是品德好,内心美。这和《关雎》的君子追求窈窕淑女一样,兼取女子的品行和容貌两方面。与《氓》《谷风》中的男子重色不重德、色衰则爱弛的坏作风不可同日而语。

孙鑛《批评诗经》云:“状妇女总不外容饰二字,此诗艳丽则以‘同车翱翔’等字点注得妙。”容饰是描写静态的美,而“同车翱翔”则是描写动态。把人的活动和人的形态作有机的结合,刻画一个朱颜娴雅、德音不忘的完整形象。其中尤以“翱翔”二字下得妙。姚际恒云:“以其下车而行,始闻其佩玉之声,故以‘将翱将翔’先之,善于摹神者。‘翱翔’字从羽……此则借以言美人,亦如羽族之翱翔也。《神女赋》‘婉若游龙乘云翔’,《洛神赋》‘若将飞而未翔’,又‘翩若惊鸿’,又‘体迅飞凫’,又‘或翔神渚’,皆从此脱出。”他道出了这句诗的艺术效果及后人对这种手法的继承。

原文

有女同车，颜如舜华[1]。
将翱将翔，佩玉琼琚。
彼美孟姜，洵美且都[2]！

有女同行[3]，颜如舜英。
将翱将翔，佩玉将将[4]。
彼美孟姜，德音不忘！

译文

姑娘和我同乘车，脸儿好像木槿花。
我们在外同遨游，美玉佩环身上挂。
姜家美丽大姑娘，确实漂亮又文雅！

姑娘和我同路行，脸像槿花红莹莹。
我们在外同游玩，身上佩玉响叮叮。
姜家美丽大姑娘，美好品德永光明！

注释

1 舜：木槿，落叶乔木，花紫红或白。
2 都：娴雅大方。
3 行(háng)：道路。
4 将将：即“锵锵”，象声词。

山有扶苏

导读

《毛序》:“《山有扶苏》,刺忽也。所美非美然。”其附会与上篇同,所以姚际恒批评它“皆影响之辞”。但姚氏又说:“《集传》以《序》之不足服人也,于是起而全叛之,以为淫诗,则更妄矣。”朱熹认为这是“淫女戏其所私者”的诗,本是颇通达的见解,而姚氏坚决反对说是“淫诗”,则反映了相当大一部分清代学者的治学偏见。对这种偏见,崔述《读风偶识》分析道:“至于《同车》《扶苏》《狡童》《褰裳》《蔓草》《溱洧》之属,明明男女媟洽之词,岂得复别为说以曲解之!若不问其词,不问其意,而但横一必无淫诗之念于胸中,其于说诗岂有当哉!”崔氏的批评是非常中肯的。我们今天读《诗》而参考前人旧说的时候,务必要清楚前贤的偏见在什么地方。

这是写一位女子找不到如意对象而发牢骚的诗,也有人说是女子对情人的俏骂。诗中的子都、子充都并非实有其人,而只是美男子、好人儿的代称。这种以特称代总名的借代修辞,比只用抽象词汇的表达法生动多了。

原文	译文
山有扶苏[1],隰有荷华[2]。	山顶大树多枝丫,低洼地里开荷花。
不见子都[3],乃见狂且[4]。	不见子都美男子,遇见个疯癫大傻瓜。
山有桥松[5],隰有游龙[6]。	山顶松树高又大,低洼地里开茏花。
不见子充[7],乃见狡童。	不见子充好男儿,遇见个滑头小冤家。

注释

1 扶苏:亦作“扶疏”,大树枝叶茂盛纷披的样子。

2 隰(xí):低湿之地。

3 子都:古代著名的美男子。

4 且(jū):语助词。

5 桥:通“乔”,高大。

6 游:枝叶舒展的样子。 龙:假借为“茏”,即水荭。

7 子充:人名,不可考。这里用他代表好人。

萚兮

导读

《毛序》:“《萚兮》,刺忽也。君弱臣强,不倡而和也。”《毛序》认为是“刺忽”,此附会之说。宋、清学者对诗旨众说纷纭,不外乎忧国刺时之类,与《毛序》也大同小异。惟朱熹《诗集传》说:“此淫女之词。”虽指为“淫女”是他的局限,但看出其中男女情爱的意味则是他的卓见。这首诗可能是当仲春“会男女”的集体歌舞曲。称叔称伯,显然是女子带头唱起来,男子跟着应和的。而且不止两个人,而是一群男女的合唱。《周礼·媒氏》:“仲春之月,令会男女。于是时也,奔者不禁。若无故而不用令者,罚之。司男女之无夫家者而会之。”说明了诗的社会背景。《左传》昭公十六年记载郑六卿饯宣子,子柳赋《萚兮》,宣子认为是“昵燕好”之词,可见《萚兮》的诗旨,在春秋时早认为是女子希望得到亲热的闺房之乐。

诗人以风比男,以萚比女,姑娘们希望男子能像风一样吹到她们身上,互相应和,互相期会。这种心情除了以风吹萚来起兴之外,还使用了呼告的形式来表达。“叔兮伯兮”一句热情而又亲切的呼唤,使人想见一群男女欢乐唱和、轻歌曼舞的场面,表现了民歌善于渲染气氛的特色。

原文	译文
萚兮萚兮[1],风其吹女!	枯叶枯叶往下掉,风儿吹你轻飘飘!
叔兮伯兮,倡予和女[2]!	叔呀伯呀大家来,我先唱来你和调!
萚兮萚兮,风其漂女[3]!	枯叶枯叶往下掉,风儿吹你舞飘飘!
叔兮伯兮,倡予要女[4]!	叔呀伯呀大家来,我唱你和约明朝。

注释

1 萚(tuò):草木脱落的皮叶。

2 倡予:倒文,即予倡。倡,带头唱。

3 漂:通“飘”。

4 要(yāo):相约。

狡童

导读

《毛序》:"《狡童》,刺忽也。不能与贤人图事,权臣擅命也。"《朱子语类》驳曰:"经书都被人说坏了,前后相仍不觉。且如《狡童》诗,是《序》之妄。安得当时人民敢指其君为狡童?况忽之所为,可谓之愚,何狡之有?当是男女相怨之诗。"朱熹的批评是很得当的。宋、清学者反对《狡童》及其他情歌为"淫诗"者,总因为有"思无邪"三字梗在胸中,认定圣洁的经典中绝不可能有淫佚之词。存此成见,便再不可能客观地就诗论诗了。其实孔子说《诗经》是"思无邪",说明他根本没有把天真自然的爱情当作邪念来看。

闻一多《风诗类钞》将《狡童》归入"女词",解曰:"恨不见答也。"对诗旨的分析比朱熹更为完善。此诗缠绵悱恻,依依之情,溢于言表;而失恋之意,见于言外。钱锺书《管锥编》曰:"若夫始不与语,继不与食,则衾余枕剩、冰床雪被之况,虽言诠未涉,亦如匣剑帷灯。……习处而生嫌,迹密转使心疏,常近则渐欲远,故同牢而有异志,如此诗是。其意初未明言,而寓于字里行间,即含蓄也。"这一段很透彻的剖析,可为读者欣赏此诗指迷。

原文

彼狡童兮,不与我言兮。
维子之故[1],使我不能餐兮!

彼狡童兮,不与我食兮。
维子之故,使我不能息兮[2]!

译文

那个小伙太狡猾,不肯和我再说话。
为了你这小冤家,害我茶饭咽不下!

那个小伙耍手腕,不肯和我同吃饭。
为了你这小冤家,害我胸闷气难喘!

注释

1 维，介词，用同“以”字。

2 息：气息通畅。

褰裳

导读

《毛序》:"《褰裳》,思见正也。狂童恣行,国人思大国之正己也。"朱熹《诗序辨说》批评道:"此《序》之失,盖本于子太叔、韩宣子之言,而不察其断章取义之意耳。"《左传》昭公十六年:"子大叔赋《褰裳》。宣子曰:'起在此,敢勤子至于他人乎?'"子大叔赋《褰裳》,借以试探晋国的态度。韩宣子回答道晋国不会抛弃郑国,所以杜预注曰:"言己今崇好在此,不复令子适他人。"这些问答都是借诗发挥,以寄托自己的心意,即所谓"断章取义"。《毛序》往往将寄托之意当作诗的本旨,以致谬误百出。

这是一位女子责备情人变心的诗。这位女子的性格爽朗而干脆,富于斗争性,与上篇《狡童》中那位软弱缠绵的女子绝然不同。有人说她"用情不专,可说是'人尽夫也'一个实例"。这是不正确的,似乎还存着"男子可以三妻四妾,女子必须从一而终"的老眼光。诗共两章。每章前四句干净利落,毫不拖泥带水,活脱一个泼辣女子的声口,读来如见其人。末句突然放慢声调,以戏谑的口吻作结。寓反抗于嘲讽之中,完全是一种优胜者的姿态,所以孙鑛《批评诗经》云:"狂童之狂也且,语势掩靡,风度绝胜。"

原文	译文
子惠思我[1],褰裳涉溱[2]。	你若爱我想念我,提起衣裳蹚溱河。
子不我思,岂无他人。	你若变心不想我,难道再没多情哥。
狂童之狂也且[3]!	看你那疯癫样儿傻呵呵!
子惠思我,褰裳涉洧[4]。	你若爱我想念我,提起衣裳蹚洧河。

子不我思，岂无他士[5]。	你若变心不想我，难道再没年少哥。
狂童之狂也且！	看你那疯癫样儿傻呵呵！

注释

1 惠：爱。

2 褰(qiān)：提起。溱(zhēn)：郑国河名，在今河南新密市。

3 也且：语气词。

4 洧(wěi)：郑国河名，也在新密市。

5 士：青年男子。

丰

导读

《毛序》:“《丰》,刺乱也。婚姻之道缺,阳倡而阴不和,男行而女不随。”毛说似有引申。细玩诗意,当是一位女子在后悔没同未婚夫结婚,她希望未婚夫能重申旧好,再来接她。闻一多《风诗类钞》:“亲迎不行,既而悔之。”即是诗旨。至于那女子为什么不行,很难臆断。戴震说:“时俗衰薄,婚姻而卒有变志,非男女之情,乃其父母之惑也。……悔不送,以明己之不得自主,而意终欲随之也。……凡后世婚姻变志,皆出于父母,不出于女子。诗言迎者之美,固所愿嫁也。”他的分析很有道理。据此,则又是一出封建礼教下的婚姻悲剧。

诗前二章互相只易三字,表达的意思是完全一样的。后二章互相只易一字,另有两句颠倒了一下次序,表达的意思也是完全一样的。但是我们朗读起来,非但没有重复拖沓之感,反而觉得那位女子既后悔又盼望挽回的心理被渲染得更充分了。究其原因,是由于反复吟诵起一种强调作用,而少量文字的改易和语序的倒置则变化了音节,避免了单调感。这便是《诗经》中重章叠唱的那种不加雕琢的自然美,倘配上原来的曲调,那就更加摇曳多姿了。

原文	译文
子之丰兮[1],俟我乎巷兮[2]。 悔予不送兮[3]!	想你丰满美颜容,“迎亲”等我在巷中。 后悔我家不相送!
子之昌兮[4],俟我乎堂兮[5]。 悔予不将兮[6]!	想你身体多魁伟,“迎亲”等我在堂内。 后悔当初没相随!

衣锦褧衣[7],裳锦褧裳。
叔兮伯兮,驾予与行[8]!

裳锦褧裳,衣锦褧衣。
叔兮伯兮,驾予与归。

锦缎衣裳身上穿,再披绉纱白罩衫。
大叔大伯请再来,驾车接我同归还!

身披罩衫白绉纱,锦缎衣裳灿如霞。
大叔大伯请再来,驾车接我到你家!

注释

1 丰:脸庞丰满美好的样子。

2 巷:门外的里弄。

3 予:我。这里指女子的家人。送:将女儿交给来亲迎的女婿同往夫家。

4 昌:身体壮实的样子。

5 堂:厅堂。古代婚娶有一种仪式叫"亲迎",过程是新郎驾车至女家,等在庭中,新娘从房里出来,新娘的父亲将女儿的手递给女婿,婿牵妇手出门,一同上车回家。这句诗便是写亲迎的情形。

6 将:与上章"送"同义。

7 锦:古代女子出嫁,内穿锦缎制的衣裳。褧(jiǒng)衣:用绢或麻纱制的单罩衫,以避尘土。在古代,妇女穿的衣和裳是连起来的,诗为了押韵,把它分开为衣和裳。

8 行:指出嫁。

东门之墠

导读

《毛序》:“《东门之墠》,刺乱也。男女有不待礼而相奔者也。”这的确是一首男女相唱和的恋歌。但《毛序》把男女间的自由恋情说成“乱”,自然是旧封建的观点。《郑笺》:“此女欲奔男之辞。”朱熹《诗集传》:“门之旁有墠,墠之外有阪,阪之上有草,识其所与淫者之居也。室迩人远者,思之而未得见之辞也。”细玩诗句,全无淫奔之意,否则,何至有室迩人远之感?毛、郑、朱的分析都不够恰当。我们认为这位女子还是比较矜持的,正如王先谦《集疏》所说:“言我岂不思为尔室家,但子不来就我,以礼相近,则我无由得往耳。”他的分析比较正确。

诗共两章,上章男唱,下章女唱,一唱一和,是民间对歌的一种形式。首章“其室则迩,其人甚远”两句,将相思而不得见的心情曲曲道出,委婉隽永。唐鱼玄机《隔汉江寄子安》诗:“烟里歌声隐隐,渡头月色沉沉,含情咫尺千里,况听家家远砧。”其意境便从此诗生发开去;而“室迩人远”久为后世文人表达咫尺天涯相思之苦的习语。所以孙鑛《批评诗经》指出:“两语工绝,后世情语皆本此。”

原文	译文
东门之墠[1],茹藘在阪[2]。	东门郊外广场大,土坡开着红茜花。
其室则迩[3],其人甚远。	你家离得这么近,人儿却似在天涯。
东门之栗,有践家室[4]。	东门郊外栗树下,那里有个好人家。
岂不尔思,子不我即[5]!	难道我不想念你?你不亲近为了啥!

注释

1 墠(shàn):平坦的广场。

2 茹藘(lǘ):茜草,可用来染红色。 阪:土坡。 这两句点明情人住处。

3 迩:近。

4 有践:即践践,善。

5 即:接近。 这首诗上章男唱,下章女唱。

风雨

导读

《毛序》:“《风雨》,思君子也。乱世则思君子,不改其度焉。”《郑笺》:“兴者,喻君子虽居乱世,不变改其节度。……鸡不为如晦而止不鸣。”这样一来,“风雨”就变成象征乱世,“鸡鸣”就变成象征君子不改其度;由妻称夫的君子变成品德高尚的君子。这一说法对后世影响极大,很多士人虽处“风雨如晦”之境,犹以“鸡鸣不已”自励。记得在抗战期间,阿英(钱杏邨)发表的作品,笔名“魏如晦”,也是寄托《风雨》诗意,表明他处乱世的气节。作《诗序》的人往往以主观臆测改变诗的原意,多附会歪曲之说,不过这篇《诗序》却起过一定的积极作用。

就诗论诗而言,这是描写妻子与丈夫久别重逢的情形。它和其他民歌一样,都因在民间广泛歌唱流传而得以保存。诗二章,每章皆以风雨、鸡鸣起兴,这些兼有赋景作用的兴句,渲染出一幅寒凉阴暗鸡声四起的背景。这种时候,最容易勾起离情别绪;而诗中的女子竟在此刻重逢了久别的丈夫,其欣喜之情,可以想见,而凄风苦雨则置诸脑后了。这种反衬的速写法,其艺术效果正如王夫之所说的,“以乐景写哀,以哀景写乐,一倍增其哀乐”。

原文	译文
风雨凄凄,鸡鸣喈喈[1]。	凄风苦雨天气凉,雄鸡喔喔声断肠。
既见君子,云胡不夷[2]!	丈夫忽然回家来,我心哪会不安畅!
风雨潇潇[3],鸡鸣胶胶[4]。	急风骤雨沙沙响,雄鸡喔喔报晓唱。
既见君子,云胡不瘳[5]!	丈夫忽然回家来,害啥相思心不慌!

风雨如晦[6]，鸡鸣不已。	风雨交加日无光，雄鸡报晓不停唱，
既见君子，云胡不喜！	丈夫忽然回家来，哪会不乐心花放！

注释

1 喈(jiē)喈：鸡叫声。

2 云：发语词。 胡：为什么。 夷：平。

3 潇潇：风雨猛急的样子。

4 胶胶：鸡鸣声。

5 瘳(chōu)：病愈。

6 如：而。 晦：天色昏暗。

子衿

导读

《毛序》:“《子衿》,刺学校废也。乱世则学校不修焉。”三家无异义,而且“青衿”一词已成为读书人的代称。但是我们在诗中根本看不出什么“学校废”的迹象,《毛序》的附会是显然的。朱熹《诗集传》说:“此亦淫奔之诗。”他看出这是男女相悦之辞,但是他在《白鹿洞赋》中又云:“广青衿之疑问,宏菁莪之乐育。”可见《毛序》的影响之大,连说《诗》攻《序》的朱熹都难以避免。

这是一位女子思念情人的诗。末章写她在城阙等待情人而不见来,心情焦灼,来回走着,觉得虽然只有一天不见面,却好像分别了三个月一样漫长。这种夸张的修辞手法,形象地刻画了诗人的心理活动。心理描写法,在后世文坛上发展得更加细腻,更加深刻,更加多样化,而上溯其源,《三百篇》已开其先。正如钱锺书《管锥编》所指出的那样:“《褰裳》之什,男有投桃之行,女无投梭之拒,好而不终,强颜自解也。《丰》云:‘悔余不送兮’‘悔余不将兮’,自怨自尤也。《子衿》云:‘纵我不往,子宁不嗣音?’‘子宁不来?’薄责己而厚望于人也。已开后世小说言情心理描绘矣。”

原文	译文
青青子衿[1],悠悠我心[2]。	你的衣领色青青,我心惦记总不停。
纵我不往,子宁不嗣音[3]?	纵然我没去找你,怎么不给我音讯?
青青子佩[4],悠悠我思。	你的佩带色青青,我心思念总不停。
纵我不往,子宁不来?	纵然我没去找你,怎么不来真扫兴!

挑兮达兮[5],在城阙兮[6]。	独自徘徊影随形,城门楼上久久等。
一日不见,如三月兮!	只有一天没见面,好像隔了三月整。

注释

1 衿(jīn):今作"襟",衣领。

2 悠悠:忧思不断的样子。

3 嗣:通"诒",寄。

4 佩:指佩玉的带。

5 挑、达:独自来回走着的样子。

6 城阙:城门两边的观楼。

扬之水

导读

《毛序》:"《扬之水》,闵无臣也。君子闵忽之无忠臣良士,终以死亡,而作是诗也。"但细味诗句,并没有闵伤的意思,所以后人多驳其非。朱熹《诗集传》以为是"淫者相谓"之词,闻一多《风诗类钞》转而解释为"将与妻别,临行慰勉之词也",从诗中殷殷叮嘱的意味来看,这一说法还是比较切实的。方玉润《诗经原始》又以为"此诗不过兄弟相疑,始因谗间,继乃悔悟,不觉愈加亲爱,遂相劝勉"。因为从诗句中不易判断作者的性别,所以方说也还是可通。总之,这是一首叮咛劝勉的诗,至于诗人是男是女,两者关系是兄弟抑或夫妻,则只能阙疑。

诗以"扬之水"起兴,这个兴句,在《王风·扬之水》和《唐风·扬之水》中都出现过。这是诗人运用民间流传的诗歌习语,作为自己歌唱的开端。它和下文的意义并不连贯,但唱起来音节非常悠扬合拍,流利顺口,带头导出全诗的基调,倾诉诗人那种憎恨谗言离间的心声,有一定的感染力。但这种兴法在《诗经》中是少见的。

原文

扬之水[1],不流束楚[2]。
终鲜兄弟[3],维予与女。
无信人之言,人实迂女[4]。

扬之水,不流束薪。
终鲜兄弟,维予二人。
无信人之言,人实不信[5]。

译文

河水悠悠没有劲,哪能漂散一捆荆。
我家兄弟本很少,只有你我结同心。
不要轻听别人话,人家骗你你别信。

河水悠悠流过来,哪能漂散一捆柴。
我家兄弟本很少,你我两人最关怀。
不要轻信别人话,人家挑拨你别睬。

注释

1 扬之水：当时民歌流行的开头语。扬，悠扬。

2 束楚：一捆荆条。“束楚”“束薪”都是象征男女结婚的词。

3 终：既，已。鲜：少。

4 迋：通“诳”，欺骗。

5 不信：不可靠。

出其东门

导读

《毛序》:"《出其东门》,闵乱也。公子五争,兵革不息,男女相弃,民人思保其室家焉。"方玉润说:"诗方细咏太平游览,绝无干戈扰攘、男奔女窜气象,《序》言无当于经,固已!"他依据诗文而不外骛,能切中《毛序》胶固的弊病。《齐说》:"郑男女亟聚会,声色生焉,故其俗淫。"《鲁说》曰:"郑国淫辟,男女私会于溱、洧之上。"这些都说明郑国当时在恋爱婚姻问题上,风俗比较纷乱。在这种环境中,居然有《出其东门》所描写的男子不为如云如荼的女子而动心,忠贞不贰地爱着生活俭朴、安于贫贱的妻子,确是难能可贵。这和《谷风》《氓》中的男子是不可同日而语的了。有人认为这是男人思念女子的情诗,说亦可通。

诗人以"缟衣綦巾""缟衣茹藘"来称呼他的妻子,这是一种借代的修辞手法。白衣绿裙红围腰,这些素俭的服饰在诗人眼中是多么美丽,远远胜过那些如花如云的美女,因为那身衣服恰恰标志着妻子纯朴娴静的品格,而这正是他倾心相恋之处。借标记来代人,借得恰到好处,而且揉进了自己的感情,所以给读者留下更深刻的印象。

原文	译文
出其东门[1],有女如云。	出了东城门,女子多如云。
虽则如云,匪我思存[2]。	虽然多如云,不是意中人。
缟衣綦巾[3],聊乐我员[4]。	白衣绿巾妻,相爱又相亲。
出其闉阇[5],有女如荼[6]。	出了外城郭,如花女子多。
虽则如荼,匪我思且[7]。	虽然如花多,不在我心窝。

缟衣茹藘[8],聊可与娱。 ‖ 白衣红巾妻,家庭乐呵呵。

注释

1 东门:郑国游人云集的地方。
2 思存:思之所在。存,在。
3 缟衣綦(qí)巾:当时妇女较俭朴的服饰。缟,白色。綦,草绿色。巾,佩巾,像现在的围裙。
4 员(yún):友爱、亲爱。
5 闉阇(yīn dū):城门外层的曲城。
6 如荼:形容女子漂亮且多。荼,白茅花。
7 且:同"徂",与上章"存"同义。
8 茹藘:茜草,可用来染红色。这里代指佩巾。

野有蔓草

导读

《毛序》:“《野有蔓草》,思遇时也。君之泽不下流,民穷于兵革,男女失时,思不期而会焉。”《郑笺》:“蔓草而有露,谓仲春之月,草始生,霜为露也。《周礼》:仲春之月,令会男女之无夫家者。”毛、郑的话说出了诗的产生时间和背景。春秋时候,战争频繁,人口稀少。统治者为了蕃育人口,规定超龄的男女还未结婚的,允许在仲春时候自由相会,自由同居。《风》诗中许多首诗都反映这一情况。欧阳修《诗本义》:“男女婚聚失时,邂逅相遇于田野间。”说得很确切,这当是一对男女邂逅于田野间自由结合的情景。方玉润说这是朋友相期会的诗,王先谦说是思遇贤人的诗,但诗中“有美一人,清扬婉兮”的描写显然是针对一位美丽的女子,方、王之说均不合诗意。

“野有蔓草,零露漙兮”两句是兼赋的兴句,它勾勒出一派春草青青、露水晶莹的良辰美景。紧接着“有美一人,清扬婉兮”两句,则使我们仿佛看见一位漂亮的姑娘正在秋波一转地微笑。四句诗俨然一幅春日丽人图,真可以说是诗中有画。

原文

野有蔓草[1],零露漙兮[2]。
有美一人,清扬婉兮[3]。
邂逅相遇[4],适我愿兮。

野有蔓草,零露瀼瀼[5]。
有美一人,婉如清扬[6]。

译文

野外蔓草碧连天,露珠落上颗颗圆。
有位美人姗姗来,眉清目秀好容颜。
今日路上巧相遇,情意绵绵合我愿。

野外蔓草绿成茵,露水浓浓多晶莹。
有位美人姗姗来,眉清目秀千种情。

邂逅相遇，与子偕臧[7]。 不期而会缘分好，你欢我乐喜盈盈。

注释

1 蔓：蔓延。
2 零：落下。 漙(tuán)：露水盛多的样子。
3 清扬：眉清目秀。 婉：妩媚。
4 邂逅(xièhòu)：不期而会。
5 瀼(ráng)瀼：露浓的样子。
6 如：而。
7 臧：善。

溱洧

导读

《毛序》:“《溱洧》,刺乱也。兵革不息,男女相弃,淫风大行,莫之能救焉。”这是毛说的偏见。其实,这首诗描写的是郑国三月上巳节,青年男女在溱水、洧水旁游春的情形。《太平御览》引《韩诗章句》:“当此盛流之时,士与女众方执兰,拂除邪恶。郑国之俗,三月上巳之辰,于此两水之上,招魂续魄,除拂不祥。”上巳是指三月上旬的巳日。这一节日亦名“修禊”,《后汉书·礼仪志》注:“三月上巳,官民皆洁于东流水上,日洗濯祓除去宿垢疢(chèn,热病)为大洁。”三国以后,改用三月三日为修禊的节日,王羲之《兰亭集序》:“永和九年,岁在癸丑,暮春之初,会于会稽山阴之兰亭,修禊事也。”可见这种风俗流传很久。据《韩诗》所述,这首诗就是描写郑国这一节日的盛况,传神地再现了一群青年男女趁此机会相聚相乐,互表衷情的热闹场面。

这首诗有叙事,有对话,语言生动,表情真挚,显然是通过切身的感受才写出来的,诗人可能就是秉蕳赠花的少女或少男之一。诗中渗透着浓厚的抒情意味,正如方玉润所说:“每值风日融和,良辰美景,竞相出游;以至兰勺互赠,播为美谈,男女戏谑,恬不知羞。”所谓“恬不知羞”,实际是青年们天然纯朴的感情流露。方氏又以此诗“开后世冶游艳诗之祖”,殊不知发轫之清新与末流之华靡,虽渊源有自,终不可同日而语也。

原文

溱与洧[1],方涣涣兮[2]。
士与女,方秉蕳兮[3]。
女曰:“观乎?”

译文

溱水流,洧水淌,三月冰融水流畅。
小伙子、小姑娘,手拿兰草驱不祥。
妹说:“咱们去看看?”

士曰:“既且[4]。”
“且往观乎!洧之外,
洵訏且乐[5]。”
维士与女,伊其相谑[6],
赠之以勺药[7]。

溱与洧,浏其清矣[8]。
士与女,殷其盈矣[9]。
女曰:“观乎?”
士曰:“既且。”
“且往观乎!洧之外,
洵訏且乐。”
维士与女,伊其将谑,
赠之以勺药。

哥说:“我已去一趟。”
“陪我再去又何妨!洧水外,河岸旁,
确实好玩又宽广。”
男男女女喜洋洋,相互调笑心花放,
送支芍药表情长。

溱水流,洧水淌,三月河水清亮亮。
小伙子、小姑娘,人山人海闹嚷嚷。
妹说:“咱们去看看?”
哥说:“我已去一趟。”
“陪我再去又何妨!洧水外,河岸旁,
确实好玩又宽广。”
男男女女喜洋洋,相互调笑心花放,
送支芍药表情长。

注释

1 溱(zhēn)、洧(wěi):郑国河名,均在今河南密县。
2 涣涣:水流盛大的样子。
3 秉:执、拿。 蕑(jiān):一种香草,又名兰,古人用来沐浴或佩戴,以驱除不祥。
4 既:已经。 且:通“徂”,往、去。
5 訏(xū):广大。
6 伊其:即“伊伊”,嬉笑的样子。 谑:调笑。
7 勺药:又名江蓠,与“将离”谐音。 古时情人分别时常互赠江蓠。
8 浏:河水清澈。
9 殷其:人众多的样子。

齐风

《齐风》是齐国的诗歌。齐国国土在今山东省北部和中部，首都临淄在春秋时是一个人口众多、工商发达的大都市。朱熹《诗集传》："太公……既封于齐，通工商之业，便鱼盐之利，民多归之，故为大国。"

《齐风》共十一篇。齐襄公荒淫乱伦，《南山》《敝笱》二篇便是讽刺他的。齐地面山，人民多狩猎，因此而具尚武精神，《还》《卢令》便是这方面的反映。另外，还有一些反映恋爱婚姻和士大夫家庭生活等的诗，如《鸡鸣》《著》《东方之日》《东方未明》等。

《齐风》产生的年代，可能在东周初年到春秋这一段时期内。

鸡鸣

导读

《毛序》:"《鸡鸣》,思贤妃也。哀公荒淫怠慢,故陈贤妃贞女,夙夜警戒相成之道焉。"这是引申开去的讽喻之意,并非诗的本义。今人一般认为这是一首妻子催丈夫早起的诗。诗中的妻和夫,说是君和妃固然切题,说是大夫和妻妾亦未尝不可。李商隐《为有》所云:"无端嫁得金龟婿,辜负香衾事早朝。"盖此诗之遗意。诗为问答联句体,但哪几句是谁说的,大家意见不一致。我们认为这位夫人催她丈夫早起的原因,是怕他误了上朝的时间,引起别人的批评,所以提到朝会的都是她说的话,而赖着不肯起床的都是丈夫的话。

诗贵创意,《诗经》因为处在文学的最早成熟期,故独多创意之作。即如此篇,男子淹恋枕衾,而不愿闻鸡之鸣,与《郑风·女曰鸡鸣》情景略似。六朝乐府《乌夜啼》:"可怜乌臼鸟,强言知天曙,无故三更啼,欢子冒暗去。"李廓《鸡鸣曲》:"长恨鸡鸣别时苦,不遣鸡栖近窗户。"《云溪友议》载崔涯《杂嘲》:"寒鸡鼓翼纱窗外,已觉恩情逐晓风。"盖男女欢会,亦无端牵率鸡犬也。诸诗之意,尽从此篇翻出,此《三百篇》之所以可贵也(参阅钱锺书《管锥编》)。

原文	译文
"鸡既鸣矣,朝既盈矣[1]。"	"你听公鸡喔喔叫,大家都已去早朝。"
"匪鸡则鸣[2],苍蝇之声[3]。"	"不是什么公鸡叫,那是苍蝇在喧闹。"
"东方明矣,朝既昌矣[4]。"	"你瞧东方已发亮,朝会已经挤满堂。"
"匪东方则明,月出之光。"	"不是什么东方亮,那是一片明月光。"

"虫飞薨薨[5],甘与子同梦[6]。"	"虫声嗡嗡催人睡,但愿一齐入梦乡。"
"会且归矣[7],无庶予子憎[8]。"	"朝会人们快回啦,别招人厌说短长。"

注释

1 朝:朝堂。盈:满。

2 匪:通"非"。则:之、的。

3 苍蝇之声:这是男子留恋床笫,对妻子鸡鸣应起的催促用苍蝇之声加以推托。《毛传》曰:"苍蝇之声,有似远鸡之鸣。"后世学者又群起争论鸡鸣、蝇飞何者为先,实在是胶柱鼓瑟,将饶有情致的诗意破坏殆尽。

4 昌:盛多的样子。

5 薨(hōng)薨:虫子群飞声。

6 甘:乐意,喜欢。

7 会:朝会。且:即将。归:指散朝归去。

8 无庶:"庶无"的倒文。庶,庶几,带有希望之意。予:通"与",给予。子:指丈夫。憎:讨厌。

还

导读

《毛序》:"《还》,刺荒也。哀公好田猎,从禽兽而无厌。国人化之,遂成风俗。习于田猎谓之贤,闲于驰逐谓之好焉。"但是诗中唯见推许之词,未闻讥刺之意,崔述《读风偶识》云:"疑作《序》者之意但以录此诗为刺之,非以作此诗为刺之,不必附会而为之说也。"他的分析是很通达的。今人认为这是一首猎人互相赞美的诗。齐地多山,狩猎为人民谋生的一种手段,故对于身手矫健的猎手颇为赞美。

方玉润《诗经原始》引章潢曰:"子之还兮,己誉人也。谓我儇兮,人誉己也。并驱,则人、己皆与有能也。寥寥数语,自具分合变化之妙。猎固便捷,诗亦轻利,神乎技矣!"这首诗的好处便在于轻利。第一句四言,第二句七言,后两句六言,长短错杂,短以取劲,长以取妍,一种不受束缚的豪爽之气脱口而出。尤其是每章后两句,并肩驰马,拱手相许,写出一个英武潇洒的猎人形象。与《风》诗中缠绵悱恻的情歌相比,又别具一种气度。

原文

子之还兮[1],遭我乎猺之间兮[2]。
并驱从两肩兮[3],揖我谓我儇兮[4]。

子之茂兮[5],遭我乎猺之道兮。
并驱从两牡兮[6],揖我谓我好兮。

子之昌兮[7],遭我乎猺之阳兮[8]。
并驱从两狼兮,揖我谓我臧兮[9]。

译文

猎技敏捷数你优,与我相遇猺山头。
并马追赶两大猪,作揖夸我好身手。

你的猎技多漂亮,遇我猺山小道上。
并马追赶两雄兽,作揖夸我手段强。

看你膀大腰又粗,遇我猺山向阳坡。
并驱两狼劲头足,作揖夸我打得多。

注释

1 还:通“旋”,轻捷。

2 峱(náo):齐国山名,在今山东淄博市东。

3 从:追逐。 肩:大猪。

4 儇(xuān):轻利便捷。

5 茂:美,夸赞猎手技术完美。

6 牡:雄兽。

7 昌:英俊。

8 阳:山南。

9 臧:善。

著

导读

《毛序》:“《著》,刺时也。时不亲迎也。”这首诗通体无刺意,《毛序》显然是以美诗为刺。这是“《变风》必为刺诗”的成见在作祟。撇开这点谬误不谈,《毛序》指出诗的内容是亲迎,还是正确的。余冠英《诗经选》:“中庭是她和新郎第一次相见的地方。充耳以素,尚以琼华,是新郎给她的第一个印象。”这几句话,将女子写她的夫婿来亲迎的诗意讲得更明白。陈子展《诗经直解》认为也可能是“贵族女子出嫁,女伴相随唱歌之词,有如后世新妇伴娘之歌词赞颂然。”这种推测亦颇具有情致。

全诗三章,每章只易三个字,反映的也只是一种情绪,即少女出嫁前的喜悦。新郎容光焕发,冠饰华丽,诚心诚意地等在堂前接她。她感到心满意足,于是情不自禁地哼出这首诗来。每句均以“乎而”二虚词收尾,音节舒迟宽缓,虽然含蓄曲折,却自然入妙。

原文	译文
俟我于著乎而[1],	新郎等我屏风前,
充耳以素乎而[2],	帽边充耳白丝线,
尚之以琼华乎而[3]!	美玉闪闪光照面!
俟我于庭乎而[4],	新郎等我院中央,
充耳以青乎而,	帽边充耳青丝长,
尚之以琼莹乎而!	美玉闪闪真漂亮!
俟我于堂乎而[5],	新郎等我在厅堂,

充耳以黄乎而，	帽边充耳丝线黄，
尚之以琼英乎而！	美玉闪闪增容光！

注释

1 俟:等待。著:通“宁(zhù)”,大门和屏风之间的地方。乎而:语尾助词。

2 充耳:古代男子帽上的一种装饰品。充耳包含统、纩、瑱三部分。这里指的是统,即系在帽上的丝线。素:白。

3 尚:加。琼华:和下面的“琼莹”“琼英”,都是指冲耳的玉瑱。

4 庭:中庭,院中。

5 堂:堂前。

东方之日

导读

《毛序》:"《东方之日》,刺衰也。君臣失道,男女淫奔,不能以礼化也。"《序》说是有所引申的,并非诗本义。这是诗人写一个女子追求他的诗。朱熹《诗序辨说》云:"此男女淫奔者所自作,非有刺也。其曰君臣失道者,尤无所谓。"崔述《读风偶识》:"《东方之日》云:'在我室兮,履我即兮。'皆以其事归之于己。夫天下之刺人者,必以其人为不肖也;乃反以其事加于己身,曰我如是、我如是,天下有如是之自污者乎!"崔、朱二人的分析切合诗意,不牵合美刺,是比较客观的。据后人考证,关于"闼"的解释,有的说是"小门"(《汉书》颜师古注:"闼,宫中小门也。")或"门内",有的说是"门屏之间"(《释文》引《韩诗》)或"楼上户"。(《说文》:"闼,楼上户也。")不论如何解释,都说明闼是贵族住所特有的建筑。看来诗是反映了齐国贵族的恋爱生活。

诗每章末句"履我即兮""履我发兮",描写了那位女子一个很细小的动作,但就在这一蹴一蹑、在室在闼之间,便很形象地刻画出那女子的轻薄浮荡的性格。动作描写的精彩之处,是能够传神绘形的。如吴伟业《永和宫词》:"皓齿不呈微索问,蛾眉欲蹙又温存。"便写出田贵妃之不娴词令,而却仍有一种脉脉文静和温存的风韵。王实甫《西厢记》:"他那里尽人调戏亸着香肩,只将花笑捻。"又使人如见崔莺莺含情还羞的神态。(参阅刘衍文、刘永翔《文学的艺术》)当然,比起《东方之日》来,这些后人的诗文在动作的描写上要精巧细腻得多了。

原文

东方之日兮，
彼姝者子[1]，在我室兮。
在我室兮，履我即兮[2]。

东方之月兮，
彼姝者子，在我闼兮[3]。
在我闼兮，履我发兮[4]。

译文

太阳升起在东方，
有位漂亮好姑娘，来到我家进我房。
来到我家进我房，踩我膝头诉衷肠。

月亮升起在东方，
有位漂亮好姑娘，来到门内进我房。
来到门内进我房，踩我脚儿表情长。

注释

1 姝：美。子：指女子。

2 履：踩。即："膝"的借字。古人没有椅子，都跪坐在席上，所以能踩到膝。

3 闼(tà)：门内。

4 发：指脚。

东方未明

导读

《毛序》:“《东方未明》,刺无节也。朝廷兴居无节,号令不时,挈壶氏不能掌其职焉。”这是写一位妇女的当小官吏的丈夫忙于公事,早夜不得休息而引起她抱怨的诗。后世注家对这首诗的主题说各不一。《毛序》和《朱传》都认为是讽刺“朝廷兴居无节,号令不时”的诗,姚际恒以为“难详”,方玉润认为“‘折柳’二句插入,不伦”,可见这首诗不易解释。闻一多《风诗类钞》曰:“夫之在家,从不能守夜之正时,非出太早,即归太晚。妇人称夫曰狂夫。”他以为诗以妇女的口吻,写出丈夫为吏的忙碌。这样解释比较通顺。否则第三章无法理解。如果把狂夫说成是监视小官吏者,末二句又联系不上了。还是以闻先生的解释为最优。

此诗通篇用赋体,把一个忙忙碌碌而又心胸狭隘的小官吏的神态刻画得很生动。尤其是“颠倒衣裳”一句,以手忙脚乱、穿错衣衫的动作,写出人物的辛苦,颇为传神。末章“狂夫瞿瞿”的“瞿瞿”二字,描摹瞪大眼睛瞧不停的神态,以反映丈夫对妻子不放心的心理,也很细致入微。挚虞《文章流别论》说:“古之作诗者,发乎情,止乎礼义。情之发,因辞以形之;礼义之旨,须事以明之,故有赋焉,所以假象尽辞,敷陈其志。”赋的手法,在曲尽其妙的铺陈描绘中,也表达了作者的感情。即如此诗,对“狂夫”的行为描写越是生动,妻子那种怨恨不已而又无可奈何的心情不是就越发明显了吗?

原文

东方未明，颠倒衣裳。
颠之倒之[1]，自公召之[2]。

东方未晞[3]，颠倒裳衣。
倒之颠之，自公令之。

折柳樊圃[4]，狂夫瞿瞿[5]。
不能辰夜[6]，不夙则莫[7]。

译文

东方没露一线光，丈夫颠倒穿衣裳。
为啥颠倒穿衣裳？因为公家召唤忙。

东方未明天还黑，丈夫颠倒穿裳衣。
为啥颠倒穿裳衣？因为公家命令急。

折柳编篱将我防，临走还要瞪眼望。
夜里不能陪伴我，早出晚归太无常。

注释

1 之：指衣裳。
2 自：从。召：召唤。
3 晞(xī)："昕"的假借字，太阳将出。
4 樊：篱笆。此作动词。圃：菜园。
5 狂夫：疯汉，女子骂她丈夫。瞿(jù)瞿：瞪着双眼看的样子。
6 辰夜：伺夜、守夜。辰，同"时"，这里当动词"守"用。
7 夙：早。莫：同"暮"。

南山

导读

《毛序》:"《南山》,刺襄公也。鸟兽之行,淫乎其妹。大夫遇是恶,作诗而去之。"这是一首讽刺齐襄公淫乱无耻的诗。《左传》桓公十八年:"公会齐侯于泺,遂及文姜如齐,齐侯通焉。公谪之,以告。夏四月,享公。使公子彭生乘公,公薨于车。"这一段记载便是说齐襄公与文姜私通的事。这桩丑闻在齐国不免传开,引起人民的憎恶,便产生了这首诗。

由于这是讽刺斥责本国的君主,所以诗写得比较隐蔽。首章以"南山""雄狐"起兴,二章以"葛屦""冠緌"起兴,三章"蓺麻",四章"析薪",每章各自为兴,兴意各不相同,打破《风》诗中一般各章兴句多半相同的格式,这恐怕便是有所顾忌的缘故。每章末句均用无答的设问式,留给读者去思考,既收到"言者无罪"的效果,又可加强诗的讽刺力量。

原文

南山崔崔[1],雄狐绥绥[2]。
鲁道有荡[3],齐子由归[4]。
既曰归止[5],曷又怀止[6]?

葛屦五两[7],冠緌双止[8]。
鲁道有荡,齐子庸止[9]。
既曰庸止,曷又从止[10]?

蓺麻如之何[11]?衡从其亩[12]。
取妻如之何[13]?必告父母。
既曰告止,曷又鞠止[14]?

译文

巍巍南山高又大,雄狐步子慢慢跨。
鲁国大道平坦坦,文姜由这去出嫁。
既然她已嫁鲁侯,为啥你还想着她?

葛鞋两只双双放,帽带一对垂颈下。
鲁国大道平坦坦,文姜从这去出嫁。
既然她已嫁鲁侯,为啥你又盯上她?

农家怎样种大麻?田垄横直有定法。
青年怎样娶妻子?必定先要告爹妈。
告了爹妈娶妻子,为啥还要放纵她?

析薪如之何[15]？匪斧不克[16]。
取妻如之何？匪媒不得。
既曰得止，曷又极止[17]？

想劈木柴靠什么？不用斧头没办法。
想娶妻子靠什么？没有媒人别想她。
既然妻子娶到手，为啥让她到娘家？

注释

1 南山：齐国山名。崔崔：高大的样子。
2 绥绥：追求匹偶相随的样子。
3 有荡：即“荡荡”，平坦。
4 齐子：指文姜。由归：从这条大道出嫁。
5 止：语尾助词。
6 怀：想念。
7 葛屦：麻布做的鞋。五：通“伍”，同列。
8 緌(ruí)：帽带的下垂部分。
9 庸：用。
10 从：跟从。
11 蓺(yì)麻：种麻。
12 衡从：即横纵。
13 取：通“娶”。
14 鞠：穷，穷欲纵容的意思。
15 析薪：劈柴。古多以“薪”喻婚姻。
16 克：能、成功。
17 极：到。

甫田

导读

《毛序》:"《甫田》,大夫刺襄公也。无礼义而求大功,不修德而求诸侯。志大心劳,所以求者非其道也。"今人一般认为这是一首思念远人的诗。作者可能是一位流亡的农民,曾经种过领主的大田。他想起当初种田除草的辛苦,现在虽然可以离开了,却又添了思念远人的苦恼,所以用大田起兴。第三章他说出了这个远人是谁,就是那个幼小美好的孩子。别时他还是扎着羊角辫的娃娃,如果不久能见到的话,该是青年人了吧。他的久别之感,与前两章的劳心是相应的。《毛序》认为是"刺襄公",后人也多围绕着齐襄公、文姜、鲁庄公(文姜子)来解此诗,恐怕是由于前一篇《南山》是讽刺齐襄公同文姜乱伦的行为,所以脱不出这个框框。其实据诗意分析,并无难懂之处。

此诗前二章反复吟咏,总是一种思念之苦。末章忽然转过一层,作设想之词,想象那可爱的人该长大了吧,不言思而思意自见。有人解末章为最终相逢的实写,似不及虚想来得蕴藉。

原文

无田甫田[1],维莠骄骄[2]。
无思远人,劳心忉忉[3]!

无田甫田,维莠桀桀[4]。
无思远人,劳心怛怛[5]!

婉兮娈兮[6],总角丱兮[7]。
未几见兮[8],突而弁兮[9]!

译文

主子大田别去种,野草茂盛一丛丛。
远方人儿别想他,见不到他心伤痛!

主子大田别去耪,野草长得那么旺。
远方人儿别想他,见不到他徒忧伤!

少小年纪多姣好,两束头发像羊角。
不久倘能见到他,突然戴上成人帽!

注释

1 前一“田”字:音义同“佃”,种田。甫田:大田。

2 维:助词。莠(yǒu):害苗的野草。骄骄:挺立而高的样子。

3 忉忉:因思念而忧伤的样子。

4 桀桀:高高的样子。

5 怛(dá)怛:忧伤不安。

6 婉、娈:年少而美好的样子。

7 总角:儿童头发左右分开扎成两把如同羊角。丱(guàn):像羊角的象形字,形容总角的样子。

8 未几:不久。

9 突而:突然。弁(biàn):冠,此作动词,戴冠。

卢令

导读

《毛序》:“《卢令》,刺荒也。襄公好田猎毕弋,而不修民事。百姓苦之,故陈古以风焉。”春秋时代,人们爱好田猎,反映在《风》诗里,有《驺虞》《叔于田》《大叔于田》《还》及此篇。《毛序》对以上诸诗均有美刺之说,指此诗刺齐襄公“好田猎毕弋,而不修民事”。后人多引《国语》《管子》《左传》《公羊传》等记载以证成之。但诗中称誉之意甚明,纵使是描写齐襄公出猎,亦是赞美之而非讥刺之。释诗当从本文,决不可囿于“《变风》《变雅》”之说而强索诗旨。所以这首诗应该作为一首赞美猎人的诗来读。

此诗每章只有两句,章与章之间也只变换二、三字,可能是顺口溜一类的民歌。这种质直而复唱的诗句,反映了民歌早期粗拙的风格。孙鑛《批评诗经》赞此诗“淡语却有风致”,淡则淡矣,风致却并不出众。旧时文人奉《三百篇》为圭臬,他们的评论难免有过誉之处。

原文	译文
卢令令[1],其人美且仁[2]。	黑狗儿颈环铃铃响,那人儿和气又漂亮。
卢重环[3],其人美且鬈[4]。	黑狗儿颈上环套环,那人儿漂亮又勇敢。
卢重鋂[5],其人美且偲[6]。	黑狗儿颈上套两环,那人儿漂亮有才干。

注释

1 卢:黑色猎狗。《战国策》:“韩国卢,天下之骏犬也。” 令令:象声词,狗颈下套环的声响。

2 其人:指猎人。 仁:和蔼友好。

3 重环：大环套上一个小环。

4 鬈(quán)：勇壮。

5 重鋂(méi)：一个大环，套上两个小环。

6 偲(cāi)：多才。

敝笱

导读

《毛序》:"《敝笱》,刺文姜也。齐人恶鲁桓公微弱,不能防闲文姜,使至淫乱,为二国患焉。"齐文姜是齐襄公的妹妹,嫁给鲁桓公为妻。但她却同其兄襄公私通,鲁桓公也因此被齐人杀死。文姜的儿子鲁庄公即位之后,文姜还是不断往齐国跑。齐人看不惯她这种乱伦的丑行,便写了这首诗。后人对这首诗是讽刺鲁桓公还是鲁庄公多有争论,朱熹认为是刺庄公,清儒陈启源《毛诗稽古编》、胡承珙《毛诗后笺》又驳之,认为是刺桓公。其实从诗意来看,主要是针对文姜本人。《毛序》"齐人恶鲁桓公微弱"云云,是推本之论。由于鲁桓公的放纵,使文姜更加肆无忌惮地为禽兽之行,这从笱敝鲂逸的兴句中也能看出。《诗学女为》引戴震说云:"笱所以取鱼,敝笱则取之不能制之。即以本诗辞义求之,其为桓公明矣。"他的分析比较中肯。

诗中用了"如云""如雨""如水"三个夸张性的明喻来比文姜侍从人员的众多盛大。后人在文学创作中以云、雨、水喻众多的真是不可胜数,所以我们今天看来觉得不甚新鲜。但处在文学发展早期的《诗经》时代,能作此比拟,则应当说是很生动的创意。刘勰《文心雕龙·比兴篇》云:"比类虽繁,以切至为贵……物虽胡越,合则肝胆。"《诗经》中的比喻能抓住不同事物的共同点,比得贴切,给人鲜明的形象感,所以为后世大量地袭用,体现了它旺盛的生命力。

原文	译文
敝笱在梁[1],其鱼鲂鳏[2]。	破笼撂在鱼梁上,鳊鱼鲲鱼心不慌。
齐子归止[3],其从如云[4]。	文姜回齐没人管,随从多得云一样。

敝笱在梁，其鱼鲂鲊[5]。	破笼撂在鱼梁上，鳊鱼鲢鱼心不慌。
齐子归止，其从如雨。	文姜回齐没人管，随从多得雨一样。
敝笱在梁，其鱼唯唯[6]。	破笼撂在鱼梁上，鱼儿游来又游往。
齐子归止，其从如水。	文姜回齐没人管，随从多得水一样。

注释

1 敝：破。笱(gǒu)：竹制的捕鱼笼。梁：鱼梁。

2 鲂鳏：鳊鱼和鲲鱼。

3 齐子：指文姜。归：回娘家。

4 如云：形容随从文姜的人非常多。下文"如雨""如水"同此。

5 鲊(xù)：鲢鱼。

6 唯唯：形容鱼自由地游来游去。

载驱

导读

《毛序》:"《载驱》,齐人刺襄公也。无礼义,故盛其车服,疾驱于通道大都,与文姜淫,播其恶于万民焉。"这是一首写齐女嫁鲁的诗。《毛序》认为是齐人刺襄公与文姜淫乱的诗。三家《诗》齐说认为是"襄嫁季女,至于荡道。齐子旦夕,留连久处(《易林·屯之大过》)。"按鲁庄公到齐国去亲迎是在夏天;到了秋天,自己一个人回来了,并未接到新娘。一直到八月,齐哀姜才进入鲁境,时间相隔几个月。这是什么缘故呢?《公羊传》说出了原因:"其言入何? 难也。其书日何? 难也。其难奈何? 夫人不偻,不可使入,与公有所约,然后入。"何休注:"约,约远媵妾也。"原来哀姜对鲁庄公不放心,要他允诺给予专房之宠才肯进门。诗便是描写这位新嫁娘在鲁国边境迟迟不入的情景。

此诗首章四句,有两句用叠字(有荡,即荡荡)。后三章每章四句,有三句用叠字。《诗经》中用叠字来状物、摹声的,真是比比皆是。刘勰《文心雕龙·物色篇》:"'灼灼'状桃花之鲜,'依依'尽杨柳之貌,'杲杲'为出日之容,'瀌瀌'拟雨雪之状,'喈喈'逐黄鸟之声,'喓喓'学草虫之韵。"他所举的例子,都是《诗经》中运用得较成功的叠字,所以刘勰评论道:"写气图貌,既随物以宛转;属采附声,亦与心而徘徊。"就是说,形容景物,既要写出物的神气形貌,又要揉进作者的感情心境。但是这首诗叠字的应用,同刘勰"随物宛转,与心徘徊"的要求似还有距离。我们觉得诗中之所以用了这么多叠字,恐怕同当时配合乐曲有关。虽然《诗经》乐谱已经失传,但我们不妨想象拖长了声调歌唱的效果,岂不是把哀姜那种故意拖拖拉拉的神态活画出来了吗?

原文

载驱薄薄[1]，簟茀朱鞹[2]。
鲁道有荡，齐子发夕[3]。

四骊济济[4]，垂辔濔濔[5]。
鲁道有荡，齐子岂弟[6]。

汶水汤汤[7]，行人彭彭[8]。
鲁道有荡，齐子翱翔[9]。

汶水滔滔，行人儦儦[10]。
鲁道有荡，齐子游敖[11]。

译文

大车奔驰轧轧响，竹帘红盖好气象。
鲁道宽阔又平坦，哀姜从早拖到晚。

四匹黑马多美壮，柔软缰绳垂两旁。
鲁道平坦接新娘，哀姜动身天已亮。

汶水浩浩又荡荡，路人如潮争观望。
鲁道平坦又宽广，哀姜迟嫁在游逛。

汶水哗哗翻大浪，路人来来又往往。
鲁道平坦接新娘，哀姜迟嫁在游荡。

注释

1 薄薄：象声词，车轮转动声。

2 簟(diàn)茀：竹席制的车帘。朱鞹(kuò)：红漆兽皮制的车盖。

3 齐子：指哀姜，齐襄公最小的女儿。

4 骊(lí)：黑色的马。济济：美好的样子。

5 濔(nǐ)濔：柔软的样子。

6 岂(kǎi)弟：开明、天亮。

7 汶水：水名。汤(shāng)汤：水盛大貌。

8 彭彭：行人多。

9 翱翔：游逛。

10 儦(biāo)儦：行人来回走的样子。

11 游敖：即“遨游”，与“翱翔”同义。

猗嗟

导读

《毛序》:“《猗嗟》,刺鲁庄公也。齐人伤鲁庄公有威仪技艺,然而不能以礼防闲其母,失子之道,人以为齐侯之子焉。”这是赞美一位貌美艺高射手的诗。王先谦《集疏》:“《春秋》庄公四年冬,及齐人狩于禚。故齐人赋之。”陈奂《传疏》:“吴惠士奇《春秋说》云:庄四年春二月,夫人姜氏飨齐侯于祝丘。其年冬,公及齐人狩于禚。齐有《猗嗟》之诗,为庄公狩而作也。”他们都相信《猗嗟》诗中所描写的主人公是鲁庄公。这时,他大约是一位十七岁的青年,已经当了四年的鲁侯。《毛序》认为是刺鲁庄公,其依据是“展我甥兮”及“以御乱兮”二句,认为这二句微寓刺意,讽刺他样样都好,只是忘记报父之仇,不能制止母亲与襄公私通。这样,诗旨就是以美为刺了。不过我们细细涵泳这两句的诗意,要得出“以美为刺”的含义实在很勉强。以经学释《诗》,这种曲意解释之处多不胜数,今天我们把《诗经》还原为一部诗歌集来读的话,对这一类曲解要有免疫力。

这是一首写貌图神很出色的诗。对射手的容貌舞姿,诗中都描绘出一种动态的美。如“美目扬兮,巧趋跄兮”,同《卫风·硕人》中千古传颂的名句“巧笑倩兮,美目盼兮”完全同一机杼,刻画出一位顾盼有神、栩栩如生的形象。对庄公射技的描写,则又有不同。第一章“射则臧兮”是虚写,第二章“终日射侯,不出正兮”是实写,第三章“射则贯兮,四矢反兮”是特写,层层递进,推到读者面前的镜头一个比一个具体细微,使读者对他神乎其技的叹美,也逐步达到高峰。方玉润说:“描摹庄公,如见其人。”很能体会诗的妙笔。

原文

猗嗟昌兮[1],颀而长兮[2],
抑若扬兮[3]。
美目扬兮[4],巧趋跄兮[5]。
射则臧兮[6]!

猗嗟名兮[7]!美目清兮,
仪既成兮[8]。
终日射侯[9],不出正兮。
展我甥兮[10]!

猗嗟娈兮[11]!清扬婉兮[12],
舞则选兮[13]。
射则贯兮[14],四矢反兮[15]。
以御乱兮[16]!

译文

生来多美貌啊!身材高又高啊,
漂亮额角宽啊。
美目向人瞟啊,舞步多巧妙啊。
射艺真正好啊!

长得多精神啊!美目如水清啊,
准备已完成啊。
打靶一天整啊,箭箭射得准啊。
不愧我外甥啊!

美貌令人赞啊!秀眉扬俊眼啊,
舞有节奏感啊。
箭箭都射穿啊,连中一个点啊。
有力抗外患啊!

注释

1 猗嗟:叹美之词。昌:壮盛美好貌。

2 颀而:身长的样子。

3 抑若:抑然。抑,通“懿”,美。

4 扬:张开眼睛的样子。

5 趋:快步。跄:舞姿。

6 则:法则。臧:善、熟练。

7 名:通“明”,昌盛。

8 仪:射仪。成:完备。

9 侯:射布、箭靶。

10 展:诚、确实。

11 娈:壮美。
12 清扬婉兮:眉清目秀。
13 选:整齐。
14 贯:穿透。
15 反:复,反复地射中一个地方。
16 御:抵抗。

魏风

《魏风》共七篇。周初封同姓于魏,到周惠王十六年,即公元前661年,被晋献公所灭。全部魏诗都是魏亡以前,即春秋时代的作品。

魏在今山西芮城东北。土地干涸,物产稀少,人民生活比其他地区更苦,正如朱熹所说:“其地陋隘而民贫俗俭。”《魏风》多半是讽刺、揭露统治阶级的诗歌,风格较为一致。《葛屦》中已经体会到诗歌的战斗作用。《硕鼠》的作者已经幻想着无剥削的乐土。《伐檀》的作者已经意识到剥削与被剥削的生产关系。几千年来,这样的愤怒和呐喊一直能激起读诗者的感同身受,真是令人感慨。《鲁诗》说:“履亩税(农民除了要种公田交劳役、地租税之外,还要交私田所产十分之一的实物税)而《硕鼠》作。”《魏风》情感激烈,可能是和魏地较早向人民征收双重税有关。

葛屦

导读

《毛序》:“《葛屦》,刺褊也。魏地狭隘,其民机巧趋利,其君俭啬褊急,而无德以将之。”三家《诗》无异义。这是将“纤纤素手”的缝衣女同“宛然左辟”的贵妇人当作一个人看待,于诗意显然相违。朱熹《诗集传》:“此诗疑即缝裳之女所作。”这是正确的,所以今人指出,这是一首缝衣女奴讽刺所谓“好人”的诗。诗仅两章,塑造了两个对立的形象:一个是受冻挨饿、疲乏不堪的缝衣女,一个是衣饰华贵、傲慢褊狭的贵妇人,反映了社会地位的差异和生活的悬殊。

这首诗全篇用赋体,首章叙写缝衣女含辛茹苦地为“好人”缝制衣裳,二章写“好人”挑剔作态的傲慢样儿,前后对照,褒贬分明。这同《国风》中其他各篇多作重章叠唱的结构也有所不同。尤其篇末点明“是以为刺”的作诗宗旨,更为他诗所罕见。所以方玉润评曰:“明点作意,又是一法。”唐代白居易作《秦中吟》,于世上事“闻见之间有足悲者,因直歌其事。”其中如“夺我身上暖,买尔眼前恩”(《重赋》),“如何奉一身,直欲保千年”(《伤宅》),“是岁江南旱,衢州人食人”(《轻肥》),“岂知阌乡狱,中有冻死囚”(《歌舞》),“一丛深色花,十户中人赋”(《买花》),“寄语家与国,人凶非宅凶”(《凶宅》)等等,都是采用两相对照的方法,而且大声疾呼,毫不隐微。这同《葛屦》笔法相仿佛,而思想的深度当然是后来居上。

原文	译文
纠纠葛屦[1],可以履霜[2]?	葛编凉鞋麻绳缠,穿它怎能踏寒霜?
掺掺女手[3],可以缝裳?	缝衣女手纤纤细,用它怎能做衣裳?

要之襋之[4],好人服之[5]。	提起衣带和衣领,请那美人试新装。
好人提提[6],宛然左辟[7], 佩其象揥[8]。	美人不睬偏装腔,扭转身子闪一旁, 插上簪子自梳妆。
维是褊心[9],是以为刺。	这个女子狭心肠,作诗刺她理应当。

注释

1 纠纠:纠缠交错的样子。屦(jù):鞋。

2 可:同“何”。

3 掺掺:同“纤纤”,柔弱纤细。

4 要:同“褄”,古人衣襟上用以系衣的短带,相当于现在的纽扣。襋(jí):衣。要、襋,这里都用如动词,即提带、提领的意思。

5 好人:美人。

6 提提:安详的样子。

7 宛然:转身的样子。辟:同“避”,闪开。

8 象揥(tì):象牙簪子。

9 褊心:心胸狭窄。

汾沮洳

导读

《毛序》:"《汾沮洳》,刺俭也。其君俭以能勤,刺不得礼也。"认为这是贵族躬自采菜,俭而过度。这种说法太过牵强附会。《韩诗外传》:"君子盛德而卑,虚己以受人,旁行不流,应物而不穷,虽在下位,民愿戴之,虽欲无尊得乎哉!"魏源《诗古微》:"据《外传》之言,盖叹沮泽之间有贤者隐居在下,采蔬自给。然其才德实出乎在位公行、公路之上。……盖春秋时晋官皆贵游子弟,无材世禄,贤者不得用,用者不必贤也。"二说相比较,《韩诗》显然比《毛诗》来得切近诗意。春秋时代农民地位极低,有的仍然是农奴。诗人将这位从事采菜的"贱者"与"公路"等达官贵族相比,而且褒前者而抑后者,这是颇不寻常的。只有农民自己的口头歌唱,才会有这样热爱同类的诗句。这首诗同《葛屦》《硕鼠》《伐檀》一样,都富有挑战性,不但在《魏风》中,便是在整部《诗经》中也显得很突出。

章首"彼汾沮洳,言采其莫"二句,朱熹标为兴体,其实这是诗人目见的赋句。诗人描写一位采菜的劳动者,并用了夸张(美无度)、比喻(美如英、美如玉)的手法来赞美他的高尚品德。末句忽然提出"公路""公行""公族"来作对比。虽然短短一句便陡然煞住,但诗人似将他的褒贬爱憎情绪全部倾注在这一句中,给读者以回味的余意。这首诗中不自觉地运用了夸张、比喻、顶真、反衬等修辞格,虽然还很粗糙,但中国文学的滔滔长河,毕竟是从这些涓涓细流发源的。

原文	译文
彼汾沮洳[1],言采其莫[2]。	汾水岸边湿地上,采来莫菜水汪汪。
彼其之子,美无度[3]。	就是那位采菜人,美得简直没法讲。

美无度，殊异乎公路[4]。	美得简直没法讲，他和“公路”大两样。
彼汾一方，言采其桑。	汾水岸边斜坡上，桑叶青青采撷忙。
彼其之子，美如英。	就是那位采桑人，美得好像花一样。
美如英，殊异乎公行。	美得好像花一样，他和“公行”不相像。
彼汾一曲，言采其藚[5]。	汾水河边曲岸旁，采那泽泻浅水上。
彼其之子，美如玉。	就是那位采菜人，美如冠玉真漂亮。
美如玉，殊异乎公族。	美如冠玉真漂亮，他和“公族”不一样。

注释

1 汾(fén)：水名，在今山西中部。沮洳(jù rù)：水旁低湿的地方。

2 莫：野菜名。

3 无度：犹“无比”。

4 殊：非常。公路：与下面的“公行”“公族”，都是当时官名。公路掌管魏君的路车，公行掌兵车，公族掌管宗族事务。这些官都是世袭贵族。

5 藚(xù)：即泽泻，药名，亦可作菜。

园有桃

导读

《毛序》:“《园有桃》,刺时也。大夫忧其君国小而迫,而俭以啬,不能用其民,而无德教,日以侵削,而作是诗也。”今人或不从毛说,认为这是一首没落贵族伤时忧贫的诗。人家称他为“士”,可能是一位知识分子。他没落了,穷得没有饭吃,只好摘园中的桃枣充饥。春秋时候,魏国实行勤俭政策,这对士来说,生活不免也受到影响,因而引起了他的感伤,便歌唱起来。他讥刺时政,不满现实。别人指责他骄傲反常,自以为是。他觉得无人能理解自己,精神上异常痛苦,只能用丢开一切、什么都不想的办法来寻找解脱。诗反映了当时魏国“士”的经济地位和思想情绪。

此诗与《王风·黍离》《王风·兔爰》同一格调,都是所谓“悲愁之词”。诗以园桃兴起,急接“心之忧矣”一句,点明主题。然后句句围绕“忧”字,慷慨悲凉,大有“世人皆醉,而我独醒”之慨。诗中全无描状摹态、模山范水之笔,但胸臆的抒发一波三折,深沉而又痛切,所以姚际恒评曰:“诗如行文,极纵横排宕之致。”

原文

园有桃,其实之殽[1]。
心之忧矣,我歌且谣。
不知我者,
谓我“士也骄,彼人是哉[2],
子曰何其[3]!”
心之忧矣,其谁知之?

译文

园里有株桃,采食桃子也能饱。
穷愁潦倒心忧伤,聊除烦闷唱歌谣。
有人并不了解我,
说我“先生太骄傲,朝廷政策可没错,
你又为啥多唠叨?”
穷愁潦倒心忧伤,谁能了解我苦恼?

其谁知之，盖亦勿思[4]！	既然无人了解我，何不把它全抛掉！
园有棘，其实之食。	园里有株枣，采食枣子也能饱。
心之忧矣，聊以行国[5]。	穷愁潦倒心忧伤，聊除烦闷去游遨。
不知我者，	有人并不了解我，
谓我“士也罔极。彼人是哉，	说我“先生违常道。朝廷政策可没错，
子曰何其！”	你又为啥多唠叨！”
心之忧矣，其谁知之？	穷愁潦倒心忧伤，谁能了解我苦恼？
其谁知之，盖亦勿思！	既然无人了解我，何不把它全忘掉！

注释

1 之：是。 殽：通“肴”，烧好的菜。

2 彼人：指执政者。 是：对、正确。

3 其：语助词。

4 盖(hé)：通“盍”，“何不”的合音。

5 行国：行游国中。

陟岵

导读

《毛序》:“《陟岵》,孝子行役,思念父母也。国迫而数侵削,役乎大国,父母兄弟离散,而作是诗也。”春秋时,战争频仍,征役不断,百姓不堪其苦,这首诗写的就是征人在役地思家的心情。无休止的劳役,连睡觉的时间都没有,使征人难免联想到死亡,他只希望能在死亡线上挣扎到回家乡。诗反映了当时劳役生活的痛苦和平民百姓对统治者征役无已的极度憎恨。

诗的艺术手法极为巧妙。诗人在役地思家,但他不直说自己的望乡之情,却想象着父母兄长在家中想念他的情景。这样的表达法,反映出一种极迫切、极深厚、极苦涩、又极难排解的心情。方玉润《诗经原始》云:“人子行役,登高念亲,人情之常。若从正面直写己之所以念亲,纵千言万语,岂能道得尽? 诗妙从对面设想,思亲所以念己之心与临行勖己之言,则笔以曲而愈达,情以婉而愈深,千载之下读之,犹足令羁旅人望白云而起思亲之念,况当日远离父母者乎?”他这一段分析,正点出其中三昧。这种手法,钱锺书先生称之为“分身以自省,推己以忖他;写心行则我思人乃想人必思我。”后世诗人用此意者非常普遍,如白居易《望驿台》:“两处春光同日尽,居人思客客思家。”韦庄《浣溪沙》:“夜夜相思更漏残,伤心明月凭阑干,想君思我锦衾寒。”龚自珍《己亥杂诗》:“一灯古店斋心坐,不是云屏梦里人。”遣词造境都越出越精,然其机杼则同《陟岵》无异,这就是《风》诗几乎篇篇有创意的可贵之处。

原文

陟彼岵兮[1],瞻望父兮。
父曰:"嗟予子[2],
行役夙夜无已[3]!
上慎旃哉[4],犹来无止[5]!"

陟彼屺兮[6],瞻望母兮。
母曰:"嗟予季[7],
行役夙夜无寐!
上慎旃哉,犹来无弃!"

陟彼冈兮,瞻望兄兮,
兄曰:"嗟予弟,
行役夙夜必偕[8]!
上慎旃哉,犹来无死!"

译文

登上青山冈,远远把爹望。
好像听见我爹讲:"孩子啊,
早夜服役你太忙!
当心身体保安康,回来吧,别滞留远方!"

登上秃山冈,遥望我亲娘。
好像听见亲娘讲:"宝贝啊,
日夜没睡太凄怆!
当心身体保安康,回来吧,莫抛弃亲娘!"

登上高山冈,远远望兄长,
好像听见哥哥讲:"兄弟啊,
早夜服役人尽伤!
当心身体保安康,回来吧,休埋骨异乡!"

注释

1 陟(zhì):登。 岵(hù):多草木的山。
2 嗟:叹词。
3 已:停止。
4 上:同"尚",庶几,表示希望。 旃(zhān):"之焉"的合音。
5 犹来:还是归来。
6 屺(qǐ):没有草木的山。
7 季:小儿子。
8 偕:一起。 指与同伴一起服役。

十亩之间

导读

《毛序》:“《十亩之间》,刺时也。言其国削小,民无所居焉。”这是一群采桑女子呼伴同归的歌唱。《毛序》云:“刺时”,姚际恒《诗经通论》云:“此类刺淫之诗”,这两种说法于诗意相去皆甚远,毫无根据。朱熹《诗集传》:“贤者不乐仕于朝,而思与其友归于农圃。”他倒是看出了一点意味,但是古代采桑是妇女的劳动,如《豳风·七月》:“女执懿筐,遵彼微行,爰求柔桑。”所以贤者招隐之说总不如采桑女呼伴同归之解来得直截,更合于诗旨。

诗仅两章六句,却勾勒出一派清新恬淡的田园风光。夕阳斜晖,透过碧绿的叶片照进桑林。忙碌了一天的采桑姑娘,准备回家了。她们唱着歌儿,互相呼唤,结伴同归。歌声中掺着一丝疲乏,但又充满了轻松感。人渐渐走远了,歌声却仿佛仍袅袅不绝地在林子里回转。这首诗同《芣苢》一样都是反映妇女采摘劳动的民歌,但《芣苢》表达的是忙碌的快乐,这首诗表达的是休息的轻松,情调并不相同。读这首诗,不禁想起陶渊明“晨兴理荒秽,带月荷锄归。道狭草木长,夕露沾我衣”的诗句。虽然作者身份各异,但诗中那股闲适自在的气韵,则令人有一脉相承之感。

原文	译文
十亩之间兮[1],桑者闲闲兮。 行与子还兮!	宅间十亩绿桑园,采桑姑娘已空闲。 走吧,咱们一道回家转。
十亩之外兮,桑者泄泄兮[2]。 行与子逝兮[3]!	宅外十亩绿桑林,采桑姑娘一群群。 走吧,咱们一道回家门。

注释

1 十亩:是举成数,不是确数。之间:古代种桑多在墙边或空地上。

2 泄泄:人多的样子。

3 逝:往、回去。

伐檀

导读

《毛序》:“《伐檀》,刺贪也。在位贪鄙,无功而受禄,君子不得进仕尔。”基本符合诗旨,只是把劳动者与剥削者的对立曲解成是贪鄙的在位者与不得进仕的君子之间的冲突,却是一种没有根据的发挥。一群匠人在黄河边伐木,为当老爷的造车,他们边干边唱起了这首歌。诗中明确地提出了不劳而获和劳而不获的尖锐矛盾,对剥削者的寄生生活表达了强烈的憎恨和辛辣的嘲讽,是《诗经》中斗争性最强的现实主义作品。朱熹《诗序辨说》:“此诗专美君子不素餐。”他以反《毛序》为宗旨,但是对这首诗的解释却逊于前贤。

诗中“不稼不穑,胡取禾三百廛兮?不狩不猎,胡瞻尔庭有县貆兮?”这四句诗,毫不掩饰地表露了作者的情感。诗人以反诘式的设问手法,把他们心中的愤怒宣泄得更为强烈,所以方玉润评曰:“笔极喷薄有力。”而章末“彼君子兮,不素餐兮”两句,却又一转慷慨激昂为反语式的冷嘲峻刺,点明主旨。一正一反,一热一冷,这种前后迥异的艺术手法正适宜于表现尖锐对立的内容。读着这样嬉笑怒骂的诗歌,我们会深感“温柔敦厚”四个字是无法概括诗风的。

原文	译文
坎坎伐檀兮[1],置之河之干兮[2], 河水清且涟猗[3]。 不稼不穑[4],胡取禾三百廛兮[5]? 不狩不猎,胡瞻尔庭有县貆兮[6]?	砍伐檀树响叮当,放在河边堤岸上, 河水清清起波浪。 不下种子不收割,为啥粮食堆满仓? 不拿弓箭不打猎,为啥猪獾挂院墙?

彼君子兮，不素餐兮[7]！	那些大人老爷们，不是白白吃闲粮！
坎坎伐辐兮[8]，置之河之侧兮， 河水清且直猗[9]。 不稼不穑，胡取禾三百亿兮[10]？ 不狩不猎，胡瞻尔庭有县特兮[11]？ 彼君子兮，不素食兮！	叮叮当当檀树砍，为做车辐放河边， 河水清清波浪坦。 不下种子不收割，为啥聚谷百亿万？ 不拿弓箭不打猎，为啥大兽挂你院？ 那些大人老爷们，不是白白吃干饭！
坎坎伐轮兮，置之河之漘兮[12]， 河水清且沦猗[13]。 不稼不穑，胡取禾三百囷兮[14]？ 不狩不猎，胡瞻尔庭有县鹑兮？ 彼君子兮，不素飧兮[15]！	砍起檀树声坎坎，为做车轮放河边， 河水清清微波展。 不下种子不收割，为啥粮囤都冒尖？ 不拿弓箭不打猎，为啥鹌鹑挂你院？ 那些大人老爷们，不是白白吃熟饭！

注释

1 坎坎：伐木声。

2 干：河岸。

3 涟：水面的波纹。猗(yī)：语助词。

4 稼：耕种。穑(sè)：收割。

5 廛(chán)：农民住的房。这里“三百廛”指许多农民所种田中的收获。“三百”是虚数。

6 县：同“悬”。貆(huán)：小貉。

7 素餐：即白吃饭。

8 辐：车轮上的辐条。这里指伐木为辐。

9 直：水流平直。

10 亿：周代以十万为亿，这里泛指多数。

11 特：大野兽。

12 漘(chún)：水边。
13 沦：水面的微波。
14 囷(qūn)：粮囤。
15 飧(sūn)：熟食。

硕鼠

导读

《毛序》:“《硕鼠》,刺重敛也。国人刺其君重敛,蚕食于民,不修其政,贪而畏人,若大鼠也。”这是一首反对剥削过重,幻想美好社会的诗。《鲁诗》说:“履亩税而《硕鼠》作(王符《潜夫论·班禄篇》)。”《齐诗》说:“周之末涂,德惠塞而耆欲众,君奢侈而上求多,民困于下,怠于公事,是以有履亩之税,《硕鼠》之诗是也(桓宽《盐铁论·取下篇》)。”由此可见诗是为刺履亩税而作。所谓履亩税,《春秋穀梁传》宣公十五年:“初税亩者,非公之去公田,而履亩十取一也。”注:“徐邈以为除去公田之外,又税私田之十一。”就是说农民除了要出劳役为公田耕种之外,还要交纳私田所产的十分之一为实物税。这样的双重剥削,农民实在难以忍受,就幻想着去寻找一块理想的乐园。

诗中以借喻的手法,将贪婪的剥削者比作田间大老鼠;又以同硕鼠讲话的口气,再三呼告恳求,充满了一种无可奈何的怨恨,引起读者的共鸣与同情。章末忽发奇想,向往着去寻求一处无忧无虑的乐土。但末章最后又说:“乐郊乐郊,谁之永号!”对心目中的伊甸园又感到渺茫怅惘。一波三折,语尽意存,现实主义的题材与浪漫主义的创作方法结合在一起,使这首诗成为《诗经》中的名篇。

原文

硕鼠硕鼠[1],无食我黍[2]!
三岁贯女[3],莫我肯顾[4]。
逝将去女[5],适彼乐土。
乐土乐土,爰得我所[6]!

译文

大老鼠呀大老鼠,不要吃我种的黍!
多年辛苦养活你,我的生活从不顾。
发誓从此离开你,去那理想新乐土。
新乐土呀新乐土,才是安居好去处!

原文	译文
硕鼠硕鼠，无食我麦！	大老鼠呀大老鼠，不要吃我大麦粒！
三岁贯女，莫我肯德[7]。	多年辛苦养活你，从来不见你感激。
逝将去女，适彼乐国。	发誓从此离开你，去那理想新乐邑。
乐国乐国，爰得我直[8]！	新乐邑呀新乐邑，劳动价值归自己！
硕鼠硕鼠，无食我苗！	大老鼠呀大老鼠，不要吃我种的苗！
三岁贯女，莫我肯劳[9]。	多年辛苦养活你，从来不见你慰劳。
逝将去女，适彼乐郊。	发誓从此离开你，去那理想新乐郊。
乐郊乐郊，谁之永号[10]！	新乐郊呀新乐郊，有谁去过徒长号！

注释

1 硕：大。

2 黍(shǔ)：一种谷物。这里泛指庄稼。

3 贯：侍奉。

4 莫我肯顾："莫肯顾我"的倒文。

5 逝：同"誓"。

6 爰(yuán)：乃，就。

7 德：感激。

8 直：通"值"，价值。

9 劳：慰劳。

10 之：往。永号：长声地高叫。

唐风

《唐风》就是《晋风》。周成王封他的季弟姬叔虞于唐,唐地有晋水,所以后来国号改称晋。

《唐风》共十二篇。《扬之水》写晋昭侯封他叔父成师于曲沃,成师的势力渐渐超过了晋侯,就有政变的阴谋。《左传》桓公二年:"惠公二十四年,晋始乱,故封桓叔于曲沃。"鲁惠公二十四年是公元前 745 年,这样看来,《唐风》可能产生于东周和春秋之际。

唐国在今山西中部太原一带,即翼城、曲沃、绛县、闻喜等地区。自从昭侯分封曲沃后,晋君和成师系统的斗争足足持续了六七十年,政局动荡,人民生活不安定,再加上土地贫瘠、物产匮乏,在文学作品上就自然地体现出消极颓唐、失望惆怅的色彩。如《蟋蟀》《山有枢》《杕杜》《鸨羽》《葛生》《采苓》等诗,格调都很低沉,符合所谓"思深忧远"的评价。但也有像《椒聊》的贺多子,《绸缪》的贺新婚,情绪欢快明朗,属于另一种类型。

蟋蟀

导读

《毛序》:"《蟋蟀》,刺晋僖公也。俭不中礼,故作是诗以闵之,欲其及时以礼自虞乐也。此晋也,而谓之唐。本其风俗,忧深思远,俭而用礼,乃有尧之遗风焉。"一般认为这是一首岁暮述怀的诗。作者可能是一位"士",他感到光阴易逝,应当及时行乐;但另一方面,他又不愿彻底堕落,还想着自己的职责,觉得享乐毕竟还是适可而止的好。方玉润《诗经原始》:"其人素本勤俭,强作旷达,而又不敢过放其怀,恐耽逸乐,致荒本业。故方以日月之舍我而逝不复回者为乐不可缓,又更以职业之当修、勿忘其本业者为志不可荒。无已,则必如彼瞿瞿良士,好乐而无荒焉可也。"他这段分析,对作者的心情颇能体贴入微。这种矛盾的思想,反映了中国几千年来一部分知识分子典型的心理状态。

诗歌的逻辑性很强,如"好乐无荒"承"无已大康"而言,"良士瞿瞿"承"职思其居"而言,秩然有序,所以孙鑛《批评诗经》赞曰:"构法最紧净。"吴闿生《诗义会通》赞曰:"诗意精湛之至,粹然有道君子之言。"的确,结构严谨,说理清楚,是此诗长处。但是在语言的形象生动方面,则逊于《国风》中一些精彩的民歌。

原文	译文
蟋蟀在堂[1],岁聿其莫[2]。	蟋蟀进房天气寒,岁月匆匆近年关。
今我不乐,日月其除[3]。	今不及时去寻乐,光阴一去不复返。
无已大康[4],职思其居[5]。	过度安乐也不好,还是要把工作干。
"好乐无荒[6]",良士瞿瞿[7]。	"不荒正业又娱乐",贤士警语记心间。

蟋蟀在堂，岁聿其逝[8]。	蟋蟀进房天气寒，一年匆匆将过完。
今我不乐，日月其迈[9]。	今不及时去行乐，光阴一去再不还。
无已大康，职思其外[10]。	过度安乐也不好，分外事儿也要干。
“好乐无荒”，良士蹶蹶[11]。	“不荒正业又娱乐”，贤士勤快是模范。
蟋蟀在堂，役车其休[12]。	蟋蟀进房天气寒，出差车儿将回转。
今我不乐，日月其慆[13]。	今不及时去寻乐，光阴一去再不还。
无已大康，职思其忧[14]。	过度安乐也不好，战争可忧莫小看。
“好乐无荒”，良士休休[15]。	“不荒正业又娱乐”，贤士爱国真好汉。

注释

1 在堂：蟋蟀进入堂屋，说明天寒岁暮。

2 聿：语助词。其莫：犹言“将尽”。莫：通“暮”。

3 日月：指光阴。除：去。

4 已：甚、过度。大：通“泰”，泰康，安乐。

5 职：尚，还要。居：担任的职位。

6 好：爱好。荒：荒废。

7 瞿瞿：惊顾的样子。

8 逝：去。

9 迈：逝去。

10 外：自己职务以外的事。

11 蹶蹶：动作敏捷的样子。

12 役车：服役的车子。其休：将要休息。指行役的人当还。这是岁暮的象征。

13 慆(tāo)：逝去。

14 忧：可忧的事，指战争。

15 休休：希望和平的心情。

山有枢

导读

《毛序》:“《山有枢》,刺晋昭公也。不能修道以正其国,有财不能用,有钟鼓不能以自乐,有朝廷不能洒扫。政荒民散,将以危亡。四邻谋取其国家而不知,国人作诗以刺之也。”三家《诗》认为“当周公、召公共和之时,成侯曾孙僖侯甚啬爱物,俭不中礼,国人闵之,唐之《变风》始作。”从诗的内容来看,这确实是一首厌恶吝啬成性,提倡放荡恣纵的歌唱。但是在放浪形骸的外壳里,却蕴藏着很深的怅惘和空虚的心声。钟惺《评点诗经》云:“行乐之词,乃以斥(涩)苦之音出之,开后来诗人许多忧生惜日之感。末语促节,便可当一部挽歌。”评出了这首诗的特点。

此诗所反映的颓唐心理与前篇《蟋蟀》的节制心理颇不同,细细对读,便能体会词气抑扬之间,意旨迥别。方玉润谓《蟋蟀》为“谨守见道之人所作”,《山有枢》为“庄子委蜕、释氏本空一流人语”,很有见地。

原文	译文
山有枢[1],隰有榆[2]。	山上刺榆长,低地白榆香。
子有衣裳,弗曳弗娄[3]。	你有衣来又有裳,不穿不着放在箱。
子有车马,弗驰弗驱[4]。	你有车来又有马,不乘不骑闲置放。
宛其死矣[5],他人是愉[6]。	有朝眼闭腿一伸,别人享受喜洋洋。
山有栲[7],隰有杻[8]。	山上栲树长,低地杻树香。
子有廷内[9],弗洒弗扫。	你有院来又有房,不去打扫随它脏。
子有钟鼓,弗鼓弗考[10]。	你有钟来又有鼓,不敲不打没音响。
宛其死矣,他人是保[11]。	有朝眼闭腿一伸,空为别人省一场。

原文	译文
山有漆[12],隰有栗。	山上漆树长,低地栗树香。
子有酒食,何不日鼓瑟?	你有美酒和好菜,何不奏乐又宴享?
且以喜乐[13],且以永日[14]。	姑且用它来寻乐,姑且用它度时光。
宛其死矣,他人入室。	有朝眼闭腿一伸,别人就要进你房。

注释

1 枢:有刺的榆树。
2 隰:低洼的地。
3 曳:拖。娄:牵。"拖""牵"都是穿衣的动作。
4 驰、驱:车马急走。
5 宛:通"苑",枯萎。
6 愉:乐、享受。
7 栲(kǎo):树名。
8 杻(niǔ):亦名檍,树名。
9 廷:通"庭",院子。内:指堂室。
10 考:敲击。
11 保:占有。
12 漆:漆树。
13 且:姑且。
14 永日:长。这里作动词用,"延长"的意思。

扬之水

导读

《毛序》:“《扬之水》,刺晋昭公也。昭公分国以封沃,沃盛强,昭公微弱,国人将叛而归沃焉。”今人据有关史实,认为这是一首揭发、告密晋大夫潘父和曲沃桓叔勾结搞政变阴谋的诗。

据《左传》记载,晋昭侯元年(前745),昭侯封叔父成师于曲沃,号为桓叔。昭侯七年,晋大夫潘父与桓叔密谋,作为内应,发动政变。这次阴谋没有成功,桓叔败归曲沃,但昭侯已被杀死。这首诗可能作于潘父与桓叔策划政变之时。作者或许是个知情者,他跟从桓叔去了曲沃,但又身在曹营心在汉,于是通过诗歌的形式委婉地告了密。

此诗每章都以“扬之水”起兴,马瑞辰《通释》说:“此诗扬之水,盖以喻晋昭微弱不能制桓叔,而转封沃以使之强大。则有如水之激石,不能伤石而益使之鲜洁。故以‘白石凿凿’喻沃之盛强耳。”他分析此诗兴义与诗旨合。它与《王风·扬之水》《郑风·扬之水》同,但这三首诗的主题却各不同,《王风·扬之水》是久戍思归之曲,《郑风·扬之水》是叮咛劝勉之词,此诗是首鼠两端之言。在风格上,前二者表现缠绵难解和惶惑不安之情,后者表现矛盾抑郁的心曲。同是用“扬之水”起兴,便是借助这句民间诗歌习语的含义和在韵律节奏上的特点,造成一种沉闷哀怨的气氛,而引起读者的共鸣。《诗经》兴法的这种作用,随着乐谱的散佚而失去了它大部分的艺术魅力,但读者若仔细吟味,还是能得其余韵。

原文	译文
扬之水[1],白石凿凿[2]。	河水悠悠缓慢行,水底白石多鲜明。
素衣朱襮[3],从子于沃[4]。	身穿白衫红衣领,跟他一道到沃城。

既见君子[5]，云何不乐。	一同拜见曲沃君，怎不高兴笑盈盈。
扬之水，白石皓皓[6]。	河水悠悠缓慢行，水底白石多洁净。
素衣朱绣[7]，从子于鹄[8]。	身穿白衫绣衣领，跟他一道到鹄城。
既见君子，云何其忧。	一同拜见曲沃君，还有什么不高兴。
扬之水，白石粼粼[9]。	河水悠悠缓慢行，水底白石多晶莹。
我闻有命，不敢以告人[10]！	听说将有政变令，严守机密不告人！

注释

1 扬之水：悠缓而流的水。

2 凿凿：鲜明貌。

3 襮(bó)：素衣朱襮，白缯的内衣、红边的衣领，均为诸侯的服饰，此用来指代潘父。

4 子：指潘父。 于：往，到。 沃：曲沃，桓叔的封地。

5 君子：指桓叔。

6 皓皓：洁白貌。

7 绣：红边领上绣上五彩花纹。

8 鹄：同“皋”，即曲沃。

9 粼粼：清澈的样子。

10 不敢以告人：这是一句门面话，实际上诗人已经借诗向昭公告密了。

椒聊

导读

《毛序》:“《椒聊》,刺晋昭公也。君子见沃之盛强,能修其政,知其蕃衍盛大,子孙将有晋国焉。”这是一首赞美妇女多子的诗。《毛序》和三家《诗》都说这是诗人写曲沃桓叔子孙盛大的诗。后代注家多承此说。但朱熹却认为“此不知其所指”,“此诗未见其必为沃而作也”,从此便引起后人的怀疑,多不信《序》说。诗以椒兴多子,这是事实。《尔雅·释木》:“椒、樧、丑、菉。”郭注:“菉,萸(越椒)。子聚生成房貌。”椒多子,汉朝人就将皇后住的房屋称为椒房,取其多子吉祥之意。应劭《风俗通》:“《汉官仪》,皇后称椒房,取其蕃实之义也。《诗》曰:椒聊之实,蕃衍盈升。”《后汉书·第五伦传》:“窦宪椒房之亲。”注:“后妃以椒涂壁,取其繁衍多子,故曰椒房。”闻一多《风诗类钞》:“《椒聊》喻多子,欣妇女之宜子也。”从上述引证和诗的内容来看,似应从闻说。

诗共两章,每章六句,上两句和末两句都是兴,只有中间两句是写人。《诗经》兴句多在章首,章末亦起兴者很少。诗章末又以椒香远长起兴,非但前后呼应,而且含蕴隽永,有余音袅袅之感。

原文	译文
椒聊之实[1],蕃衍盈升[2]。	花椒串串挂树上,结子繁盛满升量。
彼其之子,硕大无朋[3]。	这位妇人子孙多,身材高大称无双。
椒聊且[4]! 远条且[5]!	花椒一囊囊! 远闻扑鼻香!
椒聊之实,蕃衍盈匊[6]。	花椒串串已成熟,结子繁盛捧不够。
彼其之子,硕大且笃[7]。	这位妇人子孙多,身材高大又肥厚。

椒聊且！远条且！	花椒一兜兜！远远暗香透！

注释

1 椒:花椒。聊:同"莍",亦作朻、梂,草木结成一串串果实。
2 蕃衍:繁盛众多。盈:满。升:量器名。
3 硕:大。无朋:无比。
4 且(jū):语助词。
5 远条:指香气传得远。条,通"修",长。
6 匊(jú):古"掬"字,两手合捧。
7 笃:厚,厚实,这里用于形容妇人的丰腴。

绸缪

导读

《毛序》:“《绸缪》,刺晋乱也。国乱则婚姻不得其时焉。”生拉硬扯一个“刺”字,实在太牵强。方玉润说:“《绸缪》,贺新婚也。”庶几近之。不过它和《周南·桃夭》等贺新婚诗有些不同,带有戏谑调侃的味道,可能是闹新房一类的歌唱。有人说诗是新郎自作,但细读诗句,语意不类。钱锺书《管锥编》云:“窃谓此诗首章托为女之词,称男‘良人’;次章托为男女和声合赋之词,故曰‘邂逅’,义兼彼此;末章托为男之词,称女‘粲者’。单而双,双复单,乐府古题之‘两头纤纤’,可借以品目。譬之歌曲之‘三章法’:女先独唱,继以男女合唱,终以男独唱,似不必认定全诗出一人之口而斡旋‘良人’之称也。”钱先生的说法可为定论。

全诗充满喜庆欢快的气氛,兴句以象征嫁娶的束薪、三星入景,章末以谐谑新妇新郎的呼告、设问作结,把婚礼上热闹的场面、贺客艳羡的神态描写得如在眼前。尤其是“今夕何夕”四字,虽出自旁人之口,却将一对新人羞怯怯、喜滋滋的仪容、心理刻画得细致入微,后人称赞它“是神来句”,倒也不算虚誉。

原文	译文
绸缪束薪[1],三星在天[2]。	捆捆柴草紧紧缠,黄昏星星天上闪。
今夕何夕,见此良人[3]?	今天夜里啥日子,见这郎君欢不欢?
子兮子兮[4],如此良人何[5]?	新娘子啊新娘子,你把丈夫怎么办?
绸缪束刍[6],三星在隅[7]。	把把草料密密缠,星儿遥遥天边闪。
今夕何夕,见此邂逅[8]?	今天夜里啥日子,两口心里甜不甜?

子兮子兮，如此邂逅何？	新娘子啊新官人，你把爱人怎么办？
绸缪束楚[9]，三星在户[10]。	束束薪条细细缠，星儿低低门外闪。
今夕何夕，见此粲者[11]？	今天夜里啥日子，见这美人恋不恋？
子兮子兮，如此粲者何？	叫新郎啊问新郎，你把美人怎么办？

注释

1 绸缪：缠绵、紧密缠缚。束薪：一捆捆柴草。“束薪”“束刍”“束楚”都象征结婚。

2 三星：三是虚数，非实指。在天：指星星出现的黄昏。

3 良人：古代妇女称丈夫为良人。

4 子兮：贺客闹新房时呼新人之词。

5 如……何：把……怎么样。

6 刍：饲马的草料。

7 隅(yú)：天空的东南方。

8 邂逅：即新郎新娘。

9 楚：荆条。

10 户：房门。这句意思是星星偏西低斜，夜已经深了。

11 粲者：美人。

杕杜

导读

《毛序》:“《杕杜》,刺时也。君不能亲其宗族,骨肉离散,独居而无兄弟,将为沃所并尔。”朱熹《诗序辨说》驳曰:“此乃人无兄弟而自叹之词,未必如《序》之说也。况曲沃实晋之同姓,其服属又未远乎?”从诗意来看,朱熹是驳得允当的。《集传》说:“此无兄弟者自伤其孤特,而求助于人之词。”他分析诗的主题比较正确。这是一个孤独的流浪者求助不得的感伤诗。他自伤失去了兄弟,路上虽有不少同行者,却谁也不肯援之以手。有人说这是一篇乞食者之歌,亦可通。闻一多《风诗类钞》:“杕杜喻女之未嫁者。《说文》:‘牡曰棠,牝曰杜。’”按他的说法,这个流浪者竟是一位女子了。

诗两章,每章末四句全同,是副歌式的复唱。世态炎凉,人情冷暖,使得诗人抚胸扼腕,仰天悲歌,连用两个激问:为什么没有人亲近?为什么没有人援助?激问是一种在知切情急情况下才使用的特殊修辞。刘勰《文心雕龙·情采篇》说:“昔诗人什篇,为情而造文。……盖风雅之兴,志思蓄愤,而吟咏情性,以讽其上,此为情而造文也。”诗人并没有铺采摛藻,镂章雕句,而只是为了宣泄心中难以抑制的孤凄怨愤之感。唯其如此,他的歌声更能产生震慑人心的魅力。

原文

有杕之杜[1],其叶湑湑[2]。
独行踽踽[3],岂无他人?
不如我同父[4]。

译文

一株杜梨虽孤零,还有叶子密密生。
独自行走冷清清,难道没人同路行?
不如同胞骨肉亲。

嗟行之人[5],胡不比焉[6]?	可叹处处陌路人,为何不来近我身?
人无兄弟,胡不佽焉[7]?	有人生来没兄弟,为何不肯怜我贫?
有杕之杜,其叶菁菁[8]。	一株杜梨虽孤零,还有叶子青又青。
独行睘睘[9],岂无他人?	独自行走苦伶仃,难道没人同路行?
不如我同姓[10]。	不如同胞骨肉亲。
嗟行之人,胡不比焉?	可叹处处陌路人,为何不来近我身?
人无兄弟,胡不佽焉?	有人生来没兄弟,为何不肯怜我贫?

注释

1 杕(dì):孤生独特的样子。杜:杜梨、棠梨。
2 湑(xǔ)湑:树叶茂盛的样子。
3 踽(jǔ)踽:无亲独行的样子。
4 同父:兄弟。
5 行:道路。
6 比:亲。
7 佽(cì):资助。
8 菁(jīng)菁:树叶茂盛的样子。
9 睘(qióng)睘:同“茕茕”,孤独无所依靠的样子。
10 同姓:同母生的兄弟。

羔裘

导读

《毛序》:"《羔裘》,刺时也。晋人刺其在位,不恤其民也。"《孔疏》云:"《北风》刺虐,则云'携手同行';《硕鼠》刺贪,则云'适彼乐国',皆欲奋然而去,无顾恋之心。此则念其恩好,不忍归他人之国。其情笃厚如此,亦是唐之遗风,言犹有帝尧遗化,故风俗淳也。"照《序》《疏》的说法,是人民虽然讥刺统治者的凶恶,却尚眷念旧情,不忍离去,反映了忠厚的民风。但是我们看诗的每章末二句,分明是反诘斥责之词,也是"无顾恋之心"的,所以毛、孔之说站不住脚。今人说此篇,有以为是贵族朋友反目所作,有以为奴隶讽刺奴隶主贵族的歌唱,有以为婢妾反抗主人之诗,都可以说得通。闻一多《风诗类钞》:"你羔裘豹袖的人,自是对我们傲慢。难道没有别人,非同你好不可?"他将诗译成散文,用的是女子的口吻。现姑从闻说,解为贵族婢妾对主人的反抗。

诗共两章,每章仅四句。前两句斥责对方的傲慢,后两句明白告诉对方不要自以为了不起。干净利落,毫不假以辞色,反映出作者爽朗泼辣的性格。

原文

羔裘豹祛[1],自我人居居[2]。
岂无他人?维子之故[3]!

羔裘豹褎[4],自我人究究[5]。
岂无他人?维子之好!

译文

羔袍袖口镶豹毛,对我傲慢气焰高。
难道没有别的人?非要同你才相好?

羔袍豹袖显贵人,态度恶劣气焰盛。
难道没有别人爱?非同你好就不成?

注释

1 豹祛(qū):镶着豹皮的袖口。这是古代卿大夫的服饰。

2 自:对于。我人:我们。居居:借为“倨倨”,态度傲慢。

3 维:同“惟”,只。子:你,指大夫。之:是。故:借作“姻”,爱。

4 褎:同“袖”。

5 究究:心怀恶意不可亲近的样子,也是傲慢的意思。

鸨羽

导读

《毛序》:“《鸨羽》,刺时也。昭公之后,大乱五世。君子下从征役,不得养其父母,而作是诗也。”分析得基本不错。朱熹《诗集传》:“民从征役而不得养其父母,故作此诗。”改君子为农民,比《毛序》更为准确。这确是一首农民反抗无休止的徭役制度的诗。

方玉润《诗经原始》:“不得养亲,同此呼天吁地。人不伤心,何烦泣诉!始则痛居处之无定,继则念征役之何极,终则恨旧乐之难复。民情至此,咨怨极矣!……而诗但归之于天,不敢有懈王事,则忠厚之心又何切也!”他的前半段文字描绘诗各章的情调气氛,颇能领悟诗意。但结尾将呼天之句归于“忠厚之心”,却未免强作解人。《史记·屈原列传》:“夫天者,人之始也;父母者,人之本也;人穷则反本。故劳苦倦极,未尝不呼天也;疾痛惨怛,未尝不呼父母也。”太史公的话,才能真正解释诗中“悠悠苍天,曷其有极”的惨痛呼告。而这种呼告带来的震颤人心的效果,几千年来也还不曾褪色。

原文

肃肃鸨羽[1],集于苞栩[2]。
王事靡盬[3],不能蓺稷黍[4],
父母何怙[5]?
悠悠苍天!曷其有所[6]?

肃肃鸨翼,集于苞棘[7]。
王事靡盬,不能蓺黍稷,

译文

大雁沙沙展翅膀,落在丛丛栎树上。
国王差事做不完,不能在家种黍梁,
爹娘生活靠谁养?
老天爷啊老天爷!何时才能回家乡?

大雁沙沙拍翅膀,落在丛丛酸枣上。
国王差事做不完,不能在家种黍梁,

父母何食？	爹娘吃饭哪来粮？
悠悠苍天！曷其有极[8]？	老天爷啊老天爷，劳役何日能收场？
肃肃鸨行[9]，集于苞桑。	大雁沙沙飞成行，落在密密桑树上。
王事靡盬，不能蓺稻粱，	国王差事做不完，不能在家种稻粱，
父母何尝[10]？	可怜爹娘吃啥粮？
悠悠苍天！曷其有常[11]？	老天爷啊老天爷！何时生活能正常？

注释

1 肃肃：鸟拍翅膀声。鸨(bǎo)：野雁。
2 集：栖息。苞：草木丛生。栩(xǔ)：栎树。
3 王事：指征役。靡：没有。盬(gǔ)：止息。
4 蓺：种植。
5 怙(hù)：依靠。
6 曷：何。所：处所。
7 棘：酸枣树。
8 极：尽头。
9 行：行列。
10 尝：食。
11 常：正常。

无衣

导读

《毛序》:“《无衣》,美晋武公也。武公始并晋国,其大夫为之请命乎天子之使,而作是诗也。”朱熹《诗集传》也以为是晋武公向周天子要挟封侯之词。但我们细玩诗的内容和风格,总觉这类讲法之无稽,恐皆附会。今人认为这是一首揽衣感旧或伤逝的诗。古代制衣的工作多由妇女担任,这位被称为“子”的制衣者,恐是作者的妻子。她为什么不在了,是离散了,还是死了,从诗中看不出来。倘是故世,那便是伤逝的诗了。闻一多说:“此感旧或伤逝之作。”他体会诗意比较正确。

此诗二章,每章只有三句,是《诗经》中最短的诗。实际上这也只是几句随口而出的叹息,抒发着心中的思念和惆怅。诗情直露,并没有什么婉转的深意。但是姚际恒《诗经通论》评曰:“起得兀突飘忽。二句只一意,无他衬句,章法亦奇。”吴闿生《诗义会通》评曰:“起笔超。”这些旧学者脑子里总是脱不开“宗经”的观念,把《三百篇》看成诗的极致。他们的评论也每每刻意求深,把简朴的句子复杂化了。

原文	译文
岂曰无衣七兮[1]?	难道说我今天缺衣少穿?
不如子之衣[2],	叹只叹都不是你的针线,
安且吉兮[3]!	怎比得你做的舒坦美观!
岂曰无衣六兮?	难道说我今天缺衣少穿?
不如子之衣,	叹只叹都不是旧日衣冠,
安且燠兮[4]!	怎比得你做的舒服温暖!

注释

1 七:虚数,指衣之多。下章的“六”同此。

2 子:你。指这位制衣者。

3 安:安适、舒适。吉:善、美。

4 燠(yù):暖和。

有杕之杜

导读

《毛序》:"《有杕之杜》,刺晋武公也。武公寡特,兼其宗族,而不求贤以自辅焉。"以为是刺晋武公不求贤,非但牵扯晋武公全无根据,而且把诗意也搞颠倒了,所以朱熹《诗集传》批评它"全非诗意",而认为是求贤心切的诗;闻一多《风诗类钞》对诗的恋爱内容作了分析,认为是一首恋歌;两家都说得通。但玩味诗意,还是恋歌比较切近。一个女子看中了对象,希望他来到身旁,招待他吃喝。有人将此诗解为"乞食者之歌",认为,"因《杕杜》篇分化而来,可视为同一母题之歌谣"。但我们对看二诗,虽章首兴句相同,而全诗风格迥异,恐不能以同调视之。

此诗与《杕杜》篇同以"有杕之杜"起兴,一株孤零零的杜梨树,引起两位诗人的感伤,《杕杜》的作者孑然一身,孤立无援,心中充满了凄苦哀切的孤独感;本诗的作者情有所钟,又不知对方意下如何,不禁泛起了一阵甜蜜而略带怅惘的落寞。这两条感情线索的趋向是不同的,只是在"孤单"这一个交叉点上它们会合了,然后又各奔东西,于是便产生了"有杕之杜"的相同兴句。但是"孤单"这一感情却包括了不少侧面,于是相同的兴句便提示了不同的主题。《困学纪闻》引李仲蒙解释兴义曰:"触物以起情谓之兴,物动情也。"因为触物起情,所以同一物可以引起不同的情。我们在欣赏这两首诗时是可以仔细体会出这种"物同情异"的兴法的。

原文

有杕之杜[1],生于道左[2]。
彼君子兮,噬肯适我[3]?

译文

一株杜梨独自开,长在左边道路外。
不知我那心上人,可肯到我这里来?

中心好之，曷饮食之[4]？	心里既然爱着他，何不请他喝一杯？
有杕之杜，生于道周[5]。	一株杜梨独自开，长在右边道路外。
彼君子兮，噬肯来游[6]？	不知我那心中人，可肯出门看我来？
中心好之，曷饮食之？	心里既然爱着他，何不请他喝一杯？

注释

1 杕(dì)：孤生独特的样子。杜：杜梨、棠梨。

2 道左：道路的左边。古人以东为左。

3 噬(shì)：通“逝”，语首助词。适：之、到。

4 曷：同“盍”，何不。

5 周：“右”的假借。

6 来游：来观，来看我。

葛生

导读

《毛序》:“《葛生》,刺晋献公也。好攻战,则国人多丧矣。”《郑笺》:“夫从征役,弃亡不反,则其妻居家而怨思。”春秋时代,战争频繁,人民死于兵役是很可能的事。但从诗的内容看,却察不出有从征不归的痕迹。还是闻一多仅以“悼亡”二字释诗旨,反显得谨慎而切实。

这首诗也可称悼亡诗之祖。陈澧《读诗日录》云:“此诗甚悲,读之使人泪下。”的确,全诗悱恻伤痛的情调,感人至深。前三章抒写良人已逝,形单影只的悲哀,一唱三叹,无法排解。潘岳《悼亡诗》中“展转眄枕席,长簟竟床空”的意境,庶几近之。后二章忽然写到愿意死后共归一处。生前已茫然,相见在黄泉,这是诗人思念到极点的感情的延伸,也是哀痛到极点的心理的变态。我国古典文学作品中,多少有情人难成眷属、只能相逢于身后的浪漫主义描写,谁能说不是滥觞于此?此外,“夏之日”“冬之夜”两句,不着一个情字,但我们倘若将元稹《悼亡诗》中“惟将终夜长开眼,报答平生未展眉”来作注脚,则会感到这六个字中包孕的哀思悲情真不是千言万语所能道尽的。张戒《岁寒堂诗话》引刘勰云:“情在词外曰隐。”欧阳修《六一诗话》引梅尧臣说:“含不尽之意,见于言外。”都是就这种修辞而言。

原文	译文
葛生蒙楚[1],蔹蔓于野[2]。	葛藤爬满荆树上,蔹草蔓延野外长。
予美亡此[3],谁与独处[4]!	我爱已离人间去,谁人伴我守空房!
葛生蒙棘,蔹蔓于域[5],	葛藤爬满枣树上,蔹草蔓延墓地旁。

予美亡此,谁与独息[6]!	我爱已离人间去,谁人伴我睡空房!
角枕粲兮[7],锦衾烂兮[8]。	角枕鲜丽作陪葬,锦被敛尸闪闪光。
予美亡此,谁与独旦[9]!	我爱已离人间去,谁人伴我熬天亮!
夏之日,冬之夜。	夏日炎炎白昼长,寒冬凛冽夜漫漫。
百岁之后[10],归于其居[11]!	但愿有朝我死后,到你坟里再相伴!
冬之夜,夏之日。	寒冬凛冽夜漫漫,夏日炎炎白昼长。
百岁之后,归于其室[12]!	但愿有朝我死后,到你坟中永相伴!

注释

1 葛:葛藤。蒙:覆盖。楚:荆树。

2 蔹(liǎn):蔓生植物。

3 予美:犹今言"我的爱人"。亡:离去。

4 与:相与同居。

5 域:墓地。

6 息:寝息。

7 角枕:兽骨做装饰的枕头。粲:同"灿",鲜丽华美的样子。

8 锦衾:锦制的被子,用于敛尸,同角枕一样都是丧具。

9 旦:天亮。

10 百岁:在这里是借指"死"。

11 居:指坟墓。

12 室:也指坟墓。

采苓

导读

《毛序》:"《采苓》,刺晋献公也。献公好听谗焉。"三家无异义。但是方玉润说:"《序》谓刺晋献公好听谗言,盖指骊姬事也。然诗旨未露其意,安知其必为骊姬发哉?"的确,从诗中看不出具体背景,《毛序》恐怕是牵附其事,不过劝人不要听信谗言的诗意是明显的。

诗三章,每章之间实际上只换了三个字,是一种反复叮咛,不厌其烦的声口。它的特点在于兴句连用得很巧妙。一、二、三章的"采苓采苓(苦、葑),首阳之巅(下、东)",从《毛传》以来均认为是兴句,但兴义何在,众说纷纭。马瑞辰《通释》曰:"三者(苓、苦、葑)皆非首阳山所宜有,而诗言采于首阳者,盖故设为不可信之言,以证谗言之不可听,即下所谓人之伪言也。……苓为甘草,而《尔雅》名为大苦,则甘者名苦矣。苦为苦荼,而诗言'堇荼如饴',则苦者实甘矣。《谷风》诗'采葑采菲,无以下体',《笺》云:'其根有美时,有恶时。'是葑又美恶无定者。诗以三者取兴,正以见谗言似是而实非也。"据马氏说,这三种植物都非山上所应有,而又都具备名实相乖、美恶无定的特点,用来形容谗言的毫无根据和似是而非,可说是稳妥而贴切。诗人体物之细腻和取喻之巧妙,可见一斑。

原文

采苓采苓[1],首阳之巅[2]。
人之为言[3],苟亦无信[4]。
舍旃舍旃[5],苟亦无然[6]。
人之为言,胡得焉[7]!

译文

采甘草呀采甘草,在那首阳山顶找。
有人专爱造谣言,千万别信那一套。
别理他呀别睬他,那些全都不可靠。
有人专爱造谣言,啥也捞不到。

采苦采苦[8]，首阳之下。	采苦菜呀到处跑，在那首阳山下找。
人之为言，苟亦无与[9]，	有人喜欢说谎话，千万别跟他一道。
舍旃舍旃，苟亦无然。	别理他呀别睬他，那些全都不可靠。
人之为言，胡得焉！	有人喜欢说谎话，啥也得不到！
采葑采葑[10]，首阳之东。	采芜菁呀路迢迢，首阳山东仔细瞧。
人之为言，苟亦无从。	有人爱说欺诳话，千万不要跟他跑。
舍旃舍旃，苟亦无然。	别理他呀别睬他，那些全都不可靠。
人之为言，胡得焉！	有人爱说欺诳话，啥也骗不到！

注释

1 苓：甘草。

2 首阳：山名，在今山西省永济市南。

3 为言：谎话。为，通“伪”。

4 苟：诚，确实。无：同“勿”，不要。

5 舍：抛弃。旃(zhān)：犹“之”。

6 无然：无是，不正确。

7 胡：何。

8 苦：菜名，亦名荼。

9 无与：犹“毋以”，不要赞同。

10 葑(fēng)：菜名，芜菁，即大头菜。

秦风

秦原来是周的附庸。周宣王时,大夫秦仲奉命诛西戎,兵败被杀。平王东迁,秦仲之孙襄公派兵护送有功,平王封襄公为诸侯,秦才正式成为诸侯国。

《秦风》共十篇。其中小戎一诗是写秦襄公伐戎的事。朱熹说:“西戎者,秦之臣子所与不共戴天之仇也。襄公上承天子之命,率其国人往而征之。”这大约是在公元前771年—前750年左右。《黄鸟》一诗写的是秦人揭露斥责秦穆公用人殉葬。《左传》文公六年:“秦伯任好卒(前621),以子车氏之三子奄息、仲行、鍼虎为殉,皆秦之良也。国人哀之,为之赋《黄鸟》。”这是公元前621年左右的事。可见《秦风》也是东周末至春秋时的作品。

秦原来只占有西犬丘(今甘肃天水)一带地方,平王东迁后,秦国就扩大到西周王畿和豳地,即今陕西省及甘肃东部。《汉书·地理志》说:“安定、北地、上郡、西河,皆迫近戎狄,修习战备,高尚气力,以射猎为先。故《秦诗》曰:‘在其板屋。’又曰:‘王于兴师,修我甲兵,与子偕行。’及《车辚》《四驖》《小戎》之篇,皆言车马田狩之事。”马瑞辰也说:“秦以力战开国,其以力服人者猛,故其成功也速,其延祚也短;而其蔽也失于黩武而不能自安。是故秦诗《车邻》《驷驖》《小戎》诸篇,君臣相耀以武事,其所美者,不过车马音乐之好,兵戎田狩之事耳。”可见《秦风》的基调是充满尚武精神。

车邻

导读

《毛序》:“《车邻》,美秦仲也。秦仲始大,有车马礼乐侍御之好焉。”西周与东周之交有两个秦仲,一个是周宣王的大夫,另一个是他的孙子秦襄公,史书记载亦称其为秦仲。秦仲出兵护送周平王至洛邑有功,平王封他为诸侯,正式成为秦国国君。根据今人程平山先生《诗经·秦风、石鼓诗年代背景主旨新考》,这首诗中的秦仲,应该是秦襄公。他因功立国,开始强大,并接受了中原地区“车马礼乐”的文化。诗作的时代大约是公元前738—前728年。这是一首反映秦襄公生活的诗。“寺人”是当时宫中的侍从,掌管国君出入的传令。据《左传》记载,春秋齐有寺人貂,晋有寺人披,都是担任这个官职的人。诗中的君子,可能即指秦襄公,因为别人不会拥有寺人的官。《郑笺》解释诗意曰:“君臣以闲暇燕饮相安乐也。”据此,后儒都认为这是“君臣相得”之诗。但是我们细味“阪有漆,隰有栗”的兴句,觉得诗人似乎是一位女性。因为这类民歌习语,在《国风》中多用来表示男女双方的爱情,如《简兮》的“山有榛,隰有苓”、《山有扶苏》的“山有扶苏,隰有荷花”等都是。她可能是秦君宫中的一名姬妾。最初因为没有寺人的传令,她见不到秦君,只能看到他的车马。后来居然见到了秦君,而这位国君又非常随和,同她并排坐着弹琴鼓瑟,还对他说:“现在不及时行乐,将来就要老死了。”诗的内容反映了秦君生活和思想的一个断面。

这首诗首章全用赋体,车盛马壮,侍御传令,是一派庄严气象。二、三章改用兴法,阪桑隰杨之好,鼓瑟鼓簧之乐,逝者其亡之叹,又别是一种及时行乐的欢愉氛围。两相对照,反映出秦君身上兼存着“君”的威严和“人”的情感的不同侧面。方玉润评曰:“未见时如此严肃,既见时如此简易。”颇能传这种对比手法之神。

原文

有车邻邻[1]，有马白颠[2]。
未见君子，寺人之令[3]。

阪有漆[4]，隰有栗。
既见君子，并坐鼓瑟[5]。
“今者不乐，逝者其耋[6]！”

阪有桑，隰有杨。
既见君子，并坐鼓簧[7]。
“今者不乐，逝者其亡！”

译文

车儿驶过响玲玲，驾车马儿白额顶。
为啥不见君王面，只因寺人没传令。

山坡上面漆树种，低洼地里栗成丛。
总算见到君王面，并坐弹瑟喜相逢。
“现在及时不行乐，将来转眼成老翁。”

山坡上面有绿桑，低洼地里长水杨。
总算见到君王面，并排坐着吹笙簧。
“现在及时不行乐，将来转眼见阎王。”

注释

1 邻邻：车行声。
2 白颠：马额正中有块白毛。
3 寺人：古代宫中供使令的小臣。
4 阪(bǎn)：山坡。
5 鼓：弹。
6 逝者：将来。耋(dié)：八十岁。
7 簧：古乐器，形状似笙。

驷驖

导读

《毛序》:"《驷驖》,美襄公也。始命,有田狩之事、园囿之乐焉。"《郑笺》:"始命,始命为诸侯也。秦始附庸也。"三家无异义。按秦襄公的祖父秦仲在宣王时为大夫,伐西戎不克,被杀。周幽王被犬戎所杀,周地大部沦陷。秦襄公以兵送平王东迁洛阳,因功被封为诸侯,遂拥有周西都畿内岐、丰八百里之地。这是诗的社会背景。据今人程平山先生考证,诗的年代大约在公元前738—前728年间。这首诗通过对襄王狩猎游园的描写,赞美了秦人的尚武精神。

这首诗三章全用赋体,首章言将狩之时,二章言正狩之时,三章言狩毕之时,脉络很清楚。但文字上却不见有什么惊人的佳句。孙鑛《批评诗经》曰:"'载猃歇骄',元美(王世贞)谓其太拙,余则善其古质饶态。"其实"载猃歇骄"一句,语尽而意亦尽,平淡无味,反映出诗歌发轫时期的简陋。孙鑛赞其"古质",未免溢美,还不如弇州山人评为"太拙"来得实在。

原文	译文
驷驖孔阜[1],六辔在手。 公之媚子[2],从公于狩[3]。	四匹黑马壮又肥,六根缰绳手里垂。 公爷宠爱赶车人,跟他一起去打围。
奉时辰牡[4],辰牡孔硕[5]。 公曰"左之",舍拔则获[6]。	兽官放出应时兽,应时野兽个个肥。 公爷喊声"朝左射",箭发野兽应声坠。
游于北园[7],四马既闲[8]。 輶车鸾镳[9],载猃歇骄[10]。	北园猎罢再游玩,驾轻就熟马悠闲。 车儿轻快銮铃响,猎狗载在车中间。

注释

1 驷：当作“四”。驖(tiě)：毛尖略带红色的黑马。阜：肥大。

2 媚子：所宠爱的人，指驾车者。

3 于：往、去。

4 奉：供给。时：是、这个。辰：时、应时。牡：公兽。此句言兽官“虞人”驱出应时野兽以供秦君打猎。

5 硕：肥大。

6 舍：放、发。拔：箭的尾部。

7 北园：秦国的动物园。

8 闲：熟练。

9 輶(yóu)：古代的一种轻便车。鸾：通“銮”，车铃。镳(biāo)：马口旁的勒具。铃挂在镳上，故曰銮镳。

10 猃(xiǎn)：长嘴巴的猎狗。歇骄：亦作“猲獢”，短嘴巴的猎狗。

小戎

导读

《毛序》:“《小戎》,美襄公也。备其兵甲以讨西戎。西戎方强,而征伐不休。国人则矜其车甲,妇人能闵其君子焉。”襄公时,秦对西北地区的少数民族连番作战,维持了西周故地的安定,秦也遂之为春秋强国之一。这首诗,通过一位妇女对她远征西戎的丈夫的思念,反映秦国对西戎作战时的一些情形。《序》文不太通顺,意义也模棱两可,所以方玉润批评说:“一诗两义,中间并无递换,上下语气全不相贯,天下岂有此文义?”他的驳《序》很有道理。可是方氏又认为这是秦襄公怀念出征将士的诗,甚至援引宋太祖赐将军全斌裘帽的故事为例。殊不知“言念君子”“厌厌良人”等语均是女子口吻,与秦襄公是扯不到一起的。我们采用今人程平山先生的论断,认为这首诗应该是秦襄公夫人所作。她怀着崇敬的心情回忆丈夫领兵出征时军威的雄壮,但作为妻子,又柔肠百结地挂念着丈夫的安危。这样分析,诗中互相抵牾的语气就可以理解了。

此诗三章,每章前六句都用赋体,首章写战车,二章写战马,三章写兵器。笔意铺张,描绘细致,以见军容之盛壮,洋溢着阵阵阳刚之气。方玉润评曰:“刻画典奥瑰丽已极,西京诸赋迥不能及,况下此者乎?”虽然未免言过其实,但确道出了这种“铺采摛文”的特点和对汉赋的影响。同前六句截然相反,每章后四句写妻子的怀念,缠绵温和,以见相思之深,透露出丝丝阴柔之情。这样刚柔结合、浓淡互见地写来,恰如大羹之用盐梅,越能增加羹味之鲜美。

原文	译文
小戎俴收[1],五楘梁辀[2]。	战车轻小车厢浅,五根皮条缠车辕。

游环胁驱[3]，阴靷鋈续[4]。	环儿扣儿马俱全，拉车皮带穿铜圈。
文茵畅毂[5]，驾我骐馵[6]。	虎皮垫座车毂长，花马驾车他执鞭。
言念君子，温其如玉；	想起夫君好人儿，人品温和玉一般；
在其板屋[7]，乱我心曲[8]。	如今从军去西戎，搅得我心烦又乱。
四牡孔阜，六辔在手。	四匹马儿肥又大，六根缰绳手里拿。
骐駵是中[9]，騧骊是骖[10]。	青马红马在中间，黄马黑马两边驾。
龙盾之合[11]，鋈以觼軜[12]。	画龙盾牌双双合，白铜绳环对对拉。
言念君子，温其在邑[13]。	想念夫君好人儿，从军戎地性和洽。
方何为期[14]，胡然我念之。	何时才能凯旋归？叫我怎么不想他！
俴驷孔群[15]，厹矛鋈錞[16]。	四马协调铁甲轻，酋矛杆柄套铜镦。
蒙伐有苑[17]，虎韔镂膺[18]。	新漆盾牌画毛羽，虎皮弓袋刻花纹。
交韔二弓[19]，竹闭绲縢[20]。	两弓交叉袋中放，正弓竹柲绳捆紧。
言念君子，载寝载兴[21]。	想念夫君好人儿，忽睡忽起不安心。
厌厌良人[22]，秩秩德音[23]。	夫君温和又安静，彬彬有礼好名声。

注释

1 戎：兵车。俴(jiàn)：浅。收：轸，车后横木。兵车的车后横木较低，因此车厢也较浅。

2 楘(mù)：有花纹的皮条。梁辀：车辕。古时马车一根辕，形状有些弯曲，像房上的栋梁，又像船，故叫作梁辀。因为太长，怕它折裂，所以五处用有花纹的皮条箍牢。

3 游环：活动的皮环，结在服马颈套上，用它贯串两旁骖马的外辔，控制它不乱跑。胁驱：驾具名，装在马胁两旁的皮扣，联在拉车的皮带上，也是控制骖马用的。

4 阴：车轼前的横板。靷(yǐn)：引车前进的皮带，将横板的两根皮带前系于衡,后经过车下,系在车轴上,引车前进。鋈(wù)续:白铜制的环,接于靷。鋈,白铜。

5 文茵:虎皮制的有花纹的车褥子。畅:长。毂(gǔ):车轴伸在两轮之外的部分。

6 骐:青黑色相杂有花纹的马。馵(zhù):白脚的马。

7 板屋:西戎民俗用木板盖房屋,此处代指西戎之地。

8 心曲:心窝。

9 駵(liú):亦作"骝",红黑色的马。中:指当中的两匹服马。

10 騧(guā):黑嘴的黄马。骊:黑色的马,亦称騹。

11 龙盾:画龙的盾。

12 觼(jué):有舌的环。軜(nà):骖马靠里边的辔。

13 在邑:在西戎的城邑。

14 方:将。

15 俴驷:穿薄的青铜甲的四匹马。孔群:很协调。

16 厹(qiú)矛:一种装有三棱锋刃的长矛。錞(duì):亦名"鐏",矛柄下端的金属套。

17 蒙:覆盖,遮蔽。伐:通"瞂",中等大小的盾。苑(yuàn):花纹。

18 韔(chàng):弓袋。膺:弓袋的正面。

19 交韔二弓:交叉顺倒两支弓放在弓袋里。

20 闭:通"柲"。竹柲,用竹制成的纠正弓弩的用具。绲(gǔn):绳。縢(téng):捆绑。

21 载:通"再"。

22 厌(yān)厌:同"恹恹",安静的样子。良人:指丈夫。

23 秩秩:有次序的样子,这里指进退有礼节。

蒹葭

导读

《毛序》:"《蒹葭》,刺襄公也。未能用周礼,将无以固其国焉。"这样的解释,即使不算是谬说,至少是过分的曲折晦涩,从诗句中是无法找出"未能用周礼"的影子的。一个深秋的早晨,河边芦苇上的露水还没有干。诗人在这时候、这地方寻找那心中难向人说的"伊人"。伊人仿佛在那流水环绕的洲岛上,他左右上下求索,终于是可望而不可得。细玩诗味,好像是情诗,但作者是男是女却无法确定。这首诗的主题历来众说纷纭。朱熹《诗集传》:"言秋水方盛之时,所谓彼人者,乃在水之一方,上下求之而皆不可得。然不知其何所指也。"就诗论诗,难解处则阙疑,非常平实。难怪王照圆《诗说》评论道:"《蒹葭》一篇最好之诗,却解作刺襄公不用周礼等语,此前儒之陋,而《小序》误之也。自朱子《集传》出,朗吟一过,如游武夷、天台,引人入胜。乃知朱子翼经之功不在孔子下。"自此之后,或以为襄公求贤尚德之作,或以为思贤招隐之词,或以为朋友想念之吟,或以为贤人肥遁之诗,大要是没有超出朱熹的范围。我们认为是情诗,也是从诗中那种难与人言的思慕情致而推测之。朱善《诗解颐》:"味其辞,有敬慕之意,而无亵慢之情。"以此来反驳这是思见情人之词。但是,难道情诗就一定要有"亵慢之情"么?这类说法虽属可笑,却反映了许多封建文人心灵深处的阴影。

这首诗意境飘逸,神韵悠长,从文学角度来说实在是不可多得的佳作。王照圆云:"《小戎》一篇古奥雄深,《蒹葭》一篇夷犹潇洒。"方玉润云:"此诗在《秦风》中气味绝不相类,以好战乐斗之邦,忽遇高超远举之作,可谓鹤立鸡群,翛然自异者矣。"他们两位从整体上点出了此诗的风格和特点。诗以"蒹葭苍苍,白露为霜"起兴,这是诗人触景生情的歌唱,非但将深秋早晨凄清明净的景色写得很美，而且点明了诗的时间地点。其下“所谓伊人，在水一方”，是虚点其地，似乎近在眼前。《古诗十九首》：“河汉清且浅，相去复几许。”意境仿佛近之。然后转过一笔：“溯洄从之，道阻且长。溯游从之，宛在水中央。”诗人在上下左右地求索，然而远道阻隔，可望而不可即。真是“盈盈一水间，脉脉不得语”。一个“宛”字，又将实在的处所一笔拎空，所以姚际恒称赞道：“遂觉点睛欲飞，入神之笔。”全诗不着一个思字、愁字，然而读者却可以体会到诗人那种深深的企慕和求之不得的惆怅。方玉润云：“三章只一意，特换韵耳。其实首章已成绝唱。古人作诗，多一意化为三叠，所谓一唱三叹，佳者多有余音。此则兴尽首章，不可不知也。”方氏的评论，尚有未惬。首章“蒹葭苍苍，白露为霜”，写的是秋晨露寒霜重之景，二章“蒹葭凄凄，白露未晞”，写的是旭日初升，霜露渐融之状，三章“蒹葭采采，白露未已”，则已是阳光普照，露珠将收的时刻了。三章兴句，兼刻画了诗人追求伊人的时地，渲染出三幅深秋早上河边不同时间的背景，生动地描写了等待伊人，由于时间推移而越来越迫切的心情，并非“兴尽首章”。细细吟哦，余音是隽永的。

原文

蒹葭苍苍[1]，白露为霜。
所谓伊人[2]，在水一方[3]。
溯洄从之[4]，道阻且长。
溯游从之[5]，宛在水中央。

蒹葭萋萋[6]，白露未晞[7]。
所谓伊人，在水之湄[8]。
溯洄从之，道阻且跻[9]。
溯游从之，宛在水中坻[10]。

译文

河边芦荻青苍苍，秋深白露凝成霜。
意中人儿何处寻，就在河水那一旁。
逆着流水去找她，道路坎坷险又长。
顺着流水去找她，仿佛人在水中央。

河边芦荻湿漫漫，白露滴滴叶未干。
意中人儿何处寻，就在河岸那一端。
逆着流水去找她，道路险阻攀登难。
顺着流水去找她，仿佛人在水中滩。

蒹葭采采[11]，白露未已。	河边芦荻密稠稠，清晨露水未全收。
所谓伊人，在水之涘[12]。	意中人儿何处寻，就在河岸那一头。
溯洄从之，道阻且右[13]。	逆着流水去找她，道路弯弯险难求。
溯游从之，宛在水中沚[14]。	顺着流水去找她，仿佛人在水中洲。

注释

1 蒹(jiān)：又称荻，一种细长的水草，似芦苇。葭(jiā)：初生的芦苇。苍苍：淡青色。

2 伊：是，指示代词。

3 方：旁。

4 溯洄：逆流而上。

5 溯游：顺流而下。

6 萋萋：湿润的样子。

7 晞(xī)：干。

8 湄：水与草交接处，也即岸边。

9 跻(jī)：登高。

10 坻(chí)：水中小沙洲。

11 采采：众多的样子。

12 涘(sì)：水边。

13 右：形容道路弯曲。

14 沚(zhǐ)：水中小沙滩。

终南

导读

《毛序》:“《终南》,戒襄公也,能取周地,始为诸侯,受显服。大夫美之,故作是诗以戒劝之。”这是一首赞美并劝诫秦君的诗。秦襄公战退犬戎之后,平王东迁,将故都长安一部分土地赐给秦国。《史记·秦本纪》:“平王封襄公为诸侯,赐之岐以西之地。其子文公,遂收周遗民有之。”这首诗可能就是周的遗民所写。严粲解释“其君也哉”一句道:“其者,将然之辞。哉者,疑而未定之意。”方玉润解释“寿考不忘”一句道:“寿考不忘,则是劝戒也。……君此邦,则必德此民,如山之有木,然后成山之高。君其修德以副民望,百世勿忘周天子之赐也。”严、方二氏所析,颇合诗旨。

此诗二章,每章末都用一句非常含蓄的话来表达心中的意思。首章“其君也哉”是设问,意为“你将是我们的君主吗?”作为君主应该怎么样呢?那就要秦君自己去思索了。二章“寿考不忘”,不忘什么呢?也没有说出来。这便是修辞学中的“婉曲格”,用闪烁其词的话来透露意思。汪中《述学·释三九》云:“周人尚文,君子之于言不径而致也,是以有曲焉。”从这首诗中可以约略看出这种特点。至于为何不直言劝诫而要转弯抹角呢?想来总有难言之隐吧。

原文	译文
终南何有[1]?有条有梅[2]。	终南山有什么来?又有山楸又有梅。
君子至止,锦衣狐裘。	公爷封爵到此地,锦衣狐裘好气派。
颜如渥丹[3],其君也哉?	脸色红润像涂丹,他做君主好是坏?
终南何有?有纪有堂[4]。	终南山有什么来?丛丛杞树棠梨开。

君子至止，黻衣绣裳[5]。
佩玉将将，寿考不忘[6]！

公爷封爵到此地，绣花衣裙闪五彩。
身上佩玉锵锵响，永记我们别忘怀。

注释

1 终南：山名，主峰在陕西西安城南。
2 条：楸树。
3 渥(wò)：涂。丹：赤石制的红涂料。
4 纪：假借为“杞”。堂：假借为“棠”。
5 黻(fú)：古代礼服上黑青相间的花纹，形若“亞”。绣：五彩俱备的图案。
6 寿、考：俱为老。

黄鸟

导读

《毛序》:"《黄鸟》,哀三良也。国人刺穆公,以人从死,而作是诗也。"这是秦国人民挽"三良"的诗。《左传》鲁文公六年:"秦伯任好卒(前621),以子车氏之三子奄息、仲行、鍼虎为殉,皆秦之良也。国人哀之,为之赋《黄鸟》。"《史记·秦本纪》:"武公卒,……初以人从死,从死者六十六人。……缪公卒,……从死者百七十七人,秦之良臣子舆氏三人名曰奄息、仲行、鍼虎,亦在从死之中。秦人哀之,为作歌《黄鸟》之诗。"据此,可以了解诗的产生年代与背景。从最近发掘的陕西凤翔雍城秦公一号墓的殉葬来看,被殉者竟多达一百八十二人。秦公一号墓的墓主是秦穆公的四世孙,春秋晚期的秦景公。由此可见殉人之制在秦国变本加厉,越演越烈。十五《国风》中唯《秦风》有控诉人殉制度的诗,恐怕不是偶然的。

此诗除了用双关词和呼告来渲染悲惨无告的气氛外,值得一提的是其夸张的修辞。"如可赎兮,人百其身!"人民痛惜好人死于残酷的殉葬制度,不禁呼天而表示情愿死一百次来赎回三良的性命。人只能死一次,决不能死一百次,事实上虽无此事,但感情上却可以有此设想;这正是夸张的特点。刘师培先生在《美术与征实之学不同论》一文中说:"唐人之诗,有所谓'白发三千丈'者,有所谓'白头搔更短'者,此出语之无稽者也,而后世不闻议其短。则以词章之文,不以凭虚为戒,此美术背于征实之学者二也。……盖美术以性灵为主,而实学则以考核为凭。"他这段话,指出了文艺和其他学科的差别,艺术的夸张是可以"言过其实"甚至"语出无稽"的。《离骚》:"亦余心之所善兮,虽九死其犹未悔。"显然是由"如可赎兮,人百其身"发展而来。

原文	译文
交交黄鸟[1]，止于棘[2]。	黄鸟交交声凄凉，飞来落在枣树上。
谁从穆公？子车奄息[3]。	谁从穆公去殉葬？子车奄息有名望。
维此奄息，百夫之特[4]。	说起这位奄息郎，才德百人比不上。
临其穴，惴惴其栗[5]。	走近墓穴要活埋，浑身战栗心发慌。
彼苍者天，歼我良人[6]！	老天爷啊老天爷，杀我好人你不挡！
如可赎兮，人百其身[7]！	如果可以赎他命，愿死百次来抵偿！
交交黄鸟，止于桑[8]。	黄鸟交交声凄凉，飞来落在桑树上。
谁从穆公？子车仲行。	谁从穆公去殉葬？子车仲行有名望。
维此仲行，百夫之防[9]。	说起这位贤仲行，百人才德难比量。
临其穴，惴惴其栗。	走到墓穴要活埋，浑身哆嗦魂魄丧。
彼苍者天，歼我良人！	老天爷啊老天爷，杀我好人你不响！
如可赎兮，人百其身！	如果可以赎他命，愿死百次来抵偿！
交交黄鸟，止于楚[10]。	黄鸟交交声凄凉，飞来落在荆树上。
谁从穆公？子车鍼虎。	谁从穆公去殉葬？子车鍼虎有名望。
维此鍼虎，百夫之御[11]。	说起这位鍼虎郎，百人才能没他强。
临其穴，惴惴其栗。	走到墓穴要活埋，浑身发抖心惊惶。
彼苍者天，歼我良人！	老天爷啊老天爷，杀我好人你不帮！
如可赎兮，人百其身！	如果可以赎他命，愿死百次来抵偿！

注释

1 交交：鸟叫声。黄鸟：黄雀。

2 棘：酸枣树。“棘”与“急”音近，含有双关义。

3 子车：秦国大夫的姓。

4 特：匹敌。

5 惴(zhuì)惴:恐惧的样子。栗:战栗。
6 歼:杀尽。
7 百其身:死一百次。
8 桑:与“丧”音近,双关义。
9 防:比、比较。
10 楚:荆条,与“痛楚”音近,双关。
11 御:抵挡。

晨风

导读

《毛序》:“《晨风》,刺康公也。忘穆公之业,始弃其贤臣焉。”《毛传》:“先君招贤人,贤人往之,驶疾如晨风之飞入北林。”《郑笺》:“先君谓穆公。言穆公始未见贤者之时,思望而忧之。”据毛、郑意,诗每章前四句言穆公思贤,后二句言康公弃贤。这样解释,总觉诗意跳跃太远,有割裂之感。朱熹《诗集传》:“此与《扊扅(yǎn yí)之歌》同意,盖秦俗也。”所谓《扊扅之歌》是这样的:“百里奚为秦相,堂上乐作。所赁浣妇自言知音。因援琴抚弦而歌曰:‘百里奚!五羊皮。忆别离,烹伏雌,炊扊扅。今富贵,忘我为?’问之,乃其故妻,遂还为夫妇。”(扊扅即今之门柱)据此,《晨风》便是妇人思念丈夫以至于怨恨的诗了。方玉润说:“男女情与君臣义原本相通,诗既不露其旨,人固难以意测。”他的话也有道理。不过从诗本身的情调来看,似乎还是朱熹的说法更切近一些,这是一位妇女疑心丈夫遗弃她的诗。

吴闿生《诗义会通》说:“旧评:末句酝藉。”这是依《毛序》立论。其实,末句口吻是相当直露的,怨艾之气溢于言表,体现了这位妇女痛苦而无可奈何的心情。又,夫妻而至于淡然相忘,那这对夫妻也是名存实亡的了。从这一点来说,“忘我实多”一句包含了多少痛苦的回忆,也可以称得上“酝藉”二字了。

原文

鴥彼晨风[1],郁彼北林[2]。
未见君子,忧心钦钦[3]。
如何如何?忘我实多。

译文

鹯鸟展翅疾如梭,北林茂密有鸟窝。
许久未见我夫君,心里思念真难过。
怎么办啊怎么办?他怎那么不想我!

山有苞栎[4]，隰有六驳[5]。	丛丛栎树长山坡，低湿地里红李多。
未见君子，忧心靡乐。	许久未见我夫君，愁闷不乐受折磨。
如何如何？忘我实多！	怎么办啊怎么办？他怎那么不想我！
山有苞棣，隰有树檖[6]。	成丛棣树满山坡，低湿地里山梨多。
未见君子，忧心如醉。	许久未见我夫君，心如醉酒失魂魄。
如何如何？忘我实多！	怎么办啊怎么办？他怎那么不想我！

注释

1 鴥(yù)：鸟疾飞的样子。晨风：即鹯鸟，鹰鹞一类的猛禽。

2 郁：茂密的样子。

3 钦钦：忧愁不能忘的样子。

4 苞：丛生的样子。

5 六：假借为"蓼"，长长的样子。驳：赤李。

6 树：直立的样子。檖(suì)：山梨。

无衣

导读

《毛序》:"《无衣》,刺用兵也。秦人刺其君,好攻战,亟用兵,而不与民同欲焉。"毛说似不合诗旨。从诗本身看,倒是讴歌了秦军战士同仇敌忾的激昂情怀。王先谦《集疏》:"《汉书·赵充国辛庆忌传赞》:山西天水、陇西、安定、北地处势迫近羌胡,民俗修习战备,高上勇力鞍马骑射。故秦诗曰:王于兴师,修我甲兵,与子皆行。其风声气俗自古而然,今之歌谣慷慨,风流犹存耳。"班固之说,代表《齐诗》。王先谦又说:"王于兴师,于,往也。秦自襄公以来,受平王之命以伐戎。""西戎杀幽王,于是周室诸侯为不共戴天之仇,秦民敌王所忾,故曰同仇也。"王氏不但分析了诗的年代可能在秦襄公年间,并断为"秦民"所作,可供参考。

这首诗可说是反映了《秦风》的典型风格。同袍同衣、同仇敌忾、慷慨从军、奋勇杀敌的精神充溢全诗。正如钟惺所云"有吞六国气象"。吴闿生认为此诗"英壮迈往,非唐人《出塞》诸诗所能及"。虽然不免言过其实,但我们试看唐人"相看白刃血纷纷,死节从来岂顾勋"(高适《燕歌行》)、"四边伐鼓雪海涌,三军大呼阴山动"(岑参《轮台歌奉送封大夫出师西征》)等诗句,确会产生一脉相承的感觉。因此,称《无衣》为边塞诗之祖,倒是不过分的。

原文	译文
岂曰无衣?与子同袍[1]。	谁说没有军衣穿?你我合穿一件袍。
王于兴师[2],修我戈矛,	国王调兵要打仗,赶快修理戈和矛,
与子同仇!	共同对敌在一道!

岂曰无衣？与子同泽[3]。	谁说没有军衣穿！你我合穿一件衫。
王于兴师，修我矛戟，	国王调兵要打仗，修好矛戟亮闪闪，
与子偕作[4]！	咱们两个一道干！
岂曰无衣？与子同裳。	谁说没有军衣穿？你我合穿一件裳。
王于兴师，修我甲兵，	国王调兵要打仗，修好盔甲和刀枪，
与子偕行。	咱们一道上战场！

注释

1 袍：长衣，形如斗篷，行军时白天当衣穿，夜里当被盖。

2 于：语助词。兴师：起兵。

3 泽：贴身内衣。“袍泽”后喻称战友。

4 作：行动起来。

渭阳

导读

《毛序》:"《渭阳》,康公念母也。康公之母,晋献公之女。文公遭丽姬之难,未反而秦姬卒。穆公纳文公,康公时为太子,赠送文公于渭之阳,念母之不见也。我见舅氏,如母存焉。及其即位,思而作是诗也。"大意是说,秦康公为太子时,其舅晋文公避难于秦国。未几其母亲去世。后来秦康公亲送晋文公于渭水之北,念及母亲,所谓见舅如见母。这首诗写的是当时相送的情形。至于此诗是否为秦康公亲作,已不可考。诗中写外甥赠舅父的礼物,有"路车乘黄",这都是当时诸侯所用的车马。王先谦《集疏》引刘向《列女传》(《鲁诗》)和《后汉书·马援传》注引《韩诗》,确认三家《诗》亦认为此诗是康公送晋文公之作。

此诗方玉润评为"诗格老当,情致缠绵,为后世送别之祖,令人想见携手河梁时也。"的确,二章"悠悠我思"一句,置于送别的氛围中,更显得情真意挚。往复读之,悱恻动人,体现出作者的无限情怀。杜甫诗:"寒空巫峡曙,落日渭阳情。"储光羲诗:"停车渭阳暮,望望入秦京。"杜牧诗:"寒空金锡响,欲过渭阳津。"都用此诗典故,可见此诗之动人处,并不在舅甥之谊重,而在于送别之情深。方玉润列此为"送别之祖",是颇有眼力的。

原文	译文
我送舅氏[1],曰至渭阳[2]。	我送舅舅回他家,送到渭水北边涯。
何以赠之?路车乘黄[3]。	用啥礼物送给他?一辆路车四黄马。
我送舅氏,悠悠我思。	我送舅舅回他家,忧思悠悠想起妈。

何以赠之？琼瑰玉佩[4]。‖ 用啥礼物送给他？宝石佩玉一大挂。

注释

1 舅氏:舅父。因为舅和甥的姓氏不同,所以称作舅氏。

2 阳:河的北面。

3 路车:古代诸侯乘的车子。乘黄:四匹黄马。

4 琼瑰:似玉的美石。

权舆

导读

《毛序》:“《权舆》,刺康公也。忘先君之旧臣,与贤者有始而无终也。”所谓刺义皆属附会,惟“有始而无终”一语颇能领略诗中的情绪。春秋时代,私田渐多,各国纷纷实行按亩税田。领主没落,生活下降。这首诗就是当时社会变革的一种反映。魏源《诗古微》云:“长铗归来乎? 食无鱼,出无车。《权舆》诗人其冯谖之流乎?”他将《权舆》同《弹铗之歌》相比。但《权舆》诗人是昔有而叹今无,冯谖是昔无而求今有,升沉之感迥异,如何能一体视之? 这应该是一首没落贵族回想当年生活而自伤的诗。

方玉润评曰:“起似居食双题,下乃单承侧重食一面,局法变换不测,于此可悟文法化板为活之妙。”他的评论虽然有八股气,但由此我们领会到两章之间结构的变化,确实能使诗意低回深长而不呆板。

原文

於,我乎[1]! 夏屋渠渠[2],
今也每食无余。
於嗟乎! 不承权舆[3]!

於,我乎! 每食四簋[4],
今也每食不饱。
於嗟乎! 不承权舆!

译文

唉,我呀! 从前住的大厦高楼,
如今每餐勉强吃够。
哎呀呀! 当初排场哪能讲究!

唉,我呀! 从前每餐四碗打底,
如今每餐饿着肚皮。
哎呀呀! 再也没有当初福气!

注释

1 于:同“乌”,叹词。

2 夏屋:大屋。夏,即"厦"。渠渠:屋深广的样子。

3 承:继承。权舆:"蘿蕍"的假借字,本意是草木初生的萌芽,引申为始初。

4 簋(guǐ):古代食器。

陈风

《陈风》共十篇，可能多是东周以后的作品。其中有年代可考者仅《株林》一篇。据《左传》鲁宣公九年和十年的记载，知诗中的夏南是夏姬的儿子。夏姬是陈国大夫夏御叔的妻子，生子夏徵舒，字南。陈灵公因夏姬貌美而同她私通，结果被夏南杀死，所以诗人讥刺这个荒淫的君主。宣公十年是公元前599年，当春秋中叶。

陈地在今河南省淮阳、柘城及安徽省亳县一带，土地广平，无名山大川。《陈风》多半是关于恋爱婚姻的诗，这和该地人民崇信巫鬼的风俗有密切关系。《汉书·地理志》说："周武王封舜后妫满于陈，是为胡公，妻以元女大姬。妇人尊贵，好祭祀，用史巫，故其俗巫鬼。《陈诗》曰：'坎其击鼓，宛丘之下，亡冬亡夏，值其鹭羽。'又曰：'东门之枌，宛丘之栩，子仲之子，婆娑其下。'此其风也。"崔述《读风偶识》："今《陈风》首二篇(指《宛丘》《东门之枌》)即以奢荡为事，则其政事可知已矣。且《三百篇》之中亦有言佚乐者矣——《还》之言夸矣，然不过好田猎耳；《山有枢》言及时行乐矣，然不过酒食衣服以自适耳——未有若陈俗之专以游荡为事者也。"以上二说，均可说明陈地的诗风。

宛丘

导读

《毛序》:“《宛丘》,刺幽公也。淫荒昏乱,游荡无度焉。”朱熹《诗序辨说》:“幽公但以谥恶,故得游荡无度之诗,未敢信也。”由此他解释为“国人见此人常游荡于宛丘之上,故叙其事以刺之”。他的意见显然比《毛序》的随意牵合要慎重一些。这首诗当是描写一个男子爱上一个以巫为职业的舞女。《说文》:“巫,祝也。女能事无形,以舞降神者也。”诗中的“子”就是这样一个巫女。郑玄《诗谱》云:“大姬无子,好巫觋祷祈、鬼神歌舞之乐,民俗化而为之。”说明陈国民间风俗爱好跳舞,巫风盛行,所以她不论天冷天热都在街上为人们祝祷跳舞。巫舞的形式是羽舞,亦称翳舞、翌舞。用鸟羽制成伞形的翳(亦名翿),拿在手里,舞时盖在头上,像鸟一般。同时敲击鼓或瓦盆来打拍子,以调节舞步。

此诗三章,首章感情奔放,无论说诗者认为是讥刺还是爱慕,“洵有情兮,而无望兮”两句是直截了当地表达了情感,略无微言婉曲之意。而二、三章却全用白描手法,不着一情语。似乎诗人顿时收敛了奔流的感情,反过来用冷静的眼光观察起这个巫女来。《宋书·谢灵运传论》:“欲使宫羽相变,低昂互节,若前有浮声,则后须切响。”此诗首章可谓曼声长咏,而二、三章一变为切响低回,抑扬顿挫,将感情的起伏表达得很尽致。如果配上《诗经》原来的曲调,诗乐相彰,一定更加动听吧!

原文	译文
子之汤兮[1],宛丘之上兮[2]。	姑娘舞姿摇又晃,在那宛丘高地上。
洵有情兮[3],而无望兮[4]!	心里实在爱慕她,可惜没有啥希望。

坎其击鼓[5],宛丘之下。	敲起鼓来咚咚响,跳舞宛丘低坡上。
无冬无夏,值其鹭羽[6]。	不管寒冬和炎夏,鹭羽伞儿手中扬。
坎其击缶[7],宛丘之道。	鼓起瓦盆当当响,跳舞宛丘大路上。
无冬无夏,值其鹭翿[8]。	不管寒冬和炎夏,头戴鹭羽鸟一样。

注释

1 子:指跳舞的巫女。 汤:同“荡”,舞姿摇摆的样子。

2 宛丘:陈国丘名。

3 洵:确实。

4 无望:没有希望。

5 坎其:即坎坎,击鼓声和击缶声。

6 值:手持。 鹭羽:用鹭鸶羽毛制成的伞形舞具。

7 缶(fǒu):瓦盆,一种用以打节拍的乐器。

8 翿(dào):即鹭羽。

东门之枌

导读

《毛序》:"《东门之枌》,疾乱也。幽公淫荒,风化之所行,男女弃其旧业,亟会于道路,歌舞于市井尔。"朱熹《诗集传》:"此男女聚会歌舞,而赋其事以相乐也。"切合诗意。这是一首描写男女相爱、聚会歌舞的民间情歌。诗人爱慕子仲家的姑娘。这是一位纺麻的女子,因为爱好歌舞,甚至放弃了纺麻的日常工作,同情人一起到热闹的城市去跳舞。他们由于屡次相会而互相爱慕,最后,诗人用"视尔如荍"的赠语表示热恋,姑娘也以赠花椒表结恩情。诗不但表现了青年的爱情生活,也反映了陈国男女聚会,歌舞相乐,巫风盛行的特殊风俗。

刘勰《文心雕龙·体性》云:"夫情动而言形,理发而文见,盖沿隐以至显,因内而符外者也。"他认为表现在外的文辞是作者性情的自然流露,而作者的文化教养和环境影响,又陶染了其作品的风格。他将作品的风格分为八体,即典雅、远奥、精约、显附、繁缛、壮丽、新奇、轻靡。《东门之枌》这首诗,是可以归入轻靡一类的。三章所写,俱是轻歌曼舞,男欢女乐的场面。"市也婆娑""越以鬷迈"等句子,又给人一种轻浮的感觉。借助刘勰"情性所铄,陶染所凝""各师成心,其异如面"的观点,我们透过诗句可以看到陈国民风浮荡的一面。孔子说"《诗》可以观",恐怕也是这个道理。

原文	译文
东门之枌[1],宛丘之栩[2]。	东门白榆长路边,宛丘柞树连成片。
子仲之子[3],婆娑其下[4]。	子仲家里好姑娘,大树底下舞翩跹。

穀旦于差[5]，南方之原[6]。	挑选一个好时光，同到南边平原上。
不绩其麻，市也婆娑。	撂下手中纺的麻，闹市当中舞一场。
穀旦于逝[7]，越以鬷迈[8]。	趁着良辰同前往，多次相会共寻芳。
视尔如荍[9]，贻我握椒[10]。	看你像朵锦葵花，送我花椒一把香。

注释

1 东门：陈的城门。枌(fén)：白榆树。
2 栩(xǔ)：柞树。
3 子仲：当时的姓氏。子：女儿。
4 婆娑：跳舞盘旋摇摆的样子。
5 穀：善。旦：吉日。于：语助词。差(chāi)：选择。
6 原：高而平坦之地。
7 逝：往。
8 越以：发语词，即"于以"。鬷(zōng)：屡次。迈：往、去。
9 荍(qiáo)：植物名，亦名锦葵。
10 贻：送。握：一把。椒：花椒。

衡门

导读

《毛序》:"《衡门》,诱僖公也。愿而无立志。故作是诗以诱掖其君也。"朱熹《诗序辨说》反驳说:"僖者,小心畏忌之名,故以为愿无立志,而配以此诗。不知其为贤者自乐而无求之意也。"方玉润《诗经原始》反驳说:"僖公,君临万民者也。纵愿而无立志,诱之以夫焉而进于道也可,奈何以无求世之志劝之? 岂非所诱反其所望乎?"朱、方已将《毛序》的错误分析得很透彻,无需词费了。从诗意看,这当是一首没落贵族以安于贫贱自慰的诗。郭沫若《中国古代社会研究》说:"这首诗也是一位饿饭的破落贵族作的。他食鱼本来有吃河鲂河鲤的资格,……但是贫穷了,吃不起了。他娶妻本来有娶齐姜、宋子的资格,但是贫穷了,娶不起了。娶不起、吃不起,偏偏要说两句漂亮话,这正是破落贵族的根性。"他从社会发展的角度分析诗的主题,非常精辟。

这首诗同《卫风·考槃》一样,是所谓"隐逸诗"。但两者的风格又有所不同。《考槃》诗人自道其乐,清新脱俗;比之陶渊明的"采菊东篱下,悠然见南山",差可仿佛。《衡门》诗人降格求次,称心易足;比之陶渊明的"谷风转凄薄,春醪解饥劬。弱女虽非男,慰情聊胜无",亦称同调。不过五柳先生从正面着笔,给人澹泊敦厚之感;《衡门》诗人则以设问成章,在知足常乐的口气中,总难免透露出一丝酸意。《诗序》说:"诗者,志之所之也。在心为志,发言为诗。"岂虚言哉!

原文	译文
衡门之下[1],可以栖迟[2]。	支起横木做门框,房子虽差也无妨。
泌之洋洋[3],可以乐饥[4]。	泌丘泉水淌啊淌,清水也能充饥肠。

岂其食鱼，必河之鲂[5]？ 岂其取妻[6]，必齐之姜[7]？	难道我们吃鱼汤，非要鲂鱼才算香？ 难道我们娶妻子，不娶齐姜不风光？
岂其食鱼，必河之鲤？ 岂其取妻，必宋之子[8]？	难道我们吃鱼汤，非要鲤鱼才算香？ 难道我们娶妻子，不娶宋子不排场？

注释

1 衡：通“横”。

2 栖迟：游息。

3 泌(bì)：本义是泉水流得很快的样子，后来作为陈国泌邱地方的泉水名。洋洋：水流盛大的样子。

4 乐：古与“疗”通用，治疗。

5 鲂：鱼名。它和鲤鱼被当时人认作最好的鱼。

6 取：通“娶”。

7 齐之姜：齐国姓姜的贵族女子。姜，齐国贵族的姓。

8 宋之子：宋国姓子的贵族女子。子，宋国贵族的姓。

东门之池

导读

《毛序》:“《东门之池》,刺时也。疾其君子淫昏,而思贤女以配君子也。”崔述《读风偶识》驳曰:“沤麻沤苎,绝不见有淫昏之意。即使君果淫昏,亦当思得贤臣以匡正之,何至望之女子?”他正确地指出了《毛序》窒碍不通的地方。朱熹《诗序辨说》解此诗为“淫奔之诗”,当然是出于卫道者的陈腐。但他在《诗集传》中定此诗为“男女会遇之词”,则是颇实事求是的。这是一首男女相会的情歌。作者是男的,他所追求的可能是一位在东门外护城河中浸麻织布的女子。

关于此诗的艺术特点,吴闿生说:“愈淡愈妙。”方玉润说:“辞意浅率,终非佳构。”这首诗三章一意,写得很平淡,这是很明显的。但这样的平淡到底好不好呢?刘衍文、刘永翔先生《文学的艺术》认为:“淡有淡的美,淡有淡的情趣;但淡而仍须有妆,淡而无妆,就浅露、枯瘠,变成淡而无味了……总之,浓淡之笔,总在‘相宜’二字,相宜的话,淡固可、浓亦可,浓淡配合调匀亦未始不可;不相宜的话,浓固不可,淡亦何尝就可,浓淡配合不匀更其不可。”他们的意见,是对重淡轻浓的传统美学观点的修正,却是极为公允的修正。就这首诗而论,便是淡得不相宜,淡得没有余味,经不得咀嚼。《风》诗多半是朴质平淡的,但淡得工致、淡得隽永的诗不在少数。两相比较,自可得其高下。所谓“愈淡愈妙”,实在是误人不浅的偏见。

原文	译文
东门之池[1],可以沤麻[2]。	东城门外护城河,可以泡麻织衣裳。
彼美叔姬[3],可与晤歌[4]。	姬家美丽三姑娘,可以和她相对唱。

东门之池，可以沤纻[5]。	东城门外护城河，可以泡苎织新装。
彼美叔姬，可与晤语[6]。	姬家美丽三姑娘，有商有量情意长。
东门之池，可以沤菅[7]。	东城门外护城河，可以浸茅做鞋帮。
彼美叔姬，可与晤言[8]。	姬家美丽三姑娘，可以向她诉衷肠。

注释

1 池：城池，好像现在的护城河。

2 沤：浸泡。

3 叔姬：《毛诗》作“淑姬”。叔，排行第三。姬，姓。这句的“叔姬”，是美女的代称。

4 晤歌：对唱。

5 纻(zhù)：苎麻。

6 晤语：对话。

7 菅(jiān)：茅一类的草。

8 晤言：谈天的意思。

东门之杨

导读

《毛序》:"《东门之杨》,刺时也。昏姻失时,男女多违。亲迎,女犹有不至者也。"《士昏礼》有"婿亲迎,俟于门外。从车二乘,执烛前马"的记载,恐即《毛序》所本。但诗中看不出爽约的是男子还是女子,何以见得一定是亲迎而女不至呢?朱熹对《毛序》略加改造地说:"此亦男女期会而有负约不至者,故因其所见以起兴也。"这样解释就比较圆通了,所以这是一首写男女约会久候不至的诗。也有人认为这是"朋友之间负约不至","不必为男女期会"。所论当然也不能说错,不过我们看欧阳修的《生查子》:"去年元夜时,花市灯如昼。月上柳梢头,人约黄昏后。今年元夜时,月与灯依旧。不见去年人,泪湿春衫袖。"词中亦无一字涉及男女,但又有谁解释为朋友爽约,又有谁怀疑这写的不是男女恋情呢?《东门之杨》所表现的情调虽不及《生查子》那样明显,但还是能够体会得出的。解释为男女约会而久候不至,并不至离题太远。

此诗以写景为主,前两句写所约之地,后两句写所约之时,借景物烘托感情,表现出一种焦急不安的心理。启明星闪烁着,长夜将尽,可是约好黄昏来的情人却连影儿都不见。"明星煌煌""明星晢晢"两句,正是很自然地映衬出这种感情。杜甫《醉时歌》:"清夜沉沉动春酌,灯前细雨檐花落。但觉高歌有鬼神,焉知饿死填沟壑。"后人评为"清夜以下,神来气来"。"神"和"气"主要便是来自这种高超的映衬的描写,特别是"灯前细雨檐花落"这一句话的妙语传神,使人既生沉郁悲愤之情,又起纵荡淋漓之感。(见刘衍文、刘永翔先生《文学的艺术》)《东门之杨》当然不能同杜甫诗相比,但其对景物的映衬写法则有相同之处。

原文	译文
东门之杨，其叶牂牂[1]。	东门之外有白杨，叶子茂密好乘凉。
昏以为期[2]，明星煌煌[3]。	约定黄昏来相会，等到启明星儿亮。
东门之杨，其叶肺肺[4]。	白杨长在城门东，叶子密密青葱葱。
昏以为期，明星晢晢[5]。	约定相会在黄昏，等到天亮一场空。

注释

1 牂(zāng)牂：茂盛的样子。

2 昏：黄昏。期：约定。

3 明星：指启明星，在天快亮时出现于东方天空。煌煌：明亮的样子。

4 肺(pèi)肺：同“芾芾”，茂盛的样子。

5 晢(zhé)晢：明亮。

墓门

导读

《毛序》:“《墓门》,刺陈佗也。陈佗无良师傅,以至于不义,恶加于万民焉。”这是一首讽刺不良统治者的诗。据《左传》桓公五年记载,陈桓公生病时,陈佗杀太子免。桓公死后,他自立为君,陈国大乱,国人离散。后来蔡国出兵杀死陈佗,总算把乱子平息下来。这便是诗的背景。但《毛序》也还有不正确的地方。苏辙《诗集传》:“桓公之世,陈人知佗之不臣矣,而桓公不去,以及于乱。是以国人追咎桓公,以为桓公之智不能及其后,故以《墓门》刺焉。”方玉润由此得出结论:“诗非刺佗无良师傅,乃刺桓公不能去佗耳。”这样解释就比《毛序》更符合诗意了。刘向《列女传》、王逸《楚辞注》都记载了春秋时陈国人民引用这首诗的事实,可见它在当时民间颇为流行。

《诗经》中的兴法,还兼起比喻衬托的作用。此诗以荆棘恶木和鸮鸟恶禽起兴,但又很明显地用来比喻“夫也不良”的那个“夫”。荆棘应该斫去,鸮鸟必须警惕,诗人以此来讽刺无行的陈佗,含蓄而不晦涩,使人了然于心。陈奂《传疏》说:“比者,比方于物,盖言兴而比已寓焉矣。”就是说明这种兴兼比的手法。

原文	译文
墓门有棘[1],斧以斯之[2]。	墓门有棵酸枣树,拿起斧头砍掉它。
夫也不良[3],国人知之。	那人不是好东西,大家都很知道他。
知而不已[4],谁昔然矣[5]?	恶行暴露不制止,当初是谁纵容他?
墓门有梅[6],有鸮萃止[7]。	墓门有棵酸枣树,树上停着猫头鹰。

夫也不良，歌以讯之[8]。	那人不是好东西，唱个歌儿来提醒。
讯予不顾[9]，颠倒思予[10]。	我的警告听不进，遭难才知我话真。

注释

1 墓门：墓道的门。

2 斯：劈斫。

3 夫：那个人，指陈佗。

4 不已：不制止。

5 谁昔："昔谁"的倒文。

6 梅：古文字作"楳"，与"棘"形近，后人错作"梅"。

7 鸮(xiāo)：猫头鹰。萃：集聚。止：语尾助词。

8 讯：借作"谇(suì)"，告诫、警告。之："止"的讹字。

9 讯予："予讯"的倒文。

10 颠倒：指国家纷乱。

防有鹊巢

导读

《毛序》:“《防有鹊巢》,忧谗贼也。宣公多信谗,君子忧惧焉。”他第一句说对了诗的主题,但又把“陈宣公信谗”附会上去,没有什么根据,似不可从。朱熹《诗集传》说:“此男女之有私,而忧或间之之辞。”从诗意来体会,胜于毛说。这是一位诗人担忧有人离间自己情人的诗。

吴闿生《诗义会通》引旧评:“非必真有侜之者,写柔肠曲尽。”这是从心理描写的角度来评论这首诗,确实颇有眼光。《诗经》的心理描写是很原始、很粗糙的,但毕竟是一种创造。“心焉惕惕”一句,将猜疑、嫉妒、焦虑、思念等感情交织在短短的四个字中,内涵是十分丰富的,余味也十分绵长。

原文

防有鹊巢[1],邛有旨苕[2]。
谁侜予美[3]?心焉忉忉[4]!

中唐有甓[5],邛有旨鹝[6]。
谁侜予美?心焉惕惕[7]。

译文

哪有堤上筑鹊巢?哪有山上长苕草?
谁在离间我情人?心里又愁又烦恼。

哪有庭院瓦铺道?哪有山上长绶草?
谁在离间我情人?心里担忧又烦躁。

注释

1 防:堤坝。

2 邛(qióng):土丘。旨:味美。苕(tiáo):蔓生植物。

3 侜(zhōu):欺诳。予美:我爱,指作者的情人。

4 忉忉:忧愁的样子。

5 唐:古时朝堂前或宗庙门内的大路。中唐:即中庭的道路。甓(pì):砖。
6 鹝(yì):杂色小草,又名绶草。
7 惕惕:担心害怕的样子。

月出

导读

《毛序》:"《月出》,刺好色也。在位不好德,而说美色焉。"这首诗"好色"的意味当然是明显的,但说是讥刺就很勉强了。朱熹《诗集传》:"此亦男女相悦而相念之辞。"他的分析就比较平实。这是一首月下怀人的诗。

这首诗在句法、用词和韵律三方面都颇有特点。句法上每章四句,前后三句都是上二字双,下一字单;第三句上一字单,下二字双,错综变化,节奏抑扬,脱尽板滞之感。用词上除了"月""人""心"三个名词、"出"一个动词和"兮"一个语气词之外,其余都是形容词,而且这些形容词在《诗经》中多不经见,可能是较多地保留了陈国方言的痕迹。通过这些词的应用,活脱地描绘出一个月下美人的形象,风神摇曳,绰约多姿;而且抒发了诗人幽思牢愁,固结莫解的情怀。韵律上是通篇句句押韵,而且一韵到底(幽、宵部通韵),加上叠韵词汇的运用,委婉概括的丽词美和繁音促节的韵律美相得益彰,读起来真有赏心悦目的感受,难怪被后人推为《三百篇》中情诗的杰构。

原文	译文
月出皎兮[1],佼人僚兮[2],	月儿东升亮皎皎,月下美人更俊俏,
舒窈纠兮[3],劳心悄兮[4]。	体态苗条姗姗来,惹人相思我心焦。
月出皓兮[5],佼人懰兮[6],	月儿出来多光耀,月下美人眉目娇,
舒忧受兮[7],劳心慅兮[8]。	婀娜多姿姗姗来,惹人相思心头搅。
月出照兮[9],佼人燎兮[10],	月儿出来光普照,月下美人神采姣,

舒夭绍兮[11]，劳心惨兮[12]。 ‖ 体态轻盈姗姗来，惹人相思心烦躁。

注释

1 皎：形容月光洁白明亮。
2 佼：同“姣”，美好。 僚：通“嫽”，俏丽。
3 舒：舒缓，迟慢，形容女子举止娴雅婀娜。 窈纠：形容女子体态苗条。
4 劳心：忧心。 悄：忧思深重的样子。
5 皓：形容月光明亮。
6 懰(liǔ)：妩媚。
7 懮(yǒu)受：形容女子行步舒徐婀娜。
8 慅(cǎo)：忧愁不安的样子。
9 照：光明的样子。
10 燎：形容女子面貌漂亮。
11 夭绍：形容女子体态轻盈。
12 惨：同“躁”，因忧愁而烦躁不安的样子。

株林

导读

《毛序》:"《株林》,刺灵公也。淫乎夏姬,驱驰而往,朝夕不休息焉。"这是陈国人讽刺陈灵公和夏姬淫乱的诗。据《左传》宣公九年、十年记载,夏姬是郑穆公的女儿,嫁给陈国大夫夏御叔,生子夏徵舒,字南。夏姬貌美,陈灵公和陈大夫孔宁、仪行父都和她私通。后来陈灵公被夏徵舒杀死,陈国也为楚所灭。《史记·陈世家》亦详述此事。《序》说与史传记载合,所以是可信的。陈灵公于鲁宣公十年被杀,此诗当作于他被杀之前,大约公元前600年至前599年。

刘勰《文心雕龙·谐隐》曰:"讔者,隐也。通辞以隐意,谲譬以指事也。"有些事情不便直言,需要隐约其辞地表示,绕着弯子来说话。这在修辞学上称为婉转。陈灵公到株林去找夏姬,诗人却说他是去找夏南;但紧接着又说他不是去找夏南。去找谁呢?始终没有明说,不过读者从这种闪烁其词中足够明白诗人之所指了。方玉润有一段分析:"盖公卿行淫,朝夕往从所私,必有从旁指而疑之者。即行淫之人亦自觉忸怩难安,故多隐约其辞,故作疑信言以答讯者,而饰其私。诗人即体此情为之写照,不必更露淫字而宣淫无忌之情已跃然纸上,毫无遁形,可谓神化之笔。"方氏所云"神化之笔",即指"隐约其辞"而言。

原文	译文
胡为乎株林[1],从夏南[2]?	他到株林去干啥,是跟夏南去游玩?
匪适株林[3],从夏南!	原来他到株林去,不是为了找夏南!
驾我乘马[4],说于株野[5]。	驾着我的四匹马,到了郊外卸下鞍。

乘我乘驹[6],朝食于株[7]。	再换我的四匹驹,赶到夏家吃早饭。

注释

1 株:陈国邑名,是夏姬儿子夏徵舒的封邑。林,郊,和下章的"野"对文,都是泛指郊外。

2 从:跟。夏南:即夏徵舒,字南。

3 匪:非,不是。适:往、去。

4 我:诗人代用陈灵公的口吻。乘:古代一车四马为一乘。

5 说(shuì):停息。

6 前一"乘"字:动词,驾。驹:陈奂《诗毛氏传疏》引《释文》作"骄",高五尺以上的马。

7 朝食:吃早饭。

泽陂

导读

《毛序》:"《泽陂》,刺时也。言灵公君臣淫于其国,男女相说,忧思感伤焉。"《序》说的最后两句颇能体会诗意。至于前面几句的牵合美刺、附会时事,那是《毛序》的老毛病,也毋须多析。朱熹认为"此诗大旨与《月出》相类",闻一多认为"荷塘有遇,悦之无因,作诗自伤"。他们两位的分析有助于我们更细致地理解诗的意境。

诗中"有美一人,硕大且卷。……硕大且俨"等句,描写出一个丰肌高大的女子形象。钱锺书先生《管锥编》云:"按《太平御览》卷三六八引《韩诗》作'硕大且嬒',薛君曰:'嬒,重颐也。''硕大'得'重颐'而更亲切着实。《大招》之状美人曰:'丰肉微骨,调以娱只';再曰:'丰肉微骨,体便娟只';复曰:'曾颊倚耳',王逸注:'曾,重也。'《诗》之言'嬒',正如《楚辞》之言'曾颊'。唐宋画仕女及唐墓中女俑皆曾颊重颐,丰硕如《诗》《骚》所云。刘过《浣溪纱》云:'骨细肌丰周昉画,肉多韵胜子瞻书,琵琶弦索尚能无?'徐渭《青藤书屋文集》卷十三《眼儿媚》云:'粉肥雪重,燕赵秦娥。'古人审美嗜尚,此数语可以包举。"在我国古代,存在着以丰满壮硕为美和以婀娜苗条为美的两种不同的审美观,而在《诗经》时代,显然是前一种审美观占上风,如《卫风》以"硕人"称庄姜,《小雅·车辖》以"硕女"称季女,这种现象倒是颇令人感兴趣的。

原文	译文
彼泽之陂[1],有蒲与荷[2]。	池塘边上围堤坝,塘中蒲草伴荷花。
有美一人,伤如之何[3]!	看见一个美男子,我心爱他没办法!
寤寐无为[4],涕泗滂沱[5]。	日夜相思睡不着,眼泪鼻涕一把把。

原文	译文
彼泽之陂，有蒲与蕳[6]。	池塘边上堤岸高，塘中莲蓬伴蒲草。
有美一人，硕大且卷[7]。	看见一个美男子，身材高大品德好。
寤寐无为，中心悁悁[8]。	日夜相思睡不着，心里忧郁愁难熬。
彼泽之陂，有蒲菡萏[9]。	池塘边上堤岸高，塘中荷花伴蒲草。
有美一人，硕大且俨[10]。	看见一个美男子，身材高大风度好。
寤寐无为，辗转伏枕。	日夜相思睡不着，翻来覆去空烦恼。

注释

1 泽：池塘。 陂(bēi)：堤岸。

2 蒲、荷：《郑笺》以为蒲喻男，荷喻女，可备一说。

3 伤："阳"的借字，"阳"和"姎""卬"通用，都是女性第一人称代词。如之何：奈他何。

4 寤寐：醒着和睡着。

5 涕：眼泪。 泗：鼻液。 滂沱：形容涕泗一时俱下的样子。

6 蕳(jiān)：《鲁诗》作"莲"，莲子。

7 卷："婘"的假借，品德美好。

8 悁(yuān)悁：忧闷的样子。

9 菡萏(hàn dàn)：荷花。

10 俨：端庄。

桧风

桧,《左传》《国语》作“郐”,《汉书·地理志》作“会”。《桧风》只有四篇。

桧地在今河南省密县东北,与郑国为近邻。朱熹《诗集传》:“其君妘姓”,据《史记》记载,桧国在东周初年(前769)为郑桓公所灭。《韩非子》和刘向《说苑》都有记述郑桓公伐桧的事。可见《桧风》全为西周时作品。

桧国很小,历史上的记载也很少。《左传》襄公二十九年记述吴公子季札论《诗》,有“自《郐》以下无讥焉”的话,可见《桧风》在春秋时便不受重视。从现存的四首诗中,看不出《桧风》有什么特点。《隰有苌楚》表现着浓重的悲观厌世的色彩,《匪风》情调也十分低沉,可能都是亡国之音吧。

羔裘

[导读]

《毛序》:“《羔裘》,大夫以道去其君也。国小而迫,君不用道,好洁其衣服,逍遥游燕,而不能自强于政治,故作是诗也。”语属附会,似不可从。闻一多《风诗类钞》认为《羔裘》是“女欲奔男之辞”。“中心是悼”即《王风·大车》“畏子不敢”之意。但《大车》明言“畏子不奔”,当然可据此确定诗的主题。此诗“中心是悼”,只反映一种伤感的情怀,何以见其必有欲奔之心?闻说未免联想得太过分了一点。这是一首怀人的诗。作者很想念那位穿着羊皮袍、狐皮袍的大夫,但由于某种原因又无法达到目的,心中很忧伤,便唱出了这首诗。

怀人之诗,多有即景起兴者,而此诗全用赋体。每章首二句通过鲜洁光润的羔裘狐袍,逍遥遨游的自在态度,将作者心目中的大夫描写得英俊潇洒。就是为了这样一个人,作者想念得忧伤不已。经前二句的铺垫,后二句就有了着落。这种诗虽出于自然,非刻意雕凿,但也可以看出语句间的呼应颇具构思之巧。蔡绦《西清诗话》:“欧公语人曰:‘修在三峡赋诗云:春风疑不到天涯,二月山城未见花。若无下句,则上句不见佳处,并读之,便觉精神顿出。’”欧阳永叔这几句自评的话,于这首诗也颇适用。

[原文]	[译文]
羔裘逍遥,狐裘以朝。	游逛你穿羊皮袄,上朝你披狐皮袍。
岂不尔思?劳心忉忉[1]!	难道我不思念你?心有顾虑愁难消!
羔裘翱翔,狐裘在堂[2]。	你穿羊裘去游逛,你披狐裘上公堂。

岂不尔思？我心忧伤！	难道我不思念你？心有顾虑暗忧伤！
羔裘如膏[3]，日出有曜[4]。	羊皮袍子油光光，太阳出来衣发亮。
岂不尔思？中心是悼[5]！	难道我不思念你？心中恐惧又发慌！

注释

1 忉忉：忧劳的样子。

2 堂：公堂，大夫朝见人君的地方。

3 膏：油。

4 有曜：即“耀耀”，形容羔裘光洁明亮。

5 悼：害怕。

素冠

导读

《毛序》:"《素冠》,刺不能三年也。"毛说颇不合诗旨,因见到"素冠""素衣"等字眼而附会到守丧三年上去。但素衣是当时人的常服,《论语》云:"素衣霓裘素韠。"《孟子》云:"许子冠素。"《士冠礼》云:"主人玄冠朝服缁带素韠。"而《士丧礼》却无素冠、素衣、素韠的记载。由此可证《毛序》的望文生义。从诗本身看,当为一首悼亡诗无疑。一位妇女,见到丈夫遗容憔悴,心为之碎,表示宁可伴着他一起死。

此诗悼亡正值抚尸而恸之际,与《葛生》的悼亡已在墓草青青之时不同。这是迸发的、肝肠俱裂的伤痛,而非那种深长的、绵绵难绝的哀思,所以感情显得非常强烈。体现在文字上,每章三句,短促而激烈。章章递进,始而心情忧伤,继而愿与同归,终而誓同生死。一种难以抑止的悲怆之情使人为之动容。

原文

庶见素冠兮[1],棘人栾栾兮[2]。
劳心慱慱兮[3]!

庶见素衣兮,我心伤悲兮!
聊与子同归兮[4]。

庶见素韠兮[5],我心蕴结兮[6]!
聊与子如一兮[7]!

译文

见到您戴着白帽,瘦棱棱变了容貌,心忧伤不安难熬!

见到你素白衣衫,我心里伤悲难言!愿和您一同归天。

见到您围裙素淡,心忧郁难以排遣!愿和您同赴黄泉。

注释

1 庶:庶几,幸而。

2 棘:通“瘠”,瘦。栾栾:“脔脔”的假借,体枯肌瘦的样子。

3 慱(tuán)慱:忧苦不安的样子。

4 聊:愿。同归:同死。

5 韠(bì):亦名蔽膝,用皮制成,似今之围裙。

6 蕴结:忧郁不解的意思。

7 如一:即同归。

隰有苌楚

导读

《毛序》:“《隰有苌楚》,疾恣也。国人疾其君之淫恣,而思无情欲者也。”后人多不从毛说,而认为是一首没落贵族悲观厌世的诗。桧国在东周初年被郑国所灭,此诗大约是桧将亡时的作品。方玉润《诗经原始》:“此必桧破民逃,自公族子姓以及小民之有室有家者,莫不扶老携幼,挈妻抱子,相与号泣路歧,故有家不如无家之好,有知不如无知之安也。而公族子姓之为室家累者则尤甚。”郭沫若《中国古代社会研究》:“这种极端的厌世思想在当时非贵族不能有,所以这诗也是破落贵族的大作。自己这样有知识挂虑,倒不如无知的草木!自己这样有妻儿牵连,倒不如无家无室的草木!做人的羡慕起草木的自由来,这怀疑厌世的程度真有点样子了。”方氏分析了诗的社会背景,郭氏分析了诗的内容和作者的身份,均合诗旨。而《毛序》认为此诗是国人不满君主的恣意淫欲,这实在有点牛头不对马嘴了。

《隰有苌楚》所反映的这种情调,对后代的诗文影响很大。钱锺书先生《管锥编》举出许多例子,如元结《系乐府寿翁兴》:“借问多寿翁,何方自修育?唯云顺自然,忘情学草木。”姜夔《长亭怨》:“树若有情时,不会得青青如许。”杜甫《哀江头》:“人生有情泪沾臆,江水江花岂终极。”鲍溶《秋思》之三:“我忧长于生,安得及草木。”韦庄《台城》:“无情最是台城柳,依旧烟笼十里堤。”戴敦元《饯春》:“春与莺花都作达,人如木石定长生。”这种忧生之嗟延续了几千年,在诗歌的意境中别具一种低回暗淡的美。但是“天若有情天亦老,人间正道是沧桑”,人生总应该是前进的。欣赏《三百篇》时,我们还是不要受这首诗感染的好。

原文

隰有苌楚[1]，猗傩其枝[2]。
夭之沃沃[3]，乐子之无知！

隰有苌楚，猗傩其华。
夭之沃沃，乐子之无家！

隰有苌楚，猗傩其实。
夭之沃沃，乐子之无室！

译文

低湿地上长羊桃，枝儿婀娜又娇娆。
细细嫩嫩光泽好，羡你无知无烦恼！

低湿地上长羊桃，繁花一片多俊俏。
柔嫩浓密光泽好，羡你无家真逍遥！

低湿地上长羊桃，果儿累累挂枝条。
又肥又大光泽好，羡你无妻无家小！

注释

1 苌楚：即猕猴桃。
2 猗傩：音义同“婀娜”。
3 夭：少好，嫩美。沃沃：光泽壮美的样子。

匪风

导读

《毛序》:"《匪风》,思周道也。国小政乱,忧及祸难,而思周道焉。"毛说似有附会。今人指出,这应是一首旅客思乡诗。有人说,作者是从西方流落到东方桧国的人。有人说,作者是离开桧国到东方去的人。现在无从考证,只得存疑。

前人评此诗,都赞它"起得飘忽""起势超忽",这是说前两句赋体突兀而起,渲染出一幅画图:风起尘扬,车马疾驶,飘零异乡,难抑归思。而末章反用兴法,将思归之情衬托得淋漓透彻,风致极胜。岑参《逢入京使》:"故园东望路漫漫,双袖龙钟泪不干。马上相逢无纸笔,凭君传语报平安。"其情其景,真有与《匪风》如出一辙者。由此可以看出《诗经》在创造诗的意境方面确有发轫开源的作用。

原文

匪风发兮[1],匪车偈兮[2]。
顾瞻周道[3],中心怛兮[4]!

匪风飘兮[5],匪车嘌兮[6],
顾瞻周道,中心吊兮[7]!

谁能亨鱼[8]?溉之釜鬵[9]。
谁将西归,怀之好音[10]。

译文

风儿刮得发发响,车儿跑得飞一样,
回头向着大路望,心里想家真忧伤!

风儿刮得打旋转,车儿轻快急忙忙。
回头向着大路望,心里想家泪汪汪!

谁会烧那新鲜鱼?替他把锅洗干净。
谁要回到西方去?托他带个平安信。

注释

1 匪:通"彼"。发(bō):摹风声。

2 偈(jié):车马疾驶貌。

3 周道:大道。

4 怛(dá):忧伤。

5 飘:飘风,指旋风。这里用以形容风势疾速旋转。

6 嘌(piāo):车子轻快的样子。

7 吊:悲伤。

8 亨:通“烹”。

9 溉:亦作“摡”,洗。釜:锅。鬵(xín):大锅。

10 怀:遗、送。好音:好消息。

曹风

《曹风》共四篇。其中《候人》一诗,《毛序》、朱熹、严粲、方玉润都认为是刺曹共公的。《左传》僖二十八年春,晋文公伐曹。“三月丙午,入曹。瓶之,以其不用僖负羁而乘轩者三百人也。”这同《毛序》的“共公远君子而好近小人”以及诗中的“三百赤芾”都可以互相印证。如此推测,《候人》当作于晋文公入曹,即公元前632年以前。《下泉》一诗,王先谦《集疏》引《齐诗》:“下泉苞稂,十年无王。荀伯遇时,忧念周京(《易林》)。”他断为诗是美荀跞之作。何楷《诗经世本古义》:“《左传》鲁昭公三十二年,天王使告于晋:‘天降祸于周,俾我兄弟并有乱心,以为伯父忧。我一二亲昵甥舅,不皇启处,于今十年。’自《春秋》昭二十二年王子朝作乱,至三十二年城成周为十年,与《易林》‘十年无王’合。荀伯即荀跞也。”他们的考证都有可信之处。晋师统帅荀跞纳周敬王于成周,在鲁昭公时。可见《曹风》产生于春秋时期。

曹地在今山东省西南部菏泽、定陶、曹县一带地方,位于齐晋之间,是一个小国。春秋时代,群雄纷争,小国的地位朝不保夕。《蜉蝣》的叹人生之须臾,《下泉》的感今昔之盛衰,恐怕便是曹国朝野的共同心理。

蜉蝣

导读

《毛序》:"《蜉蝣》,刺奢也。昭公国小而迫,无法以自守,好奢而任小人,将无所依焉。"这是一首叹息人生短促的诗。蜉蝣是一种小昆虫,它虽然有"衣裳楚楚""采采衣服"的华丽外表,但朝生而暮死。诗人用它比喻人生虽然可爱,其实是很短促的。《毛序》认为此诗"刺奢",是将"衣裳楚楚""采采衣服"等解释为比喻曹昭公的奢侈。方玉润驳曰:"盖蜉蝣为物,其细已甚,何奢之有?取以为比,大不相类。天下刺奢之物甚多,诗人岂独有取于掘土而出、朝生暮死之微虫耶?"从方氏之说我们可以看出,《毛序》是将诗的兴意理解错了。蜉蝣的朝生暮死,好似人们的"生年不满百",都逃不出死亡的归宿,所以诗人感到忧伤。至于这是没落贵族的哀叹,还是知识分子的感慨,没有明确的史料依据,也难以臆断。

《困学纪闻》引李仲蒙对《诗经》兴法的解释云:"触物以起情谓之兴,物动情也。"这种解释是比较确切的。触物起情,或者说触景生情,这是作者的心理活动。这种心理活动的信息能否通过兴句准确地传达给读者,是没有一定把握的,因为相同的景物可以引起不同的情感。即如这首诗,《毛序》的理解与我们的理解便明显不同,朱熹《诗集传》:"此诗盖以时人有玩细娱而忘远虑者,故以蜉蝣为比而刺之。"他将兴句解释为比,当然是错的,但他对这两句喻意的理解,则提供了第三种解释。前人有"诗无达诂"之说,在某种意义上也可以说是"兴无达诂"。钟嵘《诗品序》云:"文已尽而意有余,兴也;……若专用比兴,患在意深,意深则词踬。"便是说兴意的难解。

原文

蜉蝣之羽[1]，衣裳楚楚[2]。
心之忧矣，于我归处[3]。

蜉蝣之翼，采采衣服[4]。
心之忧矣，于我归息。

蜉蝣掘阅[5]，麻衣如雪[6]。
心之忧矣，于我归说。

译文

蜉蝣有对好翅膀，衣裳整洁又漂亮。
可恨朝生暮就死，我们归宿都一样。

蜉蝣展翅在飞翔，衣服华丽真漂亮。
可恨朝生暮就死，与我归宿一个样。

蜉蝣穿洞来人间，麻衣像雪白晃晃。
可恨朝生暮就死，大家都是这下场。

注释

1 蜉蝣：虫名，生存期极短，一般均朝生暮死。

2 楚楚：整洁鲜明的样子。

3 于：即“与”。归处：死亡。下两章的“归息”“归说(shuì)”都是归宿、死亡的意思。

4 采采：犹“粲粲”，华丽。

5 掘：穿。阅：古和“穴”通用。

6 麻衣：指蜉蝣半透明的羽翼。

候人

导读

《毛序》:“《候人》,刺近小人也。共公远君子而好近小人焉。”其实这是曹国旧贵族讥刺新兴人物的诗。而诗人对努力工作的候人小官还是持同情态度的。郭沫若《中国古代社会研究》:“这当然是讥诮那暴发户才做了贵族的人。这些由奴民伸出头来的人,在旧社会的耆旧眼里看来,当然说他不配的。”郭沫若和《毛序》的说法从正反两面基本点明了诗旨。《左传》僖公二十八年,晋文公“入曹,数之以不用僖负羁而乘轩者三百人也。”诗说“三百赤芾”,与《左传》记载相合。晋文公入曹,在周襄王二十年,即公元前632年。《候人》一诗当作于这以前。闻一多《高唐神女传说之分析》一文认为《候人》说的是“一个少女派人去迎接她所私恋的人,没有迎着”。闻先生的见解非常新颖,尤其对第四章的解释颇为通顺。不过,如果一个少女想与她的情人幽会,却派了肩扛着戈殳武器的汉子去迎接,岂不要把情人吓跑了么?所以我们对闻先生的诗旨分析还是期期以为不可。录之以供读者诸君参考。

《国风》一般皆以兴句发端,以引起所咏之词。此诗首章用赋体,将作者同情和讥诮的人物对比地表达出来。二、三章反而改用兴法,以鹈鹕之不捕鱼,喻那些暴发户之不称职。末章又改用比法,以虹霓来比喻新官儿颐指气使的气焰。章法灵活多变,无重叠之感,这是《候人》的特点。

原文	译文
彼候人兮[1],何戈与祋[2]。	候人官职小得很,肩上扛着戈和棍。
彼其之子,三百赤芾[3]。	可恨那些暴发户,红皮绑腿三百人。

维鹈在梁[4],不濡其翼[5]。	鹈鹕栖在鱼梁上,居然未曾湿翅膀。
彼其之子,不称其服[6]。	可笑那些暴发户,哪配穿上贵族装。
维鹈在梁,不濡其咮[7]。	鹈鹕栖在鱼梁上,长嘴不湿太反常。
彼其之子,不遂其媾[8]。	且看那些暴发户,不会称心得宠长。
荟兮蔚兮[9],南山朝跻[10]。	云漫漫啊雾弥弥,南山早上彩虹起。
婉兮娈兮[11],季女斯饥[12]。	候人幼女虽姣好,没有饭吃饿肚皮。

注释

1 候人:掌管送迎宾客的小官。

2 何:应作"荷",扛戈。 祋(duì):古代武器名。

3 其(jì):语助词。之子:指穿赤芾的暴发户。赤芾(fú):红色皮制的蔽膝。

4 鹈(tí):水鸟名。 梁:鱼坝。

5 濡:沾湿。

6 称(chèn):适合。

7 咮(zhòu):鸟嘴。

8 遂:遂意、称心。 媾(gòu):宠爱。

9 荟、蔚:云雾弥漫的样子。

10 跻(jī):虹。

11 婉、娈:幼小美好的样子,形容季女。

12 季女:少女,指候人的幼女。 斯:语助词。

鸤鸠

导读

《毛序》:"《鸤鸠》,刺不一也。在位无君子,用心之不一也。"这是赞美在位的统治者的诗。《毛序》解释此诗是"以美为刺",或按陈启源《毛诗稽古编》的说法是"援古刺今"。但是诗中毫无刺意,反多溢美之词,所以朱熹说这是"美诗",陈乔枞《诗三家遗说考》也说:"《鲁诗》说《尸鸠》之义,词无讥刺。"方玉润由此推测是赞美曹国创始者振铎之诗,陈子展由此推测是《候人》诗中那批"三百赤芾"的人歌功颂德之诗。两相比较,似乎陈先生的话更有情致一些。

复叠的修辞是《诗经》艺术手法最突出的一个特征,其表现的形式,有叠字、叠词、叠句、叠章的变化。叠字如"桃之夭夭,灼灼其华"。叠词如"委蛇委蛇""采薇采薇"。叠句如本诗的各章都重复歌唱"其仪一兮""其带伊丝""其仪不忒""正是国人",将"淑人君子"的形象渲染得更加鲜明,他有言行一致、服饰端正、仪态不差、领导国人的风度。四个叠句紧接在"淑人君子"句下,是每章中的关键所在,使歌功颂德的意味更为强烈,给读者的印象也更为深刻。如果配上亡佚的乐谱歌唱起来,想必效果更佳。

原文	译文
鸤鸠在桑[1],其子七兮[2]。	布谷筑巢桑树间,喂养小鸟心不偏。
淑人君子[3],其仪一兮[4]。	我们理想好君子,说到做到不空谈。
其仪一兮,心如结兮[5]。	说到做到不空谈,忠心耿耿磐石坚。
鸤鸠在桑,其子在梅[6]。	布谷筑巢桑树间,小鸟学飞梅树颠。

淑人君子，其带伊丝[7]。	我们理想好君子，丝带束腰真不凡。
其带伊丝，其弁伊骐[8]。	丝带束腰真不凡，玉饰皮帽花色鲜。
鸤鸠在桑，其子在棘。	布谷筑巢桑树间，小鸟飞在枣树上。
淑人君子，其仪不忒[9]。	我们理想好君子，言行如一不走样。
其仪不忒，正是四国[10]。	言行如一不走样，四方各国好榜样。
鸤鸠在桑，其子在榛。	布谷筑巢桑树间，小鸟飞落榛树上。
淑人君子，正是国人[11]。	我们理想好君子，全国百姓好官长。
正是国人，胡不万年[12]。	全国百姓好官长，怎不祝他寿无疆。

注释

1 鸤鸠：鸟名，今名布谷鸟。

2 七：虚数，言其多。鸤鸠对许多小鸟平均喂养，用以比在位者不如鸟。

3 淑人：善人。

4 仪：言行。

5 结：固结。

6 梅：梅花树。

7 伊：是。

8 弁：皮帽。骐：本义是有花纹的马，这里用来形容帽饰。

9 忒(tè)：偏差。

10 正：长官。四国：各国。

11 国人：全国人民。

12 胡：何。

下泉

导读

《毛序》:“《下泉》,思治也。曹人疾共公侵刻下民,不得其所,忧而思明王贤伯也。”这实际上是曹人赞美荀跞纳周敬王于成周的诗。何楷《诗经世本古义》根据《易林·蛊之归妹》云:“下泉苞稂,十年无王。荀伯遇时,忧念周京。”认为“此诗当为曹人美晋荀跞纳敬王于成周而作”。据《左传》及《史记》记载,鲁昭公二十二年,周景王死,太子寿先卒,王子猛立。王子朝作乱,攻杀猛,尹氏立王子朝。王子丐居于狄泉,即《诗》之下泉(亦名翟泉,在今洛阳东郊)。后来晋文公派大夫荀跞攻子朝而立猛弟丐,是为敬王。诗当作于周敬王入成周以后,即在公元前516年后。这是《诗经》中时间最晚的一首诗。至于赞美晋荀伯,为什么诗列在《曹风》呢?马瑞辰说:“美荀跞而诗列《曹风》者,(《左传》)昭二十五年:‘晋人为黄父之会,谋王室,具戍人。’二十七年:‘会扈,令戍周。’三十二年:‘城成周。’曹人盖皆与焉。故曹人歌其事也。”

这首诗一唱三叹,格调十分低沉,寒泉浸稂,叹念周京,真有不胜今昔盛衰之感。末章却将笔调一转,阴雨膏苗,芃芃其盛,写出一派生气勃勃的景象。这种欲扬先抑、欲张先弛的布局,将作者的感情表现得详略分明,隐显得当。反面的衬托和正面的渲染都恰到好处,收到了“善附者异旨如肝胆”(刘勰《文心雕龙·附会》)的效果。

原文

冽彼下泉[1],浸彼苞稂[2]。
忾我寤叹[3],念彼周京[4]。

译文

下泉水呀清又凉,淹得莠草难生长。
睁眼醒来长叹息,不知京都怎么样。

洌彼下泉，浸彼苞萧[5]。	下泉水呀清又凉，淹得蒿草难生长。
忾我寤叹，念彼京周。	睁眼醒来长叹息，空念京城难回乡。
洌彼下泉，浸彼苞蓍[6]。	下泉水呀清又凉，淹得蓍草难生长。
忾我寤叹，念彼京师。	睁眼醒来长叹息，京师惹人常怀想。
芃芃黍苗[7]，阴雨膏之[8]。	蓬勃一片黍苗壮，阴雨润泽助它长。
四国有王，郇伯劳之[9]。	各国诸侯终有主，护送敬王荀伯忙。

注释

1 洌(liè)：寒冷。

2 苞：丛生。 稂(láng)：莠一类的草。

3 忾(xì)：叹息。 寤：睡醒。

4 周京：和“京周”“京师”同义，均指周天子所居的都城王城。

5 萧：蒿草。

6 蓍(shī)：草名。

7 芃(péng)芃：茂盛的样子。

8 膏：润泽的意思。

9 郇伯：指晋大夫荀跞。 郇，通“荀”。 劳：勤劳。 之：指纳敬王的事。

豳风

豳(bīn),亦作邠。《豳风》共七篇。《破斧》说“周公东征”,《东山》说“我徂东山,慆慆不归”“自我不见,于今三年”,这可能是随周公东征的士卒在归途中的歌唱。平王东迁,豳地为秦所有,可见《豳风》全部都产生于西周,是《国风》中最早的诗。最早的诗却置于《国风》的最末,这是什么缘故呢?《左传》襄公二十九年,有吴公子札观周乐的记载。其中《豳风》的排列次序在《齐风》之后,《秦风》之前。这显然是因为豳地后为秦有,两国之《风》在音乐声调上有渊源相承之故。襄公二十九年当公元前五四四年,在孔子正乐之前。《论语·子罕》:“子曰:吾自卫反鲁,然后乐正,《雅》《颂》各得其所。”这是鲁哀公十一年(前484)的事,距公子札观乐已经有六十年了。孔子正乐,调整了《诗》的篇章次序。将《豳风》压《国风》之卷,当出于孔子之手。为什么要作这样的调整呢?古乐已失,我们无从作进一步论证,但《周礼》某些记载倒提供了一些信息。《周礼·籥章》:“掌土鼓豳籥。中春,昼击土鼓,吹《豳诗》以逆暑。……凡国祈年于田祖,吹《豳雅》,击土鼓以乐田畯。国祭蜡,则吹《豳颂》,击土鼓以息老物。”郑玄注:“《豳诗》,《豳风·七月》也。《豳雅》亦《七月》也。《豳颂》亦《七月》也。”《七月》是风诗而《周礼》却并称之为《雅》《颂》,胡承珙《毛诗后笺》解释道:“《籥章》言《豳诗》者,正谓《豳风》以其诗固风体也。其谓《豳雅》《豳颂》者,则又以诗入乐,各歌其类,合乎《雅》《颂》故也。”据此,可知《七月》虽属《风》诗,但它又可以在不同的场合配上《雅》《颂》的乐调来歌唱。这种“全篇备《风》《雅》《颂》之义,籥章吹之以一时而共三用”的特殊作用,或许正是孔子将《豳风》置于《国风》之末的原因。

让这样的诗歌在《风》与《雅》《颂》之间起承上启下的桥梁作用,实在是很相宜的。

豳地在今陕西栒邑、邠县一带地方,为周人祖先公刘首先开发。周人是重视农业的民族,所以《豳诗》多带有务农的地方色彩。除《七月》外,《东山》等诗中也有明显的痕迹。《汉书·地理志》:“昔后稷封邰,公刘处豳,太王徙岐,文王作酆,武王治镐,其民有先王遗风,好稼穑,务本业,故《豳诗》言农桑衣食之本甚备。”这几句话,说出了《豳诗》的特点。

七月

导读

《毛序》:“《七月》,陈王业也。周公遭变故,陈后稷先公风化之所由,致王业之艰难也。”毛说还是衍生的经学解释。其实这是一首农事诗,描写农民一年四季的劳动过程和生活情况。后人根据《毛序》,多认为这是周公所作。但崔述《丰镐考信录》说:“玩此诗醇古朴茂,与成、康时诗皆不类。……然则此诗当为大王以前豳之旧诗,盖周公述之以戒成王而后世因误为周公所作耳。”方玉润《诗经原始》:“《豳》仅《七月》一篇所言皆农桑稼穑之事。非躬亲陇亩,久于其道者,不能言之亲切有味也如是。周公生长世胄,位居冢宰,岂暇为此?且公刘世远,亦难代言。此必古有其诗,自公始陈王前,俾知稼穑艰难,并王业所自始,而后人遂以为公作也。”崔、方二位的分析颇为中肯。这样一篇规模宏大的农事诗,绝不是哪一个天才所能成就。其中有古代的农谣,有豳地的民歌,应是集腋成裘的作品。而且绝非一朝一夕所能成就,必然有一个积年累月的流传过程。至于最后由谁将它整理成现在这个样子,是周公,还是其他的人,倒是无关宏旨的。

《七月》的伟大,在于其史料价值。研究古代社会性质的,研究古代农业发展状况的,甚而至于研究古代气候的众多学者,都可以从中挖掘出许多宝贵的材料。尽管对这些史料的认识有见仁见智之异,而其真实性则是无可置疑的。在这方面的价值,十五《国风》中无出其右者。但是,从文学艺术的角度来看,《七月》并不见得有什么强烈的迷人魅力。前人对《七月》称颂备至,说它“无体不备,有美必臻。晋唐后陶谢王孟韦柳田家诸诗从未见臻此境界”。说它“神妙奇伟,殆有非言语形容所能曲尽者”。说它“洵天下之至文”“真是无上神品”。这些赞词,未免过分,显得缺少发展的眼光。我们觉得倒是崔述的一段话值得注意。他说:"读《七月》,如入桃源之中,衣冠朴古,天真烂漫,熙熙乎太古也。"的确,不着意构筑,信口而出,天真纯朴,这便是《七月》的特点。至于它的章法,不少前贤苦心孤诣地加以探寻,却始终未能归于一说。这个事实,不正能从反面证明,它其实并没有什么刻意的奇妙的章法吗?如果我们明白,《七月》起于古代诗歌发展的萌芽期,中经民间口头流传,最后由太师整理成篇,就不难理解这种各章参差错互、头绪不易捉摸的现象了。总之,《七月》是一首杰出的农事诗,但也仅仅是一首农事诗。

原文

七月流火[1],九月授衣[2]。
一之日觱发[3],二之日栗烈[4]。
无衣无褐[5],何以卒岁?
三之日于耜[6],四之日举趾[7]。
同我妇子,馌彼南亩[8],
田畯至喜[9]。

七月流火,九月授衣。
春日载阳[10],有鸣仓庚[11]。
女执懿筐[12],遵彼微行[13],
爰求柔桑。春日迟迟[14],
采蘩祁祁[15],女心伤悲,
殆及公子同归[16]。

译文

七月大火偏西方,九月女工缝衣裳。
十一月风哔拨响,腊月寒气刺骨凉。
粗布衣服都没有,怎样过冬心悲伤!
正月农具修整好,二月下地春耕忙。
叫来老婆和孩子,饭菜送到田边头,
农官老爷充饥肠。

七月大火偏西方,九月女工缝衣裳,
春天太阳暖洋洋,黄莺吱喳枝头唱。
姑娘手提深竹筐,沿着墙边小路旁,
采呀采那柔嫩桑。春天日子渐渐长,
采蒿人儿闹嚷嚷。姑娘心里暗悲伤,
怕被公子带回房。

注释

1 七月:夏历七月。流:这里指行星的位置在天空中向下移动。火:星名,即心宿二,又称大火。每年夏历五月的黄昏,此星出现在天空南方,方向最正,位置最高。六月以后,就偏西向下行了。

2 九月:夏历九月。授衣:把裁制冬衣的工作交给妇女们去做。

3 一之日:指周历正月的日子,即夏历的十一月。周代建子,夏代建寅,所以周历正月当夏历十一月。下文“二之日”“三之日”“四之日”均指周历而言,分别相当于夏历十二月、正月和二月。夏历三月则不作“五之日”,只称为“春”。觱发(bì bō):寒风触物的声音。

4 栗烈:形容寒气刺骨。

5 褐(hè):粗布衣服。

6 于:为。这里指修理。耜(sì):金属的犁头。

7 举趾:举足下田,开始春耕。

8 馌(yè):送饭。南亩:泛指田地。

9 田畯:田官。喜:同“饎”,吃饭菜。

10 阳:天气暖和。

11 有:词头,无义。仓庚:黄莺。

12 懿:深。

13 微行:小路。

14 迟迟:形容春天日子渐长。

15 蘩:草名,又称白蒿。祁祁:形容采蘩的女子众多。

16 殆:怕。

原文

七月流火,八月萑苇[1]。
蚕月条桑[2],取彼斧斨[3]。
以伐远扬[4],猗彼女桑[5]。
七月鸣鵙[6],八月载绩[7]。
载玄载黄[8],我朱孔阳[9],

译文

七月大火偏西方,八月割苇好收藏。
三月动手修桑树,拿起斧头拿起斨,
高枝长条砍个光,攀着短枝摘嫩桑。
七月伯劳树上唱,八月纺麻织布忙。
染成黑红染成黄,我染深红最漂亮,

原文	译文
为公子裳。	为那公子做衣裳。
四月秀葽[10],五月鸣蜩[11]。 八月其获,十月陨萚[12]。 一之日于貉[13],取彼狐狸, 为公子裘。二之日其同[14], 载缵武功[15]。言私其豵[16], 献豜于公[17]。	四月远志结子囊,五月知了声声唱。 八月庄稼要收割,十月落叶随风扬。 十一月里打貉子,剥下狐狸茸茸皮, 好为公子做衣裳。腊月大伙聚一起, 继续打猎练武忙。小猪自己留下来, 大猪送到公府上。

注释

1 萑(huán):荻草。

2 蚕月:指夏历三月。条:同“挑”,修剪。

3 斨(qiāng):柄孔方形的斧。

4 远扬:指过长过高的桑树枝。

5 猗:同“掎”,牵拉。女桑:嫩桑叶。

6 鵙(jú):鸟名,又叫伯劳。

7 载:语助词。绩:纺织。

8 玄:黑中带红。

9 阳:鲜明。

10 秀:不开花而结实。葽(yāo):草本植物,又名远志,可入药。

11 蜩(tiáo):蝉。

12 萚(tuò):落叶。

13 于:往。貉(hé):兽名,似狐而尾较短。

14 同:会同。指会合大众打猎。

15 缵(zuǎn):继续。武功:指田猎。

16 言:发语词。私:私人留下。豵(zōng):小猪。

17 豜(jiān):大猪。

原文

五月斯螽动股[1],
六月莎鸡振羽[2]。
七月在野,八月在宇[3],
九月在户,
十月蟋蟀入我床下。
穹窒熏鼠[4],塞向墐户[5]。
嗟我妇子,曰为改岁[6],
入此室处。

六月食郁及薁[7],
七月亨葵及菽[8]。
八月剥枣[9],十月获稻;
为此春酒[10],以介眉寿[11]。
七月食瓜,八月断壶[12],
九月叔苴[13]。采荼薪樗[14],
食我农夫。

译文

五月蚱蜢弹腿响,
六月蝈蝈抖翅膀。
七月蟋蟀野地鸣,八月屋檐底下唱,
九月跳进房门来,
十月到我床下藏。
打扫垃圾熏老鼠,泥好柴门封北窗。
哎呀我的妻和儿,眼看就要过年关,
避寒住进这破房。

六月郁李葡萄尝,
七月煮葵烧豆汤。
八月打下大红枣,十月收割稻米香。
用来酿成好春酒,老爷饮了寿命长。
七月采瓜食瓜瓤,八月胡芦摘个光,
九月拾麻好收藏。采来苦菜砍臭椿,
是咱农夫半年粮。

注释

1 斯螽(zhōng):蚱蜢。动股:蚱蜢以翅摩擦发声,古人误以为以腿摩擦,所以说"动股"。

2 莎(suō)鸡:纺织娘。

3 宇:房檐。

4 穹:打扫。窒:堵塞。

5 向:朝北的窗。墐(jìn):用泥涂抹。古代北方农户多编柴门,冬天须涂泥塞缝,以御寒风。

6 曰：发语词。改岁：指过年。这章继十月之后便说到过年。因为夏历十一月当周历正月，改岁是指周历而言。

7 郁：郁李，小灌木，果实甜酸可食。薁(yù)：野葡萄。

8 葵：苋菜。菽：大豆。

9 剥：通“扑”，敲打。

10 春酒：冬天酿酒，春日始成，所以称春酒。

11 介：帮助。眉寿：人老了，眉毛会变长，叫作秀眉，所以称长寿为眉寿。

12 断：采摘。壶：通“瓠”，葫芦。

13 叔：拾取。苴(jū)：麻子。

14 薪：这里作动词“烧”用。樗(chū)：臭椿。

原文

九月筑场圃[1]，十月纳禾稼[2]，
黍稷重穋[3]，禾麻菽麦。
嗟我农夫！我稼既同[4]，
上入执宫功[5]：昼尔于茅[6]，
宵尔索绹[7]，亟其乘屋[8]，
其始播百谷。

二之日凿冰冲冲[9]，
三之日纳于凌阴[10]。
四之日其蚤[11]，献羔祭韭[12]。
九月肃霜[13]，十月涤场[14]。
朋酒斯飨[15]，曰杀羔羊，
跻彼公堂[16]，称彼兕觥[17]，
万寿无疆！

译文

九月筑好打谷场，十月庄稼要进仓，
谷子黄米和高粱，粟麻豆麦分开放。
哎呀可叹咱农夫！庄稼刚刚收拾完，
又要服役修宫房：白天割来粗茅草，
晚上搓绳长又长，急忙上屋把顶盖，
开春要播各种粮。

腊月凿冰冲冲响，
正月送进冰窖藏。
二月起早行祭礼，献上韭菜和小羊。
九月天高气又爽，十月萧瑟树叶黄。
两壶美酒大家饮，举刀宰了小羔羊，
踏上台阶进公堂，高高举起牛角杯，
同声高祝寿无疆！

注释

1 场:打谷场。圃:菜圃。古人一地两用,春夏为圃,秋冬为场。
2 纳:收藏。
3 黍:小米。稷:高粱。重(tóng):同“穜”,先种后熟的谷。穋(lù):同“稑”,后种早熟的谷。
4 同:聚拢。
5 上:通“尚”,还需要。执:服役。宫功:修建宫室。
6 尔:语助词。于:取。
7 索:搓绳索。绹(táo):绳。
8 亟:同“急”,赶快。乘:登上。
9 冲冲:凿冰声。
10 凌阴:藏冰的地窖。
11 蚤:通“早”。这里指早朝,是古代一种祭礼仪式。
12 献羔祭韭:古代开窖取冰前的一种仪式。
13 肃霜:即“肃爽”,形容秋高气爽的天气。
14 涤场:即“涤荡”,形容深秋树木萧瑟的样子。
15 朋酒:两壶酒。斯:语助词。飨(xiǎng):一同饮酒。
15 跻:登上。公堂:学校。古代学校既用于教育,又是公共集会、举行仪式的场所。
17 称:举。

鸱鸮

导读

《毛序》:“《鸱鸮》,周公救乱也。成王未知周公之志,公乃为诗以遗王,名之曰《鸱鸮》焉。”这显然是根据《尚书·金縢》的记载。《金縢》云:“周公居东二年,则罪人斯得。于后,公乃为诗以贻王,名之曰《鸱鸮》。王亦未敢诮公。”《史记·鲁世家》也有类似的记载,再加上孔子、孟子都提到此诗,所以后人深信不疑。但是《金縢》经近人考证已定为伪作,因此周公作《鸱鸮》之说未必可信。全诗以一只母鸟的口气,诉说她过去被猫头鹰抓走小鸟,但依然经营巢窝,抵御外侮,并抒写她育子修巢的辛勤劳瘁和目前处境的困苦危险。这首禽言诗当然是有所寄托的,但所指何人何事,不得而知。诗的具体寓意,还是阙疑为好。

此诗通篇用兴法,并含有寄托的意义,这种手法在《诗经》中是罕见的。只有《小雅·鹤鸣》一篇,其象征手法,和此诗相仿。此后,从屈原美人香草开始,这种“文小指大”“类迩义远”的寄托的表现手法,在诗歌中是越来越常见了。汉乐府的《雉子班》《乌生》《蛱蝶行》《枯鱼过河泣》等,以及贾谊的《鹏鸟赋》、祢衡的《鹦鹉赋》,都以禽言诗的形式,反映了压迫者的残酷与被压迫者的悲愤。其后曹植的《美女篇》《吁嗟篇》《野田黄雀行》《七步诗》等,也都是通首寄托的。到了唐代,最典型的是杜甫的《佳人》:“绝代有佳人,幽居在空谷。自云良家子,零落依草木。……但见新人笑,那闻旧人哭?在山泉水清,出山泉水浊。……摘花不插发,采柏动盈掬。天寒翠袖薄,日暮倚修竹。”这首诗写空谷佳人的悲惨命运和高洁品格,实际是寄托自己的身世之感。这种比兴手法,在后代诗歌中蔚为大观,溯其源流,似滥觞于《鸱鸮》。由此可见这首诗在诗歌发展史上的重要地位。

原文

鸱鸮鸱鸮[1]，既取我子，
无毁我室。
恩斯勤斯[2]，鬻子之闵斯[3]！

迨天之未阴雨[4]，彻彼桑土[5]，
绸缪牖户[6]。
今女下民[7]，或敢侮予！

予手拮据[8]，予所捋荼[9]，
予所蓄租[10]，予口卒瘏[11]，
曰予未有室家！

予羽谯谯[12]，予尾翛翛[13]。
予室翘翘[14]，风雨所漂摇，
予维音哓哓[15]！

译文

猫头鹰啊猫头鹰，你已抓走我娃娃，
不要再毁我的家。
辛苦爱我小宝贝，养育孩子累又乏！

趁着天晴没阴雨，剥下桑树根上皮，
修补窗子和门户。
现在你们树下人，有谁还敢来欺侮！

我手发麻太疲劳，我采芦花来垫巢，
我还贮存干茅草，我的嘴巴累痛了，
我窝还没修理好！

我的羽毛已枯焦，我的尾巴干寥寥。
我的窝儿险又高，风吹雨打晃又摇，
吓得我啊吱吱叫。

注释

1 鸱鸮(chī xiāo)：猫头鹰。诗人以它比喻坏人。
2 恩勤：即殷勤，辛苦的意思。
3 鬻(yù)：同“鞠”，稚小。闵：病困。
4 迨：及、趁着。
5 彻：通“撤”，剥取。桑土：即“桑杜”，桑根。土，同“杜”。
6 绸缪：缠绵、紧密缠缚。牖户：窗门，这里指鸟巢的破洞。
7 下民：树下的人类。
8 拮据：过度疲劳而手指僵硬。
9 荼：芦、茅的穗。
10 租：同“苴”，茅穗做的垫子。

11 卒瘏：即“悴瘏”，口病。卒，同“悴”。

12 谯(qiáo)谯：羽毛枯焦的样子。

13 翛(xiāo)翛：鸟羽干缩的样子。

14 翘翘：形容鸟巢高耸危险。

15 哓(xiāo)哓：恐惧的叫声。

东山

导读

《毛序》:"《东山》,周公东征也。周公东征三年而归。劳归士,大夫美之,故作是诗也。"但从诗的内容来看,"劳归士"和"大夫美之"的说法均不可信。正如崔述《丰镐考信录》所说:"此篇毫无称美周公一语,其非大夫所作显然;然亦非周公劳士之诗也。细玩其词,乃归士自叙其离合之情耳。"唯诗的背景同周公东征确有联系,诗人可能就是这次东征的参加者,真切地叙写了士兵在归途中的思家之情。马瑞辰《通释》认为这位士兵参加的是周公伐奄的战争,证据比较充足(因文长不录)。

这首诗叙室家离合之情诚挚深切,最足感人。通篇表现的是归途中征夫的绵绵思绪,情感的跳跃和递进构成了联系整部作品的中心线索。回首征役的凄苦——思念家乡的田园——想象妻子的洒扫待归——追忆新婚的幸福,仿佛由四支情调各异的曲子汇成一首抑扬顿挫的乐章,思绪渐趋具体,感情渐趋激烈。曲曲道来,情波迭起,音调铿锵。尤其是"我徂东山,慆慆不归,我来自东,零雨其濛。"这四句诗在每一章的章首重复出现,形成了感伤主题的反复咏叹,为诗人感情的起伏、思绪的游荡设置了特定的氛围。而每章末尾的收勒之笔,也牢牢地驾驭了感情的潮流,把现实与想象,感情与理智交织在一起。一颗饱经沧桑的心就在这收纵开阖、反复嗟叹中呈现在读者面前,使我们和他一起辛酸、感慨。这首诗绘景如画,抒情如见,悲喜怅惧,浮想联翩,错综歌唱得天衣无缝,实在是《三百篇》中的佳构。后世许多名句,如"近乡情更怯,不敢问来人""遥怜小儿女,未解忆长安""夜阑更秉烛,相对如梦寐""晓镜但愁云鬓改,夜吟应觉月光寒",都可以从《东山》中找到影子。王渔洋推崇它"写闺阁之致,远归之情,遂为六朝唐人之祖"(《渔洋诗话》),诚非虚语。

原文

我徂东山[1]，慆慆不归[2]。
我来自东，零雨其濛[3]。
我东曰归，我心西悲。
制彼裳衣，勿士行枚[4]。
蜎蜎者蠋[5]，烝在桑野[6]。
敦彼独宿[7]，亦在车下。

我徂东山，慆慆不归。
我来自东，零雨其濛。
果臝之实[8]，亦施于宇。
伊威在室[9]，蠨蛸在户[10]。
町畽鹿场[11]，熠耀宵行[12]。
不可畏也，伊可怀也！

我徂东山，慆慆不归。
我来自东，零雨其濛。
鹳鸣于垤[13]，妇叹于室。
洒扫穹窒[14]，我征聿至[15]。
有敦瓜苦[16]，烝在栗薪[17]。
自我不见，于今三年！

我徂东山，慆慆不归。
我来自东，零雨其濛。
仓庚于飞，熠耀其羽。
之子于归，皇驳其马[18]。
亲结其缡[19]，九十其仪[20]。

译文

我到东山去打仗，久久不归岁月长。
今天我从东方来，细雨蒙蒙倍凄凉。
我刚听说要回乡，西望家园心悲伤。
缝好一套平日装，不再含枚上战场。
青虫爬动曲又弯，长在野外桑树上。
孤身独宿缩成团，兵车底下权当床。

我到东山去打仗，久久不归岁月长。
今天我从东方来，细雨蒙蒙倍凄凉。
瓜蒌结实一串串，爬到高高房檐上。
屋里到处地鳖虫，门前结满蜘蛛网。
田地变成野鹿场，入夜萤火点点亮。
家园荒凉怕不怕？越是荒凉越怀想！

我到东山去打仗，久久不归岁月长。
今天我从东方来，细雨蒙蒙倍凄凉。
老鹳长鸣土堆上，爱妻嗟叹守空房。
洒扫房屋修好墙，盼我征夫早回乡。
团团苦瓜涩又苦，结在苦菜柴薪上。
自从我们不相见，于今三年断人肠！

我到东山去打仗，久久不归岁月长。
今天我从东方来，细雨蒙蒙倍凄凉。
黄莺翻飞春已暮，毛羽鲜明闪闪光。
想起当年她出嫁，迎亲花马白里黄。
娘替女儿结佩巾，仪式繁多求吉祥。

其新孔嘉[21],其旧如之何[22]? ‖ 新婚夫妇多美满,久别重逢该怎样?

注释

1 东山:在古奄国,今山东境内。公元前1062年,周公率军东征,平定武庚叛乱,随即继续东进,灭奄等五十余国。

2 慆(tāo)慆:长久。

3 零:落下。其濛:即"蒙蒙",细雨绵绵的样子。

4 士:通"事",从事。行:行阵打仗。枚:像筷子的短棍,行军时人和马都将它衔在口中,以免说话或嘶鸣而暴露行踪。

5 蜎(yuān)蜎:蠕动貌。蠋(shǔ):大青虫。

6 烝:久。

7 敦(duī):身体蜷成一团的样子。

8 果臝:瓜蒌。

9 伊威:地鳖虫。

10 蟏蛸(xiāo shāo):喜蛛。传说这种蜘蛛爬到人身上,是亲人将至的喜兆。

11 町畽(tīng tuǎn):有禽兽践踏痕迹的空地。鹿场:群鹿栖息之地。

12 熠耀:闪闪发光的样子。宵行:萤火虫。

13 鹳(guàn):水鸟,形似鹭。垤(dié):土堆。

14 洒扫:打扫房间。穹:打扫。窒:堵塞。

15 我征:我的征人。这是借用妻子的口吻。聿:语助词。

16 瓜苦:即苦瓜。

17 栗:同"蓼",苦菜。苦菜的薪柴上结着苦瓜,象征征人的妻子苦苦地支撑家庭,又苦苦地盼望夫归。

18 皇:毛色黄白的马。驳:毛色红白的马。这几句是回忆当年同妻子结婚时的情景。

19 亲:指妻子的母亲。缡(lí):女子的佩巾。古代风俗,母亲亲自给出嫁的女儿结佩巾。

20 九十:形容结婚时礼节繁多,虚数。仪:仪式,礼节。

21 新:指新婚。嘉:美满的意思。

22 旧:长久,指久别之后。

破斧

导读

《毛序》:“《破斧》,美周公也。周大夫以恶四国焉。”这是随周公东征的士卒喜获生还的诗。周灭殷后,武王将殷地分为三部,命自己的兄弟管叔、蔡叔、霍叔各领一部。封纣子武庚为诸侯,受三叔的监视。武王死,子成王立,年幼,由武王同母弟周公摄政。后来武庚纠合管、蔡和东方殷商旧属国奄、姑蒲及徐夷、淮夷起兵反周。周公率兵东征,杀武庚和管叔,放蔡叔,灭熊、盈等十七国,迁殷遗民至洛阳。这便是《破斧》诗的背景。《毛序》以为是“美周公”之作,但细玩全诗,看不出赞美周公之意。闻一多《风诗类钞》:“《破斧》,东征士卒喜生还也。”于诗意较合,今从之。周公东征在周成王三年(前1040),此诗当作于这以后不久。

此诗三章,每章只换三个字,是重章叠唱式的诗篇。章法比较简单,但情绪比较激昂。那些士兵跟着周公去打仗,兵器都打缺损了,可见战争之激烈。而最后总算敌国平定了,总算从死神的阴影下逃脱出来了,其欢快庆幸的心情,非一唱三叹的形式是不能尽情宣泄的。《毛诗序》云:“情动于中而形于言,言之不足,故嗟叹之;嗟叹之不足,故永歌之;永歌之不足,不知手之舞之、足之蹈之也。”这些士兵,可以说是到了“手舞足蹈”的地步了。我们读着诗,不难想象他们在班师路上边走边唱的情景。粗犷、率直、欢快,是《破斧》的特点,与前一篇《东山》的细腻、委婉、惆怅恰成鲜明的对比。同是战争题材,却能反映出迥异的情调,更使人感到《诗经》的绚丽多彩。

原文	译文
既破我斧,又缺我斨。	斧头斫得裂缝长,满身伤痕青铜斨。

原文	译文
周公东征，四国是皇[1]。	周公东征到远方，四国听着都着慌。
哀我人斯，亦孔之将[2]！	可怜我们这些人，总算命大能回乡！
既破我斧，又缺我锜[3]。	斧头斫得裂缝粗，作战折断三齿锄。
周公东征，四国是吪[4]。	周公东征到远方，四国幡然都悔悟！
哀我人斯，亦孔之嘉！	可怜我们这些人，总算有福回乡土！
既破我斧，又缺我銶[5]。	斧头斫裂刃锋销，缺口参差手中锹。
周公东征，四国是遒[6]。	周公东征到远方，四国平定不动摇。
哀我人斯，亦孔之休！	可怜我们这些人，熬到回乡算命好！

注释

1 四国：指天下。 皇：同“惶”。

2 将：大，与“好”同义。

3 锜(qí)：似三齿锄的武器。

4 吪(é)：感化。

5 銶(qiú)：像锹一样的武器。

6 遒(qiú)：稳定。

伐柯

导读

《毛序》:"《伐柯》,美周公也。周大夫刺朝廷之不知也。"《毛序》"美周公也"的说法实在牵强得太过分,无论后人怎样曲为解释,没有哪一说是令人信服的。从诗本身看,以伐柯比喻娶妻,写求婚的方法,当是描写一位男子希望有媒人来成全他婚事的诗。

此诗首章四句与《齐风·南山》全同,由此看来,很可能是民间的歌谣,经文人加工后选入《国风》。此诗在比喻的运用上颇为形象。要砍出一根斧柄,必须用斧头;要娶一个妻子,必须请媒人。按"媒"是女之为人求女者。使媒求妇,同执柯伐柯,都是以同类求同类,所以诗人以它作比。这个比喻非但贴切,而且生动,所以后世人们便称为人做媒为"伐柯"或"作伐"。《诗经》创立的新意,一直流传了两千多年,可见其生命力之强。

原文

伐柯如何[1]?匪斧不克[2]。
取妻如何[3]?匪媒不得。

伐柯伐柯,其则不远。
我觏之子[4],笾豆有践[5]。

译文

要砍斧柄怎么办?没有斧头不成功。
要娶妻子怎么办?没有媒人行不通。

砍斧柄呀砍斧柄,样子就在你面前。
我看那位好姑娘,料理宴席很熟练。

注释

1 柯:斧柄。

2 克:能。

3 取：通“娶”。

4 觏：见。

5 笾(biān)、豆：都是独足碗，笾竹制，豆木制。有践：即“践践”，陈列整齐的样子。

九罭

导读

《毛序》:“《九罭》,美周公也。周大夫刺朝廷之不知也。”有什么根据呢?什么根据也没有。《豳风》七篇,《毛序》把它们统统归到周公名下。不是周公所作,便是称美周公,也不管诗意有没有同周公相联系的可能。由于《毛序》的影响深远,害得后世崇毛者曲意回护,反毛者竭力攻讦,纷纷扬扬,不亦乐乎。以致许多对《诗经》极有研究的学者把精力徒然花在这种无谓的争论上,实在可惜。鉴于《毛序》去古未远,我们虽不能全然不顾。但“就诗论诗”总是最基本的原则。讨论诗旨毕竟还得从诗篇本文着眼,没有必要过多地在《毛序》上兜圈子。闻一多《风诗类钞》:“这是燕饮时,主人所赋留客的诗。”极合诗旨。

诗人以“九罭”自况,以“鳟鲂”“鸿飞”兴客人,既形象生动,又不失幽默之感,为全诗增色不少。尤其末章连用三个“兮”字句,曼声长咏,依依惜别之情和殷殷攀留之状如在目前,使人深感主客间的真挚情意。唐人送别诗有“劝君更尽一杯酒,西出阳关无故人”之句,与此诗有异曲同工之妙。

原文

九罭之鱼,鳟鲂[1],
我觏之子,衮衣绣裳[2]。

鸿飞遵渚[3],公归无所,
于女信处[4]。

译文

细网捕得好大鱼,不是鳟来便是鲂,
我的客人不平常,画龙上衣彩色裳。

大雁飞飞沿沙洲,您若归去没处留,
不住两夜不让走。

鸿飞遵陆，公归不复， 于女信宿！	大雁沿着陆地飞，您若归去不再回， 请住两夜别推诿！
是以有衮衣兮[5]， 无以我公归兮[6]， 无使我心悲兮！	藏起您的绣龙袍， 请您别走好不好， 不要让我添烦恼！

注释

1 九罭(yù)：捕小鱼小虾的细眼网。

2 衮(gǔn)衣：画着龙的上衣。

3 鸿：大雁。 渚(zhǔ)：水中沙洲。

4 女：此地，指主人的家。 信：两宿为信。

5 有：藏。

6 无以：犹今言“不让”。

狼跋

导读

《毛序》:"《狼跋》,美周公也。周公摄政,远则四国流言,近则王不知。周大夫美其不失其圣也。"毛说并非诗之本义。今人指出,这是讽刺贵族公孙的诗。这位公孙到底是谁?《毛序》认为是周公,《毛传》认为是成王,最早的两种解释便有矛盾,后人更是歧说纷出。我们认为,诗虽有史料价值,但终究不是史。公孙的具体指谓,无关宏旨。更何况前人之说,多据《尚书·金縢》。《金縢》伪书,何足为凭?问题倒是这首诗究竟是刺还是美。《毛序》以为"美周公",但后人觉得章首以老狼跋胡疐尾的窘丑之态起兴,紧接着却歌颂周公的进退得宜,未免不伦不类,于是想方设法为之弥合。如陈启源《毛诗稽古编》:"诗以狼为兴,但取其跋胡疐尾,为进退两难之喻,初不计其物之善恶也。"孙鑛《批评诗经》:"反兴正承,意旨与他篇稍有不同。然跋胡疐尾,周公之迹固近之。第狼非佳物,所以人多致疑。……总是反意为比,要自无害耳。"反兴正承,是美诗说的主要论据。但我们遍观《国风》诸篇,虽有反兴之法,如《鹑之奔奔》以鹑鹊尚居有常匹,反兴卫君荒淫乱伦,鹑鹊之不如;又如《相鼠》以相鼠尚且有皮,反兴统治者无耻苟得,相鼠之不如。所谓反兴,皆如此类,从未见有以丑兴美者,《狼跋》何得例外?所以我们细玩诗意,定此为刺诗。高亨先生《诗经今注》认为"硕肤"即"石甫",是讽刺幽王时的虢石甫。此说颇新奇,但没有其他证据,我们还是不敢轻易赞同。

这首诗的艺术手法,有些近乎《召南·羔羊》,是比较隐蔽的冷嘲。也有些近乎《鄘风·君子偕老》,末句以设问点出刺意。均有形象而幽默之妙。

原文

狼跋其胡[1],载疐其尾[2]。
公孙硕肤[3],赤舄几几[4]。

狼疐其尾,载跋其胡。
公孙硕肤,德音不瑕?

译文

老狼朝前踩下巴,后退又踏长尾巴。
公孙身体肥又大,红鞋弯弯神气煞。

老狼后退踩尾巴,前进又踏肥下巴。
公孙身体肥又大,品德名誉差不差?

注释

1 跋:踩。胡:老狼颔下垂下来的肉。
2 载:通“再”,又。疐(zhì):同“踬”,踩。
3 公孙:当时对贵族的称呼。硕肤:肥胖的意思。
4 舄(xì):鞋。赤舄:红色而以金色饰的鞋,亦名“金舄”。几几:鞋头弯曲的样子。

诗经 下

程俊英 蒋见元 导读 注译
蒋见元 重订

岳麓書社・长沙

雅

诗经

《雅》是周首都镐京一带地区的乐调名,《左传》鲁昭公二十年:"天子之乐曰《雅》。"雅本为一种乐器名,孳乳而为乐调之名,故程大昌曰:"《雅》,乐歌名也。"《雅》有大小之别,正如孔颖达《正义》所说:"诗体既异,音乐亦殊。"郑樵《六经奥论》指出:"律有小吕、大吕,则歌有《大雅》《小雅》,宜有别也。"惠周惕《诗说》:"大、小二《雅》当以音乐别之,不以政之大小论也,如律有大、小吕。"他们都以音乐的观点来说明《大雅》和《小雅》的区别,比较正确。由此可见,《风》《雅》之别就像现在地方调和京调一样,非常明显。《大雅》共三十一篇都是西周盛时之作。《小雅》共七十四篇(除去笙诗有目无诗六篇),它产生的时间最长,从西周到东周都有,以厉、宣、幽时代为最多。它们的作者多数是周王朝上层人物,少数是平民百姓。这些民歌可能由于产生于首都,且用雅乐谱曲,故列于《雅》。《雅》诗的产生地在镐京、洛邑。《雅》诗的内容比较复杂,其中有周族史诗、种族战争诗、讽刺诗、民歌、恋歌、农事诗、贵族宴会享乐等生活诗、祭祀诗、歌功颂德诗和其他,是周代社会、家庭的一面镜子。

小雅

鹿鸣之什

鹿鸣

导读

《毛序》:"《鹿鸣》,燕群臣嘉宾也。既饮食之,又实币帛筐篚以将其厚意,然后忠臣嘉宾得尽其心矣。"他认为是周王燕群臣的诗,可备参考。郑玄、孔颖达、朱熹均从《序》说。《史记·十二诸侯年表》:"仁义陵迟,《鹿鸣》刺焉。"《太平御览》五百七十八引蔡邕《琴操》:"《鹿鸣》者,周大臣之所作也。王道衰,君志倾,留心声色,内顾妃后,设酒食嘉肴,不能厚养贤者,尽礼极欢,形见于色。大臣昭然独见,必知贤士幽隐,小人在位,周道陵迟自以是始。故弹琴以风谏,歌以感之,庶几可复。"《鲁诗》和《御览》均以《鹿鸣》为刺诗,但与全诗气氛不合,今不取。至于诗的确切写作年代则不可考。或曰作于周成王时,或曰作于康王时,都是没有根据的。当时诗皆入乐,后来将《鹿鸣》等篇的乐调在举行乡饮酒礼、燕礼等宴会上歌唱。据臧琳《经义杂记》考证,《鹿鸣》的乐调,在魏武帝(曹操)时,有杜夔者,还能歌唱此调。

全诗三章,首章言奏乐,二章言饮酒,末章则并奏乐、饮酒而言之。从情绪上说,是一章比一章亲近;从气氛上说,是一章比一章热烈,至末章则达到“和乐且湛”的高潮，层次十分清晰。王夫之《姜斋诗话》：“始而欲得其欢，已而称颂之，终乃有所求焉，细人必出于此。《鹿鸣》之一章曰‘示我周行’，二章曰‘视民不恌，君子是则是效’，三章曰‘以燕乐嘉宾之心’，异于彼矣。此之谓大音希声。希声，不如其始之勤勤也。”他虽然是评论诗的精神境界，但我们亦可从中悟出诗人结构布局的妙处。

原文

呦呦鹿鸣[1]，食野之苹[2]。
我有嘉宾，鼓瑟吹笙。
吹笙鼓簧[3]，承筐是将[4]。
人之好我[5]，示我周行[6]。

呦呦鹿鸣，食野之蒿[7]。
我有嘉宾，德音孔昭[8]。
视民不恌[9]，君子是则是效[10]。
我有旨酒，嘉宾式燕以敖[11]。

呦呦鹿鸣，食野之芩[12]。
我有嘉宾，鼓瑟鼓琴。
鼓瑟鼓琴，和乐且湛[13]。
我有旨酒，以燕乐嘉宾之心。

译文

鹿儿呦呦叫不停，唤来同伴吃野苹。
我有满座好宾客，席上弹瑟又吹笙。
吹笙按簧声和声，捧上礼物竹筐盛。
诸位宾朋喜爱我，教我道理最欢迎。

鹿儿呦呦叫不停，呼吃青蒿结伴行。
我有满座好宾客，品德高尚有美名。
待人宽厚不刻薄，君子学习好典型。
我有美酒敬一杯，宾客欢宴喜盈盈。

鹿儿呦呦叫不停，唤来同伴吃野芩。
我有满座好宾客，席上弹瑟又奏琴。
琴瑟齐奏声和鸣，酒酣耳热座生春。
我有美酒敬一杯，借此娱乐诸贵宾。

注释

1 呦呦：鹿叫的声音。
2 苹：藾蒿。
3 鼓簧：用手按簧，吹出笙的各种节奏音调。簧，笙中的舌片。
4 承：奉上。筐：盛币帛的竹器，亦名筐。将：送。

5 人:指客人。好:爱。

6 示:告。周行:大道。引申为大道理。

7 蒿:亦名青蒿。

8 德音:好品德。孔:甚。昭:明。

9 视:古"示"字。恌(tiāo):同"佻",刻薄。

10 君子:指一般统治者。则:法则。效:仿效。

11 式:语助词。燕:通"宴"。敖:舒畅快乐。

12 芩(qín):蒿类。

13 湛(zhàn):"媅"的借字,即酒酣,尽兴的意思。

四牡

导读

《毛序》:“《四牡》,劳使臣之来也。有功而见知,则说矣。”姚际恒《诗经通论》说:“试将此诗平心读去,作使臣自咏极顺,作代使臣咏极不顺。亦因‘作歌’句横隔其间也。”按诗中明言“是用作歌”,表明诗的作者即使臣自己,不是慰劳使臣的君主。《毛序》的附会,盖由于《左传》襄公四年所载穆叔的话:“《四牡》,君所以劳使臣也。”不知这里所谓使臣,乃穆叔自称。大约当时采集此诗后,配乐作谱,遂用于慰劳使臣,而《仪礼》中《燕礼》《乡饮酒礼》亦歌此诗。因此,说这是一首出使官吏自作思归之诗是不会错的。

王夫之《姜斋诗话》云:“无论诗歌与长行文字,俱以意为主。意犹帅也。无帅之兵,谓之乌合。……烟云泉石,花鸟苔林,金铺锦帐,寓意则灵。”后来诗人,多苦心炼意,而《诗经》则因为处于文学的早期,几乎篇篇都是创意之作。如此诗五章,反复感叹“岂不怀归,王事靡盬”“不遑将父,不遑将母”。思归不得养之意既立,“四牡騑騑”的赋句和“翩翩者鵻”的兴句便都能含情蓄义,充满了诗人风尘仆仆的辛劳和进退维谷的矛盾心理。《毛传》云:“思归者,私恩也。靡盬者,公义也。”《郑笺》:“无私恩,非孝子也。无公义,非忠臣也。”阐发诗意很透彻。而后世“忠孝不能两全”之意,或以此诗为滥觞。

原文	译文
四牡騑騑[1],周道倭迟[2]。	四匹马跑得累,大路遥远又迂回。
岂不怀归?	难道不想把家回?
王事靡盬[3],我心伤悲!	王家差事做不完,使我心里太伤悲!

四牡骈骈，啴啴骆马[4]。
岂不怀归？
王事靡盬，不遑启处[5]！

翩翩者鵻[6]，载飞载下，
集于苞栩[7]。
王事靡盬，不遑将父[8]！

翩翩者鵻，载飞载止，
集于苞杞[9]。
王事靡盬，不遑将母！

驾彼四骆，载骤骎骎[10]。
岂不怀归？
是用作歌，将母来谂[11]！

四匹公马不停蹄，累得骆马直喘气。
难道不想回家里？
王家差事做不完，哪有时间去休息！

翩翩鹁鸪飞又鸣，飞上飞下多高兴，
落在丛丛柞树顶。
王家差事做不完，要养老父也不行！

翩翩鹁鸪任飞翔，飞飞停停多舒畅，
歇在一片杞树上。
王家差事做不完，没空回家养老娘！

四马驾车成一行，车儿疾驰马蹄忙。
难道不想回家乡？
唱支歌儿诉衷肠，日夜思念我亲娘！

注释

1 骈(fēi)骈：马不停地走，现出疲劳的样子。
2 周道：大路。 倭迟(wēi chí)：即“逶迤”，迂回遥远的样子。
3 靡：无。 盬(gǔ)：止息。
4 啴(tān)啴：喘息。 骆：身白尾黑的马。
5 不遑：没有闲暇。 遑，暇。 启处：在家安息。 启，小跪。 处，居、坐。
6 鵻(zhuī)：鸟名，俗称鹁鸪。
7 苞：茂盛。 栩(xǔ)：柞树。
8 将：养。
9 杞(qǐ)：枸杞。
10 载：语首助词。 这里含有勉力的意思。 骎(qīn)骎：马飞跑的样子。
11 将母来谂(shěn)：唯有想念着母亲。来，语助词，含有“是”的意思。谂，想念。

皇皇者华

导读

《毛序》:“《皇皇者华》,君遣使臣也。送之以礼乐,言远而有光华也。”这一解释可能是由于对《左传》襄公四年“《皇皇者华》,君教使臣”一语的附会,其错误与解《四牡》为“劳使臣之来”相同。春秋时代统治者常于宴会时使乐工歌唱《鹿鸣》《四牡》《皇皇者华》三诗,如《仪礼·乡饮酒礼》《仪礼·燕礼》所载及《左传》襄公四年“晋侯飨叔孙穆叔”等。但这只是取其音乐,或赋诗断章取义表达自己外交意见及态度而已,与诗之本义无关。陈廷杰说:“此为使臣之词,博咨民隐,欲以达下情。”他分析此诗的主题,大致不错。这是一位使者外出调查情况、采访意见的诗。诗是使者所作,诗中之“我”是使者的自称。

这首诗同《召南·小星》一样,都是使臣在外出途中所作,但两者反映的情绪不同,前者充满信心,后者怨嗟不已。而前者这种自信是通过重章叠唱的形式表现出来的,二至五章每章只换三四个字,反复吟咏,歌唱马儿的高骏,歌唱缰绳的称手,对自己出访民间的任务充满了自信和责任感。叠章在《诗经》中屡见不鲜,而以一唱三叹式的低调居多。唯此诗叠章用词明丽,格调高朗,回环反复的叠唱向读者展示了一幅意气风发的出使图卷。

原文	译文
皇皇者华[1],于彼原隰[2]。	花儿朵朵开烂漫,高原低地都开遍。
駪駪征夫[3],每怀靡及[4]。	急急忙忙我出差,纵有考虑不周全。
我马维驹[5],六辔如濡[6]。	驾起马儿真高骏,六条缰绳多滑润。

载驰载驱,周爰咨诹[7]。	赶着车儿快快跑,广泛访问城和村。
我马维骐,六辔如丝[8]。	驾起马儿黑带青,六条缰绳称手匀。
载驰载驱,周爰咨谋。	赶着车儿快快跑,到处访问老百姓。
我马维骆,六辔沃若[9]。	雪白马儿黑尾巴,缰绳光润手中拿。
载驰载驱,周爰咨度[10]。	赶着车儿快快跑,到处访问细调查。
我马维骃[11],六辔既均[12]。	马儿浅黑毛斑驳,缰绳均匀手中握。
载驰载驱,周爰咨询。	赶着车儿快快跑,细心察访勤探索。

注释

1 皇皇:色彩鲜明的样子。
2 原:高的平原。 隰:低湿的地。
3 駪(shēn)駪:急急忙忙。 征夫:行人、出使者。
4 每:虽。
5 驹:小马。
6 如:和"而"通用。 濡:润泽。
7 周:普遍、广泛。爰:于、在。咨诹(zōu):访问。咨,问。诹,聚集讨论。
8 骐:青色而有黑纹的马。 如丝:形容四马六辔的调匀。
9 沃:柔润。 若:同"然"。
10 度(duó):酌量。
11 骃(yīn):浅黑色间有白色毛的马。
12 均:均平、整齐。

常棣

导读

《毛序》:"《常棣》,燕兄弟也,闵管、蔡之失道,故作《常棣》焉。"这是宴会兄弟的诗。方玉润《诗经原始》:"良朋、妻孥未尝无助于己,然终不若兄弟之情深而相爱也。故曰'凡今之人,莫如兄弟'。"此即本诗的中心思想。关于诗的作者,旧说有二:一、成王时周公所作。《国语》:"周文公之诗曰:'兄弟阋于墙,外御其侮。'"《毛序》谓"闵管、蔡之失道",亦以为周公所作。二、厉王时召穆公虎所作。《左传》僖二十四年:"召穆公思周德之不类,故纠合宗族于成周,而作诗曰:'常棣之华,鄂不韡韡。凡今之人,莫如兄弟。'"《汉书·杜邺传》:"夫戚而不见殊,孰能无怨?此《棠棣》《角弓》之诗所为作也。"杜以《棠棣》与《角弓》均为刺诗,是西汉亦有以为召穆公所作者。其后韦昭、孔颖达等以为是周公作诗,召公歌诗。都是调和之论。崔述《洙泗考信录》:"诗云:'死丧之威,兄弟孔怀。'又云:'丧乱既平,既安且宁。'皆似中衰之后,不类初定鼎时语。况作乱者,管、蔡兄弟也。以殷畔者,管、蔡兄弟之亲其所疏而疏其所亲也。而此诗反云'兄弟急难,良朋永叹''兄弟外御其侮,良朋烝也无戎',语语与其事相反,何邪?"崔氏据诗的内容证明其非周公时代作品,语甚有理。《左传》认为是厉王时代召虎的创作,这很可能。

此诗歌唱兄弟之间的感情,首章以棠棣之花起兴,形象鲜明。"凡今之人,莫如兄弟"二句,直接点明主题。二、三、四章说明在危难关头惟兄弟最可信赖,以强烈的对比给人深刻的印象。第五章忽然反跌一层,感叹和平环境中兄弟反不如朋友。末三章笔调又重新扬起,大写兄弟和睦的快乐。全诗笔意抑扬曲折,前五章繁弦促节,多慷慨激昂之音;后三章轻拢慢捻,有洋洋盈耳之趣。在风格上也是变化多姿的。

原文

常棣之华[1]，鄂不韡韡[2]。
凡今之人，莫如兄弟。

死丧之威[3]，兄弟孔怀[4]。
原隰裒矣[5]，兄弟求矣。

脊令在原[6]，兄弟急难。
每有良朋[7]，况也永叹[8]。

兄弟阋于墙[9]，外御其务[10]。
每有良朋，烝也无戎[11]。

丧乱既平，既安且宁。
虽有兄弟，不如友生[12]。

傧尔笾豆[13]，饮酒之饫[14]。
兄弟既具[15]，和乐且孺[16]。

妻子好合，如鼓瑟琴。
兄弟既翕[17]，和乐且湛[18]。

宜尔室家[19]，乐尔妻帑[20]。
是究是图[21]，亶其然乎[22]！

译文

棠棣花开照眼明，花萼花蒂同根生。
试看如今世上人，没人能比兄弟情。

死亡威胁最可怕，只有兄弟最关心。
假如地震山川变，只有兄弟来相寻。

鹡鸰流落在高原，兄弟着急来救难。
平时虽是好朋友，看你遭难只长叹。

兄弟在家虽争吵，却能同心抗强暴。
平时虽有好朋友，事到临头难依靠。

死丧祸乱既平靖，一家生活也安宁。
那时虽有亲兄弟，反觉不如朋友亲。

大碗小碗摆上来，又是喝酒又吃菜。
兄弟已经都来齐，家宴和乐又亲爱。

情投意合妻子好，弹琴奏瑟同到老。
兄弟感情既融洽，和睦相处乐陶陶。

妥善安排你家庭，妻子儿女喜盈盈。
认真考虑细思量，此理是否很分明！

注释

1 常棣：即棠梨树。

2 鄂：通"萼"，花萼。不：花蒂。韡(wěi)韡：鲜明的样子。

3 威：畏。

4 孔怀：很关心。

5 裒(póu):聚集、减少,这里引申为自然界的变化。
6 脊令:即鹡鸰,水鸟名。原:平原。
7 每:虽。
8 况:增加。永:长。
9 阋(xì):争斗。
10 务:通“侮”。
11 烝:通“陈”,久。戎:帮助。
12 友生:即朋友。生,语助词。
13 傧:陈列。笾(biān):祭祀用的竹制器具。豆:盛肉用的木制器具。
14 之:犹“是”。饫(yù):吃饱喝足。
15 既具:已经都来齐。具,通“俱”。
16 孺:相亲。
17 翕(xī):合,和睦的意思。
18 湛(dān):尽兴。
19 宜:安。尔:兄弟。
20 帑:通“孥”,儿女。
21 究:深思。图:考虑。
22 亶(dǎn):确实。其:指“宜室家,乐妻帑”。然:这样。

伐木

导读

《毛序》:"《伐木》,燕朋友故旧也。自天子至于庶人,未有不须友以成者。亲亲以睦,友贤不弃,不遗故旧,则民德归厚矣。"这是一首贵族宴享亲友故旧的诗歌。黄柏《诗疑辨证》:"细玩此诗,专言友生之不可求,求字乃一篇大主脑。"他指出了诗的中心思想。三家《诗》认为这是刺诗,《文选》李善注引《韩诗》:"《伐木》废,朋友之道缺,劳者歌其事。诗人伐木自苦其事,故以为文。"蔡邕《正交论》:"周德始衰,颂声既寝,《伐木》有鸟鸣之刺。"但从诗文看来,并无怨刺之意。至于诗的作者和写作年代均无可考。《郑笺》以为是周王之诗,《孔疏》申郑,认为是咏文王之事。后代竟有人断诗为文王所自作,都没有根据。焦循《毛诗补疏》说得好:"文王幼时何曾为农?又何伐木之有?"的确,由诗中所用伐木、鸟鸣的比兴来看,疑此诗含有民歌的成分,而为贵族所修改和采用。

诗中"伐木丁丁,鸟鸣嘤嘤""出自幽谷,迁于乔木"等对偶句,结构整齐,变化和谐,虽然处于对偶的初级阶段,但是由此也显得更加朴实自然。李翱《答朱载言书》说:"古人能极于工而已,不知其辞之对与否也。"很中肯地说出了《诗经》对偶句情趣天然、不假雕琢的优点。此外,诗中还使用了排比的手法,三章"有酒湑我,无酒酤我,坎坎鼓我,蹲蹲舞我",两句一排,一共两排,在整齐中又有参差错落之致,将亲朋欢宴的气氛渲染得很热闹。汉代辞赋家贾谊的《鹏鸟赋》、祢衡的《鹦鹉赋》便运用这种手法,不过表现得更加精致了。

原文	译文
伐木丁丁[1],鸟鸣嘤嘤[2]。	砍起树木铮铮响,林中小鸟嘤嘤唱。

出自幽谷[3],迁于乔木[4]。	小鸟本从深谷出,飞来住到大树上。
嘤其鸣矣[5],求其友声。	鸟儿嘤嘤啼不住,呼伴引类声欢畅。
相彼鸟矣[6],犹求友声;	看那小鸟是飞禽,尚且求友不断唱。
矧伊人矣[7],不求友生?	何况我们是人类,不和朋友相来往?
神之听之[8],终和且平[9]。	天神听说人相爱,也会把那和平降。
伐木许许[10],酾酒有藇[11]。	呼起号子砍树忙,筛出美酒喷喷香。
既有肥羜[12],以速诸父[13]。	备好肥嫩小羔羊,请我伯叔来尝尝。
宁适不来[14],微我弗顾[15]。	宁可凑巧他不来,非我把他撇一旁。
於粲洒扫[16],陈馈八簋[17]。	屋里扫得真清爽,八盘好菜都摆上。
既有肥牡[18],以速诸舅[19]。	备好肥嫩小公羊,请我长辈来尝尝。
宁适不来,微我有咎[20]。	宁可凑巧他不来,免叫他人说短长。
伐木于阪[21],酾酒有衍。	小山坡上来砍树,酒已满杯还要注。
笾豆有践[22],兄弟无远[23]。	盘儿碗儿排整齐,兄弟之间别相疏。
民之失德[24],干糇以愆[25]。	人们为啥失友情,饭菜不周致交恶。
有酒湑我[26],无酒酤我[27]。	家里有酒筛出来,没酒店里买一壶。
坎坎鼓我[28],蹲蹲舞我[29]。	敲起鼓儿咚咚响,扬起长袖翩翩舞。
迨我暇矣[30],饮此湑矣。	趁着今朝有空闲,把这清酒喝下肚。

注释

1 丁(zhēng)丁:刀斧砍树的声音。

2 嘤嘤:鸟和鸣声。

3 幽谷:深谷。

4 乔木:指高处。

5 嘤其:即嘤嘤。

6 相:视、看。

7 矧(shěn):何况。伊人:这人。

8 神之听之:一般释为“神明听之”。

9 终:既。

10 许(hǔ)许:伐木时共同用力的呼声。

11 釃(shī)酒:滤酒。下章的“釃”是斟的意思。有藇(xù):形容酒味美。

12 羜(zhù):出生五个月的小羊。

13 速:召,邀请。诸父:对同姓长辈的尊称。

14 宁:宁可。适:凑巧。

15 微:非。顾:念。

16 於(wū):叹美词。粲:鲜明干净。

17 陈:陈列,摆设。馈:食物。簋(guǐ):盛食品的器具。

18 牡:指雄性的小羊。

19 诸舅:指异姓的长辈。

20 咎:过错。

21 阪:山坡。

22 笾豆有践:菜肴摆整齐。

23 兄弟:指同辈的亲友。

24 失德:指失去朋友的交谊。

25 干糇:本义是干粮。此泛指粗薄的点心。愆:过错。

26 湑(xǔ):滤。末句的“湑”指滤过的酒。

27 酤:同“沽”,买酒。我:主人自称。

28 坎坎:击鼓声。

29 蹲(cún)蹲:形容跳舞合乐的姿态。

30 迨:及、趁。

天保

导读

《毛序》:"《天保》,下报上也。君能下下以成其政,臣能归美以报其上焉。"这是一首臣子祝颂君主的诗。《序》以此诗为臣下所作,当然不错;如果一定认为君先有赐于臣,臣然后以此作报,则未免主观。《郑笺》:"下下,谓《鹿鸣》至《伐木》皆君所以下臣也。臣亦宜归美于王,以崇君之尊而福禄之,以答其歌。"这种说法更不正确,《孔疏》已提出异议,他说:"诗者,志也。各有吟咏。六篇之作,非是一人,而已(以)此为答上篇之歌者,但圣人示法,义取相成。比《鹿鸣》至《伐木》于前,此篇继之于后以着义,非故答上篇也。"姚际恒《诗经通论》说这是"臣致祝于君之词",似可从。至于诗的写作时代,朱熹说:"文王时周未有先王者,此必武王以后所作也。"颇有见地。

钟惺《评点诗经》云:"前后九'如'字,笔端鼓舞,奇妙。"诗人为了歌功颂德,连用九个比喻,这种用多种喻体来形容、说明本体的方法,称为博喻。广泛的连续的取譬形式,说明了诗人想象、联想的丰富。以高山大川、日月松柏为喻体,也显得极有气象。后世以"天保九如"为祝颂之辞,可见其艺术效果。

原文	译文
天保定尔[1],亦孔之固[2]。	上天保佑庇护,使您政权巩固。
俾尔单厚[3],何福不除[4]?	使您国家强大,赐您一切幸福。
俾尔多益[5],以莫不庶[6]。	让您物产丰盈,叫您国家富庶。
天保定尔,俾尔戬榖[7]。	上天保佑庇护,使您安乐幸福。

罄无不宜[8],受天百禄[9]。	万事无不如意,享受众多福乐。
降尔遐福[10],维日不足[11]。	福祉降临您身,唯恐一天不足。
天保定尔,以莫不兴[12]。	上天保您吉祥,生产蒸蒸日上。
如山如阜[13],如冈如陵。	恰如巍巍丘陵,又如高高山冈。
如川之方至,以莫不增。	如水滚滚而来,永远不断增长。
吉蠲为饎[14],是用孝享[15]。	饭菜清清爽爽,拿来祭祀祖上。
禴祠烝尝[16],于公先王[17]。	春夏秋冬四季,祭我先公先王。
君曰卜尔[18],万寿无疆。	祖宗开口说话,赐您万寿无疆。
神之吊矣[19],诒尔多福[20]。	祖宗已经来临,赐您幸福如锦。
民之质矣[21],日用饮食。	人民淳朴老实,每天吃饱就好。
群黎百姓[22],遍为尔德[23]。	不管是官是民,个个感您恩情。
如月之恒[24],如日之升,	您像新月渐盈,您像旭日东升。
如南山之寿,不骞不崩[25]。	您像南山高寿,永不亏损塌崩。
如松柏之茂,无不尔或承[26]。	您像松柏常青,子孙永远继承。

注释

1 保定:使安定。 尔:您,指君主。

2 亦:语助词。 孔:甚。

3 单厚:强大。

4 除(zhù):赐予。

5 多益:众多,指物产丰富。

6 以:发语词,无义。 庶:富庶。

7 戬(jiǎn)穀:福禄,幸福。 戬,福。 穀,禄。

8 罄:尽,所有。

9 百禄:许多幸福。

10 遐福:远福。

11 维日不足:唯恐每天享福不够。维,同“唯”,只。

12 兴:盛,指物产丰盛。

13 阜:土山。

14 吉蠲(juān):清洁。饎:酒食。

15 是用:用是。是,这,指酒食。享:祭献。

16 禴(yuè):夏祭。祠:春祭。烝:冬祭。尝:秋祭。

17 公:先公。先王:指太王以下。太王即古公父,周文王的祖父。

18 君曰:即尸(活人打扮得神像)传达神的话。君,指先公先王的神灵。卜:予、赐给。

19 吊(dì):至,指神灵、祖考的降临。

20 诒:通“贻”,送给。

21 质:朴实无华。

22 群黎:众民。百姓:百官。

23 为:音义同“讹”,感化。

24 恒:月上弦之貌。

25 骞(qiān):亏损。崩:崩坏。

26 或:有,承,继承。

采薇

导读

《毛序》:"《采薇》,遣戍役也。文王之时,西有昆夷之患,北有猃狁之难。以天子之命,命将率,遣戍役,以守卫中国,故歌《采薇》以遣之。《出车》以劳还,《杕杜》以勤归也。"据《毛序》,这是文王遣戍役之诗。但是清人崔述、姚际恒、方玉润等都反对此说。从诗的语言风格来看,确不似周初作品,很像《国风》中的民歌。至于诗的写作年代,三家《诗》认为是周懿王时诗,《史记·周本纪》:"懿王之时王室遂衰,诗人作刺。"《汉书·匈奴传》:"周懿王时王室遂衰,戎狄交侵,暴虐中国,中国被其苦。诗人始作,疾而歌之曰:'靡室靡家,猃狁之故。''岂不日戒,猃狁孔棘。'"崔述《丰镐考信录》云:"《汉书》以为懿王之世'诗人疾而歌之',《史记》称懿王时'诗人作刺'似亦指此而言。则是汉时《齐》《鲁》诸家说诗皆如此也。今玩其词,但有伤感之情,绝无慰藉之语,非惟不似盛世之音,亦无一言及天子之命者,正与《史》《汉》之言相符。然则《齐》《鲁》说此篇者必有所传而然,非妄撰也。但谓为懿王之世,则经传皆无明文。"方玉润亦谓诗"以戍役归者自作为近是。至作诗世代,或以为文王时,或以为宣王时,更或谓季历时,都不可考。大抵遣戍时世难以臆断,诗中情景不啻目前,又何必强不知以为知耶!"方说近是。这确是一位戍边兵士在返乡途中作的诗。

诗的前三章回忆久戍不归的思家之苦。四、五两章回忆疆场奔走战斗之劳。末章杨柳雨雪数句,以景物烘托情感,使情感融化于景物之中。王夫之《姜斋诗话》说:"'昔我往矣,杨柳依依。今我来思,雨雪霏霏。'以乐景写哀,以哀景写乐,一倍增其哀乐。"杨柳依依是春光明媚之景,但值此大好时光却要从军远戍,越觉百般凄凉。雨雪霏霏是冬日肃杀之象,而历尽艰难生死终能安然归来，更生无限欣慰。这种以相反的景物来衬托感情的写法，往往能收到更强的艺术效果。朱光潜先生更感叹现代的译文无论怎么翻译，都无法传神地再现这四句“缠绵悱恻，感慨不尽的神情”。这几句诗所以能千古传诵，道理也就在此。

原文

采薇采薇[1]，薇亦作止[2]。
曰归曰归，岁亦莫止[3]。
靡室靡家[4]，猃狁之故[5]。
不遑启居[6]，猃狁之故。

采薇采薇，薇亦柔止[7]。
曰归曰归，心亦忧止。
忧心烈烈，载饥载渴[8]。
我戍未定[9]，靡使归聘[10]！

采薇采薇，薇亦刚止[11]。
曰归曰归，岁亦阳止[12]。
王事靡盬[13]，不遑启处。
忧心孔疚[14]，我行不来[15]！

彼尔维何[16]？维常之华[17]。
彼路斯何[18]？君子之车[19]。
戎车既驾，四牡业业[20]。
岂敢定居？一月三捷[21]！

驾彼四牡，四牡骙骙[22]。
君子所依[23]，小人所腓[24]。

译文

采薇采薇一把把，薇菜新芽已长大。
说回家呀说回家，眼看一年又完啦。
有家等于没有家，为着猃狁来厮杀。
没有空闲坐下啦，为着猃狁来厮杀。

采薇采薇一把把，薇菜柔嫩初发芽。
说回家呀说回家，心里忧闷多牵挂。
满腔愁绪火辣辣，又饥又渴真苦煞。
驻地至今难定下，书信无人捎回家！

采薇采薇一把把，薇菜已经发杈丫。
说回家呀说回家，转眼十月又到啦。
王室差事没个完，想要休息没闲暇。
满腔愁绪真苦煞，只怕从此难回家。

什么花儿开得盛？密密层层棠棣花。
什么车儿高又大？将军战车要出发。
兵车已经套上马，四匹公马壮又大。
边地怎敢图安居？一月数胜为邦家！

驾起四匹大公马，马儿雄骏高又大。
将军威武倚车立，兵士掩蔽也靠它。

四牡翼翼[25],象弭鱼服[26]。	四匹马儿多齐整,鱼皮箭袋雕弓挂。
岂不日戒[27],猃狁孔棘[28]!	哪有一天不戒备,军情紧急难卸甲!
昔我往矣,杨柳依依[29]。	回想当初出征日,杨柳依依随风斜。
今我来思[30],雨雪霏霏[31]。	如今归来路途中,大雪纷纷漫天洒。
行道迟迟[32],载渴载饥。	道路泥泞脚步慢,又渴又饿又疲乏。
我心伤悲,莫知我哀!	我心伤感满腔愁,没人体会苦生涯!

注释

1 薇:豆科植物,今名野豌豆苗。

2 作:生长。止:语尾助词。

3 莫:"暮"的古字。

4 靡:无。

5 猃狁(xiǎn yǔn):我国古代北方的少数民族。

6 不遑:没有空闲。启:跪起。居:坐下。古人席地而坐。

7 柔:柔嫩。

8 载:又。

9 戍:驻守。

10 聘:探问,指探问家人。

11 刚:硬。指薇菜的茎叶变得老而硬了。

12 阳:阳月,夏历四月之后。

13 王事:指征役。靡:没有。盬:止息。

14 孔:非常。疚:痛苦。

15 来:回来。

16 尔:通"薾",花盛开的样子。维:是。

17 常:常棣。

18 路:同"辂",高大的车,将帅作战时所用。斯:语助词。

19 君子:指将帅。

20 四牡:驾车的四匹雄马。业业:高大雄壮的样子。

21 三:虚数,指多次。

22 骙骙:马强壮的样子。

23 依:凭靠。

24 腓(féi):隐蔽。

25 翼翼:行动熟练整齐的样子。

26 象弭:两端用象骨装饰的弓。鱼服:用鲨鱼皮制的箭袋。

27 日戒:每天戒备。

28 棘:通“急”,紧急。

29 依依:柳枝茂盛而随风披拂的样子。

30 思:语助词。

31 雨雪:下雪。“雨”用作动词。霏霏:雪花纷飞的样子。

32 迟迟:缓慢。

出车

导读

《毛序》:“《出车》,劳还率也。”从诗意看,这应是一位出征的武士凯旋归来赋的诗。《毛序》以为是周文王劳还帅之作,当然不可信。《汉书·匈奴传》:“宣王兴师,命将以征伐之(指匈奴),诗人美大其功,曰‘薄伐猃狁,至于太原’‘出车彭彭,城彼朔方’。”《汉书·古今人表》又将南中列于宣王世。王先谦《集疏》认为此诗与《六月》同为宣王时诗,三家《诗》说是有根据的。王国维《观堂集林·鬼方昆夷猃狁考》云:“《出车》咏南仲伐猃狁之事,南仲亦见《大雅·常武》篇……今焦山所藏《鄦惠鼎》云‘司徒南中入右鄦惠’,其器称‘九月既望甲戌’,有月日而无年,无由知其为何时之器。然文字不类周初,而与《召伯虎敦》相似,则南仲自是宣王时人,《出车》亦宣王时诗也。征之古器,则凡纪猃狁事者,亦皆宣王时器。……周时用兵猃狁事,其见于书器者,大抵在宣王之世,而宣王以后即不见有猃狁事。”王氏证以钟鼎文,更可信。至于诗的作者,从诗中看来,可能是一位随从南仲出征的将士。

诗的后三章,采用了不少民歌的句子。如“昔我往矣,黍稷方华。今我来思,雨雪载涂。”是袭用《采薇》末章的。“喓喓草虫,趯趯阜螽。未见君子,忧心忡忡。既见君子,我心则降。”是袭用《国风·草虫》的。“春日迟迟,卉木萋萋。仓庚喈喈,采蘩祁祁。”是节取《国风·七月》的。由此可以看出,贵族文人向民歌汲取营养,丰富提高自己创作的这一历史事实。实开后世集句之风。晋傅咸作集经诗——《集论语》《集毛诗》《集周易》《集左传》(见《汉魏六朝百三名家集》),清黄唐堂的《香屑集》等,皆从此出。

原文

我出我车，于彼牧矣[1]。
自天子所[2]，谓我来矣[3]。
召彼仆夫[4]，谓之载矣。
王事多难，维其棘矣[5]。

我出我车，于彼郊矣。
设此旐矣[6]，建彼旄矣[7]。
彼旟旐斯[8]，胡不旆旆[9]？
忧心悄悄[10]，仆夫况瘁[11]。

王命南仲[12]，往城于方[13]。
出车彭彭[14]，旂旐央央[15]。
天子命我，城彼朔方。
赫赫南仲[16]，玁狁于襄[17]。

昔我往矣，黍稷方华[18]。
今我来思，雨雪载涂[19]。
王事多难，不遑启居。
岂不怀归？畏此简书[20]。

喓喓草虫[21]，趯趯阜螽[22]。
未见君子[23]，忧心忡忡[24]。
既见君子，我心则降[25]。
赫赫南仲，薄伐西戎[26]。

春日迟迟[27]，卉木萋萋[28]。
仓庚喈喈[29]，采蘩祁祁[30]。

译文

推出战车马套上，驾到远郊养马场。
有人从王那里来，派我出征到北方。
唤来马夫驾起车，赶快送我到边防。
国王政事多外患，事儿紧急保家邦。

推出战车马套上，驾到郊外养马场。
车上插起龟蛇旗，树起干旄随风扬。
旗上鹰隼气昂昂，怎不展翅高飞翔？
我为战事心不安，马夫憔悴驾驭忙。

王命南仲大将军，筑城防敌到北方。
驾车四马多壮健，旌旗鲜明亮晃晃。
天子下令我执行，去到北方筑城墙。
威名赫赫南仲子，扫除玁狁上战场。

当初北征离家乡，黍稷茂盛庄稼香。
现在回来打西戎，大雪满路化泥浆。
国王政事多外患，无法安居整天忙。
难道不想回家乡？邻邦盟约不敢忘。

蝈蝈喓喓不住唱，蚱蜢蹦蹦跳场上。
未曾看见南仲面，忧心忡忡虑国防。
如今见了南仲面，石头落地心舒畅。
声名赫赫南仲子，征伐西戎威名扬。

春天日子渐渐长，草木茂盛叶苍苍。
黄莺吱喳枝头唱，采蘩姑娘闹洋洋。

执讯获丑[31]，薄言还归。	捉来间谍杀敌寇，胜利归来到家乡。
赫赫南仲，猃狁于夷[32]。	威名赫赫南仲子，平定猃狁国增光。

注释

1 于：往。牧：郊外。
2 所：处所，地方。
3 谓我来：即使我来。下文“谓之载”，即使之载。谓，使。
4 仆夫：即御夫，驾车的人。
5 维：发声词。棘：通“急”，紧急。
6 设：陈列。旐(zhào)：画着龟蛇的旗。
7 建：立。旄：一种饰有旄牛尾的曲柄旗。
8 旟(yú)：画着鹰隼的旗。斯：语尾助词。
9 旆(pèi)旆：飞扬的样子。
10 悄悄：忧愁的样子。
11 况瘁：憔悴。况，“怳”的假借字。
12 南仲：周宣王时的大臣。
13 城：筑城。方：朔方，北方。
14 彭彭：马强盛的样子。
15 旂：画蛟龙的旗。央央：鲜明的样子。
16 赫赫：威名显盛的样子。
17 襄：通“攘”，扫除。
18 方华：正是茂盛的时候。华，茂盛。
19 载：充满。涂：泥浆。
20 简书：盟书。
21 喓喓：虫鸣声。草虫：蝈蝈。
22 趯(tì)趯：跳跃貌。阜螽：蚱蜢。

23 君子:指南仲。

24 忡忡:忧虑不安的样子。

25 降:下,指心放下了。

26 薄:语首助词。 西戎:西北种族名。

27 迟迟:日长的样子。

28 卉:草。 萋萋:茂盛的样子。

29 仓庚:黄莺。 喈喈:鸟鸣声。

30 祁祁:众多的样子。

31 讯:间谍。 获:"馘(guó)"的假借字,割耳朵。 丑:对敌人的蔑称。

32 夷:平定。

杕杜

导读

《毛序》:"《杕杜》,劳还役也。"这是一位妇女思念久役丈夫的诗。方玉润说:"此诗本室家思其夫归而未即归之词。"《毛序》以为是文王劳还役之诗。我们觉得这恐怕原来是一首民歌,后为统治者所采,配以雅乐,作为慰劳出征归来的将士时弹奏的乐章,后来编诗者将它列于《小雅》一类,是可能的。桓宽《盐铁论·繇役篇》:"古者无过年之繇,无逾时之役。今近者数千里,远者过万里,历二期长子不还,父母忧愁,妻子咏叹,愤懑之恨,发动于心;慕思之积,痛于骨髓。此《杕杜》《采薇》之所为作也。"三家《诗》说还是比较接近事实。

诗共四章,前三章都是思妇想象之词。首章由季节的变迁,想象战事应该结束。二章想象暮春丈夫应在归途。三章想象丈夫离家已近,不日可归。然丈夫终于久期而不至。四章叙述诗人在无可奈何中而询问卜筮,得到吉兆。她一天天地盼望丈夫归来,只是在想象、卜筮中追求美的生活。诗仅短短的四章,将作者思夫而久待不归的心情,曲折而淋漓尽致地表达了出来。钟惺云:"诗以物纪时,妙笔,后人不能。"足见诗人不仅富于想象,形象思维也很丰富。

原文

有杕之杜[1],有睆其实[2]。
王事靡盬,继嗣我日[3]。
日月阳止[4],女心伤止,
征夫遑止!

译文

一株棠梨生路旁,果实累累挂树上。
国王差事无休止,服役期限又延长。
日子已到十月头,满心忧伤想我郎,
征人有空应回乡!

有杕之杜，其叶萋萋。 王事靡盬，我心伤悲。 卉木萋止，女心悲止， 征夫归止！	一株棠梨生路旁，叶儿繁茂真盛旺。 国王差事无休止，遥想征人我心伤。 草木青青春又到，心儿忧碎愁断肠， 征人哪天能还乡！
陟彼北山[5]，言采其杞[6]。 王事靡盬，忧我父母。 檀车幝幝[7]，四牡痯痯[8]， 征夫不远！	登上北山我彷徨，手采枸杞心想郎。 国王差事无休止，谁来奉养爹和娘。 檀木车子已破烂，四马疲劳步踉跄， 征夫归期该不长！
匪载匪来[9]，忧心孔疚[10]。 期逝不至[11]，而多为恤[12]。 卜筮偕止[13]，会言近止[14]， 征夫迩止[15]！	人不回来车不装，忧心忡忡苦怀想。 服役期过不回来，最是忧愁最惆怅。 占卜卦辞说吉祥，聚会之期不太长， 征人很快就回乡！

注释

1 杕杜：特立孤生的棠梨树。
2 睆(huán)：颜色鲜明或果实浑圆的样子。
3 继嗣：继续，延长。
4 阳：指夏历十月。 止：语气词。
5 陟：登。
6 杞：枸杞。
7 檀车：役车。 幝(chán)幝：车破旧的样子。
8 痯(guǎn)痯：疲病的样子。
9 匪：通“非”。 载：装。
10 疚：病、苦恼。
11 期：服役的限期。 逝：过去，逾期。

12 多:最。恤:忧愁。

13 卜筮:占卜算卦。偕:与“嘉”通,吉利。

14 会:聚会。言:助词,含有“且”意。

15 迩:近。

鱼丽

导读

《毛序》:“《鱼丽》,美万物盛多能备礼也。文、武以《天保》以上治内,《采薇》以下治外,始于忧勤,终于逸乐。故美万物盛多,可以告于神明矣。”《序》认为这是文王、武王时的诗歌,没有什么根据。从诗的语言看来,并不像周初的作品。实际上这只是写贵族宴飨宾客的诗,反映了当时贵族生活的豪华。《仪礼·乡饮酒礼》和《仪礼·燕礼》都唱这诗。它的乐章被后人所袭用。

《诗经》多四字句,每章句数亦多相同。但此诗在句式、章法上颇有特点,前三章每章四句,且四句中集二字、三字、四字三种句式;后三章又一变为每章二句。这可能同所配的乐曲有关。我们现在虽然不复看到乐谱,但上口吟诵起来,仍能体会前三章的文字参差错落,其间似跳跃着一股感谢主人盛宴款待的欢乐气息。后三章节奏放慢,曼声骀荡,又仿佛洋溢着酒醉饭饱、鼓腹而歌的满意心情。再配上华丽的旋律,真可说将贵族生活的豪华渲染得淋漓尽致了。

原文

鱼丽于罶[1],鲿鲨[2]。
君子有酒,旨且多[3]。

鱼丽于罶,鲂鳢[4]。
君子有酒,多且旨。

鱼丽于罶,鰋鲤[5]。
君子有酒,旨且有[6]。

译文

鱼儿篓里历录跳,小鲨黄颊下锅烧。
老爷有酒藏得好,满坛满罐清香飘。

鱼儿篓里历录跳,鳊鱼黑鱼有味道。
老爷有酒藏得好,满桶满缸清香飘。

鱼儿篓里历录跳,鲇鱼鲤鱼好菜肴。
老爷有酒藏得好,满樽满杯清香飘。

原文	译文
物其多矣，维其嘉矣[7]。	酒菜丰盛花色多，味道实在好不过。
物其旨矣，维其偕矣[8]。	样样酒菜都精美，客人尝了对口味。
物其有矣，维其时矣[9]。	吃的喝的堆满仓，时鲜货色不断档。

注释

1 丽(lí)：历录，鱼历历录录地跳着的样子。 罶(liǔ)：捕鱼的竹笼。

2 鲿(cháng)：今名黄颊鱼。

3 旨：味美。

4 鲂：鱼。 鳢(lǐ)：黑鱼。

5 鰋(yǎn)：今名鲇鱼。

6 有：多。

7 嘉：善。

8 偕：与“嘉”同义。

9 时：及时。

南有嘉鱼之什

南有嘉鱼

导读

《毛序》:"《南有嘉鱼》,乐与贤也。太平君子至诚,乐与贤者共之也。"毛说有所发挥。实际上,这只是一首描写贵族宴会宾客的诗,与《鱼丽》性质略同。不过《鱼丽》全篇都是称颂主人酒肴的丰盛,此篇则主要歌唱宾客的欢乐。诗称"君子""嘉宾",作者可能是主宾以外的第三人,古者宴会多奏乐,此诗疑为当时乐工的作品。

此诗前两章用赋法,后两章改用兴体。从文字上来看是变格,从乐调上来听便可能是变奏。据《仪礼·乡饮酒礼》,这首诗是在宴会上歌唱的,可见其音乐的意义更甚于文学的意义,所以方玉润说它的文辞"无甚深意"。

原文	译文
南有嘉鱼,烝然罩罩[1]。	南方有好鱼,群群游水中。
君子有酒,嘉宾式燕以乐[2]。	主人有好酒,宴会宾客乐融融。
南有嘉鱼,烝然汕汕[3]。	南方有好鱼,群群游水里。
君子有酒,嘉宾式燕以衎[4]。	主人有好酒,宴会宾客乐无比。
南有樛木,甘瓠累之。	南方曲树弯,葫芦缠树上。

君子有酒，嘉宾式燕绥之[5]。	主人有好酒，宴会宾客真欢畅。
翩翩者鵻[6]，烝然来思[7]。	鹁鸪轻飞翔，成群落树上。
君子有酒，嘉宾式燕又思[8]。	主人有好酒，宴会宾客敬一觞。

注释

1 烝：众多。罩罩：鱼群游的样子。

2 式：语气助词。燕：宴会饮酒。以：同“而”。

3 汕汕：鱼游水的样子。

4 衎(kàn)：乐。

5 绥：安乐。

6 鵻(zhuī)：鹁鸪。

7 思：语气词。

8 又：通“侑”，指劝酒。

南山有台

导读

《毛序》:“《南山有台》,乐得贤也。得贤则能为邦家立太平之基矣。”但从诗的内容看来,并不见有“得贤”之意。朱熹《诗集传》:“此亦燕飨通用之乐歌。……所以道达主人尊贵之意,美其德而祝其寿也。”第三章云:“民之父母”,它可能是歌颂周王的诗,但不知所指何王。今从朱说。

诗共五章,每章首两句都是含比义的兴。《郑笺》:“兴者,山之有草木以自覆盖,成其高大。喻人君有贤臣以自尊显。”他正确地说明了五章的兴义。每章后四句都是歌功颂德和祝寿之词,只有末章的末句“保艾尔后”为祝其后继有人。《诗经》中这些下祝上之诗,开后世文人所作的庆祝权贵的诗文和谀墓的碑铭文体。毋庸讳言,这也是从《诗经》开的头。

原文

南山有台[1],北山有莱[2]。
乐只君子[3],邦家之基。
乐只君子,万寿无期!

南山有桑,北山有杨。
乐只君子,邦家之光。
乐只君子,万寿无疆!

南山有杞,北山有李。
乐只君子,民之父母。
乐只君子,德音不已!

译文

南山莎草绿萋萋,北山遍地长野藜。
快快乐乐一君子,国家靠你做根基。
快快乐乐一君子,祝你万寿无穷期!

南山遍地有嫩桑,北山到处长白杨。
快快乐乐一君子,国家有你增荣光。
快快乐乐一君子,祝你万寿永无疆!

南山杞木株连株,北山冈上长李树。
快快乐乐一君子,民众尊你是父母。
快快乐乐一君子,你的美名永记住。

南山有栲[4],北山有杻[5]。	南山栲树绿油油,北山杻树满山丘。
乐只君子,遐不眉寿[6]!	快快乐乐一君子,怎不盼你享长寿!
乐只君子,德音是茂。	快快乐乐一君子,你的美名传九州。
南山有枸[7],北山有楰[8]。	南山枸树到处有,北山遍地是苦楸。
乐只君子,遐不黄耇[9]?	快快乐乐一君子,怎不愿你永长寿?
乐只君子,保艾尔后[10]。	快快乐乐一君子,保养子孙传千秋。

注释

1 台:通“苔”,草名。又名莎草,可做蓑衣。

2 莱:又作“藜”,草名。嫩叶可食。

3 只:语气词,无义。

4 栲(kǎo):一种常绿乔木,木质坚密,皮可制栲胶或染渔网。

5 杻:檍树。

6 遐:通“何”。眉寿:人老了,眉毛会变长,叫作秀眉,所以称长寿为眉寿。

7 枸(yǔ):即枳椇,实如鸡爪,味甜可食。

8 楰(yú):苦楸。

9 黄:指老人头发白后发黄。耇(gǒu):老。

10 艾:养育。

蓼萧

导读

《毛序》:"《蓼萧》,泽及四海也。"后人批评它"有序若无序,何若无序之为妙。"因为《毛序》的说明实在太空洞了。朱熹《诗集传》说:"诸侯朝于天子,天子与之燕,以示慈惠,故歌此诗。"严粲《诗辑》说:"《蓼萧》,诸侯答《湛露》《彤弓》之歌。"二说均无确据。吴闿生《诗义会通》说:"据词当是诸侯颂美天子之作。"他根据诗的内容分析这是赞美周王恩德的诗,比较正确。《孔疏》及陈启源《毛诗稽古编》认为是周公辅成王时的诗,乃根据《序》语而附会其说,恐不足信。

此诗实际上是一种谀辞,但它在四章中的结构倒值得借鉴。首章"燕笑语兮,是以有誉处兮"是实写宴会情景,先渲染出一片和睦亲密的气氛。二、三章"为龙为光""宜兄宜弟"则是虚写,既称颂周天子的令德,又自占了身份,可谓恰到好处。末章拓开一笔,又以实写描绘天子车乘,场面宏大,把歌颂的意义又提高了一层。似有"九天阊阖开宫殿,万国衣冠拜冕旒"的气象。这种虚实相间的写法同主题配合得很默契。

原文	译文
蓼彼萧斯[1],零露湑兮[2]。	艾蒿高又长,露水闪闪亮。
既见君子,我心写兮[3]。	见到周天子,我心真舒畅。
燕笑语兮,是以有誉处兮[4]。	宴饮又笑谈,大家喜洋洋。
蓼彼萧斯,零露瀼瀼[5]。	艾蒿高又长,露水晶晶亮。
既见君子,为龙为光[6]。	见到周天子,得宠沾荣光。
其德不爽,寿考不忘。	皇恩真浩荡,万寿永无疆。

蓼彼萧斯，零露泥泥[7]。	艾蒿长又高，露珠纷纷掉。
既见君子，孔燕岂弟[8]。	见到周天子，盛宴乐陶陶。
宜兄宜弟，令德寿岂[9]。	兄弟情融洽，德美又寿考。
蓼彼萧斯，零露浓浓。	艾蒿密成丛，叶上露珠浓。
既见君子，鞗革冲冲[10]。	见到周天子，马辔镶黄铜。
和鸾雍雍[11]，万福攸同[12]。	鸾铃响叮当，万福归圣躬。

注释

1 蓼(lù)：长大的样子。 萧：艾蒿，菊科植物，有香气。

2 湑(xǔ)：露水盛美的样子。

3 写：输写，舒畅。

4 誉处：安乐。

5 瀼(ráng)瀼：露水盛多的样子。

6 为：被。 龙：古"宠"字。

7 泥泥：露湿的样子。

8 孔燕：盛宴。 岂弟：同"恺悌"，和易近人。

9 令：美。 寿岂：长寿快乐。

10 鞗(tiáo)：亦作"鋚"，铜制马勒装饰。革：假借为"勒"，即马络头。冲冲：形容马勒装饰的鞗下垂的样子。

11 和鸾：都是车铃。挂在轼上叫和，挂在衡上叫鸾。 雍雍：谐和。

12 攸：所。 同：聚。

湛露

导读

《毛序》:"《湛露》,天子燕诸侯也。"毛说无误,这是周王宴请诸侯的诗。《左传》鲁文公四年记宁武子说:"昔诸侯朝正于王,王宴乐之,于是赋《湛露》,则天子当阳,诸侯用命也。"《左传》的记载可能是《毛序》所本。

诗共四章,前二章写劝酒,后二章为褒美。语气和善,尤其是"不醉无归"一句,毫无朝廷君臣间庄严肃穆的气氛,给人一种亲切感。这类诗的创作,无非是为了增添一点宴会的热烈情调,并没有什么深意。后人释诗,却偏要强索寓意,大谈"君恩愈宽,臣心愈谨,乃可免愆尤而昭忠敬,讵可恃宠而失仪乎!"这种说教,是封建文人的大弊,今天的读者应该扬弃的。

原文

湛湛露斯[1],匪阳不晞。
厌厌夜饮[2],不醉无归。

湛湛露斯,在彼丰草。
厌厌夜饮,在宗载考[3]。

湛湛露斯,在彼杞棘[4]。
显允君子[5],莫不令德。

其桐其椅[6],其实离离[7]。
岂弟君子,莫不令仪。

译文

早晨露水重又浓,不晒太阳它不干。
夜间宴饮安又闲,酒不喝醉莫回还。

浓浓露水闪亮光,沾在茂盛野草上。
夜间宴饮多舒畅,宗庙燕享乐钟响。

浓浓露水闪亮光,沾在枸杞酸枣上。
尊贵忠诚众来宾,品德美好有名望。

桐树椅树到深秋,果实累累满枝头。
贵客和气又平易,彬彬有礼不酗酒。

注释

1 湛湛:露水浓重的样子。

2 厌厌:安闲的样子。

3 宗:宗庙。 考:击、敲。

4 杞棘:枸杞和酸枣树。

5 显:显赫高贵。 允:诚信。

6 桐:油桐树。 椅:山桐子树。

7 离离:茂盛众多的样子。

彤弓

导读

《毛序》:“《彤弓》,天子锡有功诸侯也。”锡,赏赐。这是周王赏赐有功诸侯后举行宴会时所唱的诗。《左传》文公四年载卫宁武子聘鲁,文公与之宴,为赋《彤弓》。武子曰:“诸侯敌王所忾而献其功,王于是乎赐之彤弓一,彤矢百,玈弓矢千,以觉(明)报宴。今陪臣来继旧好,君辱贶之,其敢干大礼以自取戾?”《左传》之文或为《毛序》所本。天子赐诸侯弓矢之事亦数见于铜器铭文,如《宜侯夨簋》记康王赐宜侯夨“彤弓一,彤矢百,旅弓十,旅矢千。”可证武子之语不虚。《左传》僖二十八年载“晋侯献楚俘于王,赐之彤弓一,彤矢百,旅弓矢千。”又襄八年:“季武子赋《彤弓》,宣子曰:‘我先公文公,献功于衡雍,受彤弓于襄王,以为子孙藏。’”昭十年:“彤弓虎贲,文公受之。”周王以弓矢等物赏赐有功诸侯,这可能是西周到春秋时代的一种制度。

此诗语言简练而准确,故能表达出主人赏赐功臣礼节的隆重,受赏者应该重视珍惜这份礼物,将弓矢保藏起来,因为这份礼物不是轻易赏赐人的。主人由衷真挚地赏赐和喜爱为国效劳的功臣,在一个早上很快地就举行盛大宴会招待他。这些,都只用几个字就绘声绘色地描摹出主人热爱功臣的心情。朱熹《诗集传》引东莱吕氏曰(见吕祖谦《吕氏家塾读诗记》):“‘受言藏之’,言其重也。弓人所献,藏之王府以待有功,不敢轻与人也。‘中心贶之’,言其诚也。中心实欲贶之,非由外也。‘一朝飨之’,言其速也。以王府宝藏之弓,一朝举以畀人,未尝有迟留顾惜之意也。”他的分析,指出了此诗的语言能将主人的心理活动都衬托出来,使读者留有深刻的感受。

原文

彤弓弨兮[1]，受言藏之。
我有嘉宾，中心贶之[2]。
钟鼓既设，一朝飨之[3]。

彤弓弨兮，受言载之。
我有嘉宾，中心喜之。
钟鼓既设，一朝右之[4]。

彤弓弨兮，受言櫜之[5]。
我有嘉宾，中心好之。
钟鼓既设，一朝酬之[6]。

译文

弦儿松松红漆弓，诸侯受赐藏家中。
我有如此好宾客，诚心赠物表恩宠。
钟鼓乐器齐备好，从早摆宴到日中。

弦儿松松红漆弓，诸侯受赐带家中。
我有如此好宾客，心里欢喜现笑容。
钟鼓乐器齐备好，从早饮酒到日中。

弦儿松松红漆弓，诸侯受赐插袋中。
我有如此好宾客，无限宠爱喜气浓。
钟鼓乐器齐备好，从早敬酒到日中。

注释

1 弨(chāo)：放松弓弦。
2 贶(kuàng)：赠送。
3 飨：当时盛大宴会的名称。
4 右：通“侑”，劝酒。
5 櫜(gāo)：弓袋。
6 酬：宾主彼此敬酒的意思。

菁菁者莪

导读

《毛序》:“《菁菁者莪》,乐育材也。君子能长育人材,则天下喜乐之矣。”毛说是。这是一位作者深受贵族的培植与赏赐,写这首诗来表示学有榜样和喜悦的心情。徐幹《中论·艺纪篇》:“先王之欲人之为君子也,故立保氏,掌教六艺。……《诗》曰‘菁菁者莪,在彼中阿。既见君子,乐且有仪’。美育人才,其犹人之于艺乎。”后代一直以“菁莪”作为育贤才的典故。王先谦《集疏》:“徐用《鲁诗》,所说诗义乃鲁训也。古者育材之法备于此矣。齐、韩无异义。”是三家《诗》和《毛序》同。按《尚书·泰誓》:“天佑下民,作之君,作之师。”《周礼·地官》:“保氏掌谏王恶而养国子以道,乃教以六艺。”是古代君师不分、官师不分之证。诗中的“君子”,可能指国王或保氏之类的贵族。这位君子,能有百朋之赐,而且有仪,诗义自明。按铜器铭文中多记赐贝之事,如《何尊》记成王赐宗小子何贝卅朋。此诗第三章的锡朋,亦系贵族对下属的赏赐。至于朱熹《诗集传》认为“此亦燕饮宾客之诗”。陈启源《毛诗稽古编》批评他说:“朱子释《子衿》《菁菁者莪》二诗皆不从《小序》,而自立新说。及作《白鹿洞赋》,中有曰:‘广青衿之疑问。’又曰:‘乐菁莪之长育。’门人问其故。答曰:‘旧说亦不可废。’……今人奉《集传》为绳尺,束《注疏》而不观,此末学之陋,非朱子之本怀也。”陈氏指出朱熹定此诗主题和《白鹿洞赋》用典的矛盾,这是对的。至于认为《子衿》亦为教育性质的诗,是错误的。因为他没有掌握“就诗论诗”和对《序》“择善而从”的原则。近人有以此诗为恋爱诗歌者,则相去远矣。

诗前三章皆以菁莪起兴,以表达对“君子”栽培的感激。末章忽然换以杨舟浮沉起兴,初不得其解。后见范处义《诗补传》云:“自谓多士之材,如以杨为舟,可用以济。始者未见君子,惧其不见用;今既见君子,我心不复有私忧过计也。”方觉其兴义之确切。兴法是触物起情,作者原有“惧不见用”的想法,所以会导致起兴之物的改变。细细体会,可以看出其心情的微妙变化。

原文

菁菁者莪[1],在彼中阿[2]。
既见君子[3],乐且有仪[4]。

菁菁者莪,在彼中沚[5]。
既见君子,我心则喜。

菁菁者莪,在彼中陵[6]。
既见君子,锡我百朋[7]。

泛泛杨舟,载沉载浮。
既见君子,我心则休[8]。

译文

萝蒿一片密又多,长在向阳南山坡。
有幸见到好老师,心里快乐有楷模。

萝蒿一片蓬勃长,长在河心小洲上。
有幸见到好老师,心里欢喜又舒畅。

萝蒿一片真茂盛,高高丘陵连根生。
有幸见到好老师,胜过赏我百千丈。

水中飘着杨木舟,半沉半浮没人管。
有幸见到好老师,学有榜样心喜欢。

注释

1 菁(jīng)菁:茂盛的样子。莪(é):萝蒿。
2 阿:大丘陵。
3 君子:这里指保氏,即掌管教育的官吏。
4 有仪:有榜样。仪,仪表。
5 沚:水中沙洲。
6 陵:大土山。
7 朋:古人用贝壳作货币,五贝为一串,两串为一朋。
8 休:喜。

六月

导读

《毛序》:"《六月》,宣王北伐也……。"他简要正确地点出了诗的主题,是叙述、赞美宣王时代尹吉甫北伐猃狁获得的胜利。《汉书·韦元成传》刘歆曰:"周室既衰,四夷并侵,猃狁最强,于今匈奴是也。至宣王而伐之,诗人美而颂之曰:'薄伐猃狁,至于太原。'"可见三家《诗》亦无异义。至于诗的作者,可能是吉甫班师回来后,宴请诸友时在座者即兴之作。姚际恒《诗经通论》云:"此篇则系吉甫有功而归,燕饮诸友,诗人美之而作也。"方玉润《诗经原始》云:"盖吉甫成功凯还归燕私第,幕府宾客歌功颂烈,追述其事如此。故末以孝友之张仲陪笔作收,与上文武字相应,且以见宾客之贤,是私燕作法。"他们的见解是正确的。

作者塑造了能文能武的吉甫形象。描写他抵抗六月入侵的猃狁,表现了紧张着急的神态;对待这次战事,表现认真严肃的心理;每日行军三十里,积极抗拒外侮;表现他是为了帮助领袖匡救、安定祖国。这种爱国主义的精神,是写"能文"。四牡、比物,写马。戎车、轩轾,写车。织文,写徽。央央,写旗。常服、我服,写军服。元戎,写先启行的敢死队——都是写军容之盛。焦获、镐、方、泾阳,写猃狁深入侵略之地和气焰之盛。吉甫带领兵士居然把敌人逐出太原,取得胜利。是写"能武"。故被诗人歌颂为万国诸侯的模范。吴闿生《诗义会通》引旧评云:"通篇俱摹写'文武'二字,至末始行点出。'吉甫燕喜'以下,余霞成绮,变卓荦为纡徐。末赞张仲,正为吉甫添豪。"所谓添豪,正是描摹了吉甫团结"诸友"的性格。

原文	译文
六月栖栖[1],戎车既饬[2]。	六月出兵好紧张,整理兵车备战忙。

四牡骙骙[3]，载是常服[4]。
猃狁孔炽[5]，我是用急[6]。
王于出征[7]，以匡王国[8]。

比物四骊[9]，闲之维则[10]。
维此六月，既成我服。
我服既成，于三十里[11]。
王于出征，以佐天子。

四牡修广[12]，其大有颙[13]。
薄伐猃狁，以奏肤公[14]。
有严有翼[15]，共武之服[16]。
共武之服，以定王国。

猃狁匪茹[17]，整居焦获[18]。
侵镐及方[19]，至于泾阳[20]。
织文鸟章[21]，白旆央央[22]。
元戎十乘[23]，以先启行[24]。

戎车既安，如轾如轩[25]。
四牡既佶[26]，既佶且闲。
薄伐猃狁，至于大原[27]。
文武吉甫[28]，万邦为宪[29]。

吉甫燕喜，既多受祉[30]。
来归自镐，我行永久。
饮御诸友[31]，炰鳖脍鲤[32]。
侯谁在矣[33]？张仲孝友[34]。

四匹公马肥又壮，士兵军服装载上。
可恨猃狁太猖狂，我军急行守边防。
周王命令我出征，保我邦国保我王。

四匹黑马选得壮，驾马技术练习忙。
就在盛夏六月里，军服制成好穿上。
新制军服穿上身，日行卅里赴边疆。
周王命令我出征，帮助天子战强梁。

四匹公马高又壮，大头大脑气昂昂。
同心勉力讨猃狁，建立大功安周邦。
将帅威武又谨严，共管战事守国防。
共同管好国防事，卫我国家安我王。

猃狁不弱非窝囊，驻兵焦获战线长。
侵略宁夏和朔方，深入甘肃到泾阳。
我军挂徽竖鹰旗，旗端飘带白又亮。
大型战车有十乘，冲开敌垒勇难挡。

战车安然奏凯还，俯仰自如无损伤。
四匹公马真雄壮，说它雄壮却驯良。
同心勉力讨猃狁，深入大原敌胆丧。
能文能武尹吉甫，四方诸侯好榜样。

晏清吉甫庆喜事，接受赏赐多吉祥。
“我从固原班师归，路上行军日子长。”
邀请战友作陪客，蒸鳖脍鲤佳肴香。
宴会座中还有谁？孝友张仲有名望。

注释

1 六月：古代兵法惯例，夏天不出兵。但因猃狁入侵，边事紧急，故在六月出兵抵抗。栖(xī)栖：忙碌紧张的样子。

2 戎车：兵车。饬(chì)：整治。

3 骙(kuí)骙：马强壮的样子。

4 常服：兵士作战时穿的军服。

5 猃狁(xiǎn yǔn)：我国古代少数民族，分布今甘肃、陕西等地。炽：盛。

6 是用：是以、因此。

7 于：同"曰"，语助词。

8 匡：救助。

9 比：比较选择。物：指马。骊：黑马。

10 闲：熟练。则：法则。

11 于：往。

12 修广：又高又大。

13 有颙：即颙颙，大头大脑的样子。

14 奏：成。肤：大。公：通"功"。

15 有严：即严严，威武严肃的样子。有翼：即翼翼，恭敬谨慎的样子。

16 服：事。

17 茹：柔弱。

18 整：整队。居：处、占据。焦、获：皆地名，在今陕西泾阳西北。

19 镐(hào)：地名，在今宁夏灵武及其附近。方：朔方。

20 泾阳：地名，在今甘肃平凉西。

21 织：徽记。当时士卒衣服背后缝有红布的徽记。鸟章：指将帅的旗帜，旗上画有鸟隼。文、章：均指花纹。

22 旆(pèi)：旗端状如燕尾的飘带。央(yīng)央：鲜明的样子。

23 元戎：大的战车。

24 启:开。这里指冲开。行:行列。指敌军的行列。

25 轾:车向下俯。轩:车向上昂。这句写兵车的运行自如,并未因战争而损坏。

26 佶(jí):健壮的样子。

27 大原:地名,在今宁夏固原。

28 文武:能文能武。吉甫:尹吉甫,这次出征的大将。

29 宪:法、榜样。

30 祉:福。指受周王赏赐之福。

31 御(yù):作陪。

32 炰(páo):同"炮",蒸煮。脍(kuài):细切鱼或肉。

33 侯:维,发语词。

34 张仲:尹吉甫的朋友。孝:亲善父母。友:亲善兄弟。

采芑

导读

《毛序》:“《采芑》,宣王南征也。”南征,即征伐荆蛮(楚)。这是叙述、赞美宣王时方叔南征荆蛮的诗。三家无异义。《汉书·韦元成传》刘歆议文、《陈汤传》刘向上疏都引末章“啴啴焞焞”以下数句,谓记宣王时事。关于诗的时代没有异议。此诗与《出车》《六月》《江汉》《常武》都反映了宣王时代的民族战争。冯沅君《诗史》将这几篇和《生民》《公刘》《绵》《皇矣》《大明》共十篇合称为“周的史诗”。《诗史》说:“此诗叙宣王时方叔伐蛮荆之事。方叔是一个很有谋划的大将,带着三十万的兵士,征伐荆州一带的蛮民。那时北方的猃狁已经平复,故南方的蛮民也震于其威而畏服了。”她扼要地介绍了诗的内容。

此诗与前篇《六月》为班师凯歌不同,是一篇出师前的檄文。诗四章,前三章皆言王师军容之盛,大将节制之严,无一字及荆蛮,但为后面文字起了铺垫作用。末章方入正题,针对荆蛮,令其归服。方玉润《诗经原始》说:“全篇前路闲闲,后乃警策动人,然制胜全在先为不可胜以待敌之可胜,故不战而已屈人之师。”他指出了诗篇布局的效果。

原文

薄言采芑[1],于彼新田[2],
于此菑亩[3]。
方叔莅止[4],其车三千,
师干之试[5]。
方叔率止[6],乘其四骐,

译文

急急忙忙采苦菜,在那郊外新田间,
又到这块初垦田。
方叔亲临来检验,战车排开整三千,
战士执盾勤操练。
方叔领兵上前线,乘上战车驰在先,

四骐翼翼[7]。
路车有奭[8]，簟茀鱼服[9]，
钩膺鞗革[10]。

薄言采芑，于彼新田，
于此中乡[11]。
方叔莅止，其车三千，
旂旐央央[12]。
方叔率止，约軝错衡[13]，
八鸾玱玱[14]。
服其命服[15]，朱芾斯皇[16]，
有玱葱珩[17]。

鴥彼飞隼[18]，其飞戾天[19]，
亦集爰止。
方叔莅止，其车三千，
师干之试。
方叔率止，钲人伐鼓[20]，
陈师鞠旅[21]。
显允方叔[22]，伐鼓渊渊[23]，
振旅阗阗[24]。

蠢尔蛮荆[25]，大邦为仇。
方叔元老，克壮其犹[26]。
方叔率止，执讯获丑[27]。
戎车啴啴[28]，啴啴焞焞[29]，
如霆如雷[30]。

四匹青鬃肩并肩。
朱漆战车红艳艳，鱼皮箭袋细竹帘，
马鞅马勒光耀眼。

急急忙忙采苦菜，在那郊外新田间，
又到这块初垦田。
方叔亲临挂帅印，战车威武有三千，
军旗招展多光鲜。
方叔领兵去出征，皮饰车毂雕花辕，
车铃叮当走得欢。
王赐宫服身上穿，鲜红蔽膝亮闪闪，
玉佩铿锵响声传。

鹞鹰疾飞快如箭，忽然高飞上九天，
忽然停息落地面。
方叔亲临来检验，战车排开整三千，
战士持盾勤操练。
方叔带兵去出征，钲人击鼓声喧阗，
列队誓师好庄严。
方叔军纪明又信，击鼓咚咚号令传，
士兵动作应鼓点。

荆州蛮子太愚蠢，敢同周朝做仇人。
方叔乃是元老臣，雄才大略兵如神。
方叔领兵去出征，打得敌人束手擒。
战车隆隆起烟尘，排山倒海军容振，
势如雷霆动乾坤。

显允方叔，征伐猃狁， 蛮荆来威[31]。	方叔军纪明又信，曾经北伐克猃狁， 荆蛮闻风已惊心。

注释

1 芑(qǐ)：一种像苦菜的野菜。

2 新田：开垦第二年的田。

3 菑(zī)：开垦第一年的田。

4 莅：来临。

5 师：众，指兵士。干：盾，指武器。之：是。试：用、练习。

6 率：带领。止：语气词。

7 翼翼：整齐的样子。

8 奭(shì)：通“赩”，红色。

9 簟茀(diàn fú)：竹席制的车帘。鱼服：沙鱼皮制的箭袋。

10 钩膺：有青铜钩装饰的马鞅，套在马脖子上用以垫轭。鞗(tiáo)革：皮制铜饰的马勒，今名马笼头。

11 中乡：中田，即田中。

12 旂(qí)：画有蛟龙的旗。旐(zhào)：画有龟蛇的旗。央央：鲜明貌。

13 约：束、缠。軧(qí)：车毂。错：花纹。衡：车辕前端的横木。

14 玱(qiāng)玱：铃声。

15 命服：指周宣王赐给方叔穿的礼服。

16 芾(fú)：通“韨”，蔽膝。皇：辉煌。

17 葱珩(héng)：是爵位高的人用的饰物。葱，绿色。珩，亦作“衡”，佩玉上的横梁。

18 鴥(yù)：疾飞貌。隼(sǔn)：鹞鹰一类的鸟。

19 戾：至。

20 钲(zhēng)：铎一类的铃。在练习作战时，摇它表示停止。

21 师:二千五百人为一师。鞫:告,即誓师的意思。旅:五百人为一旅。这里“师”和“旅”都是泛指兵士。

22 显:明。允:信。

23 渊渊:鼓声。

24 振旅:指战前训练士兵。阗(tián)阗:鼓声。

25 蛮荆:荆州之蛮。周成王时,封熊绎为楚子,统荆蛮。其地在今湖北宜昌一带。

26 克:能。犹:通“猷”,计谋。

27 讯:音“谍”。获:假借为“馘(guó)”,割耳朵。古人杀俘虏必割其左耳。以上报计数。丑:对敌人的蔑称。

28 啴(tān)啴:车行声。

29 焞(tūn)焞:盛大的样子。

30 霆:劈雷。

31 来:作用略同于“是”。威:畏。

车攻

导读

《毛序》:"《车攻》,宣王复古也。宣王能内修政事,外攘夷狄,复文武之境土;修车马、备器械,复会诸侯于东都,因田猎而选车徒焉。"这是叙述周宣王朝会诸侯于东都举行田猎的诗。古代天子田猎,是一种军事演习,往往含有向诸侯显示武力的意义。《墨子·明鬼篇》:"周宣王合诸侯而田于圃,车数万乘。"与《序》说合。王先谦《集疏》:"《易林·履之夬》云:'《吉日》《车攻》,田弋获禽。宣王饮酒,以告嘉功。'班固《东都赋》:'嘉《车攻》',用此经文。皆《齐诗》说。《鲁》《韩》无异义"可见三家《诗》亦同《序》说。

此诗的特点,是叙述描写贵族大规模的打猎场面,言简意赅。首先叙述准备工作:修整车马,打猎的目的地,次述清点随从的人,参加会同的诸侯。他们的服饰位次,射箭的工具、射御的技术,射毕的收获和严肃气象,都描绘出来了。最后赞美宣王会同的成功。内容复杂,仅仅用四句八章歌唱,运用概括而浓缩的语言,绘声绘色地复现于眼前。作者确是一位大手笔。春秋时期,秦献公十一年至汧游猎,作《石鼓文》(据唐兰先生《石鼓年代考》),其中词句多因袭《车攻》,如"吾马既工,吾马既同"等。方玉润《诗经原始》也说:"马鸣二语,写出大营严肃气象,是猎后光景。杜诗'落日照大旗,马鸣风萧萧。'本此。"可见此诗的魅力。

原文	译文
我车既攻[1],我马既同[2]。	猎车修理已完工,马儿整齐速度同。
四牡庞庞[3],驾言徂东。	四匹公马多强壮,驾着猎车驶向东。

田车既好[4]，四牡孔阜[5]。	猎车修得很完好，四匹公马大又高。
东有甫草[6]，驾言行狩。	东都甫田有草原，驾车打猎走一遭。
之子于苗[7]，选徒嚣嚣[8]。	国王夏猎有排场，清点随员闹洋洋。
建旐设旄[9]，薄狩于敖[10]。	树起旗子插上旄，前往敖山狩猎场。
驾彼四牡，四牡奕奕[11]。	诸侯驾着四马来，四马从容又轻快。
赤芾金舄[12]，会同有绎[13]。	大红蔽膝金头鞋，共同会猎好气派。
决拾既佽[14]，弓矢既调[15]。	扳指臂鞲都齐备，强弓利矢两相配。
射夫既同，助我举柴[16]。	猎罢射手都集中，助拣猎物抬又背。
四黄既驾，两骖不猗[17]。	四匹黄马已驾上，两旁骖马不偏向。
不失其驰[18]，舍矢如破[19]。	往来驰驱有章法，一箭射出就杀伤。
萧萧马鸣[20]，悠悠旆旌[21]。	耳听马鸣声萧萧，眼望旌旗悠悠飘。
徒御不惊[22]，大庖不盈[23]。	驭手机警又严肃，野味厨房充佳肴。
之子于征[24]，有闻无声[25]。	国王猎罢归京城，人马整肃寂无声。
允矣君子，展也大成[26]。	真是圣明好天子，会猎胜利大有成。

注释

1 攻：通“工”，治理、修缮。

2 同：齐。

3 庞(lóng)庞：厚实强壮的样子。

4 田：通“畋”，打猎。

5 阜：肥壮。

6 甫草：广大茂盛的草地。

7 苗：夏猎称苗。

8 选(suàn)：通“算”，清点的意思。 嚣嚣：形容声音嘈杂。

9 旄(máo):顶端饰旄牛尾的旗。

10 敖:山名,今河南省荥阳泽西北。

11 奕奕:马从容闲习的样子。

12 金:黄赤色。

13 会同:古代诸侯朝会天子的专称。 绎:连续不断。

14 决:射箭拉弦时所用的扳指,用象牙或兽骨制成,用时套在右手大拇指上。 拾:又名臂韝,用皮制成,套在左臂上,射箭时用它护臂。 佽(cì):齐备。

15 调:指弓和矢配得很合适。

16 柴(zì):假借为"骴",积。 指兽的积尸。

17 猗:应作"倚",偏斜的意思。

18 不失其驰:指驾车时一定的法则。

19 破:指禽兽被射中。

20 萧萧:马鸣声。

21 悠悠:旗帜飘动的样子。

22 徒御:驭手。 不:岂不。 惊:应作"警",指严肃警卫着。

23 大庖:指宣王的厨房。 盈:充满。

24 征:行,指狩猎归来。

25 有闻:指听见队伍归来。 声:指人夫喧哗吵闹的声音。

26 展:诚,与"允"同义。 大成:很成功。

吉日

导读

《毛序》:"《吉日》,美宣王田也。能慎微接下,无不自尽,以奉其上焉。"这是一首写周宣王田猎的诗,毛说有所引申。按《车攻》是田于东都,这首诗是田于西都。场面、气象都不及《车攻》那样宏大瑰丽。陈奂《传疏》说:"昭三年《左传》:'郑伯如楚,子产相。楚子享之,赋《吉日》。既享,子产乃具田备。'案此《吉日》为出田之证。《车攻》会诸侯而遂田猎,《吉日》则专美宣王田也。一在东都,一在西都。"陈氏扼要地叙述了诗的主题、田猎地点、产生时间,并指出和《车攻》的异同。

诗共四章,一、二两章叙写猎前,三、四两章叙写打猎。末章末二句叙写猎后。结构严整,井井有条。《诗经》中不论哪一类歌曲,不论作者是贵族或人民,作品的内容,总是来源于人们现实生活的。本诗的作者,可能又是田猎的参加者,他真实地描述了这次打猎现实生活的过程,才会形成如此完整的结构,这绝不是偶然的。

原文	译文
吉日维戊[1],既伯既祷[2]。	时逢戊辰日子好,祭了马祖又祈祷。
田车既好,四牡孔阜。	猎车坚固更灵巧,四匹公马满身膘。
升彼大阜[3],从其群丑[4]。	驾车登上大土坡,追逐群兽飞快跑。
吉日庚午,既差我马[5]。	庚午吉日时辰巧,猎马已经选择好。
兽之所同,麀鹿麌麌[6]。	查看群兽聚集地,鹿儿来往真不少。
漆沮之从[7],天子之所。	驱逐漆沮岸旁兽,赶向周王打猎道。
瞻彼中原,其祁孔有[8]。	放眼远望原野头,地方广大物富有。

儦儦俟俟[9]，或群或友[10]。	或跑或走野兽多，三五成群结队游。
悉率左右[11]，以燕天子[12]。	把它统统赶出来，等待周王显身手。
既张我弓，既挟我矢。	按好我的弓上弦，拔出箭儿拿在手。
发彼小豝[13]，殪此大兕[14]。	一箭射中小野猪，再发射死大野牛。
以御宾客[15]，且以酌醴[16]。	烹调野味宴宾客，做成佳肴好下酒。

注释

1 戊：古人以天干、地支相配计日，这里指戊辰日。
2 伯：假借为“祃”，祭祀马神。
3 阜：土山。
4 从：追逐。群丑：指群兽。
5 差：选择。
6 麀(yōu)：雌鹿。麌(yǔ)麌：鹿众多的样子。
7 漆、沮：都是水名，在陕西境内。
8 祁：大。有：指富有。
9 儦(biāo)儦：兽跑的样子。俟俟：兽走的样子。
10 群友：兽三曰群，兽二曰友。
11 率：驱逐。
12 燕：本义是安乐，这里用作动词“等待”。
13 小豝(bā)：小猪。
14 殪(yì)：死。
15 御：招待。
16 酌：饮酒。醴(lǐ)：甜酒。

鸿雁之什

鸿雁

导读

《毛序》:“《鸿雁》,美宣王也。万民离散,不安其居,而能劳来还定安集之,至于矜寡,无不得其所焉。”毛说以为是周宣王安抚流民的诗。但是分析原文,安抚之说颇为牵强。朱熹《诗集传》:“流民以鸿雁哀鸣自比而作此歌也。”又说:“今亦未有以见其为宣王之诗。”他认为诗的产生时代也不能确定。朱氏的见解是正确的。这是流民自叙悲苦的诗,可能是一首民歌。

此诗以鸿雁起兴,很切合流民的身份。我们不妨设想一下,在贫瘠的旷野上,一群流民茫然无目的地徘徊着,贫穷困苦的生活折磨得他们几乎麻木了。忽然,灰蒙蒙的天际飞来一群大雁,拍打着翅膀,急急地降落在沼泽中,像在寻找着栖身之地。一声声哀哀的雁叫引起了流民们凄苦的共鸣,于是情不自禁地唱出了这首歌。“哀鸿”二字从此便成为流民的代词,沿用了两千年。可见准确、形象的语言,其生命力是无穷的。

原文	译文
鸿雁于飞[1],肃肃其羽[2]。	大雁远飞翔,翅膀沙沙响。
之子于征[3],劬劳于野[4]。	使臣走远路,辛劳奔波忙。
爰及矜人[5],哀此鳏寡[6]。	救济贫苦人,鳏寡可怜相。

鸿雁于飞，集于中泽[7]。	大雁远飞翔，落在湖中央。
之子于垣[8]，百堵皆作[9]。	使臣巡工地，筑起百堵墙。
虽则劬劳，其究安宅[10]。	虽然很辛劳，穷人有住房。
鸿雁于飞，哀鸣嗷嗷[11]。	大雁远飞翔，哀鸣声凄凉。
维此哲人[12]，谓我劬劳。	只有明白人，说我辛苦忙。
维彼愚人，谓我宣骄[13]。	那些愚昧者，说我讲排场。

注释

1 鸿:大雁。于:语助词。
2 肃肃:鸟拍翅膀的声音。
3 之子:指周王派出救济难民的使臣。于:往。征:远行。
4 劬劳:辛苦劳累。
5 爰:乃。矜人:穷苦的人。
6 哀:怜悯。鳏:老而无妻。寡:寡妇。此指代一般难民。
7 集:停息。中泽:泽中。
8 垣:墙。
9 百:泛指多。堵:墙。作:建筑起来。
10 究:穷,指穷困的人。安宅:安居。
11 嗷嗷:鸟哀鸣声。
12 哲人:智者,明白人。
13 宣骄:骄奢,摆阔。

庭燎

导读

《毛序》:"《庭燎》,美宣王也,因以箴之。"这是写周王早起将要视朝的诗。毛说以为是宣王时代的作品,王先谦《集疏》:"《易林·颐之损》:'庭燎夜明,追古伤今。阳弱不制,阴雄坐戾。'此《齐》说。陈乔枞云:'《列女传》,宣王尝夜卧晏起,后夫人不出房。姜后脱簪珥待罪于永巷。使其傅母通言于王曰:妾之不才,至使君王失礼而晏朝,以见君王乐色而忘德也,敢请婢子之罪。宣王曰:寡人不德,实自生过,非夫人之罪。遂复姜后,而勤于政事。早朝晏退,卒成中兴之名。宣王中年怠政,而《庭燎》诗作。脱簪之谏,当在此际。'愚按:陈氏引《列女传》姜后事,以证《易林》之说,是《鲁》《齐》说合。所谓阴雄罪戾者,殆即不出房之后夫人。宣王能纳谏改过,所以为贤。而《庭燎》之诗,亦不为徒作矣。"可见三家《诗》说与《毛序》同。方玉润认为此诗乃周王所自作,并无确据。《郑笺》:"诸侯将朝,宣王以夜未央之时问夜早晚。"他以为来朝者是诸侯,盖据三章"言观其旗"之语,《周礼》谓旗是诸侯所建,郑说甚是。作者可能是宫廷中的一员。

这首诗通篇赋体,全用白描手法。尤其是每章均用设问句起首,突兀而起,将读者一下子带进早起视朝的氛围中去。方玉润评曰:"起得超妙。"指出它起笔新颖的特点。

原文	译文
夜如何其[1]?夜未央[2],	现在夜里啥时光?长夜漫漫天未亮,
庭燎之光[3]。	是那火炬烧得旺。
君子至止[4],鸾声将将[5]。	诸侯朝见快来到,远处车铃叮当响。

夜如何其？夜未艾[6]， 庭燎晢晢[7]。 君子至止，鸾声哕哕[8]。	现在夜里啥时光？夜色蒙蒙天未亮， 是那火炬明晃晃。 诸侯朝见快来到，铃声渐近响叮当。
夜如何其？夜乡晨[9]， 庭燎有煇[10]。 君子至止，言观其旂[11]。	现在夜里啥时光？长夜将尽天快亮， 火炬渐熄烟气香。 诸侯朝见已来到，只见旌旗随处扬。

注释

1 夜：指夜色。如何：什么时候。其(jī)：表疑问的语气词。
2 央：尽。
3 庭燎：宫廷中用麻秆等扎成的照火炬。
4 君子：指朝见周王的诸侯。止：语气词。
5 鸾：通“銮”，车铃。将(qiāng)将：即“锵锵”。
6 艾：止、尽，和“央”同义。
7 晢(zhé)晢：明亮的样子。
8 哕(huì)哕：有节奏的铃声。
9 乡晨：即“向晨”，近晓。乡，今作“向”。
10 煇(xūn)：形容烟火缭绕的样子。
11 言：语首助词。

沔水

导读

《毛序》:"《沔水》,规宣王也。"王先谦《集疏》:"三家未闻。"朱熹不采《序》说,《诗集传》说:"此忧乱之诗。"颇合诗旨。因为他是依据诗的内容去分析的,这确是忧乱畏谗而诫友的诗。至于诗的产生时代,亦不可考。高亨《诗经今注》:"这首诗似作于东周初年,平王东迁以后,王朝衰弱,诸侯不再拥护。镐京一带,危机四伏。作者忧之,因作此诗。"高说可供参考。

吴闿生《诗义会通》引旧评云:"暮鼓晨钟,发人深省。"寺院钟鼓声,悠远深长,庄严肃穆,但同时又是周而复始,单调划一,在情调上同这首诗实在相去甚远,不知何以会有此比喻。此诗三章,初因乱不止而忧父母,继以国事不安而忧不止,终以忧谗畏讥而告诸友,笔端跳跃不停,无迹可寻,反映了作者因祸乱而心绪不宁的心理状态。如果要用一句话来形容它,还是《乐记》所谓"其哀心感者,其声噍以杀"来得恰当。

原文	译文
沔彼流水[1],朝宗于海[2]。	流水盈盈向东方,百川归海成汪洋。
鴥彼飞隼[3],载飞载止[4]。	天空隼鸟任疾飞,飞飞停停不慌忙。
嗟我兄弟[5],邦人诸友[6],	可叹同姓诸兄弟,可叹朋友和同乡,
莫肯念乱[7],谁无父母?	无人考虑国事乱,你们难道没爹娘?
沔彼流水,其流汤汤[8]。	流水盈盈向东方,浩浩荡荡入海洋。
鴥彼飞隼,载飞载扬[9]。	天空隼鸟任疾飞,扇动翅膀高飞翔。
念彼不迹[10],载起载行。	上边做事没准则,坐立不安我彷徨。

心之忧矣，不可弭忘[11]。	心忧国事这模样，终日焦虑不能忘。
鴥彼飞隼，率彼中陵[12]。	天空隼鸟任疾飞，沿着山陵高飞翔。
民之讹言[13]，宁莫之惩[14]。	民间谣言纷纷起，不去制止真荒唐。
我友敬矣[15]，谗言其兴[16]。	告我友朋须警惕，谣言蜂起要提防。

注释

1 沔(miǎn)：水流满的样子。
2 朝宗：诸侯朝见天子。
3 鴥(yù)：鸟疾飞的样子。 隼：鹰属。
4 载：又。
5 兄弟：指同姓族人。
6 邦人：国人，指异姓朋友。
7 念：考虑。 乱：动乱、战乱。
8 汤(shāng)汤：水大流急的样子。
9 扬：高飞的样子。
10 不迹：不循轨道，不遵循法则办事。
11 弭忘：消除、忘记。
12 率：循、沿。 中陵：陵中。
13 讹言：即谣言、谗言。
14 宁：胡、为什么。 惩：止。
15 敬：同“儆”“警”，警惕的意思。
16 其兴：将要兴起。

鹤鸣

导读

《毛序》："《鹤鸣》，诲宣王也。"《郑笺》："教宣王求贤人之未仕者。"《序》与《笺》均认为是宣王时代的作品，未知何据。《荀子·儒效篇》："君子隐而显，微而明，辞让而胜。《诗》云：'鹤鸣于九皋，声闻于天'，此之谓也。"是先秦时代对诗的寓意已作了解说。这首诗通篇用比兴的手法，抒写的是招致人才为国所用的主张。

陈奂《传疏》说："诗全篇皆兴也，鹤、鱼、檀、石，皆以喻贤人。"按《国风·豳风·鸱鸮》是一首民歌。诗人以鸱鸮（猫头鹰）象征统治者，以小鸟象征被统治被压迫者。全诗都运用比兴手法，小鸟对凶恶的猫头鹰讲话，统治者、被统治者和诗人都没有出场。《鹤鸣》诗人吸取民歌《鸱鸮》的营养，加以发展，用四种东西象征隐士。这种通篇比兴的艺术手法，在《诗经》中虽只有两篇，但对后世诗坛的影响特别大。屈原的《橘颂》，汉乐府中的《枯鱼过河泣》《禽言诗》；曹植的《七步诗》；左思的《咏史》；郭璞的《游仙》；李白的《蜀道难》；杜甫的《佳人》；李商隐的《无题》。都是通篇运用比兴，继承《鸱鸮》《鹤鸣》的创作方法，托以寓意。但在具体运用上，又前进发展了一步。

原文

鹤鸣于九皋[1]，声闻于野。
鱼潜在渊[2]，或在于渚[3]。
乐彼之园[4]，爰有树檀[5]，
其下维萚[6]。
它山之石[7]，可以为错[8]。

译文

沼泽曲折白鹤叫，鸣声嘹亮传四郊。
鱼儿潜伏深水里，有时游出近小岛。
美丽花园逗人爱，园里檀树大又高，
树下萚树矮又小。
它乡山上有宝石，同样可做雕玉刀。

鹤鸣于九皋，声闻于天。
鱼在于渚，或潜在渊。
乐彼之园，爰有树檀，
其下维穀[9]。
它山之石，可以攻玉[10]。

沼泽曲折白鹤叫，鸣声嘹亮传九霄。
鱼儿游在沙洲边，潜入深渊也逍遥。
美丽花园逗人爱，园里檀树大又高，
下有楮树丑又小。
它乡山上有宝石，同样可将美玉雕。

注释

1 鹤：这里喻隐居的贤人。 九皋：曲折的水泽。
2 渊：深水。 鱼在渊喻贤人隐居。
3 渚：河中小洲。 鱼在渚喻贤人出仕。
4 园：花园，喻国家。
5 爰：发语词。 树檀：即檀树，这里喻贤人。
6 萚："檡"的假借，一种矮树，喻小人。
7 它山之石：喻别国的贤人。
8 错：同"厝"，雕琢玉石的工具。
9 穀：楮树。 这里也喻小人。
10 攻：治、琢磨。

祈父

导读

《毛序》:"《祈父》,刺宣王也。"《郑笺》:"此勇力之士责司马之辞也。"《序》与《笺》都认为是宣王时代的作品,朱熹不信《序》说,《诗集传》说:"《序》以为刺宣王之诗,说者又以为宣王三十九年,战于千亩,王师败绩于姜氏之戎,故军士怨而作此诗。……但今考之诗文,未有以见其必为宣王耳。"朱氏按诗的内容看不出它是宣王时代的创作,确有见地。这应该是一位王都卫士斥责司马的诗。

诗共三章,每章开首都呼祈父,抒写诗人不平之气。姚际恒《诗经通论》说:"三呼而责之,末始露情。"钟惺《古诗归》说:"三呼祈父,已见其不聪矣。"姚、钟二氏都指出了此诗呼告修辞的作用。

原文

祈父[1],予王之爪牙[2]。
胡转予于恤[3],靡所止居[4]?

祈父,予王之爪士[5]。
胡转予于恤,靡所厎止[6]?

祈父,亶不聪[7]!
胡转予于恤,有母之尸饔[8]!

译文

大司马呀大司马,你是国王的爪牙。
为啥调我到战场,害我背井离家乡?

大司马呀大司马,你是卫士的领班。
为啥调我到战场,害我有家难回还?

大司马呀大司马,你真不了解情况。
为啥调我到战场,去时娘在,回来哭灵堂!

注释

1 祈父:指掌管都城禁卫的长官,亦称司马。祈,亦作"畿",即邦畿。

2 予:为、是。 爪牙:武将。

3 胡:为什么。 转:移,调动。 予:我。 恤:忧,指可忧的战地。

4 靡:无。 所:住所。 止居:居住。

5 爪士:虎士(王都卫士)。

6 厎(zhǐ)止:和“止居”同义。

7 亶(dǎn):诚,确实是。 不聪:不闻、不了解下情。

8 之:则,表示语气转折。尸饔(yōng):指陈列饭菜祭祀。尸,陈列。饔,熟食。

白驹

导读

《毛序》:"《白驹》,大夫刺宣王也。"谓作于宣王时代。蔡邕《琴操》说:"衰乱之世,君无道,不可匡辅,依违成风,谏不见受。国士咏而思之,援琴而长歌。"按宣王为中兴之主,晚年虽然昏庸,但社会并未衰乱。此诗可能产生于厉、幽时代。《毛序》说是刺宣王,恐不可从。蔡邕《琴操》:"《白驹》者,失朋友之所作也。"曹植《释思赋》:"彼朋友之离别,犹求思乎白驹。"蔡、曹都指出了这是一首别诗。余冠英《诗经选》:"这是留客惜别的诗。前三章是客未去而挽留,后一章是客已去而相忆。"他分析的章旨,似可从。

此诗的艺术特点,是形象鲜明。诗中有两个形象:一位是主人,一位是客人。这位客人,品德如玉般的纯洁高贵,才能宜为公为侯。可是,他生于衰乱之世,君无道,既不可匡辅,又不肯依违。所以产生了遁世之心。这位主人,待客热情,把客人骑的马拴住,希望能在他家逍遥一天。并且劝他不要产生独善其身的享乐、避世思想。别后还希望这位如玉的客人再回来,或和他通讯,表现着依依不舍的心情。这使我们几千年后的读者,觉得人物栩栩如生,感同身受。

原文

皎皎白驹[1],食我场苗[2]。
絷之维之[3],以永今朝[4]。
所谓伊人[5],于焉逍遥[6]。

皎皎白驹,食我场藿[7]。
絷之维之,以永今夕。

译文

浑身皎洁小白马,请来吃我场中苗。
拿起绳索拴马脚,伴我朋友度今朝。
说起我的好朋友,请在这里且逍遥。

浑身皎洁小白马,来我场中吃豆叶。
拿起绳索绊马脚,留下你再过一夜。

所谓伊人，于焉嘉客[8]。	说起我的好朋友，此地作客此地歇。
皎皎白驹，贲然来思[9]。	浑身皎洁小白马，飞跑奔来真快煞。
尔公尔侯[10]，逸豫无期[11]。	才能堪为公和侯，莫要日夜只玩耍。
慎尔优游[12]，勉尔遁思[13]。	安闲游乐须谨慎，切勿隐居图闲暇。
皎皎白驹，在彼空谷。	浑身皎洁小白马，向那山谷自在跑。
生刍一束[14]，其人如玉[15]。	备捆青草作饲料，等待如玉友人到。
毋金玉尔音[16]，而有遐心[17]。	别后音书莫吝惜，心存疏远忘知交。

注释

1 皎皎：洁白的样子。白驹：友人所乘的小白马。
2 场：菜园。
3 絷、维：都是用绳索拴住马足。
4 永：尽。指度完。
5 伊人：这人，指客人。
6 于焉：在此。逍遥：悠闲自得的样子。
7 藿：豆叶。
8 嘉客：快乐地作客。
9 贲：同“奔”。贲然：马快跑的样子。思：语气词。
10 尔：你，指诗人的朋友。
11 逸豫：安乐。
12 慎：谨慎。优游：遨游。
13 勉：同“免”，免去，打消。遁：逃避现实生活。
14 生刍：喂马的青草。
15 如玉：形容友人的品德像玉一样纯洁。
16 金玉：作动词“珍惜”用。
17 遐：疏远。

黄鸟

导读

《毛序》:"《黄鸟》,刺宣王也。"其实这是一位流亡异国者思归的诗。朱熹《诗集传》:"民适异国,不得其所,故作此诗。"这是正确的。诗人托黄鸟以起兴,其作用和《魏风·硕鼠》同。语言质朴,感情充沛,可能是一首民歌。龚橙《诗本谊》将《黄鸟》《我行其野》《谷风》《蓼莪》《都人士》《采绿》《隰桑》《绵蛮》《瓠叶》《渐渐之石》《苕之华》《何草不黄》十二篇列为"西周民风",这是对的。还有《采薇》《大东》等诗也是民歌,他漏掉了。《毛传》在经"此邦之人,不可与明"下,释为"不可与明夫妇之道"。在"复我诸兄"下,释为"妇人有归宗之义"。《易林·乾之坎》亦有"黄鸟来集,既嫁不答。念我父母,思复邦国"之文。是《毛传》和《齐诗》都认为妇人所作,不知有何根据?或因下篇《我行其野》为弃妇之辞而附会其说吧。郭沫若在《中国古代社会研究》中说:"黄鸟就是瓦雀,这和耗子是一样,也就和坐食阶级是一样,没有一个地方是没有的。痛恨本国的硕鼠逃走了出来,逃到外国来又遇着有一样的黄鸟。天地间哪里有乐土呢?倦于追求的人,他又想逃回他本国去了。"他的分析代表现代的观点,亦备一说,以供见仁见智的理解。

诗每章首三句是兴而比,以黄鸟起兴,借喻异国人。和《魏风·硕鼠》借硕鼠比喻剥削者一样。借喻形式很多,这是以具体喻抽象的修辞。诗人以具体的黄鸟,借喻抽象的异国人,所谓抽象,指异国人不友善的态度和人际关系等而言。黄鸟的特点是偷吃粮食,贪而畏人,令人讨厌。与诗人心中异国人的特征很相似。用它借喻异国人,在诗中起了形象而使人憎恨的作用。

原文

黄鸟黄鸟[1],无集于榖[2],
无啄我粟[3]。
此邦之人,不我肯穀[4]。
言旋言归[5],复我邦族[6]。

黄鸟黄鸟,无集于桑,
无啄我粱。
此邦之人,不可与明[7]。
言旋言归,复我诸兄[8]。

黄鸟黄鸟,无集于栩[9],
无啄我黍。
此邦之人,不可与处[10]。
言旋言归,复我诸父[11]。

译文

黄鸟黄鸟听我讲,不要停在楮树上,
不要吃我小米粮。
这个国家的人们,对我实在不善良。
回去回去快回去,回到本国我家乡。

黄鸟黄鸟听我讲,不要停在桑树上,
不要吃我红高粱。
这个国家的人们,不守信用真荒唐。
回去回去快回去,回到故土见兄长。

黄鸟黄鸟听我讲,不要停在柞树上,
不要吃我玉米粮。
这个国家的人们,没法共处相来往。
回去回去快回去,去和伯叔细商量。

注释

1 黄鸟:黄雀。
2 榖:楮树。
3 粟:小米。
4 穀:善良。
5 第一个“言”字训“我”,第二个“言”字训“曰”,语助词,无义。
6 复:返。
7 明:音义同“盟”,信任。
8 诸兄:同族兄弟。
9 栩(xǔ):柞树。
10 处:相处。
11 诸父:同族叔伯。

我行其野

导读

《毛序》:"《我行其野》,刺宣王也。"《序》说太泛。这是一位远嫁异国而被遗弃的妇女的诗。《易林·巽之豫》:"黄鸟采蓄,既嫁不答。念吾父兄,思复邦国。"《郑笺》:"男女失道,以求外昏,弃其旧姻而相怨。"是汉人多认为这是弃妇诗。诗中"不思旧姻,求尔新特"也是妇人口吻。朱熹《诗集传》:"民适异国,依其婚姻而不见收恤,故作此诗。"按婚姻古有二义:一为夫、妇之父相称为婚姻,如《尔雅》:"婿之父为姻,妇之父为婚。"一为男女嫁娶之事,如《白虎通·嫁娶篇》:"婚者,昏时行礼,故曰婚。姻者,妇人因夫而成,故曰姻。"朱熹依前一说释诗之"昏姻",恐非诗旨。

这是一首民歌,诗人是一位劳动妇女,她走到野外,遇着野地上长着茂盛的恶木臭椿、恶菜僻蓝、葍茅,想到自己嫁人不淑,而作此诗。《孔疏》引王肃云:"行遇恶木,言己适人遇恶人也。"指出了这诗的艺术特点。诗人以遇恶木象征遇恶人,不自觉地运用了象征的艺术手法。象征是和诗人的意和情相融合,隐藏着作者的思想感情,通过作者的想象来表现的。刘勰《文心雕龙·神思篇》所谓"神与物游",《物色篇》说:"写气图貌,既随物而宛转;属采附声,亦与心而徘徊。"指出了物和神、物和心的关系,也就是说,象征和诗人思想感情、诗人的想象三者是不可分割的。《我行其野》每章的首两句,正起了这种作用。

原文	译文
我行其野,蔽芾其樗[1]。	我在郊外独行路,臭椿枝叶长满树。

原文	译文
昏姻之故[2]，言就尔居[3]。	因为结婚成姻缘，才来和你一块住。
尔不我畜[4]，复我邦家。	你却无情不爱我，只好回去当弃妇。
我行其野，言采其蓫[5]。	我在郊外独行路，采棵臭椿情难诉。
昏姻之故，言就尔宿。	因为结婚成姻缘，夜夜才和你同宿。
尔不我畜，言归斯复[6]。	你却无情不爱我，只好回到娘家住。
我行其野，言采其葍[7]。	我在郊外独行路，摘株葍草心凄楚。
不思旧姻，求尔新特[8]。	不念旧妻太狠心，追求新配真可恶。
成不以富[9]，亦祇以异[10]。	并非她家比我富，是你异心相辜负。

注释

1 蔽芾(fèi)：草木茂盛的样子。 樗(chū)：臭椿。

2 昏姻：即婚姻。

3 言：乃。 就：相从。

4 畜：喜爱。

5 蓫(zhú)：草名。 又名羊蹄菜。

6 归：指妇女被休归母家。 斯：语助词。

7 葍(fú)：一种多年生蔓草，地下茎可蒸食。

8 特：匹，配偶。

9 成："诚"的假借字。 诚：确实。

10 祇：只，仅仅。 异：异心。

斯干

导读

《毛序》:“《斯干》,宣王考室也。”这是歌颂周王宫室落成的诗。《汉书·刘向传》载向上疏云:“宣王贤而中兴,更为俭宫室,小寝庙。诗人美之,《斯干》之诗是也。”扬雄《将作大匠箴》:“诗咏宣王,由俭改奢。”是汉代今古文学者都认为诗是宣王时代的作品,或有所据。

这首诗的语言,多用叠字。古人又称之为重言。诗人以“秩秩”写涧,以“幽幽”写山,描绘了新居的地势。“阁阁”摹束板声,“橐橐”摹夯土声,“喤喤”摹儿哭声。“殖殖”形容庭院的平正,“哙哙”形容白天室内的明亮,“哕哕”形容夜间室内的阴暗。用得都很准确、生动、形象,有声有色,使诗歌增加了魅力。王筠著《毛诗重言》一书,认为《诗经》诗人运用重言极多,不限于二字的重叠,凡和“其”“彼”“有”“斯”等虚词结合者,其作用和重言相同。如“静女其姝”,即“静女姝姝”;“嘒彼小星”,即“嘒嘒小星”;“有觉其楹”,即“觉觉其楹”;“朱芾斯皇”,即“朱芾皇皇”。他的分析是正确的。一般叠字,都是由单音变过来的,单音节的一个“依”字,如“依彼平林”,拖长了声音念,就变成了依依,如“杨柳依依”。单音节的一个“坎”字,如“坎其击鼓”,拖长了声音念,就变成了“坎坎鼓我”。《斯干》诗人不自觉地运用叠字修辞手法,加上第四章的四个连比句,以物象屋,被后人推为“古丽生动,孟坚(班固)《两都赋》所祖。”诚非过誉。

原文	译文
秩秩斯干[1],幽幽南山[2]。	流水清清小山涧,林木幽幽终南山。

如竹苞矣[3]，如松茂矣。
兄及弟矣，式相好矣[4]，
无相犹矣[5]。

似续妣祖[6]，筑室百堵[7]，
西南其户[8]。
爰居爰处[9]，爰笑爰语。

约之阁阁[10]，椓之橐橐[11]。
风雨攸除[12]，鸟鼠攸去，
君子攸芋[13]。

如跂斯翼[14]，如矢斯棘[15]，
如鸟斯革[16]，如翚斯飞[17]，
君子攸跻[18]。

殖殖其庭[19]，有觉其楹[20]，
哙哙其正[21]，哕哕其冥[22]，
君子攸宁[23]。

下莞上簟[24]，乃安斯寝。
乃寝乃兴[25]，乃占我梦[26]。
吉梦维何[27]？维熊维罴[28]，
维虺维蛇[29]。

大人占之[30]："维熊维罴，
男子之祥[31]。维虺维蛇，
女子之祥[32]。"

乃生男子，载寝之床[33]，

丛丛绿竹好形势，密密青松满冈峦。
兄弟同住多和睦，相亲相爱心相关，
胸襟坦白不欺瞒。

继承祖妣遵遗愿，盖起宫室千百间，
厢列东西门朝南。
就在这里同居住，亲人团聚笑语欢。

扎紧木板阁阁响，夯土咚咚筑泥墙。
从此不怕风和雨，麻雀老鼠都赶光，
君子住着多舒畅。

端正犹如踮脚立，齐整有如利箭急，
宽广好似鸟展翼，华丽赛过锦毛鸡，
君子登堂心欢喜。

庭院宽阔平且正，屋柱笔直高又挺。
白天光线多明亮，夜晚昏暗真幽静，
君子住着心安定。

上铺竹席下铺草，高枕无忧没烦恼。
睡得酣来起得早，昨夜梦境好不好。
好梦梦见啥东西？是熊是罴显吉兆，
有虺有蛇好运道。

大人占梦细细讲："梦见熊罴有名堂，
象征生男有力量。梦见虺蛇有讲究，
象征生个女娇娘。"

如若生个男孩子，给他睡张小眠床，

载衣之裳[34],载弄之璋[35]。
其泣喤喤[36],朱芾斯皇[37],
室家君王[38]。

乃生女子,载寝之地,
载衣之裼[39],载弄之瓦[40],
无非无仪[41],唯酒食是议[42],
无父母诒罹[43]。

给他裹上大衣裳,给他玩弄白玉璋。
娃儿哭声真洪亮,朱红蔽膝更辉煌,
将来周朝做君王。

如若生个小姑娘,给她铺席睡地板,
一条小被包身上,纺线瓦锤给她玩。
不许违抗莫多话,料理家务烧好饭,
别给父母添麻烦。

注释

1 秩秩:水流的样子。斯:语助词,含有“之”的意思。干:通“涧”,两山夹水。
2 幽幽:深远的样子。南山:终南山。
3 如:含有“有”的意思。苞:丛生。
4 式:发语词。
5 犹:欺诈。
6 似续:继承。似,通“嗣”。妣:女性祖先。
7 百堵:形容房屋众多。堵,一面墙为一堵。
8 西南:作动词用,向西、向南开门。户:门。
9 爰:在这里。
10 约:捆扎。阁阁:用绳索扎紧筑墙板发出的声音。
11 椓(zhuó):用杵夯土。橐橐:夯土声。
12 攸:语助词,含有“于是”的意思。
13 芋:通“宇”,居住。
14 跂:踮起脚跟。斯:语中助词。翼:端正。
15 棘:整齐而有棱角。
16 革:翅膀。
17 翚(huī):野鸡。

18 跻(jī):登上。
19 殖殖:平正的样子。 庭:泛指庭院。
20 有觉:即"觉觉",高大挺直的样子。 楹:堂前的廊柱。
21 哙(kuài)哙:明亮的样子。 正:白天。
22 哕(huì)哕:幽暗的样子。 冥:夜晚。
23 宁:安定。
24 莞(guān):一种多年生草本植物。 簟(diàn):竹席。
25 兴:早起。
26 占:占卜。
27 维:是。
28 罴(pí):一种猛兽。
29 虺(huǐ):毒蛇。
30 大人:对占卜官吏的敬称。
31 祥:吉兆。 古人认为熊罴是阳物,看作生男孩的吉兆。
32 女子之祥:古人认为虺蛇是阴物,所以看作生女孩的吉兆。
33 载:则,就。 床:像现在的长方形小矮桌。
34 衣:穿。 这里是包裹的意思。 裳:围裙,古人下身的衣服。
35 弄:玩。 璋:玉制的礼器,古代用于朝聘、祭祀等典礼。
36 喤喤:形容哭声洪亮。
37 朱芾(fú):朱红色的蔽膝,是天子诸侯的礼服。 斯皇:即"皇皇",光明的样子。
38 室家:指周天子的家族。
39 裼(tì):包小孩的被。
40 瓦:古代纺线用的陶制纺锤。
41 非:违抗。 仪:同"议"。
42 议:商讨。
43 诒:同"贻",遗留。 罹(lí):忧愁。

无羊

导读

《毛序》:"《无羊》,宣王考牧也。"这是歌颂贵族牲畜蕃盛的诗。《毛序》认为是写周宣王视察牧场,恐怕未必。汉代今文学者对此诗的解释已不可考。诗共四章,首章言统治者牛羊之多。次章写牛羊动态及牧人形象。三章写牧人及牛羊的夕归。四章叙牧人的梦境及占卜。

此诗的艺术特点,在于状物之妙。王士祯《渔洋诗话》云:"《小雅·无羊》之'或降于阿,或饮于池,或寝或讹。尔牧来思,何蓑何笠,或负其糇。''麾之以肱,毕来既升。'字字写生,恐史道硕、戴嵩画手擅场,未能如此极妍尽态也。"姚际恒评中间两章云:"此两章是群牧图,或写物态,或写人情,深得人物两忘之妙。"方玉润说:"其体物入微处,有画手所不能到。"此诗体物之工,为清代批评家所推崇,认为它是《诗经》中杰作之一。

原文

谁谓尔无羊?三百维群[1]。
谁谓尔无牛?九十其犉[2]。
尔羊来思[3],其角濈濈[4]。
尔牛来思,其耳湿湿[5]。

或降于阿[6],或饮于池,
或寝或讹[7]。
尔牧来思[8],何蓑何笠[9],
或负其糇[10]。

译文

谁说你家没有羊?数百成群遍山丘。
谁说你家没有牛?壮牛就有几十头。
你的羊群走来啦,只见犄角密稠稠。
你的牛群走来啦,摇摇耳朵慢悠悠。

有的牛羊下山坡,有的池边找水喝,
有的走动有的卧。
你家牧童归来时,戴着斗笠披着蓑,
有的背着干馍馍。

三十维物[11]，尔牲则具[12]。	牲口毛色好几十，品种齐备祭牲多。
尔牧来思，以薪以蒸[13]， 以雌以雄[14]。尔羊来思， 矜矜兢兢[15]，不骞不崩[16]。 麾之以肱[17]，毕来既升[18]。	你家牧童归来时，拣回一捆柴和草， 顺便打猎收获好。你的羊群牧罢归， 争先恐后快快跑，不掉队儿不乱套。 牧童胳膊挥一挥，一只不少进圈了。
牧人乃梦[19]，众维鱼矣[20]， 旐维旟矣[21]。大人占之： “众维鱼矣，实维丰年[22]。 旐维旟矣，室家溱溱[23]。”	牧官夜里做个梦，梦见鱼儿无其数， 梦见鹰旗漫天舞。大人占梦说端详： “梦见鱼儿无其数，预兆丰年多富裕。 梦见鹰旗漫天舞，人丁兴旺真欢愉。”

注释

1 三百：虚数，相当于“数百”。维：为、是。
2 九十：也是虚数，泛言众多。犉(rún)：肥大的牛。
3 思：语气词，无义。
4 濈(jí)濈：众多而聚集的样子。
5 湿湿：牛反刍时耳朵扇动的样子。
6 或：有的。阿：丘陵。
7 讹：活动。
8 牧：牧畜的奴隶。
9 何：同“荷”，披戴。
10 糇(hóu)：干粮。
11 三十：泛言众多的虚数。物：指牲畜的毛色。
12 具：具备。古代不同的祭祀要用不同毛色的牲畜。
13 以：取。薪：粗柴。蒸：细柴。
14 雌、雄：都指野兽。
15 矜矜：走路坚强快速的样子。兢兢：争先恐后的样子。

16 骞(qiān):零星走失。崩:散群。

17 麾:同“挥”。肱:手臂。

18 毕、既:二字同义,都是“尽、完全”的意思。升:登上。这里指羊入圈。

19 牧人:掌管畜牧的官吏,与上章的牧奴不同。

20 众:众多。维:语助词。

21 旐(zhào):同“兆”,众多。旟(yú):画有鹰隼等图案的旗。

22 实:这个。维:为、是。

23 溱(zhēn)溱:盛多的样子,指人口旺盛。

节南山之什

节南山

导读

《毛序》:"《节南山》,家父刺幽王也。"实际上,这是周大夫家父斥责执政者太师尹氏的诗。《左传》昭公二年:"季武子赋《节》之卒章。"《十月之交》《郑笺》:"《节》刺师尹不平。"《大戴记·卫将军文子》卢辩注:"《小雅·节》之四章。"是古代只以"节"名篇。《毛序》认为诗是幽王时代的作品。或因《正月》《十月之交》等作于幽王时代,故推而及之。此诗可能产生于西周,有首句"节彼南山"为证。姚际恒谓南山即终南山,东迁以后不可能咏终南山,姚氏这一推断是对的。宋欧阳修《诗本义》、明季明德《诗说解颐》、何楷《诗经世本古义》等都说此诗为东周桓王时代的作品,其主要根据是《春秋》鲁桓公十五年(周桓王二十三年)有"家父来求车"一语。但这一可能孔颖达已于《正义》中提出不同意见,他认为春秋之前古人同名者甚多,如《左传》文公十一年有富父终甥,哀公三年有富父槐;吴子寿梦之后又有太子寿梦;公子光之父名诸樊,光之子亦名诸樊。郑有两子孔,晋有两士匄,卫、宋俱有公孙朝,郑、卫俱有公孙挥等等。证明此诗之家父与桓王时之家父亦为两人。可见欧阳修等人之说不能成立。家父,《汉书·古今人表》作"嘉父",列于宣王时代,盖汉代今文学者以此诗为宣王时代之作,亦可备一说。至于诗的主题,胡承珙《毛诗后笺》说:"许白云《诗钞》曰:此诗刺王用尹氏,前九章惟极言尹氏之罪,而卒章以言归之王心，则轻重本末自见。其所以刺尹氏者，大要有二事，为政不平而委任小人也。”他又说：“诗词专责尹氏，而刺王之旨自在言外。”今从胡说。

陈乔枞云：“《笺》释‘不吊昊天，不宜空我师’云：‘不善乎昊天，愬之也。’此诗屡言昊天，如‘昊天不庸’‘昊天不惠’。又‘不吊昊天，乱靡有定’，及此‘昊天不平’，皆呼天而诉之词。”他这段话，正指出了此诗的艺术特点。诗人撇了对话的听者或读者，突然直呼话中的天或物来说话的，叫作呼告。它产生于诗人情感激烈的时候，不知不觉把不在面前的意象，当作有生命的东西，以呼告的形式和它说话。诗歌中常见呼天呼父母的词句，司马迁《史记·屈原列传》说：“夫天者，人之始也。父母者，人之本也。人穷则反本，故劳苦倦极，未尝不呼天也。疾痛惨怛，未尝不呼父母也。”他指出呼告中呼天产生的原因，是切合人们生活中的实际情况。从老天爷啊老天爷大声疾呼中，我们不是强烈地感受到了诗人走投无路而愤怒到快要爆发的情绪吗？

原文

节彼南山[1]，维石岩岩[2]。
赫赫师尹[3]，民具尔瞻[4]。
忧心如惔[5]，不敢戏谈。
国既卒斩[6]，何用不监[7]！

节彼南山，有实其猗[8]。
赫赫师尹，不平谓何[9]！
天方荐瘥[10]，丧乱弘多[11]。
民言无嘉，憯莫惩嗟[12]！

尹氏大师[13]，维周之氐[14]。
秉国之均[15]，四方是维。

译文

终南山，山峻峭，崖石层层高又高。
赫赫有名尹太师，人人对他侧目瞧。
满心忧愤像火烧，不敢谈论发牢骚。
国运已经快断绝，为何还不觉察到！

终南山，高又长，一片山坡多宽广。
赫赫有名尹太师，为何办事太荒唐！
上天正在降灾荒，国家动乱人死亡。
民怨沸腾没好话，还不认真想一想！

尹太师啊尹太师，你是国家的基石。
朝廷大权手中握，天下靠你来维持。

天子是毗[16]，俾民不迷。	君王靠你当助手，百姓靠你把路指。
不吊昊天[17]，不宜空我师[18]！	可恨老天没长眼，让他刮尽民膏脂。
弗躬弗亲[19]，庶民弗信。	国事从不亲主宰，百姓对你不信赖。
弗问弗仕[20]，勿罔君子[21]。	人才不问又不用，欺骗好人太不该。
式夷式已[22]，无小人殆[23]。	赶快铲除害人虫，不要因此惹祸灾。
琐琐姻亚[24]，则无膴仕[25]。	亲戚既然无才能，乌纱帽儿摘下来。
昊天不佣[26]，降此鞠訩[27]！	老天爷啊心太坏，降下浩劫把人害！
昊天不惠，降此大戾[28]！	老天爷啊太不仁，降下灾难活不成！
君子如届[29]，俾民心阕[30]。	好人如果能执政，民愤可以平一平。
君子如夷[31]，恶怒是违[32]。	好人如果排除掉，人民反抗怒火烧。
不吊昊天，乱靡有定。	可恨老天没眼睛，乱子从来不曾停。
式月斯生[33]，俾民不宁。	生灵涂炭命难存，百姓生活不安宁。
忧心如酲[34]，谁秉国成[35]？	忧愁搅得心如醉，究竟让谁掌权柄？
不自为政，卒劳百姓。	君王不管天下事，结果苦了老百姓。
驾彼四牡，四牡项领[36]。	驾起四匹大公马，马儿肥壮粗脖颈。
我瞻四方，蹙蹙靡所骋[37]！	东南西北望一望，天地太窄难驰骋！
方茂尔恶[38]，相尔矛矣[39]。	看你作恶真不少，就像一柄杀人矛。
既夷既怿[40]，如相酬矣[41]。	铲除恶人开心日，举酒相庆乐陶陶。
昊天不平，我王不宁。	老天多么不公平，害得我王不安宁。
不惩其心，覆怨其正[42]。	君王不惩尹氏恶，反而怨恨劝谏臣。
家父作诵[43]，以究王訩[44]。	家父作诗自长吟，追究王朝祸乱根。
式讹尔心[45]，以畜万邦[46]。	但愿君王心意转，治理天下享太平。

注释

1 节:山高峻的样子。 南山:终南山。

2 岩岩:山石堆积的样子。

3 赫赫:显贵盛大的样子。 师:太师。 周代官制,称司马(掌兵权)、司徒(掌教育)、司空(管理土地)为三公。 三公中的兼职即为太师,位最高。 尹:尹氏,周王朝贵族,它的祖先尹佚在武王时有功,尹吉甫佐宣王伐异族,其子孙沿其姓做官。

4 具:通“俱”。

5 惔(tán):“炎”的借字,火烧。

6 卒:尽、完全。 斩:断绝。

7 何用:何以。 监:察。

8 有实:即“实实”,广大的样子。 猗:通“阿”,山坡。

9 谓:通“为”。

10 荐:进,加的意思。 瘥(cuó):疾病瘟疫。

11 弘多:很多。

12 憯(cǎn):曾、乃。 惩:儆戒。 嗟:语尾助词。

13 大:通“太”。

14 氐:根本。

15 秉:掌握。 均:通“钧”,制陶器模子下面的圆盘。 尹氏执政如陶工之掌圆盘以制器,故云秉国之均。

16 毗:辅助。

17 不吊:不淑、不好。 昊天:上天。

18 空:穷困。 师:指民众。

19 躬、亲:都是指亲身管理国家大事。

20 仕:这里指用人做官。

21 罔:欺骗。

22 式:语首助词。 夷:平、平除。 已:止、废止。
23 殆:危险。
24 琐琐:卑微渺小的样子。 姻亚:指亲戚。
25 膴:厚。
26 佣:均,公平。
27 鞫:极。 讻:同“凶”。
28 大戾:大恶。
29 届:至。
30 阕:止息。
31 夷:平、平除。
32 违:反抗。
33 月:假借为“抈”,折断,扼杀。 生:生灵。
34 酲(chéng):喝醉酒。
35 国成:国家政治的成规。
36 项:肥大。 领:脖颈。
37 蹙(cù)蹙:局促的样子。 骋:驰骋。
38 茂:盛。 尔:指尹氏。
39 相:视。
40 怿:喜悦。
41 酬:敬酒。
42 覆:反。 正:劝谏的正言。
43 家父:周大夫,幽王时人。 诵:诗歌。
44 王讻:指周王朝凶乱的根源。
45 讹:感化、改变。 尔:指周王。
46 畜:养。

正月

导读

《毛序》:“《正月》,大夫刺幽王也。”纵观全诗,倒不全在刺幽王,主要表现的是一位失意官吏忧国忧民、对现实不满的心情。诗中有“赫赫宗周,褒姒灭之”二语。朱熹《诗集传》:“时宗周未灭,以褒姒淫妒谗谄而王惑之,知其必灭周也。”陈启源《稽古编》:“《国语》:幽王三年三川震,伯阳父料周之亡不过十年;又郑桓公为周司徒,谋逃死之所;史伯引檿弧之谣、龙漦之谶,决周之必弊,其期不及三稔。然则周之必亡,而亡周之必为褒姒,当时有识之士固已明知之,且明言之矣。……篇中所云具曰予圣,及旨酒、嘉肴、有屋、有谷等语,显是荒君乱臣奢纵淫佚、燕雀处堂之态。若犬戎一乱,玉石俱焚,此辈已血化青磷,身膏白刃,尚得以富贵骄人哉!”朱、陈二氏据诗的内容及有关史料,断其作于幽王后期、西周将亡之时,说似可从。

《正月》诗人生于幽王丧乱时代,君主荒淫,小人居位,犬戎侵陵,民生凋敝。作者可能是一位大夫,但不被重用。孔颖达评曰:“诗人明得失之迹,见微知著,以褒姒淫妒,知其必灭周也。”明得失、见微知著二语,指出了他有先见之明。王引之说:“言弃辅则尔载必输,不弃则绝险可济;商事如是,治国可知。”他指出了诗人的政治才能。他处于是非不明、贤不肖不分、虺蜴当道、谣言四起的险恶环境中,他同情百姓,看出了社会上贫富的悬殊,小人生活的腐化和百姓的不幸,嗟叹生之不辰,孤独无援,谨慎小心,忧伤苦闷。不自觉地塑造了一位忧国忧民、畏谗畏讥的失意官吏形象。他善于运用比喻的艺术手法,歌唱胸中的郁结。以乌鸦落在谁屋,比人们将流离失所。以丛林中都是不成材的小木,比小人充满朝廷。以说高冈大陵是卑小的,比小人颠倒是非。以在高山厚地上不敢不弯腰小步走路，比在虐政下人们不得不谨慎小心。以虺蜴比害人的统治者，以特苗比贤才的自己。以野火方扬尚不易扑灭，反比赫赫宗周会被褒姒所灭。以车喻国，以载物喻治国，以辅喻贤臣，以顾仆喻政治措施。诗人多譬善喻，是本诗的艺术特征。李仲蒙说："索物以托情谓之比，情附物也。"《正月》诗人所索之物，都很确切恰当，将其复杂的思想感情附于物上，使此诗生动而富于说服力。

原文

正月繁霜[1]，我心忧伤。
民之讹言[2]，亦孔之将[3]。
念我独兮，忧心京京[4]。
哀我小心，癙忧以痒[5]。

父母生我，胡俾我瘉[6]？
不自我先，不自我后。
好言自口，莠言自口[7]。
忧心愈愈[8]，是以有侮。

忧心茕茕[9]，念我无禄。
民之无辜，并其臣仆[10]。
哀我人斯，于何从禄？
瞻乌爰止，于谁之屋？

译文

六月下霜不正常，这使我心很忧伤。
民间已经有谣言，沸沸扬扬传得广。
想我一身多孤单，愁思萦绕常怅怅。
胆小怕事真可哀，又怕又闷病一场。

爹娘既然生了我，为啥使我受创伤？
我生不早又不晚，乱世灾祸偏碰上。
好话凭他嘴里说，坏话凭他去宣扬。
反复无常真可怕，受人欺侮更懊丧。

没人了解满腹愁，想我命苦泪暗流。
平民百姓有何罪，国亡都成阶下囚。
可怜我们这些人，爵位俸禄何处求？
看那乌鸦往下飞，停下谁家屋脊头？

注释

1 正月：指周历六月，夏历四月。古人称这个月为"正阳纯乾之月"，简称正月。繁：多。

2 讹言：谣言。

3 将:大。
4 京京:忧愁无法解除的样子。
5 癙(shǔ):忧闷。以:而。痒:病。
6 瘉(yù):病,痛苦。
7 莠言:坏话。
8 愈愈:忧惧的样子。
9 茕(qióng)茕:忧愁而无人了解的样子。
10 臣仆:俘虏、奴隶。

原文

瞻彼中林,侯薪侯蒸[1]。
民今方殆,视天梦梦[2]。
既克有定[3],靡人弗胜。
有皇上帝[4],伊谁云憎!

谓山盖卑[5],为冈为陵[6]。
民之讹言,宁莫之惩[7]。
召彼故老,讯之占梦。
具曰"予圣",谁知乌之雌雄!

谓天盖高?不敢不局[8]。
谓地盖厚?不敢不蹐[9]。
维号斯言[10],有伦有脊[11]。
哀今之人,胡为虺蜴[12]?

译文

看那树林密层层,粗干细枝交错生。
人民处境正危险,老天糊涂太昏昏。
世上一切你主宰,没人能够违天命。
皇皇上帝我问你,究竟你恨什么人?

人说山矮像土冢,却是高冈耸半空。
民间谣言既发生,怎不警惕采行动。
召来元老仔细问,再请占梦卜吉凶。
都说自己最高明,不辨乌鸦雌和雄。

是谁说那天很高?走路不敢不弯腰。
是谁说那地很厚?走路不敢不蹑脚。
人民喊出这些话,确有道理说得好。
可恨如今世上人,为何像蛇将人咬?

注释

1 侯:维。薪:粗柴枝。蒸:细柴枝。这句以林中有柴枝无大材比喻朝中小人充斥、贤臣被逐。

2 梦梦：昏暗不明的样子。

3 定：决定。

4 有皇：即“皇皇”，光明伟大。

5 谓：说。 盖：通“盍”，何，怎么。

6 陵：山岭。

7 宁：乃。 惩：制止。

8 局：弯曲。 指弯着腰。

9 蹐(jí)：小步走，轻轻地走路。

10 号：叫喊。

11 伦：道。 脊：理。

12 虺(huǐ)：毒蛇。 蜴：四脚蛇。

原文

瞻彼阪田，有菀其特[1]。
天之扤我[2]，如不我克[3]。
彼求我则[4]，如不我得。
执我仇仇[5]，亦不我力[6]。

心之忧矣，如或结之[7]。
今兹之正[8]，胡然厉矣[9]？
燎之方扬[10]，宁或灭之[11]！
赫赫宗周[12]，褒姒灭之[13]！

译文

看那山坡坡上田，一片茂密长禾苗。
老天拼命折磨我，好像非把我压倒。
当初朝廷需要我，找我唯恐得不到。
邀去却又撂一边，不让我把重担挑。

心里忧愁没办法，就像绳子结疙瘩。
试看今日朝中政，为啥暴虐乱如麻？
野火蓬蓬正燃起，有谁能够灭熄它！
赫赫镐京正兴旺，褒姒一笑灭亡它！

注释

1 菀(wǎn)：茂盛貌。 特：特出，指禾苗壮盛。

2 扤(wù)：假借为“抈”，摧残折磨。

3 克:战胜。
4 彼:指周王。则:语尾助词。
5 执:用手拿东西。仇仇:缓慢不用力的样子。
6 不我力:不重用我。
7 或:有人。结:结疙瘩。
8 正:通“政”。
9 厉:暴虐。
10 燎:野火。扬:旺盛。
11 宁:乃。
12 宗周:指周的王都镐京。
13 褒姒:周幽王宠妃。幽王为取悦褒姒,点烽火以征诸侯,诸侯至而无寇,褒姒大笑。后西夷犬戎入侵,王再举烽火征兵,诸侯不至。犬戎遂杀幽王于骊山之下。

原文

终其永怀[1],又窘阴雨[2]。
其车既载,乃弃尔辅[3]。
载输尔载[4],“将伯助予!”

无弃尔辅,员于尔辐[5]。
屡顾尔仆,不输尔载。
终逾绝险,曾是不意[6]!

鱼在于沼,亦匪克乐。
潜虽伏矣[7],亦孔之炤[8]。
忧心惨惨[9],念国之为虐。

译文

心中已经常忧伤,又逢阴雨更凄凉,
车子已经装满货,却把拦板全抽光。
等到货物遍地撒,才叫“大哥帮帮忙”!

请勿丢掉车拦板,还要加粗车轮辐。
经常照顾你车夫,莫使失落车上物。
这样才能渡险境,你却总是不在乎!

鱼儿虽在池里游,并不能够乐逍遥。
虽然潜在深水中,水清仍旧躲不掉。
心中不安常忧虑,想想朝政太残暴。

注释

1 终：既。永怀：深忧。

2 窘：困。

3 辅：大车两旁的拦板。诗人以车喻国，以载物喻治国，以辅喻贤臣。

4 前“载”字是语助词。后“载”字指所载的货物。输：堕，掉下来。

5 员(yún)：益、加大。辐：亦作“輹”，车厢下面钩住车轴的木头，亦称“伏兔”。

6 是：代词，指上面的几件措施。不意：不在意。

7 潜：深。这句是“虽潜伏矣”的倒文。

8 炤：同“昭”，明。

9 惨惨：忧虑不安的样子。

原文

彼有旨酒，又有嘉殽[1]。
洽比其邻[2]，昏姻孔云[3]。
念我独兮，忧心慇慇[4]。

佌佌彼有屋[5]，蔌蔌方有谷[6]。
民今之无禄，天夭是椓[7]。
哿矣富人[8]，哀此茕独！

译文

他有美酒喷喷香，鱼肉好菜供品尝。
狐群狗党相勾结，亲朋好友周旋忙。
想我孤零无依靠，忧心如捣痛断肠。

卑劣小人住好屋，鄙陋家伙有五谷。
如今人民最不幸，天降灾祸真命苦。
富人享福哈哈笑，可怜穷人太孤独。

注释

1 嘉殽：好菜。

2 洽：融洽。比：亲近。邻：意见相投而亲近的人。

3 昏姻：亲戚。云：同“员”，周旋。

4 慇慇：心痛的样子。

5 佌(cǐ)佌：细小的样子。

6 蔌(sù)蔌：鄙陋的样子。二句指卑下的小官。

7 夭夭：自然灾害。椓(zhuó)：打击。

8 哿(gě)：嘉、快乐。

十月之交

导读

《毛序》:"《十月之交》,大夫刺幽王也。"今从毛说。这是西周一位没落贵族讽刺朝政的诗。他讽刺幽王宠褒姒,用小人,致有天灾人祸。自述自己与皇父的矛盾及不平。诗反映了西周末年的政治情况与自然灾异,可作中国古代史、天文学史的资料来读。《汉书·古今人表》将皇父、家伯等数人列于幽王之后,《孔疏》认为《韩诗》此篇亦次于《正月》与《雨无正》之间,是汉代今文学家对此诗的产生时代亦无异议。但《郑笺》云:"当为刺厉王。"郑氏所据大约是《中候擿雒贰》等纬书,似不足信。诗首章有关于日食的记载,梁虞邝首次推定此次日食在幽王六年(前776),据清代和现代一些学者,如阮元、陈遵妫等推算,发现幽王六年九月六日的一次日食,正与诗所载日期相符。这已被世界上多数天文学家所承认,且断为是世界上有年代可考的最早一次的日食记载,由此可证诗产生于幽王六年无疑,郑说误。

据诗的内容,作者可能是一位没落贵族。他颇具才华,以第三章而言,写得很出色。《国语·周语》说:"西周三川皆震。"《汉书·翼奉传》:"《十月之交》篇,知日蚀地震之效。"这是用散文叙述这次地震事件的。诗人如何描写"地震"这一抽象概念呢?他用"百川沸腾,山冢崒崩。高岸为谷,深谷为陵"四句来形容,使人感到具体、准确、鲜明、生动,说明了诗人形象思维的丰富。姚际恒说:"写得直是怕人。"简短的一句评语,确实指出了作者艺术手腕的高明和读者的感受。

原文	译文
十月之交[1],朔月辛卯[2]。	九月刚过十月到,初一早上辰时交。

日有食之，亦孔之丑[3]。
彼月而微[4]，此日而微。
今此下民，亦孔之哀。

忽然太阳又食了，这种天象是凶兆。
不久之前方月食，今又日食更糟糕。
如今天下老百姓，大难临头真堪悼。

日月告凶，不用其行[5]。
四国无政，不用其良。
彼月而食，则维其常[6]。
此日而食，于何不臧[7]！

日月显示灾难兆，不再遵循常轨道。
到处没有好政治，贤臣良才全不要。
上次月亮被吞食，还算平常屡见到。
太阳遭食了不得，坏事临头怎么好！

烨烨震电[8]，不宁不令[9]。
百川沸腾，山冢崒崩[10]。
高岸为谷，深谷为陵。
哀今之人，胡憯莫惩！

电光闪闪雷轰鸣，政治黑暗民不宁。
大小江河齐沸腾，山峰倒塌乱石崩。
高山刹那变深谷，深谷顿时变丘陵。
可恨如今掌权人，何曾引以为教训！

皇父卿士[11]，番维司徒[12]，
家伯维宰[13]，仲允膳夫[14]，
聚子内史[15]，蹶维趣马[16]，
楀维师氏[17]，艳妻煽方处[18]。

六卿之首是皇父，樊氏当上大司徒，
朝廷典籍家伯掌，仲允管的是御厨，
聚子充当内史官，蹶父养马管放牧，
还有楀氏算监察，都同褒姒很热乎。

抑此皇父[19]！岂曰不时[20]。
胡为我作[21]，不即我谋！
彻我墙屋[22]，田卒污莱[23]。
曰“予不戕[24]，礼则然矣”。

提起皇父叫人气，硬说他没违农时。
为啥派我服劳役，也不商量就通知。
我家墙屋被拆毁，我家田园全荒弛。
还说：“不是我害你，照章办事该如此。”

皇父孔圣，作都于向[25]。
择三有事[26]，亶侯多藏[27]。
不慭遗一老[28]，俾守我王。
择有车马[29]，以居徂向[30]。

这位皇父太高明，要在向邑建都城。
选中大官有三个，钱财多得数不清。
不肯留下一老臣，让他保王卫宫廷。
看中富家有车马，迁往向邑结伴行。

黾勉从事，不敢告劳。
无罪无辜，谗口嚣嚣[31]。
下民之孽[32]，匪降自天。
噂沓背憎[33]，职竞由人[34]。

尽力服役为王事，不敢诉苦不敢怨。
没犯过错没犯罪，众口诽谤难分辨。
百姓遭受大灾难，不是老天不长眼。
当面谈笑背后骂，都是坏人在诬陷。

悠悠我里[35]，亦孔之痗[36]。
四方有羡[37]，我独居忧。
民莫不逸，我独不敢休。
天命不彻[38]，我不敢效我友自逸[39]。

苦恼烦闷恨悠悠，恰似大病在心头。
看看别家很富裕，独我一人在忧愁。
人们生活都安逸，我独不敢片刻休。
天道无常难预测，不敢学人图享受。

注释

1 交：开始进入。

2 朔月：初一日。辛卯：这天是辛卯日。据天文学家推算，这次日食在周幽王六年十月初一（周历），即公元前776年九月六日的早晨七至九时（辛卯日辰时）。

3 丑：恶。古人认为日食预兆不祥。

4 彼：指从前。微：昏暗不明，指月食。

5 行(háng)：道，轨道。

6 维：是。常：正常。

7 于何：奈何。

8 烨(yè)烨：闪电发光的样子。震：雷。

9 令：善。

10 山冢：山顶。崒：假借为“碎”。

11 皇父：周幽王的宠臣。卿士：六卿之长，总管王朝政事，类似后代的宰相。

12 番：即“樊”。司徒：掌管人口、土地的官。

13 家伯：人名。宰：即冢宰，掌国家典籍的官。

14 仲允：人名。膳夫：掌周王饮食的官。

15 聚(zōu):姓。内史:掌人事、司法的官。
16 蹶(guì):姓。趣(cù)马:替周王管马的官。
17 楀(jǔ):姓。师氏:掌监察的官。
18 艳妻:指幽王宠姬褒姒。煽:炽盛。方处:指艳妻与上面七人都是红人,并处高位。方,并。
19 抑:同"噫",叹词。
20 不时:不顾农时。
21 作:指劳役。
22 彻:通"撤",拆毁。
23 卒:尽,完全。污:停积不流的水。莱:田中长满野草。
24 戕(qiāng):残害。
25 向:邑名。今河南济源市南。
26 有事:即有司。三有司为司徒、司马、司空。
27 亶:诚、确实。侯:维、是。多藏:指有很多钱财。
28 慭(yìn):愿、肯。遗:留。老:旧臣,疑指作者自己。
29 有车马:指有禄位的富人。
30 居:语助词。
31 嚣(áo)嚣:众口毁谤攻击的样子。
32 孽:灾害。
33 噂(zǔn)沓:议论纷纭。背憎:在背后彼此憎恨。
34 职:主、主要。竞:争。
35 里:通"悝",忧伤。
36 痗(mèi):病。
37 四方:指各地的上层人物。羡:富裕。
38 不彻:不循轨道,即无常之意。
39 效:仿效。

雨无正

导读

《毛序》:“《雨无正》,大夫刺幽王也。雨‘自上下者也’众多如雨,而非所以为政也。”诗人以“雨无正”刺周幽王及群臣政令多如雨,而皆不得当。胡承珙《后笺》根据诗中“曾我暬御”之句,《毛传》以“侍御”训暬御,断此诗作者为侍御,周王亲近之臣,不是小官。至于诗的写作时代,向有三说:一、认为是幽王时代的作品,《毛序》:“《雨无正》,大夫刺幽王也。”二、认为是东周时代的作品,朱熹《诗集传》:“或曰,疑此亦东迁后诗也。”三、认为是厉王时代的作品,《郑笺》:“亦当为刺厉王,王之所下政令甚多而无正也。”经后世学者研究探讨,断为它是幽王时代的创作。其理由大致如下:一、周宗既灭,周为天下所宗,有可宗之道,幽王昏乱,弃其可宗之道,诸侯不朝,谓之既灭。非谓周已灭亡。二、“正大夫离居”,指那时的官吏为自己打算,纷纷逃亡,如皇父出居于向。三、“谓尔迁于王都”,上古迁字有二义:一个指迁出,一个指迁回。这句是诗人希望逃亡者迁回王都。以上解释,可纠正后二说之误。诗的篇名为什么叫作“雨无正”呢?归纳起来,约有四说:一、《毛序》:“雨,自上下者也,众多如雨,而非所以为政也。”《郑笺》《孔疏》从之。二、朱熹《诗集传》引刘元城云:“尝读《韩诗》有《雨无极》篇,《序》云:‘《雨无极》,正大夫刺幽王也。’至其诗之文,则比《毛诗》篇首多‘雨无其极,伤我稼穑’八字。”朱熹又说:“愚按刘说似有理,然第一、二章本皆十句,今遽增之,则长短不齐,非诗之例。”三、吕祖谦《东塾读诗记》引董氏曰:“《韩诗》作《雨无极》,正大夫刺幽王也。(《韩诗》)《章句》曰:无,众也。书曰:‘庶草繁芜。’说文曰:‘芜,丰也。'则雨众多者,其为政令不得一也。故为正大夫之刺。"《韩诗·章句》以无为芜之假借,训众,盖谓政治如雨之芜。四、欧阳修《诗本义》说:"古之人于诗多不命题,而篇名往往无义例。其或有命名者,则必述诗之意,如《巷伯》《常武》之类是也。今《雨无正》之名,据序所言,与诗绝异,当阙其所疑。"姚际恒《通论》亦云:"此篇名《雨无正》,或误,不必强论。"按以上四说,《毛序》《韩诗》都很牵强,年代久远,史无旁证,欧、姚二氏的阙疑态度,是可取的。

此诗起句闳壮而又奇峻,末章收语陡峭,暗藏机锋。一起一收十分醒目,全诗的精神便被提起来了。

原文

浩浩昊天,不骏其德[1]。
降丧饥馑,斩伐四国。
旻天疾威[2],弗虑弗图。
舍彼有罪,既伏其辜[3]。
若此无罪,沦胥以铺[4]。

周宗既灭[5],靡所止戾[6]。
正大夫离居[7],莫知我勩[8]。
三事大夫[9],莫肯夙夜。
邦君诸侯,莫肯朝夕。
庶曰式臧[10],覆出为恶[11]。

如何昊天!辟言不信[12]。
如彼行迈[13],则靡所臻。
凡百君子[14],各敬尔身[15]。
胡不相畏,不畏于天?

译文

浩浩老天听我讲,你的恩惠不经常。
降下饥荒和死亡,天下人都被残伤。
老天暴虐太不良,不加思考不思量。
有罪之人你放过,包庇恶行瞒罪状。
无罪之人真冤枉,相继受害遭祸殃。

都城如果被攻破,想要栖身没地方。
大臣高官都逃走,有谁知我工作忙。
三公位高不尽职,不肯早晚辅君王。
各国诸侯也失职,不勤国事匡周邦。
总盼周王能变好,谁知反而更荒唐。

老天这样怎么行!忠言逆耳王不听。
好比一个行路人,毫无目的向前进。
百官群臣不管事,各自小心保自身。
为何互相不尊重,甚至不知畏天命?

戎成不退[16]，饥成不遂[17]。	敌人进犯今未退，饥荒严重兵将溃。
曾我𫜹御[18]，憯憯日瘁[19]。	只我侍御亲近臣，每天忧虑身憔悴。
凡百君子，莫肯用讯[20]。	百官群臣都闭口，不肯进谏怕得罪。
听言则答[21]，谮言则退[22]。	君王爱听顺耳话，谁进忠言就斥退。
哀哉不能言，匪舌是出[23]，维躬是瘁[24]。	可悲有话不能讲，不是舌头生了疮，是怕自己受损伤。
哿矣能言[25]，巧言如流，俾躬处休。	能说会道就吃香，花言巧语来开腔，高官厚禄如愿偿。
维曰于仕[26]，孔棘且殆[27]。	别人劝我把官当，危险太大太紧张。
云不可使，得罪于天子。	要说坏事干不得，那就得罪了国王。
亦云可使，怨及朋友。	要说坏事可以做，朋友要骂丧天良。
谓尔迁于王都，曰予未有室家。	劝你迁回王都吧，推辞那里没有家。
鼠思泣血[28]，无言不疾[29]。	苦口婆心再劝他，对我切齿又咬牙。
昔尔出居，谁从作尔室？	试问从前离王都，是谁帮你造官衙？

注释

1 骏：通“峻”，长久、经常的意思。

2 旻：应作“昊”。疾威：暴虐。

3 既：尽。伏：隐藏。辜：罪。

4 沦：陷。胥：相率、连带的意思。铺：通“痡”，痛苦。

5 周宗：应作“宗周”，指镐京。既灭：指犬戎攻入镐京而言。

6 止：居。戾：安。

7 正大夫：上大夫。

8 勚(yì)：疲劳。

9 三事：即三司（司徒、司马、司空）。

10 庶:幸、希望。 式:助词。

11 覆:反而。

12 辟:法。

13 行迈:行走。

14 凡百君子:群臣百官。

15 敬:谨慎。

16 成:指兵寇已成。

17 遂:成功、顺利。

18 曾:则、只有。 亵(xiè)御:国王的近臣。

19 憯(cǎn)憯:忧愁的样子。 瘁:憔悴。

20 讯:谏诤。

21 听言:顺从的话。

22 谮(zèn)言:进谏的话。 退:斥退。

23 出:假借为"茁",病。

24 躬:自身。 瘁:毁坏。

25 哿:嘉,表嘉许之词。

26 于:往。

27 棘:通"急"。

28 鼠思:忧思。

29 疾:通"嫉",恨。

小旻

导读

《毛序》:"《小旻》,大夫刺幽王也。"毛说是。这是讽刺周王不能采纳善谋(好政策)的诗。朱熹《诗集传》:"大夫以王惑于邪谋不能断以从善,而作此诗。"吴闿生《诗义会通》:"此篇以谋犹回遹为主,而剀切反复言之,最见志士忧国忠悃勃郁之忱。所谓回遹者,非必有奸邪不轨之行,第谋臧不用,不臧覆用,臧则具违,不臧具依,发言盈庭而莫执其咎,迩言是争,筑室道谋,斯则诗之所谓回遹矣。"此诗《毛序》谓刺幽王,《郑笺》谓刺厉王。按它次于《正月》《十月之交》《雨无正》之后,《十月之交》确实是写幽王六年日食的事,可证此诗或为幽王时代的作品。至于诗题《小旻》之义,朱熹《诗集传》引苏氏(苏辙《诗经传》)曰:"《小旻》《小宛》《小弁》《小明》四诗皆以'小'名篇,所以别其为《小雅》也。其在《小雅》者谓之小,故其在《大雅》者谓之《召旻》《大明》,独《宛》《弁》阙焉,意者孔子删之矣。虽去其大而其小者犹谓之小,盖即用其旧也。"苏氏之言似属有理,然孔子删诗之说,经后人考证,已经否定,因此这个问题还是阙疑吧。

首章"谋犹回遹"一句贯串全篇,主题鲜明,结构完整。末章全用比喻,以暴虎、冯河仅危及一身,比喻政策邪僻将祸及全国。以临深渊、履薄冰比喻自己战战兢兢恐怕国家败亡的心理。感情真挚,语言形象,为此诗生色不少。

原文	译文
旻天疾威[1],敷于下土[2]。	老天暴虐太恶毒,灾难遍布满国土。
谋犹回遹[3],何日斯沮[4]?	政策谋略全错误,哪天结束这痛苦?

谋臧不从，不臧覆用。
我视谋犹，亦孔之邛[5]！

潝潝訿訿[6]，亦孔之哀。
谋之其臧，则具是违；
谋之不臧，则具是依。
我视谋犹，伊于胡厎[7]！

我龟既厌[8]，不我告犹。
谋夫孔多，是用不集[9]。
发言盈庭，谁敢执其咎[10]？
如匪行迈谋[11]，是用不得于道。

哀哉为犹[12]，匪先民是程[13]，
匪大犹是经[14]；
维迩言是听[15]，维迩言是争！
如彼筑室于道谋，是用不溃于成[16]。

国虽靡止[17]，或圣或否。
民虽靡膴[18]，或哲或谋[19]，
或肃或艾[20]。
如彼泉流，无沦胥以败[21]！

不敢暴虎[22]，不敢冯河[23]。
人知其一，莫知其他[24]。
战战兢兢[25]，如临深渊，
如履薄冰。

好的计谋你不听，坏的主意反信服。
我看现在的政策，糟糕透顶弊无数！

人们叽叽又咕咕，我心悲哀难解除。
正确意见提上来，千方刁难百计阻；
错误主张提上来，一拍即合就依附。
我看现在的政策，不知弄到啥地步！

我的灵龟已厌恶，谋略吉凶不告诉。
参谋顾问一大堆，议来议去不算数。
你一言来我一语，哪个敢把责任负！
好像问讯陌路人，很难得到正确路。

可叹执政太糊涂，不学祖宗不师古，
不遵正道走邪路；
只肯听些浅陋话，还要吵闹争赢输！
如造房子问路卜，终究没法盖成屋。

国家虽然不算大，也有天才有凡夫。
人民虽然不算多，也有明智谋略富，
也有干才责任负。
国运如水一泻去，终将败亡拦不住！

不敢空手打老虎，不敢徒步河中渡。
这个道理人皆知，别的危险就糊涂。
战战兢兢过日子，如临深渊须留步，
如踩薄冰防险路。

注释

1 旻(mín)天:即老天,皇天之意。

2 敷:布。

3 犹:通“猷”,规划。回遹(yù):邪僻。

4 沮:止。

5 邛(qióng):病、糟。

6 潝(xī)潝:低声附和的样子。訿(zǐ)訿:诋毁、诽谤。

7 伊:语助词。于:往。胡:何。厎:至,地步。

8 龟:占卜用的龟甲。

9 集:成功。

10 执:承担。咎:罪责。

11 匪:通“彼”。行迈:这里指行路人。

12 为:掌握、制订。

13 先民:古人。程:效法。

14 大犹:大道。经:行。

15 维:通“惟”,只是。迩言:肤浅而无远见的话。

16 溃:遂、达到。

17 止:至、极。引申为“大”的意思。

18 膴:厚。引申为多。

19 哲:明智。

20 肃:态度庄敬,认真负责。艾(yì):治理,指办事能力很强的人。

21 无:发语词,无义。败:指国家败亡。

22 暴:通“搏”。搏虎,徒手打虎。

23 冯(píng)河:不用船而徒步渡河。

24 其他:指信用佞臣将有亡国之危。

25 战战:恐惧的样子。兢兢:谨慎小心的样子。

小宛

导读

《毛序》:“《小宛》,大夫刺幽王也。”既笼统而又无据。朱熹评之曰:“此诗之词最为明白,而意极恳至。说者必欲为刺王之言,故其说穿凿破碎,无理尤甚。”可谓一针见血。所以他认为“此大夫遭时之乱,而兄弟相戒以免祸之诗”是正确的。《国语·晋语》:“秦伯(穆公)赋《鸠飞》。”韦注认为《鸠飞》即《小宛》。是此诗在春秋时代又名《鸠飞》。

此诗多用比兴:第一章诗人见鸣鸠尾短形小,但能高飞摩天,兴自己位低志大,愿继祖先父母的德业。第三章采取双兴的形式,以原中有菽,庶民皆可任意采摘;螟蛉有子,亦可被蜾蠃抱持而去,兴权势财富皆无常主,只有谨慎有德的子孙才能继承保有它。第四章以鹡鸰之载飞载鸣,兴兄弟之远行。第五章以桑扈之循场啄粟自活,兴穷苦寡财的自己将陷于牢狱的失所。是反义的兴。末章连用三个比喻,以鸟之集木,如临深谷、如履薄冰,写自己处乱世惧祸的心情。姚际恒说:“中原二句,螟蛉二句,此双比法,亦奇。”其实,他章的比兴,也都如实地反映了作者复杂的心理活动,均奇。

原文

宛彼鸣鸠[1],翰飞戾天[2]。
我心忧伤,念昔先人。
明发不寐[3],有怀二人[4]。

人之齐圣[5],饮酒温克[6]。
彼昏不知,壹醉日富[7]。

译文

小小斑鸠鸟,高飞上云天。
我心真忧伤,想起我祖先。
一夜睡不着,又把爹娘念。

聪明正派人,喝酒克制又从容。
无知糊涂人,越喝越醉发酒疯。

各敬尔仪，天命不又[8]。	各位作风要谨慎，国运一去难追踪。
中原有菽[9]，庶民采之。	地里有豆苗，人们采回充菜肴。
螟蛉有子[10]，蜾蠃负之[11]。	螟蛾有幼虫，细腰土蜂捉回巢。
教诲尔子，式穀似之[12]。	教育你儿子，王位定要继承好。
题彼脊令[13]，载飞载鸣。	看那小鹡鸰，边飞又边鸣。
我日斯迈，而月斯征[14]。	天天我奔波，月月你出行。
夙兴夜寐，毋忝尔所生[15]！	早起晚睡忙不停，不要辱没父母名。
交交桑扈[16]，率场啄粟[17]。	小小青雀本食肉，却啄黄粟在谷场。
哀我填寡[18]，宜岸宜狱[19]。	叹我穷得叮当响，还吃官司进牢房。
握粟出卜[20]，自何能穀？	抓把小米去占卜，何处才能得吉祥？
温温恭人[21]，如集于木。	为人柔顺又温良，竟像趴在高树上。
惴惴小心，如临于谷；	惴惴不安往下看，如临山谷深万丈。
战战兢兢，如履薄冰。	战战兢兢怕失手，好像踩在薄冰上。

注释

1 宛彼：宛宛，小而短尾的样子。鸣鸠：斑鸠。
2 翰飞：高飞。戾：到达。
3 明发：天刚亮。含有通宵达旦的意思。
4 有：通“又”。二人：指父母。
5 齐：正。
6 温：通“蕴”，蕴藉自恃。克：克制。
7 壹：语助词。日富：日益自满。
8 不又：不再。
9 菽：大豆。这里指豆苗。
10 螟蛉：螟蛾的幼虫。

11 蜾蠃(guǒ luǒ):细腰蜂,常捕螟蛉喂它的幼虫。

12 穀:善。似:通“嗣”,继续。

13 题(dì):通“睇”,视。脊令:鸟名,即鹡鸰。

14 而:通“尔”,指你。

15 忝:辱。尔所生:指父母。

16 交交:小小的样子。桑扈:鸟名,亦名青雀。嘴曲而食肉。

17 率:循、沿。

18 填:假借为“殄”,穷困。寡:指寡财。

19 宜:仍。岸:通“犴”,监狱。

20 握粟:一把小米(给卜人作酬劳)。当时习俗不用钱,用钱始于周末周景王。

21 温温:柔和的样子。恭人:恭谨的人。

小弁

导读

《毛序》:“《小弁》,刺幽王也。大子之傅作焉。”就诗本身看,当是一首被父亲放逐的人抒发心中哀怨的诗。《孟子·告子下》:“《小弁》之怨,亲亲也。亲亲,仁也。”又说:“《小弁》,亲之过大者也。亲之过大而不怨,是愈疏也。愈疏,不孝也。”孟子距《诗经》时代较近,其言当可信。关于诗的作者,汉代却有古、今文学的不同。《毛传》:“幽王取申女生大子宜咎,又说褒姒,生子伯服,立以为后,而放宜咎,将杀之。”《毛序》认为宜臼傅作,《毛传》认为太子自作。今文学则以为是宣王时代,尹吉甫之子伯奇为后母所谮,遭父放逐而作。班固《汉书·冯奉世传赞》:“谗邪交乱,贞良被害,自古而然。故伯奇放流,屈原赴湘;《小弁》之诗作,《离骚》之辞兴。”赵岐《孟子章句》亦云:“《小弁》,《小雅》之篇,伯奇之诗也。伯奇仁人而父虐之,故作《小弁》之诗。”汉代文献中言及伯奇之事者甚多,如《汉书·武五子传》载武帝时壶关三老茂上书曰:“孝己被谤,伯奇放流,骨肉至亲,父子相疑。”《易林·讼之大有》:“尹氏伯奇,父子生离。”《巽之观》:“伯奇流离,恭子忧哀。”今文家以此诗为伯奇所作,另有所据。胡承珙《后笺》:“《孟子》‘亲之过大’一语,可断其为幽王太子宜臼之诗。”今从胡说。《毛序》认为是太子傅作,姚际恒《通论》:“诗可代作,哀怨出于中情,岂可代乎?况此诗尤哀怨痛切之甚,异于他诗者。”姚的驳斥,非常中肯。闻一多《诗经通义》认为:“《小弁》篇本妻不见答之诗。”可参阅,以备一说。

这首诗哀怨痛切,令读者为之动容,所以前人称赞它是“情来之调”,是“情文兼到之作”。它能产生如此强的艺术魅力,主要得力于两方面的原因。其一是全诗布局的精巧。第三章是全诗中心,点明了失去双亲而无所归依的哀痛主题。前面的一、二两章先以呼天自诉总起,接写去国景象的触目惊心,为第三章入题渲染了气氛。第四、五、六、七共四章反复申言被放逐的原因和由此造成的痛苦,但四、五两章用兴和比正面抒写心中的忧苦,六、七两章却用兴和比反跌形容父亲的寡恩,用意虽同而章法却有变化,可谓整中有散,正中寓奇。方玉润赞它"离奇变幻,令人莫测"虽然未免过誉,但流动的章法使全诗更显得郁勃顿挫则是肯定的。其二是诗人炼字的警拔。即如"我心忧伤,惄焉如捣"的"惄"和"捣"两个字,将无法形容的忧伤形容得细致入微。我们仔细玩味,会觉得这两个字实在无可移易,难怪钱锺书先生以"惊心动魄,一字千金"赞之。

原文	译文
弁彼鸒斯[1],归飞提提[2],	乌鸦乌鸦心里欢,飞回窝里真安闲。
民莫不穀[3],我独于罹[4]。	人们生活都很好,我独忧愁难排遣。
何辜于天?我罪伊何[5]?	我有啥事得罪天,我是犯了啥条款?
心之忧矣,云如之何?	满心忧伤说不完,叫我究竟怎么办?
踧踧周道[6],鞫为茂草[7]。	平平坦坦京都道,如今长满丛丛草。
我心忧伤,惄焉如捣[8]。	忧伤痛苦不堪言,犹如棒槌把心捣。
假寐永叹[9],维忧用老[10]。	和衣而卧长叹息,忧伤使我人衰老。
心之忧矣,疢如疾首[11]。	心里苦闷说不完,好像头痛发高烧。

注释

1 弁(pán):快乐。 鸒(yù):乌鸦。 斯:语助词。

2 提(shí)提:群飞安闲的样子。

3 穀:善,指生活美好。

4 罹:忧愁。

5 伊:是。

6 踧(dí)踧：平坦的样子。周道：指周朝京师的大路。

7 鞫(jū)：堵塞。

8 惄(nì)：想。捣：舂撞。

9 假寐：和衣而睡。

10 维：只因。用：而。

11 疢(chèn)：热病。疾首：头痛。

原文

维桑与梓[1]，必恭敬止。
靡瞻匪父[2]，靡依匪母[3]。
不属于毛[4]，不离于里[5]。
天之生我，我辰安在[6]？

菀彼柳斯[7]，鸣蜩嘒嘒[8]。
有漼者渊[9]，萑苇淠淠[10]。
譬彼舟流，不知所届[11]。
心之忧矣，不遑假寐。

译文

桑梓爹娘种门前，敬它就如敬祖先。
儿子哪有不敬父，孩儿怎不把母恋。
谁非爹生皮和毛，谁非和娘血肉连。
老天既然生了我，为啥时乖命又蹇？

千丝万缕柳条青，蝉儿喳喳不住鸣。
一泓池水深又深，水边芦苇密密生。
我像小船断了缆，不知漂到何处停。
满腹忧伤说不尽，无法安心打个盹。

注释

1 桑、梓：是古人宅旁常种的树，桑以养蚕，梓作器具，可传子孙。诗中以桑梓是父母所植，所以对它们也应恭敬。

2 靡……匪：无不。

3 依：依靠。

4 属(zhǔ)：连。毛：指身体外表的皮肤毛发，代指父亲。

5 离：通“丽”，依附。里：身体内部的血肉，代指母亲。

6 辰：时，指时运，运气。

7 菀：茂盛。

8 嘒嘒:蝉鸣声。

9 漼(cuǐ):水深的样子。

10 淠(pì)淠:茂盛的样子。

11 届:至。

原文

鹿斯之奔[1],维足伎伎[2]。
雉之朝雊[3],尚求其雌。
譬彼坏木[4],疾用无枝[5]。
心之忧矣,宁莫之知[6]!

相彼投兔[7],尚或先之[8]。
行有死人,尚或墐之[9]。
君子秉心[10],维其忍之。
心之忧矣,涕既陨之!

译文

鹿儿觅群怕失散,留恋同伴脚步慢。
野鸡早上不住啼,还知追求它伙伴。
我像一株有病树,枝叶不生都枯干。
心里忧伤说不完,没人知我真孤单。

兔子关在笼子里,有人怜悯把门开。
尸体横在大路上,有人同情把他埋。
不料父亲居心狠,这般残忍真不该。
心里忧伤说不完,涕泪涟涟只自哀!

注释

1 奔:指觅群求偶。

2 伎伎:缓慢的样子。

3 雊(gòu):野鸡叫。

4 坏:假借为“瘣”,病。

5 用:因。这句是“用疾无枝”的倒文。

6 宁:曾。

7 投兔:被掩捕在笼里的兔子。

8 先:开放。

9 墐(jìn):通“殣”,埋葬。

10 君子:指作者的父亲。秉心:居心。

原文

君子信谗，如或酬之[1]。
君子不惠，不舒究之[2]。
伐木掎矣[3]，析薪扡矣[4]。
舍彼有罪，予之佗矣[5]！

莫高匪山，莫浚匪泉[6]。
君子无易由言[7]，耳属于垣[8]。
无逝我梁，无发我笱。
我躬不阅，遑恤我后。

译文

父亲听谗太轻信，像受敬酒味津津。
父亲对我没恩情，不究谣言何由生。
砍树还要拉紧绳，劈柴还得顺木纹。
放过罪人造谣者，却把罪名加我身。

若是不高不是山，若是不深不是潭。
父亲休要轻开言，隔墙有耳贴壁边。
别到我的鱼坝去，别把鱼篓打开看。
自身尚且不见容，哪顾身后事变迁。

注释

1 酬：敬酒。
2 舒究：慢慢地追究。
3 掎(jǐ)：伐木时用绳拉树以控制下倒方向。
4 析薪：劈柴。扡(chǐ)：顺着木纹剖析。
5 佗(tuó)：加。
6 浚：深。
7 无易：不要轻易。由：于。
8 耳：指窃听者。属：连。垣：墙。

巧言

导读

《毛序》:“《巧言》,刺幽王也。大夫伤于谗,故作是诗也。”作者可能是一位受压抑不得志的官吏,他在诗中讽刺周王听信谗言,放任谗人祸国。胡承珙《后笺》云:“诗以‘悠悠昊天’发端,而取五章之‘巧言’名篇。盖谗人之言非巧不入,诗人所深恶也。大夫伤于谗者,非独一己伤困于谗,谓大夫伤听谗言之乱政,故其词屡言‘乱’,而深望君子能察而止之。”按此诗共六章,前三章刺王,后三章刺谗人。言“乱”者九,言“君子”者七,可见其中心思想所在。

《巧言》诗人喜用“对喻”,这种比喻虽其实质与作用和明喻一样,但在形式上却不用“如”“若”等字,是明喻的略式。它有两种情形:一种是比喻在前,一种是比喻在后。比喻在前的,如诗的第五章的前四句:“荏染柔木,君子树之。往来行言,心焉数之。”王先谦认为前两句是比喻下两句。比喻在后的,如第四章的后四句:“他人有心,予忖度之。躍躍毚兔,遇犬获之。”高诱认为后二句是比喻上二句。句式整齐,寓意明显,既有说服力,又给人以美的感受。

原文

悠悠昊天,曰父母且。
无罪无辜,乱如此幠[1]。
昊天已威,予慎无罪[2];
昊天泰幠[3],予慎无辜。

乱之初生,僭始既涵[4];

译文

悠悠老天听我讲,我把你来当父母。
人们没罪没过错,遭受祸乱太残酷。
老天施威太可怖,罪过我真半点无。
老天疏忽太糊涂,我是真正属无辜。

当初乱事刚发生,所有谗言都听进;

乱之又生，君子信谗。
君子如怒[5]，乱庶遄沮[6]；
君子如祉[7]，乱庶遄已[8]。

君子屡盟，乱是用长[9]。
君子信盗，乱是用暴。
盗言孔甘，乱是用餤[10]。
匪其止共[11]，维王之邛[12]。

奕奕寝庙[13]，君子作之。
秩秩大猷[14]，圣人莫之[15]。
他人有心，予忖度之[16]。
跃跃毚兔[17]，遇犬获之。

荏染柔木[18]，君子树之。
往来行言[19]，心焉数之[20]。
蛇蛇硕言[21]，出自口矣。
巧言如簧，颜之厚矣。

彼何人斯，居河之麋[22]。
无拳无勇[23]，职为乱阶[24]。
"既微且尰[25]，尔勇伊何？
为犹将多[26]，尔居徒几何[27]？"

乱事再次又出现，君王又把谗言信。
君王如能斥谗人，祸乱马上能除尽；
君王如能用贤良，祸乱很快能平定。

君王谗人常结盟，所以乱子无穷尽。
君王轻信窃国盗，所以乱子更凶暴。
盗贼说话蜜蜜甜，所以乱子更增添。
不忠职守太不该，专把君王来坑害。

宫殿宗庙多雄伟，都是先王建成功。
典章制度多完善，圣人制订谋略宏。
别人有心破坏它，我能揣度猜测中。
好比狡兔脚虽快，碰上猎犬把命送。

好的树木柔又韧，君子种来树成荫。
流言散布没定准，我能辨别记在心。
骗人大话哪里来，都以谗人嘴中喷。
花言巧语像吹簧，脸皮太厚真可恨。

他是一人啥货色？住在大河水边沿。
既无力气又无勇，祸乱他是总根源。
"烂了小腿又肿脚，你的勇气怎不见？
诡计多端真可恶，多少同党共作乱？"

注释

1 怃(hū)：大。
2 慎：诚、确实。
3 泰：大。怃(hū)：怠慢、疏忽。

4 僭：通“谮”，谗言。既：尽。涵：容纳。

5 怒：指怒责谗人。

6 庶：庶几、差不多。遄(chuán)：速、快。沮：止。

7 祉：福，指任用贤人。

8 已：停止。

9 用：以。长：增添。

10 餤(tán)：本义为进食，引申为增多或加甚。

11 止：达到。共：通“恭”，指忠于职守。

12 维：为。邛(qióng)：病。

13 奕奕：高大美盛的样子。

14 秩秩：宏伟的样子。

15 莫：通“谟”，谋划、制订的意思。

16 忖度：揣度，猜测。

17 躍(tì)躍：跳跃的样子。毚(chán)：狡猾。

18 荏染：柔韧的样子。柔木：善木。指椅、桐、梓、漆四种树木，因它们是古人制造琴瑟的原料，故诗人称之为善木。

19 往来：指辗转相传。行言：流言。

20 数：计算、辨别。

21 蛇(yí)蛇：欺骗的样子。硕言：大话。

22 麋(méi)：通“湄”，水边。

23 拳：力。

24 职：主、主要。阶：阶梯。

25 微：亦作“癥”，小腿生湿疮。尰(zhǒng)：亦作“瘇”，脚肿。

26 犹：谋。将：很。

27 居：语气词。

何人斯

导读

《毛序》:“《何人斯》,苏公刺暴公也。暴公为卿士,而谮苏公焉。故苏公作是诗以绝之。”这是古文说。苏公、暴公都是周王的卿士,苏、暴两地,都在周东都四周的地区内,二人封地犬牙交错,所以发生了矛盾,苏公就写了这首绝交诗。《淮南子·精神训》:“延陵季子不受吴国,而讼间田者惭矣。”高注:“讼间田者,虞、芮及暴桓公、苏信公是也。”这是今文说。他们都以此诗为苏公刺暴公之作。后世研究《诗经》者多从此说。如《孔疏》:“苏公,苏忿生之后。成十一年《左传》曰:‘昔周克商,使诸侯抚封,苏忿生以温为司寇。’则苏国在温。杜预曰:今河内温县。”胡承珙《后笺》:“《路史》,暴辛公采地,郑邑也。一云隧。成十七年《左传》云‘楚侵郑及暴隧’,是暴一名暴隧,春秋时郑地也。其地在今怀庆府原武县境,与温接壤。”朱熹《诗集传》虽依此意解释,但又说:“旧说于诗无明文可考,未敢信其必然耳。”这种阙疑态度是可取的。

诗人和“何人”的矛盾及绝交的原因,《毛序》《郑笺》以为何人在周王前进谗言,使他失职。三家《诗》以为二人因争田而争吵。从诗的内容看来,它确是一首表示绝交的诗。前四章指出何人其心孔艰,谁为此祸?不入我门,不入唁我,不见其身,其为飘风,行踪诡秘,怪其不来见。五、六两章责其从朝廷还时亦过门不入。第七章诗人作了今昔的对比,从前是兄弟般的知交,现在要出三物诅咒。第八章叙作诗的原因。《尚书·舜典》说:“诗言志,歌永言。”诗是抒写人们的思想感情的,歌是歌咏其义而长其言(《尚书传》语)。有人评末二章云:“此是极恨处。”诗人如何泄恨呢？诅咒、作歌。愤怒之情，溢于言表。《昭明文选》所录之嵇康《与山巨源绝交书》、刘峻《广绝交论》，可能受此诗影响，但都不够坦率。

原文	译文
彼何人斯？其心孔艰[1]。	请问他是什么人？心地阴险真可恨。
胡逝我梁，不入我门？	为何路过我鱼梁，不肯进入我家门？
伊谁云从？维暴之云[2]。	请问他听谁的话？暴公说甚他说甚。
二人从行，谁为此祸？	他跟暴公并肩行，我遭祸事谁是根？
胡逝我梁，不入唁我[3]？	为何走过我鱼梁，不进我门来慰问？
始者不如今，云不我可[4]。	当初对我还不错，如今翻脸不认人！
彼何人斯？胡逝我陈[5]？	请问他是什么人？为何从我穿堂行？
我闻其声，不见其身。	远远只听脚步声，看看不见他身影。
不愧于人？不畏于天？	难道人前不惭愧？难道不怕天报应？
彼何人斯？其为飘风。	请问他是什么人？一阵暴风从此经。
胡不自北，胡不自南？	为何不从北边走，为何不从南边行？
胡逝我梁，祇搅我心[6]！	为何走过我鱼梁，恰恰使我疑心生！
尔之安行[7]，亦不遑舍[8]。	你的车儿慢慢行，也没工夫停一停。
尔之亟行，遑脂尔车。	现在你说要快走，偏又添油把车停。
壹者之来[9]，云何其盱[10]！	前次你到我家来，使我苦闷心头冷！
尔还而入[11]，我心易也[12]。	回国走进我家门，交情如旧我欢欣。
还而不入，否难知也[13]。	回国不进我家门，居心叵测难相信。
壹者之来，俾我祇也[14]。	上次你到我家来，气得我竟生了病。
伯氏吹埙[15]，仲氏吹篪[16]。	大哥奏乐吹起埙，二哥吹篪相和音。

及尔如贯[17]，谅不我知[18]！	你我本是一线穿，却不理解我的心！
出此三物[19]，以诅尔斯[20]！	捧出三牲鸡猪狗，求神降祸于你身！
为鬼为蜮[21]，则不可得。	为鬼为蜮害人精，无影无形难找寻。
有靦面目[22]，视人罔极[23]。	你有颜面是人样，却比别人没定准。
作此好歌，以极反侧[24]。	特地唱支善意歌，揭穿反复无常人。

注释

1 艰：险、阴险。

2 维：只是。暴：指暴公。云：说话。

3 唁：慰问遭灾者。

4 可：嘉、好。

5 陈：由正房到院门的通道，俗称穿堂。

6 祇(zhī)：恰巧。

7 安行：慢行。

8 舍：停息。

9 壹者：以前。来：指上文逝梁、逝陈的事。

10 云：发语词。盱(xū)：通“吁”，忧。

11 还：指由王都回来，经过苏国。入：指入苏门。

12 易：和悦。

13 否：不通、隔阂。

14 祇：通“疷”，病。

15 伯氏：指大哥。埙(xūn)：乐器名，陶制，大如鹅卵，有六孔，可吹奏。

16 仲氏：二哥。篪(chí)：乐器名，略似今之笛。

17 及：与、和。贯：钱贝穿在一条绳上为贯。

18 谅：诚、真。

19 三物：指猪、犬、鸡。

20 诅:诅咒,求神降祸于别人。

21 蜮(yù):传说中的一种能含沙射影使人得病的动物。

22 靦(tiǎn):惭愧貌。

23 视:比。 极:准则、标准。

24 极:穷、深究。 反侧:反复无常。

巷伯

导读

《毛序》:"《巷伯》,刺幽王也。寺人伤于谗,故作是诗也。"今从毛说。这是寺人孟子因谗受刑,发泄愤怒的诗。诗以"巷伯"名篇,而篇中无巷伯之名,陈奂《传疏》云:"《周礼》无巷伯之官,唯襄九年《左传》'令司宫、巷伯儆宫'与此诗巷伯同。《左传》以巷伯次司宫,犹《周礼》之寺人次内小臣。杜预云'巷伯即寺人',当是贾、服旧注。巷伯即经所谓寺人孟子也。"由此可见,巷伯即寺人孟子的官名,故篇名《巷伯》。

"示现"的艺术手法是将实际上不见不闻的事物,写得如闻如见。所谓不见不闻,或者已经过去,或者还在未来,或者是作者想象的景象,都是作家想象活动表现得最活跃的。示现有三种形式:一是追求过去的,即再造的想象,如《桑中》,诗人追述昔日和情人的恋爱,甜蜜的回忆使他沉浸在幸福之中,似乎情人的邀约、期会、送行的情景又出现在面前了。二是预言未来的,即创造的想象,如《东山》。"鹳鸣于垤,妇叹于室。洒扫穹窒,我征聿至。"一位久役甫归的战士,他人还在归途中,但心早已到了家里。他想象着鹳鸟在土堆上叫唤,妻子在房里叹息,做好一切打扫房子等的准备,正焦急地等待丈夫归来。三是纯属悬想的,即现实生活中并不存在的,如本诗的第六章。作者对一向造谣诬陷的谗人愤恨异常,他设想这坏人一定会得到恶报,那个坏蛋坏到连豺狼老虎都不愿意吃他,坏到连极北的不毛之地都不肯接受他,只好把他交给老天爷去治了。这种悬想是奇特罕见的。虽然现实生活中不可能有这种情况,但无比强烈的憎恨,使诗人产生了这样的奇想,而读者的印象也更加深刻了。

原文

萋兮斐兮[1]，成是贝锦[2]。
彼谮人者，亦已大甚！

哆兮侈兮[3]，成是南箕[4]。
彼谮人者，谁适与谋[5]！

缉缉翩翩[6]，谋欲谮人。
慎尔言也，谓尔不信。

捷捷幡幡[7]，谋欲谮言。
岂不尔受[8]，既其女迁[9]。

骄人好好[10]，劳人草草[11]。
苍天苍天！视彼骄人，
矜此劳人[12]！

彼谮人者，谁适与谋！
取彼谮人，投畀豺虎[13]！
豺虎不食，投畀有北。
有北不受，投畀有昊[14]。

杨园之道[15]，猗于亩丘[16]。
寺人孟子[17]，作为此诗。
凡百君子，敬而听之。

译文

丝线错杂颜色明，织成五彩贝纹锦。
那个造谣害人精，用心实在太凶狠！

张开大口畚箕样，箕星高挂天南方。
那个造谣害人精，谁愿和他去搭腔！

叽叽喳喳嚼舌根，整天算计陷害人。
劝你说话要当心，否则对你就不信。

花言巧语信口编，挖空心思造谣言。
虽说一时受你骗，终久恨你太阴险。

小人得志就忘形，好人被谗意消沉。
老天老天把眼睁！你看那人多骄横，
可怜我们受害人！

那个造谣大坏蛋，谁愿和他去搭腔！
抓住那个造谣家，丢到野外喂虎狼！
虎狼嫌他不愿吃，把他甩到北大荒；
北荒如果不接受，送他归天见阎王。

一条大路通杨园，紧紧靠在亩丘边。
我是宦官叫孟子，受人陷害写诗篇。
诸位君子大老爷，请您认真听我言。

注释

1 萋、斐：花纹错杂的样子。

2 贝锦：贝壳有文采像锦，故称曰贝锦。

3 哆(chǐ):张口的样子。 侈:大。
4 箕:星名。 四星连成梯形,状似簸箕,故名箕。 因在南方,又名南箕。
5 适:悦。
6 缉缉:通“咠咠”,交头接耳小语声。 翩翩:通“谝谝”,花言巧语。
7 捷捷:通“浅浅”,能言善辩。 幡幡:即“翩翩”。
8 受:接受。
9 迁:转移。 指听者将把憎恶被谗者的心,转而憎恶你造谣者。
10 骄人:指得志的谗人。 好好:喜悦的样子。
11 劳人:忧人、失意的人。 指被谗者。 草草:忧愁的样子。
12 矜:怜悯。
13 畀(bì):给予。
14 有昊:即昊天。
15 杨园:园名。
16 猗:加、靠在。 亩丘:丘名。
17 寺人:奄人,如后世的宦官。 孟子:作者自称。 孟,氏。

谷风之什

谷风

导读

《毛序》:"《谷风》,刺幽王也。天下俗薄,朋友道绝焉。"《毛序》的说法失之穿凿。后世《诗经》研究者观其与《邶风·谷风》诗题相同,用语亦相近,疑其为弃妇之诗,且引《后汉书·阴皇后纪》为证。光武诏书云:"吾微贱之时,娶于阴氏。因将兵征伐,遂各别离,幸得安全,俱脱虎口。'将恐将惧,维予与女。将安将乐,女转弃予。'风人之戒,可不慎乎!"汉代距古较近,光武以《谷风》为弃妇词,当可信。此诗风格绝类《国风》,故龚橙《诗本谊》以为《谷风》与《黄鸟》《我行其野》《蓼莪》《都人士》《采绿》《隰桑》《绵蛮》《瓠叶》《渐渐之石》《苕之华》《何草不黄》等篇皆西周民风。其实,《小雅》中之民风,岂止这几篇,《采薇》《大东》难道不是吗?《大雅》《颂》里也何尝没有含有民风的成分呢?

此诗艺术特色,在于运用层递的修辞。由于丈夫可与共祸难、不可共安乐的事变发展,愈演愈甚,诗人的情绪波动也随之递深。故诗共三章,虽只一意,而有层层递进之妙。什么叫层递?陈望道《修辞学发凡》说:"层递是将语言由浅及深,由低及高,由小及大,由轻及重,逐层递进地排列起来的一种辞格。"严粲《诗辑》说:"首章,兴也。来自大谷之风,大风也。又习习然连续不断,继之以雨,喻连变恐惧之时,犹后人以震风凌雨喻不安也。当处变之时,且恐且惧,维予与女,同其忧患。及得志之后,且安且乐,女反弃我,交道薄矣。次章,颓,暴风也。不断之风,又加以暴风,喻事变愈甚。恐惧之时,则置我于心而不忘;安乐之时,则弃我如遗物,不复省存也。末章,大风摧物,维戴土之石山崔嵬独存,而其山之草木无不萎死矣。喻大患难也。此时赖朋友以济,今岂可忘我共患难之大德而思我小怨乎?”严氏虽以此诗的主题为讽刺可与共祸患难、不可与共安乐者,但却指出了它的递进艺术特色。

原文	译文
习习谷风[1],维风及雨[2]。	山谷大风呼呼叫,风狂雨骤天地摇。
将恐将惧[3],维予与女[4];	当初忧患飘摇日,唯我助你把心操;
将安将乐,女转弃予[5]!	如今日子已安乐,反而将我抛弃掉。
习习谷风,维风及颓[6]。	山谷大风呼呼起,旋风阵阵不停息。
将恐将惧,置予于怀;	当初忧患飘摇日,把我搂在怀抱里;
将安将乐,弃予如遗[7]!	如今生活已安乐,把我丢开全忘记。
习习谷风,维山崔嵬[8]。	大风呼呼叫不停,吹过高山刮过岭。
无草不死,无木不萎。	刮得百草都枯死,到得树木尽凋零。
忘我大德[9],思我小怨[10]。	我的好处全忘记,专把小错记在心。

注释

1 习习:连续不断的风声。谷风:来自山谷的风、大风。

2 维:是。

3 将:方、当。

4 与:亲附、赞助。

5 转:反而。

6 颓:旋风。

7 遗:忘记。

8 崔嵬:山高峻的样子。

9 大德:指能共患难。

10 小怨:小缺点。

蓼莪

导读

《毛序》:“《蓼莪》,刺幽王也。民人劳苦,孝子不得终养尔。”《郑笺》:“二亲病亡之时,时在役所,不得见也。”这是一首苦于服役,悼念父母的诗。作者深痛自己久役贫困,不能在父母生前尽孝养之责。王先谦《集疏》:“《释训》:‘哀哀、凄凄,怀报德也。’郭注:‘悲苦征役,思所生也。’《尔雅》正释此诗之旨。是《鲁》说以《蓼莪》为困于征役,不得终养而作。”可见三家《诗》说与《毛序》《郑笺》同。

诗共六章。首二章前两句是兴,诗人自恨不如抱娘蒿,而是散生无用的蒿、蔚。因而联想父母生己的劬劳、劳瘁。第三章指出人子不能终养父母的罪魁祸首。第四章用了“生”“鞠”“拊”“畜”“长”“育”“顾”“复”“腹”九个形象的动词,来形容九个“我”字。极概括的短短六句诗,便将父母爱子之情勾勒得活灵活现。第五、六两章,首二句是含赋作用的兴,诗人生活在南山险峻、暴风呼啸的艰苦行役中,联想别人都生活得很好,而自己独行役而不能终养父母的不幸。渲染了一幅孤子思亲、无可挽回的悲惨图。这种生动意象语言,感动了后世无数的读者。朱熹《诗集传》:“晋王裒以父死非罪(裒父王仪被司马昭所杀),每读诗至‘哀哀父母,生我劬劳’,未尝不三复流涕,受业者为废此篇。诗之感人如此。”胡承珙《后笺》:“晋王裒,齐顾欢,并以孤露读《诗》至《蓼莪》哀痛流涕。唐太宗生日,亦以生日承欢膝下,永不可得,因引‘哀哀父母,生我劬劳’之诗。”可见此诗感人之深。严粲《诗辑》:“呜呼!读此诗而不感动者,非人子也。”文学即人学,即使几千年后之读者,也可能产生同样的感受。

原文

蓼蓼者莪[1],匪莪伊蒿[2]。
哀哀父母[3],生我劬劳[4]。

蓼蓼者莪,匪莪伊蔚[5]。
哀哀父母,生我劳瘁[6]。

瓶之罄矣[7],维罍之耻[8]。
鲜民之生[9],不如死之久矣!
无父何怙[10],无母何恃[11]。
出则衔恤[12],入则靡至[13]。

父兮生我,母兮鞠我[14]。
拊我畜我[15],长我育我,
顾我复我[16],出入腹我[17]。
欲报之德,昊天罔极[18]!

南山烈烈[19],飘风发发[20]。
民莫不穀[21],我独何害[22]!

南山律律[23],飘风弗弗[24]。
民莫不穀,我独不卒[25]!

译文

一丛莪蒿长又高,不料非莪是散蒿。
可怜我的爹和娘,生我养我太辛劳。

高高莪蒿叶青翠,不料非莪而是蔚。
可怜我的爹和娘,生我辛劳太憔悴。

酒瓶底儿朝了天,酒坛应该觉害臊。
孤儿活在世界上,不如早些就死掉!
没有父亲何所依,没有母亲何所靠!
离家服役心含悲,回来双亲见不到。

爹呀是你生下我,娘呀是你抚养我。
抚摸我啊爱护我,养我长大教育我,
照顾我啊挂念我,出门进屋抱着我。
如今想报爹娘恩,谁料老天降灾祸!

南山崎岖行路难,狂风呼啸刺骨寒。
人人都能养爹娘,独我服役受苦难!

南山高耸把路挡,狂风呼啸尘飞扬。
人人都能养爹娘,独我不能去奔丧!

注释

1 蓼(lù)蓼:长而大的样子。 莪:蒿的一种。

2 匪:非。 伊:是。 莪:散生的蒿。

3 哀哀:悲伤悔恨的叹词。

4 劬劳:辛勤劳苦。

5 蔚:蒿的一种,又名牡蒿。

6 瘁:憔悴。
7 罄:尽、空。
8 罍:大肚小口的酒坛。
9 鲜(xiǎn)民:孤儿。鲜,寡。
10 怙(hù):依靠。
11 恃:依赖。
12 出:出门,指离家服役。衔:含。恤:忧愁。
13 入:回家。至:亲,指亲人。
14 鞠:抚养。
15 拊:同“抚”,抚摸。畜:爱。
16 复:挂念。
17 腹:抱在怀里。
18 昊(hào)天:天的泛称。罔极:没有定准。
19 烈烈:山高峻险阻的样子。
20 飘风:暴风。发发:大风呼啸声。
21 穀:赡养。
22 何:同“荷”,负担,蒙受。害:灾害,指服役。
23 律律:山势高耸突起的样子。
24 弗弗:大风扬起尘土的样子。
25 不卒:指不能为父母送终。卒,终。

大东

导读

《毛序》:"《大东》,刺乱也。东国困于役而伤于财,谭大夫作是诗以告病焉。"这是东方诸侯国的臣民讽刺周王室只知搜刮财物、奴役人民,虽居高位,却不能解除东方人民苦难的诗。《毛序》认此诗为谭大夫作,或有所据。《汉书·古今人表》有谭大夫,周时谭国,在今山东历城县东南。公元前648年为齐国所灭。有人说,诗产生于幽王时,有待考证。从诗的内容看来,作者可能是一位精通星象的文人。他过去原是东方的贵族,因此,他较一般劳动人民更富有文化知识。后来遭受西周王室的压迫盘剥,实质上已沦为西方人的奴隶。由于地位的转变,他的思想感情也随着转变了,借着歌唱来揭露、批判统治者的罪恶,提出沉痛的控诉,发泄其怨愤之情。

《诗经》中赋、比、兴的艺术手法,这首诗都用到了。首章首两句"有饛簋飧,有捄棘匕",是兴,诗人看见当贵族时用的碗勺,不禁联想今日沦为小人后生活的痛苦。陈奂称它做陈古而言今的兴法,巧妙地烘托出诗人"今不如昔"的情绪,也反映了他原是一位贵族的身份。"如砥"与"如矢"是比,以具体的砥比周道平坦,具体的矢比周道笔直,使之更为形象化了。其他地方,赋、比、兴错综运用,说明诗人对这些手法已经是得心应手,非常熟练。从第五章后四句起至末,是他面临社会上"君子"与"小人"两种生活的悬殊,不禁有感于怀,仰观天象,展开了幻想的翅膀:天汉闪闪发光,但照不到人影,不能起水镜作用。启明、长庚有助日之名,而无实光。一天更位七次的织女,看不到织出什么布帛出来。牵牛不能供我驾车之用，毕星不能助我猎兔之劳。箕星不能扬糠粃，斗星不能舀酒浆。它们高高在上有名无实，都不能解除东方人们所受的痛苦。这些天上的繁星，都变成了地上剥削者的投影，是象征、拟人的，幻想式的，浪漫主义的，来自诗人深厚的现实生活的基础。不仅如此，这些繁星，简直是嗜血成性的吃人者的形象：箕星拖着它的舌头，好像张嘴吃人。斗星高举其柄，好像榨取东人的血汗。引导我们进入"环譬以托讽"的艺术境界，好像言有尽而意无穷，耐人寻味。所以我们说：《大东》已经含有现实主义与浪漫主义相结合的创作方法的因素。不过，他是不自觉罢了。屈原《离骚》，李白歌行，杜甫长篇，多受其影响。

原文

有饛簋飧[1]，有捄棘匕[2]。
周道如砥[3]，其直如矢。
君子所履[4]，小人所视。
眷言顾之[5]，潸焉出涕[6]！

小东大东[7]，杼柚其空[8]。
纠纠葛屦，可以履霜[9]？
佻佻公子[10]，行彼周行[11]。
既往既来，使我心疚[12]。

有冽氿泉[13]，无浸获薪[14]！
契契寤叹[15]，哀我惮人[16]。
薪是获薪[17]，尚可载也[18]。
哀我惮人，亦可息也。

译文

一盒熟食装得满，枣木饭勺柄儿弯。
大路平如磨刀石，笔直就像箭一般。
贵人在这路上走，小民只能瞪眼看。
回过头来怅然望，不禁伤心泪潸潸！

东方远近诸侯国，织机布帛搜刮空。
夏布凉鞋麻绳缠，怎能踏在秋霜冻？
贵人公子轻佻样，走在那条大路中。
往来不绝征赋税，使我忧伤心里痛。

冰冷泉水从旁来，不要浸湿那劈柴！
忧愁不眠暗叹息，劳苦人们真可哀。
谁要想烧这劈柴，还需车儿去装载。
可怜我们劳苦人，休息休息也应该。

注释

1 有饛(méng):即饛簋,装满食物的样子。簋(guǐ):古代圆口食器。飧(sūn):熟食。
2 有捄(qiú):即“捄捄”,长而弯曲的样子。棘:酸枣木。匕:饭勺或羹匙。
3 周道:大路。砥(dǐ):磨刀石。
4 君子:指贵族。履:行走。
5 眷(juàn)言:即眷然,回首怅望的样子。
6 潸(shān):流泪的样子。
7 小东大东:东方各诸侯国。离周京最远的称大东,稍近的称小东。
8 杼柚(zhù zhóu):织布机上的梭子叫杼,穿经纱的筘叫柚。这里作织布机的代称。
9 可:通“何”。
10 佻佻:轻佻的样子。
11 周行(háng):即周道。
12 疚:忧虑。
13 有冽:即“冽冽”,寒冷的样子。氿(guǐ)泉:泉水上涌受阻,从侧面流出,称为氿泉。
14 获薪:砍下的柴。
15 契契:愁苦的样子。寤:醒着。
16 惮:通“瘅”,劳苦。
17 前一“薪”字作动词,烧。是:这。
18 载:装载。

原文

东人之子[1],职劳不来[2]。
西人之子[3],粲粲衣服。

译文

东方子弟头难抬,没人慰劳只当差。
西方青年高一等,衣服鲜艳有光彩。

舟人之子[4]，熊罴是裘[5]。	大人子弟福气好，打熊猎罴心花开。
私人之子[6]，百僚是试[7]。	小人子弟命运乖，干这干那当奴才。
或以其酒[8]，不以其浆[9]。	有人进贡美味酒，周人嫌它薄如浆。
鞙鞙佩璲[10]，不以其长。	进贡美丽佩玉带，周人嫌它不够长。
维天有汉[11]，监亦有光[12]。	天上银河虽宽广，用作镜子空有光。
跂彼织女[13]，终日七襄[14]。	织女星座三只角，一天七次移位忙。

注释

1 子：子弟，即青年。

2 职：主要。劳：服劳役。来(lài)：慰劳。

3 西人：指周人。

4 舟：通"周"，大。舟人即大人，指上层贵族。

5 裘：通"求"，追求，指打猎。

6 私人：小人，指下层的人。

7 僚：春秋时一种奴隶的称谓。试：任用。

8 或：有人。

9 浆：薄酒。

10 鞙(juān)鞙：形容系璲的线长而美的样子。璲：瑞玉。

11 汉：银河。

12 监：同"鉴"，镜子。古人以水为镜。

13 跂：织女三星鼎足而三的样子。织女：织女星，共有三星。

14 终日：指从早到晚。襄：移动、更动。织女星每个时辰在天空的位置要更动一次，从早到晚七个时辰更动七次，称为七襄。

原文	译文
虽则七襄,不成报章[1]。	虽然来回移动忙,不能织出好花样。
睆彼牵牛[2],不以服箱[3]。	牵牛星儿亮闪闪,不能用来驾车辆。
东有启明[4],西有长庚[5]。	早晨启明出东方,傍晚长庚随夕阳。
有捄天毕[6],载施之行[7]。	毕星似网长柄弯,斜挂天空没用场。
维南有箕[8],不可以簸扬[9]。	南方箕星簸箕样,不能用它扬米糠。
维北有斗[10],不可以挹酒浆[11]。	斗星高高挂天上,不能用它舀酒浆。
维南有箕,载翕其舌[12]。	南方箕星像簸箕,缩着舌头把嘴张。
维北有斗,西柄之揭[13]。	斗星高高挂天上,扬起柄儿向西方。

注释

1 报:反复,纬线的一来一往。 章:布匹上的纹路。

2 睆(huǎn):明亮的样子。 牵牛:牵牛星。

3 以:用。 服:驾。 箱:车厢。

4 启明:金星,早晨先太阳而出现在东方天空。

5 长庚:也是金星,晚上出现在西方天空,古人误以为二星。

6 天毕:毕星,共有八星。

7 载:则。 施(yí):斜设。 行(háng):行列。

8 箕:箕宿,二十八宿之一。

9 簸扬:用簸箕扬米以除糠皮。

10 斗:斗宿,二十八宿之一。

11 挹:舀,指勺舀酒。

12 翕(xī):收缩。

13 揭:高举。 斗宿的柄常指西方而上扬。

四月

导读

《毛序》:"《四月》,大夫刺幽王也。在位贪残,下国构祸,怨乱并兴焉。"语意含糊,不切诗旨。徐幹《中论·谴交》:"古者行役,过时不反,犹作诗怨刺,故《四月》之篇称'先祖匪人,胡宁忍予'。"按诗述及夏、秋、冬三个时序,又有江汉、南国之语,可见其行役之久,历地之广。朱善《诗解颐》:"或以为行役,或以为忧乱。以诗考之,由夏而秋,由秋而冬,则见其经历之久。由西周而南国,由丰镐而江汉,则见其跋涉之远。此行役之证也。'先祖匪人,胡宁忍予?'则无所归咎之辞。'乱离瘼矣,爰其适归?'则无所逃避之辞。此忧乱之证也。……然则是诗也,盖大夫行役而忧时之乱,惧及其祸之辞也。"朱说近是。这是一位大夫在外行役,过时不得归祭,抒述其悲愤忧乱心情的诗。

诗人长期行役,备受寒气暴风的侵袭,再加江汉泉水等景物的触动,使他不免起了伤时伤己之感,所以形成每章首二句都是比兴的风格。陈奂说:"诗凡八章,各自为兴。(《传》)不言兴者,略也。"这是正确的。其中有含赋作用的兴,如"秋日凄凄,百卉俱腓",萧瑟的秋景,与乱离中的悲凉心情颇为融洽。也有含反义的兴,如"滔滔江汉,南国之纪",看到长江、汉水尚且能够统领制约南方的众多小河流,而朝廷却只能听任天下混乱,真是比江河还不如,更觉感慨系之。这些比兴,都运用自如,可见诗人有较高的文化修养。

原文	译文
四月维夏[1],六月徂暑[2]。	四月出差是夏天,六月盛暑将过完。
先祖匪人[3],胡宁忍予[4]?	祖先不是别家人,为啥任我受苦难?

秋日凄凄[5]，百卉俱腓[6]。	秋风萧瑟真凄清，百草干枯尽凋零。
乱离瘼矣[7]，爰其适归[8]？	兵荒马乱心忧苦，何处可去何处行？
冬日烈烈[9]，飘风发发[10]。	三九寒天彻骨凉，阵阵狂风呼呼响。
民莫不穀[11]，我独何害[12]！	人们生活都很好，我独受害离家乡！
山有嘉卉，侯栗侯梅[13]。	好树好花山上栽，也有栗子也有梅。
废为残贼[14]，莫知其尤[15]。	习惯成为害民贼，还不承认是犯罪。
相彼泉水[16]，载清载浊[17]。	看那泉水下山坡，清时少来浊时多。
我日构祸[18]，曷云能穀[19]？	天天碰上倒霉事，日子怎么会好过？
滔滔江汉[20]，南国之纪[21]。	长江汉水浪滔滔，总揽南方小河道。
尽瘁以仕[22]，宁莫我有[23]。	鞠躬尽瘁为国家，可是没人说声好。
匪鹑匪鸢[24]，翰飞戾天[25]。	为人不如鹰和雕，高飞能够冲云霄。
匪鳣匪鲔[26]，潜逃于渊。	为人不如鲤和鲔，逃进深水真逍遥。
山有蕨薇[27]，隰有杞桋[28]。	山上一片蕨薇草，低地杞桋真不少。
君子作歌[29]，维以告哀[30]！	作首诗歌唱起来，心头悲哀表一表！

注释

1 四月：及下句的六月，都指夏历（如今农历）而言。

2 徂：往。

3 匪人：不是别人。

4 胡宁：为什么。

5 凄凄：凉风。

6 卉：草。腓："痱"的假借字，草木枯萎。

7 瘼：疾苦。

8 爰：于，在。适：往。

9 烈烈:天气寒冷的样子。
10 飘风:暴风。发发:象声词,狂风呼啸。
11 穀:善,指生活好。
12 何:通"荷"。
13 侯:是。
14 废:音义同忕(shì),习惯。残贼:摧残、损害别人的人,指在位者。
15 尤:罪过。
16 相:看。
17 载:又。
18 日:每天。构:"遘"的假借字,遇。
19 曷:何。云:语助词。
20 江汉:长江和汉水。
21 南国:指南方各条河流。纪:纲纪、约束。
22 尽瘁:尽力工作以致憔悴。仕:任职。
23 宁:而。莫:不。有:通"友",亲善。
24 匪:彼。鹑(tuán):雕。鸢(yuān):老鹰。
25 翰飞:高飞。戾:至。
26 鳣(zhān):大鲤鱼。鲔(wěi):鲟鱼。
27 蕨、薇:两种野菜。
28 杞:枸杞。桋:亦名赤楝,木名。
29 君子:作者自称。
30 告哀:诉说悲哀。

北山

导读

《毛序》:"《北山》,大夫刺幽王也。役使不均,己劳于从事,而不得养其父母焉。"《序》谓诗旨为刺役使不均则确,谓大夫所作则不确。姚际恒《通论》:"此为为士者所作以怨大夫也,故曰'偕偕士子',曰'大夫不均',有明文矣。"姚说是。按当时人分十等,《左传》:"天有十日,人有十等。王臣公,公臣大夫,大夫臣士, ……" 这是统治者内部的等级,大夫是士的顶头上司。这首诗,正反映当时统治者内部的矛盾。

这首诗末三章连用六个对比,把大夫与士之间苦乐不等、劳逸不均的情况,充分显示出来了,富于说服力。对比是把两种相反的事物,并列在一起,使彼此的特点更加突出。这种辞格,《诗经》中是常见的。对比和排比、对偶有交错的现象,如排比中的"表反正",对偶中的"反对",都包含着对比的内容。不过排比以字同意同为经常情况,不一定有矛盾的内容,对偶在字面上更讲究两两相对,避免重复,没有对比这样可以自由伸缩,也不要求两两相对。诗的作者是一位受压抑的士,胸中充满了愤慨不平之气,一定要把这苦乐不均的现象发泄出来,便不觉地运用了对比的方法。沈德潜《说诗晬语》云:"《鸱鸮》诗连下十'予'字,《蓼莪》诗连下九'我'字,《北山》诗连下十二'或'字。情至,不觉音之繁、辞之复也。"他指出了构成这种艺术形式的感情因素。尤其是六个对比之后,全诗戛然煞住,结束在情感爆发的最高点上,更具有强烈的震撼力和不尽的余音。

原文

陟彼北山[1]，言采其杞[2]。
偕偕士子[3]，朝夕从事。
王事靡盬[4]，忧我父母。

溥天之下[5]，莫非王土。
率土之滨[6]，莫非王臣。
大夫不均[7]，我从事独贤[8]。

四牡彭彭[9]，王事傍傍[10]。
嘉我未老[11]，鲜我方将[12]。
旅力方刚[13]，经营四方[14]。

或燕燕居息[15]，
或尽瘁事国[16]。
或息偃在床[17]，
或不已于行[18]。

或不知叫号[19]，
或惨惨劬劳[20]。
或栖迟偃仰[21]，
或王事鞅掌[22]。

或湛乐饮酒[23]，
或惨惨畏咎[24]。
或出入风议[25]，
或靡事不为[26]。

译文

登上那座北山冈，采点枸杞尝一尝。
士子身强力又壮，从早到晚工作忙。
国王差事无休止，担心爹娘没人养。

普天之下哪片地，不是国王的领土。
四海之内哪个人，不是国王的臣仆。
大夫做事不公平，派我工作特别苦。

四马拉车匆匆赶，王事繁重没个完。
他们夸我年纪轻，赞我身体真壮健，
说是年富力又强，奔走四方理当然。

有的坐家中安乐享受，
有的忙国事皮包骨头。
有的吃饱饭高枕无忧，
有的在路上日夜奔走。

有的从不知民间疾苦，
有的忧国事累断筋骨。
有的专享福悠闲自得，
有的为工作忙忙碌碌。

有的寻欢作乐饮美酒，
有的担心灾难要临头。
有的夸夸其谈发议论，
有的样样事情要动手。

注释

1 陟:登。

2 言:语助词。

3 偕偕:强壮的样子。士子:作者自称。

4 王事:指征役。靡:没有。盬(gǔ):止息。

5 溥:通“普”,普遍。

6 率:沿着。滨:水边。

7 不均:不公平。

8 贤:艰苦、劳累。

9 彭彭:强壮而不得休息的样子。

10 傍傍:忙于奔走而没完没了。

11 嘉:称赞。

12 鲜:称善。将:强壮。

13 旅:通“膂”。膂力,体力、筋力。刚:强健。

14 经悴:往来奔走劳作。

15 燕燕:安逸的样子。居息:住家休息。

16 尽瘁:因尽力而生病。

17 偃:卧。

18 不已:不停息。

19 号:放声大哭。

20 惨惨:忧虑不安的样子。劬劳:劳累。

21 栖迟:游息。偃仰:安居。

22 鞅掌:公事忙碌。

23 湛(dān)乐:过度享乐。

24 咎:罪责、灾殃。

25 风议:发议论。

26 靡:无。

无将大车

导读

《毛序》:"《无将大车》,大夫悔将小人也。"《荀子·大略》引此诗云:"言无与小人处也。"《易林·井之大有》:"大舆多尘,小人伤贤。皇父司徒,使君失家。"他们都认为是后悔推荐小人的诗。但是从诗的内容看来,不见有悔"所树非人"之意,百忧的内容,亦未明说。姚际恒《通论》云:"此贤者伤乱世,忧思百出,既而欲暂已,虑其甚病,无聊之至也。"陈廷杰《诗序解》云:"殆诗人感时伤乱之作。"姚、陈二家之说近是,这是一位没落贵族感时伤乱之作。他很旷达,认为忧能伤人,很不值得,便唱出了这首短歌。《易林》提到皇父,他是幽王时人,见《十月之交》,此诗当产生于幽王时。故王先谦《集疏》说:"《笺》以为厉王,非也。"

这首短诗只三章,每章中只换几个字,和《国风》相似。但这几个字的变化很有层次,第一章"尘",指推大车会惹尘土。"疧",指多忧会生病。都是笼统地形容。第二章的"冥冥",形容尘土遮蔽上空,使人看不清。"颎",形容忧愁使人心烦意乱,会患心脏病。比上章更具体。第三章的"雝",形容尘土蔽塞路途,比上章遮空来得更大。"重",指忧愁会使人发浮肿病,比上章心脏病更重。尘、冥冥、雝;疧、颎、重;章章递进,以见推大车、多忧愁后果的严重。使人感到层递艺术手法之妙。

原文	译文
无将大车[1],祇自尘兮[2]。	不要去推那牛车,只会惹上一身尘。
无思百忧[3],祇自疧兮[4]。	不要去想忧心事,多想徒然自伤身。
无将大车,维尘冥冥[5]。	不要去推那牛车,扬起尘土迷眼睛。

无思百忧，不出于颎[6]。	不要去想忧心事，多想前途没光明。
无将大车，维尘雝兮[7]。	不要去推那牛车，尘土蔽塞看不清。
无思百忧，祇自重兮[8]。	不要去想忧心事，多想只会把病生。

注释

1 将：用手推车。大车：用牛拉的货车。

2 祇：只是。大车本用牛拉，如用人推，非但无效，且惹灰尘，比喻徒劳无功。

3 百：言其多。

4 疧(qí)：忧病。

5 冥冥：昏暗的样子。

6 颎(jiǒng)：同"炯"，光明。

7 雝：通"壅"，遮蔽。

8 重：同"肿"，病累的意思。

小明

导读

《毛序》:“《小明》,大夫悔仕于乱世也。”陈廷杰驳之云:“顾自悔其出仕,乃反勉人以‘靖共’,恐诗人之意不若是之矛盾焉。”陈说甚是,这其实是一位官吏自述久役思归及念友的诗。篇名“小明”,《郑笺》:“名篇曰《小明》者,言幽王日小其明,损其政事,以至于乱。”苏辙《诗经传》认为区别于《大雅》之《大明》,故名小。众说纷纭,莫衷一是,只得阙疑。

《小明》诗人原是一位贵族,可他已沦为到“艽野”的荒凉边疆服役,吃尽苦头,唱出了这首诗。在字里行间,诗人描绘了他在役所时的复杂心理活动。他苦于久役,感到政事多,很劳累,生活受了毒害,但毫无办法,只是心忧罢了。他很想回家,但又怕上司给他“罪罟”“谴怒”“反覆”,只得忍耐留在那里。他思念朋友,想得“涕零如雨”“眷眷怀顾”“兴言出宿”,但无办法能和他一起安居,只得告以处世之道。以上三种心理活动,描写了一个牢骚满腹而又谨小慎微的官吏形象。但这种心理描写还是很初级的,只是直接地抒写,缺少动作、语言、景物等的刻画。尤其是末二章,遣词枯燥,像在打官腔。不但与后世的诗歌不可同日而语,便是与《小雅》中其他名篇如《采薇》等相比,也逊色不少。读者细细玩味,自能辨出高低。

原文

明明上天,照临下土。
我征徂西[1],至于艽野[2]。
二月初吉[3],载离寒暑[4]。
心之忧矣,其毒大苦[5]。

译文

昭昭上天亮光光,普照辽阔大地上。
想我出差到西方,直到荒凉那边疆。
十二月初吉日走,至今寒来又暑往。
心中想想真忧愁,好像吃药苦难当。

念彼共人[6],涕零如雨!	想起那位老同事,不禁伤心泪汪汪。
岂不怀归?畏此罪罟[7]。	难道不想回家乡?只怕获罪触法网。
昔我往矣,日月方除[8]。	回想当初我动身,正是新年好时光。
曷云其还[9]?岁聿云莫[10]。	何日才能回家乡?一年将近犹无望。
念我独兮,我事孔庶[11]。	想想只有我一人,事情多得头发涨。
心之忧矣,惮我不暇[12]。	心里真是太忧伤,整年劳累天天忙。
念彼共人,睠睠怀顾[13]。	思念那位老同事,很想回去望一望。
岂不怀归?畏此谴怒。	难道不想回家乡?怕人恼怒说短长。
昔我往矣,日月方奥[14]。	回想当初我动身,天气正暖不太凉。
曷云其还?政事愈蹙[15]。	何日才能回家乡?政事越来越繁忙。
岁聿云莫,采萧获菽[16]。	一年很快就过完,采艾收豆上晒场。
心之忧矣,自诒伊戚[17]。	心里想想真忧愁,自寻烦恼徒悲伤。
念彼共人,兴言出宿[18]。	想起那位老同事,难以入睡起彷徨。
岂不怀归?畏此反覆[19]。	难道不想回家乡?只怕无辜受灾殃。
嗟尔君子!无恒安处[20]。	哎呀劝你老同事!休要安居把福享。
靖共尔位[21],正直是与[22]。	认真办好本职事,亲近正直靠贤良。
神之听之,式穀以女[23]。	神明听到这一切,赐你福禄永吉祥。
嗟尔君子!无恒安息。	哎呀劝你老同事!休贪安逸把福享。
靖共尔位,好是正直[24]。	认真办好本职事,亲近正直靠贤良。
神之听之,介尔景福[25]。	神明听到这一切,赐你大福寿无疆。

注释

1 征:行。徂:往。西:指镐京的西边。

2 艽(qiú)野:荒远的边地。

3 二月：指周历二月，即夏历的十二月。初吉：初旬的吉日。

4 载：乃、则。离：经历。寒暑：指一年。

5 毒：毒药。大：同“太”。

6 共：通“恭”。恭人：宽和谦恭的人。诗人用以指他在朝的同事，即四章和五章的“君子”。

7 罟（gǔ）：网。

8 除：亦作“涂”。十二月为涂。这句指旧岁刚辞新年正到。

9 曷：何时。云：语助词。其还：将要回去。

10 聿、云：都是语助词。莫：同“暮”。

11 孔庶：很多。

12 惮：通“瘅”，劳苦。

13 眷眷：反顾的样子。

14 奥（yù）：通“燠”，暖。

15 蹙（cù）：急促。

16 萧：艾蒿。菽：豆。

17 诒：通“贻”，留下。伊：此。戚：忧伤。

18 兴：起来。出宿：到外面去过夜。

19 反覆：指随便加罪。

20 恒：常。

21 靖：谋划。共：通“恭”，敬、负责。尔：你。位：指本职之事。

22 与：亲近。

23 式：用。榖：禄。以：通“与”，给。女：汝。

24 好：爱好。

25 介：助。景：大。

鼓钟

导读

《毛序》:“《鼓钟》,刺幽王也。”这是一位诗人在淮水上重观周乐,不禁欣慕古代圣贤创造音乐者的功德。至于此诗作于何代,为何事所作,今已不可考。《毛序》认为刺幽王,这是古文说。孔疏引郑玄《中候握河注》:“昭王时《鼓钟》之诗所为作。”这是今文说。二者均无确据,所以朱熹说:“此诗之义未详。”方玉润《诗经原始》:“此诗循文案义,自是作乐淮上,然不知其为何时、何代、何王、何事。《小序》漫谓刺幽王,已属臆断。欧阳氏云‘旁考《诗》《书》《史记》皆无幽王东巡之事。当阙其所未详。’玩其词意,极为叹美周乐之盛,不禁有怀在昔淑人君子德不可忘,而至于忧心且伤也。此非淮、徐诗人重观周乐以志欣慕之作,而谁作哉?特史无征,诗更失考,姑释其文如此。”兹姑从方氏之说,并据诗的内容,释其主题如上。

此诗末章写一次演奏音乐的场面,画出各种乐器声音来。有钟、琴、瑟、笙、磬、雅、南、籥八种的合奏,好像一支乐队。古人云“金声玉振”,金指钟,表示乐始。玉指磬,用以节乐或表示乐止。弹的有琴、瑟;吹的有笙、籥;敲的有钟、雅、磬;摇的有南。使我们读后好像参加一次古代交响音乐会,叮叮当当,醉入心弦。不怪诗人听后要歌颂制乐者的功德了。

原文	译文
鼓钟将将[1],淮水汤汤[2],	敲起编钟响叮当,淮水滚滚起波浪,
忧心且伤。	我心忧愁且悲伤。
淑人君子[3],怀允不忘[4]。	想起古代好君子,叫人思念不能忘。

鼓钟喈喈[5],淮水湝湝[6]。	敲起编钟声和谐,淮水滔滔流不歇,
忧心且悲。	我心忧愁且悲切。
淑人君子,其德不回[7]。	想起古代好君子,人品道德不偏邪。
鼓钟伐鼛[8],淮有三洲[9]。	敲钟打鼓声未休,淮河水中三小洲,
忧心且妯[10]。	我心伤悼且忧愁。
淑人君子,其德不犹[11]。	想起古代好君子,品德高贵传千秋。
鼓钟钦钦[12],鼓瑟鼓琴,	敲起编钟声钦钦,又鼓瑟来又弹琴,
笙磬同音[13]。	笙磬同奏相和鸣。
以雅以南[14],以籥不僭[15]。	歌唱雅乐和南乐,吹籥伴奏更分明。

注释

1 鼓:敲。将将:同“锵锵”,象声词。
2 淮水:淮河。汤(shāng)汤:水大而奔腾的样子。
3 淑:善。
4 怀:思念。允:诚然、确实。
5 喈喈:声音和谐悦耳。
6 湝湝:水流貌。
7 回:邪。
8 鼛(gāo):大鼓。
9 三洲:可能是周王会诸侯奏乐的地点。
10 妯(chōu):亦作“怞”,伤悼。
11 犹:“訧”的假借字,缺点,毛病。
12 钦钦:钟声。
13 笙:编管有簧的乐器。磬:用石或玉制成的打击乐器。同音:音调和谐。
14 以:为。雅:雅乐。天子之乐为雅。南:指南方的乐调。
15 籥:乐器名。僭:乱。

楚茨

导读

《毛序》:“《楚茨》,刺幽王也。政烦赋重,田莱多荒,饥馑降丧,民卒流亡,祭祀不飨,故君子思古焉。”朱熹《诗序辨说》驳之云:“自此篇至《车辖》凡十篇……词气和平,称述详雅,无讽刺之意。《序》以其在《变雅》中,故皆以为伤今思古之作,诗固有如此者。然不应十篇相属,而绝无一言以见衰世之意也。窃恐《正雅》之篇有错脱在此者耳。《序》皆失之。”吕祖谦《东塾读诗记》:“《楚茨》极言祭祀事神受福之节,观其威仪之盛,物品之丰,所以交神明,逮群下至于受福无疆者,非德盛政修何以致之!”朱、吕二氏的分析,很有道理。结合诗的内容看来,它可能是西周昭、穆时代的作品,不是厉、幽衰世的诗。何楷《诗经世本古义》、范家相《诗沈》、姚际恒《诗经通论》、胡承珙《毛诗后笺》皆持朱、吕之说。所以可以认定《毛序》的说法是附会,这是一首周王祭祀祖先的乐歌。诗中的“我”“孝孙”,都是指周王。它所叙述的典章制度,也都是天子用的。

《楚茨》虽为祭祀祖先的乐歌,但描写景物颇为形象。写助祭的厨司,容貌恭敬严肃,手持着牛羊。有的宰割,有的烹饪,有的烧肉,有的烤肝,有的摆牲,有的捧进。写参祭的主妇容貌清静恭敬,将菜肴装进许多碗里。等神尸吃完酒菜后,迅速敏捷地撤去席上酒杯残菜。第五章写神醉尸起,送尸归神的一幕。末章写同姓私宴的场面,有声有色,都很生动。孙鑛说:“气格闳丽,结构严密。写祀事如仪注,庄敬诚孝之意俨然。有景有态,而精语险句,更层见错出,极情文条理之妙。”孙氏的评论,道出了以祭祀为主题的《雅》诗的共同特点,它们同清新秀丽的《风》诗在格调上是有明显区别的。同《雅》诗中所谓“变雅”的怨愤峻刻也不相同，从而我们可以体会《诗经》风格的丰富多彩。

原文

楚楚者茨[1]，言抽其棘[2]，
自昔何为？我蓺黍稷[3]。
我黍与与[4]，我稷翼翼[5]。
我仓既盈，我庾维亿[6]。
以为酒食，以享以祀[7]。
以妥以侑[8]，以介景福[9]。

济济跄跄[10]，絜尔牛羊[11]，
以往烝尝[12]。
或剥或亨[13]，或肆或将[14]。
祝祭于祊[15]，祀事孔明[16]。
先祖是皇[17]，神保是飨[18]。
“孝孙有庆[19]，报以介福，
万寿无疆！”

译文

蒺藜丛丛长满地，我拿锄头除荆棘。
从前开荒为的啥？我种高粱和小米。
我的小米多茂盛，我的高粱多整齐。
我的仓库已堆满，囤里藏粮千百亿。
粮食用来做酒饭，用它献神和祭祀。
请来尸神敬上酒，求神快将大福赐。

助祭恭敬又端庄，洗净你的牛和羊，
准备拿去作祭享。
切的切来烧的烧，摆开碗盏端上堂。
太祝祭神庙门里，祭事完备又周详。
祖宗前来受祭祀，神灵来把酒肉尝。
“主祭少爷有吉庆，神明酬报洪福降，
赐您万寿永无疆！”

注释

1 楚楚：密密丛生的样子。茨：蒺藜。
2 抽：除。棘：刺。指蒺藜。
3 蓺(yì)：种。
4 与与：茂盛的样子。
5 翼翼：繁盛齐整的样子。
6 庾：用草席制的圆形露天粮囤。维：是。亿：十万为亿。

7 享：献。

8 妥：安坐。侑：劝酒。古代祭祖以活人装神，叫作尸。祭祀时主人迎接拜尸，献上酒食请尸吃喝。

9 介：助。景：大。

10 济济：庄严恭敬的样子。跄(qiāng)跄：走路有节奏的样子。

11 絜：同“洁”，洗干净。牛羊：祭祀用的祭品。

12 烝：冬祭称烝。尝：秋祭称尝。此泛指祭祀。

13 剥：肢解宰割。亨：同“烹”，煮熟，烹调。

14 肆：陈设，即“摆出”。将：捧进，即“端进”。

15 祝：太祝，官名，掌祭祀祈祷。祊(bēng)：宗庙门内设祭的地方。

16 孔：很。明：指祭礼齐备整洁。

17 是：代词，指祊。皇：借为“往”，来。

18 神保：对先祖神的美称。保，依，神所依的意思。

19 孝孙：主祭的人，即周王。有庆：有福。

原文	译文
执爨踖踖[1]，为俎孔硕[2]， 或燔或炙[3]。	厨师敏捷做菜肴，案上鱼肉真不少， 有的红烧有的烤。
君妇莫莫[4]，为豆孔庶[5]， 为宾为客。	主妇恭敬又小心，端上佳肴一道道， 招待宾客真周到。
献酬交错[6]，礼仪卒度[7]， 笑语卒获[8]。	主劝客饮杯盏交，遵守礼节不喧闹， 合乎规矩轻谈笑。
神保是格[9]，“报以介福， 万寿攸酢[10]！”	祖先神灵已来到。“神用大福来酬报， 赐您长寿永不老！”
我孔熯矣[11]，式礼莫愆[12]。 工祝致告[13]：“徂赉孝孙[14]。	我的态度很恭敬，礼节周到没毛病。 太祝传下祖宗话：“快去赐福给孝孙。

苾芬孝祀[15]，神嗜饮食，	祭祀酒菜香喷喷，神灵爱吃心高兴。
卜尔百福[16]。如几如式[17]，	赐您百福作报应。祭祀及时又标准，
既齐既稷[18]，既匡既敕[19]。	办事快速又齐整，态度谨慎又端正。
永锡尔极[20]，时万时亿[21]。”	永远赐您无量福，福禄亿万数不清。”

注释

1 爨(cuàn)：炊，烧火煮饭。 踖(jí)踖：敏捷谨慎的样子。

2 俎：祭祀时用以盛牲的礼器。 孔硕：指俎内肉很丰富。

3 燔(fán)：烧肉。 炙：烤肉。

4 君妇：主妇。 莫莫：恭敬谨慎的样子。

5 豆：古食器名。 庶：多。

6 献：敬酒。 酬：劝酒。

7 卒：尽、完全。 度：法度。

8 获：得其宜，恰到好处。

9 格：至。

10 攸：语助词。 酢：报酬。

11 熯(nǎn)：敬惧。

12 愆：差错。

13 工祝：即官祝(太祝)。

14 徂：往。 赉(lài)：赏赐。 以下九句皆太祝将“神”的意思告诉周王。

15 苾芬：犹芬芳。

16 卜：给予。 百：言其多。

17 如：合。 几：借为“期”，指如期祭神。 式：法、制度。

18 齐：整齐。 稷：借为“亟”，敏捷。

19 匡：端正。 敕：通“饬”，谨慎。

20 锡：赐。 极：至。 指最好的福气。

21 时：是。

原文

礼仪既备,钟鼓既戒[1]。
孝孙徂位[2],工祝致告:
"神具醉止。"皇尸载起[3],
鼓钟送尸,神保聿归。
诸宰君妇[4],废彻不迟[5]。
诸父兄弟[6],备言燕私[7]。

乐具入奏[8],以绥后禄[9]。
尔肴既将[10],莫怨具庆。
既醉既饱,小大稽首[11]。
"神嗜饮食,使君寿考[12]。
孔惠孔时[13],维其尽之[14]。
子子孙孙,勿替引之[15]。"

译文

祭祀仪式都完备,钟鼓敲响近尾声。
主祭走回堂下位,太祝报告祭礼成:
"神灵都已醉醺醺。"大尸告辞立起身,
乐队敲鼓送尸神,祖宗神灵上归程。
烧菜厨师和主妇,撤去祭品不留停。
伯叔兄弟都聚齐,合家宴饮叙天伦。

乐队进庙齐奏起,子孙享受祭后食。
您的菜肴真美好,怨言全无乐滋滋。
菜饭吃饱酒喝足,老小叩头齐致辞:
"神灵爱吃这饭菜,使您长寿百年期。
祭祀又好又顺利,主人确实尽礼制。
但愿子孙和后代,永把祭礼来保持。"

注释

1 戒:告。祭将毕,奏乐以告礼成。
2 徂位:指走回原位。
3 皇:表示赞美的形容词。载:则,就。
4 宰:宰夫,亦称膳夫,即厨师。
5 废彻:把席上的祭品收去。彻,通"撤"。不迟:不慢。
6 诸父:指伯父、叔父等长辈。兄弟:泛指同姓的同辈。
7 备:俱,完全。燕私:古代祭祀之后的亲属私宴。燕,通"宴"。
8 乐:指乐队。具:全部。
9 绥:安,指安逸享受。后禄:指共食祭后所余之酒肉。
10 将:美好。

11 小大：长幼。稽首：叩头。表示向主人告辞。

12 寿考：长寿。

13 惠：顺利。时：善、好。

14 其：指主人。尽之：指主人在祭祀中完全遵守礼节。

15 替：废。引：延长。之：指祭祀礼节。

信南山

导读

《毛序》:"《信南山》,刺幽王也。不能修成王之业,疆理天下,以奉禹功,故君子思古焉。"但是诗中不见有讽刺、思古之意,《毛序》的话似与主题无涉。实际这也是周王祭祖祈福的乐歌。姚际恒《诗经通论》:"此篇与《楚茨》略同。但彼篇言烝尝,此独言烝,盖言王者烝祭岁也。"姚氏认为《楚茨》是周王秋祭和冬祭的乐歌,《信南山》是冬祭的乐歌。因为《楚茨》有"以往烝尝"一句,《信南山》有"是烝是享"一句。按诗次章云"雨雪雰雰",正是冬祭时节。姚说似可信。

这首诗与前一篇《楚茨》一样是祭祀诗,但结构上并不相同。孙鑛《批评诗经》说:"是纪祀事诗,却乃远从田事说来。首章田,次章雨雪,三章乃及尸宾。"整齐的田亩,调匀的风雨,显示出一派生气勃勃的丰收兆头,而丰收正是祭祀祖宗、祈求保佑的目的。因此虽"远从田事说来",看似闲笔,但与祭祀正题却依然关脉紧扣。而且先从写景入手,在祭祖的肃穆中掺进一丝灵动,反而显得不那么板滞。姚际恒便看出了这一点,他说:"上篇铺叙闳整,叙事详密;此篇则稍略而加以跌荡,多闲情别致,格调又自不同。"这种布局,可视为祭祀诗的变格。

原文	译文
信彼南山[1],维禹甸之[2]。	绵延不断终南山,大禹治过旧封疆。
畇畇原隰[3],曾孙田之[4]。	原野平坦又整齐,曾孙在此种食粮。
我疆我理[5],南东其亩[6]。	划分田界挖沟渠,亩亩方正好丈量。
上天同云[7],雨雪雰雰[8]。	天上乌云密层层,雪花飞舞乱纷纷。

益之以霢霂[9]，既优既渥[10]，	加上细雨蒙蒙下，雨水充足好年成，
既霑既足[11]，生我百谷。	土地潮湿又滋润，苗壮茂盛五谷生。
疆埸翼翼[12]，黍稷彧彧[13]。	疆界齐整划井田，小米高粱连成片。
曾孙之穑[14]，以为酒食。	曾孙收获粮食多，制酒做饭香又甜。
畀我尸宾[15]，寿考万年。	供给神主和宾客，神灵赐我寿万年。
中田有庐[16]，疆埸有瓜。	田中有房住人家，田边种着青翠瓜。
是剥是菹[17]，献之皇祖。	瓜儿切开腌起来，献给祖先请收下。
曾孙寿考，受天之祜[18]。	曾孙寿命长百岁，皇天赐福保佑他。
祭以清酒，从以骍牡[19]，	神前斟上清清酒，再献赤黄大公牛，
享于祖考。	上供祖先来享受。
执其鸾刀[20]，以启其毛[21]，	拿起锋利金鸾刀，分开公牛颈下毛，
取其血膋[22]。	取出牛血和脂膏。
是烝是享[23]，苾苾芬芬[24]，	美酒黄牛已献上，烧起脂膏喷喷香，
祀事孔明[25]。	祭事完备又周详。
先祖是皇[26]，报以介福，	祖宗来临把祭享，神明酬报洪福降，
万寿无疆！	赐您万寿永无疆！

注释

1 信：通“伸”，长而远的样子。 南山：终南山。

2 维：是。 禹：大禹。 甸：治理。

3 畇(yún)畇：形容已开垦过的土地平坦整齐的样子。

4 曾孙：周王对祖神的自称。 田：耕种。

5 疆：井田的田界。 理：田中的沟渠。

6 南东：泛指四方。

7 同云：全被云遮。

8 雨雪：下雪。 雰雰：即纷纷。

9 益：加上。 霢霂(mài mù)：小雨。

10 优：充足。 渥：湿。

11 霑：沾湿。 足："浞"的假借字，润湿的样子。

12 埸(yì)：田界。 翼翼：整齐的样子。

13 彧(yù)彧："郁郁"的假借，茂盛的样子。

14 穑：收割庄稼。

15 畀(bì)：给予。 尸：祭祀时装神的神主。

16 庐：农民住的房子，建筑在公田中。

17 是：这，指瓜。 剥：切开。 菹(zū)：腌菜。

18 祜(hù)：福。

19 骍牡：赤黄色的公牛。

20 鸾刀：有铃的刀。

21 启：分开。 分开牛毛而后下刀宰牛。

22 膋(liáo)：脂膏，牛油。

23 烝：进。 享：献。 烝享，即进献。

24 苾苾芬芬：香气浓郁。

25 孔明：很完备整洁。

26 皇：往。

甫田之什

甫田

导读

《毛序》:“《甫田》,刺幽王也。君子伤今而思古焉。”但是诗中不见有讽刺和思古之意,朱熹《诗序辨说》云:“此序专以‘自古有年’生说,而不察其下文‘今适南亩’以下,亦未尝不有年也。”朱评甚是。《郑笺》:“刺者,刺其仓廪空虚,政烦赋重,农人失职。”王先谦《集疏》引黄山云:“以社者,蔡邕所谓春藉田祈社稷也。以方者,亦邕所谓春夏祈谷于上帝也。御田祖者,班固所谓享先农也。祈甘雨者,皇甫谧所谓时雩旱祷也。皆春夏王者重农所有事。诗历言之,不必如《笺》说。”黄说颇合理。这是周王祭祀土地神、四方神和农神的乐歌。

这首诗是祭神的乐歌,但除了第三章之外,其他几章都大谈耕作的勤快、主奴的和谐和收获的丰盛而不及祭祀,然而这些看似外骛的内容实际都是围绕着祀神这一中心展开的。方玉润《诗经原始》评曰:“全篇章法一线,妥贴周密,神不外散。”的确,形式分散而精神内聚,正是这首诗的特点。

原文

倬彼甫田[1],岁取十千。
我取其陈[2],食我农人。

译文

一片大田广无边,每年收粮万万千。
拿出仓里陈谷子,给我农民把肚填。

自古有年[3],今适南亩,
或耘或耔[4],黍稷薿薿[5]。
攸介攸止[6],烝我髦士[7]。

古来都是丰收年,我到南亩去巡视,
锄草培土人不闲,小米高粱一大片。
庄稼长大收上场,田官向我来进献。

以我齐明[8],与我牺羊[9],
以社以方[10]。
我田既臧[11],农夫之庆。
琴瑟击鼓,以御田祖[12],
以祈甘雨,以介我稷黍[13],
以穀我士女[14]。

黍稷装满碗和盆,配上羊羔毛色纯,
祭祀土神四方神。
我的庄稼长得好,召集农夫同欢庆。
击鼓奏瑟又弹琴,迎神赛会祭农神,
祈求上天降甘霖,使我庄稼得丰收,
养活老爷小姐们。

曾孙来止[15],以其妇子,
馌彼南亩。
田畯至喜,攘其左右[16],
尝其旨否[17]。
禾易长亩[18],终善且有[19]。
曾孙不怒,农夫克敏[20]。

曾孙来到大田间,农民叫他妻和子,
一齐送饭到田边。
田官一见心喜欢,拿起身边菜和饭,
尝尝味道鲜不鲜。
满田庄稼密又壮,既好又多是丰年。
曾孙欢喜笑颜开,农夫干活很勤勉。

曾孙之稼,如茨如梁[21]。
曾孙之庾[22],如坻如京[23]。
乃求千斯仓,乃求万斯箱[24]。
黍稷稻粱,农夫之庆。
报以介福,万寿无疆!

曾孙庄稼堆满场,高如屋顶和桥梁。
曾孙粮囤只只满,就像小丘和山冈。
快造仓库成千座,快造车子上万辆。
黍稷稻粱往里装,农夫同庆喜洋洋。
神灵报王以大福,长命百岁寿无疆!

注释

1 倬(zhuō):广阔的样子。 甫田:大田。

2 陈:指陈粮。

3 有年:丰年。

4 耘：除草。耔：用土培苗根。
5 薿(nǐ)薿：茂盛的样子。
6 攸：乃、就。介：长大。止：至。
7 烝：进。髦士：英俊之士。
8 齐明：即粢盛，祭器中的谷物。齐(zī)，通“粢”。
9 牺：祭祀用的毛色纯一的牲口。
10 社：祭土地神。方：祭四方之神。
11 臧：指收成好。
12 御(yà)：迎接。田祖：指农神。
13 稷：小米。
14 穀：养。士女：指贵族男女。
15 曾孙：周王对他的祖先和其他的神，都自称曾孙。
16 攘：取。左右：指田畯两旁农夫妇子送来的菜饭。
17 旨：味美。
18 易：禾苗茂盛的样子。长：满。
19 终：既。有：丰。
20 克：能。敏：疾。指工作干得又好又快。
21 茨：草房顶。梁：桥梁。
22 庾：粮囤。
23 坻(chí)：小丘。京：大丘。
24 箱：车厢。

大田

导读

《毛序》:“《大田》,刺幽王也。言矜寡不能自存焉。”朱熹驳得好:“此序专以‘寡妇之利’一句生说。”甚当。这是周王祭祀田祖而祈年的诗。是研究古代土地制度、农业生产、生产关系等的重要史料。如公田与私田的关系,曾孙与农夫的关系,生产果实分配问题等。《小雅》中《楚茨》《信南山》《甫田》《大田》虽为祭祀乐歌,但内容多写农业生产,后人将这几首和《颂》中之《载芟》《良耜》等称为农事诗。

此诗虽为祭祀乐歌,但其内容主要是描写农业生产中的选种、修械、播种、除草、去虫,描摹云雨景致,渲染丰收景象,纯用白描手法,生动地刻画了公田生产场面。其中人物有农人、妇子、寡妇;有曾孙、田畯,他们的动作,跃跃纸上。方玉润说:“描摹多稼,纯从旁面烘托。闲情别致,令人想见田家乐趣,有画图所不能到者。”他确切地指出了本诗的艺术特征。

原文	译文
大田多稼,既种既戒[1],	大田宽广庄稼多,选好种子修家伙,
既备乃事[2]。	事前准备都完妥。
以我覃耜[3],俶载南亩[4]。	背起我那锋快犁,开始下田干农活。
播厥百谷[5],既庭且硕[6],	播下黍稷诸谷物,苗儿挺拔又壮茁,
曾孙是若[7]。	曾孙心里好快活。
既方既皂[8],既坚既好,	庄稼抽穗已结实,籽粒饱满长势好,
不稂不莠[9],去其螟螣[10],	没有空穗和杂草。害虫螟螣全除掉,

及其蟊贼[11]，无害我田稚[12]。 田祖有神[13]，秉畀炎火[14]。	蟊虫贼虫逃不了，不许伤害我嫩苗。 多亏农神来保佑，投进大火将虫烧。
有渰萋萋[15]，兴雨祈祈[16]。 雨我公田，遂及我私。 彼有不获稚[17]，此有不敛穧[18]； 彼有遗秉[19]，此有滞穗[20]， 伊寡妇之利。	凉风凄凄云满天，小雨下来细绵绵。 雨点落在公田里，同时洒到我私田。 那儿谷嫩不曾割，这儿几株漏田间； 那儿掉下一束禾，这儿散穗三五点， 照顾寡妇任她拣。
曾孙来止，以其妇子， 馌彼南亩，田畯至喜。 来方禋祀[21]，以其骍黑[22]， 与其黍稷。以享以祀， 以介景福。	曾孙视察已光临，农民叫他妻儿们， 送饭田头犒饥人，田官看了真开心。 曾孙来到正祭神，黄牛黑猪案上陈， 小米高粱配嘉珍。献上祭品行祭礼， 祈求大福赐曾孙。

注释

1 种：选种。 戒：同“械”，用作动词，指修理农具。

2 乃事：这些事。

3 覃(yǎn)：通“剡”，锐利。 耜(sì)：原始的犁。

4 俶：开始。 载：从事。

5 厥：其。

6 庭：通“挺”。

7 若：顺。

8 方：通“房”，指谷粒已生嫩壳，还未合满。 皂(zào)：谷壳已结成，尚未坚实。

9 稂(láng)：指穗粒空的禾。 莠(yǒu)：形似禾的一种杂草，亦名狗尾草。

10 螟：吃禾心的虫。 螣(tè)：吃禾叶的虫。

11 蟊(máo):吃禾根的虫。贼:吃禾节的虫。

12 稚:幼禾。

13 有神:有灵。

14 秉:拿。炎火:大火。

15 渰(yǎn):阴云密布的样子。萋萋:假借为“凄凄”,天气清冷的样子。

16 兴雨:下起雨来。祈祈:慢慢的样子。

17 获:收割。

18 敛:收。穧(jì):禾把。

19 秉:把,将禾捆成一把把。

20 滞:遗留。

21 禋(yīn):古代祭天的一种礼仪;先烧柴升烟,再加上牲体、五谷、玉帛等于柴上焚烧。

22 骍:指赤黄色的牛。黑:指黑色的猪。

瞻彼洛矣

导读

《毛序》:“《瞻彼洛矣》,刺幽王也。思古明王,能爵命诸侯,赏善罚恶焉。”《郑笺》说是诸侯世子朝见天子,天子让他担任军将卿士,带领六军而出。毛,郑之说,似与诗旨不合。今人多不从毛说,认为这是赞美“君子”的诗。这位君子,似为周王。他会诸侯于洛水一带,作诗者可能是诸侯中之一。朱熹《集传》:“此天子会诸侯于东部以讲武事,而诸侯美天子之诗。”按诗中叙洛水,作六师,穿韎韐军服,挂鞞琫佩刀,他可能是东周时代的周王。朱说近是。

诗人用“瞻彼洛矣,维水泱泱”,抒写周王聚会诸侯的地点。用“韎韐有奭”“鞞琫有珌”,描绘君子的身份形态。用“以作六师”“保其家邦”,说明聚会的目的。寥寥数语,极形象概括之致。孙鑛云:“姿态乃在韎韐、琫珌两语上。”确指出了此诗艺术特点。

原文	译文
瞻彼洛矣[1],维水泱泱[2]。	站在岸边看洛水,茫茫一片无边际。
君子至止,福禄如茨[3]。	国王车驾已到来,福禄厚重如茅茨。
韎韐有奭[4],以作六师。	皮制蔽膝红艳艳,号召六军齐奋起。
瞻彼洛矣,维水泱泱。	远望洛水长又宽,茫茫一片不见边。
君子至止,鞞琫有珌[5]。	国王车驾已到来,玉饰刀鞘花纹鲜。
君子万年,保其家室。	敬祝国王万年寿,保卫国家天下安。
瞻彼洛矣,维水泱泱。	洛水岸边举目望,茫茫一片浪打浪。

君子至止,福禄既同[6]。	国王车驾已到来,福禄俱全世无双。
君子万年,保其家邦。	敬祝国王万年寿,保卫国家守边疆。

注释

1 洛:水名,源出陕西,经河南洛阳入黄河。

2 泱泱:水深广的样子。

3 如茨:指福禄之厚重如草屋顶之多层高积。

4 靺韐(mèi gé):用茜草染成红色的皮制蔽膝。 奭(shì):通“赩”,赤色。

5 鞞(bǐng):刀鞘。 琫(běng):刀鞘上玉的饰物。 珌(bì):花纹美丽貌。

6 同:聚。

裳裳者华

导读

《毛序》:"《裳裳者华》,刺幽王也。古之仕者,世禄小人在位,则谗谄并进;弃贤者之类,绝功臣之世焉。"后人多不信毛说,认为这是周王赞美诸侯的诗。朱熹《诗集传》:"此天子美诸侯之辞。"其说或是。魏源《诗古微》:"《裳裳者华》,亦诸侯嗣位初朝见之诗,故与《瞻洛》相次。孔子曰:'于《裳裳者华》,见贤者世保其禄也。'次《瞻洛》后,盖朝于东都所作。"魏氏指出了诗的产生年代。

诗共四章,每章均用叠句表示强调。第一章"我心写兮",表示见到"之子"的欢愉,寓有欢迎之意。第二章"维其有章矣",赞美他们有才华,是主人对客人的口吻。第三章"乘其四骆",指出赏赐他们以车马,表示庆祝。末章"维其有之",鼓励他们能取用贤人为左右辅弼,继承君位。运用四个叠句,不但每章的章旨更加鲜明,主题更为突出,且带有诚恳感情的色彩。尤其值得一提的是末章,叠词叠句层出,有长声曼咏,一唱三叹之致。方玉润说这一章"似歌非歌,似谣非谣,理莹笔妙,自是名言",他指出了全诗的精华所在。

原文	译文
裳裳者华[1],其叶湑兮[2]。	花朵儿鲜明辉煌,绿叶儿郁郁苍苍。
我觏之子,我心写兮[3]。	我见到各位贤人,心里头真是舒畅。
我心写兮,是以有誉处兮[4]。	心里头真是舒畅,彼此有安乐家邦。
裳裳者华,芸其黄矣[5]。	花朵儿鲜明辉煌,叶儿密花儿金黄。
我觏之子,维其有章矣[6]。	我见到各位贤人,有才华又有专长。

维其有章矣,是以有庆矣。	有才华又有专长,可庆贺国之荣光。
裳裳者华,或黄或白。	花朵儿鲜明辉煌,开起来有白有黄。
我觏之子,乘其四骆[7]。	我见到各位贤人,驾四马气宇轩昂。
乘其四骆,六辔沃若。	驾四马气宇轩昂,马缰绳柔滑溜光。
左之左之[8],君子宜之[9]。	左手边有个左相,他定能安于职掌。
右之右之,君子有之[10]。	右手边有个右相,有才干用其所长。
维其有之,是以似之[11]。	正因为用其所长,继祖业绵延永昌。

注释

1 裳裳:假借为“堂堂”,花丰盛明艳的样子。

2 湑(xǔ):茂盛的样子。

3 写:宣泄。指心中排除忧愁而舒畅。

4 誉:通“豫”,快乐。处:安居。

5 芸其:即芸芸,花叶盛多的样子。黄:指花色黄。

6 章:文章,有才华。

7 骆:黑鬃黑尾的白马。

8 左:和下边的“右”,指左右辅弼,类似后世的左右宰相。

9 宜:安。

10 有:取。

11 似:通“嗣”,继承。

桑扈

导读

《毛序》:“《桑扈》,刺幽王也。君臣上下,动无礼文焉。”朱熹驳得好:“此序只用‘彼交匪敖’一句生说。”甚切。后人多不从毛说,认为这是周王宴会诸侯的诗。朱熹《诗集传》:“此亦天子燕诸侯之诗。”王质《诗总闻》:“当是诸侯来朝,而归国饯送之际,美戒兼同。”说与朱同。朱鹤龄《诗经通义》:“今按‘之屏之翰,百辟为宪’,即‘维周之翰,四国于蕃’(《崧高》),‘文武吉甫,万邦为宪’(《六月》)也。从朱说甚安。”他们都是根据诗的内容立说,不像《毛序》之望文生义。

陈奂《传疏》:“言桑扈之羽翼、首领皆有文采可观,以喻臣下举动有礼文。”按诗首章是以桑扈有文采的羽毛,比君子的才华足以受福。次章以桑扈有文采的颈毛,比君子的才华足以安邦。陈氏对两章内容的理解,与我们虽有出入,但都指出了它是含比义的兴的特点。从而抒写了主人周王对诸侯客人的劝勉之情。突出了诗的主题。第三章,诗人以屏藩、楹柱象征诸侯保卫、建设国家的重任,语言具体形象,概括隽永,值得后人学习。

原文

交交桑扈[1],有莺其羽[2]。
君子乐胥[3],受天之祜[4]。

交交桑扈,有莺其领[5]。
君子乐胥,万邦之屏。

之屏之翰[6],百辟为宪[7]。

译文

小巧玲珑青雀鸟,彩色羽毛多俊俏。
祝贺各位常欢乐,上天赐福运气好。

小小青雀在飞翔,头颈彩羽闪闪亮。
祝贺各位常欢乐,各国靠你当屏障。

为国屏障为骨干,诸侯把你当典范。

不戢不难[8],受福不那[9]。	克制自己守礼节,受福多得难计算。
兕觥其觩[10],旨酒思柔。	牛角酒杯弯又弯,美酒香甜性儿软。
彼交匪敖[11],万福来求[12]。	不求侥幸不骄傲,万福齐聚遂心愿。

注释

1 桑扈:鸟名,亦名青雀。

2 有莺:即莺莺,有文采的样子。

3 胥:语助词。

4 祜:福。

5 领:颈。

6 翰:假借为“干”,筑墙时支持在两边的木柱。

7 百辟(bì):即诸侯。辟,国君。

8 不:语助词,无义。下句同。戢(jí):收敛、克制。难(nuó):通“傩”,守礼节的意思。

9 那(nuó):多。

10 觩(qiú):角弯曲的样子。

11 彼:通“匪”。交:侥幸之意。敖:同“傲”。

12 求:聚。

鸳鸯

导读

《毛序》:"《鸳鸯》,刺幽王也。思古明王,交于万物有道,自奉养有节焉。"朱熹斥之为"穿凿无理",甚是。这是祝贺贵族新婚的诗。鸳鸯匹鸟,秣马为古亲迎之礼,诗的起兴都和新婚有关。何楷《诗经世本古义》:"以《白华》之诗证之,其第七章曰:'鸳鸯在梁,戢其左翼,之子无良,二三其德。'是诗亦有'在梁'二语,词旨昭然。诗人追美其初婚。凡《诗》言'于飞'者六,其以雌雄连言者,惟'凤凰于飞'及此'鸳鸯于飞'耳。'乘马'二章,皆咏亲迎之事而因以致其祷颂之意。《汉广》之诗曰:'之子于归,言秣其马'亦同。"姚际恒、方玉润亦从何说。唯何疑诗为幽王娶申后而作,证据尚嫌不足。

此诗一、二章以鸳鸯匹鸟,兴夫妇爱慕之情。三、四章以摧秣乘马,兴结婚亲迎之礼。这种带有象征意味的兴句,它和贺婚诗《绸缪》的"绸缪束薪,三星在天"的作用是一样的。这使读者一望而知其与婚姻主题有关,艺术效果是好的。每章下二句"君子万年,福禄宜之"是祝辞,其中虽有"遐福""艾""绥"换字的变化,但皆祝者阿谀权贵之辞。流风所及,后世文人多沿袭之,产生了一些祝颂的干瘪肉麻的诗文。这不能不说是此诗所起的消极作用。

原文	译文
鸳鸯于飞,毕之罗之[1]。	鸳鸯双飞不分开,用网用罗捕回来。
君子万年,福禄宜之。	敬祝君子寿万年,安享福禄永相爱。
鸳鸯在梁[2],戢其左翼[3]。	鸳鸯对对在鱼梁,嘴插左翅睡得香。

君子万年，宜其遐福[4]。	敬祝君子寿万年，美满家庭福禄长。
乘马在厩[5]，摧之秣之[6]。 君子万年，福禄艾之[7]。	棚中四马拴得牢，粮草把它喂得饱。 敬祝君子寿万年，福禄祝您永和好。
乘马在厩，秣之摧之。 君子万年，福禄绥之。	迎亲四马系在槽，喂它粮食又喂草。 敬祝君子寿万年，安享福禄永偕老。

注释

1 毕：有长柄的捕鸟小网。罗：张在地上无柄的捕鸟大网。

2 梁：拦鱼的水坝。

3 戢：假借为“捷”，插。

4 遐：远。

5 乘马：四匹马。

6 摧(cuò)：通“莝”，铡草。秣：以谷喂马。

7 艾：辅助。

頍弁

导读

《毛序》:“《頍弁》,诸公刺幽王也。暴戾无亲,不能宴乐同姓,亲睦九族,孤危将亡,故作是诗也。”旧说多从之。陈廷杰《诗序解》:“此诗写王者燕兄弟亲戚,其情颇相通。而优柔纡舒,甚有悲凉之概。非涵泳浸渍,何能得其音哉?诸家多拘于大、小序之说,刺幽刺厉,辄乖戾不当,以是知《三百篇》之厄于《传》《疏》。信然。”陈氏批判《毛序》之误,指出这是周王宴请兄弟亲戚的诗,颇合诗旨。

此诗虽为宴会诗,却描写了幽王时代国运难保,贵族们树倒猢狲散的悲观失望的心理活动。严粲《诗辑》说:“上二章言族人以未见王为忧,既见王为喜,其辞犹缓也。末章言周亡无日,族人纵得见王,其能几乎?当急与族人饮酒相乐于今夕,盖王今维宜宴而已。言‘今夕’,谓未保明日之存亡;言‘维宴’,谓天下之事亦无可为,惟须饮耳。其辞甚迫矣,岂真望王宴乐之哉!”郝敬《毛诗原解》:“今夕何夕?死丧近矣,而君子惟怡然宴乐。长夜之饮不辍,来朝之事亦可知矣。如后世敌兵四合而帐中夜饮,亡国之惨,千古一辙。……长歌可以当泣,其《頍弁》之谓乎!”从严、郝二氏的分析,可以窥见幽王时贵族们对国家前途的忧虑和及时行乐的灰暗心理。“长歌可以当泣”一语,指出了诗的感染力。

原文

有頍者弁[1],实维伊何[2]?
尔酒既旨,尔殽既嘉。
岂伊异人[3]?兄弟匪他。
茑与女萝[4],施于松柏。

译文

皮帽尖尖顶有角,戴着它来做什么?
您的酒味既甘醇,您的菜肴也不错。
难道来的是外人?兄弟非他同一桌。
攀藤茑草和女萝,蔓延依附松和柏。

未见君子，忧心弈弈[5]；	还没见到君主时，心神不定难诉说；
既见君子，庶几说怿[6]。	如今见到君主面，心里舒畅又快活。
有頍者弁，实维何期[7]？	皮帽尖尖角在上，戴着它是为哪桩？
尔酒既旨，尔殽既时[8]。	您的酒味既甘醇，您的菜肴喷喷香。
岂伊异人？兄弟具来[9]。	难道来的是外人？至亲兄弟聚一堂。
茑与女萝，施于松上。	攀藤茑草和女萝，蔓延缠绕松枝上。
未见君子，忧心怲怲[10]；	还没见到君主时，心里痛苦又忧伤；
既见君子，庶几有臧。	如今见到君主面，希望能够得赐赏。
有頍者弁，实维在首。	新制皮帽尖尖顶，戴在头上正相称。
尔酒既旨，尔殽既阜[11]。	您的酒味既甘醇，您的菜肴更丰盛。
岂伊异人，兄弟甥舅。	难道来的是外人？兄弟舅舅和外甥。
如彼雨雪，先集维霰[12]。	人生好比下场雪，先霰后雪终融尽。
死丧无日，无几相见[13]。	不知何日命归阴，能有几番叙天伦。
乐酒今夕，君子维宴[14]。	不如今夜痛饮酒，及时宴乐各尽兴。

注释

1 頍(kuǐ)：有棱角貌。弁：皮制的帽。

2 实：是。维：为。

3 异人：别人、外人。

4 茑(niǎo)：一种寄生攀缘植物。女萝：亦名“菟丝”，也是攀缘植物。

5 弈弈：心神不定的样子。

6 说：通“悦”。怿(yì)：与“悦”同义。

7 期：同“其(jī)”，语末助词。

8 时：善、美。

9 具：通“俱”。

10 怲(bǐng)怲:很忧愁的样子。

11 阜:丰富。

12 集:聚。 维:是。 霰(xiàn):雪珠。

13 无几:没有多少时候。

14 维:通“惟”,只有。

车辖

导读

《毛序》:"《车辖》,大夫刺幽王也。褒姒嫉妒,无道并进,谗巧败国,德泽不加于民。周人思得贤女以配君子,故作是诗也。"今人多不从毛说,认为这是一首新郎在迎娶妻子途中赋的诗。

《左传》昭二十五年:"叔孙婼如宋迎女,赋《车辖》。"可证它确是咏新婚的诗。新郎亲自驾着马车,没有仪仗和随从,可能是一位"士"。全诗歌颂新娘季女的美,以德为主。第一章的"德音来括",第二章的"令德来教",第三章的"虽无德与女",末章的"高山仰止,景行行止",都是歌颂季女品德的美。他们二人的结合,是建筑在品德的基础上的。那时品德的内涵,虽和今天有本质的不同,但远在《诗经》时代,亦有取妻以德,我们据此可以了解古代社会价值的一个侧面。

《车辖》诗人驾车亲迎季女,心中充满着喜悦,途中所见所闻,不论是往迎或归来,都染上了新婚的浓艳色彩。格格的车辖声也和往时异样,因为它是季女出阁要坐的车辆。见平原丛林中栖息着长长锦尾野鸡,诗人联想美丽季女现在仍旧住在父母家。见高岗上长着橡树,又联想析薪迎娶。见柔嫩茂密的柞叶,似乎象征着季女年轻貌美。见高山大道,不免联想季女的品德"如高山之在望,景行之堪追"。接到了新娘,六辔如琴弦般调和。途中一切景物,都染上了新婚季女色彩。也触动了诗人对这位擅长歌舞的季女如饥如渴相思和敬仰令德的心弦。方玉润说:"全诗章法皆灵",是的,首二章写往迎,末二章写归来。每章首二句皆为比兴。第三章为诗人在途中想象举行新婚宴会的情景。结构严整而又灵动。

原文

间关车之舝兮[1],思娈季女逝兮[2]。
匪饥匪渴,德音来括[3]。
虽无好友,式燕且喜[4]。

依彼平林[5],有集维鷮[6]。
辰彼硕女[7],令德来教。
式燕且誉[8],好尔无射[9]。

虽无旨酒,式饮庶几[10]。
虽无嘉肴,式食庶几。
虽无德与女[11],式歌且舞。

陟彼高冈,析其柞薪[12]。
析其柞薪,其叶湑兮。
鲜我觏尔[13],我心写兮。

高山仰止,景行行止[14]。
四牡騑騑[15],六辔如琴。
觏尔新昏,以慰我心。

译文

迎亲车轮响格格,美丽少女要出阁。
不再似饥又似渴,娶来姑娘有美德。
宴会虽然没好友,大家喝酒也快乐。

平原莽苍有丛林,长尾野鸡树上停。
善良姑娘身材高,美德教诲家有庆。
宴会热闹又快乐,永远爱你不变心。

虽然没有美味酒,希望你也干几杯。
虽然没有丰盛菜,希望你也尝尝味。
虽无美德来相配,望你歌舞庆宴会。

登上山冈巍巍高,砍下柞栎火把烧。
砍下柞栎火把烧,柞叶长满嫩枝梢。
今天有幸配到你,心花怒放百忧消。

德如高山人仰望,行如大路人所钦。
四马迎亲快快跑,缰绳调和如弹琴。
配上车中新婚人,甜蜜幸福慰我心。

注释

1 间关:象声词。 舝:车轴两头的铣键。
2 思:发语词。娈:美好的样子。季女:将嫁的少女。逝:往。指乘车出嫁。
3 括:通“佸”,聚会。
4 式:发语词。 燕:通“宴”。
5 依:树木茂盛的样子。 平林:平原上的树林。
6 鷮(jiāo):一种长尾野鸡。

7 辰:善良。

8 誉:同“豫”,欢乐。

9 好:爱。 射(yì):同“斁”,厌弃。

10 庶几:希望。

11 与:配。

12 柞:柞栎树。古人结婚时劈柴作火把,因而以析薪代指结婚迎亲。

13 鲜:善。

14 景行:大路。 行,走。

15 騑騑:马走不停的样子。

青蝇

导读

《毛序》:《青绳》,大夫刺幽王也。”今人多不从毛说,认为这是一首斥责谗人害人祸国的诗。关于诗的时代与作者约有二说:一、何楷、王先谦根据焦延寿《易林·豫之困》:“青蝇集藩,君子信谗,害贤伤忠,患生妇人”之语,认为此诗是刺幽王信褒姒之谗,而害忠良。所谓忠良,乃指太子宜臼等。二、王应麟《困学纪闻》引袁孝政释的《刘子》,谓此诗为卫武公信谗而作。王先谦反对此说,他说:“卫武公王朝卿士,诗又为幽王信谗而刺之,所以列于《小雅》。若武公信谗而他人刺之,其诗当入《卫风》矣。即此可证明其误。”这个反驳是颇有道理的。

陈子展先生《诗经直解》引罗愿《尔雅翼》云:“君子之于谗也初盖易之,至于乱之又生,而后君子信其谗。故首章但云‘毋信谗言’。至其二章,则已交乱在外四国。至其三章,则虽同心如我二人者,亦不能相有(友)。其始轻之而不忌,皆如此蝇矣。”他这几句话,指出了诗人以青蝇起兴之意,层层递进,使人逐步感到信谗的后果,有由浅及深之妙。

原文	译文
营营青蝇,止于樊[1]。	苍蝇飞舞声营营,飞上篱笆把身停。
岂弟君子[2],无信谗言。	平易近人好君子,害人谗言您莫听。
营营青蝇,止于棘。	苍蝇飞舞声营营,飞上枣树把身停。
谗人罔极[3],交乱四国[4]。	谗人说话没定准,搅乱各国不太平。
营营青蝇,止于榛。	苍蝇飞舞声营营,飞上榛树把身停。

谗人罔极，构我二人[5]。 ‖ 谗人说话没定准，离间我们老交情。

注释

1 樊：篱笆。
2 岂弟：和气。
3 罔：无。 极：准则。
4 交：俱。
5 构：陷害。

宾之初筵

导读

《毛序》:“《宾之初筵》,卫武公刺时也。幽王荒废,媟近小人,饮酒无度,天下化之。君臣上下,沉湎淫液。武公既入,而作是诗也。”这首诗是否确为卫武公所作,后人不得而知。但此诗的确是讽刺贵族统治者饮酒无度、失礼败德的。《后汉书·孔融传》李注引《韩诗》:“卫武公饮酒悔过也。”《易林·大壮之家人》:“举觞饮酒,未得至口,侧弁醉酗,拔剑斫怒。武公作悔。”是汉代古、今文皆以诗为卫武公所作,或有所根据。史载卫武公入相,在周平王世。《毛序》认为刺幽,恐非。方玉润说:“武公初入为王卿士,难免不预其宴。既见其如此无礼,而又未敢直陈君失,只好作悔过用以自警,使王闻之,或以稍正其失,未始非诗之力也。古人教人,以言教不如以身教;臣子事君,以言谏不如以身谏。武公立朝,正己以格君非,虽曰悔过,实以谲谏意耳。毛、韩二说,原未尝错。”方氏的分析,可供参考。

全诗采用前后对比的方法。前两章描写大射燕饮的场面,是以正面事物作为衬托。虽然在全诗来说是副线,但铺叙详备,落笔浓古,越是写得典雅庄重,同后面的对比作用也越显得强烈。尤其是开首四句,勾勒出井井有条的宴会场面,开局便有一种宏敞的气势。姚际恒评曰:“阅至后,方知此起四句之妙。”可见诗人布局的匠心。此外,诗人对醉态的描摹也是极其精彩的。三章“屡舞仙仙”是初醉之貌,四章“屡舞僛僛”是甚醉之状,“屡舞傞傞”则是极醉之态。三句“屡舞”,一层进一层,由浅入深;再加上“舍其坐迁”“乱我笾豆”“侧弁之俄”等点缀,真是活画出一幅醉客图来,可称得上“穷形尽相”了。

原文

宾之初筵[1],左右秩秩[2]。
笾豆有楚[3],殽核维旅[4]。
酒既和旨,饮酒孔偕[5]。
钟鼓既设,举酬逸逸[6]。
大侯既抗[7],弓矢斯张。
射夫既同,献尔发功[8]。
发彼有的,以祈尔爵[9]。

籥舞笙鼓[10],乐既和奏。
烝衎烈祖[11],以洽百礼[12]。
百礼既至[13],有壬有林[14]。
锡尔纯嘏[15],子孙其湛[16]。
其湛曰乐[17],各奏尔能[18]。
宾载手仇[19],室人入又[20]。
酌彼康爵[21],以奏尔时[22]。

译文

来宾入座才开宴,宾主谦让守礼节。
杯盘碗盏摆整齐,鱼肉干果全陈列。
醴酒味儿醇又美,觥筹交错真热烈。
钟鼓乐器都齐备,往来敬酒杯不绝。
虎皮靶子竖起来,张弓搭箭如满月。
射手云集靶场上,表演技术逞英杰。
人人争取中目标,要叫对手罚一爵。

执籥起舞笙鼓响,众乐齐奏声铿锵。
祖宗灵前进娱乐,配合百礼神来享。
祭礼周到又完备,隆重盛大又堂皇。
神灵赐你大福气,子孙个个都欢畅。
人人欢喜又快乐,各献其能射靶场。
来宾赛箭找对手,主人相陪比短长。
满满斟上大杯酒,祝你胜利进一觞。

注释

1 筵:竹席。这里作动词。古人席地而坐,初筵指宾客刚入座。

2 左右:筵席的东西两边,主人在东,客人在西。秩秩:恭敬而有秩序的样子。

3 笾豆:都是一种高脚碗,笾竹制,豆木制。有楚:即楚楚,摆设整齐的样子。

4 殽:通"肴",盛在豆里的鱼肉。核:盛在笾里的干果。旅:列。

5 偕:普遍。

6 酬:敬酒。逸逸:同"绎绎",往来不断的样子。

7 侯：箭靶。古人射箭时，用兽皮或布制成侯，张在木架上，然后在上面置圆形或方形的布块，叫作“的”。射者以中的为胜。周王大射时用虎、熊、豹三种兽皮制成的箭靶称大侯。抗：竖起、张挂。

8 献：逞、表现。发功：射技。

9 祈：求。尔：指比赛中的对手。爵：古酒器。周时比赛射箭，胜者可以叫对手喝罚酒。

10 籥(yuè)舞：执籥而舞。籥，古乐器，似笛，三孔。

11 烝：进，指进乐。衎(kàn)：娱乐。烈祖：创业的祖先。

12 洽：配合。

13 至：完备。

14 壬(rén)：大。林：盛。

15 纯嘏(gǔ)：大福。

16 湛：喜悦。

17 曰：语助词。

18 奏：献。

19 载：则、就。手：取、选择。仇：匹偶。这里指比赛射箭的对手。

20 室人：主人。又：又和宾客射箭。

21 康爵：大杯。

22 时：善，指射中者。

原文

宾之初筵，温温其恭。
其未醉止，威仪反反[1]。
曰既醉止，威仪幡幡[2]。
舍其坐迁[3]，屡舞仙仙[4]。
其未醉止，威仪抑抑[5]。

译文

来宾入席刚宴请，态度温雅又恭敬。
酒才入口人未醉，仪表庄重又自矜。
酒过三巡醉态露，举止失措皆忘形。
离开座席乱走动，手舞足蹈真轻盈。
酒还没到喝醉时，态度谨慎又文静。

曰既醉止，威仪怭怭[6]。	待到喝得醉酩酊，嬉皮笑脸骨头轻。
是曰既醉，不知其秩[7]。	还说这是酒吃醉，不守规矩不要紧。
宾既醉止，载号载呶[8]。	客人已经喝醉了，又是叫来又是闹。
乱我笾豆，屡舞僛僛[9]。	打翻杯盘和碗盏，跌跌撞撞跳舞蹈。
是曰既醉，不知其邮[10]。	还说这是酒吃醉，不知过失不害臊。
侧弁之俄[11]，屡舞傞傞[12]。	头上歪戴鹿皮帽，疯疯癫癫跳舞蹈。
既醉而出，并受其福。	如果喝醉快出门，大家托福没烦恼。
醉而不出，是谓伐德[13]。	醉得糊涂不肯走，那就叫作缺德佬。
饮酒孔嘉，维其令仪。	宴会喝酒本好事，只是要有好礼貌。
凡此饮酒，或醉或否，	凡是这些赴宴者，有人清醒有醉倒。
既立之监，或佐之史[14]。	设立酒监察礼节，又设史官写报导。
彼醉不臧，不醉反耻。	酗酒本来是坏事，反说不醉是脓包。
式勿从谓[15]，无俾大怠[16]。	不要随人乱劝酒，害他失礼太胡闹。
匪言勿言[17]，匪由勿语[18]。	别人不问休多嘴，语涉非礼莫乱道。
由醉之言[19]，俾出童羖[20]。	醉汉话儿听不得，胡说公羊没犄角。
三爵不识[21]，矧敢多又[22]。	限饮三杯也不懂，何况多喝更糟糕。

注释

1 威仪：仪容行为。反(bǎn)反：庄重而谨慎的样子。

2 幡幡：轻佻不庄重的样子。

3 舍：离开。坐：座位。迁：移动。

4 仙仙：同“跹跹”，舞姿轻盈的样子。

5 抑抑：谨慎而严肃的样子。

6 怭(bì)怭：轻薄而粗鄙的样子。

7 秩：规矩。

8 号:大叫。 呶(náo):喧哗。
9 僛(qī)僛:身体歪歪斜斜的样子。
10 邮:同“訧”,过失。
11 侧弁:歪戴着帽子。 俄:倾斜。
12 傞(suō)傞:醉舞盘旋不停的样子。
13 伐德:败德、缺德。
14 记事、记言的史官,负责记载宴会情况。
15 式:发语词。 从:跟着。 谓:指劝酒。
16 大:同“太”。 怠:怠慢失礼。
17 上“言”字:讯问。
18 由:法式。
19 由:听从。
20 俾:同“譬”,比如。 童:秃顶。 羖(gǔ):黑色公羊。
21 三爵:三杯。 古代君臣小宴的礼节,以三爵为度。 不识:不知三爵为度之礼。
22 矧(shěn):何况。 多又:又超过三爵多喝。

鱼藻之什

鱼藻

导读

《毛序》:“《鱼藻》,刺幽王也。言万物失其性,王居镐京,将不能以自乐,故君子思古之武王焉。”今人一般认为这是赞美周王在镐京宴饮安乐的诗。云“王在镐”,当是西周的作品。方玉润《诗经原始》:“此镐民私幸周王都镐而祝其永远在兹之词也。”他认为诗是人民所作。故诗的风格带有“细民声口”。张廷杰《诗序解》:“是篇写鱼之乐,藻蒲相依,悠然自得。盖兴王之在镐,颇安所居。其体近乎《风》。”方、张之说,均颇有理,录以备考。

设问在《诗经》中是常见的一种修辞手法,如《桑中》“云谁之思?美孟姜矣”。他思念谁?那美好的孟姜。这是有答案的。《伐檀》:“不稼不穑,胡取禾三百廛兮?”领主不种田,如何会有三百廛的禾?虽无答案,但人人都知道这是从剥削来的。不论有答案或无答案的设问,都需用两句诗加以渲染。《鱼藻》诗人所歌唱的“鱼在在藻”“王在在镐”,却在一句中既提出问又作了答,这种设问形式,在《诗经》中实属创格。简短的四字句,却将“鱼”和“王”所在的地方——水藻、镐京速写出来,好像使人看见水底鱼游、首都王乐的一幅景象。

原文

鱼在在藻[1],有颁其首[2]。
王在在镐[3],岂乐饮酒[4]。

鱼在在藻,有莘其尾[5]。
王在在镐,饮酒乐岂。

鱼在在藻,依于其蒲[6]。
王在在镐,有那其居[7]。

译文

水藻丛中鱼藏身,不见尾巴见大头。
周王住在镐京城,逍遥快乐饮美酒。

水藻丛中鱼儿藏,长长尾巴左右摇。
镐京城中住周王,喝喝美酒乐陶陶。

鱼儿藏在水藻中,贴着蒲草岸边游。
周王在镐住王宫,居处安乐好享受。

注释

1 第二个"在"是介词,相当于"于"。藻:隐花植物的一类。

2 有颁(fén):颁颁,头大的样子。

3 镐:镐京,西周都城,在今陕西西安市西。

4 岂乐:欢乐。岂,同"恺"。

5 有莘(shēn):莘莘,尾巴长的样子。

6 蒲:蒲草,一种水生植物。

7 有那(nuó):那那,安逸的样子。

采菽

导读

《毛序》:“《采菽》,刺幽王也。侮慢诸侯。诸侯来朝,不能锡命以礼,数征会之,而无信义,君子见微而思古焉。”而实际上这是赞美诸侯来朝,周王赏赐诸侯的诗。姚际恒《通论》:“大抵西周盛王,诸侯来朝,加以锡命之诗。”张廷杰《诗序解》:“此诗写王者锡诸侯命服颇谦虚,当是诸侯来朝,人君致礼。诗人睹此情景,慨然而赋,于以见盛世之象焉。”姚、张二氏都认此诗作于西周盛世,其说近是。

此诗共五章,除第三章外,其他四章都以山野之物起兴,如首章的方筐圆筥采菽忙,二章的槛泉之旁芹菜香,四章的柞树枝叶密蓬蓬,五章的杨木船儿河中漾,所咏都很清新淡雅,类乎《国风》;而接着记叙“君子来朝”“天子所予”的场面,又极庄重华贵,确是《雅》诗声口。这种兴句和下文风格迥不相侔的形式,方玉润评为“事极典重而起极轻微”。他由此认为诗“非出自朝廷制作,乃草野歌咏其事而已”。虽然方说未必其然,但这种比兴手法的变格还是很新奇而有趣的。读者可将此诗与《彤弓》对看,更耐咀嚼。

原文	译文
采菽采菽[1],筐之筥之[2]。	采大豆呀采豆忙,方筐圆筐往里装。
君子来朝[3],何锡予之[4]?	诸侯来朝见我王,天子用啥去赐赏?
虽无予之[5],路车乘马[6]。	纵使没有厚赏赐,一辆路车四马壮。
又何予之?玄衮及黼[7]。	此外还有什么赏?花纹礼服画龙裳。
觱沸槛泉[8],言采其芹[9]。	在那翻腾涌泉旁,采下芹菜味儿香。

君子来朝,言观其旂[10]。	诸侯来朝见我王,遥看龙旗已在望。
其旂淠淠[11],鸾声嘒嘒[12]。	旗帜飘飘随风扬,铃声不断响叮当。
载骖载驷[13],君子所届[14]。	三马四马各驾车,诸侯乘它到明堂。
赤芾在股[15],邪幅在下[16]。	红皮蔽膝垂到股,绑腿斜缠小腿上。
彼交匪纾[17],天子所予。	不急不慢风度好,这是天子所奖赏。
乐只君子[18],天子命之[19]。	诸侯公爵真快乐,天子策命赐嘉奖。
乐只君子,福禄申之[20]。	诸侯公爵真快乐,洪福厚禄从天降。
维柞之枝[21],其叶蓬蓬[22]。	柞树枝条长又长,叶子茂密多兴旺。
乐只君子,殿天子之邦[23]。	诸侯公爵真快乐,辅佐天子镇四方。
乐只君子,万福攸同[24]。	诸侯公爵真快乐,万种福禄都安享。
平平左右[25],亦是率从[26]。	左右臣子很能干,顺从君命国安康。
泛泛杨舟[27],绋缅维之[28]。	杨木船儿河中漾,系住不动靠船缆。
乐只君子,天子葵之[29]。	诸侯公爵真快乐,天子准确来衡量。
乐只君子,福禄膍之[30]。	诸侯公爵真快乐,厚赐福禄有嘉奖。
优哉游哉[31],亦是戾矣[32]。	优游闲适过日子,生活安定清福享。

注释

1 菽:大豆。

2 筐:方形的盛物竹器。 筥:圆形的盛物竹器。

3 君子:指诸侯。

4 锡:赐。

5 虽:即使。

6 路车:古代诸侯坐的一种车子。 乘马:四匹马。

7 玄衮:画着卷龙的黑色礼服。 黼(fǔ):画着黑白相间的斧形花纹的礼服。

8 觱(bì)沸:泉水涌出翻腾的样子。槛:借为"滥",涌。
9 言:语首助词。芹:芹菜。
10 旂:古时旗的一种,旗上有铃,画有蛟龙。
11 淠(pèi)淠:旗帜飘动的样子。
12 鸾:车铃。嘒嘒:车铃声。
13 载:则,就。骖:一车驾三马。驷:一车驾四马。
14 届:来到。
15 芾(fú):蔽膝。古制诸侯用赤芾。
16 邪幅:绑腿。在下:在膝盖的下面。
17 彼:通"匪",不是。交:"侥"的假借,侥幸急躁。纾:缓。
18 只:语气词。
19 命之:策命。将命令写在简册上然后宣读。
20 申:重复。指福上加福。
21 维:语首助词。柞:树名。
22 蓬蓬:茂盛的样子。
23 殿:镇定,安抚。
24 攸:所。同:聚。
25 平平:长于口才、办事能干的样子。左右:指左右臣下。
26 亦:发语词。率:遵循。
27 泛泛:漂流的样子。
28 绋:系船的麻绳。缅:拉船用的竹索。维:系。
29 葵:通"揆",估量。指估量诸侯的才德。
30 膍(pí):厚,指厚赐。
31 优游:闲暇自得的样子。
32 戾:安定。

角弓

导读

《毛序》:“《角弓》,父兄刺幽王也。不亲九族而好谗佞,骨肉相怨,故作是诗也。”这是劝告周王朝贵族不要疏远兄弟亲戚而亲近小人的诗。《汉书·刘向传》向上封事云:“幽、厉之际,朝廷不和,转相非怨。诗人刺之曰:民之无良,相怨一方。”以此诗产生于幽、厉之世,录以备考。方玉润评云:“诗中无刺谗语,唯疏远兄弟而亲近小人,是此诗大旨。”他正确地指出了诗的主题。

此诗共八章,前四章多虚写,后四章多实写,章法严整。方玉润说:“前四章,疏远兄弟难保不相怨,而民且效尤,体多用赋。后四章,亲近小人,以至不顾其后而相残贼,诗纯用比。乃篇法变换处。中间以‘民之无良’一句绾合上下。”方氏指出了此诗结构的特点。并说明前四章多用赋、后四章纯用比的艺术手法,是完全正确的。姚际恒评云:“取喻多奇”。吴闿生《诗义会通》:“旧评云:光怪陆离,眩人心目”,盖指“毋教猱升木,如涂涂附”等比喻句而言。

原文

骍骍角弓[1],翩其反矣[2]。
兄弟昏姻[3],无胥远矣[4]。

尔之远矣,民胥然矣[5]。
尔之教矣,民胥效矣。

此令兄弟[6],绰绰有裕[7];
不令兄弟,交相为瘉[8]。

译文

角弓调和绷紧弦,卸弦就向反面弯。
兄弟骨肉和亲戚,相亲相爱别疏远。

你若疏远亲和眷,人民都会学坏样。
你若言教加身教,人民也会来模仿。

兄弟和好不倾轧,平安和气少闲话;
兄弟关系搞不好,相互残害成冤家。

民之无良[9],相怨一方。	如今人们不善良,不责自己怨对方。
受爵不让,至于已斯亡[10]。	接受官爵不谦让。事关私利道理忘。
老马反为驹[11],不顾其后。	老马反当驹使唤,后果如何你不管。
如食宜饇[12],如酌孔取[13]。	如请吃饭请吃饱,如请喝酒该斟满。
毋教猱升木[14],如涂涂附[15]。	猴子上树哪用教,泥浆涂墙粘得牢。
君子有徽猷[16],小人与属[17]。	只要君子有美政,人民自会跟着跑。
雨雪瀌瀌[18],见晛曰消[19]。	纷纷雪花满天飘,太阳出来就融消。
莫肯下遗[20],式居娄骄[21]。	小人对下不谦虚,态度神气耍骄傲。
雨雪浮浮[22],见晛曰流[23]。	纷纷雪花飘悠悠,太阳一出化水流。
如蛮如髦[24],我是用忧[25]。	小人无知像蛮髦,为此使我心烦忧。

注释

1 骍骍:调和的样子。 角弓:两端镶牛角的弓。

2 翩其:即"偏其",偏偏,反过来弯曲的样子。 翩,"偏"字的假借。

3 昏姻:即"婚姻",这里指异姓的亲戚。

4 胥:通"疏"。

5 胥:都。 然:如是,这样。

6 此:这些。 令:善,指兄弟关系好。

7 绰绰:宽裕舒缓的样子。 有裕:裕裕,气量宽大的样子。

8 瘉(yù):病。

9 民:当作"人"。

10 至于已:临到自己身上。 斯:语助词。 亡:通"忘"。

11 驹:小马。

12 饇(yù):饱。

13 酌:喝酒。 孔取:多给。

14 毋:发声词,无义。猱(náo):猴子。升木:上树。

15 如:而。涂:泥土。涂附:用泥浆涂在上面。

16 徽:美好。猷:道。指修养、本事。

17 小人:指人民。与:从。属:跟随。

18 雨雪:下雪。瀌瀌:雪大的样子。

19 见晛(xiàn):合二字叠韵成义,太阳初升,天气清明的样子。曰:同“聿”,语助词。

20 遗:随顺。

21 式:发语词。居:通“倨“,傲慢。娄:“屡”的假借字,屡次。

22 浮浮:与“瀌瀌”同义。

23 流:指雪化成流水。

24 蛮:周人称南方的部族为南蛮。髦:古代西南的部族名。这儿以蛮髦比小人的无知粗野。

25 是用:因此。

菀柳

导读

《毛序》:"《菀柳》,刺幽王也。暴虐无亲,而刑罚不中,诸侯皆不欲朝,言王者之不可朝事也。"一般认为这是一位被周王流放的大臣的怨诗。他曾得周王信任,商议过国政,后被撤职流放,因此充满了不平。吴闿生《诗义会通》说:"此诗当为刺幽之作,《序》前三语得之。后二语则非。诗中并无不欲朝王及言王不可朝之义,不知作《序》者从何得此异说。此乃有功获罪之臣,作此以自伤悼。"吴氏驳《序》"诸侯不欲朝"的臆说,并据诗的内容说明主题,最合诗旨。

《菀柳》诗人善于运用比兴艺术手法,首章和次章以枯柳不可止息,兴在王朝做官的不可依靠。末章以鸟之高飞至天,尚可测度,兴周王变化无常,令人莫测。他曾被国王信任,参加治理国事,忽而被流放边疆,这种愤懑之情,在比兴句中都歌唱出来,发泄其不平之气。使后世读者亦掬同情之泪。

原文	译文
有菀者柳[1],不尚息焉[2]。	柳树枯萎叶焦黄,莫到树下去乘凉。
上帝甚蹈[3],无自暱焉[4]。	周王喜怒太无常,莫去做官惹祸殃。
俾予靖之[5],后予极焉[6]。	当初邀我商国事,而今贬我到异乡。
有菀者柳,不尚愒焉[7]。	柳树枯萎枝叶稀,莫到树下去休息。
上帝甚蹈,无自瘵焉[8]。	周王喜怒太无常,莫去做官找晦气。
俾予靖之,后予迈焉[9]。	当初邀我商国事,而今流放到边地。
有鸟高飞,亦傅于天[10]。	鸟儿展翅高飞翔,最高不过到天上。

彼人之心[11]，于何其臻[12]？	那人心思难捉摸，到啥地步怎估量？
曷予靖之[13]，居以凶矜[14]？	为啥邀我商国事，却置我于凶险场？

注释

1 菀(wǎn)：通"苑"，枯萎。

2 不尚：含有不可之意。

3 上帝：指周王。 蹈：喜怒变动无常之意。

4 昵：病。

5 俾：使。 靖：谋划、治理。 之：指国事。

6 极："殛"的假借字，放逐。

7 愒(qì)：休息。

8 瘵(zhài)：病。

9 迈：行。 指放逐。

10 傅：至，到。

11 彼人：指周王。

12 臻：至。

13 曷：为什么。

14 以：于。 矜：危。 指危险的境地。

都人士

导读

《毛序》:"《都人士》,周人刺衣服无常也。古者长民,衣服不贰,从容有常,以齐其民,则民德归一,伤今而不复见古人也。"这其实是周都的一首恋歌,写的是都人士和君子女的恋情。关于此诗的主题,历代学者说各不一,归纳起来,约有三说:一、认为是刺诗。以《毛序》为代表;二、认为它是怀旧之作。朱熹《诗集传》:"乱离之后,人不复见昔日都邑之盛,人物仪容之美,而作此诗以叹惜之也。"三、认为首章是逸诗。王先谦《集疏》:"此诗毛氏五章,三家皆止四章。《孔疏》云:《左》襄十四年《传》引此诗'行归于周,万民所望'二句,服虔曰:逸诗也。《都人士》首章有之。《礼·缁衣》郑注云:《毛诗》有之,三家则亡。今《韩诗》实无此首章。细味全诗,二、三、四、五章士女对文,此章单言士,并不及女,其词不类。且首章言'出言有章',言'行归于周,万民所望',后四章无一语照应,是明明逸诗孤章。毛以首二句相类,强装篇首。观其取《缁衣》文作序亦无谓甚矣。"按前二说根据首章立说,似不可从。《熹平石经·鲁诗》残石《都人士》篇亦无首章,王说可信。兹分析四章诗的内容,确定其主题如上。

此诗有两个意象:一个是都人士,一个是君子女。君子之女名尹吉,当然是贵族。都人士戴着莎草编的笠、黑布的帽。据《士冠礼》,缁撮是士所戴的冠,他可能是一位"士"。士和女是什么关系呢?我们认为诗中的"我"即都人士,即诗人自己。第二章"谓之尹吉"下,接着便唱"我不见兮,我心苑结"。第三章"我不见兮,言从之迈"。末章"我不见兮,云何盱矣"。从这几个句子里,便可体会诗人不见尹吉的苦闷悲伤情怀。他确是一位钟情的诗人。诗人如何写尹吉呢?重点是在她的头发上着墨。她的头发是密直的,两鬓像蝎尾似的往上翘,翘得自然娴雅。描绘了这位少女不加修饰的天然美。诗人如何写都人士呢？重点在他的笠帽和冠带上着墨。莎草的笠，黑布的冠，冠旁塞耳镶上宝石，冠带余余下垂，像绸条般在飘。描绘了这位年轻书生走路轻盈的美。方玉润评曰："写带、发一层，风致翩然，令人神往。""诗全篇只咏服饰之美，而其人之风度端凝、仪容秀丽自见。"的确，我们今天重读此诗，觉得这两位士和女，好像是美的象征。

原文

彼都人士[1]，狐裘黄黄[2]。
其容不改[3]，出言有章[4]。
行归于周[5]，万民所望[6]。

彼都人士，台笠缁撮[7]。
彼君子女[8]，绸直如发[9]。
我不见兮，我心不说[10]。

彼都人士，充耳琇实[11]。
彼君子女，谓之尹吉[12]。
我不见兮，我心苑结[13]。

彼都人士，垂带而厉[14]。
彼君子女，卷发如虿[15]。
我不见兮，言从之迈[16]。

匪伊垂之[17]，带则有余。
匪伊卷之，发则有旟[18]。
我不见兮，云何盱矣[19]！

译文

那位先生真漂亮，狐皮袍子罩衫黄。
他的容貌没变样，讲话出口就成章。
将要回到镐京去，万千人们心仰望。

那位先生真时髦，戴着草笠黑布帽。
那位姑娘好容貌，头发密直真俊俏。
不能见到姑娘面，心中郁闷多苦恼。

那位先生真漂亮，充耳宝石坚又亮。
那位美丽好姑娘，芳名尹姞叫得响。
不能见到姑娘面，心中忧郁实难忘。

那位先生真时髦，冠带下垂两边飘。
那位姑娘真美貌，鬓发卷如蝎尾翘。
不能见到姑娘面，真想跟她在一道。

不是故意垂冠带，冠带本来细又长。
不是故意卷鬓发，鬓发天生高高扬。
不能见到姑娘面，心中怎么不悲伤！

注释

1 都人:美人。

2 黄黄:形容狐皮袍上的罩衫颜色。

3 容:容貌态度。

4 章:有系统的辞藻。

5 行:将。周:指周都镐京。

6 望:仰望。

7 台笠:沙草编的草帽。台,通“苔”,沙草。缁撮:黑布制成的束发小帽。缁,黑色的绸或布。

8 君子:指贵族。君子女,贵族小姐。

9 绸:发多的样子。直:发直。如:乃、其。这句相当于说“其发绸直”。

10 说:通“悦”。

11 充耳:冠旁的耳饰物,亦名瑱。琇:美石。实:坚。

12 尹吉:吉,读为“姞”。可能是这位女子的夫家姓尹,母家姓姞。

13 苑(yùn)结:即郁结,心中忧郁成结。

14 垂带:下垂的冠带。而:音义同“如”。厉:当作“裂”,绸布条。

15 卷发:女子两鬓旁边向上卷曲的短发。虿(chài):蝎子。蝎行走时尾部向上翘,诗人用它比作卷发。

16 言:语首助词。迈:行。

17 匪:非。伊:是。

18 有旟:旟旟,扬起的样子。

19 盱(xū):忧伤。

采绿

导读

《毛序》:“《采绿》,刺怨旷也。幽王之时多怨旷者也。”从诗的本义看,这是一位妇女思念外出的丈夫的诗。朱熹《诗集传》:“妇人思其君子。”《诗序辨说》:“此诗怨旷者所自作。”方玉润:“妇人思夫,期逝不至也。幽王之时,政烦赋重,征夫久劳于外,逾时不归,故其室思之如此。”朱、方二氏都简要地说明了诗旨,并指出作者是思妇。严粲《诗辑》:“去时约以五日而归,今六日而不见,时未久而怨,何也?古者新昏三月不从政。此新昏者之怨辞也。”严氏据“六日不至”句,疑诗人为新婚者,说颇有致。

诗共四章,前两章是诗人正在采绿采蓝时思夫的歌唱。她不说无心采草而说不盈一掬一襜;她不说丈夫逾期不归而说“予发曲局”“六日不詹”。通过这些具体动作和形象的描写,来表达殷切的思夫之情。吴闿生《诗义会通》引旧评云:“‘予发曲局’句接法不测。”我们可以这样想象:丈夫和她约好五天就回家,这位新婚少妇等了一天,第六天早上去采草,头发也无心梳洗。忽然,她记起来了,如醉如痴地奔回家洗头,生怕丈夫回来看了不像样。以这种心理活动为线索去理解“予发曲局”句,就不会觉得“接法不测”了。当然,思妇将自己的痴情是表现得非常委婉隐曲的。三、四两章中,诗人带着凄惋的心情展开了想象的翅膀。她想象丈夫如果打猎,我就替他装弓袋;如果钓鱼,我就替他缠钓绳,永不分离。他钓了鳊鱼,又钓了鲢鱼,鱼真多呵!想象是空幻的,然而写得如闻如见。姚际恒说:“只承钓言,大有言不尽意之妙。”吴闿生说:“三、四章归后着想,真乃肠一日而九回。结句余音袅袅。”这些评语都道出了诗人想象的奇妙。

原文

终朝采绿[1],不盈一匊[2]。
予发曲局[3],薄言归沐[4]。

终朝采蓝[5],不盈一襜[6]。
五日为期,六日不詹[7]。

之子于狩[8],言韔其弓[9]。
之子于钓,言纶之绳[10]。

其钓维何[11]?维鲂及鱮[12]。
维鲂及鱮,薄言观者[13]。

译文

整个早上采荩草,采了一捧还不到。
我的长发乱糟糟,回去洗头梳梳好。

蓝草采了一早上,撩起衣襟兜不满。
丈夫约好五天归,如今六天仍不还。

丈夫如果想打猎,我就为他装弓箭。
丈夫如果想钓鱼,我就陪他缠钓线。

丈夫钓的什么鱼?既有花鲢又有鳊。
既有花鲢又有鳊,他钓我看意绵绵。

注释

1 绿:草名,即荩草,可以染黄。
2 盈:满。匊(jū):古"掬"字,一捧。
3 曲局:卷曲。
4 薄言:语助词。沐:洗头发。
5 蓝:草名,可以染青。
6 襜(chān):衣服的前襟。
7 詹:到。
8 之子:指丈夫。于:往。狩:打猎。
9 言:发语词。韔(chàng):弓袋。此作动词,装进。
10 纶:钓绳,此作动词,纠缠。之:其。
11 维:是。
12 鲂:鳊鱼。鱮(xù):鲢鱼。
13 者:通"诸","之乎"二字的合音。

黍苗

导读

《毛序》:"《黍苗》,刺幽王也。不能膏润天下,卿士不能行召伯之职焉。"周宣王封申伯于谢,派遣召伯率领人众去谢营造城邑。这首诗实为随从召伯建设申国的人完成任务后在归途中所唱的歌。朱熹《诗集传》:"宣王封申伯于谢,命召穆公往营城邑,故将徒役南行,而行者作此。"刘玉汝《诗缵绪》:"此行者归而作此诗。其曰我,故知为行者所作。曰归哉、归处,曰成之、有成,故知其归而作。《黍苗》为营谢方毕而归之诗,《崧高》为营谢既成,申伯出封之诗。"二说皆是。

此诗共五章。第二章、第三章写夫役、士卒因建谢事成而思归。诗人的语言很简洁,写夫役,只用任、辇、车、牛四字;写士卒,只用徒、御、师、旅四字。但又很形象,二、三章连用十个"我"字,使随从召伯建谢人员众多的气势,跃跃纸上,让人好像在朦胧中看见那浩大的工程。召伯营谢工程为什么这样快速成功呢?第四章就说由于有威武的南行群众,他是能够调动群众积极性的。第一章就说他慰劳群众,就像蓬勃的黍苗,得到阴雨滋润一般。他建谢是为了宣王报母舅申伯之恩,谢建成了,王心则宁。塑造了召伯忠君爱国、善于发挥群众力量的大臣形象。陈廷杰《诗序解》云:"是篇叙召穆公营谢,词颇蕴藉,亦近乎《风》者,皆宣王全盛时诗。"我们从诗的作者及风格来看,陈氏"近乎《风》"的评语,是很恰当的。

原文	译文
芃芃黍苗[1],阴雨膏之[2]。	黍苗蓬勃多喜人,全靠好雨来滋润。
悠悠南行[3],召伯劳之[4]。	南行虽然路遥远,召伯慰劳暖人心。
我任我辇[5],我车我牛[6]。	有的拉车有的扛,马车牛车运输忙。
我行既集[7],盖云归哉[8]!	建筑谢城已完工,何不大家回家乡!
我徒我御[9],我师我旅[10]。	你走路来我驾马,编好队伍就出发。
我行既集,盖云归处[11]。	建筑谢城已完工,何不回乡安居家!
肃肃谢功[12],召伯营之[13]。	快速修建谢邑城,召伯苦心来经营。
烈烈征师[14],召伯成之[15]。	出工群众真热烈,召伯用心组织成。
原隰既平[16],泉流既清。	高地低地已治平,泉水河流都疏清。
召伯有成[17],王心则宁。	召伯大功已告成,宣王欢喜心安宁。

注释

1 芃(péng)芃:草木茂盛的样子。

2 膏:润泽。

3 悠悠:遥远的样子。

4 召伯:即召穆公,周厉王、宣王、幽王时的大臣。 劳:慰劳。

5 任:背负。 辇:拉车。

6 车:驾马车。 牛:驾牛车。

7 集:完成。

8 盖:通“盍”,何不。 云:语中助词。

9 徒:步行。 御:驾驭车马。

10 师、旅:带领一师和一旅的军队。

11 归处:回家安居。

12 肃肃:快速的样子。 谢:邑名,在今河南信阳。 功:通“工”,工程。

13 营:经营。

14 烈烈:火热的样子。

15 成:组成。

16 原:高平之地。 隰:低湿之地。 平:治理。

17 有成:成功。

隰桑

导读

《毛序》:“《隰桑》,刺幽王也,小人在位,君子在野,思见君子尽心以事之。”其实这只是一位妇女思念丈夫的诗。朱熹《诗集传》:“此喜见君子之诗。词意大概与《菁莪》相类。然所谓君子,则不知其何所指矣。”陈启源《稽古编》:“《隰桑》思君子,犹《丘中有麻》之思留子也。《隰桑》诗音节略与《风雨》同。使编入《国风》,朱子定以为淫诗也。”按《丘中有麻》和《风雨》都是情诗,可见陈氏是从诗的内容和形式去分析它的主题的。今人余冠英《诗经选译》认为此诗是一个女子的爱情自白。按诗用隰桑起兴,可能是妇女所作。刘向《列女传》引“既见君子,德音孔胶”两句诗云:“夫妇人以色亲,以德固。”可见他也认为诗是妇女的作品。

《尚书·尧典》:“诗言志,歌永言。”《诗大序》:“诗者,志之所之也。在心为志,发言为诗。”刘勰《文心雕龙·明诗篇》:“诗者,持也。持人性情。”他们所谓“志”“性情”,都指思想感情而言。感情是诗歌的要素之一,诗人心有所感触,便会歌唱起来。《隰桑》诗人思念她外出的丈夫,在采桑的当儿,触动了她思夫之情,便歌唱起来。她想象见到丈夫,说不尽怎样的快乐,丈夫的甜言蜜语、炽热的表爱,怎么不使她心醉啊!末章是她幻想向丈夫表爱,对自己说:既然我心在爱他,为什么不告诉他呢?我心中爱他,哪一天会忘记他呢?余音绕梁,洋溢着真挚至诚的爱的气氛。使两千多年后的读者不禁为之动容。龚橙《诗本谊》将此诗列入《风》内,是有其深意的。

原文

隰桑有阿[1],其叶有难[2]。
既见君子[3],其乐如何!

隰桑有阿,其叶有沃[4]。
既见君子,云何不乐[5]!

隰桑有阿,其叶有幽[6]。
既见君子,德音孔胶[7]。

心乎爱矣,遐不谓矣[8]?
中心藏之,何日忘之?

译文

低地桑树多婀娜,枝干茂盛叶子多。
如果见了我夫君,我的心里多快活!

低地桑树舞婆娑,叶子柔润又肥沃。
如果见了我夫君,我心怎会不快活!

低地桑树姿态柔,叶子肥厚黑黝黝。
如果见了我夫君,互诉衷情意相投。

我爱你啊在心里,为啥总不告诉你?
思念之情藏心底,哪有一天能忘记?

注释

1 隰桑:长在低湿地里的桑树。阿:通“婀”,柔美的样子。
2 有难(nuó):傩傩,茂盛的样子。难,通“傩”。
3 君子:指丈夫。
4 沃:肥厚柔润。
5 云:发语词,无义。
6 幽:通“黝”,黑色。
7 德音:互诉衷情的好话。孔胶:很牢固。
8 遐:通“何”。谓:告。

白华

导读

《毛序》:“《白华》,周人刺幽后也。幽王娶申女以为后,又得褒姒而黜申后。故下国化之,以妾为妻,以孽代宗。而王弗能治,周人为之作是诗也。”这是一位贵族妇女被人遗弃后所作的怨诗。朱熹《诗集传》:“申后作此诗。”《诗序辨说》:“此事有据,《序》盖得之。但幽后字误,当为申后刺幽王也。”他认为诗的本事是幽王黜申后,不是周人所作,为申后自作。方玉润赞成朱说:“此诗情词凄惋,托恨幽深,非外人所能代。故《集传》以为申后作也。”申后作《白华》,在其他古籍中,均无旁证,只得存疑,姑定其主题如上。

诗共八章,每章前两句全用比兴,借喻寓怨,倾诉幽恨伤怀之情。姚际恒《诗经通论》说:“此诗八章,凡八比,甚奇。”方玉润《诗经原始》说:“全诗皆先比后赋,章法似复,然实创格。”按《邶风·凯风》四章,也是每章用比。这种民歌形式为诗人吸收并加以发展,成为《诗经》中的创格。通过八比的运用,速写了诗人纯洁、痴情、善良、爽直而兼有歌咏才华的意象,也刻画了一个负心寡情的“硕人”意象。方玉润认为“至今读之,犹令人悲咽不能自已”,确是很有感染力的。

原文	译文
白华菅兮[1],白茅束兮[2]。 之子之远[3],俾我独兮!	菅草细细开白花,白茅紧紧捆着它。 恨他变心远离我,使我空房度年华。
英英白云[4],露彼菅茅[5]。 天步艰难[6],之子不犹[7]。	天上白云降甘露,地下菅茅受润濡。 怨我命运太不济,恨他白云还不如。

滮池北流[8]，浸彼稻田。 啸歌伤怀[9]，念彼硕人[10]。	滮池河水向北流，灌溉稻田绿油油。 边哭边唱伤心事，冤家还在我心头。
樵彼桑薪[11]，卬烘于煁[12]。 维彼硕人[13]，实劳我心。	砍那桑枝好柴薪，我烧行灶来暖身。 想起那个壮健汉，实在煎熬我的心。
鼓钟于宫[14]，声闻于外。 念子懆懆[15]，视我迈迈[16]。	宫廷里面敲大钟，钟声尚且传出宫。 想你想得心不安，你却对我怒冲冲。
有鹙在梁[17]，有鹤在林。 维彼硕人，实劳我心。	恶鹙堰头吃鱼腥，白鹤挨饿在树林。 想起那个壮健汉，实在煎熬我的心。
鸳鸯在梁[18]，戢其左翼[19]。 之子无良，二三其德[20]。	堰上鸳鸯雌伴雄，嘴巴插在左翼中。 可恨这人没良心，三心二意爱新宠。
有扁斯石[21]，履之卑兮[22]。 之子之远，俾我疧兮[23]。	扁扁垫石地上摆，石头虽贱他常踩。 恨他变心远离我，相思成病将我害。

注释

1 华：同“花”。 菅(jiān)：茅的一种，又名芦芒。
2 茅：秋天开白花如柳絮，茎叶可搓为绳。
3 之子：那个人，指作者的丈夫。 远：疏远、离弃。
4 英英：云彩轻飘明净的样子。
5 露：濡、滋润。
6 天步：时运。
7 不犹：违背情理。 犹，道理、情理。
8 滮(biāo)池：古河流名。
9 啸歌：号哭而歌。
10 硕人：指丈夫。

11 樵:砍伐。

12 卬(áng):我,古代女子的自称。 烘:烤。 煁(shén):可以移动的小灶,用于烤东西。

13 维:通“惟”,想念。

14 鼓:敲击。

15 懆(cǎo)懆:忧愁不安的样子。

16 视:对待。 迈迈:同“怖怖”,狠怒的样子。

17 有:词头,无义。 鹙(qiū):水鸟,性凶猛残暴。 梁:鱼坝。

18 鸳鸯:雌雄常相伴随,自古以喻佳偶。

19 戢(jí):收敛,这里指鸳鸯把嘴插在翅膀里休息。

20 二三:形容变化多端,无定准。 德:品德,这里也指情意。

21 有扁:即扁扁。 斯:此。 石:乘石,古贵族登车时用的垫脚石。

22 履:踩踏。 卑:低下。

23 疧(qí):忧病。

绵蛮

导读

《毛序》:“《绵蛮》,微臣刺乱也。大臣不用仁心,遗忘微贱,不肯饮、食、教、载之,故作是诗也。”历来对此诗的主题说各不一,王质《诗总闻》:“重臣出行,而下士冗役告劳者也。闻其告劳,而旋生悯心。亦必贤者,是管谢之流也。”据此,细玩诗的内容,断为行役者和大臣对唱的诗。有人认为每章后四句是诗人愿望之词,说亦可通。

此诗三章一意,每章只八句,还是两人的歌唱。却再现了行役者和大臣的形象。行役者在长途跋涉中的劳瘁,他不能快走,且深怕不能抵达目的地,又累又饿,竟羡慕起郊外的黄雀,能自在地停息在小丘上。它有时飞在曲陂上,有时飞在丘边上,是多么自由啊!在这四句歌唱中,我们好像看见一位被迫行役者面容忧郁,拖着疲惫不堪的身躯站立在眼前。他无意中遇见了一位大臣,这位大臣指手画脚地给他饮食教诲,解决了他饥饿和苦闷心情,又让他坐在副车上,解决了他生怕走不到目的地的问题。这位大臣,出行有后车,官位当然不小,却对行役者表示同情,这在《诗经》时代来说是不多的。当我们读了后四句诗,也好像有一位大臣形象站立在眼前。简短的八句,内容却这样丰富,再加上三章的重唱叠咏,在格调上很类似《国风》。

原文

“绵蛮黄鸟[1],止于丘阿[2]。
道之云远[3],我劳如何!”

译文

“黄鸟喳喳不住唱,停在路边山坡上。
道路实在太遥远,奔波劳累真够呛!”

“饮之食之，教之诲之； 命彼后车[4]，谓之载之[5]。”	“给他水喝给他饭，教他劝他要坚强； 副车御夫停一停，让他坐上也不妨。”
“绵蛮黄鸟，止于丘隅[6]。 岂敢惮行，畏不能趋[7]。” “饮之食之，教之诲之； 命彼后车，谓之载之。”	“黄雀喳喳叫得急，山坡角落把脚息。 哪敢害怕走远路，只怕慢了来不及。” “给他喝的给他吃，教他劝他别泄气； 副车御夫停一停，让他坐上别着急。”
“绵蛮黄鸟，止于丘侧。 岂敢惮行，畏不能极[8]。” “饮之食之，教之诲之； 命彼后车，谓之载之。”	“黄雀喳喳叫得欢，停在路旁山坡边。 哪敢畏惧走远路，就怕难以到终点。” “给他喝的给他吃，教他劝他好好干； 副车御夫停一停，让他坐上把路赶。”

注释

1 绵蛮：鸟鸣声。一说是鸟毛文采细密的样子。

2 丘阿：山坡弯曲处。

3 云：句中语助词。

4 后车：后边的车，亦名副车。

5 谓：命、叫。载：装载。二“之”字前一个代后车的御夫，后一个代行役者。

6 隅：角。

7 趋：快走。

8 极：至。

瓠叶

导读

《毛序》:“《瓠叶》,大夫刺幽王也。上弃礼而不能行,虽有牲牢饔饩,不肯用也。故思古之人,不以微薄废礼焉。”朱熹《诗序辨说》云:“《序》说非是,此亦燕饮之诗。”王质《诗总闻》:“当为在野君子相见为礼。”结合诗的内容看来,朱、王之说是正确的。这是下层贵族宴会宾客的诗。诗的作者可能是宴会中的一位客人。

诗首章写主人采瓠叶烧菜,下三章写烧烤兔肉下酒,每章末二句写宾主饮酒,由尝而献而酢而酬,菜肴虽甚简约,但酬酢却很热烈,表现了宾主之间情绪的快乐。张廷杰《诗序解》云:“此诗初言瓠叶以为菹,又以兔侑酒,意虽简俭,有不任欣喜之状。”“欣喜之状”四字,说明了此诗的弦外之音。

原文

幡幡瓠叶[1],采之亨之[2]。
君子有酒,酌言尝之。

有兔斯首[3],炮之燔之[4]。
君子有酒,酌言献之。

有兔斯首,燔之炙之。
君子有酒,酌言酢之[5]。

有兔斯首,燔之炮之。
君子有酒,酌言酬之。

译文

风吹葫芦叶乱翻,采来做菜可佐餐。
主人藏有好陈酒,请客一尝杯斟满。

几只野兔鲜又嫩,有煨有烤香喷喷。
主人藏有好陈酒,斟满一杯敬客人。

几只野兔鲜又嫩,有的烤来有的熏。
主人藏有好陈酒,宾客回敬满杯斟。

几只野兔肥又嫩,有的烤来有的煨。
主人藏有好陈酒,宾主劝酒都干杯。

注释

1 幡幡：犹"翩翩"，反复翻动的样子。

2 亨：同"烹"。

3 首：头、只。

4 炮：用烂泥包连毛的兔、鸡等在炭火上煨熟。燔：烤。

5 酢(zuò)：以酒回敬。

渐渐之石

导读

《毛序》:"《渐渐之石》,下国刺幽王也。戎狄叛之,荆舒不至,乃命将率东征。役久病于外,故作是诗也。"《郑笺》:"役,谓兵士也。"《序》《笺》认为诗是兵士所作,结合诗的内容和风格看来,他们的话似可信。朱熹《诗序辨说》认为"《序》得诗意,但不知果为何时耳。"诗中所说的"东征"是否在幽王时,史乏确证,恐怕还难说。但这是征人在行军路上因慨叹劳苦而作,则是肯定的。

此诗前两章全用赋体,无非山高路远,征途劳苦之意。第三章忽下"有豕白蹢,烝涉波矣。月离于毕,俾滂沱矣"四句(白蹄猪豕涉清波,月近毕星雨滂沱),造语奇峭,惊人耳目。于是注家蜂起,有的以为这四句写既雨之后,有的以为状将雨之前,有的以为描摹实境,有的以为虚拟起兴。方玉润分析道:"此必当日实事。月离毕而大雨滂沱,虽负涂曳泥之豕,亦烝然涉波而逝,则人民之被水灾而几为鱼鳖者可知,即武人之沾体涂足,冒险东征,而不遑他顾者更可见。四句只须倒说,则文理自顺,情景亦真。诗人造句结体与文家迥异,不可以辞而害意也。"方氏的话,不但对这两句诗,而且对整首诗的理解都是颇有启发的。

原文	译文
渐渐之石[1],维其高矣。	满山石头真陡峭,那样危险那样高。
山川悠远,维其劳矣[2]。	山又多来水又遥,日夜行军路迢迢。
武人东征,不皇朝矣[3]。	将帅士兵去东征,军情紧急天未晓。
渐渐之石,维其卒矣[4]。	巉巉怪石堆满山,那样高峻那样险。

山川悠远，曷其没矣[5]？	山又高来水又长，征途何时能走完？
武人东征，不皇出矣[6]。	将帅士兵去东征，勇往直前不想还。
有豕白蹢[7]，烝涉波矣[8]。	有只白蹄大肥猪，跳进水里渡清波。
月离于毕[9]，俾滂沱矣[10]。	月亮靠近毕星边，大雨滂沱积水多。
武人东征，不皇他矣。	将帅士兵去东征，其他事情没空做。

注释

1 渐渐：山石高峻的样子。
2 劳：假借为“辽”。
3 皇：通“遑”，闲暇。朝：早上。
4 卒(zú)：“崒”的假借字，高峻而危险。
5 没：尽头。
6 不皇出：指只知深入敌阵，不计能否生还。
7 蹢(dí)：蹄。
8 烝：进。涉波：渡水，古人传说天将下大雨猪就下水游泳。
9 离：通“丽”，靠近。毕：星宿名，共有八星，以其排列形状像古时田猎用的长柄毕网而得名。
10 滂沱：大雨的样子。古人传说月亮靠近毕星就要下大雨。

苕之华

导读

《毛序》:"《苕之华》,大夫闵时也。幽王之时,西戎东夷交侵中国,师旅并起,因之以饥馑。君子闵周室之将亡,伤己逢之,故作是诗也。"后人多不从毛说,认为这是一位饥民自伤不幸的诗。姚际恒《通论》:"此遭时饥乱之作,深悲其不幸而生此时也。"语简意赅,最得诗旨。诗反映了当时饥馑人相食的惨况。

王照圆《诗说》云:"尝读《诗》至《苕之华》'知我如此,不如无生',二语极为深痛。盖与'尚寐无讹''尚寐无觉'之句(见《王风·兔爰》),同其悲悼也。然苕华芸黄尚未写得十分深痛,至'牂羊坟首,三星在罶',真极为深痛矣,不忍卒读矣。"王氏的评语使我们可以看到诗的特点,即层层深入。首章只说心中忧伤,次章已感到"不如无生"的悲哀,末章更写出即使欲生,也无以为生的绝望。同是写悲惨,程度却一步一步地加深,读者的心也随着一步一步地收紧,终于"不忍卒读",终于"太息弥日",可见其感人之深。

原文	译文
苕之华[1],芸其黄矣[2]。	凌霄藤上繁花放,千朵万朵是深黄。
心之忧矣,维其伤矣。	荒年心里真忧愁,无限痛苦念悲伤!
苕之华,其叶青青[3]。	繁花满枝凌霄藤,花落叶儿密层层。
知我如此,不如无生!	早知做人这般苦,不如当初别出生!
牂羊坟首[4],三星在罶[5],	身瘦头大一雌羊,空空鱼篓闪星光。

人可以食，鲜可以饱[6]！ ‖ 灾荒年头人吃人，可怜还没填饥肠！

注释

1 苕(tiáo)：又名凌霄，蔓生植物，开黄花。

2 芸：黄色深浓的样子。

3 青青：同"菁菁"，茂盛的样子。

4 牂(zāng)羊：母羊。坟：大。母羊本来头较小，因饥饿而身体羸瘦，仅显得头大。

5 三星：三是虚数，泛指星光。罶(liǔ)：鱼篓。篓中无鱼，底面平坦，只映出星光来。

6 鲜：少。荒年人瘦，靠吃人也难以吃饱。

何草不黄

导读

《毛序》:“《何草不黄》,下国刺幽王也。四夷交侵中国,背叛,用兵不息,视民如禽兽。君子忧之,故作是诗也。”朱熹《诗集传》:“周室将亡,征役不息,行者苦之,故作此诗。”是作者即诗中的征夫,他感叹行役之苦而作此诗。

这首诗的末章特别引人瞩目,似乎向读者展示了一组电影结尾的镜头:尾毛蓬松的狐狸出没在路旁深草丛中,征夫们坐着高高的役车,在漫长的大路上渐渐地远去……四句纯是写景,然而景中却渗透了无法掩盖的悲怆气氛。方玉润说:“纯是一种阴幽荒凉景象,写来可畏。所谓亡国之音哀以思,诗境至此,穷仄极矣。”景语亦是情语,诗人的思想感情和景物的形态融合在一起,比“哀我征夫”式的直诉胸臆似乎更能扣紧读者的心弦。

原文

何草不黄,何日不行。
何人不将[1],经营四方。

何草不玄[2],何人不矜[3]。
哀我征夫,独为匪民。

匪兕匪虎,率彼旷野[4]。
哀我征夫,朝夕不暇。

有芃者狐[5],率彼幽草。
有栈之车[6],行彼周道。

译文

哪有草儿不枯黄,哪有一天不奔忙。
哪个人啊不出征,往来经营奔四方。

哪有草儿不腐烂,哪个不是单身汉。
可怜我们出征人,偏偏不被当人看。

不是野牛不是虎,为啥旷野常出入。
可怜我们出征人,整天劳累受辛苦。

狐狸尾巴毛蓬松,钻进路边深草丛。
高高役车征夫坐,走在漫长大路中。

注释

1 将:行。指出征。

2 玄:赤黑色,百草由枯而烂的颜色。

3 矜(guān):通"鳏",无妻者。征夫离家,等于无妻。

4 率:循、沿着。

5 芃(péng):兽毛蓬松的样子。

6 有栈:栈栈,役车高高的样子。

大雅

文王之什

文王

导读

《毛序》:"《文王》,文王受命作周也。"《郑笺》云:"受天命而王天下,制立周邦。"王先谦根据今文家说,认为"文王受命"是指受天命而称王。陈奂则认为是指受天子(即殷纣王)之命而作西伯。这两种说法都有欠缺,原因在于《毛序》的含糊不清。朱熹《诗集传》云:"周公追述文王之德,明周家所以受命而代商者,皆由于此。……文王既没,而其神在上,昭明于天。"清阮元《大雅文王诗解》云:"指文王在天上,故曰'于昭于天',非言初为西伯在民上时也。《传》《笺》皆非。"朱、阮二氏根据诗的内容,认为这是追述周文王德业并告诫殷商旧臣的诗,比《毛序》《郑笺》和王、陈的说法要来得贴切。至于诗的作者,《吕氏春秋·古乐篇》和《后汉书·翼奉传》都认为是周公旦。从诗的口吻来看,倒是可能的。但全诗词句调畅,用韵流利,尤其是已采用了"蝉联格"这样较成熟的修辞手法,同西周前期朴拙简陋的诗风(如《周颂·清庙》《烈文》等)迥不相类,所以很难想象是出于周公之手,恐是西周晚期的作品。

《大雅》皆庙堂祭祀乐章,因此总的格调是庄严肃穆有余,灵秀清丽不足。就这首诗而言,孙鑛《批评诗经》有一段话很能说明问题。他说:"全只述事谈理,更不用景物点注,绝去风云月露之态。然词旨高妙,机轴浑化,中间转折变换略无痕迹,读之觉神采飞动,骨劲色苍,真是无上神品。"孙氏是从正面赞颂其述事谈理的"高妙",但我们如果从反面着眼,便会觉得缺乏形象的说教是无论如何引不起读者多少美感的。这首诗的长处只在于"机轴浑化",即布局颇严整。在歌颂文王的同时,以殷商的臣服为衬托,文势有曲折波澜;首尾以天命相呼应,将"万邦作孚"的气氛渲染得十分庄重。此外,在修辞上创造蝉联格,章与章、句与句之间,文字相互衔接,前后照应,产生了语意联贯和音调和谐的效果。这种手法对后世颇有影响,如《汉乐府·饮马长城窟行》和曹植的《赠白马王彪》诗,都继承了这种修辞格,而且运用得更加纯熟和巧妙。

原文	译文
文王在上[1],於昭于天[2]。	文王神灵在天上,在天上啊放光芒。
周虽旧邦[3],其命维新[4]。	岐周虽是旧邦国,接受天命新气象。
有周不显[5],帝命不时[6]。	周朝前途无限量,上帝意志光万丈。
文王陟降[7],在帝左右。	文王神灵升又降,常在上帝的身旁。
亹亹文王[8],令闻不已[9]。	勤勤恳恳周文王,美好声誉传四方。
陈锡哉周[10],侯文王孙子[11]。	上帝赐他兴周国,文王子孙常兴旺。
文王孙子,本支百世[12]。	文王子孙都繁衍,大宗小宗百世昌。
凡周之士[13],不显亦世[14]。	天子臣仆周朝官,世代显贵沾荣光。

注释

1 文王:周文王昌,姬姓。

2 於:音 wū,叹美声。昭:光明。

3 旧邦,旧国。周从古公亶父由豳迁岐建国,故称周为旧邦。

4 命:指天命。 维:是。
5 有:词头,无义。 不:通“丕”,大。 显:光明。
6 帝命:指上帝命周为天子。 时:美。 马瑞辰《毛诗传笺通释》:“时读为烝,烝,美也。”
7 陟降:升降。
8 亹(wěi)亹:勤勉的样子。
9 令闻:好声誉。
10 陈:“申”的借字,一再、重复。 锡:通“赐”。 哉:通“载”。 载,造。
11 侯:维、只有。
12 本支:树木的根干和枝叶。 引申为本宗和支系之意。
13 士:指周朝的百官群臣。
14 亦世:同“奕世”,累世。

原文	译文
世之不显,厥犹翼翼[1]。	世代显贵沾荣光,谋事谨慎又周详。
思皇多士[2],生此王国。	贤士众多皆俊杰,此生有幸在周邦。
王国克生[3],维周之桢[4]。	周邦能出众贤士,都是国家好栋梁。
济济多士[5],文王以宁。	济济一堂人才多,文王安宁国富强。
穆穆文王[6],於缉熙敬止[7]。	端庄恭敬周文王,谨慎光明又善良。
假哉天命[8],有商孙子。	上天意志多伟大,殷商子孙来归降。
商之孙子,其丽不亿[9]。	殷商子孙繁衍多,数字上亿难估量。
上帝既命,侯于周服[10]。	上帝已经下命令,殷商称臣服周邦。
侯服于周,天命靡常[11]。	殷商称臣服周邦,可见天命并无常。
殷士肤敏[12],祼将于京[13]。	殷人后代美而敏,来京助祭陪周王。
厥作祼将,常服黼冔[14]。	看他助祭行灌礼,冠服仍是殷时装。

原文	译文
王之荩臣[15],无念尔祖[16]。	成王所用诸臣下,牢记祖德永勿忘。

注释

1 厥:其、他的。犹:计谋。翼翼:忠敬的样子。

2 思:语助词。皇:美。

3 克:能。

4 维:是。桢:干、骨干。

5 济济:众多的样子。

6 穆穆:仪表美好,态度端庄恭敬的样子。

7 於:叹美声。缉熙:形容文王品德光明正大的样子。敬:谨慎负责。止:语尾助词。

8 假:大。

9 丽:数目。不:语助词,无义。

10 侯于周服:"侯服于周"的倒文。侯,乃、就。服,臣服。

11 靡常:无常。

12 肤:壮美。敏:敏捷。

13 祼将:将祼。将,举行。祼(guàn),灌祭,祭礼的一种仪式。于:往。京:周京师。

14 常:通"尚",还是。服:穿戴。黼(fǔ):殷商的礼服,上面刺着白黑相间的花纹。冔(xǔ):殷商的礼帽。

15 王:指成王。荩:进。进臣,进用之臣。

16 无:发声词,无义。

原文	译文
无念尔祖,聿修厥德[1]。	牢记祖德永勿忘,继承祖德发荣光。
永言配命[2],自求多福。	常顺天命不相违,要求幸福靠自强。
殷之未丧师[3],克配上帝。	殷商未失民心时,能应天命把国享。

宜鉴于殷[4]，骏命不易[5]。	借鉴殷商兴亡事，国运永昌不寻常。
命之不易，无遏尔躬[6]。	国运永昌不寻常，切勿断送你身上。
宣昭义问[7]，有虞殷自天[8]。	发扬光大好名声，须知殷鉴是天降。
上天之载[9]，无声无臭[10]。	上天意志难猜测，无声无息真渺茫。
仪刑文王[11]，万邦作孚[12]。	只有认真学文王，万国诸侯都敬仰。

注释

1 聿：述。述，循。

2 言：语助词。配命：配合天命。

3 师：众，指群众，军队。

4 鉴：镜子、借鉴。

5 骏：大。

6 遏：停止、断绝。

7 宣昭：宣明、发扬光大。义问：好名誉。义，善。问，通“闻”。

8 有：通“又”。虞：度、鉴戒。

9 载：事。

10 臭：气息、气味。

11 仪刑：效法。

12 作：则、就。孚：信。

大明

导读

《毛序》:"《大明》,文王有明德,故天复命武王也。"《大雅》中有六首诗,叙述周人从始祖后稷创业至建国的历史,具有史诗的性质。这首诗便是其中之一。诗叙述王季和太任、文王和太姒结婚以及武王伐纣的事。《郑笺》:"二圣相承,其明德日以广大,故曰《大明》。"但马瑞辰不同意这样来解释篇名,他说:"《大明》盖对《小雅》有《小明》篇而言。《逸周书·世俘解》:'籥人奏《武》,王入进《万》,献《明明》三终。'孔晁注:'《明明》,诗篇名。'当即此诗。是此诗又以《明明》名篇,盖即取首句为篇名耳。"据马氏考证,此诗原名《明明》,应是武王灭殷后所作的乐歌。

本篇在写作上有两点是值得注意的。其一是首尾的紧密呼应突出了主旨。全诗的重点是武王伐商,首章却以天命难测和殷商失国领起,侧面着墨,隐含主题。二至六章转而叙述王季与文王的婚事,是铺叙闲文的笔法。七、八章始实叙伐商而有天下,照应首章之意,使全诗神完意足。吴闿生《诗义会通》评曰:"首章先凭虚慨叹,神理至为妙远。天位二句借殷事作指点,以喝起下文,而恰与后半收束处密合无间。"其二是记牧野之战不乏佳句。"其会如林"四字将殷军写得十分强大。而"洋洋""煌煌""彭彭",连下三组叠词,则把周人的军威渲染得更加雄壮。尤其是以"鹰扬"形容统帅姜尚的神武气概,使人有难以增减一字之感。我们不禁想起著名的荷马史诗《伊利亚特》中描写特洛伊城下希腊人与特洛伊人的战斗,洋洋万言,穷形尽相。而《大明》描写殷、周牧野决战却只有寥寥数语,粗笔勾画。风格是迥然不同的,效果也各有千秋。详尽的能供人细细咀嚼,简略的可引起浮想联翩,倒也未必能以详略来轩轾它们的高下。

原文

明明在下[1]，赫赫在上[2]。
天难忱斯[3]，不易维王。
天位殷適[4]，使不挟四方[5]。

挚仲氏任[6]，自彼殷商，
来嫁于周，曰嫔于京[7]。
乃及王季[8]，维德之行。
大任有身[9]，生此文王。

维此文王，小心翼翼。
昭事上帝[10]，聿怀多福[11]。
厥德不回[12]，以受方国[13]。

天监在下[14]，有命既集[15]。
文王初载[16]，天作之合。
在洽之阳[17]，在渭之涘[18]。
文王嘉止[19]，大邦有子[20]。

大邦有子，伣天之妹[21]。
文定厥祥[22]，亲迎于渭。
造舟为梁[23]，不显其光[24]。

有命自天，命此文王，
于周于京。
缵女维莘[25]，长子维行[26]，
笃生武王[27]。
保右命尔[28]，燮伐大商[29]。

译文

文王明德四海扬，赫赫神灵显天上。
天命确实难相信，国王也真不易当。
上帝有意王殷纣，却又使他失四方。

挚国任家二姑娘，从那遥远的殷商，
嫁到我们周国来，来到京都做新娘。
她跟王季配成双，专做好事美名扬。
太任怀孕降吉祥，生下这个周文王。

就是这个周文王，小心谨慎很善良。
明白怎样待上帝，招来幸福无限量。
他的德行真不坏，各国归附民所望。

上天监视看下方，天命已经属文王。
文王即位初年间，上天给他配新娘。
新娘住在洽水北，就在莘国渭水旁。
文王将要行婚礼，大国有位好姑娘。

大国有位好姑娘，好比天上仙女样。
定下聘礼真吉祥，文王亲迎渭水旁。
联结木船当桥梁，婚礼显耀真辉煌。

上天有命示下方，命令这个周文王，
周国京师建家邦。
莘国有位好姑娘，她是长女嫁周邦，
婚后生下周武王。
天命所属天保佑，让他出兵伐殷商。

殷商之旅[30],其会如林[31]。	殷商派出军队来,军旗密密树林样。
矢于牧野[32]:“维予侯兴[33],	武王誓师在牧野:“我周兴起军心壮,
上帝临女[34],无贰尔心!”	上帝监视看你们,休怀二心要争光!”
牧野洋洋[35],檀车煌煌[36],	广阔牧野作战场,檀木兵车亮堂堂,
驷騵彭彭[37]。	四马威武又强壮。
维师尚父[38],时维鹰扬[39]。	三军统帅师尚父,好像雄鹰在飞扬。
凉彼武王[40],肆伐大商[41],	协助武王带军队,指挥三军击殷商,
会朝清明[42]!	正逢清早天晴朗!

注释

1 明明:光明的样子。
2 赫赫:显盛的样子。
3 忱:通“谌”,相信。 斯:语助词。
4 適:通“嫡”,即嫡子。 殷嫡:指殷纣王。
5 挟:拥有。
6 挚:殷属国,在今河南汝南。 仲氏:次女。 任:姓。
7 曰:语首助词。 嫔:嫁。 京:指周的京师。
8 王季:太王之子,文王的父亲。
9 大任(tài):即上章的挚仲氏任。 有身:怀孕。
10 昭:明白。
11 聿:语助词。 怀:来、招来。
12 回:邪僻。
13 方国:商代、周初对周围诸侯国的称呼。
14 监:监视。
15 有命:指天命。 有,词头。
16 初载:指文王即位的初年。

17 洽阳:洽水的北岸,即古莘国的所在地。洽,河水名。
18 渭:渭水。涘(sì):水边。
19 嘉止:嘉礼,即婚礼。止,礼。
20 大邦:国。指莘国。子:指莘国国君的女儿。
21 俔(qiàn):好比。妹:少女。
22 文定:定婚。文,礼。指“纳币”之礼。
23 造舟为梁:联舟以成浮桥。
24 不:通“丕”,大。
25 缵(zuǎn):“瓒(zàn)”的假借,美好。维:是。莘(shēn):古国名。
26 长子:即长女,指太姒。维行:即有行,出嫁。
27 笃:语助词。
28 保右:即保佑。命:命令。尔:指武王。
29 燮伐:即袭伐。燮,“袭”的假借字。
30 旅:军队。
31 会:军中之旗。
32 矢:发誓。牧野:殷商郊外地名,在今河南淇县西南。
33 维:发语词。予:武王自称。侯:是。兴:兴起。
34 临:监视着。女:汝,指参加誓师的军队。
35 洋洋:广大的样子。
36 檀车:檀木制的战车。煌煌:鲜明的样子。
37 騵(yuán):赤毛白腹的马。彭彭:强壮有力的样子。
38 师:太师,官名。尚父:吕尚的尊称。即姜太公。
39 时:是。
40 凉(liàng):辅佐。
41 肆伐:进袭。
42 会:正好遇上。清明:指早上天气晴朗,利于进攻。

绵

导读

《毛序》:"《绵》,文王之兴,本由太王也。"他概括地叙述了诗的主题。这也是周民族的史诗之一。诗从古公亶父(即太王)迁到岐山叙起,描写他开国奠基的功业;一直写到文王能继承古公遗烈,修建宫室,平定夷狄,外结邻邦,内用贤臣,使周族日益强大。《孟子·梁惠王下》:"昔者大王居邠,狄入侵之。事之以皮币,不得免焉;事之以犬马,不得免焉;事之以珠玉,不得免焉。乃属其耆老而告之曰:'狄人之所欲者,吾土地也。吾闻之也:君子不以其所以养人者害人。二三子何患乎无君?我将去之。'去邠,逾梁山,邑于岐山之下居焉。邠人曰:'仁人也,不可失也。'从之者如归市。"孟子的话,同《绵》的叙述正可互相印证。

从评价叙事诗的角度来看,诗人的笔端可谓开阖自如。首章从周民初兴,直写到太王之世,寥寥数语,便勾勒出一幅历史长卷。以"绵绵瓜瓞"领起,以"陶复陶穴"作结,娓娓道来,好似漫不经心,却显得古趣盎然,带着疏逸的美。五、六、七章写建立宗庙宫室门社,着意渲染,甚至连夯土的动作、削墙的声音,都描绘得如闻如见,真可谓历历详备,紧凑细密。如此疏密相间,正如大羹之用盐梅,点缀得恰到好处。再加上第八章不着痕迹的转折和末章奇妙的结语,使全诗读来饶有姿态,顾盼快意。

原文	译文
绵绵瓜瓞[1],民之初生[2], 自土沮漆[3]。	大瓜小瓜藤蔓长,周族人民初兴旺, 从杜来到漆水旁。
古公亶父[4],陶复陶穴[5], 未有家室[6]。	古公亶父功业创,挖洞筑窑风雨挡, 没有宫室没有房。

古公亶父，来朝走马[7]。
率西水浒[8]，至于岐下[9]。
爰及姜女[10]，聿来胥宇[11]。

古公亶父迁居忙，清早快马离豳乡；
沿着渭水向西走，岐山脚下土地广。
他与妻子名太姜，勘察地址好建房。

周原膴膴[12]，堇荼如饴[13]。
爰始爰谋[14]，爰契我龟[15]；
曰止曰时[16]，筑室于兹。

周原肥沃又宽广，堇葵苦菜像饴糖。
大伙计划又商量，刻龟占卜望神帮；
神灵说是可定居，此地建屋最吉祥。

注释

1 绵绵：连绵不绝。瓞(dié)：小瓜。

2 民：指周族。

3 自：从。土：又作“杜”，水名。沮：“徂”的借字，到。漆：水名。

4 古公亶父：文王的祖父。古公，号。亶父，名或字。

5 陶：借为“掏”。复：又作“寝”。从山崖旁往里掏的洞叫寝，如窑洞。向下掏的洞叫穴，即地洞。

6 家室：房屋。

7 来朝：第二天早上。走马：驰马。

8 率：循、沿着。西：豳之西。浒：水边，指渭水岸边。

9 岐下：岐山之下。

10 爰：乃。姜女，古公亶父的妻，姓姜，亦称太姜。

11 聿：发语词。胥：相、视察。宇：居处，指建房的地址。

12 周：地名，在岐山南。原：广平的土地。膴膴：肥美。

13 堇(jǐn)：亦名苦堇、堇葵，味苦。荼：苦菜。饴(yí)：俗称麦芽糖。

14 爰：于是。始：和“谋”同义，都是计划的意思。

15 契：钻刻。龟：占卜用的龟甲。龟甲先要钻孔，然后用火烤以断吉凶。

16 曰：发语词。止：居住。时：和“止”同义。

原文

乃慰乃止[1],乃左乃右[2];
乃疆乃理[3],乃宣乃亩[4]。
自西徂东,周爰执事[5]。

乃召司空[6],乃召司徒[7],
俾立室家[8]。
其绳则直[9],缩版以载[10],
作庙翼翼[11]。

捄之陾陾[12],度之薨薨[13],
筑之登登[14],削屡冯冯[15]。
百堵皆兴[16],鼛鼓弗胜[17]。

译文

这才安心住岐乡,这边那边同开荒:
丈量土地定田界,翻地松土垄成行。
从西到东一片地,男女老少干活忙。

找来司空管工程,人丁土地司徒掌,
他们领工建新房。
拉开绳墨直又长,树起夹板筑土墙,
建成宗庙好端庄。

铲土嘈嘈掷进筐,倒土轰轰声响亮,
捣土一片登登声,刮刀乒乒削平墙。
百堵土墙齐动工,声势压倒大鼓响。

注释

1 慰:安居。
2 左、右:指划定左右区域。
3 疆:划定田地的疆界。 理:整治土地。
4 宣:用农具开垦土地并松土。 亩:开沟筑垄。
5 周:普遍。 爰:语助词。 执事:从事工作。
6 司空:掌管建筑工程的官。
7 司徒:掌管土地和调配劳力的官。
8 俾:使。 立:建立,即建筑。
9 绳:指绳墨,建筑前用它正地基经界。
10 缩版:直版。 载:筑墙用的长版,引申为动词“树立”。
11 庙:宗庙。 翼翼:严正的样子。
12 捄(jū):把土铲进筐里。 陾(réng)陾:铲土声。

13 度(duó):投,指投土在直版里。薨薨:填土声。

14 筑:捣土使墙坚实。登登:捣土声。

15 削屡:将土墙隆起的地方刮平。屡,古"娄"字,土墙隆起的地方。冯(píng)冯:刮土墙声。

16 百堵:许多墙面。兴:动工。

17 鼛(gāo)鼓:大鼓名。弗胜:胜不过。

原文

乃立皋门[1],皋门有伉[2]。
乃立应门[3],应门将将[4]。
乃立冢土[5],戎丑攸行[6]。

肆不殄厥愠[7],亦不陨厥问[8]。
柞棫拔矣[9],行道兑矣[10]。
混夷駾矣[11],维其喙矣[12]。

虞芮质厥成[13],
文王蹶厥生[14]。
予曰有疏附[15],
予曰有先后[16],
予曰有奔奏[17],
予曰有御侮[18]。

译文

建起周都外城门,城门高大好雄壮。
建起宫殿大正门,正门庄严又堂皇。
堆起土台作祭坛,大众祈祷排成行。

狄人怒气虽未消,文王声誉并无伤。
柞棫野树都拔尽,交通要道无阻挡。
昆夷夹着尾巴逃,气喘吁吁狼狈相。

虞国芮国不再相争,
文王感化改其本性。
我有贤臣相率来附,
我有人才参预国政,
我有良士奔走效力,
我有猛将克敌制胜。

注释

1 皋:郭门。即城门。

2 有伉(kàng):即伉伉,形容城门高大的样子。

3 应门:王宫正门。

4 将(qiāng)将:庄严堂皇的样子。
5 冢土:大社。指祭土神的坛。冢,大。
6 戎丑:大众。戎,大。攸:所。行:往。
7 肆:故、所以。殄(tiǎn):杜绝、消灭。厥:其,指狄人。愠:愤怒。
8 陨:坠、丧失。厥:指文王。问:声闻、名誉。
9 柞:柞树。棫(yù):丛生小木。柞和棫均有刺。拔:拔除干净。
10 兑:畅通。
11 混(kūn)夷:古种族名,亦作昆夷。駾(tuì):受惊奔逃。
12 维其:何其。喙(huì):气短病困的样子。
13 虞、芮:均为国名。质:评断。成:指虞、芮两国平息纠纷,互相结好。
14 蹶(guì):感动。生:通"性"。
15 曰:助词。疏附:指团结群臣亲近归附之臣。
16 先后:指在王前后参谋政事之臣。
17 奔奏:指奔走效力之臣。
18 御侮:指抵御外侮之臣。

棫朴

导读

《毛序》:“《棫朴》,文王能官人也。”王先谦《集疏》引《齐诗》说:“天子每将兴师,必先郊祭以告天,乃敢征伐,行子之道也。文王受天命而王天下,先郊乃敢行事,而兴师伐崇。”《毛诗》与三家《诗》的说法不同。我们看诗中“周王于迈,六师及之”等句,显然是述出征之事;而“髦士攸宜”“遐不作人”等句,又显见得是称颂贤才之用。汪龙《毛诗异义》云:“国之大事在祀与戎,举此二者以明贤才之用。”可谓能调停今古文的异同,也符合诗的实际,确实是写文王郊祭天神后领兵伐崇的事情。

王质《诗总闻》认为诗产生于文王在位的时候,恐为时过早。这是一篇歌功颂德的作品,全是称美之词,没有什么生动的形象或精巧的布局。汪龙说:“经之设文,盖有次第矣。”恐怕这五章也唯有次序还算整齐。至于朱熹赞为“文章真个是盛美,资质真个是坚实”,方玉润评曰“以天文喻人文,光焰何止万丈长耶”,实在是过分的吹捧,是崇拜经典的思想在作祟而已。

原文	译文
芃芃棫朴[1],薪之槱之[2]。	棫树朴树枝叶茂,砍下当作祭柴烧。
济济辟王[3],左右趣之[4]。	周王恭谨走在前,左右群臣跟着跑。
济济辟王,左右奉璋[5]。	周王恭敬又严肃,群臣手捧玉酒壶。
奉璋峨峨[6],髦士攸宜[7]。	捧着酒壶真端庄,英俊贤士有气度。
淠彼泾舟[8],烝徒楫之[9]。	泾水行船哗哗响,众人用力齐举桨。

周王于迈[10],六师及之[11]。	周王将要去远征,六军云集威风扬。
倬彼云汉[12],为章于天[13]。	银河漫漫广无边,星光灿烂布满天。
周王寿考[14],遐不作人[15]?	周王长寿在位久,何不树人用百年?
追琢其章[16],金玉其相[17]。	精雕细刻有才华,质如金玉无疵瑕。
勉勉我王[18],纲纪四方[19]。	勤奋勉力我文王,张纲立纪教四方。

注释

1 芃芃:茂盛的样子。 棫、朴:两种丛生灌木。

2 槱(yǒu):堆积木柴,点火烧起,用以祭祀天神。

3 济济:庄严恭敬的样子。 辟(bì)王:君王,指周文王。 辟,君。

4 左右:指周王左右诸臣。 趣:通“趋”,疾走。

5 奉:捧。 璋:璋瓒,祭祀时盛酒的器具。

6 峨峨:盛服端庄的样子。

7 髦士:英俊之士。 指助祭的诸侯、卿士。 攸:所。 宜:适合。

8 淠(pì):舟行貌。 泾:水名。

9 烝:众。 徒:服役的人,指船夫。 楫:划船。

10 于:往。 迈:行。

11 师:古代二千五百人为一师。 及:与、和。 之:指周王。

12 倬:广大。 云汉:银河。

13 章:花纹。

14 寿考:长寿。

15 遐:通“何”。 作:培养、造就。

16 追(duī):“雕”的假借字。

17 相:本质。

18 勉勉:勤勉不懈的样子。

19 纲纪:治理。

旱麓

导读

《毛序》:"《旱麓》,受祖也。周之先祖,世修后稷、公刘之业。太王、王季申以百福干禄焉。"这是歌颂周文王祭祖得福、知道培养人才的诗。"受祖"者,即姚际恒所谓"祭祀而获福"之意。

这一类诗,无非是歌功颂德、祈求福佑之词,同《周颂》的内容颇相近。不过因为创作的时代迟于《周颂》,所以诗都分章,用韵整齐,也常用起兴,显示出形式上的进步。但是在兴句的应用上还很生疏笨拙,露出硬凑的痕迹。这首诗共六章,除第四章外,其余五章首二句皆为起兴。但据我们看,只有三章"鸢飞戾天,鱼跃于渊"的兴句尚有意趣,其他都十分呆板,起兴与下文脱节。这种缺点,在《小雅》中已得到克服。而发展到《国风》时代,兴句的运用已经十分流利纯熟,创造的艺术形象也更优美了。

原文

瞻彼旱麓[1],榛楛济济[2]。
岂弟君子[3],干禄岂弟[4]。

瑟彼玉瓒[5],黄流在中[6]。
岂弟君子,福禄攸降[7]。

鸢飞戾天[8],鱼跃于渊。
岂弟君子,遐不作人。

清酒既载[9],骍牡既备[10]。

译文

遥望旱山那山麓,密密丛生榛与楛。
平易近人好君子,品德高尚有福禄。

祭神玉壶有光彩,香甜美酒流出来。
平易近人好君子,祖宗赐你福和财。

鹞鹰展翅飞上天,鱼儿跳跃在深渊。
平易近人好君子,培养人才万万千。

摆好清醇美味酒,备好红色大公牛。

以享以祀,以介景福[11]。	虔诚上供祭祖先,祈祷神灵把福求。
瑟彼柞棫[12],民所燎矣[13]。	密密一片柞棫林,砍下烧火祭神灵。
岂弟君子,神所劳矣[14]。	平易近人好君子,神灵保佑百事成。
莫莫葛藟[15],施于条枚[16]。	茂密葛藤长又柔,蔓延缠绕树梢头。
岂弟君子,求福不回[17]。	平易近人好君子,不违祖德把福求。

注释

1 旱:山名。 麓:山脚。

2 楛(hù):树名。 楛和榛都是丛生小灌木。 济济:众多。

3 岂(kǎi)弟:亦作"恺悌",和易近人。 君子:指文王。

4 干:求。 禄:福。

5 瑟:洁净鲜明的样子。 玉瓒:即"圭瓒",天子祭神时所用的酒器。

6 黄流在中:指酒从勺中流出。 黄,勺。 流,酒。

7 攸:所。

8 鸢(yuān):老鹰。 戾:至。

9 载:陈设。

10 骍牡:赤色的公牛。

11 介:求。 景:大。

12 瑟:众多的样子。

13 燎:烧柴祭神。

14 劳:劳来,保佑。

15 莫莫:茂密的样子。 葛藟:葛藤。

16 施(yì):蔓延。 条:树枝。 枚:树干。

17 不回:不违先祖之道。 回,违。

思齐

导读

《毛序》:"《思齐》,文王所以圣也。"这是歌颂文王善于修身、齐家、治国的诗。三家《诗》无异义,可见这确是一首颂圣阿谀的诗。

据江永《古韵标准》,认为此诗三、四、五章皆无韵。而且句式长短不一,文字简古。由此推测,诗的创作可能在周初,与《周颂》中早期的颂诗年代相近。《雅》《颂》中这类诗在艺术上无足取,其原因一方面是由于内容限制,所以达不到《国风》的清新和《小雅》的典丽;另一方面也由于《诗经》还处于诗歌萌芽时期,各种体裁的诗都很不成熟。同样是歌功颂德之作,发展到唐代便大不同。且看王维《和贾至舍人早朝大明宫之作》的颔、腹两联:"九天阊阖开宫殿,万国衣冠拜冕旒。日色才临仙掌动,香烟欲傍衮龙浮。"意境恢宏,词气雍和。与此诗"雍雍在宫,肃肃在庙"的句子比较,相去自不可以道里计。可见,时代的差距也是至为明显的。

原文	译文
思齐大任[1],文王之母。	太任端庄又严谨,文王之母有美名。
思媚周姜[2],京室之妇[3]。	周姜美好有德行,太王贤妻居周京。
大姒嗣徽音[4],则百斯男[5]。	太姒继承好遗风,多子多男王室兴。
惠于宗公[6],神罔时怨[7], 神罔时恫[8]。	文王为政顺祖宗,祖宗欢喜无怨容, 祖宗放心不伤痛。
刑于寡妻[9],至于兄弟, 以御于家邦[10]。	文王以礼待正妻,对待兄弟也相同, 以此治国事事通。
雍雍在宫[11],肃肃在庙[12]。	和和睦睦一家好,恭恭敬敬在宗庙。

不显亦临[13]，无射亦保[14]。	认真视察明显事，警惕阴暗不辞劳。
肆戎疾不殄[15]，烈假不瑕[16]。	西戎祸患已断根，害人瘟疫不发生。
不闻亦式[17]，不谏亦入[18]。	良计善策乐于用，忠言劝告记在心。
肆成人有德[19]，小子有造[20]。	所以成人品德好，儿童个个可深造。
古之人无斁[21]，誉髦斯士[22]。	文王育才永不倦，人才济济皆英豪。

注释

1 思：发语词。齐：端庄。大任：即太任，王季之妻，文王之母。
2 媚：美好。此指德行美好。周姜：即太姜，古公亶父之妻，王季之母。
3 京室：王室。
4 大姒：即太姒，文王之妻。嗣：继续。徽音：美誉。
5 百：虚数，言其多。斯：语助词。
6 惠：孝顺。宗公：宗庙中的先公，即祖宗。
7 神：即祖先之神。罔：无。时：所。
8 恫(tōng)：伤心。
9 刑：法。此作动词，说文王以礼法对待其妻。寡妻：嫡妻。
10 御：治理。
11 雍雍：和睦的样子。宫：家。
12 肃肃：严肃恭敬的样子。
13 不显：即“丕显”，指明显的事。亦：语助词。临：临视、视察。
14 无：语助词。射：阴暗、隐蔽，对“显”言。保：保守。
15 肆：所以。戎疾：西戎的祸患。不：语助词。下句同。殄：断绝。
16 烈假：即“厉蛊”，害人的瘟疫。烈，“厉”的假借字。假，“瘕”的假借字，即“蛊”字。瑕：同“遐”，远去。
17 不、亦：语助词。闻：听。式：用。
18 入：采纳。

19 有德：有好的品德。

20 小子：儿童。有造：有造就。

21 古之人：指文王。斁(yì)：厌。

22 誉：有声望。髦：俊，出类拔萃的人才。斯：这些。

皇矣

导读

《毛序》:“《皇矣》,美周也。天监伐殷莫若周,周世世修德莫若文王。”这是周人叙述祖先开国历史的史诗之一。先写太王开辟岐山,使昆夷退去;次述王季德行美好,得以传位给文王。最后描写文王伐崇伐密的胜利。三家《诗》无异说。汉代经师分析诗旨专主于文王,不够全面。清代学者如陈奂、马瑞辰、王先谦主张将第四章“维此王季”,依三家《诗》改为“维此文王”,恐怕也都受了《毛序》的影响。朱熹《诗集传》:“此诗叙大王、大伯、王季之德,以及文王伐密伐崇之事也。”还是他的分析来得准确而扼要。

全诗八章,每章十二句,是《诗经》的周史诗中最长的一篇。文字虽长,叙事虽多,但却井然有序,布局也很见匠心。孙鑛《批评诗经》曰:“长篇繁叙,规模闳阔,笔力甚驰骋纵放。然却有精语为之骨,有浓语为之色,可谓兼终始条理。”他的评论很中肯。诗中如“皇矣上帝,临下有赫”“乃眷西顾,此维与宅”“维此王季,帝度其心”“帝谓文王,予怀明德”等句,都是所谓“精语”,构成了全诗的主题和骨架,使得诗人歌颂的人物虽多,但“受天命而得天下”的精神始终不散。另外,如第二章的前六句,第六章的前七句,以及第八章的前十句等等,即孙氏所谓“浓语”。诗人以生动的排比,细致的叠词,将周人艰苦创业的场面写得如绘如见;将文王“一怒而安天下之民”的声势和周军的强大无敌渲染得如身历耳闻。精语立骨,浓语设色,交互参差,全诗的形象就分外丰满了。

原文	译文
皇矣上帝[1],临下有赫[2]。	上帝光焰万丈长,俯视人间真明亮。
监观四方[3],求民之莫[4]。	洞察全国四方事,了解民间疾苦状。

维此二国[5]，其政不获[6]。
维彼四国[7]，爰究爰度[8]。
上帝耆之[9]，憎其式廓[10]。
乃眷西顾[11]，此维与宅[12]。

想起夏商两朝末，不得民心国危亡。
思量四方诸侯国，天下重任谁能当。
上帝意在岐周国，有心扩大它封疆。
于是回头望西方，同住岐山佑周王。

注释

1 皇：光明伟大。
2 有赫：即“赫赫”，明亮的样子。
3 监：视，视察。
4 莫：通“瘼”，疾苦。
5 维：通“惟”，想到。二国：指夏、商。
6 不获：不得民心。获，得。
7 四国：四方的国家。指殷商时各诸侯国。
8 爰：于是。究：谋、考虑。度：估计。
9 耆：通“恉”“指”，意向。
10 憎：通“增”，增加。式廓：规模。
11 眷：念，关心。西顾：指注意西方的岐周。
12 此：指周王。维：是。宅：居住。

原文

作之屏之[1]，其菑其翳[2]。
修之平之[3]，其灌其栵[4]。
启之辟之[5]，其柽其椐[6]。
攘之剔之[7]，其檿其柘[8]。
帝迁明德[9]，串夷载路[10]。
天立厥配[11]，受命既固[12]。

译文

砍掉杂树辟农场，枯枝朽木全扫光。
精心修剪枝和叶，灌木丛丛新枝长。
开出道路辟土地，除尽柽椐路通畅。
剔去坏树留好树，留下山桑和黄桑。
上帝卫护明德主，犬戎败逃走仓皇。
上天立他当天子，政权巩固国兴旺。

注释

1 作:通“斫”,砍伐树木。之:指草木。屏:除去。

2 菑(zì):直立未倒的枯木。翳:通“殪”,倒在地上的枯木。

3 修:修剪。平:治理。

4 灌:灌木。栵(lì):从老树桩上发出再生的树。

5 启:开发。辟:开辟。

6 柽(chēng):柳,木名。椐:木名。

7 攘:除去。剔:挑选。

8 檿(yǎn):木名,一名山桑。柘(zhè):木名,亦名黄桑。

9 帝:上帝。迁:迁就,降格相就。明德:品德光明的人,指太王。

10 串夷:昆夷,亦称犬戎。载:则,就。路:通“露”,失败。

11 厥:其。配:立君配天。

12 固:指政权巩固。

原文

帝省其山[1],柞棫斯拔[2],
松柏斯兑[3]。
帝作邦作对[4],自大伯王季[5]。
维此王季,因心则友[6]。
则友其兄,则笃其庆[7],
载锡之光[8]。
受禄无丧[9],奄有四方[10]。

译文

上帝视察岐山阳,柞棫小树都拔光,
松柏直立郁苍苍。
上帝建立周王国,太伯王季始开创。
这位王季好品德,对兄友爱热心肠。
王季热心爱兄长,他使周邦福无疆,
天赐王位显荣光。
永享福禄保安康,统一天下疆域广。

注释

1 省:视察。其山:周的岐山。

2 柞、棫:树名。斯:语助词。

3 兑：直立。

4 作：建立。邦：指周国。对：配。指配天的君主。

5 大伯：即太伯，太王的长子。

6 因心：亲热的心。因，古“姻”字。友：友爱。

7 笃：厚、多。庆：福。

8 载：乃、就。锡：赐。光：指光荣的王位。

9 丧：丧失。指丧失王位。

10 奄：覆盖、包括。

原文

维此王季，帝度其心[1]，
貊其德音[2]。其德克明[3]，
克明克类[4]，克长克君[5]。
王此大邦[6]，克顺克比[7]。
比于文王[8]，其德靡悔[9]。
既受帝祉[10]，施于孙子[11]。

译文

这位王季真善良，天生思想合政纲，
他的美名播四方。他能明辨是和非，
区别坏人和善良，堪称师范好君王。
在此大国当君主，上下和顺人心向。
到了文王接王位，人民爱戴德高尚。
既受上帝赐福禄，子孙万代绵绵长。

注释

1 度：法度。此作动词，说上帝使王季的心合于法度。

2 貊(mò)：通“漠”，广大。

3 克：能。明：指明辨是非。

4 类：指善恶的种类。

5 克长：能当人们的师长。克君：能作人们的君主。

6 大邦：指周。

7 顺：和顺。比：和“俾”通用，服从。

8 比：及、到。

9 靡悔:指文王之德,不为人恨。
10 祉:福。
11 施(yì):延续。

原文

帝谓文王,无然畔援[1],
无然歆羡[2],诞先登于岸[3]。
密人不恭[4],敢距大邦[5],
侵阮徂共[6]。
王赫斯怒[7],爰整其旅[8],
以按徂旅[9]。
以笃于周祜[10],以对于天下[11]。

译文

上帝启示周文王,不要暴虐休狂妄,
莫羡他人当自强,先据高位路康庄。
密人态度不恭顺,竟敢抗拒周大邦,
侵阮袭共太猖狂。
文王勃然大震怒,整顿军队去抵抗,
阻止敌人向莒闯。
周族福气才巩固,民心安稳定四方。

注释

1 畔援:跋扈,专横暴虐。
2 歆羡:羡慕。
3 诞:发语词。岸:喻高位。这句指先据有利之地位。
4 密:密须,古国名,在今甘肃灵台县西南。
5 距:通“拒”,抗拒。大邦:指周国。
6 阮:古国名,在今甘肃泾川县。徂:到。共:古国名,在今甘肃泾川县北。
7 赫怒:勃然大怒。斯:语助词。
8 爰:于是。旅:军队。
9 按:通“遏”,阻止。旅:通“莒”,古国名。
10 笃:巩固。于:乎。祜(hù):福。
11 对:通“遂”,安。

原文

依其在京[1],侵自阮疆[2],
陟我高冈。无矢我陵[3],
我陵我阿;无饮我泉,
我泉我池。
度其鲜原[4],居岐之阳,
在渭之将[5]。
万邦之方[6],下民之王。

译文

周京军队真强壮,从阮班师凯歌扬,
登上岐山远瞭望。没人敢占我山冈,
高山大陵郁苍苍;没人敢饮我泉水,
清泉绿池水汪汪。
规划山头和平原,定居岐山面向阳,
紧靠渭水河边旁。
你为万国作榜样,天下人民心向往。

注释

1 依其:依依。原有茂盛的意思,此引申为强盛的样子。京:周京。
2 侵:"寝"的假借字,指息兵、停战。
3 矢:陈。指陈兵。
4 度:计划。鲜:通"巘",小山。原:平地。
5 将:侧、旁边。
6 方:法则、榜样。

原文

帝谓文王,予怀明德[1],
不大声以色[2],不长夏以革[3]。
不识不知[4],顺帝之则[5]。
帝谓文王,询尔仇方[6],
同尔弟兄[7]。
以尔钩援[8],与尔临冲[9],
以伐崇墉[10]。

译文

上帝告诉周文王,美好品德我赞赏,
从不疾言和厉色,遵从祖训依旧章。
好像不知又不觉,顺乎天意把国享。
上帝又对文王说,团结邻国多商量,
联合同姓众国王。
用你大钩和戈刀,临车冲车赴战场,
讨伐崇国削殷商。

注释

1 怀:归向、趋向。明德:美德的人,指文王。

2 以:与。色:指严厉的脸色。

3 长夏:长大。革:变革。

4 不识不知:不知不觉。

5 顺:遵循。则:法则。

6 询:谋,含有商量、征求意见的意思。仇方:邻国。仇,匹。

7 弟兄:指同姓的诸侯国。

8 钩:古兵器,似剑而曲。援:古兵器。

9 临:临车,可居高临下攻城的战车。冲:冲车,可从旁冲破城墙的战车。

10 崇:古国名,在今陕西西安市鄠邑区东。墉:城墙。

原文

临冲闲闲[1],崇墉言言[2]。
执讯连连[3],攸馘安安[4]。
是类是祃[5],是致是附[6],
四方以无侮。临冲茀茀[7],
崇墉仡仡[8]。
是伐是肆[9],是绝是忽[10],
四方以无拂[11]。

译文

临车冲车声势壮,崇国城墙高又长。
捉来俘虏连成串,割下敌耳装满筐。
祭祀天神祈胜利,安抚残敌招他降,
各国不敢侮周邦。临车冲车威力强,
崇国城墙高又广。
冲锋陷阵士气旺,消灭崇军有威望,
各国不敢再违抗。

注释

1 闲闲:强盛的样子。

2 言言:高大的样子。

3 执:捉。讯:俘虏。连连:接连不断的样子。

4 攸:所。馘(guó):割下敌人的左耳用以计功。安安:从容不迫的样子。
5 类:通“禷”,出师前祭天。 祃(mà):出师后军中祭天。
6 致:招致敌人投降。 附:通“拊”,安抚。
7 茀茀:强盛的样子。
8 仡仡:同“屹屹”,高大的样子。
9 肆:攻击。
10 忽:消灭。
11 拂:违、抗拒。

灵台

导读

《毛序》:“《灵台》,民始附也。文王受命,而民乐其有灵德,以及鸟兽昆虫焉。”姚际恒驳他说:“《小序》谓‘民始附’,混谬语。文王以前,民不附乎? 太王迁岐,何以从之如归市也?”《毛序》这样分析确实没有说到点子上。陈奂《传疏》:“《皇矣》言伐崇而《灵台》即言作丰。于伐崇观天命之归,而于作丰验民心之所归往,皆文王受命六年中事。”他分析了诗的时代背景,但仍没有触及主题。《孟子·梁惠王篇》:“文王以民力为台为沼,而民欢乐之,谓其台曰灵台,谓其沼曰灵沼,乐其有麋鹿鱼鳖。古之人与民偕乐,故能乐也。”就诗论诗,孟子这几句话才是诗人的真正主旨。从诗的本义看,这是一首记述周文王建成灵台和游赏奏乐的诗。

为了突出“与民偕乐”的中心,诗人采用了正面着笔和侧面映衬的两种写法。第一章写人民踊跃为文王建台,以见民心欢乐,是正面写。第三、四、五章转而描绘鸟兽虫鱼的自由自在,形容钟鼓音乐的盛大美好,每章都洋溢着一股欢欢喜喜的气氛。虽然不着一个“民”字,但“与民偕乐”的景象却明白地展现出来了。全诗篇幅短小精练,造语生动活泼,同《大雅》中其他颂歌的谀辞连篇、枯燥乏味相对照,还是比较好的。

原文	译文
经始灵台[1],经之营之。	开始规划造灵台,仔细经营巧安排。
庶民攻之[2],不日成之[3]。	黎民百姓都来干,灵台建成进度快。
经始勿亟[4],庶民子来[5]。	建台本来不着急,百姓起劲自动来。

王在灵囿[6],麀鹿攸伏[7]。	国王游览灵园中,母鹿伏在深草丛。
麀鹿濯濯[8],白鸟翯翯[9]。	母鹿肥大毛色润,白鸟洁净羽毛丰。
王在灵沼[10],於牣鱼跃[11]。	国王游览到灵沼,啊!满池鱼儿欢跳动。
虡业维枞[12],贲鼓维镛[13]。	木架大版崇牙耸,挂着大鼓和大钟。
於论鼓钟[14],於乐辟雍[15]。	啊!钟声鼓声配合匀,啊!国王享乐在离宫。
於论鼓钟,於乐辟雍。	啊!鼓声钟声配合匀,啊!国王享乐在离宫。
鼍鼓逢逢[16],矇瞍奏公[17]。	敲起鼍鼓响蓬蓬,瞽师奏乐祝成功。

注释

1 经始:开始规划营造。灵台:台名,在今陕西西安西北。
2 攻:建造。
3 不日:不几天。
4 亟:同"急"。
5 子来:像儿子似的来建筑灵台。
6 囿:古代帝王畜养禽兽的园林。
7 麀(yōu)鹿:母鹿。攸:语助词。
8 濯濯:肥美的样子。
9 翯(hè)翯:洁白的样子。
10 灵沼:池名。
11 於(wū):叹美声。牣(rèn):满。
12 虡(jù):悬挂钟磬的木架。业:装在架子横木上的一块大版。维:与。枞:亦名崇牙,大版上的一排锯齿,用以悬挂钟磬。
13 贲(fén):大鼓。镛:大钟。
14 论:通"伦",有次序。形容鼓和钟配合得有节奏,很协调。
15 辟(bì)雍:文王离宫名。

16 鼍(tuó):即扬子鳄,皮坚,可以制鼓面。逢(péng)逢:鼓声。

17 矇、瞍:都是古代盲人的专称。古代乐师常以盲人充任。公:通“功”,成功。指灵台落成。

下武

导读

《毛序》:"《下武》,继文也。武王有圣德,复受天命,能昭先人之功焉。"马瑞辰解释道:"按此诗《序》言'继文',与《文王有声·序》言'继伐'相对成文。继伐为继武功,则继文为继文德。诗中'世德作求''应侯顺德',皆尚文德之事。"他们的分析是不错的。这是赞美武王、成王能继承先王功德的诗。

这首诗纯粹歌功颂德,虽然袭用了顶真的修辞手法,但语言枯燥而呆板,毫无形象可言,只能算《诗经》中的下品。陈廷杰《诗序解》:"此颂武王之诗,而祝其万年受祜者,其体亦类诰。""诰"是散文中的一种体裁,可见《下武》实在不像一首诗。

原文

下武维周[1],世有哲王[2]。
三后在天[3],王配于京[4]。

王配于京,世德作求[5]。
永言配命,成王之孚[6]。

成王之孚,下土之式[7]。
永言孝思[8],孝思维则[9]。

媚兹一人[10],应侯顺德[11]。
永言孝思,昭哉嗣服[12]。

译文

周人能继祖先业,代代都有好国王。
三代先王灵在天,武王在镐把国享。

武王在镐把国享,堪与祖德共增光。
永远顺应上天命,成王守信有威望。

成王守信有威望,身为天下好榜样。
永遵祖训尽孝道,效法先人建周邦。

人们爱戴周成王,能承祖德国运昌。
永遵祖训尽孝道,后代争气名远扬。

昭兹来许[13],绳其祖武[14]。	后代争气名远扬,继承祖业世永昌。
於万斯年[15],受天之祜[16]。	啊!国祚绵绵万年长,受天之福永兴旺。
受天之祜,四方来贺。	受天之福永兴旺,四方来贺庆吉祥。
於万斯年,不遐有佐[17]!	啊!国祚绵绵万年长,能无辅佐作屏障!

注释

1 下:后。 武:继承。

2 哲:明智。

3 三后:指太王、王季、文王。

4 王:指武王。 配:指配天。 京:镐京,周的都城。

5 作:为。 求:通“逑”,配合三王的意思。

6 成王:武王子,名诵。 孚:信。

7 式:法式、榜样。

8 言、思:均为语助词。

9 则:法则。

10 媚:爱。 兹:此。 一人:指成王。

11 应:当。 侯:是。

12 昭:昭明、宣扬。 嗣服:后进,指成王。

13 兹:通“哉”。 来许:和“嗣服”同义,后进。

14 绳:继续。 祖武:祖先的事业。 武,迹。

15 於(wū):叹美声。 斯:语助词。

16 祜:福。

17 不遐:“遐不”的倒文,即“何不”。 遐,胡、何。

文王有声

导读

《毛序》:"《文王有声》,继伐也。武王能广文王之声,卒其伐功也。"虽然也不算错,但却显得空泛。朱熹《诗集传》:"此诗言文王迁丰、武王迁镐之事。"方玉润《诗经原始》:"此诗专以迁都定鼎为言。"他们的分析简洁而又贴切。这就是歌颂文王、武王迁都丰、镐的诗。从《诗经》中几首史诗来看,《生民》记后稷居邰,《公刘》述公刘迁豳,《绵》叙太王迁岐。周人的数次迁徙,在民族日益强大的历史进程中均可称是重要的里程碑。此诗所颂的两次定都,都是周王朝极关键的大事,所以亦含有史诗的因素。不过它叙事的分量太轻,着重于称扬颂美,因此现在通常不将它列在周史诗之中;但反映了重大的历史事件,则是毫无疑问的。

全诗八章,每章末句都用"烝哉"的叹美词作结,这在《雅》《颂》中别具一格。方玉润说:"皆以单句赞词煞脚,此两平骇板格也。然八句煞脚中,前两章言'文王',后两章言'武王';中间四章,二言'王后',二言'皇王',则又变矣。"他分析了末句重叠中有变化的妙处。我们设想,即便末句一无变化,但当初配以音乐时,每章末都出现众口合唱、曼声长咏的高潮,气氛一定显得庄严而热烈,未必会有骇板之感吧!

原文

文王有声[1],遹骏有声[2]。
遹求厥宁[3],遹观厥成。
文王烝哉[4]!

文王受命[5],有此武功。

译文

文王已有好名望,大名鼎鼎四海扬。
力求人民得安宁,终见成功国富强。
人人赞美周文王!

文王受命封西伯,立下武功真辉煌。

既伐于崇[6],作邑于丰[7]。
文王烝哉!

筑城伊淢[8],作丰伊匹[9]。
匪棘其欲[10],遹追来孝[11]。
王后烝哉[12]!

王公伊濯[13],维丰之垣[14]。
四方攸同[15],王后维翰[16]。
王后烝哉!

丰水东注[17],维禹之绩[18]。
四方攸同,皇王维辟[19]。
皇王烝哉!

镐京辟雍[20],自西自东,
自南自北,无思不服[21]。
皇王烝哉!

考卜维王[22],宅是镐京[23]。
维龟正之[24],武王成之。
武王烝哉!

丰水有芑[25],武王岂不仕[26]?
诒厥孙谋[27],以燕翼子[28]。
武王烝哉!

举兵讨伐崇侯虎,迁都丰邑好地方。
人人赞美周文王!

按照旧河筑城墙,丰邑规模也相当。
个人欲望不贪图,孝顺祖先兴周邦。
人人赞美周文王!

文王功业真辉煌,他是丰都的城墙。
四方同心齐归附,扶持天下是栋梁。
人人赞美周文王!

沣水东流入黄河,大禹之功不可磨。
四方同心齐归附,君临天下是楷模。
英明武王美名播!

镐京离宫喜落成,诸侯朝见来观光,
东西南北都到齐,哪个不服我周邦。
人人赞美周武王!

国王卜居问上苍,定居镐京最吉祥。
迁都决策神龟定,武王完成功无量。
英明伟大周武王!

沣水水芹长得旺,难道武王在闲逛?
留下安民好谋略,保护儿子把国享。
英明伟大周武王!

注释

1 声:名声。

2 遹(yù):发语词。 骏:大。

3 厥：其。指人民。下句的“厥”，指周家。
4 烝：美。
5 受命：指受纣王命被封为西伯。有人说，是受天命，亦通。
6 崇：殷纣所封的诸侯国。
7 丰：在今陕西西安北。原为崇地。文王由岐迁都于此。
8 淢（xù）：通“洫”，护城河。
9 伊：为。
10 棘：通“亟”，急。
11 追孝：孝顺已死的祖先。来：语助词。
12 王后：君王。亦指文王。
13 公：同“功”。王功，即王事。濯：显著。
14 维：是。垣：墙。
15 攸：语助词。同：指天下的人同心归周。
16 翰：骨干。
17 丰：指沣水。
18 绩：功绩。
19 皇王：指武王。皇，大。辟：法则。
20 镐京：西周国都，在今陕西西安西南沣水东岸。辟雍：离宫。
21 思：语助词。
22 考：完成。维：是。王：武王。
23 宅：定居。
24 龟：龟兆。正：决定。
25 芑：通“芹”，水芹菜。
26 仕：通“事”。
27 诒：通“贻”，留下。孙：音义同“逊”，顺。
28 燕：安定。翼：庇护。子：指武王之子成王。

生民之什

生民

导读

《毛序》:"《生民》,尊祖也。后稷生于姜嫄。文武之功起于后稷,故推以配天焉。" 这是不错的。这是周史诗中非常有名的一篇,追述周人始祖后稷的事迹。从次序上来看,应置于周史诗之首。后稷生在上古传说中的尧舜时代,中国还是原始社会,处于母系氏族制。人们的婚姻关系不固定,孩子知其母而不知其父。儿女都从母亲得姓,如姬、姜、姚、姒等古姓都从女旁。由此产生了"感天而生"和"吞卵而生"的传说。本诗姜嫄"履帝武敏"而怀孕生子的描述,正是这种历史事实的反映。中华民族是开发农业极早的民族,周人以农立国,诗中描写后稷的神异主要表现在稼穑方面,可见当时农业的发达程度。

我们称《生民》等为史诗,只是某种角度的借用而已,这五篇诗毕竟有别于古希腊荷马时代的《伊利亚特》《奥德赛》等鸿篇巨制的英雄史诗。在汉民族文学史上,我们还没有发现完全意义上的英雄史诗。这同我国古代的政治制度、诗歌的社会功效、民族的审美心理和语言习惯都有密切的关系。历史与社会的条件不同,所产生的文化艺术自然也不同,我们大可不必惶惶然,以为这点阙如会有损文化遗产的光辉。同样,《生民》等诗也绝不因此而减退了它们的艺术魅力。

全诗八章,可分为三个部分。前三章描述后稷出生的灵异,充满神话色彩和浪漫情调。诗颂后稷，首章却以姜嫄领起，高唱而入，起势便觉轩敞，为后来文章留下广阔的地步。第四、五、六章记叙后稷善于稼穑及教会周人耕作。虽然着意于后稷的天生聪颖，但落墨处皆是诗人对生活的提炼，笔调转而为写实了。第七、八章铺陈祭祀场面的热烈隆重，将人的虔诚与神的感应揉捏在一起，同时闪烁着前两部分奇谲与平实的光彩。最后以"后稷肇祀"作收，结篇完整，意淳辞质。不但把后稷的英雄形象托到了完美的云端，而且有承前启后的作用。"以迄于今"一句几乎可以包孕周王朝近千年的历史，笔力之雄健，非同一般。

原文

厥初生民，时维姜嫄[1]。
生民如何？
克禋克祀[2]，以弗无子[3]。
履帝武敏歆[4]，攸介攸止[5]。
载震载夙[6]，载生载育，
时维后稷[7]。

诞弥厥月[8]，先生如达[9]。
不坼不副[10]，无灾无害。
以赫厥灵[11]，上帝不宁。
不康禋祀[12]，居然生子[13]。

译文

最初生下周祖先，那是有邰姜嫄娘。
如何生下周族人？
姜嫄祈祷祭上苍，因为尚未生儿郎。
踩了上帝拇指印，神灵保佑赐吉祥。
十月怀胎行端庄，一朝生子勤抚养，
便是后稷周先王。

怀孕足月期限满，头胎生子真顺当。
产门没破更没裂，无灾无难身健康。
显出灵异和吉祥，上帝原来心不安。
姜嫄惊慌祭祀忙，徒然生下小儿郎。

注释

1 时：是。姜嫄：后稷的母亲，有邰氏之女。可能是原始社会母系氏族制中有邰氏部落酋长。

2 克：能，善于。第二个"克"字是衬字。禋（yīn）祀：古代祭天神的一种礼仪,先烧柴升烟,再加牲体及玉帛于柴上焚烧。

3 以弗无子:因为还没有生儿子。弗,通“祓”,用祭祀来除去灾难。

4 履:践踏。武:足迹。敏:通“拇”,大脚趾。歆:心中有所感应的样子。

5 攸:语助词。介:同“祈”,神保佑。止:同“祉”,神降福。

6 载:语助词。震:通“娠”。夙:同“肃”,指生活上不再同男子交往。

7 后稷:传说中帝尧的农官,姓姬,名弃。发明耕种五谷,后人尊之为谷神。

8 诞:发语词。弥:满。

9 先生:第一胎。如:同“而”。达:滑利、顺畅。

10 坼(chè):裂开。副(pì):破裂。

11 赫:显示。

12 不康:指姜对于踩着上帝大脚趾印而怀孕深感不安。

13 居然:徒然。

原文	译文
诞置之隘巷,牛羊腓字之[1]。	把他丢在小巷里,牛羊喂奶当奶奶。
诞置之平林,会伐平林[2]。	把他丢到树林中,樵夫砍柴救娃娃。
诞置之寒冰,鸟覆翼之。	把他丢到寒冰上,大鸟展翅温暖他。
鸟乃去矣,后稷呱矣[3]。	后来大鸟飞走了,后稷啼哭声哇哇。
实覃实讦[4],厥声载路[5]。	哇哇不停嗓门大,声音满路人惊讶。
诞实匍匐,克岐克嶷[6],	后稷刚会地上爬,又是聪明又乖巧,
以就口食[7]。	能够觅食吃得饱。
蓺之荏菽[8],荏菽旆旆[9]。	少年就会种大豆,大豆一片长得好。
禾役穟穟[10],麻麦幪幪[11],	种出谷子穗垂垂,麻麦茂密无杂草,
瓜瓞唪唪[12]。	瓜儿累累真不少。

注释

1 腓(féi):庇护。字:养育。指牛羊给后稷喂奶。

2 会:恰巧碰上。

3 呱(gū):小儿哭声。

4 实:是。覃(tán):长。讦(xū):大。

5 载:充满。

6 岐嶷(qínì):聪明懂事。

7 就:趋往。

8 蓺:种植。

9 旆(pèi)旆:茂盛的样子。

10 役:同“颖”,庄稼的穗。穟(suì)穟:禾穗丰硕下垂的样子。

11 幪幪:茂密的样子。

12 瓞(dié):小瓜。唪(běng)唪:果实累累的样子。

原文

诞后稷之穑[1],有相之道[2]。
茀厥丰草[3],种之黄茂[4]。
实方实苞[5],实种实褎[6],
实发实秀[7],实坚实好[8],
实颖实栗[9],即有部家室[10]。

诞降嘉种[11],维秬维秠[12],
维穈维芑[13]。
恒之秬秠[14],是获是亩[15]。
恒之穈芑,是任是负[16],
以归肇祀[17]。

译文

后稷种地种得好,能够想出好门道。
除却满田野生草,选择良种播得早。
种籽含苞吐嫩芽,禾苗窜出向上冒,
拔节抽穗渐结实,谷粒饱满颜色好,
禾穗沉沉产量高,定居部地乐陶陶。

后稷推广好种籽,籽籽粒粒黍米大,
穈子高粱棵棵粗。
遍地秬子和秠子,收获下来堆垄亩。
遍地穈子和高粱,挑着背着忙运输,
运回开始祭先祖。

注释

1 穑(sè):种植。

2 相:帮助。道:方法。

3 茀:同"拂",拔除。丰:茂盛。

4 黄茂:嘉谷。

5 方:谷种开始露白。苞:谷苗含苞待出。

6 种:谷种生出小苗。褎:音"又",禾苗渐渐长高。

7 发:禾茎舒发拔节。秀:禾开始生穗结实。

8 坚:谷粒灌浆饱硬。

9 颖:禾穗丰硕下垂。栗:收获众多。

10 有邰:当时氏族,在今陕西武功县。传说帝尧因后稷对农业生产有贡献而封他于邰地。

11 降:赐。

12 秬(jù):黑黍。秠(pī):黍的一种,一个黍壳中长有两粒黍米。

13 穈(mén):谷的一种,苗红。芑(qǐ):一种白苗的高粱。

14 恒:通"亘",遍及。

15 亩:作动词用,把割下的庄稼堆在田里。

16 任:挑。

17 肇:开始。

原文

诞我祀如何?
或舂或揄[1],或簸或蹂[2]。
释之叟叟[3],烝之浮浮[4]。
载谋载惟[5],取萧祭脂[6]。
取羝以軷[7],载燔载烈[8]。

译文

说起祭祀怎个样?
有的舂米有舀粮,有的搓米有扬糠。
淘米声音叟叟响,蒸饭热气喷喷香。
祭祀大事同商量,涂脂烧艾味芬芳。
拿来公羊剥去皮,又烧又烤供神享。

以兴嗣岁[9]。
卬盛于豆[10]，于豆于登[11]，
其香始升。
上帝居歆[12]，胡臭亶时[13]。
后稷肇祀，庶无罪悔[14]，
以迄于今。

祈求来年更丰穰。
我把祭肉装进碗，木豆瓦登都用上，
香气渐渐溢满堂。
上帝降临来品尝，菜饭味道确实香。
后稷开创祭祀礼，幸蒙神佑没灾殃，
至今流传好风尚。

注释

1 揄(yóu)：从臼中将舂好的米舀出。
2 簸：扬弃糠皮。 蹂：通"揉"。
3 释：淘米。 叟叟：淘米声。
4 烝：同"蒸"。 浮浮：蒸饭时热气上升的样子。
5 谋：计划。 惟：考虑。
6 萧：香蒿，今名艾。脂：牛肠脂。古时祭祀以牛油涂艾点燃，取其香气。
7 羝(dī)：公羊。 軷(bá)：剥羊皮。
8 烈：将肉穿起来架在火上烤。
9 嗣岁：来年。
10 卬：我。
11 登：瓦制的碗，用以盛汤。
12 居：语助词。 歆：飨、享受。
13 胡：大。 臭(xiù)：香气。 亶(dǎn)：确实。 时：善。
14 庶：幸而。

行苇

导读

《毛序》:"《行苇》,忠厚也。周家忠厚,仁及草木,故能内睦九族,外尊事黄耇,养老乞言,以成其福禄焉。"就诗本身看,当是写周统治者与族人宴会比射的情形。诗中写了比赛射箭的场面,但《毛序》没有提及;诗中不叙"乞言"(征求善言)之事,《毛序》却凭空增入,所以朱熹批评它"逐句生意,无复伦理"。但是据《左传》隐公三年"《雅》有《行苇》《泂酌》,昭忠信也"的说法,《毛序》"周家忠厚"的分析在总体上并没有离谱。三家《诗》有不同的说法。《鲁诗》:"君闻昔者公刘之行乎?牛羊践葭苇,恻然为痛之。"(刘向《列女传》)《齐诗》:"慕公刘之遗德,及《行苇》之不伤。"(班彪《北征赋》)《韩诗》:"公刘慈仁,行不履生草,运车以避葭苇。"(赵晔《吴越春秋》)他们都引用诗的首句"敦彼行苇,牛羊勿践履",认为这是颂扬公刘的诗。方玉润说:"众说虽非诗义,然公刘必有其事,而后人称之者众。观诗引此为兴,未必无因,特以为美公刘则臆测耳。"他的话颇有理,诗的兴句并不一定概括全诗的主旨,还是看作泛言"周家忠厚"的好。

诗中"敦弓既句,既挟四鍭,四鍭如树"几句,描写张弓搭箭,命中靶子的射事,具体而生动,显示出作者对这类生活素材的熟悉。再如以"黄耇台背"来描摹老人,以"以引以翼"来刻画敬老场面,笔触都很细腻形象。不过,这些佳句只是个别的,就全诗而言,并没有特别值得称道的地方。

原文

敦彼行苇[1]，牛羊勿践履。
方苞方体[2]，维叶泥泥[3]。
戚戚兄弟[4]，莫远具尔[5]。
或肆之筵[6]，或授之几。

肆筵设席[7]，授几有缉御[8]。
或献或酢，洗爵奠斝[9]。
醓醢以荐[10]，或燔或炙。
嘉殽脾臄[11]，或歌或咢[12]。

敦弓既坚[13]，四鍭既钧[14]；
舍矢既均[15]，序宾以贤[16]。
敦弓既句[17]，既挟四鍭[18]。
四鍭如树[19]，序宾以不侮。

曾孙维主，酒醴维醹[20]；
酌以大斗，以祈黄耇[21]。
黄耇台背[22]，以引以翼[23]。
"寿考维祺[24]，以介景福。"[25]

译文

路边芦丛发嫩芽，别让牛羊践踏它。
苇心紧裹初成形，叶儿柔润将长大。
兄弟骨肉应友爱，互相亲近莫分家。
铺上筵席请客人，敬老茶几端给他。

摆好酒菜铺上席，侍者轮番端上几。
主人献酒客回敬，洗杯捧觞来回递。
献上肉糜请客尝，烧肉烤羊美无比。
牛胃牛舌也不差，唱歌击鼓人人喜。

雕弓拉起劲儿大，利箭匀直质量佳；
放手一箭就中的，各按胜负来坐下。
雕弓张开如满月，箭儿上弦准备发。
箭箭竖在靶子上，败者也不怠慢他。

宴会主人会当家，美酒醇厚味不差；
斟上美酒一大杯，敬祝老人寿无涯。
老者龙钟行不便，侍者引路扶着他。
"长命百岁最吉利，神明赐您福分大。"

注释

1 敦(tuán)：草聚生貌。
2 体：成形。
3 泥泥：叶润泽的样子。
4 戚戚：亲热的样子。
5 尔：通"迩"。
6 肆：陈、铺。

7 设席:席上加席,使坐者舒服。

8 缉:继续。御:侍者。

9 洗:主人敬酒前先洗杯。莫:置。斝(jiǎ):一种青铜酒器,似爵而较简朴。

10 醓(tǎn):多汁的肉酱。醢(hǎi):把肉剁成酱。荐:献。

11 殽:荤菜。脾:通"膍",牛的胃。臄(jué):牛舌。

12 咢(è):只打鼓,不唱歌。

13 敦弓:即"雕弓"。周天子用弓以五彩装饰。

14 镞:古代箭名,金属箭头,后段以羽毛为饰。钧:调和。指金属箭头和中段后段的重量都能调和。

15 均:中。

16 贤:指射中次数最多者。

17 句(gōu):假借为"彀",张弓。

18 挟:接。指箭与弓弦相接,箭上弦之谓。

19 树:竖立。指箭射中靶子,像竖在靶子上一样。

20 醴:甜酒。醹(rú):酒味醇厚。

21 黄耇(gǒu):老人,形容长寿老人发黄面垢。

22 台:亦作"鲐",鱼名,背上有黑的花纹。老年人背有黑纹,故称台背。

23 翼:辅助。

24 祺:吉祥。

25 介:祈求。景:大。

既醉

导读

《毛序》:"《既醉》,太平也。醉酒饱德,人有士君子之行焉。"他没有理解诗的内容。就诗中看,当是周王祭祖先时,祝官代表神主(尸)对主祭者周王的祝词。林义光《诗经通解》说:"此诗为工祝奉尸命以致嘏于主人之辞。"分析得很对。什么叫嘏?《礼记·礼运》注:"嘏,祝为尸致福于主人之辞也。"祝,也就是工祝,专门负责祭祀时传达神尸的祝福。这篇嘏辞反映出当时统治者最向往的"景福"所包含的内容,因此具有一定的史料价值。

这首诗运用了顶真的修辞手法,有章与章之间的连环式顶真,也有句与句之间的连珠式顶真。在配以乐调的当时,这些顶真句或许能造成一种上接下承,连绵不断的气氛;但在乐调已失的今天,顶真句并没有给这首平板乏味的嘏辞增添多少魅力。《小雅·楚茨》是一首写祭祀的乐歌,其中不乏生动形象的描绘。但当诗人写到工祝致告的嘏辞时,同样也显出刻板枯燥的呆相来。可见统治者对于嘏辞,只看重赐福纳福的实惠,并不在乎语言表达的美感。

原文	译文
既醉以酒,既饱以德。	美酒喝得醉醺醺,饱尝您的好恩情。
君子万年,介尔景福。	但愿主人寿万年,神赐大福享不尽。
既醉以酒,尔殽既将[1]。	美酒喝得醉酩酊,您的佳肴数不清。
君子万年,介尔昭明。	但愿主人寿万年,神赐前程多光明。

昭明有融[2]，高朗令终[3]。	前程远大又光明，善终会有好名声。
令终有俶[4]，公尸嘉告[5]。	善终必有好开头，神主好话仔细听。
其告维何？笾豆静嘉[6]。	神主好话说什么？碗碗祭品洁而精。
朋友攸摄[7]，摄以威仪[8]。	朋友宾客来助祭，祭礼隆重心虔诚。
威仪孔时，君子有孝子[9]。	祭祀礼节无差错，主人又尽孝子情。
孝子不匮，永锡尔类[10]。	孝子孝心永不竭，神灵赐您好章程。
其类维何？室家之壸[11]。	赐您章程是什么？治理家庭常安宁。
君子万年，永锡祚胤[12]。	但愿主人寿万年，子孙幸福永继承。
其胤维何？天被尔禄[13]。	子孙后嗣怎么样？上天命您当国王。
君子万年，景命有仆[14]。	但愿主人寿万年，天赐妻妾和儿郎。
其仆维何？厘尔女士[15]。	妻妾儿郎怎么样？天赐才女做新娘。
厘尔女士，从以孙子。	天赐才女做新娘，随生子孙传代长。

注释

1 将：美。

2 有融：即融融，长远的样子。

3 高朗：指高明的名誉。朗，明。令终：好结果。

4 俶：始。

5 公：君。尸：古人祭祖时，以一人装作祖先的形象接受祭祀，叫作尸。嘉告：嘉言。

6 静嘉：美好。

7 攸：语助词。摄：佐、辅助。

8 威仪：指典礼的仪式。

9 有：通“又”。

10 类:法则。

11 壸(kǔn):本义是宫中道,引申为“齐”。这里是治理的意思。

12 祚:福。胤:嗣。

13 被:覆盖、加。

14 仆:通“朴”,附属。

15 厘:通“赉”,赐予。女士:才女。

凫鹥

导读

《毛序》:“《凫鹥》,守成也。太平之君子,能持盈守成,神祇祖考安乐之也。”毛说非诗之本义。就诗中看,当是周王祭祖后第二天,为酬谢公尸(古称“宾尸”)请其赴宴时所唱的诗。

古代天子诸侯祭祀,第一天为正祭,如《既醉》所叙。第二天称绎祭。《穀梁传》宣公八年:“绎者,祭之旦日之享宾也。”即为扮作祖先或神祇的尸设宴,又称宾尸。《郑笺》:“祭祀既毕,明日,又设礼而与尸燕。”他对诗的背景的分析简明而正确。这篇诗置于《既醉》之后,是因为它们的背景既有联系,又有前后次序的差别。

孙鑛评这首诗为“满篇欢宴福禄”。全诗五章,确实充斥着一派大吃大喝,求福求禄的气氛。但是,这种笼罩在宗教仪式之下,而又靠酒肉调动起来的欢乐,无论如何不会有自然天成的情趣,更谈不上生动感人了。

原文

凫鹥在泾[1],公尸来燕来宁[2]。
尔酒既清,尔殽既馨。
公尸燕饮,福禄来成[3]。

凫鹥在沙,公尸来燕来宜[4]。
尔酒既多,尔殽既嘉。
公尸燕饮,福禄来为[5]。

凫鹥在渚,公尸来燕来处[6]。
尔酒既湑[7],尔殽伊脯[8]。

译文

河里野鸭鸥成群,神主赴宴慰主人。
您的美酒那样清,您的佳肴香喷喷。
神主光临来赴宴,福禄降临您家门。

野鸭鸥鸟在水滨,神主赴宴主人请。
您的美酒那样多,您的佳肴鲜又新。
神主光临来赴宴,大福大禄又添增。

野鸭鸥鸟在沙滩,神主赴宴心喜欢。
您的美酒清又醇,下酒肉干煮得烂。

公尸燕饮，福禄来下。	神主光临来赴宴，天降福禄保平安。
凫鹥在潨[9]，公尸来燕来宗[10]。	野鸭鸥鸟在港汊，神主赴宴尊敬他。
既燕于宗，福禄攸降。	宴席设在宗庙里，神赐福禄频降下。
公尸燕饮，福禄来崇[11]。	神主光临来赴宴，福禄绵绵赐您家。
凫鹥在亹[12]，公尸来止熏熏。	野鸭鸥鸟在峡门，神主赴宴心欢欣。
旨酒欣欣[13]，燔炙芬芬。	美酒畅饮味芳馨，烧肉烤羊香诱人。
公尸燕饮，无有后艰[14]。	神主光临来赴宴，今后无灾无苦闷。

注释

1 凫(fú)：野鸭。鹥(yī)：鸥鸟。泾：水向前直流，这里指河水。
2 宁：安慰。
3 成：帮助。
4 宜：顺的意思，这里指顺应主人之请。
5 为：助。
6 处：安乐。
7 湑(xū)：滤过的酒。引申为清。
8 脯：干肉。
9 潨(cóng)：众水相会处，即港汊。
10 宗：尊敬。
11 崇：重。指重重的福禄。
12 亹(mén)：峡中两岸对峙如门的地方。
13 欣欣：应与上文"熏熏"对易。
14 艰：艰难，不幸。

假乐

导读

《毛序》:"《假乐》,嘉成王也。"就诗中看,似不专指成王,可能是周王宴会群臣时,群臣歌功颂德的诗。《毛序》以为"嘉成王",鲁诗以为美宣王,何楷《诗经世本古义》认为美武王,朱熹又认为是答前篇《凫鹥》之诗。这纷纭的众说怎样评价呢?方玉润《诗经原始》说:"其所用既无考证,诗意亦未显露,故不知其为何王,亦莫定其为何用矣。《序》云嘉成王,以其诗次成王之世而言也。《集传》疑即公尸之答《凫鹥》,又以其篇在《凫鹥》后而言也。至何玄子更以为祭武王之诗,则因《中庸》引《诗》以证舜,故疑为下章之武王咏也。皆臆测也,而何可以为据哉?"他的分析最为平实中肯,我们不必再添赘词了。

方氏又说:"此等诗无非奉上美词,若无'不解于位'一语,则近谀矣。"其实即使有"不解于位"一语,也还是谀得厉害。全篇捧场,毫无足观。吴闿生《诗义会通》评末章:"戒王意,就朋友发之,妙远不测……古圣哲之微旨端在是也。"从露骨的媚意中偏要搜剔出委婉的讽规来,这等说《诗》,便近乎入魔了。

原文

假乐君子[1],显显令德[2]。
宜民宜人[3],受禄于天。
保右命之,自天申之[4]。

干禄百福[5],子孙千亿。
穆穆皇皇,宜君宜王。

译文

周王令人爱又敬,品德高尚心光明。
能用贤臣能安民,接受福禄从天庭。
上帝下令多保佑,多赐福禄国兴盛。

千禄百福齐降临,子子孙孙数不清。
个个正派又光明,当君当王都相称。

原文	译文
不愆不忘[6]，率由旧章[7]。	不犯过错不忘本，遵循旧制国太平。
威仪抑抑[8]，德音秩秩[9]。	仪表堂堂威凛凛，政教法令真清明。
无怨无恶，率由群匹[10]。	没人怨来没人恨，依靠群臣受欢迎。
受福无疆，四方之纲[11]。	受天福禄无穷尽，四方万国遵王命。
之纲之纪，燕及朋友。	君临天下王为首，大宴宾客请朋友。
百辟卿士，媚于天子[12]。	诸侯卿士都赴宴，爱戴天子齐敬酒。
不解于位[13]，民之攸塈[14]。	勤于职守不懈怠，万民归附国长久。

注释

1 假：通“嘉”，赞美。乐：喜爱。
2 显显：光明的样子。
3 民：庶民。人：指在位的贵族。
4 申：重复、一再。
5 干：“千”字之误。
6 愆，过失。
7 率由：遵循。章：典章制度。
8 抑抑：通“懿懿”，庄美的样子。
9 德音：这里指政教法令。秩秩：清明的样子。
10 群匹：群臣。
11 纲：法则。
12 媚：爱戴。
13 解：通“懈”。
14 攸：所。塈(xì)：归附。

公刘

导读

《毛序》:“《公刘》,召康公戒成王也。成王将莅政,戒以民事,美公刘之厚于民,而献是诗也。”说此诗为召康公戒成王而献,并无根据。我们只能说这是一首叙述周人祖先公刘事迹的史诗。它上承《生民》,下接《绵》,叙述周人祖先公刘带领周民由邰迁豳的史绩。《史记·周本纪》:“公刘虽在戎狄之间,复修后稷之业,务耕种,行地宜。自漆沮渡渭,取材用。行者有资,居者有蓄积。民赖其庆,百姓怀之,多徙而保归焉。周道之兴自此始,故诗人歌乐思其德。”司马迁用散文的形式概括了诗的内容。至于诗的创作年代,《毛序》认为是“召康公戒成王”而作,方玉润驳道:“《序》以此为召康公作者,盖因《七月》既属之周公,则此诗不能不属诸召公矣。其有心附会周、召处,明白显然。”《毛序》的牵附之意,经方氏点明,昭然若揭。此外,金履祥认为《公刘》同《七月》一样是豳地旧诗。但根据全诗用韵的流畅,描写技巧的娴熟,绝非早在殷商时期的豳人所能为。金履祥说《公刘》“下视《商颂》诸作,同一蹈厉”,而《商颂》恰恰都是春秋时的作品。我们认为,《公刘》同《七月》一样,都含有豳地旧咏的成分在内,但最后的成诗,至早要到西周后期。

诗人抓住公刘率周人由邰迁豳这一关键的历史事件,分迁徙(第一章)、择地(第二、三章)、定居(第四、五、六章)三个层次,一一道来,有条有理。对人物和场景的描写也十分精彩。如第二章“何以舟之?维玉及瑶,鞞琫容刀”,在叙述公刘忙于相地的当口,忽然转而描摹佩剑之华丽,所谓闲笔涉趣,轻轻一点,便使人物形象更加丰满鲜明。无怪乎孙鑛赞曰:

"似涉无紧要，然风致正在此。"再如第三章"于时处处"四句，叠词与排比兼用，通过音节的紧凑和往复，将拓荒者热热闹闹，欢欢喜喜的气氛烘托得十分强烈。此外，五章的"度其夕阳，豳居允荒"，六章的"夹其皇涧，溯其过涧"，一叙新居之美好，一述人烟之繁密，都写得风雅疏朗，传神入画。这首史诗，与《大雅》中那些谄君媚神的谀辞，确是不可同日而语的。

原文

笃公刘[1]，匪居匪康[2]。
乃埸乃疆[3]，乃积乃仓。
乃裹糇粮[4]，于橐于囊[5]。
思辑用光[6]，弓矢斯张[7]，
干戈戚扬[8]，爰方启行。

笃公刘，于胥斯原[9]，
既庶既繁，既顺乃宣[10]，
而无永叹。
陟则在巘[11]，复降在原。
何以舟之[12]？
维玉及瑶，鞞琫容刀[13]。

译文

忠诚周民好公刘，不敢安居把福享。
划分疆界治田地，收割粮食仓囤装。
揉面蒸饼备干粮，装进小袋和大囊。
和睦团结争荣光，张弓带箭齐武装。
盾戈斧钺肩上扛，开始动身去远方。

忠诚周民好公刘，豳地原野察看忙。
百姓众多长跟随，民心归顺多舒畅，
长吁短叹一扫光。
忽而登上小山坡，忽而下到平原上。
周身佩戴啥装饰？
美玉宝石尽琳琅，佩刀玉鞘闪闪亮。

注释

1 笃(dǔ)：忠诚厚道。公刘：后稷的后代，周族首领。公是爵位，刘是名字。

2 匪居匪康：即"匪康居"的倒文，第二个"匪"字是衬字，无义。康，安定。

3 埸(yì)：田界。

4 糇粮：干粮。

5 橐(tuó):没底的口袋,装货后,用绳扎住两头。囊:有底的口袋。

6 思:发语词。辑:和睦。用:以为。光:光荣。

7 张:准备好。

8 干:盾。戚:斧。扬:又叫钺,大斧。

9 于:在。胥:察看。斯:这。

10 顺:民心归顺。宣:舒畅。

11 巘(yǎn):小山。

12 舟:同"周",周身环绕的佩戴。

13 鞞(bǐng):刀鞘。琫(běng):刀鞘口的饰物。容刀:佩刀。

原文

笃公刘,逝彼百泉[1],
瞻彼溥原[2]。
乃陟南冈,乃觏于京[3]。
京师之野,于时处处[4],
于时庐旅[5],于时言言,
于时语语。

笃公刘,于京斯依[6],
跄跄济济[7],俾筵俾几。
既登乃依[8],乃造其曹[9]。
执豕于牢[10],酌之用匏[11]。
食之饮之,君之宗之[12]。

译文

忠诚周民好公刘,来到泉水岸边上,
眺望平原宽又广。
登上南边高冈上,发现京师好地方。
京师田野形势好,于是定居建新邦,
于是规划造住房,谈笑风生喜洋洋,
七嘴八舌闹嚷嚷。

忠诚周民好公刘,定居京师新气象。
犒宴群臣威仪盛,入席就座招待忙。
宾主登席靠几坐,先祭猪神求吉祥。
圈里捉猪做佳肴,葫芦瓢儿斟酒浆。
酒醉饭饱皆欢喜,共推公刘做君长。

注释

1 百泉:泉水多的地方。

2 溥(pǔ):广大。

3 觏(gòu):看见、发现。京:豳地的一处地名。
4 于时:于是。处处:居住。
5 庐旅:即“旅旅”,寄居。
6 依:就地(建房)。
7 跄(qiāng)跄:走路有节奏的样子。济济:态度从容端庄的样子。
8 依:指凭几。
9 造:告祭。曹:同“褿”,祭猪神。
10 牢:猪圈。
11 之:指众宾客。匏:葫芦。葫芦一剖为二作酒器,称匏爵。
12 君:当君王。宗:当族长。

原文

笃公刘,既溥既长。
既景乃冈[1],相其阴阳[2],
观其流泉。
其军三单[3],度其隰原[4],
彻田为粮[5]。
度其夕阳[6],豳居允荒[7]。

笃公刘,于豳斯馆[8]。
涉渭为乱[9],取厉取锻[10]。
止基乃理[11],爰众爰有。
夹其皇涧[12],溯其过涧[13]。
止旅乃密[14],芮鞫之即[15]。

译文

忠诚周民好公刘,开垦豳地宽又长。
测了日影上山冈,山南山北勘察忙,
查明水源和流向。
三支军队轮番作,测量土地扎营房,
开垦田亩为种粮。
上去测望山西头,豳地确实大又广。

忠诚周民好公刘,营建宫室在豳原。
横流渡过渭水去,磨石捶石都采全。
此地基址初奠定,民康物阜笑语欢。
住在皇涧两岸边,面向过涧也敞宽。
此地定居人口密,河岸两边都住满。

注释

1 景:同“影”,指测量太阳的影子以定方位。

2 相:察看。阴:山北。阳:山南。

3 单:同“禅”,轮流代替。军队分为三,只用一军服役,轮流代替。

4 隰原:低平的土地。

5 彻:治,指开垦荒地。

6 夕阳:指山的西面。

7 豳(bīn):古邑名。在今陕西旬邑西,公刘率周人从邰迁到此地。允:确实。荒:大。

8 馆:建房。

9 为:而。乱:横流而渡。

10 厉:同“砺”,粗糙坚硬的磨刀石。锻:捶物的大石。

11 止:同“之”,兹、此。基:基址。理:治理。

12 皇涧:豳地涧名。

13 溯:面向。过涧:也是豳地涧名。

14 密:众多。

15 芮:通“汭”,水边向内凹处。鞫(jū):水边向外凸处。二者连用泛指水边。即:往,就。

泂酌

导读

《毛序》:“《泂酌》,召康公戒成王也。言皇天亲有德,飨有道也。”姚际恒认为“(召康公戒成王)未有以见其必然”。三家《诗》以为是赞美公刘的诗,可能是因为它次于《公刘》之后,但也没有确据。就内容而言,这是歌颂统治者能得民心的诗。

方玉润说:“其体近乎《风》,匪独不类《大雅》,且并不似《小雅》之发扬蹈厉、剀切其陈者。”所谓“近乎《风》”者,即三章皆用兴句开头,且全诗篇章短小,三章一层意思,反复咏唱而已。这可能是作者效仿民歌的结果,也可能本是周地民歌,因其颂美之意浓厚而收入《大雅》。

原文

泂酌彼行潦[1],挹彼注兹[2],
可以餴饎[3]。
岂弟君子[4],民之父母。

泂酌彼行潦,挹彼注兹,
可以濯罍[5]。
岂弟君子,民之攸归。

泂酌彼行潦,挹彼注兹,
可以濯溉[6]。
岂弟君子,民之攸塈[7]。

译文

远舀路边积水潭,把这水缸都装满,
可以蒸菜也蒸饭。
君子品德真高尚,好比百姓父母般。

远舀路边积水坑,舀来倒进我水缸,
可把酒壶洗清爽。
君子品德真高尚,百姓归附心向往。

远舀路边积水洼,舀进水瓮抱回家,
可供洗涤和抹擦。
君子品德真高尚,百姓归附爱戴他。

注释

1 泂(jiǒng):远。行潦(lǎo):路边积水。

2 挹:舀。兹:指盛水器皿。

3 餴(fēn):蒸饭。饎(chì):酒食。

4 岂弟(kǎi tì):德行高大。

5 罍:古代酒器,形似壶而大。

6 溉:清。

7 塈(xì):归附。

卷阿

导读

《毛序》:"《卷阿》,召康公戒成王也。言求贤用吉士也。"这是周王与群臣出游卷阿,诗人陈诗颂王的歌。《毛序》以为是"召康公戒成王",王质《诗总闻》以为是颂文王,都是推测之词。有人引《竹书纪年》"成王三十三年,游于卷阿,召康公从"的记载为证,但《竹书纪年》有作伪的成分在内,不足尽信。从内容看,这是歌颂周王礼贤求士无疑;至于时代等,只能存疑。

全诗十章,首章以"来游来歌,以矢其音"领起,末章以"矢诗不多,维以遂歌"收束,首尾呼应,神气完足。中间八章,叙出游则祝颂并起,叙求贤则赋兴兼用,布局匀称谐调。单凭这一点,亦可证明这不是周初的创作。从语言的运用上看,虽然以歌颂赞美的谀辞为主,但也不乏佳句。如第七、八、九章以凤凰的飞鸣集止起兴,喻天子周围贤才荟萃,形象鲜明而壮美。尤其是第九章,全用比喻,写高冈朝阳,梧桐生焉,凤凰则栖于上而鸣,华丽的意境与"天子得人,野无遗贤"的盛况十分吻合;而且妙在"皆用镂空之笔,不着色"(姚际恒语),确为全诗添一段灵动飘逸之气。

原文	译文
有卷者阿[1],飘风自南[2]。 岂弟君子,来游来歌, 以矢其音[3]。	曲折丘陵风光好,旋风南来声怒号。 和气近人的君子,到此遨游歌载道, 大家献诗兴致高。
伴奂尔游矣[4],优游尔休矣[5]。 岂弟君子,俾尔弥尔性[6],	江山如画任你游,悠闲自得且暂休。 和气近人好君子,终生辛劳何所求?

似先公遒矣[7]。

继承祖业功千秋。

尔土宇昄章[8],亦孔之厚矣[9]。
岂弟君子,俾尔弥尔性,
百神尔主矣[10]。

你的版图和封疆,一望无际遍海内。
和气近人好君子,终生辛劳有作为,
主祭百神最相配。

尔受命长矣,茀禄尔康矣[11]。
岂弟君子,俾尔弥尔性,
纯嘏尔常矣[12]。

你受天命长又久,福禄安康样样有。
和气近人好君子,终生辛劳百年寿,
天赐洪福永享受。

有冯有翼[13],有孝有德,
以引以翼。
岂弟君子,四方为则。

贤才良士辅佐你,品德崇高有权威,
匡扶相济功绩伟。
和气近人好君子,垂范天下万民随。

注释

1 卷(quán):曲。 阿:大的丘陵。
2 飘风:旋风。
3 矢:陈。
4 伴奂:纵驰、尽情的意思。
5 优游:闲暇自得的样子。
6 弥:终、尽。 性:音义同“生”,指生命。
7 似:通“嗣”,继承。 遒:完成、成就。
8 土宇:封疆。 昄章:犹版图。 昄,音义同“版”。
9 厚:广大辽阔。
10 主:指主祭者。
11 茀禄:即“福禄”。 康:安。
12 纯:大。 嘏:福。
13 冯(píng):辅。

原文

颙颙卬卬[1]，如圭如璋[2]，
令闻令望。
岂弟君子，四方为纲。

凤皇于飞，翙翙其羽[3]，
亦集爰止。
蔼蔼王多吉士[4]，维君子使，
媚于天子。

凤皇于飞，翙翙其羽，
亦傅于天[5]。
蔼蔼王多吉人，维君子命，
媚于庶人[6]。

凤皇鸣矣，于彼高冈。
梧桐生矣，于彼朝阳。
菶菶萋萋[7]，雝雝喈喈[8]。

君子之车，既庶且多[9]。
君子之马，既闲且驰[10]。
矢诗不多[11]，维以遂歌[12]。

译文

贤臣肃敬志高昂，品德纯洁如圭璋，
名声威望传四方。
和气近人好君子，天下诸侯好榜样。

高高青天凤凰飞，百鸟展翅紧相随，
凤停树上百鸟陪。
周王身边贤士萃，任您驱使献智慧，
爱戴天子不敢违。

青天高高凤凰飞，百鸟纷纷贤相随，
直上晴空迎朝晖。
周王身边贤士萃，听你命令不辞累，
爱护人民行无亏。

凤凰鸣叫示吉祥，停在那边高山冈。
高冈上面生梧桐，面向东方迎朝阳。
枝叶茂盛郁苍苍，凤凰和鸣声悠扬。

迎送贤臣马车备，车子既多又华美。
迎送贤臣有好马，奔驰熟练快如飞。
贤臣献诗真不少，为答周王唱歌会。

注释

1 颙(yóng)颙：庄重恭敬的样子。卬(áng)卬：气概轩昂的样子。
2 圭、璋：古代玉制礼器。
3 翙(huì)翙：众多的样子。羽：鸟的代称。
4 蔼蔼：众多的样子。吉士：善士。

5 俜:至。

6 庶人:平民。

7 菶(běng)菶:亦“萋萋”,形容梧桐枝叶茂盛的样子。

8 雍雍喈喈:形容凤凰鸣声和谐的样子。

9 多:通“侈”,车饰侈丽的意思。

10 闲:熟练。

11 不:语助词,无义。

12 遂:对、答。

民劳

导读

《毛序》:《民劳》,召穆公刺厉王也。”今从毛说。周厉王是一个暴虐的君主,在位时“赋敛重数,繇役繁多。人民劳苦,轻为奸宄。强陵弱,众暴寡,作寇害。故穆公以刺之。”(《郑笺》)但是厉王并没有接受召穆公的劝谏,他任用卫巫监谤,将有不满现实的言论的人都杀死。这种专制暴虐的行径虽然暂时堵住了人民的口,却征服不了人民的心。公元前八四二年,国人起来造反,袭厉王。厉王出奔于彘(今山西省霍县)。《民劳》所反映的,就是厉王暴政的一个侧面,但用谏戒的语气出之。

陆德明《经典释文》云:“从此至《桑柔》五篇是厉王《变大雅》。”前人的正变之说虽然不尽正确。但从诗的风格来说,《变雅》凄苦忧愁的低调与《正雅》雍容华贵的高调确实相去很远。就这首诗而论,全篇是重章叠唱,以“无纵诡随”(别听狡诈欺骗话)为一篇之主,每一章所变换的词如无良、惛怓、罔极、丑厉、缱绻,则描摹出诡随小人的种种情状,章法于整齐中见变化,渲染出一派“国将乱矣”的严峻气氛,充分表达了诗人言切意深的良苦用心。

原文

民亦劳止,汔可小康[1]。
惠此中国[2],以绥四方。
无纵诡随[3],以谨无良[4]。
式遏寇虐,憯不畏明[5]。
柔远能迩[6],以定我王。

译文

人民劳累真苦死,只求稍稍喘口气。
国家搞好京师富,安抚诸侯不费力。
别听狡诈欺骗话,不良之辈要警惕。
制止暴虐与劫掠,胆大妄为违法纪。
爱民不分远和近,国王安定心中喜。

民亦劳止，汔可小休。	人民劳苦莫提起，只求稍稍得休息。
惠此中国，以为民逑[7]。	国家搞好京师富，人民才能心满意。
无纵诡随，以谨惽怓[8]。	别听狡诈欺骗话，争权夺利要警惕。
式遏寇虐，无俾民忧。	制止暴虐与劫掠，莫使人民心悲凄。
无弃尔劳，以为王休。	从前功劳休抛弃，成就国王好名气。
民亦劳止，汔可小息。	人民劳苦莫提起，只求稍稍松口气。
惠此京师，以绥四国。	国家搞好京师富，安抚诸侯就顺利。
无纵诡随，以谨罔极。	别听狡诈欺骗话，两面三刀要警惕。
式遏寇虐，无俾作慝[9]。	制止暴虐与劫掠，不使作恶把人欺。
敬慎威仪，以近有德。	立身端正讲礼节，亲近贤德勤学习。
民亦劳止，汔可小愒[10]。	人民劳苦莫提起，只求稍稍歇歇力。
惠此中国，俾民忧泄[11]。	国家搞好京师富，使民消忧除怨气。
无纵诡随，以谨丑厉[12]。	别听狡诈欺骗话，险恶之人要警惕。
式遏寇虐，无俾正败[13]。	制止暴虐与劫掠，莫使政局生危机。
戎虽小子[14]，而式弘大[15]。	你虽是个年轻人，作用很大应注意。
民亦劳止，汔可小安。	人民劳苦莫提起，要求稍稍得安逸。
惠此中国，国无有残[16]。	国家搞好京师富，社会安定好风气。
无纵诡随，以谨缱绻[17]。	别听狡诈欺骗话，结党营私要警惕。
式遏寇虐，无俾正反。	制止暴虐与劫掠，莫将政权轻丧弃。
王欲玉女[18]，是用大谏。	我王贪财爱美女，所以深深规劝你。

注释

1 汔：通“乞”，求。康：安居。

2 惠：爱。中国：指西周王朝直接统治的区域，即王畿，因四方都有诸侯，故称为中国。

3 纵:应作“从”,听从的意思。诡随:狡诈欺骗的人。

4 谨:慎,小心提防。

5 憯(cǎn):语助词,犹曾、乃。明:法。

6 柔:安抚。能:亲善。

7 民逑:指人民安居乐业。逑,聚合。

8 惛怓(hūn náo):喧扰,争吵。

9 慝(tè):邪恶。

10 愒(qì):休息。

11 泄:发泄、消除。

12 丑厉:恶人。

13 正:通“政”。

14 戎:你。小子:年轻人。指周王。

15 式:作用。

16 残:害。

17 缱绻:固结不解的意思。这里指结党营私。

18 玉:指金玉财宝。女:指女色。

板

导读

《毛序》:“《板》,凡伯刺厉王也。”三家《诗》没有大的异义,只是补充说:“刺周王变祖法度,故使下民将尽病也。”(《后汉书·李固传》)凡伯是周公的后裔,入为王朝卿士。据魏源《诗古微》考证,凡伯就是共伯和,厉王无道,被共人放逐而流亡彘地时,诸侯立凡伯为王。后来厉王死,周宣王立,凡伯就让出政权,回到自己的封地凡邑去了。他向来被称颂是一个“有至德”的人,但事实上,政权的递遭是否真的如此温良谦和,恐怕不见得。年代久远,史料匮乏,只能存疑。不过这首诗为凡伯所作,以批评同僚为名来劝告厉王,大概不会有什么问题,诗当作于厉王被流放之前。按古本《诗经》“板”皆作“版”,《荀子》杨倞注:“《大雅·版》之诗”,可证。

作为主要的艺术手法之一,比喻在《诗经》中应用得也是很广泛的。即如这首诗的第六章,为了形容“天之牖民”,连用“如埙如篪,如璋如圭,如取如携”六个明喻,以埙篪乐器的相和,璋圭玉器的相合来说明上天诱导百姓的和谐自然,取喻奇特而喻意贴切。更妙者前二句四个喻体都是实物,后一句两个喻体“如取如携”转而用虚;虚实相间,将本体的形象刻画得更加鲜明生动。同样的,第七章“价人维藩”以下六句,也是在众多的隐喻中空一句,赋比相间,取譬切至,而行文不觉板滞。这位诗人用譬的手法可说是相当娴熟了。

原文

上帝板板[1],下民卒瘅[2]!
出话不然[3],为犹不远[4]。

译文

上帝发疯不正常,下界人民都遭殃!
话儿说得不合理,政策订来没眼光。

靡圣管管[5],不实于亶[6]。
犹之未远,是用大谏。

天之方难,无然宪宪[7]。
天之方蹶[8],无然泄泄[9]。
辞之辑矣[10],民之洽矣。
辞之怿矣[11],民之莫矣[12]。

不靠圣人太自用,光说不做真荒唐。
执政丝毫没远见,所以作诗劝我王。

老天正把灾难降,不要这般喜洋洋。
老天正在降骚乱,不要多嘴说短长。
我们关系和谐了,民心协同国力强。
我们关系和睦了,人民努力会学样。

注释

1 上帝:喻周厉王。 板板:乖戾、不正常的样子。
2 卒瘅(dàn):疲病。
3 不然:不对。
4 犹:通“猷”,谋、政策。 不远:无远见。
5 靡圣:眼里没有圣人。 管管:没有依据,自以为是的样子。
6 不实:不实行。 亶(dǎn):诚信。
7 无然:不要这样。 宪宪:犹“欣欣”,喜悦的样子。
8 蹶:动、扰乱。
9 泄(yì)泄:亦作“呭呭”,多嘴的样子。
10 辞:“辥”的假借,金文“辥”训“我”,这里指作者与其同僚。 见于省吾《诗经新证》。 辑:和缓协调。
11 怿:悦,指关系和悦。
12 莫:“慔”的假借,勉力。

原文

我虽异事[1],及尔同寮[2]。
我即尔谋,听我嚣嚣[3]。
我言维服[4],勿以为笑。

译文

你我职务虽不同,毕竟同事在官场。
我到你处商国事,忠言逆耳白开腔。
我提建议为治国,切莫当作笑话讲。

原文	译文
先民有言："询于刍荛[5]。"	古人有话说得好："有事请教斫柴郎。"
天之方虐，无然谑谑[6]。	老天正把灾难降，切莫喜乐太放荡。
老夫灌灌[7]，小子蹻蹻[8]。	老夫恳切尽忠诚，小子骄傲不像样。
匪我言耄[9]，尔用忧谑[10]。	不是我说糊涂话，你开玩笑太轻狂。
多将熇熇[11]，不可救药。	多做坏事难收拾，不可救药国将亡。

注释

1 异事：指职务不同。

2 同寮：同事。

3 嚣(áo)嚣：傲慢而不肯接受别人意见的样子。

4 服：用、治。

5 刍荛：指割草砍柴者，即樵夫。刍，草。荛，柴。

6 谑谑：嬉笑快乐的样子。

7 老夫：诗人自称。灌灌：犹"款款"，诚恳的样子。

8 小子：指厉王。蹻蹻：骄傲的样子。

9 耄(mào)：糊涂昏乱。

10 忧谑：调笑。忧，假借为"优"。

11 将：行。熇(hè)熇：火势炽盛的样子。这里指不可收拾。

原文	译文
天之方懠[1]，无为夸毗[2]。	老天正在生怒气，你别这副奴才相。
威仪卒迷[3]，善人载尸[4]。	君臣礼节都乱套，好人闭口不开腔。
民之方殿屎[5]，则莫我敢葵[6]。	人民痛苦正呻吟，对我不敢妄猜想。
丧乱蔑资[7]，曾莫惠我师[8]。	社会纷乱国库空，抚恤群众谈不上。
天之牖民[9]，如埙如篪[10]，	老天诱导众百姓，如吹管乐和音响，

如璋如圭，如取如携[11]。携无曰益[12]，牖民孔易。民之多辟[13]，无自立辟[14]。

如像玄圭配玉璋，如提如携来相帮。培育扶植不设防，因势利导很顺当。如今民间多乱子，枉自立法没用场。

注释

1 懠：怒。

2 夸毗：谄媚顺从。

3 迷：迷乱。

4 载：则。 尸：神主。

5 殿屎（diàn xī）：痛苦呻吟。

6 葵：通“揆”，猜疑。

7 蔑：无。 资：资财。

8 师：民众。

9 牖：通“诱”。

10 埙（xūn）：陶制的椭圆形吹奏乐器。 篪（chí）：竹制的一种管乐。

11 携：提。

12 益：通“隘”，阻碍。

13 辟：通“僻”，邪僻。

14 辟（bì）：法。

原文

价人维藩[1]，大师维垣[2]。大邦维屏，大宗维翰[3]。怀德维宁[4]，宗子维城[5]。无俾城坏，无独斯畏[6]。

敬天之怒，无敢戏豫[7]。

译文

好人好比是藩篱，大众好比是围墙。大国好比是屏障，同族好比是栋梁。关心人民国安泰，宗子就像是城墙。别让城墙受破坏，不要孤立自遭殃。

老天发怒要敬畏，不敢嬉戏太放荡。

敬天之渝[8],无敢驰驱[9]。	老天灾变要敬畏,不敢任性太狂放。
昊天曰明,及尔出王[10]。	老天眼睛最明亮,和你一起同来往。
昊天曰旦[11],及尔游衍[12]。	老天眼睛最明朗,和你一起共游逛。

注释

1 价:音义同“介”,善。 藩:篱笆。
2 大师:大众。 垣:墙。
3 大宗:周王同姓的宗族。 翰:栋梁。
4 怀德:有好的德行。 宁:指国家安宁。
5 宗子:周王的嫡子。
6 独:孤立。 斯:此、这。 畏:可怕。
7 戏豫:嬉戏娱乐。
8 渝:变,指天灾。
9 驰驱:指任性放纵。
10 王:通“往”。 出王:进出来往。
11 旦:明。
12 游衍:游逛。

荡之什

荡

导读

《毛序》:“《荡》,召穆公伤周室大坏也。厉王无道,天下荡荡然无纲纪文章,故作是诗也。”这是诗人哀伤厉王无道、周室将亡的诗。全诗托古讽今,借文王指斥殷纣王的手法以刺厉王。诗的第一章托言上帝,二章至末章设为文王咨嗟指责殷纣之词,而其意则在刺厉王。厉王监谤,钳制言论,国人道路以目,连召穆公这样位高权重的老臣也不敢直言无讳,可见极权者的凶恶霸道了。这种不多见的托古讽今咏史的表现手法,自《荡》滥觞以来,竟然延续了数千年而不衰,是中国文学史上的奇观,可发浩叹。

陆奎勋《诗学》:“文王以下七章,初无一语显斥厉王,结撰之奇,在《雅》诗亦不多觏。”孔颖达说:“伤者,刺外之有余哀也,其恨深于刺也。”他看出了诗的情调。这种恨是恨铁不成钢的恨,如“靡不有初,鲜克有终”;是失望中还残存着希冀的恨,如“殷鉴不远,在夏后之世”。从这种深沉的感情中孕育出来的诗句,都带有强烈的感染力,流传了两千多年,从而产生出一种普遍意义,成为社会上常用的成语了。

原文	译文
荡荡上帝[1],下民之辟[2]。	上帝骄纵又放荡,他是下民的君王。

疾威上帝[3],其命多辟[4]。	上帝贪心又暴虐,政令邪僻太反常。
天生烝民[5],其命匪谌[6]。	上天生养众百姓,政令无信尽撒谎。
靡不有初[7],鲜克有终[8]。	万事开头讲得好,很少能有好收场。
文王曰咨[9],咨女殷商[10]!	文王开口叹声长,叹你殷商末代王!
曾是强御[11],曾是掊克[12],	多少凶暴强横贼,敲骨吸髓又贪赃,
曾是在位[13],曾是在服[14]。	窃据高位享厚禄,有权有势太猖狂。
天降慆德[15],女兴是力[16]。	天降这些不法臣,助长国王逞强梁。

注释

1 荡荡:任意骄纵、不守法制的样子。上帝:托指周王。

2 辟(bì):君主。

3 疾威:贪暴。

4 命:政令。辟:通“僻”,邪僻。

5 烝:众。

6 匪谌(chén):不诚、不守信用。谌,诚。

7 靡:无。

8 鲜:少。克:能。

9 咨:嗟叹声。

10 女:汝。

11 曾:乃。是:这样。强御:凶暴。此指凶暴的臣子。

12 掊克:聚敛,指搜刮人民的臣子。

13 在位:指处于统治地位。

14 服:任。在位是有职无权的官,在服是有职有权的官。

15 慆德:即“滔德”,对强御、掊克等不法臣子而言。慆,通“滔”,和荡荡同义。

16 女:汝;指不法之臣。兴:助长。力:勤。

原文

文王曰咨，咨女殷商！
而秉义类[1]，强御多怼[2]。
流言以对[3]，寇攘式内[4]。
侯作侯祝[5]，靡届靡究[6]。

文王曰咨，咨女殷商！
女炰烋于中国[7]，敛怨以为德[8]。
不明尔德[9]，时无背无侧[10]。
尔德不明，以无陪无卿[11]。

译文

文王开口叹声长，叹你殷商末代王！
你任善良以职位，凶暴奸臣心怏怏。
面进谗言来诽谤，强横窃据朝廷上。
诅咒贤臣害忠良，没完没了造祸殃。

文王开口叹声长，叹你殷商末代王！
跋扈天下太狂妄，却把恶人当忠良。
知人之明你没有，不知叛臣结朋党。
知人之明你没有，不知公卿谁能当。

注释

1 而：通“尔”，你。秉：操持、用。义类：善类。
2 怼：怨恨。
3 流言：谣言。
4 寇攘：盗窃国家资财。式：于、在。内：指朝廷内。
5 侯：有。作：借为“诅”。祝：通“咒”。诅咒，祈求鬼神加祸于敌对的人。
6 届：尽。究：穷。
7 炰烋(páo xiāo)：亦作“咆哮”，怒吼。
8 敛：聚集。怨：可恨的人。
9 不明：没有知人之明，不辨善恶。
10 时：所以。背：背叛。侧：不正派。
11 陪：辅佐。卿：卿大夫。

原文

文王曰咨，咨女殷商！
天不湎尔以酒[1]，不义从式[2]。

译文

文王开口叹声长，叹你殷商末代王！
上天未让你酗酒，也未让你用匪帮。

既愆尔止[3],靡明靡晦。
式号式呼[4],俾昼作夜。

礼节举止全不顾,没日没夜灌黄汤。
狂呼乱叫不像样,日夜颠倒政事荒。

文王曰咨,咨女殷商!
如蜩如螗[5],如沸如羹[6]。
小大近丧[7],人尚乎由行[8]。
内奰于中国[9],覃及鬼方[10]。

文王开口叹声长,叹你殷商末代王!
百姓悲叹如蝉鸣,恰如落进沸水汤。
大小事儿都不济,你却还是老模样。
全国人民怒气生,怒火蔓延到远方。

注释

1 湎:沉溺于酒。
2 从:听从。 式:任用。
3 愆:过失,错误。 止:容止、行为。
4 式:助词。
5 蜩(tiáo):蝉。 螗:蝉的一种,亦名蝘。
6 羹:菜汤。
7 小大:指大小事。 丧:失败。
8 人:指厉王。 由行:照老样子做。
9 奰(bì):怒。
10 覃:延。 鬼方:远方。

原文

文王曰咨,咨女殷商!
匪上帝不时[1],殷不用旧[2]。
虽无老成人[3],尚有典刑[4]。
曾是莫听[5],大命以倾[6]。

文王曰咨,咨女殷商!

译文

文王开口叹声长,叹你殷商末代王!
不是上帝心不好,是你不守旧规章。
虽然身边没老臣,还有成法可依傍。
这样不听人劝告,命将转移国将亡。

文王开口叹声长,叹你殷商末代王!

人亦有言:“颠沛之揭[7],
枝叶未有害,本实先拨[8]。”
殷鉴不远[9],在夏后之世。

古人有话不可忘:“大树拔倒根出土,
枝叶虽然暂不伤,树根已坏难久长。”
殷商镜子并不远,应知夏桀啥下场。

注释

1 不时:不好。

2 旧:指旧的典章制度。

3 老成人:旧臣,意指诗人自己。

4 典刑:旧法。

5 曾:乃、可是。是:这些。指上面所说的话。

6 大命:国家的命运。

7 颠沛:跌倒。这里指被拔倒的树木。揭:高举。指树木倒地后根部翻出。

8 拨:“败”的假借字。

9 鉴:同“镜”。

抑

导读

《毛序》:"《抑》,卫武公刺厉王,亦以自警也。"这是周王朝一位老臣劝告、讽刺周王的诗。《国语·楚语》曰:"昔卫武公年数九十有五矣,犹箴儆于国曰:自卿以下至于师长士,苟在朝者,无谓我老耄而舍我,必恭恪于朝,朝夕以交戒我。闻一二之言,必诵志以纳之,以诵道我。……于是作懿戒以自儆也。"韦昭注:"昭谓《懿》诗,《大雅·抑》之篇也。懿读曰抑。"《毛序》分析诗旨并不错,但作者是否卫武公,所刺是否周厉王,却引起后人许多纷争。卫武公即位,距厉王流亡于彘已经三十年,而且诗的作者俨然一个老人,那么离开厉王之没至少已七八十年。于是有人以为是"追刺",有人以为是"刺平王",其实都没有什么根据。还有一种意见,认为诗确是刺厉王,而作者则不知何人。我们觉得这方面的争辩并没有多大意义。从诗的内容来看,这一位老臣主要不满于君主的昏庸骄满,沉湎酒色,希望他加强自身德行的修养。这一类泛泛的说教,无论施于哪一位年幼昏庸君主都是合适的,因此也就不必刻意深求了。

这是一首强调修德慎行的诗,因此语言的运用说理成分居多,洗练概括,有的还带有哲理性,如"白圭之玷,尚可磨也,斯言之玷,不可为也""投我以桃,报之以李""匪面命之,言提其耳"等句,在后世广泛流传,逐渐演化为成语。由此可见《诗经》的语言具有旺盛的生命力,历二千五百余年而不衰。

原文	译文
抑抑威仪[1],维德之隅[2]。	仪表堂堂礼彬彬,为人品德很端正。
人亦有言:"靡哲不愚[3]。"	古人有句老俗话:"智者看来像愚笨。"

庶人之愚[4]，亦职维疾[5]。	常人显得不聪明，那是本身有毛病。
哲人之愚，亦维斯戾[6]。	智者看似不聪明，那是装傻避罪刑。
无竞维人[7]，四方其训之[8]。	有了贤人国强盛，四方诸侯来归诚。
有觉德行[9]，四国顺之。	君子德行正又直，诸侯顺从庆升平。
讦谟定命[10]，远犹辰告[11]。	建国大计定方针，长远国策告群臣。
敬慎威仪，维民之则。	举止行为要谨慎，人民以此为标准。
其在于今，兴迷乱于政[12]。	如今天下乱纷纷，国政混乱不堪论。
颠覆厥德[13]，荒湛于酒[14]。	你的德行已败坏，沉湎酒色醉醺醺。
女虽湛乐从[15]，弗念厥绍[16]。	只知吃喝和玩乐，继承帝业不关心。
罔敷求先王[17]，克共明刑[18]。	先王治道不广求，怎能明法利众民。

注释

1 抑抑：缜密。威仪：容止礼节。
2 隅：本义是屋角，引申为方正。
3 哲：指聪明而知识丰富的人。
4 庶人：众民、一般人。
5 亦：语首助词。职：主要。维：是。疾：毛病。
6 斯戾：避罪。戾，罪。
7 无：发语词。竞：强。维：由于。人：指贤人。
8 训：顺从。
9 觉：通“梏”，高大、正直的样子。
10 讦（xū）：大。谟：谋。
11 犹：同“猷”，谋略。辰：时。
12 兴：语首助词。
13 颠覆：败坏。厥：其，指周王。

14 荒湛(dān):沉湎。

15 女:汝,指周王。虽:通“唯”,只。湛乐:吃喝玩乐。从:从事。

16 绍:继,继承先人传统。

17 罔:无、不。敷:广。先王:指先王的治国之道。

18 克:能。共:通“拱”,执行。刑:法。

原文

肆皇天弗尚[1],如彼泉流,
无沦胥以亡[2]。
夙兴夜寐,洒扫廷内[3],
维民之章[4]。
修尔车马,弓矢戎兵[5],
用戒戎作[6],用逷蛮方[7]。

质尔人民[8],谨尔侯度[9],
用戒不虞[10]。
慎尔出话,敬尔威仪,
无不柔嘉[11]。
白圭之玷[12],尚可磨也;
斯言之玷,不可为也!

无易由言[13],无曰“苟矣[14],
莫扪朕舌[15]”,言不可逝矣[16]。
无言不雠[17],无德不报。
惠于朋友[18],庶民小子。
子孙绳绳[19],万民靡不承[20]。

译文

皇天不肯来保佑,好比泉水空自流,
君臣相率一齐休。
应该起早又睡晚,里外洒扫除尘垢,
为民表率要带头。
整治你的车和马,弓箭武器认真修,
防备一旦战事起,征服国外众蛮酋。

安定你的老百姓,谨守法度莫任性,
以防祸事突然生。
说话开口要谨慎,行为举止要端正,
处处温和又可敬。
白玉上面有污点,尚可琢磨除干净;
开口说话出毛病,再要挽回也不成!

不要随口把话吐,莫道“说话可马虎,
没人把我舌头捂”,一言既出难弥补。
没有出言无反应,施德总能得福禄。
朋友群臣要爱护,百姓子弟多安抚。
子子孙孙要谨慎,人民没有不顺服。

注释

1 肆:发声词。尚:保佑。
2 无:发声词。沦胥:相率。沦,率。胥,相。以:而。
3 廷:通“庭”,庭院。内:室内。
4 维:为。章:法则、规范。
5 戎兵:指武器。
6 戒:准备。戎:战事。作:起。
7 逷(tì):剪除、治服。蛮方:指远方异族。
8 质:安定。
9 侯:语助词。度:法度。
10 不虞:不测。
11 柔嘉:柔和妥善。
12 玷:玉上的斑点。
13 易:轻易。由:于。
14 苟:苟且、随便。
15 扪:执持。朕:我。
16 逝:及、追。
17 仇:答。
18 朋友:指在朝的群臣。
19 绳绳:谨慎的样子。
20 承:顺从。

原文

视尔友君子[1],辑柔尔颜[2],
不遐有愆[3]。
相在尔室[4],尚不愧于屋漏[5]。

译文

看你招待贵族们,和颜悦色笑盈盈,
小心过失莫发生。
看你独自处室内,做事无愧于神明。

无曰“不显[6]，莫予云觏[7]”。
神之格思[8]，不可度思[9]，
矧可射思[10]。

辟尔为德[11]，俾臧俾嘉[12]。
淑慎尔止[13]，不愆于仪。
不僭不贼[14]，鲜不为则[15]。
投我以桃，报之以李。
彼童而角[16]，实虹小子[17]。

荏染柔木[18]，言缗之丝[19]。
温温恭人，维德之基。
其维哲人，告之话言[20]，
顺德之行。
其维愚人，覆谓我僭[21]，
民各有心。

休道“室内光线暗，没人能把我看清”。
神明来去难预测，不知何时忽降临，
怎可厌倦自遭惩。

修明德行养情操，使它高尚更美好。
举止谨慎行为美，仪容端正有礼貌。
不犯过错不害人，很少不被人仿效。
人家送我一篮桃，我把李子来相报。
胡说秃羊头生角，实是乱你周王朝。

又坚又韧好木料，制作琴瑟丝弦调。
温和谨慎老好人，根基深厚品德高。
如果你是明智人，古代名言来奉告，
马上实行当作宝。
如果你是糊涂虫，反说我错不讨好，
人心各异难诱导！

注释

1 友：此作动词“招待”。君子：指在朝的群臣。
2 辑：和。
3 遐：何。愆：过错。
4 相：看。
5 屋漏：白天屋里日光从天窗漏下。古人以屋漏指代神明。
6 无：通“毋”。
7 云：语助词。觏：看见。
8 格：至。思：语助词。
9 度：揣测。

10 矧(shěn):况且。射(yì):通“斁”,讨厌。
11 辟:修明。为:语助词。
12 臧:嘉、善。
13 淑:美好。止:举止、行为。
14 僭:差错。贼:残害。
15 鲜:少。则:法则。
16 童:秃。指无角的羊。而角:以……为有角。而,以。
17 虹:通“讧”,溃乱。小子:指年轻的周王。
18 荏染:坚韧。柔木:指椅、桐、梓、漆等做琴瑟乐器的树木。
19 言:语首助词。缗:按上。丝:指琴瑟的丝弦。
20 话言:恐为“诂言”之误。诂言,即古老话。
21 覆:反而。僭:错。

原文

於乎小子[1],未知臧否[2]!
匪手携之[3],言示之事[4]。
匪面命之[5],言提其耳。
借曰未知[6],亦既抱子。
民之靡盈[7],
谁夙知而莫成[8]?

昊天孔昭,我生靡乐。
视尔梦梦[9],我心惨惨[10]。
诲尔谆谆[11],听我藐藐[12]。
匪用为教,覆用为虐[13]。
借曰未知,亦聿既耄[14]!

译文

可叹少爷太年青,不知好歹与重轻!
非但搀你互谈心,也曾教你办事情。
非但当面教导你,还拎你耳要你听。
假使说你不懂事,也已抱子有儿婴。
人们虽然有缺点,
谁会早慧却晚成?

苍天在上最明白,我这一生没愉快。
看你那种糊涂样,我心烦闷又悲哀。
反复耐心教导你,你既不听也不睬。
不知教你为你好,反当笑话来编排。
如果说你不懂事,怎会骂我是老迈!

於乎小子，告尔旧止[15]，	叹你少爷年幼王，听我告你旧典章。
听用我谋，庶无大悔[16]。	你若听用我主张，不致大错太荒唐。
天方艰难[17]，曰丧厥国[18]。	上天正把灾难降，只怕国家要灭亡。
取譬不远，昊天不忒[19]。	让我就近打比方，上天赏罚不冤枉。
回遹其德[20]，俾民大棘[21]！	如果邪僻性不改，黎民百姓要遭殃！

注释

1 於乎：即“呜呼”，叹词。

2 否(pǐ)：恶。

3 匪：非但、不但。携：搀着。

4 示：指点。

5 面：当面。命：教导。

6 借曰：假如说。未知：没有知识。

7 民：泛指人。盈：盈满。含有没有缺点样样都好的意思。

8 夙知：早慧。夙，早。莫成：晚成。莫，同“暮”。

9 梦梦：昏昏、糊涂。

10 惨惨：忧愁烦闷的样子。

11 谆谆：教诲不倦的样子。

12 藐藐：轻视而听不进的样子。

13 虐：“谑”的借字，戏谑、开玩笑。

14 聿：助词。耄：老。

15 旧：指旧的典章制度。止：语气词。

16 庶：幸，含有希望之意。

17 艰难：灾难。

18 曰：发语词。

19 忒(tè):偏差。

20 回遹(yù):邪僻。

21 棘:通“急”。

桑柔

导读

《毛序》:“《桑柔》,芮伯刺厉王也。”这是周厉王的大臣芮良夫讽刺厉王暴虐昏庸,任用非人而终遭灭亡的诗。《左传》文公十三年秦穆公引这首诗的第十三章,称为“芮良夫之诗”。王符《潜夫论·遏利篇》:“周厉王好专利,芮良夫谏而不入,退赋《桑柔》之诗以讽。”《国语》和《史记》也有类似的记载。史有明文,《桑柔》是芮良夫所作看来是没有问题的。芮良夫是什么人?《郑笺》:“芮伯,畿内诸侯,王卿士也。字良夫。”芮国在什么地方?陈奂《传疏》:“《汉书·地理志》左冯翊临晋有芮乡,故芮国。案此周之芮,在河西。今陕西同州府朝邑县,即周芮伯国。”这首诗作于什么时候?一般的看法根据史书记载,认为诗作于周厉王十六年流亡于彘之前。但我们根据诗中有“天降丧乱,灭我立王”的句子,觉得这一说不妥。此外,周厉王在位的最后几年,暴虐侈傲,得卫巫使监谤者,造成“国人莫敢言,道路以目”的万马齐喑的肃杀气象,而诗中却再三提到“民之贪乱,宁为荼毒”“民之罔极,职凉善背”“民之回遹,职竞用力”,可见当时国内已经非常混乱,充满暴力行为。这种形势,也只会出现在人民从沉默中爆发,赶走厉王之后。就诗论诗,其写作时间定在厉王流彘,共和摄政之后一二年间,是比较确切的。

这是一首忧时伤乱之作,情调是很低沉的。全诗十六章,反反复复描述国事的纷乱不可收拾,申诉自己心情的忧痛而又无能为力。从第八章开始,并以“惠君”和“不顺”,“圣人”和“愚人”,“良人”和“忍心”一再对比,理想中的君主是何等清明,现实中的昏君却是如此暴虐。百姓遭此荼毒,自己却无能为力、进退维谷。作者处在极度的矛盾与忧伤之中,所以全诗便体现出沉郁顿挫的风格。屈原《九章》中的《哀郢》《怀沙》诸篇,其情调庶几近之。

原文

菀彼桑柔[1],其下侯旬[2],
捋采其刘[3]。
瘼此下民[4],不殄心忧[5]。
仓兄填兮[6],倬彼昊天[7],
宁不我矜[8]!

四牡骙骙[9],旟旐有翩[10]。
乱生不夷[11],靡国不泯[12]。
民靡有黎[13],具祸以烬[14]。
於乎有哀,国步斯频[15]!

译文

青青桑叶密又嫩,桑树下面一片荫,
采完桑叶剩枝根。
害苦百姓难遮身,愁思绵绵缠我心。
社会凄凉乱纷纷,皇天能把善恶分,
怎么不怜我老臣!

四马驾车不住奔,旌旗翻飞各逃生。
祸乱发生不太平,到处纷乱难安宁。
百姓死亡人稀少,全都遭难变灰烬,
长叹一声心悲痛,国运艰难势将倾!

注释

1 菀(wǎn):茂盛的样子。桑柔:即柔桑。
2 侯:维、是。旬:树荫遍布。
3 刘:剥落稀疏。指桑树被采后稀疏无叶。
4 瘼:病、害。
5 殄(tiǎn):断绝。
6 仓兄:同“怆怳”,凄凉纷乱的样子。填:久。
7 倬彼:倬倬,光明的样子。
8 宁:何。不我矜:即“不矜我”。矜,怜。
9 骙骙:马强壮的样子。
10 旟旐:画有鹰隼龟蛇的旗。有翩:翩翩,形容旌旗翻飞的样子。

11 夷:平定。

12 泯:乱。

13 黎:众。

14 具:通“俱”。以:通“而”。

15 国步:国运。斯:这样。频:危急。

原文

国步蔑资[1],天不我将[2]。
靡所止疑[3],云徂何往[4]?
君子实维[5],秉心无竞[6]。
谁生厉阶[7]?至今为梗[8]。

忧心殷殷[9],念我土宇[10]。
我生不辰[11],逢天僤怒[12]。
自西徂东,靡所定处。
多我觏痻[13],孔棘我圉[14]。

译文

民穷财尽国运紧,老天不助我人民。
没有地方可安身,想走不知去何村?
君子扪心自思忖,没有争权夺利心。
是谁生此祸乱根?至今作梗害人民。

隐隐作痛心忧伤,想念故土旧家邦。
生不逢时真不幸,碰上老天怒火旺。
从东到西天地宽,没有安居好地方。
灾难遭到一连串,再加敌寇侵边疆。

注释

1 蔑:无。资:财。

2 将:扶助。

3 止疑:停息。疑,通“凝”,定。

4 云:发语词。徂:往。

5 君子:指当时贵族们(包括作者)。维:通“惟”,想。

6 秉心:存心。无竞:无争。

7 厉阶:祸端。

8 梗:灾害。

9 殷殷:心痛的样子。

10 土宇：土地房屋。
11 辰：时。
12 僤(dàn)：大。
13 觏：遇。 瘠(mín)：病、灾难。
14 棘：通“急”。 圉：边疆。

原文

为谋为毖[1]，乱况斯削[2]。
告尔忧恤[3]，诲尔序爵[4]。
谁能执热[5]，逝不以濯[6]？
其何能淑，载胥及溺[7]。

如彼溯风[8]，亦孔之僾[9]。
民有肃心[10]，荓云不逮[11]。
好是稼穑[12]，力民代食[13]。
稼穑维宝，代食维好。

译文

谋划国事要谨慎，祸乱状况会减轻。
你们应当忧国事，合理授官任贤能。
好比谁想驱炎热，不去洗澡行不行？
国事如果不办好，大家淹死都丧命。

好比顶着大风跑，呼吸困难心发跳。
人民空有进取心，形势使他难效劳。
重视春种和秋收，百姓劳动官吃饱。
农业生产是个宝，官吏坐吃是正道。

注释

1 毖：谨慎。
2 斯：则、乃。 削：减少。
3 尔：指周王及当时执政的大臣。
4 序：次序。 此作动词，合理安排。 爵：官爵。
5 执热：解救炎热。
6 逝：发语词。 濯：沐浴。
7 载：则、就。 胥：皆、都。
8 溯：逆。
9 亦、之：都是语助词。 僾(ài)：呼吸不舒畅的样子。

10 肃心:进取的心。

11 荓(pēng):使。云:有。不逮:不及。

12 稼穑:此泛指农业劳动。

13 力民:使人民出力劳动。代食:指不劳动的官僚坐吃粮食。

原文

天降丧乱,灭我立王[1]。
降此蟊贼[2],稼穑卒痒[3]。
哀恫中国[4],具赘卒荒[5]。
靡有旅力[6],以念穹苍[7]。

维此惠君[8],民人所瞻。
秉心宣犹[9],考慎其相[10]。
维彼不顺,自独俾臧,
自有肺肠,俾民卒狂。

译文

死亡祸乱从天降,要灭我们所立王。
降下害虫和蟊贼,大田庄稼全吃光。
哀痛我们全中国,绵延田地一片荒。
大家没有尽力干,怎能感动那上苍。

通情达理好君王,人民对他就景仰。
心地光明善治国,慎重考察择宰相。
君主违理不顺民,只管自己把福享,
别有一副怪心肠,使民迷惑而放荡。

注释

1 灭我立王:指周厉王被国人赶跑,流放于彘的事。

2 蟊:吃苗根的害虫。贼:吃苗节的害虫。

3 卒:完全。痒:病。

4 恫(tōng):痛。

5 赘:通"缀",连属。

6 旅力:体力。旅,通"膂"。

7 念:感动。

8 惠:顺。

9 宣犹:明道。宣,明。犹,通"猷",道。

10 考慎:慎重考察。相:辅佐大臣。

原文

瞻彼中林，甡甡其鹿[1]。
朋友已谮[2]，不胥以穀[3]。
人亦有言："进退维谷[4]。"

维此圣人，瞻言百里[5]；
维彼愚人，覆狂以喜[6]。
匪言不能[7]，胡斯畏忌[8]？

维此良人，弗求弗迪[9]；
维彼忍心，是顾是复。
民之贪乱，宁为荼毒[10]。

译文

看那野外有树林，鹿儿成群多相亲。
朋友反而相欺骗，不能置腹又推心。
人们经常这样说："进退两难真苦闷。"

只有圣人有眼力，目光远大望百里；
只有蠢人眼近视，反而狂妄瞎欢喜。
并非有口不能言，为啥害怕有顾忌？

这位君主心善良，不求名利不争王；
那位君主太残忍，反复无常理不讲。
百姓为啥要作乱，因遭暴政苦难挡。

注释

1 甡(shēn)甡：同"莘莘"，众多的样子。
2 谮(jiàn)：通"僭"，相欺而不相信。
3 胥：相。 以：同"与"。 穀：善。
4 维：是。 谷：穷。
5 言：句中助词。
6 覆：反而。
7 匪：非。 这句是"非不能言"的倒文。
8 斯：这样。
9 迪：进。
10 宁：乃。 荼毒：残害。

原文

大风有隧[1]，有空大谷。

译文

天上呼呼刮大风，峡谷从来是空空。

维此良人，作为式穀[2]；	这位君主心善良，多做好事人歌颂；
维彼不顺，征以中垢[3]。	那位君主不讲理，日夜荒淫不出宫。
大风有隧，贪人败类[4]。	天上大风呼呼吹，贪利小人是败类。
听言则对[5]，诵言如醉[6]。	顺从话儿你答对，一听忠谏装酒醉。
匪用其良，覆俾我悖[7]。	忠臣良言不采用，反而说我老背晦。
嗟尔朋友，予岂不知而作[8]。	叫声朋友听我说，我岂不知你所作。
如彼飞虫[9]，时亦弋获[10]。	好比天空飞翔鸟，有时也被猎人捉。
既之阴女[11]，反予来赫[12]。	你的底细我掌握，如今反而恐吓我。

注释

1 有隧：隧隧，风疾速的样子。

2 式：句中助词。

3 征：往。以：而。中垢：指宫廷秽闻。中，内。指宫内。垢，污秽。

4 贪人：贪财犯法的人，指荣夷公之流。败类：有人释为残害同类，有人训“类”为“善”，均可通。

5 听言：顺从的话。对：答话。

6 诵言：劝告的话。

7 悖：违理。

8 予：芮良夫自称。而：你。

9 飞虫：指飞鸟。

10 时：有时。弋获：射中捉住。

11 既：已经。之：语助词。阴：通“谙”，熟悉、了解。女：汝。

12 赫：通“吓”。

原文

民之罔极[1]，职凉善背[2]。
为民不利，如云不克[3]。
民之回遹[4]，职竞用力[5]。

民之未戾[6]，职盗为寇。
凉曰不可[7]，覆背善詈[8]。
虽曰匪予[9]，既作尔歌[10]。

译文

人心不正好作乱，主张刻薄搞反叛。
你做不利人民事，好像还嫌不凶残。
人民要走邪僻路，竟用暴力解苦难。

人民不把好事做，主张为盗结成伙。
诚恳告你行不通，你反背地咒骂我。
虽然被你来诽谤，终究为你把诗作。

注释

1 罔极：无法则。
2 职：主张。凉：刻薄。善背：惯于背叛统治者。
3 云：句中助词。克：胜。
4 回遹：邪僻。
5 用力：专用暴力。
6 戾：善。
7 凉：通“谅”，诚恳。
8 背：背后。
9 曰：语中助词。匪：通“诽”，诽谤。
10 既：终。作尔歌：为你作歌。

云汉

导读

《毛序》:"《云汉》,仍叔美宣王也。宣王承厉王之烈,内有拨乱之志,遇灾而惧,侧身修行,欲销去之。天下喜于王化复行。百姓见忧,故作是诗也。"由诗意看,这实是周宣王求神祈雨的诗,是所谓"宣王《变大雅》"的第一篇(其他五篇是《崧高》《烝民》《韩奕》《江汉》和《常武》)。周宣王史称"中兴之主",所以《大雅》中有关他的六篇诗都是美诗。这首诗记载周宣王仰天求雨的祷词,目的是要体现它"有事天之敬,有事神之诚,有恤民之仁",含有赞美的意思。我们今天读这首诗,当然不是为了体会其中的"美意",但是从那些怨痛哀诉的句子中,倒可以约略窥见当时那场旱灾的严重,就好像从《十月之交》中可以证实幽王二年陕西毁灭性的大地震一样。由此可见这首诗还是有史料的价值。诗的作者,《毛序》说是仍叔。有人据《春秋》,推算仍叔离周宣王时已一百二十年左右,证明诗非仍叔所作。有人又提出春秋时赵氏世称"孟",智氏世称"伯",仍氏也可能世称"叔",作诗的仍叔是《春秋》所载仍叔的祖先。其实作者是不是仍叔,无关宏旨。即使考证出确是仍叔所作,我们于他的其他事迹还是一无所知,于诗的理解毫无益处,大可不必纠缠这些细枝末节。

诗以"倬彼云汉,昭回于天"起首,姚际恒《诗经通论》评道:"《棫朴篇》以云汉喻文章则曰为章,此以云汉言旱则曰昭回。"姚氏所说的实际上是一个不同的感情感应出不同景物的问题。《棫朴》是歌功颂德之作,作者感情喜悦而高昂,所以眼中的银河显得星光灿烂。这首诗是禳灾,诗人心里忧惧而焦急,因此只看见银河在天空斜转,水偏偏不肯降落到地上来。王夫之《姜斋诗话》云:"情、景名为二,而实不可离。神于诗者,妙合无垠。巧者则有情中景,景中情。"这两句诗自然谈不上"妙合无垠",

但景中有情,景随情移却是明显的,所以孙鑛《批评诗经》称赞它“最有风味”。

原文

倬彼云汉[1],昭回于天[2]。
王曰:於乎[3],何辜今之人[4]!
天降丧乱,饥馑荐臻[5]。
靡神不举[6],靡爱斯牲[7]。
圭璧既卒[8],宁莫我听[9]!

旱既大甚[10],蕴隆虫虫[11]。
不殄禋祀[12],自郊徂宫。
上下奠瘗[13],靡神不宗[14]。
后稷不克,上帝不临。
耗斁下土[15],宁丁我躬[16]!

译文

浩浩银河天上横,星光灿烂转不停。
国王仰天长叹息:百姓今有啥罪行!
上天降下死亡祸,饥荒灾难接连生。
哪位神灵没祭祀,何曾吝惜用牺牲。
祭神圭璧已用尽,为啥祷告天不听!

旱情已经很严重,酷暑闷热如火熏。
不断祭祀求降雨,从那郊外到庙寝。
上祭天神下祭地,任何神灵都尊敬。
后稷不能止灾情,上帝圣威不降临。
天下田地尽遭害,灾难恰恰落我身。

注释

1 倬彼:倬倬,浩大。云汉:银河。
2 昭:明。指天河的光。回:旋转。
3 王:指周宣王。於乎:即呜呼,叹词。
4 辜:罪。
5 荐:再、屡次。臻:至。
6 靡:无。举:祭祀。
7 爱:吝惜。斯:这些。牲:祭祀用的牛、羊、猪等。
8 圭、璧:都是玉器,周人用来祭神。卒:尽。
9 宁:何。我听:即“听我”。
10 大:同“太”,甚、过。

11 蕴:通“煴”,闷热。隆:盛。虫虫:通“爞爞”,热气熏蒸的样子。

12 殄:断。禋祀:古代祭天的礼节,此泛指祭祀。

13 上:指天。下:指地。奠:陈列祭品以祭天神。瘗(yì):埋,将祭品埋在地下祭地神。

14 宗:尊敬。

15 耗:损耗。斁(dù):败坏。

16 丁:遭逢。躬:身。

原文

旱既大甚,则不可推[1]。
兢兢业业[2],如霆如雷。
周余黎民[3],靡有孑遗[4]。
昊天上帝,则不我遗[5]。
胡不相畏?先祖于摧[6]。

旱既大甚,则不可沮[7]。
赫赫炎炎[8],云我无所[9]。
大命近止[10],靡瞻靡顾。
群公先正[11],则不我助。
父母先祖,胡宁忍予[12]!

译文

旱灾已经很不轻,想要消除不可能。
整天提心又吊胆,如防霹雳和雷霆。
周地剩余老百姓,将要全部死干净。
皇天上帝心好狠,不肯赐食把善行。
祖先怎么不害怕?子孙死绝祭不成。

旱情严重无活路,没有办法可止住。
烈日炎炎如火烧,哪里还有遮阴处。
大限已到命将亡,神灵依旧不看顾。
诸侯公卿众神灵,不肯降临来帮助。
父母祖先在天上,为啥忍心看我苦!

注释

1 推:排除。

2 兢兢业业:恐惧而小心的样子。

3 黎民:人民。

4 孑遗:剩余、遗留。

5 遗(wèi):赠送;指赐给食物。

6 于:而。 摧:灭。

7 沮:止。

8 赫赫:阳光明亮耀目的样子。

9 云:荫、遮蔽。

10 大命:生命。 止:指死亡。

11 群公:指前代的诸侯。 先正:前代的贤臣。

12 忍予:对我忍心。

原文	译文
旱既大甚,涤涤山川[1]。	旱灾来势很凶暴,山秃河干草木焦。
旱魃为虐[2],如惔如焚[3]。	旱魔为害太猖狂,好像遍地大火烧。
我心惮暑,忧心如熏。	长期酷热令人畏,忧心如焚受煎熬。
群公先正,则不我闻[4]。	诸侯公卿众神灵,毫不过问怎么好。
昊天上帝,宁俾我遁[5]!	叫声上帝叫声天,难道要我脱身逃!
旱既大甚,黾勉畏去[6]。	旱灾来势虽凶暴,勉力在位不辞劳。
胡宁瘨我以旱[7],	为啥降旱害我们?
憯不知其故[8]。	不知缘由真心焦。
祈年孔夙[9],方社不莫[10]。	祈年祭祀不算晚,祭方祭社也很早。
昊天上帝,则不我虞[11]。	皇天上帝太狠心,不佑助我不宽饶。
敬恭明神[12],宜无悔怒[13]。	一向恭敬诸神明,想来神明不会恼。

注释

1 涤涤:指山无草木,川无滴水,光秃干枯的样子。

2 旱魃(bá):传说中的旱魔。

3 惔:火烧。

4 闻:借为“问”,过问。

5 宁：岂、难道。遁：逃。
6 黾勉：勉力。畏去：不敢离去君位。
7 瘨(diān)：降灾、害。以：用。
8 憯(cǎn)：曾。
9 祈年：向神祈求丰年。孔夙：很早。
10 方：祭四方之神。社：祭土神。莫：古“暮”字，晚。
11 虞：助。
12 敬恭：即恭敬。明神：神明。
13 宜：应该。悔：恨。

原文

旱既大甚，散无友纪[1]。
鞫哉庶正[2]，疚哉冢宰[3]。
趣马师氏[4]，膳夫左右[5]；
靡人不周[6]，无不能止。
瞻卬昊天[7]，云如何里[8]！

瞻卬昊天，有嘒其星[9]。
大夫君子，昭假无赢[10]。
大命近止，无弃尔成！
何求为我，以戾庶正[11]。
瞻卬昊天，曷惠其宁[12]！

译文

旱情严重总不已，人人散漫无法纪。
公卿百官都技穷，宰相盼雨空焦虑。
趣马师氏都祈雨，膳夫大臣来助祭；
没有一人不出力，没人停下喘口气。
仰望晴空无片云，我心忧愁何时止！

仰望高空万里晴，微光闪闪满天星。
大夫君子很虔诚，祈祷神灵没私情。
大限虽近将死亡，继续祈祷不要停！
祈雨不是为自己，是为安定众公卿。
仰望皇天默默祷，何时我民得安宁！

注释

1 散：散漫。友：“有”的假借。纪：法纪。
2 鞫(jū)：穷困。正：百官。
3 疚：忧虑。冢宰：官名，如后世的宰相。

4 趣马：掌管国王马匹的官。师氏：掌管教育的官。

5 膳夫：主管国王饮食的官。左右：指周王左右的大臣。

6 周："赒"的假借字，救助。

7 瞻卬：仰望。卬，通"仰"。

8 云：发语词。里：通"悝"，忧伤。

9 有嘒：嘒嘒，微小而众多的样子。

10 昭：祷。假：通"格"，到。指神被祭者的虔诚所感而降临。无赢：没有私心。

11 戾：安定。

12 曷：何。指什么时候。惠：语助词。据裘锡圭先生研究，甲骨文有常用虚词"叀"，应读为"惠"，即此诗"惠"字。

崧高

导读

《毛序》:“《崧高》,尹吉甫美宣王也。天下复平,能建国亲诸侯,褒赏申伯焉。”朱熹《诗集传》:“宣王之舅申伯出封于谢,而尹吉甫作诗以送之。”两相比较,毛说迂远,朱说明了,且合诗旨。申伯是厉王妻申后的兄弟,宣王的母舅。周宣王时,申伯来朝,久留不归。宣王优待母舅,增加他的封地,派召虎为他建筑谢城和宗庙,治理田地边界,储备粮食。又派傅御代迁家人。临行并赐申伯车马介圭,饯行于郿。宣王的大臣尹吉甫为此作了这首歌,赠给申伯。

这是一首送行诗,但既不诉离别之情,也没有勖勉之辞,全篇是称扬赞颂的话,明显地使人感到有溢美之嫌。结体布局平铺直叙,也不见什么波澜曲折。倒是首章前二句“崧高维岳,骏极于天”,突兀而起,雄伟峥嵘,气势壮阔。杜甫有不少诗的起笔,如“高标跨苍穹,烈风无时休”(《同诸公登慈恩寺塔》),“素练风霜起,苍鹰画作殊”(《画鹰》),“堂上不合生枫树,怪底江山起烟雾”(《奉先刘少府新画山水障歌》)等等,气概不凡,先声夺人,同《崧高》有相仿佛之处。无怪他自命“亲《风雅》”了。

原文

崧高维岳[1],骏极于天[2]。
维岳降神[3],生甫及申[4]。
维申及甫,维周之翰[5]。
四国于蕃[6],四方于宣[7]。

译文

五岳居中是嵩山,巍巍高耸入云天。
中岳嵩山降神灵,吕侯申伯生人间。
申家伯爵吕家侯,辅佐周朝是中坚。
诸侯靠他作屏障,天下靠他作墙垣。

原文	译文
亹亹申伯[8]，王缵之事[9]。	申伯勤勉美名扬，继承祖业佐周王。
于邑于谢[10]，南国是式[11]。	赐封于谢建新都，南国诸侯有榜样。
王命召伯[12]，定申伯之宅[13]。	周王命令召伯虎，去为申伯建住房。
登是南邦[14]，世执其功[15]。	建成南方一邦国，子孙世守国祚长。

注释

1 崧：亦作“嵩”。嵩高，即嵩山，在今河南省登封市北。维：是。岳：高大的山。

2 骏：“峻”的假借字，高大。极：至。

3 维：发语词。

4 甫：读作“吕”，国名；指吕侯。申：国名，指申伯。

5 翰：辅佐、栋梁。

6 于：为、是。

7 宣：“垣”的假借，围墙。

8 亹(wěi)亹：勤勉的样子。

9 王：指周宣王。缵：继承，此作使动用法。之：指申伯。

10 前一“于”：为、建。谢：地名。

11 南国：谢在周之南，南国指周南一带诸侯。式：法。

12 召伯：名虎，亦称召穆公，周宣王的大臣。

13 定：确定。

14 登：成。南邦：谢邑。

15 执：守。功：事业。

原文	译文
王命申伯：“式是南邦。	王对申伯下令讲：“要在南国树榜样。
因是谢人[1]，以作尔庸[2]。”	依靠谢地众百姓，建筑你国新城墙。”

王命召伯,彻申伯土田[3]。	周王命令召伯虎,治理申伯新封疆:
王命傅御[4],迁其私人[5]。	命令太傅和侍御,助他家臣迁谢邦。
申伯之功[6],召伯是营[7]。	申伯谢邑工已竣,全靠召伯苦经营。
有俶其城[8],寝庙既成[9]。	峨峨谢城坚又厚,寝庙也已建筑成。
既成藐藐[10],王锡申伯[11]:	雕栏画栋院宇深,王赐申伯好礼品:
四牡蹻蹻[12],钩膺濯濯[13]。	骏马四匹蹄儿轻,黄铜钩膺亮晶晶。

注释

1 因:依靠。是:这。
2 庸:通"墉",城。
3 彻:治理、开发。
4 傅:太傅,官名。御:侍御,侍候周王的官。
5 私人:家臣。
6 功:事。指治土田、筑谢城等工作。
7 营:经营、办理。
8 有俶:俶俶。俶,善。
9 寝庙:周代宗庙的建筑有庙和寝两部分,合称寝庙。
10 藐藐:华丽的样子。
11 锡:赐。
12 蹻蹻(jiǎo jiǎo):强壮的样子。
13 钩膺:套在马胸前颈上的带饰。濯濯:光泽的样子。

原文	译文
王遣申伯[1],路车乘马[2]。	王遣申伯赴谢城,高车驷马快启程。
"我图尔居[3],莫如南土;	"我细考虑你住处,莫如南土最相称;
锡尔介圭[4],以作尔宝。	赐你大圭好礼物,作为国宝永保存。

往迈王舅[5],南土是保。”

叫声娘舅放心去,确保南土扎下根。”

申伯信迈[6],王饯于郿[7]。
申伯还南,谢于诚归[8]。
王命召伯,彻申伯土疆;
以峙其粻[9],式遄其行[10]。

申伯决定要动身,王到郿郊来饯行。
申伯要回南方去,决心南下住谢城。
周王命令召伯虎,申伯疆界要划定;
沿途粮草备充盈,一路顺风不留停。

注释

1 遣:送走。
2 路车:诸侯坐的一种车。乘马:四匹马。
3 我:作者代宣王自称。图:考虑。尔:指申伯。
4 介:大。圭:古代玉制的礼器,诸侯执此以朝见周王。
5 迈(jì):语助词,犹“哉”。
6 信:真。迈:行。
7 饯:备酒食送行。郿:地名。
8 谢于诚归:即“诚归于谢”。
9 以:乃、就。峙:储备。粻(zhāng):粮食。
10 式:用。遄:迅速。

原文

申伯番番[1],既入于谢,
徒御啴啴[2]。
周邦咸喜[3],戎有良翰[4]。
不显申伯[5],王之元舅[6],
文武是宪[7]。

申伯之德,柔惠且直[8]。

译文

申伯威武气昂昂,进入谢城好排场,
步骑车御列成行。
全城人民喜洋洋,从此国家有栋梁。
高贵显赫的申伯,周王大舅不寻常,
能文能武是榜样。

申伯美德众口扬,和顺正直且温良。

揉此万邦[9]，闻于四国。	安定诸侯达万国，赫赫声誉传四方。
吉甫作诵[10]，其诗孔硕，	吉甫作了这首歌，含义深切篇幅长，
其风肆好[11]，以赠申伯。	曲调优美音铿锵，赠别申伯诉衷肠。

注释

1 番(bō)番：武勇的样子。
2 徒：步兵。 御：车夫。 啴(tān)啴：众多的样子。
3 周：遍。 邦：指谢邑。
4 戎：你。
5 不：通"丕"，大。 显：显赫。
6 元：大。
7 宪：法式、模范。
8 惠：和顺。
9 揉：亦作"柔"，安。
10 吉甫：君吉甫，周宣王大臣，官卿士，伐狁有功。 诵：歌。
11 风：曲调。 肆好：极好。

烝民

导读

《毛序》:"尹吉甫美宣王也。任贤使能,周室中兴焉。"后人评他"乖戾不切"。朱熹《诗集传》:"宣王命樊侯仲山甫筑城于齐,而尹吉甫作诗以送之。"较之毛说切近得多了。这是尹吉甫送别仲山甫的诗。周宣王派仲山甫筑城于齐,在他临行时,尹吉甫作了这首诗赠他。诗中赞扬仲山甫的美德和他辅佐宣王时的盛况。

这首诗有它特殊的风格。姚际恒《诗经通论》:"《三百篇》说理始此,盖在宣王之世矣。"孙鑛《批评诗经》:"语意高妙,探微入奥,又别是一种风格,大约以理趣胜。"这类说理性的诗,在《三百篇》很少见,即便是产生于"宣王之世"之后的《国风》《小雅》,也几乎没有这类作品。因为以理语入诗,再如何"高妙",终嫌枯燥。《烝民》之所以还可读得,首先在于并非全篇说理。末二章用赋法描写仲山甫出行时的情景,雄健的马匹,勤快的征夫,得得的蹄声,锵锵的銮铃,给人一种振奋的感觉。尤其最后四句,语重心长,蕴藉有致。以理语起,以情语结,使全诗免入理障。其次,说理部分用词精湛,内涵丰富,哲理性和概括性都很强,以致诗中许多词一直流传到今天,还活在现代汉语的词汇中,如"喉舌""矜寡""强御",如"柔茹刚吐""小心翼翼""明哲保身""爱莫能助"等。一首诗中能产生这么多成语,是不多见的,足证诗人遣词造句的功力之深。

原文	译文
天生烝民[1],有物有则[2]。	天生众人性相合,万物本来有法则。
民之秉彝[3],好是懿德[4]。	人心自然赋常情,全都喜爱好品德。
天监有周[5],昭假于下[6],	上帝审察我周朝,周王祈祷意诚恪。

保兹天子，生仲山甫[7]。

仲山甫之德，柔嘉维则。
令仪令色[8]，小心翼翼。
古训是式[9]，威仪是力[10]。
天子是若[11]，明命使赋[12]。

王命仲山甫，式是百辟。
缵戎祖考[13]，王躬是保。
出纳王命，王之喉舌[14]。
赋政于外[15]，四方爰发[16]。

肃肃王命[17]，仲山甫将之[18]。
邦国若否[19]，仲山甫明之。
既明且哲，以保其身。
夙夜匪解[20]，以事一人[21]。

人亦有言："柔则茹之[22]，
刚则吐之。"维仲山甫[23]，
柔亦不茹，刚亦不吐；
不侮矜寡[24]，不畏强御[25]。

人亦有言："德輶如毛[26]，
民鲜克举之。"
我仪图之[27]，维仲山甫举之，
爱莫助之。
衮职有阙[28]，维仲山甫补之。

仲山甫出祖[29]，四牡业业[30]。

为保天子能中兴，生下山甫辅君侧。

山甫天生好品德，和气善良有原则。
仪表堂堂脸带笑，办事谨慎不出格。
遵循古训无差错，尽力做到礼节合。
处处承顺天子意，颁布命令贯政策。

周王命令仲山甫，要作诸侯好榜样。
祖先事业你继承，辅佐天子立纪纲。
受命司令你掌管，作王喉舌代宣讲。
颁布政令达各地，贯彻执行到四方。

王命严肃不可抗，山甫执行很顺当。
全国政事好和坏，山甫心里最明亮。
知识渊博又明理，保全节操永流芳。
日夜工作不松懈，全心全意侍周王。

有句老话经常讲："东西要拣软的吃，
硬的吐出放一旁。"只有这位仲山甫，
软的东西他不吃，硬的不吐真坚强；
见了鳏寡不欺侮，遇到强暴不退让。

有句老话人常道："品德即使轻如毛，
很少有人举得高。"
细细揣摩暗思考，只有山甫能做到，
无力帮他表倾倒。
周王破了衮龙袍，只有山甫能补好。

山甫远出祭路神，四马雄壮如飞奔。

征夫捷捷[31]，每怀靡及[32]。	左右随从很勤快，惦念任务还在身。
四牡彭彭[33]，八鸾锵锵[34]。	四马蹄声得得响，八铃锵锵车轮滚。
王命仲山甫，城彼东方[35]。	周王命令仲山甫，筑城东方立功勋。
四牡骙骙[36]，八鸾喈喈[37]。	四匹骏马奔跑忙，八只铜铃响叮当。
仲山甫徂齐[38]，式遄其归[39]。	山甫到齐去平乱，望他早日回故乡。
吉甫作诵，穆如清风[40]。	吉甫作歌赠老友，和如清风吹人爽。
仲山甫永怀[41]，以慰其心。	山甫临行顾虑多，唱诗安慰望心宽。

注释

1 烝：众。

2 物：事物。则：法则。

3 民之秉彝：即人之常理。秉，禀赋。彝，常理。

4 懿德：美德。

5 监：观察。有：词头。

6 昭假：祈祷降神。

7 仲山甫：宣王时大臣。

8 令：善。仪：仪容、态度。

9 式：效法、榜样。

10 威仪：礼节。力：勤、勉力做到。

11 若：顺。

12 明命：指政令。赋：颁布。

13 缵：继承。戎：你。

14 喉舌：代言人。

15 赋政：颁布政令。

16 爰：乃。发：执行。

17 肃肃：严肃。

18 将:行。

19 邦国:指国内政事。若否(pǐ):好坏。若,善。否,恶。

20 夙夜:早晚。匪:不。解:通"懈",怠惰。

21 事:侍候。一人:指周宣王。

22 茹:吃。

23 维:通"惟",只有。

24 矜:鳏,老而无妻。寡:老而无夫。

25 强御:强悍、刚暴。

26 輶(yóu):轻。

27 仪、图:二字同义,揣度。

28 衮(gǔn):古代王侯所穿绣有龙纹的礼服。职:通"适",偶然。阙:缺破。

29 出:出差。祖:祭祀道路的神。

30 业业:马高大的样子。

31 捷捷:勤快敏捷的样子。

32 每怀靡及:常念事情尚未办完。

33 彭彭:马不停蹄的样子。

34 鸾:通"銮",车铃。一马二铃,四马八铃。锵锵:铃声。

35 城:筑城。东方:指齐国,齐在镐京之东。

36 骙骙:马不停蹄的样子。

37 喈喈:铃声和谐。

38 徂:往。

39 式:用,指用这些车马。遄:快速。

40 穆:和美。

41 永怀:长思。

韩奕

导读

《毛序》:“《韩奕》,尹吉甫美宣王也。能锡命诸侯。”这是一首歌颂韩侯的诗。陈廷杰说:“此诗专美韩侯。”短短一句话,就把诗的主题扼要地点明了。《毛序》以为作者是尹吉甫,朱熹驳他“未有据”。恐怕《毛序》是因为上一首《烝民》是尹吉甫所作,故此连带而及,但现在已无法考定了。诗名“韩奕”,取诗中二字为题。陈奂《传疏》:“韩,韩侯。奕,犹奕奕也。宣王命韩侯为侯伯,奕奕然大,故诗以韩奕命篇。”诗中叙述韩侯朝周,受王册命,周王赏赐他许多贵重物品。他离开镐京,路经屠邑,抵达蹶里,与韩姞结婚。还描写了韩地物产丰富,韩姞乐得其所。最后周王任命韩侯为统率北方诸侯的方伯。

这也是一首谀诗,不过写得却很生动,并非一味地溢美。全诗叙事脉络清晰,结构严整,其中四、五两章写韩侯娶妻和韩地的沃美,连用叠词,语气十分活泼,与赞美韩侯的中心内容相映成趣。吴闿生《诗义会通》极赞其“雄峻奇伟,高华典丽兼而有之。”又引旧评曰:“首章缵戎以下,古奥如尚书,此退之得之以雄百代者。三章忽变清丽,令读者改观。四、五两章朝会大文,夹叙昏姻事,艳丽非常。”

原文

奕奕梁山[1],维禹甸之[2],
有倬其道[3]。
韩侯受命[4],王亲命之:

译文

巍巍高耸梁山冈,大禹治水到此间,
一条大路通周邦。
韩侯入朝受册命,周王亲自对他讲:

“缵戎祖考[5]，无废朕命。
夙夜匪解[6]，虔共尔位[7]。
朕命不易[8]，干不庭方[9]，
以佐戎辟[10]。”

四牡奕奕，孔修且张[11]。
韩侯入觐[12]，以其介圭[13]，
入觐于王。
王锡韩侯，淑旂绥章[14]，
簟茀错衡[15]，玄衮赤舄[16]，
钩膺镂钖[17]，鞹鞃浅幭[18]，
鞗革金厄[19]。

“祖先事业你继承，我的命令切莫忘。
早晚工作别松懈，忠诚职守勿疏荒。
我的册命不轻发，望你伐叛正纪纲，
以此辅佐你君王。”

四匹公马真肥壮，又高又大气昂昂。
韩侯入周来朝见，手捧大圭上朝堂，
俯伏丹墀拜周王。
王赐礼物示嘉奖，锦绣龙旗彩羽装，
镂金彩绘车一辆，黑色龙袍大红靴，
铜制马饰雕文章，浅色虎皮蒙轼上，
马辔马轭闪金光。

注释

1 奕奕：高大的样子。梁山：在今河北省固安县附近。
2 甸：治。
3 有倬：即倬倬，广大。
4 受命：受周王的册命。
5 缵：继承。戎：你。
6 夙夜：早晚。解：通“懈”。
7 虔：恭敬而有诚意。共：奉行。
8 不易：不是轻易给的。
9 干：正。正，通“征”，征伐。不庭：不来朝见周王。方：方国。
10 辟：君王。
11 修：长。张：大。
12 觐：朝见。
13 介圭：大圭，玉制的祭器。

14 淑：美。旂：画有蛟龙的旗。绥章：旗杆头上有染色的羽毛。

15 簟茀：遮蔽车厢的竹席。错衡：画上花纹或涂上金色的车辕前端的横木。

16 玄衮：黑色画有龙纹的礼服。赤舄(xì)：贵族穿的红鞋。

17 钩膺：套在马胸前颈上的带饰。镂：刻。钖(yáng)：马额上的金属装饰物。

18 鞹(kuò)：去毛的兽皮。鞃(hóng)：车厢前供人依靠的横木上所盖的兽皮。浅幭(miè)：车轼上虎皮制的覆盖物。

19 鞗(tiáo)革：马笼头。厄：通“軶”，饰辔首的金环。

原文

韩侯出祖[1]，出宿于屠[2]。
显父饯之[3]，清酒百壶。
其肴维何[4]？炰鳖鲜鱼[5]。
其蔌维何[6]？维笋及蒲。
其赠维何？乘马路车[7]。
笾豆有且[8]，侯氏燕胥[9]。

韩侯取妻，汾王之甥[10]，
蹶父之子[11]。韩侯迎止[12]，
于蹶之里。百两彭彭[13]，
八鸾锵锵[14]，不显其光[15]。
诸娣从之[16]，祁祁如云[17]。
韩侯顾之[18]，烂其盈门[19]。

译文

韩侯离朝祭路神，路上住宿在屠城。
显父设宴为饯行，美酒百壶醇又清。
席上荤菜是什么？清蒸大鳖鲜鱼羹。
席上素菜是什么？嫩蒲烧汤竹笋丁。
临行赠品是什么？高车驷马垂红缨。
七盘八碗筵丰盛，韩侯宴饮真高兴。

韩侯结婚娶妻房，她的舅父是厉王，
司马蹶父小女郎。韩侯驾车去亲迎，
蹶邑大街闹洋洋。百辆新车挤路上，
车铃串串响叮当，荣耀显赫真辉煌。
陪嫁众妾紧相随，多如彩云巧梳妆。
韩侯举行三顾礼，满门灿烂又堂皇。

注释

1 出祖:出行时祭道路之神。

2 屠:地名。

3 显父:人名。饯:设宴送行。

4 殽:荤菜。维:是。

5 炰(páo):烹煮。

6 蔌(sù):蔬菜。

7 乘马:四匹马。

8 笾:盛干果的竹器。豆:盛菜的器具。且(jū):多的样子。

9 侯氏:指韩侯。燕胥:安乐。

10 汾王:即厉王。厉王被国人赶跑流亡于彘,彘地在汾水旁,所以时人称之为汾王。甥:韩侯之妻是厉王的外甥女。

11 蹶父(guì fǔ):周宣王时的卿士,姓姞。

12 迎:亲迎。止:语气词。

13 两:"辆"的假借字。彭彭:众多的样子。

14 鸾:车铃。

15 不:通"丕",大。

16 娣:古代诸侯嫁女,以同姓诸女陪嫁做妾,叫作娣。

17 祁祁:众多的样子。

18 顾:曲顾。古代贵族男子到女家亲迎,有三次回顾的礼节。

19 烂其:烂烂,灿烂有光彩的样子。

原文

蹶父孔武[1],靡国不到[2];
为韩姞相攸[3],莫如韩乐。
孔乐韩土,川泽讦讦[4],

译文

蹶父威武又雄壮,出使各国游历广;
他替女儿找婆家,莫如韩国最理想。
住在韩地欢乐多,河川水泊很宽广,

鲂鲊甫甫[5]，麀鹿噳噳[6]，
有熊有罴，有猫有虎[7]。
庆既令居[8]，韩姞燕誉[9]。

溥彼韩城[10]，燕师所完[11]。
以先祖受命[12]，因时百蛮[13]。
王锡韩侯，其追其貊[14]，
奄受北国[15]，因以其伯[16]。
实墉实壑[17]，实亩实籍[18]。
献其貔皮[19]，赤豹黄罴。

鳊鱼鲢鱼多肥大，母鹿公鹿满山冈，
深林有熊又有罴，山猫猛虎幽谷藏，
欢庆得了好地方，韩姞安乐心舒畅。

韩国城邑宽又广，工程完竣靠燕邦。
韩国祖先受王命，节制蛮族控北方。
王赐韩侯复祖业，追貊两族由你掌，
包括北方诸小国，你为方伯位居上。
城墙城壕替他筑，垦田收税样样帮。
他们贡献白狐皮，赤豹黄熊好皮张。

注释

1 孔武：很威武。

2 靡：没有。

3 韩姞：即韩侯之妻，姓姞，嫁韩侯，故称韩姞。相：看。攸：住所。

4 讦(xū)讦：广大的样子。

5 鲂：鳊鱼。鲊：鲢鱼。甫甫：鱼大的样子。

6 麀(yōu)：母鹿。鹿：指公鹿。噳(yǔ)噳：群鹿相聚的样子。

7 猫：其形似虎而小，即今之山猫。

8 既：取得。令居：好住处。

9 燕：安。誉：通“豫”，乐。

10 溥：大。

11 燕：国名。周有南北二燕，此指北燕，在今河北大兴县。

12 以：因为。先祖：指韩国祖先。受命：接受周王的册命为诸侯。

13 因：依靠。时：通“是”，这。百蛮：指北狄诸部。

14 追、貊(mò)：都是北狄国名。

15 奄：包括。

16 以:为。伯:长。一方诸侯之长称方伯。

17 实:是。墉:城。壑:城壕。

18 亩:开垦田地。籍:定收赋税。

19 貔(pí):一种猛兽,狸类,亦名白狐。

江汉

导读

《毛序》："《江汉》，尹吉甫美宣王也。能兴衰拨乱，命召公平淮夷。"符合诗的主题，但说是尹吉甫所作，恐系附会。诗前三章写召公讨伐淮夷，经营江、汉之事；后二章写宣王册命召虎，赏赐土地、圭瓒、秬鬯等；末章写召公作簋记事。由此，有人怀疑诗本身就是古器物簋的铭文。朱熹提出诗词同古器物铭"语正相类"。方玉润干脆认为《江汉》就是"召穆公平淮铭器"。郭沫若《青铜器时代》："《大雅·江汉》之篇，与世存《召伯虎簋铭》之一，所记乃同时事。《簋铭》云：'对扬朕宗君其休，用作列祖召公尝簋。'《诗》云：'作召公考，天子万寿。'文例正同。"有人据此，认为全诗都是簋铭，作者就是召虎。如果真是这样，对《诗经》的形成、青铜器铭文的文学性等诸研究都有很大的意义。

诗以讨伐淮夷为主题，但真正用于写武功的笔墨却很少，无铺张威烈的气势；倒是反复祝颂召公的功业，郑重赓扬周王的锡命，歌咏不已，显得雍容揄扬，词深意远。姚范《援鹑堂笔记》评韩愈《平淮西碑》曰："裴度以宰相宣慰，君臣协谋，亦应特书，著度之勋，而主威益隆，此《江汉》《常武》之义也。"他指出了二者的渊源关系。不过韩愈的碑铭酣恣奋动，宏大处和工细处较《江汉》都能胜过。吴闿生《诗义会通》认为"退之《平淮西碑》祖此，而词意不及"，实在不是进化的正确观点。

原文	译文
江汉浮浮[1]，武夫滔滔[2]。	长江汉水流滔滔，壮士出征逞英豪。
匪安匪游[3]，淮夷来求[4]。	不贪安逸非游遨，誓把淮夷来征讨。
既出我车，既设我旟[5]。	驾起戎车如飞跑，竖起战旗随风飘。

原文	译文
匪安匪舒，淮夷来铺[6]。	不求安逸不辞劳，陈师淮夷除凶暴。
江汉汤汤[7]，武夫洸洸[8]。	长江汉水流浩荡，壮士勇猛世无双。
经营四方[9]，告成于王。	讨伐四方叛乱国，捷报飞来告周王。
四方既平，王国庶定[10]。	四方叛国已平定，周邦方得保安康。
时靡有争，王心载宁[11]。	时局平定无征战，周王安宁心舒畅。
江汉之浒[12]，王命召虎[13]：	长江边啊汉水旁，王命召虎为大将：
“式辟四方[14]，彻我疆土[15]。	“为我开辟四方地，为我治理好土疆。
匪疚匪棘[16]，王国来极[17]。	施政宽缓莫扰民，一切准则学中央。
于疆于理[18]，至于南海[19]。”	划定边界治国土，直到南海蛮夷邦。”

注释

1 江：长江。 汉：汉水。 浮浮：水流盛长的样子。

2 武夫：指出征淮夷的士卒。 滔滔：顺流的样子。

3 匪：不。

4 淮夷：当时住在淮水南部沿岸和近海地方的夷族。 来：语助词，含有“是”意。 求：诛求、讨伐。

5 设：树起。 旟：画有鸟隼的旗。

6 铺：陈列军队。

7 汤(shāng)汤：水势浩大的样子。

8 洸(guāng)洸：威武的样子。

9 经营：指征伐叛逆。

10 庶：庶几。

11 载：则、就。

12 浒：水边。

13 召虎：召伯，名虎，谥召穆公。

14 式:发语词。辟:开辟。
15 彻:治。
16 疚:病、害。棘:通“急”。
17 极:准则。
18 于:往。疆:划分边界。理:治理土地。
19 南海:泛指南方近海蛮族所居之地。

原文

王命召虎[1],来旬来宣[2]:
“文武受命[3],召公维翰[4]。
无曰予小子[5],召公是似[6]。
肇敏戎公[7],用锡尔祉[8]。”

釐尔圭瓒[9],秬鬯一卣[10]。
告于文人[11],锡山土田[12]。
于周受命[13],自召祖命[14]。”
虎拜稽首[15]:“天子万年!”

虎拜稽首:“对扬王休[16],
作召公考[17],天子万寿!
明明天子[18],令闻不已[19]。
矢其文德[20],洽此四国[21]。”

译文

宣王册命任召虎,宗庙当中告百官:
“文王武王受天命,召公辅政立朝班。
不要说我还年轻,召公事业你接管。
速立大功来报效,赐你福禄示恩眷。”

赏你玉勺世世传,黍酒一壶香又甜。
祭告你的祖先神,先王曾赐山和田。
你到岐周受册命,仪式按照你祖先。”
召虎拜谢又叩头:“恭祝天子寿万年!”

召虎拜谢又叩头:“为报王赐礼物厚,
特铸青铜召公簋,恭祝天子万年寿!
勤勉不倦周天子,名垂千古永不朽。
施行德政惠万民,协和四方众诸侯。”

注释

1 命:册命。
2 来:是。旬:通“徇”,当众宣示。
3 文武:文王和武王。

4 召公:指召虎之先祖召公,助武王灭商有功。 翰:桢干,辅佐。
5 无曰:你不要说。 予小子:宣王自称。
6 似:通“嗣,继承。
7 肇:创建。 敏:速。 戎:大。 公:通“功”。
8 祉:福。
9 釐:通“赉”,赏赐。 圭瓒:用玉做柄的酒勺。
10 秬鬯(jù chàng):用秬和鬯酿成的香酒。 秬,黑黍。 鬯,郁金香草。卣(yǒu):有柄的酒壶。
11 文人:指召虎祖先有文德的人。
12 锡:赐。
13 于周受命:在周王朝接受册命。
14 召祖:召虎的祖先,指召公奭。 命:册命的典礼。
15 稽首:叩头。
16 对:报答。 扬:颂扬。 休:美。 这里指美厚的礼物。
17 考:“簋”的假借字。 簋(guǐ):古代食器。
18 明明:犹“勉勉”,勤勉。
19 令闻:美誉。
20 矢:通“施”,施行。
21 洽:协和。

常武

导读

《毛序》:“《常武》,召穆公美宣王也。有常德以立武事,因以为戒然。”从内容上看,这应是赞美宣王平定徐国叛乱的诗。《毛序》说诗是召穆公所作,毫无根据。以“有常德以立武事”来解释“常武”的篇名,也不知究竟是什么意思。由此引起后世的各种分析。一种主要的意见是“有常德以立武则可,以武为常则不可。此所以有美而有戒也。”(朱熹《诗序辨说》)但这样讲总嫌迂曲。王质《诗总闻》:“自南仲以来,累世著武,故曰常武。”他的说法比较平实。讨伐徐国的战役,周宣王是否亲征,旧说不一,从诗意看来,宣王似乎是亲赴戎机,所以朱熹说“宣王自将以伐淮北之夷。”

《常武》与上篇《江汉》一样,都是写战争题材的,但风格上却各有千秋。《江汉》以战争为铺垫,主旨在于颂美,所以词气雍容。《常武》则正面写战争,扬兵威以证武功,所以文势汹涌。前五章叙宣王命将置副,亲征徐方,临阵指麾,出奇制胜诸事,“是一篇古战场文字”(方玉润语)。尤其是第五章,连用六句比喻,将王师的神武气概渲染得淋漓尽致。紧接着“绵绵翼翼”三句,承上文一气注下,气势浩穰,有天地褰开,风云变色之象。所以吴闿生极赞这章,云:“八句如一笔书,文势之盛,得未曾有。”更妙的是末章写凯旋班师,笔下一扫暴风骤雨的声势而为天清气朗,多此一层跌宕,全诗便显得神完气足了。

原文

赫赫明明[1],王命卿士[2],
南仲大祖[3],大师皇父[4]:
“整我六师[5],以修我戎[6]。
既敬既戒[7],惠此南国[8]。”

王谓尹氏[9],命程伯休父[10]:
“左右陈行[11],戒我师旅[12]。
率彼淮浦[13],省此徐土[14]。
不留不处[15],三事就绪[16]。”

赫赫业业[17],有严天子[18]。
王舒保作[19],匪绍匪游[20]。
徐方绎骚[21],震惊徐方,
如雷如霆,徐方震惊。

王奋厥武[22],如震如怒。
进厥虎臣[23],阚如虓虎[24]。
铺敦淮溃[25],仍执丑虏[26]。
截彼淮浦[27],王师之所。

王旅啴啴[28],如飞如翰[29]。
如江如汉,如山之苞[30],
如川之流,绵绵翼翼[31],
不测不克[32],濯征徐国[33]。

王犹允塞[34],徐方既来。
徐方既同[35],天子之功。

译文

威武英明周宣王,命令卿士征徐方,
太庙之中命南仲,太师皇父同听讲:
“整顿六军振士气,修理弓箭和刀枪。
告诫士卒勿扰民,平定徐国惠南邦。”

王令尹氏传下话,策命休父任司马:
“士卒左右列好队,训诫六军早出发。
循那淮水岸边行,须对徐国细巡察。
大军不必久居留,任毕三卿便回家。”

威仪堂堂气概昂,神圣庄严周宣王。
王师从容向前进,不敢延缓不游逛。
徐国闻讯大骚动,王师威力震徐邦,
声势恰似雷霆轰,徐兵未战已惊慌。

宣王奋发真威武,就像天上雷霆怒。
冲锋兵车先进军,吼声震天如猛虎。
大军列阵淮水边,捉获敌方众战俘。
切断徐兵溃逃路,王师就地把兵驻。

王师势盛世无双,行动神速如鸟翔。
好比江汉水流长,好比青山难摇撼,
好比洪流不可挡,连绵不断声威壮,
神出鬼没难估量,大征徐国定南方。

宣王计划真恰当,徐国已服来归降。
纳土称臣成一统,建立功勋是我王。

四方既平，徐方来庭[36]。	四方诸侯既平靖，徐君朝拜王庭上。
徐方不回[37]，王曰还归。	徐国从此不敢叛，王命班师回周邦。

注释

1 赫赫：显耀盛大的样子。明明：明智昭察的样子。

2 卿士：西周掌管中央各官署和地方的高级官员。

3 南仲：周宣王的大臣。大祖：指太祖庙。

4 大师：即太师，官名，西周执政大臣之一，总管军事。皇父：人名，周宣王的大臣。

5 六师：即六军。

6 戎：兵器。

7 敬：通“儆”，和“戒”同义，警戒。

8 惠：施恩。南国：南方诸国。

9 尹氏：即上章的皇父。也有认为即尹吉甫或掌卿士之官。

10 程伯：封在程地的伯爵。休父：程伯之名。

11 陈行：列队。

12 戒：告诫。

13 率：循、沿。淮浦：淮水边。

14 省：巡视。徐土：指徐国。故城在今安徽泗县北，属于淮夷中的一个大国。

15 处：居。

16 三事：三卿。就绪：安心各就其业。

17 业业：举止有威仪的样子。

18 有严：严严，威严的样子。

19 舒：徐缓。保作：安行。

20 匪：非。绍：缓。

21 绎骚:扰动。
22 奋:奋发,振起。 厥:其。
23 进:进军。 虎臣:古代战争的冲锋兵车,如后世的敢死队。
24 阚(hǎn)如:虎怒的样子。 虓(xiāo):亦作“哮”,虎叫。
25 铺:布阵。 敦:通“顿”,整顿。 渍(fén):沿河的高地。
26 仍:亦作“扔”,拉。 执:捉。 丑虏:对俘虏的蔑称。
27 截:绝。
28 啴(tān)啴:众多盛大的样子。
29 翰:高飞。
30 苞:茂。 引申为攒聚。
31 绵绵:连绵不断的样子。 翼翼:壮盛的样子。
32 不测:不可测度。 不克:不可胜过。
33 濯:大。
34 犹:通“猷”,谋划。 允:真、确实。 塞:踏实。
35 同:一致、一统。
36 来庭:来朝。
37 回:违抗。

瞻卬

导读

《毛序》:“《瞻卬》,凡伯刺幽王大坏也。”这是一位诗人讽刺幽王宠幸褒姒、斥逐贤良,以致乱政病民,国运濒危的诗。它和《召旻》一样,被称为幽王《变大雅》。这位凡伯,不是周厉王时作《板》诗的凡伯,可能是他的后代。但诗究竟是不是凡伯所作,并没有什么根据,所以后人多有不信毛说的。不管作者是谁,他极可能曾经执政过,故遭到幽王忌恨,而悲叹“人之云亡,邦国殄瘁”的不幸。诗人除了批评幽王倒行逆施之外,还不遗余力地斥责褒姒。我国封建时代历来有“女人祸国”的说法,可谓滥觞于此诗。

《毛诗序》:“政有小大,故有《小雅》焉,有《大雅》焉。”这是就诗的内容方面说。《孔疏》:“《大雅》则宏远而疏朗,弘大体以明责。《小雅》则躁急而局促,多忧伤而怨诽。”这是就诗的风格方面说。但是,这首诗与《小雅》中刺幽王的诗如《正月》《十月之交》《雨无正》等无论内容或风格都几乎没有什么区别,那么何以此诗与下一篇《召旻》要列入《大雅》而不入《小雅》呢?惠周惕《诗说》:“大、小二《雅》,当以音乐别之,不以政之大小论也,如律有大、小吕。”他的说法还是比较有道理的。这些诗歌的分列二《雅》,原因一定是在音乐方面。可惜乐谱失传,给《诗经》的研究留下了不尽的缺憾。

原文

瞻卬昊天[1],则不我惠[2]。

译文

仰望老天灰冥冥,老天对我没恩情。

孔填不宁[3],降此大厉[4]。	天下很久不安宁,降下大祸真不轻。
邦靡有定,士民其瘵[5]。	国家无处有安定,害苦士卒和百姓。
蟊贼蟊疾[6],靡有夷届[7]。	好比害虫吃庄稼,没完没了总不停。
罪罟不收[8],靡有夷瘳[9]。	滥罚酷刑不收敛,生灵涂炭无止境。
人有土田,女反有之[10]。	别人如有好田地,你却侵占归自己。
人有民人,女覆夺之[11]。	别人田里人民多,你却夺来做奴隶。
此宜无罪,女反收之[12]。	这些本是无辜人,你却捕他不讲理。
彼宜有罪,女覆说之[13]。	那些本是有罪人,你却开脱去包庇。
哲夫成城[14],哲妇倾城[15]。	男子有才能立国,妇女有才毁社稷。

注释

1 卬:通“仰”。昊天:指周幽王。
2 惠:爱。
3 填(chén):通“尘”,长久。
4 厉:祸患。
5 士民:士卒和人民。瘵(zhài):病。
6 蟊贼:吃庄稼的害虫。蟊疾:啃害庄稼的害虫。疾,害。
7 夷:语助词。届:终极。
8 罪罟:指条目繁多的酷刑。罟,网。
9 瘳(chōu):病愈。
10 女:你。有:取。
11 覆:反。
12 收:拘捕。
13 说:通“脱”,开脱。
14 哲夫:才能见识超越常人的男子。成城:立国。城,指国。
15 哲妇:指幽王的宠妃褒姒。

原文

懿厥哲妇[1]，为枭为鸱[2]。
妇有长舌，维厉之阶[3]。
乱匪降自天，生自妇人。
匪教匪诲[4]，时维妇寺[5]。

鞫人忮忒[6]，谮始竟背[7]。
岂曰不极[8]，伊胡为慝[9]？
如贾三倍[10]，君子是识[11]。
妇无公事[12]，休其蚕织[13]。

天何以刺[14]？何神不富[15]？
舍尔介狄[16]，维予胥忌[17]；
不吊不祥[18]，威仪不类[19]。
人之云亡[20]，邦国殄瘁[21]。

译文

可叹此妇太逞能，她是恶枭猫头鹰。
妇有长舌爱多嘴，灾难根源从她生。
祸乱不是从天降，出自妇人真不幸。
没人教王施暴政，女人内侍话太听。

专门诬告陷害人，说话前后相矛盾。
难道她还不凶狠，为啥喜欢这妇人？
好比商人会赚钱，叫他参政难胜任。
妇女不该管国事，她却蚕织不躬亲。

上天为啥罚我苦？神明为啥不赐福？
放任武装夷狄人，只是对我很厌恶；
人们遭难不抚恤，礼节不修走邪路。
良臣贤士都跑光，国运艰危将倾覆。

注释

1 懿：通“噫”，叹词。
2 枭：相传长大后食母的恶鸟。鸱(chī)：猫头鹰。古人认为猫头鹰是不祥之鸟。
3 维：是。阶：阶梯，含有根源的意思。
4 匪教匪诲：指并非另外有人教诲幽王做坏事。
5 时：是。维：只。妇：指褒姒。寺：通“侍”。指周王的近侍。
6 鞫人：告人。忮：害人。忒：差错。
7 谮(zèn)：进谗言。始：开始。竟：终。背：违背、自相矛盾。
8 极：狠。
9 伊：发语词。胡：何。慝：通“嫟”，悦、欢喜。

10 贾(gǔ):商人。三倍:指得三倍的利润。
11 君子:指贵族从政者。识:通“职”。
12 公事:政事。
13 休:停止。蚕织:蚕桑纺织。
14 天:指幽王。刺:责罚。
15 富:借为“福”。
16 舍:舍弃,放弃。介狄:披甲的夷狄。介,甲。
17 维:同“惟”,只。胥:相。忌:恨。
18 吊:慰问抚恤。不祥:指天灾人祸。
19 威仪:礼节。类:善。
20 人:指贤人。云:助词。亡:逃亡。
21 殄瘁:困病、憔悴。

原文

天之降罔[1],维其优矣[2]。
人之云亡,心之忧矣。
天之降罔,维其几矣[3]。
人之云亡,心之悲矣。

觱沸槛泉[4],维其深矣。
心之忧矣,宁自今矣[5]?
不自我先,不自我后。
藐藐昊天[6],无不克巩[7]。
无忝皇祖[8],式救尔后[9]。

译文

上天把那刑罚降,多如牛毛不胜防。
良臣贤士都逃光,心中忧伤对谁讲。
上天无情降法网,国家危险人心慌。
良臣贤士都逃光,回天乏术心悲伤。

泉水翻腾往外喷,源头一定非常深。
我心忧伤由来久,难道只是始于今?
祸乱不先也不后,恰恰与我同时辰。
老天浩茫又高远,约束万物定乾坤。
不要辱没你祖先,匡救王朝为子孙。

注释

1 降罔:下网,加人罪名之意。罔,同“网”。

2 优:厚、多。

3 几:危。

4 觱(bì)沸:泉水翻腾上涌的样子。 槛:“滥”的借字,泛滥。

5 宁:岂、难道。

6 藐藐:高远的样子。

7 克:能。 巩:巩固、约束。

8 忝:辱没、有愧于。

9 式:用。 后:指子孙后代。

召旻

导读

《毛序》:"《召旻》,凡伯刺幽王大坏也。旻,闵也。闵天下无如召公之臣也。"这是一位老臣讽刺幽王任用奸邪,朝政昏乱,以致外患频仍,国土日削,行将灭亡的诗。作者可能是一位不得志的官吏,所以他要说"我位孔贬"。诗以"召旻"名篇,后世解者不一。苏辙《诗集传》说:"首章称旻天,卒章称召公,故谓之'召旻',以别《小旻》而已。"其义差长。"召公"一词,后世的今古文家解释不同。《毛诗》派认为召公是指召虎,以陈奂为代表。三家《诗》派认为指召康公,以王先谦为代表。我们认为,《诗经》中称召虎多为召伯,称召康公多为召公。以此分别,可息无谓的争端。

孙鑛《批评诗经》说:"音调凄恻,语皆自哀苦衷中出,匆匆若不经意,而自有一种奇峭,与他篇风格又别。"这种奇峭的独特风格,具体表现在七字句的运用上,"维昔之富不如时,维今之疚不如兹""今也日蹙国百里",这三句诗,在以四言诗为基本形式的《诗经》中,确显得戛戛独造,以见姿态。吴闿生《诗义会通》说:"贤者遭乱世,蒿目伤心,无可告愬,繁冤抑郁之情,《离骚》《九章》所自出也。"他比较了这首诗与《离骚》的某些共同点,颇能启发读者神思。

原文

旻天疾威[1],天笃降丧[2]。
瘨我饥馑[3],民卒流亡[4]。
我居圉卒荒[5]。

天降罪罟,蟊贼内讧[6]。

译文

老天暴虐难提防,接二连三降灾荒。
饥馑遍地灾情重,十室九空尽流亡。
国土荒芜生榛莽。

天降罪网真严重,蟊贼相争起内讧。

昏椓靡共[7]，溃溃回遹[8]，	谗言乱政职不供，昏溃邪僻肆逞凶，
实靖夷我邦[9]。	想把国家来断送。
皋皋訿訿[10]，曾不知其玷[11]。	欺诈攻击心藏奸，却不自知有污点。
兢兢业业，孔填不宁[12]，	君子兢兢又业业，对此早就心不安，
我位孔贬[13]。	可惜职位太低贱。
如彼岁旱，草不溃茂[14]，	好比干旱年头到，地里百草不丰茂，
如彼栖苴[15]。	像那枯草歪又倒。
我相此邦[16]，无不溃止[17]。	看看国家这个样，崩溃灭亡免不了。
维昔之富不如时[18]，	从前富裕今天穷，
维今之疚不如兹[19]。	时弊莫如此地凶。
彼疏斯粺[20]，胡不自替[21]？	人吃粗粮他白米，何占茅房不出恭？
职兄斯引[22]。	情况越来越严重。
池之竭矣[23]，不云自频[24]？	池水枯竭非一天，岂不开始在边沿？
泉之竭矣，不云自中？	泉水枯竭源头断，岂不开始在中间？
溥斯害矣[25]，职兄斯弘[26]，	这场灾害太普遍，这种情况在发展，
不灾我躬[27]？	难道我不受牵连？
昔先王受命[28]，有如召公[29]。	先王受命昔为君，有像召公辅佐臣。
日辟国百里[30]，	当初日辟百里地，
今也日蹙国百里[31]。	如今土地日瓜分。
於乎哀哉[32]！维今之人，	可叹可悲真痛心！不知如今满朝人，
不尚有旧[33]？	是否还有旧忠臣？

注释

1 旻(mín)天：泛指上天。疾威：暴虐。

2 笃:厚、严重。

3 瘨(diān):降灾、灾害。

4 卒:尽、全。

5 居:国中。 圉(yǔ):边疆。

6 内讧:内部自相争斗。

7 昏:乱。 椓:通“诼”,谗毁。 共:通“供”,供职。

8 溃溃:昏乱的样子。 回遹:邪僻。

9 实:是。 靖:图谋。 夷:灭。

10 皋皋:欺诳的样子。 訿(zǐ)訿:毁谤的样子。

11 玷(diàn):玉上的斑点。 借指人的污点。

12 填(chén):久。

13 贬:低下。

14 溃茂:“溃”和“茂”同义,丰茂。

15 栖:指草偃伏在地如栖息。 苴(chá):枯草。

16 相:看。

17 溃:崩溃。 止:陷、沦陷。

18 维:发语词。 时:是。 指今时。

19 疚:病。 兹:此,指此地。

20 疏:稷、高粱。 斯:此。 粺(bài):精米。

21 替:废弃。

22 职:主,含有“此”意。 兄:同“况”,情况。 斯:语助词。 引:延长。

23 竭:干涸。

24 云:语助词。 频:又作“滨”,水边。

25 溥:通“普”,普遍。 斯:此。 指上述周王无贤臣辅佐及王朝内部的腐败。

26 弘:大。

27 躬：身。

28 先王：指文王、武王。受命：承受天命为王。

29 召公：召康公，亦称召公奭，文王、武王、成王时的大臣。

30 日：一天。辟：开辟。

31 今也：指幽王时。蹙(cù)：缩小。指犬戎入侵，诸侯外叛。

32 於乎：即“呜呼”。

33 尚：犹、还。旧：指先朝旧臣。

颂

诗经

周颂

《周颂》三十一篇，是周朝的颂歌，全部作于西周初年。据后人考证，为周武王、成王、康王、昭王时代一百多年间（约前1100—约前950）的作品。《周颂》乐章大多用于宗庙祭祀，多数是贵族创作，有的可能出于宫廷史官、乐官之手，亦有少数是由民间祭歌借用来的。

清庙之什

清庙

导读

《毛序》:“《清庙》,祀文王也。周公既成洛邑,朝诸侯,率以祀文王焉。”《郑笺》:“清庙者,祭有清明之德者之宫,谓祭文王也。天德清明,文王象焉,故祭之而歌此诗也。庙之言貌也,死者精神不可得而见,但以生时之居,立宫室象貌为之耳。”《孔疏》:“《礼记》每云升歌《清庙》,然则祭宗庙之盛,歌文王之德,莫重于《清庙》。”据以上的说法,《清庙》是一篇周王祭祀祖先文王时所奏的乐章。《尚书大传》说:“周公升歌《清庙》”,诗中又有“秉文之德”句,疑诗作于周公摄政时。

《颂》多祭祖祭神的乐章舞歌,故常带雍容肃穆的气氛,舞步舒迟的姿势,歌声悠扬的长腔,巫祝表演的神态。古乐失传,从《清庙》一诗的字里行间看来,正表现了《周颂》的艺术特色。

原文

於穆清庙[1],肃雍显相[2]。
济济多士[3],秉文之德[4]。
对越在天[5],骏奔走在庙[6]。
不显不承[7],无射于人斯[8]。

译文

啊,在那深沉清庙中,助祭端庄又雍容。
众士祭祀行列齐,文王德教记在胸。
遥对文王在天灵,奔走在庙疾如风。
光照上天延后嗣,人们仰慕无时穷。

注释

1 於(wū):赞叹词。穆:形容清庙深远的样子。清:清明。

2 肃雍:态度严肃雍容。显:高贵显赫。相:助祭的公侯。

3 济济:多而整齐的样子。多士:众士。

4 秉:怀着。文:周文王。

5 越:于。

6 骏:迅速。

7 不:通“丕”,发声词。显:光明。承:继承。

8 无射(yì):不厌。

维天之命

导读

《毛序》:"《维天之命》,太平,告文王也。"今从毛说。诗的上四句歌颂文王的德行,能上配于天。下四句言子孙要勉力保守家业,以慰祖先之意。陈奂《传疏》:"《书·洛诰·大传》云:'周公摄政,六年制礼作乐,七年致政。'《维天之命》,制礼也。《维清》,作乐也。《烈文》,致政也。三诗并列,正与《大传》节次合。然则,《维天之命》当作于六年之末矣。"他认为诗的产生年代,在成王六年之末,即公元前1058年。

此诗只八句,而结构却有起、承、转、合之妙:一、二两句(想那天道在运行,啊!多肃穆永不停)是"起",方玉润评为"泛起"。三、四两句(啊!多么显赫多光明,文王品德真纯正)是"承",方评为"紧接"。五、六两句(仁政使我得安宁,我们一定要继承)是"转",方评为"来势顺折而下,省却无数笔墨。"末两句(遵循文王踏过路,子子孙孙要力行)是"合",即结语,方评为"回斡文王句,单煞。"由此可见,远古巫史者不仅长于歌舞,且娴习制作祝词。

原文

维天之命[1],於穆不已[2]。
於乎不显[3],文王之德之纯!
假以溢我[4],我其收之。
骏惠我文王[5],曾孙笃之[6]。

译文

想那天道在运行,庄严肃穆永不停。
啊,多么显赫多光明,文王品德真纯正!
仁政使我得安宁,我们一定要继承。
遵循文王踏过路,子子孙孙要力行。

注释

1 维:同“惟”,想。

2 於(wū):赞叹词。

3 於乎:呜呼,赞叹词。 不显:即“丕显”,光明显赫。

4 假:嘉、善。 指仁政。 溢:通“谧”,安宁。

5 骏惠:驯顺。

6 曾孙:自孙以下均称曾孙。 笃:厚,即笃行的省略,专心诚意地实行。

维清

导读

《毛序》:"《维清》,奏象舞也。"《郑笺》:"《象舞》,象用兵时刺伐之舞,武王制焉。"王先谦《集疏》:"《鲁说》曰:'《维清》,奏《象武》之所歌也。'"可见此诗是周统治者用它祭祀文王的。按文王在位七年,先将商纣的属国密、崇等消灭掉,为武王灭商奠定基础。成王时,作这首歌舞诗祭祀文王,赞颂他征伐的功绩。周舞有文舞、武舞二种,这首歌舞诗属于当时的武舞。在表演时,演员打扮成文王的样子,进行象征作战动作的歌舞演出。按"舞"和"武"古通用,《象舞》,蔡邕《独断》作《象武》,《礼记·仲尼燕居》亦作《象武》。《礼记》上有的单称《象》。陈奂说:"《象》,文王乐。象文王之武功曰《象》,象武王之武功曰《武》。《象》有舞,故名《象舞》。"

此诗只五句而含义较多、较深,正如戴震所云:"辞弥少而意旨极深远。"语言简练,是它的特点。

原文

维清缉熙[1],文王之典[2]。
肇禋[3],迄用有成,
维周之祯[4]。

译文

想我周朝政清明,因为文王善用兵。
由他始行祭天礼,直到武王才功成。
这是我周的祥祯。

注释

1 维:想。 清:清明。 缉熙:光明的样子。

2 典:法。 此指用兵之法。

3 肇(zhào):开始。 禋(yīn):祭祀。

4 祯:吉祥。

烈文

导读

《毛序》:"《烈文》,成王即政,诸侯助祭也。"今从毛说。诗人以周天子的身份和口气劝诫公卿诸侯向文武二王学习,求贤修德,福禄不辍。《孔疏》引服虔《左传注》云:"《烈文》,成王初即雒邑,诸侯助祭之乐。"《郑笺》:"新王即政,必以朝享之礼祭于祖考,告嗣位也。"可见此诗是周公摄政,七年致政成王,祭祀文武二王,宣告正式嗣位,掌管国事,并诫勉助祭诸侯。诗约作于成王七年,即公元前1057年。有人说诗是周公所作,这是臆测,不足信。那么,这首诗到底是谁作的?按周置有史官,《周礼·天官冢宰》:"史十有二人",注:"史,掌书者。"《小雅·宾之初筵》:"或佐之史"。可见周王朝史官的职责,是掌记事的,即使是贵族的宴会他也去参加,况且"国之大事,在祀与戎",像成王举行祭祀祖先、诸侯助祭的大典,史官难道不去参加?故我们疑此诗或为史官所作,以就正于同道。

诗的结构比较严整:前八句是诫勉助祭诸侯的话,后五句是诫勉成王的话,条理井然。钟惺云:"末语无限含蓄。"方玉润云:"君臣交相勉励,神味尤觉无穷。"他们都指出了末句的含蓄余味。

原文

烈文辟公[1],锡兹祉福[2]。
惠我无疆,子孙保之。
无封靡于尔邦[3],维王其崇之。
念兹戎功,继序其皇之[4]。
无竞维人[5],四方其训之[6]。

译文

功德双全诸侯公,赐给你们助祭荣。
对我周朝永驯顺,子孙长保福无穷。
莫在你国造大孽,我王对你才尊重。
应念你祖立战功,继承祖业更恢宏。
强盛莫过得贤士,四方才会竞相从。

不显维德[7],百辟其刑之[8]。	光明最是先王德,诸侯应该学此风。
於乎,前王不忘!	啊!先王典范永铭胸。

注释

1 烈文:有功有德。辟公:诸侯。

2 祉:福。

3 封靡:大罪。

4 继序:即继承的意思。序,古和“叙”“绪”通用。皇:光大。

5 竞:强。人:指贤人。

6 训:顺。

7 百辟:众诸侯。

8 刑:通“型”,典范、效法。

天作

导读

《毛序》:“《天作》,祀先王先公也。”今从毛说。《郑笺》:“先王,谓大王以下;先公,诸盩至不窋。”三家《诗》鲁说同。朱熹说:“此祭大王之诗。”他们基本上都从《序》说。何楷《诗经世本古义》用季明德、邹肇敏说,并据《易经·升卦》六四爻辞:“王用享于岐山,吉”,证明周本有岐山之祭,认为此诗即祭岐山的乐歌。姚际恒、方玉润从之。姚际恒说:“《诗序》谓祀先王先公,诗中何以无先公?《集传》谓祀大王,诗中何以又有文王?皆非也。季明德曰:‘窃意此盖祀岐山之乐歌。按《易·升》六四爻曰,王用享于岐山。是周本有岐山之祭。’此说可存。邹肇敏本之为说,曰:‘天子为百神主,岐山王气攸钟,岂容无祭?祭岂容无乐章?不言及王季者,以所重在岐山,故上絜首尾二君言之也。’又为之核实如此。”方玉润说:“《天作》,享岐山也。”细玩诗的内容,可以说这是周王祭祀岐山所奏的乐歌。

此诗“彼徂矣,岐有夷之行”句,表面上指岐山有平坦的道路,实际上是一种双关的修辞。《郑笺》:“彼,彼万民也。徂,往。行,道也。后之往者又以岐邦之君有佼易之道故也。”《后汉书·西南夷传》李贤注引《韩诗·薛君章句》曰:“徂,往也。夷,易也。行,道也。彼百姓归文王者皆曰:‘岐有易道,可往归矣。’”易道,谓仁义之道,故岐道险阻而人不难。”据郑、薛的解释,可见此句是双关的辞格。

原文	译文
天作高山[1],大王荒之[2]。	天生巍峨岐山冈,太王经营地更广。
彼作矣,文王康之。	上天在此生万物,文王安抚定周邦。

彼徂矣[3],岐有夷之行[4], 子孙保之!	人心所向来归顺,岐山大道坦荡荡, 子孙永保这地方。

注释

1 作:生。高山:指岐山,今陕西岐山县东北。

2 大王:即太王古公亶父,周文王的祖父。初居豳,为戎狄所侵,迁居于岐山之下,豳人皆从之,定国号曰周。武王时,尊为太王。荒:扩大治理的意思。

3 彼:指人民。徂:指归周。

4 夷:平坦。行:道路。

昊天有成命

导读

《毛序》:"《昊天有成命》,郊祀天地也。"后人多不从毛说,认为这是祭祀成王的诗。朱熹《诗集传》说:"此诗多道成王之德,疑祀成王之诗也。言天祚周以天下,既有定命,而文武受之矣。成王继之,又能不敢康宁,而其夙夜积德以承藉天命者,又宏深而静密,是能继续光明文武之业而尽其心,故今能安静天下而保其所受之命也。《国语》叔向引此诗而言曰:'是道成王之德也。成王能明文昭、定武烈者也。'以此证之,则其为祀成王之诗无疑矣。"朱氏分析诗的主题是正确的。《毛序》、《郑笺》、《孔疏》、韦昭《国语注》等都认为此诗是郊祀天地的乐歌,解"成王"为"成其王功",不是指周成王。这是曲解。贾谊《新书·礼容篇》:"二后,文王、武王。成王者,文王之孙,武王之子也。文王有大德而功未就,武王有大功而治未成,及成王成嗣,仁以临民,故称昊天焉。"贾谊是汉朝人,距古较近,说似可从。诗的产生年代,可能在康王以后。

这首诗同《清庙》一样,通篇无韵。它如有美妙之处,恐怕要通过音乐,甚至通过舞蹈方才体现出来,单从文字上看是没有什么可称引的。姚际恒赞为"通首密练",且看它寥寥数句,从文武受天命直说到成王治国,"密练"二字也勉强说得过去。只是语言枯燥,无形象可言,毕竟引不起美感。

原文

昊天有成命[1],二后受之[2]。
成王不敢康,夙夜基命宥密[3]。
於缉熙,单厥心[4],

译文

天命昭昭自上苍,受命为君文武王。
成王不敢图安逸,日夜谋政志安邦。
啊,多么光明多辉煌,忠诚厚道热心肠,

肆其靖之[5]。	国家巩固民安康。

注释

1 成命:明白的命令。

2 二后:指文王、武王。后,君。

3 基:谋。命:政令。宥:宽大。密:安定。

4 单:诚厚。厥:其。

5 肆:巩固。靖:安定。

我将

导读

《毛序》:“《我将》,祀文王于明堂也。”后人多从序说,如吕祖谦《东塾读诗记》:“明堂祀上帝,而文王配焉。”陈奂《传疏》:“此宗祀文王配天之乐歌。”近人怀疑《序》说,王国维作《大武乐章考》《说勺舞象舞》。陆侃如、冯沅君《诗史》也提到《大武》乐歌。他们据《礼记·乐记》说《武》有六成,及《左传》庄公十二年所载楚庄王的话,知道《大武》共有六篇,而《武》《桓》《赉》在其中。《周颂》里还有命名与上三篇相似的《酌》和《般》,可能也是《武》诗。但还差一篇,他们根据《祭统》云:“舞莫重于《武宿夜》,”郑注:“《宿夜》,《武》曲也。”王国维根据文字学证明“宿”即“夙”字,他说:“《武宿夜》即《武夙夜》,其诗中当有夙夜二字,因以名篇。”他又考证《周颂》中有夙夜二字者有四篇,“而《我将》为祀文王于明堂之诗,……舍此篇莫属矣。”后来高亨作《周颂考释》,说明《大武》乐歌有六章,除《武》《赉》《般》《酌》《桓》外,将《我将》列入第一章。他说:“《我将》是《大武》舞曲的第一章,叙写武王在出兵伐殷时,祭祀上帝和文王,祈求他们保佑。《大武》有舞有歌。舞分六场,歌分六章。舞的内容,一场象征武王带兵出征,歌《我将》篇。……”按王、陆、高三位的考证,颇为翔实,是可信的。其写作年代,陆侃如说:“武舞述武王克商之功,却作于成王时。”

吴闿生《诗义会通》:“通篇注意在末三句,所以戒成王也。”方玉润说:“首三句祀天,中四句祀文王,末三句则祭者本旨,宾主次序井然。”可见此诗结构亦甚严密。

原文

我将我享[1],维羊维牛,
维天其右之。
仪式刑文王之典[2],日靖四方[3]。
伊嘏文王[4],既右飨之。
我其夙夜,畏天之威,
于时保之[5]。

译文

我要祭祀先烹调,祭品牛羊不算少,
上帝保佑好运道。
典章制度效文王,治理天下日操劳。
伟大神圣我文王,享受祭祀神灵到。
我要日夜勤祭祷,崇敬天威遵天道,
这才能把天下保。

注释

1 将:"烹"的意思。享:祭献。

2 仪、式、刑:三字均是效法的意思。典:典章制度。

3 靖:安定、治理。

4 嘏(jiǎ):伟大。

5 于时:于是。犹今天说的"这样"。

时迈

导读

《毛序》:“《时迈》,巡守告祭柴望也。”巡守,即巡狩,天子巡视曰巡狩。柴,祭天。望,祭山川。《郑笺》:“巡守告祭者,天子巡行邦国,至于方岳之下而封禅也。”《孔疏》:“武王既定天下,而巡行其守土诸侯,至于方岳之下,乃作告至之祭,为柴望之礼。周公述其事而为此歌焉。……宣十二年《左传》云:‘昔武王克商作颂曰:载戢干戈,’明此篇武王事也。《国语》称:‘周文公之《颂》曰,载戢干戈。’明此篇周公作也。”《毛序》《郑笺》《孔疏》叙述了本诗的主题、作者及其产生时期。

孙鑛云:“首二句,甚壮甚快,俨然坐明堂、朝万国气象。下分两节:一宣威,一布德,皆以‘有周’起,‘允王’结,整然有度。遣词最古而腴。”他指出了这首祭歌的艺术特色有如下几点:一、气象壮快。二、结构严整。三、语言古腴。颇为确切。

原文

时迈其邦[1],昊天其子之[2],
实右序有周[3]。
薄言震之[4],莫不震叠[5]。
怀柔百神[6],及河乔岳[7]。
允王维后[8]!
明昭有周,式序在位[9]。
载戢干戈[10],载橐弓矢[11]。
我求懿德[12],肆于时夏[13]。

译文

出发巡视大小邦,上帝视我如儿郎,
佑我大周国运昌。
才始发兵讨纣王,天下诸侯皆惊慌。
为悦众神备祭享,遍及河山及四望。
武王不愧天下长!
大周昭明照四方,满朝称职皆贤良。
收起干戈没用场,装好弓箭袋里藏。
我去访求有德士,遍施善政国兴旺。

允王保之。 ‖ 周王定能保封疆。

注释

1 时:是,语助词。迈:行。

2 子之:视同儿子。

3 右:同"佑"。序:助。

4 震:以武力震慑。

5 叠:通"慑",恐惧。

6 怀柔:安抚、取悦。

7 乔岳:高山。

8 允:确实。

9 序在位:各称其职。

10 载:则、就。戢:收藏。

11 櫜(gāo):弓袋。

12 懿德:指有美德的人。

13 肆:陈设、施行。时:是。夏:中国。

执竞

导读

《毛序》:“《执竞》,祀武王也。”这是一首祭祀武王、成王、康王的乐歌。诗中颂扬三王的功业绵延广大、永世不匮。王先谦《集疏》:“《鲁说》曰:‘《执竞》,一章十四句,祀武王之所歌也。’(蔡邕《独断》)《齐》《韩》盖同。”《毛诗》和三家《诗》都认为《执竞》是祭祀武王的诗。欧阳修、朱熹怀疑此说。朱熹认为:“此祭武王、成王、康王之诗。”姚际恒从之,他说:“《毛序》谓‘祀武王’,固非。《集传》谓‘祀武王、成王、康王’是已。”他们都将诗中的“不显成康”“自彼成康”解作成王、康王,认为诗是昭王时代的作品。按三王并祭,周无此例。时代久远,史乏旁证,今据诗的内容,姑从朱说。

《周颂》是《诗经》中最早的诗,它多半是带有扮演舞蹈的祭歌,故多不用韵。此诗是昭王时代的祭歌,产生的时间较晚,距周初约百余年,与《清庙》等相较,在用韵方面,显然有很大进步。诗押阳韵和元韵,读起来颇有抑扬铿锵之妙。

原文	译文
执竞武王[1],无竞维烈[2]。	制服强梁称武王,克商功业世无双。
不显成康,上帝是皇[3]。	功成名就国安康,上帝对他也赞赏。
自彼成康[4],奄有四方[5],	由于功成国安康,一统天下有四方,
斤斤其明[6]。	武王英明坐朝堂。
钟鼓喤喤[7],磬筦将将[8],	敲钟擂鼓咚咚响,击磬吹箫声锵锵,
降福穰穰[9]。	上天赐福降吉祥。
降福简简[10],威仪反反[11]。	无边洪福从天降,祭礼隆重又端庄。
既醉既饱,福禄来反[12]。	武王神灵醉又饱,保你福禄绵绵长。

注释

1 执:服。竞:强。

2 无竞:无比。维:其。烈:功业。

3 皇:美、嘉。

4 自:由于。

5 奄:覆盖,包括。

6 斤斤:假借为"昕昕",精明的样子。

7 喤:假借为"锽",钟鼓声。

8 磬:古代的一种打击乐器。筦(guǎn):同"管",指竹制的管乐器。将将:音义同"锵锵"。

9 穰(ráng)穰:众多。

10 简简:盛大的样子。

11 反反:假借为"昄昄",慎重的样子。

12 反:同"返",还报。

思文

导读

《毛序》:"《思文》,后稷配天也。"配即配祭。今从毛说。

这是一首郊祀周人始祖后稷以配天的乐歌。诗中颂扬后稷为民造福,其德行可与上天相配。王先谦《集疏》:"《鲁说》曰:'《思文》,一章八句。后稷配天之所歌也。'《齐说》曰:'周公相成王,王道大洽,制礼作乐,郊祀后稷以配天。'《韩说》盖同。"三家《诗》和《毛诗》说大致相同。姚际恒《诗经通论》:"此郊祀后稷以配天之乐歌,周公作也。按《孝经》云'昔者周公郊祀后稷以配天',指此也。《国语》云'周文公之为颂曰"思文后稷,克配彼天"',故知周公作也。郊祀有二:一冬至之郊,一祈谷之郊。此祈谷之郊也。《小序》谓'后稷配天',此诗中语,是已。"按周自后稷发明播种百谷后,公刘和古公亶父都是以农建国的人物,豳民作诗祭祀后稷,这是很自然的事,到周公时,加以润色配乐,定为祭祀后稷配天的乐章,也有此可能。

姚际恒说:"古人作《颂》从简,岂同《雅》体铺张其词乎。"同样是写后稷,如果将此诗和《生民》相较,能明显地看出它们的详略不同。《生民》是述事,故详,《思文》是颂德,故简。故《雅》《颂》的差异,还不仅在有无扮演、舞蹈等方面。

原文

思文后稷[1],克配彼天。
立我烝民,莫匪尔极[2]。
贻我来牟[3],帝命率育[4]。
无此疆尔界,陈常于时夏[5]。

译文

想起后稷先王,功德能配上苍。
养育我们百姓,谁未受你恩赏。
留给我们麦种,天命充用供养。
农政不分疆界,全国普遍推广。

注释

1 思:想。文:有文德。文德对武功言,指建设国内的功德。

2 极:最。指最大的好处。

3 贻:留下。来牟:是"牟来"的倒称。"牟来"二字叠韵,连读即"麦"字。

4 率:用。育:养。

5 陈:遍布。常:常规,指农政。时:此。

臣工之什

臣工

导读

《毛序》:“《臣工》,诸侯助祭,遣于庙也。”这是一首周王耕种籍田并劝诫农官的诗。所谓籍田,是周王拥有的一大片由农奴耕种的土地。每年春天,周王带领群臣到籍田上去耕几下,做个样子,以表示对农业的重视。《礼记·月令》:“孟春之月,天子亲载耒耜,措之于参保介之御间,帅三公、九卿、诸侯、大夫躬耕帝籍。天子三推,三公五推,卿诸侯九推。”这首诗就是在籍田时所唱的乐歌。至于诗的产生年代,据郭沫若《青铜时代》考证,大约和成王时的《噫嘻》相去不远。

此诗前四句是周王告诫臣工的话,后四句是告诫保介的话。中四句为周王祈求上帝丰年之词,末三句为命令农夫准备收割之语。开后世帝王诫敕一种文体。吴闿生《诗义会通》:“旧评:‘於皇’以下,虚拟之词,笔情飞舞。”说“於皇”以下七句为“虚拟”,是事实,评它“飞舞”,则未免过誉。

原文	译文
嗟嗟臣工[1],敬尔在公[2]。	群臣百官听我言,对待公事要谨严。
王厘尔成[3],来咨来茹[4]。	周王赐你耕作法,你应考虑细钻研。
嗟嗟保介[5],维莫之春[6]。	农官你要忠职守,暮春农事应早筹。

亦又何求[7]？如何新畬[8]？	你们还有啥要求？如何对待新田畴？
於皇来牟[9]，将受厥明[10]。	美好麦籽壮又圆，秋来定能获丰收。
明昭上帝[11]，迄用康年[12]。	光明上帝真灵验，一直赐我丰收年。
命我众人[13]，庤乃钱镈[14]，	就该命令众农夫，锄锹你要备齐全，
奄观铚艾[15]。	他日一同看开镰。

注释

1 嗟嗟：发语词。臣工：即臣官，指诸侯卿大夫。
2 敬：慎。尔：指群臣百官。在公：指公职。
3 王：指周王。厘：通“赉”，赐。成：成法。指耕种的成法。
4 来：是。咨：商量、询问。茹：忖度。
5 保介：田官，亦称田畯。
6 维：是。莫：同“暮”。
7 亦：助词。又：有。
8 新畬(yú)：开垦了三年的熟田。
9 於：赞叹词。皇：美好。指麦穗壮实饱满。来牟：麦。见《思文》注。
10 厥：其、它的。明：成。指收成。
11 明昭：光明显赫。
12 迄：至。用：以。康年：乐岁丰年。
13 众人：指农人。
14 庤(zhì)：储备。乃：你。钱(jiǎn)：古农具名，似今之铁锹。镈(bó)：锄头。
15 奄：同。铚(zhì)：割。艾：“乂”的假借字，收割。

噫嘻

导读

《毛序》:"《噫嘻》,春夏祈谷于上帝也。"这是一首春天祈谷的诗。《毛序》说"春夏祈谷",其实"夏"字并无着落。诗中叙述康王祭祀成王,即令田官带领农夫播种百谷,让农夫开垦私田,号召他们大规模地参加劳动。诗歌反映了周初农夫的劳动情况和公田、私田的制度。

《毛传》:"终三十里,言各极其望也。"《孔疏》:"各极其望,谓人目之望所见,极于三十,每各极望则遍及天下矣。三十以极望为言,则十千维耦者,以万为盈数,故举之而言,非谓三十里内十千人也。"《传》《疏》的解释非常明显,指出三十和十千都是虚数,都是夸张之词。方玉润亦同意此说,认为"诗本活相,释者均呆,又安能望其以意逆志,得诗人言外旨哉?"可见夸张言过其实的艺术手法,已滥觞于此诗。

原文

噫嘻成王[1],既昭假尔[2]。
率时农夫[3],播厥百谷。
骏发尔私[4],终三十里[5]。
亦服尔耕[6],十千维耦[7]。

译文

成王祈呼向苍穹,一片虔诚与神通。
率领农夫同下地,安排农事快播种。
迅速开发私邑田,三十里地尽完工。
从事耕作须抓紧,万人耦耕齐劳动。

注释

1 噫嘻:祈祷天神时呼叫的声音。原句是"成王噫嘻"的倒文。

2 昭假:表明人的诚敬上达于天帝。昭,明、表明。假,"格"的假借字,至、达于的意思。尔:语助词,与"矣"同。

3 率:带领。时:是、此。

4 骏:迅速。发:开发。尔:你,指田官。私:田官的私田。

5 终:尽。三十里,指私田。

6 亦:发声词。服:从事。尔:指田官。

7 十千:一万人。维:其。耦:两人并肩用犁耕地。

振鹭

导读

《毛序》:“《振鹭》,二王之后来助祭也。”旧说这是一首赞美夏王、商王的后裔——杞国和宋国的国君到周天子宗庙助祭的乐歌。《郑笺》:“二王,夏、殷也。其后,杞也,宋也。”王先谦《集疏》:“《鲁说》曰:‘《振鹭》,二王之后来助祭之所歌也(蔡邕《独断》)。’《齐》、《韩》盖同。”姚际恒不信他们的说法,他在《诗经通论》中有较详细的论述,可以参阅。诗中赞扬了朝周宾客美好的德行容止,疑为周王招待诸侯来朝者所奏的乐歌。

此诗首二句《毛传》标为“兴也”,后之学者多承其说。《周颂》用兴,比较罕见。诗人以白鹭群飞于西雍,象征诸侯为客于周京,这可能是作者巫史之流向民歌俗谣汲取营养,以比兴丰富自己的作品。此诗语言浅显易读,不似前什之聱牙。据此二特点,它可能是西周晚期之作。

原文

振鹭于飞[1],于彼西雍[2]。
我客戾止[3],亦有斯容。
在彼无恶[4],在此无斁[5]。
庶几夙夜[6],以永终誉[7]。

译文

白鹭成群展翅翔,在那西边大泽上。
我有贵客喜光临,也穿高洁白衣裳。
他在本国无人怨,很受欢迎到我邦。
望您日夜多勤勉,众口交誉美名扬。

注释

1 振:群飞的样子。 鹭:白鹭。

2 雍(yōng):水泽。

3 戾:至。 止:语尾助词。

4 无恶:没有人怨恨。

5 无斁(yì):没有人讨厌。

6 夙夜:早夜。

7 终:“众”的假借字。

丰年

导读

《毛序》:"《丰年》,秋冬报也。"这是秋收以后祭祀祖先时所唱的乐歌。王先谦《集疏》:"《鲁说》曰:'《丰年》,一章七句,蒸尝秋冬之所歌也。'(蔡邕《独断》)《齐》《韩》当同。"后人因为《毛序》未述所报何神,诗中又有"以洽百礼"之句,将百礼解为群神,故多疑议。有的说是祭上帝,有的说是祭八蜡,有的说是报赛农神,莫衷一是。兹据诗中有"烝畀祖妣"之句,定其主题如上。

宗庙之诗宜庄严肃穆,比兴一多,过于流动,反非所宜,故此诗纯用赋体,不杂比兴。全诗的"诗眼"在"为酒为醴"一句。前此三句说明酿酒醴的原因,后此三句说明酿酒醴的目的。寥寥数语,朴实无华,却将祭祀的原因、目的、对象和祭品等都道尽无遗。初读似觉过短,实际上辞严义密,不可增减,是《周颂》中的上乘之作。

原文

丰年多黍多稌[1],亦有高廪[2],
万亿及秭[3]。
为酒为醴[4],烝畀祖妣[5],
以洽百礼[6],降福孔皆[7]。

译文

丰年多产糜和稻,粮仓堆得高又高,
万斛亿斛真不少。
酿成醇酒和甜醪,献给先妣与先考,
牺牲玉帛同敬孝,恩泽普降福星照。

注释

1 黍:糜子,小米。稌(tú):稻谷。

2 亦:语首助词。廪:粮仓。

3 亿:周代十万为亿。秭(zǐ):十亿为秭。

4 醴：一种甜酒。

5 烝：进献。畀(bì)：给予。祖妣：男女祖先。

6 洽：配合。百礼：指以酒配合牲、玉、币、帛之类的祭品。

7 孔：很、甚。皆：普遍。

有瞽

导读

《毛序》:"《有瞽》,始作乐而合乎祖也。"这是一首合乐祭祖的诗。《孔疏》:"合诸乐器于祖庙奏之,告神以知和否。"均合诗旨。诗中描述了周代庙堂中祭祀奏乐的盛况。高亨《诗经今注》云:"这篇是周王大合乐于宗庙所唱的乐歌。大合乐于宗庙是把各种乐器合在一起奏给祖先听,为祖先开个盛大的音乐会。周王和群臣也来听。据《礼记·月令》,每年三月举行一次。"高氏承《孔疏》之说,将"合"字解作"合乐",最切诗旨。

此诗首述乐师分布在庙堂庭院之位,次写各种乐器的陈列,一切演奏的准备工作都做好了,就开始奏乐。乐声是那样的宏亮和谐、肃穆和顺,感动了先祖和在座的客人,一直听到乐阕的终了。语简而生动,是颂诗中的杰作。旧评:"简洁生动",信然。

原文

有瞽有瞽[1],在周之庭。
设业设虡[2],崇牙树羽[3]。
应田县鼓[4],鞉磬柷圉[5]。
既备乃奏,箫管备举[6]。
喤喤厥声[7],肃雍和鸣[8],
先祖是听。
我客戾止,永观厥成[9]。

译文

盲乐师啊盲乐师,排列宗庙大庭上。
钟架鼓架都摆好,架上钩子彩羽装。
小鼓大鼓悬挂起,鞉磬柷圉列成行。
乐器齐备就演奏,箫管并吹音绕梁。
众乐同声多洪亮,肃穆和谐调悠扬,
祖宗神灵来欣赏。
我有贵宾也光临,曲终不觉奏时长。

注释

1 瞽:盲人。周代常以盲人充任乐官。

2 业:悬钟、磬的木架横梁上面的大版。 虡(jù):悬钟、磬的直木架。

3 崇牙:业上突出的木钉,用以挂乐器。 树羽:植立五彩的羽毛作为崇牙的装饰。

4 应田:小鼓名。 县鼓:一种悬挂而击的大鼓。 县,悬。

5 鞉(táo):一种有柄有二耳的摇鼓。 磬:玉石制的版状打击乐器。 柷(zhù):乐器名。 圉(yǔ):乐器名。

6 箫、管:竹制乐器。

7 喤喤:形容乐声洪亮和谐。

8 肃雍:形容乐声的徐缓肃穆。

9 成:指一曲奏毕。

潜

导读

《毛序》:"《潜》,季冬荐鱼,春献鲔也。"这是周王献鱼求福、祭祀于宗庙时所唱的乐歌。《郑笺》:"冬鱼之性定,春鲔新来。荐献之者,谓于宗庙也。"方玉润不信《序》《笺》之说,他说:"鱼是总名,鲔乃下六鱼之一,何以冬则总荐鱼,春则单荐鲔?且单荐鲔,则文当言鲔,何以仍用总鱼名?周庭纵极不文,亦不难别作乐歌以荐之,何至用此不通之文以献诸祖考前乎?"方说是。兹据诗的内容总结其主题如上。

这是一首鱼祭诗,全诗只有六句,前二句指出产鱼的地点,中二句以六种大鱼渲染一"多"字。末二句说明祭祀的目的。辞简意赅,语言明快,似为西周晚期之作。

原文

猗与漆沮[1],潜有多鱼[2]:
有鳣有鲔[3],鲦鲿鰋鲤[4]。
以享以祀,以介景福[5]。

译文

啊,在那漆沮二水中,鱼儿繁多藏柴丛:
也有鳣鱼也有鲔,鲦鲿鲇鲤多品种。
用来祭祀供祖宗,求降洪福永无穷。

注释

1 猗与:赞叹词。漆、沮:周二水名。

2 潜:通"槮",放在水中供鱼栖息的柴堆。

3 鳣(zhān):鳇鱼。鲔(wěi):鲟鱼。

4 鲦:白条鱼。鲿:亦名黄鲿鱼。鰋:鲇鱼。

5 介:助。景:大。

雍

导读

《毛序》:"《雍》,禘大祖也。"朱熹《诗序辨说》不信此说,他说:"此但为武王祭文王而彻俎之诗,而后通用于他庙耳。"按《后汉书·刘向传》:"文王既没,武王、周公继政,朝臣和于内,万国欢于外,故尽得其欢心,以事其先祖。其诗曰:有来雍雍,至止肃肃。相维辟公,天子穆穆。言四方皆以和来也。"据诗的末二句,刘向、朱熹以此诗作于武王时,是武王祭祀文王在祭毕撤去祭品时唱的乐歌。似可信。

对偶、排比是我国诗歌特色之一。《国风》和《小雅》中都有这样的形式。武王时代的《雍》已创其先:如首二句"有来雍雍,至止肃肃",是对偶。中二句"宣哲维人,文武维后",末二句"既右烈考,亦右文母",是排比。可能当时的民间歌谣已有这些艺术手法,被《雍》作者所汲取。

原文

有来雍雍[1],至止肃肃[2]。
相维辟公[3],天子穆穆[4]。
於荐广牡[5],相予肆祀[6]。
假哉皇考[7]!绥予孝子[8]。
宣哲维人[9],文武维后[10]。
燕及皇天[11],克昌厥后[12]。
绥我眉寿[13],介以繁祉[14]。
既右烈考[15],亦右文母[16]。

译文

来时节雍容和睦,到此地恭敬严肃。
助祭是诸侯群公,周天子端庄静穆。
献一口肥大公畜,相助我办好"肆祀"。
伟大啊光荣先父!您安抚我这孝子。
用贤臣聪明仁智,圣主兼武功文治。
安周邦上及皇天,能昌盛子孙后世。
赐予我长命百岁,又助我大福大祉。
既拜请父饮一杯,又敬请先母大姒。

注释

1 雍雍:和睦的样子。

2 肃肃:严肃恭敬的样子。

3 相:助祭。维:是。辟公:指诸侯。

4 天子:指周武王。穆穆:容止端庄肃穆的样子。

5 於:赞叹词。荐:献祭。广:大。

6 相:助。予:周王自称。肆祀:祭名。肆,陈列。

7 假哉:美哉。假,嘉。皇考:对已死父亲的美称,指文王。

8 绥:安抚。孝子:武王自称。

9 宣哲:明智。维人:是臣。

10 后:君。

11 燕:安。

12 克:能。昌:昌盛。厥后:其后代。

13 绥:赐。眉寿:长寿。

14 介:助。繁祉:多福。

15 右:通"侑",劝侑,拜劝神灵吃祭物。烈考:光明的先父,指文工。烈,光明。

16 文母:有文德的母亲,指文王的妻大姒。

载见

导读

《毛序》:“《载见》,诸侯始见乎武王庙也。”陈奂《传疏》:“成王之世,武王庙为祢庙。武王主丧毕入祢庙,而诸侯于是乎始见之,此其乐歌也。”《诗经传说汇纂》:“成王新执政,率百辟见于昭庙,以隆孝享。一以显耆定之大烈,一以彰万国之欢心,有丕承王业、畏怀天下之气象。故曰始也。”据此,这首诗可能是成王免丧初执政时,率领诸侯拜谒武王庙,祭祀求福的乐歌。

《诗义会通》引旧评云:“起层不急入助祭,舒徐有度。末以长句作收。”按此诗可分为几个小节:首二句言成王讲求谒庙的典章制度。三至六句描写诸侯来朝的旂旗车马之盛。七、八、九三句始点明成王带领助祭者祭祀武王的主题。后四句表达向神求福。末句叙祭祀目的作收。细玩诗的内容,评为“舒徐有度”“长句作收”,颇为确切。

原文

载见辟王[1],曰求厥章[2]。
龙旂阳阳[3],和铃央央[4]。
鞗革有鸧[5],休有烈光[6]。
率见昭考[7],以孝以享[8]。
以介眉寿,永言保之[9],
思皇多祜[10]。
烈文辟公[11],绥以多福[12],
俾缉熙于纯嘏[13]。

译文

诸侯始来朝周王,求赐车服众典章。
龙纹旗子真漂亮,车上和铃响叮当。
辔头装饰金辉煌,华丽耀目亮晃晃。
率领你们祭武王,隆重献祭在庙堂。
祈求赐我寿无疆,保佑天命永久长,
成王得福又吉祥。
英明有德诸侯公,君王受福靠你帮,
使他前程光明福无量。

注释

1 载:始。辟王:君王。指成王。

2 曰:语首助词。章:指车、服的典章制度。

3 阳阳:文采美丽的样子。

4 和铃:挂在车轼上的铃称和,挂在车衡上的铃称铃。央央:铃声。

5 鞗(tiáo):辔头。革:马缰绳。有鸧(qiāng):形容马缰绳上金饰美盛的样子。

6 休:美。烈光:光明。

7 率:带领。昭考:指武王。

8 孝、享:二字同义,都是献祭的意思。

9 言:助词。

10 思:语首助词。皇:君。指成王。多祜:多福。

11 烈文:光明而有文德。

12 绥:安。

13 俾:使。缉熙:光明。纯嘏:大福。

有客

导读

《毛序》:“《有客》,微子来见祖庙也。”这是一首封于宋地的殷商后代、纣王之兄微子(名启)来朝周祖庙后,周王设宴饯行时所唱的乐歌。朱熹《诗集传》:“此微子来见祖庙之诗。周既灭商,封微子于宋,以祀其先王,而以客礼待之,不敢臣也。”诗中赞美微子的德行,描写了微子在周地备受欢迎的情形。

此诗共十二句,结构亦甚严整,语言形象。前四句述客来,中四句写留客,末四句叙送客。诗人以白马象征微子,以雕琢形容其侣。用絷马表留客,用左右表送行。生动有力。不过我们如拿它来同《小雅·白驹》相比,两首诗同样有絷维白马,以留佳客的构思,但后者充满了惜别的真实感情,前者却显得是敷衍客套的泛泛文章。以“发乎情”的标准来衡量,《有客》是略逊一筹的。不过即便是敷衍客套,周王如此善待前朝遗族的行为,后来数千年再未见过,亦可发人深思。

原文

有客有客[1],亦白其马[2]。
有萋有且[3],敦琢其旅[4]。
有客宿宿[5],有客信信[6]。
言授之絷[7],以絷其马[8]。
薄言追之[9],左右绥之[10]。
既有淫威[11],降福孔夷[12]。

译文

来客了,来客了,跨着一匹白骏马。
随从人员一大串,个个品德无疵瑕。
客人头夜这儿宿,两夜三夜再留下。
最好拿根绳索来,把他马儿四蹄扎。
我为客人来饯行,群臣百官欢送他。
客人既然受优待,天赐福禄会更大。

注释

1 客:指宋微子。

2 亦:语助词。

3 有萋有且(jū):即“萋萋且且”,形容随从众多的样子。

4 敦琢:即雕琢,引申有选择之意。旅:通“侣”,伴侣。指微子的随从众臣。

5 宿:住一夜。

6 信信:用叠字形容客人住了几天的意思。信,连住两夜。

7 言:语首助词。絷(zhí):绳索。

8 絷:用作动词,用绳绊住马足。

9 薄言:语助词。追:饯送。之:指微子。下句同。

10 左右:指周王左右群臣。绥:安抚。

11 淫威:大德,引申为优待的意思。淫,大。威,德。

12 夷:大。

武

导读

《毛序》:“《武》,奏《大武》也。”这是一首歌颂周武王功业的乐歌。是周公所作的《大武》乐歌之一。按《礼记·乐记》云:“《武》乐六成”,是《大武》共有六场。关于《大武》舞歌,后人多作考证:如何楷《诗经世本古义》,以《武》《酌》《赉》《般》《时迈》《桓》为六成(场)。王国维《大武乐章考》以《武》《桓》《赉》《酌》《般》《我将》为六成。陆侃如、冯沅君《诗史》则从王说,认为《我将》确为六成之一。《左传》宣公十二年:“武王克商,作《武》,其卒章曰‘耆定尔功’。”《吕氏春秋·古乐篇》:“武王伐殷,克之于坶野。归,乃荐诚于京大室,乃命周公作为《大武》。”《郑笺》:“《大武》,周公作乐所为舞也。”前人因诗中有“於皇武王”句,认为不是武王时代的作品,据王国维《观堂集林·遹敦跋》、郭沫若《金文丛考·谥法之起源》的考证,周代尚无谥法,文、武、成、康都是生时称号,到战国时才规定谥法。因此此诗可定为武王时代的作品。

此诗虽歌颂武王的武功,却不忘文王开创之劳,颇有实事求是的精神。故旧评云:“夹入文王,曲折有致。”指出了此歌的艺术特色。

原文

於皇武王[1],无竞维烈[2]。
允文文王[3],克开厥后[4]。
嗣武受之[5],胜殷遏刘[6],
耆定尔功[7]。

译文

赞叹伟大周武王,他的功业世无双。
诚信有德周文王,能为子孙把业创。
嗣子武王承遗业,战胜敌人灭殷商,
巩固政权功辉煌。

注释

1 於:赞叹词。皇:伟大。

2 无竞:莫强。竞,强。维烈:指伐商诛纣的功绩。维,其。烈,功绩。

3 允:诚信。文:文德。指文王所施行的政教。

4 克:能。厥后:他的后代子孙。

5 武:指武王。

6 遏刘:二字同义,消灭的意思。

7 耆(zhǐ):致使,达到。

闵予小子之什

闵予小子

导读

《毛序》:“《闵予小子》,嗣王朝于庙也。”《郑笺》:“嗣王者,谓成王也。除武王之丧,将始执政,朝于庙也。”这篇和以下三篇都是成王所作。也有人认为可能是周公托为成王之词以进戒的诗。

此诗前三句语极沉痛,画出孤儿无依的衷曲。下述思慕皇考、皇祖的创业。末抒励精图治继承祖、父事业的决心。真情实感,溢于言表,简洁动人,允称佳作。

原文

闵予小子[1],遭家不造[2],
嬛嬛在疚[3]。
於乎皇考,永世克孝!
念兹皇祖,陟降庭止[4]。
维予小子,夙夜敬止。
於乎皇王,继序思不忘[5]!

译文

念我嗣位年纪轻,家中遭难真不幸,
整天忧伤叹孤零。
放声赞我先父亲,能尽孝道终其生!
想我祖父国初兴,任用群臣很公平。
我今嗣位未成丁,日夜勤劳坐朝廷。
叫声先祖听我禀,誓承遗业永记铭!

注释

1 闵:通“悯”。

2 不造:不善。

3 嬛(qióng)嬛:孤独无依。 疚:忧伤。

4 陟降:指提升与降级。 陟,升。 庭:公正。

5 序:绪,即事业。 思:语助词。

访落

导读

《毛序》:“《访落》,嗣王谋于庙也。”这是成王朝武王庙与群臣商议国政的诗。王先谦《集疏》:“《鲁说》曰:‘《访落》,一章十二句,成王谋政于庙之所歌也。’(蔡邕《独断》)《齐》《韩》当同。”《毛序》与《鲁诗》说同。诗中描写成王开始执政,希望公卿大夫帮助他继承武王的业绩,并祈祷于皇考。后人多认为诗作于成王初执政时,似较可信。

此诗可分为三小节:首二句说明初执政召集群臣的宗旨。中六句为咨询于群臣之词。末四句述祈祷于武王神灵。短短的十二句颂歌,活跃地表现了幼小成王诚惶诚恐的心理状态。姚际恒评:“多少宛转曲折”,这不仅纯指咨询语,也说出了成王心理的宛转曲折。

原文

访予落止[1],率时昭考[2]。
於乎悠哉,朕未有艾[3]。
将予就之[4],继犹判涣[5]。
维予小子,未堪家多难。
绍庭上下[6],陟降厥家[7]。
休矣皇考[8],以保明其身[9]。

译文

即位始初须计议,遵循先王志不移。
真是任重道远啊,我少经验水平低。
助我遵行先王法,继承宏业定大计。
想我如今年纪轻,家国多难担不起。
先父善将祖道承,用人得当国康熙。
想我皇父多英明,以此保身勉自己。

注释

1 访:谋。 落:始。

2 率:遵循。 昭考:指武王。

3 朕:我,成王自称。 艾:阅历。

4 将:助。 就:因袭。 之:指先人的法典。

5 犹:通“猷”,图谋。 判涣:大。

6 绍:继。 庭:公正。 上下:即升降官吏。

7 陟降厥家:即正确地任免臣下以安定家国。

8 休:美。

9 明:勉。

敬之

导读

《毛序》:"《敬之》,群臣进戒嗣王也。"但就诗中看,当是成王自戒并告群臣。有人认为前六句是群臣进戒周王之辞,后六句是周王受戒的答辞。方玉润不信此说,他说:"盖此诗乃一呼一应,如自问自答之意,并非两人语也。一起直呼'敬之敬之',至'日监在兹',先立一案。……'维予小子'以下,紧承上文,相应而下,机神一片,何容分作两截,并谓二人语耶?"林义光《诗经通解》:"按诗言'维予小子',又言'示我显德行',则是嗣王告群臣,非群臣戒嗣王也。"方、林二氏的分析主题,与诗的内容合。

有人说,自《闵予小子》以下四首颂诗,都是他人代作。细玩此诗,语言浅近:"高高在上""日就月将",被历代文人所沿用,已为成语。又如"命不易哉""维予小子""示我显德行"等句,都接近口语,表现了年轻帝王肩负重任,虚心求教的口气。似非代作者所为。

原文

敬之敬之[1],天维显思,
命不易哉!无曰高高在上,
陟降厥士,日监在兹[2]。
维予小子,不聪敬止[3]。
日就月将[4],学有缉熙于光明[5]。
佛时仔肩[6],示我显德行。

译文

为人处世常警惕,天理昭彰不可欺,
保全国运实不易!莫说苍天高在上,
升黜群臣即天意,每天监视在此地。
我刚即位年纪轻,听从警戒不受蒙蔽。
日积月累常学习,由浅入深明事理。
众臣辅我担重任,美德向我多启示。

注释

1 敬:警戒。

2 日:天天。监:监视。

3 聪:聪明,此处是听从的意思。

4 就:久。将:长。

5 缉熙:深广。

6 佛(bì):假借为“弼”,辅助。时:是。仔肩:责任。

小毖

导读

《毛序》:“《小毖》,嗣王求助也。”这是成王诛管、蔡,消灭武庚以后,自我惩戒并请求群臣辅助的诗篇。《郑笺》:“毖,慎也。天下之事当慎其小,小时而不慎,后为祸大。故成王求忠臣辅助己为政,以救患难。”《传》《笺》都说明了此诗的主题。方玉润《诗经原始》:“此诗名虽小毖,意实大戒,盖深自惩也。……自《闵予小子》至此,凡四章,皆成王自作,若他人则不能如是之深切有味矣。”诗中表现了成王自警,认为应防患于未然的谨小心情。

诗句多用比喻,故较含蓄生动。成王以桃虫小鸟将化而为雕,比武庚、管、蔡不诛,后患必大。以辛辣蓼草比己的苦境。这在《周颂》中是罕见的。吴闿生《诗义会通》引旧评:“哀音动人”,钟惺云:“创巨痛深,伤弓之鸣。”他们都指出了诗中所表现的哀惊的情绪。后世“惩前毖后”的成语,即出于此诗。

原文

予其惩而毖后患[1],莫予荓蜂[2],
自求辛螫[3]。
肇允彼桃虫[4],拚飞维鸟[5]。
未堪家多难,予又集于蓼[6]。

译文

惩前毖后不摔跤,缺少辅佐我心焦,
只能独自操辛劳。
开始以为小鹪鹩,谁知飞出大海雕。
家国多难受不了,今陷困境更难熬。

注释

1 毖:谨慎。

2 荓(píng)蜂:牵引扶助的意思。

3 螫(zhē):假借为“赦”,勤劳。

4 允:信。 桃虫:即鷦鷯,一种极小的鸟。

5 拚:通“翻”,翻飞。 此诗作于平武庚之乱后。 这二句比喻武庚开始很弱小,后来羽毛丰满,勾结管叔、蔡叔起来叛乱。

6 蓼:水草名,其味苦辣。 此句喻陷入困境。

载芟

导读

《毛序》:“《载芟》,春藉田而祈社稷也。”这是周王在春天藉田时祭祀土神、谷神的诗。《郑笺》:“藉田,甸师氏所掌,王载耒耜所耕之田。天子千亩,诸侯百亩。藉之言借也,借民力治之,故谓之藉田。”王先谦《集疏》:“《载芟》,一章三十一句,春藉田祈社稷之所歌也。(蔡邕《独断》)《南齐书·乐志》:‘汉章帝时,玄武司马班固奏用《周颂·载芟》以祈先农。’是《齐说》亦以此诗为藉田祈社稷所用乐歌。《韩诗》当同。”三家所述诗旨,与《毛诗》同。据陈奂考证,祭祀的地点,在周都的南郊社稷的土坛上。诗中描写农家尽力农事,丰收后祀祖先、宴宾客、敬耆老的景象。

孙鑛《批评诗经》云:“此描写苗处尤工绝。语不多而意状飞动。”那么,这不多的语是怎样使得意状飞动起来的呢?我们觉得主要得力于叠词形容词的运用。全诗三十一句,用叠词的有十二句。其中包括泽泽、驿驿、厌厌、绵绵等双音词,也包括有嗿、有略、有厌、有实等以“有”字起头而实际意义相当于叠词的形容词。这两种叠词交叉应用,且不说其描绘的准确给人带来形象上的美感,就是音节上的参差顿挫也使人读来朗朗上口。全诗没有一句比兴,但仍能生动传神,叠词的使用是主要原因。

原文

载芟载柞[1],其耕泽泽[2];
千耦其耘[3],徂隰徂畛[4]。
侯主侯伯[5],侯亚侯旅[6],
侯强侯以[7]。
有嗿其馌[8],思媚其妇[9],

译文

开始除草又砍树,用力耕地松泥土;
上千对人齐耕耘,走下洼地踏小路。
田主带着大儿子,小儿晚辈也相助,
壮汉雇工同挥锄。
大家吃饭声音响,温顺柔美好农妇,

有依其士[10]。	她的儿子健如虎。
有略其耜[11],俶载南亩[12]。	犁头雪亮又锋利,先耕南面那块地。
播厥百谷,实函斯活[13]。	各色种子撒下去,颗颗粒粒含生气。
驿驿其达[14],有厌其杰[15]。	苗儿不断冒出来,高大粗壮讨人喜。
厌厌其苗[16],绵绵其麃[17]。	庄稼茂盛一色齐,穗儿连绵把头低。
载获济济,有实其积[18], 万亿及秭[19]。	开始收获丰硕果,场上粮食堆成垛, 千担万斛上亿箩。
为酒为醴,烝畀祖妣[20], 以洽百礼。	酿成美酒味醇和,祖妣灵前先献酢, 祭祀宴享礼节多。
有飶其香[21],邦家之光;	黍稷热气真芬芳,家门荣幸国增光;
有椒其馨[22],胡考之宁[23]。	美酒醇厚真馨香,敬给老人得安康。
匪且有且[24],匪今斯今[25], 振古如兹[26]。	耕作不从今日始,丰收并非破天荒, 从古到今就这样。

注释

1 载:开始。 芟(shān):除草。 柞(zé):砍伐树木。

2 泽(shì)泽:土松散的样子。

3 耦:二人并耕。

4 畛(zhěn):田间小路。

5 侯:发语词。 主:家长。 伯:长子。

6 亚:次,指老二老三等。 旅:众,指晚辈。

7 强:指强壮有余力来助耕的人。 以:雇佣的劳力。

8 喰(tǎn):众饮食声。

9 思:发语词。 媚:美。

10 依:通“殷”,壮貌。

11 略:假借为“挈”,锋利。

12 俶:起土。 载:翻草。
13 实:种子。 函:同“含”。 斯活:即活活,有生气的样子。
14 驿驿:同“绎绎”,接连不断的样子。 达:长出地面。
15 厌:美好的样子。 杰:特出。
16 厌厌:禾苗茂盛整齐的样子。
17 麃(biāo):假借为“穮”,禾苗的梢末,即穗。
18 实:满。
19 亿:周代十万为亿。 秭(zǐ):十亿为秭。
20 烝:献。 畀(bì):给。
21 飶(bì):通“馥”,形容黍稷的香气盛大。
22 椒:香气浓厚。 馨:传播很远的香气。
23 胡考:寿考,指老年人。
24 匪且有且:前“且”字,此,指此时。 后“且”字,此,指耕种。
25 匪今斯今:前“今”字,指今时。后“今”字,指今事,丰收。
26 振古:自古。

良耜

导读

《毛序》:"《良耜》,秋报社稷也。"这是周王在秋收后祭祀土神、谷神的乐歌。按:《周礼·春官》:"祭祀有二时,谓春祈、秋报。报者,报其成熟之功。"故李迂仲云:"祈之诗,则详耕种之事。报之诗,则详收成之事。"王先谦《集疏》:"《鲁说》曰:'《良耜》,一章二十三句,秋报社稷之所歌也。'(蔡邕《独断》)《齐》《韩》当同。"《鲁说》诗旨与《序》同。诗中描写了农家耕种、送饭、除草、施肥、丰收、纳仓、祭祀等情景,反映了当时农夫的生活。

这首诗与《载芟》可算是姐妹篇。风格上也颇相近。以叙述而言,在短短十几句中,从送饭、弄锄除草一直写到收割、开仓、杀牲祭祖。内容繁多但有条不紊,秩序井然。以描写而言,"其崇如墉,其比如栉"二句是《良耜》中,也是《周颂》中唯一的明喻句。以城墙比谷堆的高大,贴切而具体;以梳篦比谷堆的密集,夸张而传神。后世"鳞次栉比"的成语便从此出,可见这个比喻的生命力。《周颂》庄重有余而灵动不足,倒是这两首诗为肃穆的祭曲添进一段清越的变奏。

原文

畟畟良耜[1],俶载南亩。
播厥百谷,实函斯活。
或来瞻女,载筐及筥[2],
其饷伊黍[3]。

译文

上好犁头真快利,翻土除草南亩地。
各色种子播下去,颗颗粒粒含生气。
那边有人来看你,背着方筐和圆篓,
送来饭食是小米。

其笠伊纠[4],其镈斯赵[5],
以薅荼蓼[6]。
荼蓼朽止,黍稷茂止。
获之挃挃[7],积之栗栗[8]。
其崇如墉[9],其比如栉[10],
以开百室[11]。
百室盈止,妇子宁止。
杀时犉牡[12],有捄其角[13]。
以似以续[14],续古之人[15]。

头戴草编圆斗笠,挥动锄头把土起,
除去杂草清田畦。
杂草腐烂肥田里,庄稼长得更茂密。
镰刀割来唰唰响,场上粮食如山积。
粮垛高耸如城墙,密密排列似梳篦,
大小仓库全开启。
成百粮仓都装满,老婆孩子心安逸。
杀了那头大公牛,双角弯弯美无比。
用来祭祀社稷神,前人传统后人继。

注释

1 畟(cè)畟:快利的样子。
2 载:背。 筥(jǔ):圆形的筐。
3 饷:送食物。 黍:指小米饭。
4 纠:编织。
5 镈(bó):锄头。 赵:通"摷(zhào)",撬的意思。
6 薅(hāo):除草。
7 挃(zhì)挃:收割作物的声音。
8 栗栗:众多的样子。
9 墉:城墙。
10 比:密的意思。 栉(zhì):篦子。
11 室:指仓库。
12 犉(rún):牛长七尺为犉。
13 捄:假借为"觩",兽角弯曲的样子。
14 似:通"嗣"。
15 古之人:指社稷之神。

丝衣

导读

《毛序》:“《丝衣》,绎宾尸也。高子曰:‘灵星之尸也。’”绎,祭后明日再祭称绎。灵星,指后稷。但后人多认为此诗所祭之神已无可考定。王先谦《集疏》:“《鲁说》曰:《丝衣》,一章九句,绎宾尸之所歌也。(蔡邕《独断》)”陈乔枞《三家遗说考》:“刘向《五经通义》亦以‘丝衣其紑’为言王者祭灵星公尸所服之衣,与高子说合。”

诗中赞美祭祀有礼、饮酒有节。前五句写祭祀仪式,后四句写祭祀后燕饮宾客的情形。泛泛叙来,未见有精彩处。“兕觥其觩,旨酒思柔”二句描写酒醴的美好,略有一点意味。然而紧接着“不吴不敖,胡考之休”二句作结,说教之态俨然,又把意境全破坏了。

原文

丝衣其紑[1],载弁俅俅[2],
自堂徂基[3],自羊徂牛;
鼐鼎及鼒[4]。
兕觥其觩。旨酒思柔。
不吴不敖[5],胡考之休。

译文

身穿白衣是丝绸,漂亮帽子戴在头。
庙堂直到门槛外,献祭羊来献祭牛;
大鼎小鼎个个有。
兕角酒杯弯如钩,美酒醇厚又和柔。
轻声细语不骄傲,保佑我们都长寿!

注释

1 丝衣:装神受祭的尸所穿的衣服。 紑(fōu):洁白鲜明的样子。
2 载:通“戴”。 弁:皮帽。 俅俅:形容冠上修饰美丽的样子。

3 堂：庙堂。 徂：同“且”“而”。 基：门槛。

4 鼐（nài）：大鼎。 鼒（zī）：小鼎。

5 吴：大声说话。 敖：通“傲”。

酌

导读

《毛序》:"《酌》,告成《大武》也。言能酌先祖之道,以养天下也。"《大武》是成王时一组乐歌,此为其中之一,主要歌颂的是武王伐纣的功绩。《大武》的乐章其数有六,《左传》:"楚子曰:武王克商,作《武》,其卒章曰:耆定尔功。其三曰:铺时绎思,我徂惟求定。其六曰:绥万邦,屡丰年。"陆侃如《诗史》:"据《左传》宣公十二年所载楚庄王的话,知道《武》《桓》《赉》三篇均在其中。但还有三'成'呢?我们想大约即《我将》《酌》《般》三篇。"王质《诗总闻》说:"寻诗无酌字,亦无酌意,恐'铄'是'灼'字。陆(德明)氏:'酌,亦作汋',与'酌'同意,而与'灼'同形。恐初传是灼字,已而渐渐作汋,又渐渐作酌。"王质是从字的形体方面去说明"酌"的。《汉书·礼乐志》:"周公作《勺》,'勺'言能酌先祖之道也。"班固是从意义方面去说明"酌"的。《礼·燕礼》:"若舞则勺"。郑注:"《勺》,《颂》篇。告成《大武》之乐歌也。《万舞》而奏之,所以美王侯、劝有功也。"可见《大武》都是歌舞剧。陈奂:"《酌》,一章九句。"王先谦:"《鲁说》曰:《酌》,一章九句,告成《大武》,言能酌先祖之道以养天下之所敬也。《齐说》曰:(见上《汉书·礼乐志》)"今从蔡邕《独断》与陈奂《传疏》断句。

这是一出歌舞剧,表演武王取纣之功。首二句"於"的一声赞美,音节洪亮悠扬,唱出王师辉煌强盛的气概。中间表演天下清明、人们喜庆、天宠人和的形势。末叙成王祈祷,口中念念有词:"以先公武王为师法。""允师"句拖拉长腔,余音袅袅,有绕梁之感。

原文	译文
於铄王师[1],遵养时晦[2]。	王师战绩多辉煌,挥兵东征灭殷商。

时纯熙矣[3]，是用大介[4]。
我龙受之[5]，蹻蹻王之造[6]。
载用有嗣[7]，实维尔公[8]，
允师[9]！

局势明朗国运昌，上天降下大吉祥。
光荣先业我承受，归功英勇周武王。
后世子孙要牢记，你们先公是榜样，
真正好榜样！

注释

1 於：叹美词。铄(shuò)：通“烁”，辉煌之意。

2 遵：率。指率兵。养：取。时：是。晦：糊涂。指商纣。

3 纯：大。熙：光明。

4 介：善。

5 龙：假借为“宠”，光荣之意。

6 蹻(jiǎo)蹻：勇武的样子。造：为、事功。

7 载：则。有：助词。

8 尔公：你的先公，指武王。

9 允：信，确实。师：法，模范。

桓

导读

《毛序》:"《桓》,讲武类祃也。桓,武志也。"这是说武王代商,讲武祭天地。后人感于武王功业,作此诗歌颂。此诗亦是《大武》组歌之一,是《大武》的第六章。何谓类祃?《孔疏》:"谓武王时欲伐殷,陈列六军,讲习武事。又为类祭于上帝,为祃祭于所在之地。治兵祭神,然后克纣。"诗中描写武王克商以后,各国安定,五谷丰登,天下太平。桓的诗题,大约是取桓桓雄武之义。《孔疏》:"桓者,威武之志。言讲武之时军师皆武,故取桓字名篇也。"按诗中虽有桓字,只形容武王之武。名篇曰《桓》,是言军队尽武,故《序》特别以"武志"说明桓,是包括军队在内的。

孔子赞扬《武》为"尽美矣,未尽善也。"那么《武》的乐调一定是十分动听的。可惜乐谱久佚,周乐已成绝响,这真是欣赏《诗经》时的憾事。

原文

绥万邦,娄丰年[1]。
天命匪解[2]。
桓桓武王[3],保有厥士[4]。
于以四方,克定厥家。
於昭于天,皇以间之[5]!

译文

平定天下万邦,连年丰收吉祥。
天命在周久长。
武王英明威武,保有辽阔封疆。
于是用武四方,齐家治国永昌。
啊,光辉照耀天上,君临天下代商!

注释

1 娄:通"屡"。
2 解:通"懈"。

3 桓桓:威武的样子。

4 士:疑为“土”之误。

5 皇:君王。间:代。

赉

导读

《毛序》:“《赉》,大封于庙也。赉,予也。言所以锡予善人也。”这是《大武》的第三章、第三场的歌舞剧。是武王克商还都,祭祀文王并封功臣的乐歌。《郑笺》:“大封,武王伐纣时,封诸臣有功者。”王先谦《集疏》:“《赉》,一章六句,大封于庙,赐有德之所歌也。(蔡邕《独断》)《左》桓十二年《传》云:‘武王克商而作《颂》,’知是伐纣后大封也。”《毛序》与三家说同。赉(lài),赏赐赠送的意思,可能是指武王承文王赐予勤劳之德而得天下,而诸臣又承受周赐予封有功之命而言。诗中赞颂文王,表达了后王传布文王功德的志愿和思念文王功德的心情。

此诗只六句,语短意赅,多单音词,三、四、五言句互用,表现了西周初年语言古朴的形态。末句“於绎思”,含味深长,余音悠扬,似有启发当时君臣永勤政事的作用。

原文

文王既勤止,我应受之[1]。
敷时绎思[2],我徂维求定。
时周之命[3],於绎思!

译文

文王一生多勤劳,我要继承治国道。
推广实行常思考,天下安定最紧要。
你们受功承周命,啊,文王功德要记牢!

注释

1 应:同“承”。

2 敷:铺。时:是。绎(yì):连绵不断之意。思:想。

3 时:通“承”。

般

导读

《毛序》:“《般》,巡守而祀四岳河海也。”这是《大武》的第四章。是周王巡狩祭祀山川的乐歌。《般》的名篇和《酌》《桓》《赉》很相像,都是以一字题名。三家《诗》认为这首诗在篇末也有“於绎思”一句,和《赉》相同。惟蔡邕说此诗一章七句,可证“於绎思”为衍文。《毛序》又云:“般,乐也。”般是“昪”的假借字,《说文》:“昪,喜乐也。”王先谦:“《鲁说》曰:《般》,一章七句,巡狩祀四岳河海之所歌也。(蔡邕《独断》)”诗中表现了巡狩、封禅、祭祀山川的事实,抒写了普天之下都归服于周的喜乐。《史记·封禅书》认为此诗是成王时代的作品。

这是一首颂歌,而其中“嶞山乔岳,允犹翕河”二句却是描写山水。但是这种众山百川皆归于河的雄伟气势,正象征着普天之下臣服于周的宏图。以写景为颂扬,比单纯的颂扬要有思致得多,无怪乎姚际恒评这两句是“写得精彩”。

原文

於皇时周,陟其高山,
嶞山乔岳[1],允犹翕河[2]。
敷天之下,裒时之对[3],
时周之命。

译文

啊,多么壮丽我大周,登上高山望九州,
不论大山或小丘,与河合祭献旨酒。
普天之下诸神灵,同聚合祭齐享受,
大周受命运长久。

注释

1 嶞(duò):狭长的山。乔岳:高山。

2 允:语助词,犹,还是。翕(xī):合,指合祭。

3 裒(póu):聚。对:配。

鲁颂

鲁颂共四篇。可分为两类,《閟宫》和《泮宫》是歌颂鲁僖公的,风格似《雅》。《駉》和《小駜》体裁类《风》,孔颖达说:"此虽借名为《颂》,而实体《国风》,非告神之歌,故有章句也。"他已看出了《鲁颂》的实质。"《閟宫》中有奚斯所作"一句,薛君《韩诗章句》:"奚斯,鲁公子也。言其新庙奕奕然盛,是诗公子奚斯所作也。"段玉裁作《奚斯所作解》一文,也证明《閟宫》确为奚斯所作。奚斯亦名公子鱼,与鲁僖公同时人,约生于公元前650年左右。由此可见,《鲁颂》是春秋时期作品,产生于春秋鲁国首都山东曲阜一带地区。

駉

导读

《毛序》:"《駉》,颂僖公也。僖公能遵伯禽之法,俭以足用,宽以爱民,务农重谷,牧于坰野,鲁人尊之。于是季孙行父请命于周,而史克作是颂。"这是歌颂鲁公养马众多,注意国家长远利益的诗。王先谦:"史克作《颂》,惟见《毛序》,他无可证。三家《诗》说皆以《鲁颂》为奚斯作,扬雄文云:'昔正考父尝睎尹吉甫矣,公子奚斯尝睎正考父矣。'说《鲁颂》者首雄,但云奚斯,不云史克睎考父,此《鲁》说。班固《两都赋序》'昔皋陶歌虞,奚斯颂鲁,皆见于孔氏,列于《诗书》,其义一也。'此《齐》说。曹植《承露盘铭序》:'奚斯颂鲁。'此《韩》说。而皆不及史克。史克见《左传》在文公十八年,至宣公世尚存,见《国语》。奚斯见闵公二年,《传》已引《閟宫》之诗,不应季孙行父请命于周之前,已有史克先奚斯作《颂》,知《毛序》不足据矣。"王氏引三家《诗》说,证明《毛序》之谬,是可信的。

《鲁颂》与《周颂》《商颂》在内容和形式方面都有所不同。周、商二《颂》不是告成功于神明就是祭祀祖先的在天之灵,而《鲁颂》却都是歌颂活着的国君僖公的,可称后世文人献颂之祖。从风格上看,"其体同列国之风",无论从章句的复叠上来看是如此,从遣词造句上来看也是如此。这首诗四章复叠,共举出十六种马名,使人产生目不暇接、指不胜屈之感,后来汉赋多所袭用,而变得更加铺张扬厉了。诗人又用"彭彭""伾伾""绎绎""祛祛"来形容骏马矫健有力、驾车飞驰的样子。晋代僧人支遁爱马,说"贫道重其神骏"。读诗至此,我们不禁也有"爱其神骏"之感了。紧接着"思无疆""思无期""思无斁""思无邪"的三字句,是全诗关键之所在。无此三字,诗不过是写马而已,不能成为"美盛德之形容"的颂;有此三字,马群的存在就都归功于僖公的英明正直、深谋远虑了。

（参见刘永翔《鲁颂·駉赏析》）

原文

駉駉牡马[1]，在坰之野[2]。
薄言駉者[3]：有驈有皇[4]，
有骊有黄[5]，以车彭彭[6]。
思无疆，思马斯臧[7]。

駉駉牡马，在坰之野。
薄言駉者：有骓有駓[8]，
有骍有骐[9]，以车伾伾[10]。
思无期，思马斯才。

駉駉牡马，在坰之野。
薄言駉者：有驒有骆[11]，
有駵有雒[12]，以车绎绎[13]。
思无斁[14]，思马斯作[15]。

駉駉牡马，在坰之野。
薄言駉者：有骃有騢[16]，
有驔有鱼[17]，以车祛祛[18]。
思无邪，思马斯徂。

译文

群马雄健高又大，放牧远郊近水涯。
要问是些什么马：驈马皇马毛带白，
骊马黄马色相杂，用来驾车人人夸。
鲁公深谋又远虑，马儿骏美再无加。

群马雄健高又大，放牧远郊近水涯。
要问是些什么马：黄白称骓灰白駓，
赤黄骍马青黑骐，力大能把战车驾。
鲁公思虑真到家，马儿成材实堪嘉。

群马雄健大又高，放牧原野在远郊。
请看骏马多么好：驒马青色骆马白，
駵马火赤雒马焦，用来驾车能快跑。
鲁公不倦深思考，马儿撒欢腾身跳。

群马雄健大又高，放牧原野在远郊。
请看骏马多么好：黑白骃马赤白騢，
黄脊驔马白眼鱼，身高体壮把车套。
鲁公思虑是正道，马儿骏美能远跑。

注释

1 駉駉：马肥壮的样子。

2 坰（jiōng）：远。

3 薄言：语助词。

4 驈（yù）：黑马白胯。皇：黄白的马。

5 骊:纯黑的马。黄:黄赤色的马。

6 以车:驾车。彭彭:马强壮有力的样子。

7 思:语首助词。斯:其、那样。臧:善。

8 骓(zhuī):苍白杂毛的马。駓(pī):黄白杂毛的马。

9 骍(xīn):赤黄色的马。骐:青黑色相间的马。

10 伾(pī)伾:有力的样子。

11 驒(tuó):青黑色而有白鳞花纹的马。骆:白色黑鬣的马。

12 駵(liú):赤身黑鬣的马。雒(luò):黑身白鬣的马。

13 绎绎:跑得快的样子。

14 斁(yì):厌倦。

15 作:腾跃。

16 骃(yīn):浅黑和白色相杂的马。騢(xiá):赤白杂毛的马。

17 驔(diàn):黑色黄脊的马。鱼:两眼眶有白圈的马。

18 祛(qū)祛:强健。

有駜

导读

《毛序》:“《有駜》,颂僖公君臣之有道也。”这是颂祷鲁僖公和群臣宴会饮酒的诗。据史书记载,鲁国多年饥荒,到僖公时采取了一些措施,克服了自然灾害,获得丰收,此或为《序》所据。朱熹《诗序辨说》:“此但燕饮之诗,未见君臣有道之意。”朱说近是。诗中表达了喜庆丰收、宴饮欢乐、君臣醉舞的情景。

吴闿生《诗义会通》引旧评:“音节绝佳”,佳在哪里?一、叠字叠句的运用,如摹声的咽咽和有駜。二、顶真的修辞,如第一与第二句,第三与第四句,第五与第六句。三、四言三言的交错。前四句四言,后四句三言,末句“于胥乐兮”加上“兮”字语气词。句法参差,变化有致。四、末章句法的变化,也增加了音节的美。五、韵律美。每一章的末句遥韵呼应。

原文	译文
有駜有駜[1],駜彼乘黄[2]。	马儿强健又肥壮,强壮马儿四匹黄。
夙夜在公,在公明明[3]。	早夜办事在公堂,鞠躬尽瘁为公忙。
振振鹭[4],鹭于下[5]。	手拿鹭羽起舞,好像白鹭飞过。
鼓咽咽[6],醉言舞[7]。	咚咚不停击鼓,酒醉舞态婆娑。
于胥乐兮[8]。	上下人人都快活。
有駜有駜,駜彼乘牡。	马儿强健又肥壮,四匹公马气昂昂。
夙夜在公,在公饮酒。	早夜办事在公堂,公事之余饮酒浆。
振振鹭,鹭于飞。	手拿鹭羽舞蹈,好像白鹭翱翔。
鼓咽咽,醉言归。	鼓声咚咚狂敲,喝醉回家睡觉。

于胥乐兮。

有駜有駜，駜彼乘駽[9]。
夙夜在公，在公载燕[10]。
自今以始[11]，岁其有[12]。
君子有穀[13]，诒孙子[14]。
于胥乐兮。

上下人人齐欢笑。

马儿强健又肥壮，四匹青马真昂昂。
早夜办事在公堂，公余宴饮齐举觞。
打从今年开始，岁岁都是丰年。
君子做了好事，子孙后世相传。
上下人人笑开颜。

注释

1 駜(bì)：马肥壮力强的样子。
2 乘黄：四匹黄马。
3 明明：勉勉的假借。
4 振振：鸟群飞的样子。 鹭：鹭鸶。 古人用它的羽毛作舞衣。
5 于：同“曰”，语助词。
6 咽(yuān)咽：有节奏的鼓声。
7 言：语助词。
8 于：发声词。 胥：皆、都。
9 駽(xuān)：铁青色的马。
10 载：则、就。 燕：通“宴”。
11 以：同“而”。
12 有：丰收。
13 君子：指僖公。 穀：善。
14 诒：留给。

泮水

导读

《毛序》:“《泮水》,颂僖公能修泮宫也。”这是赞美鲁僖公战胜淮夷以后,在泮宫祝捷庆功,宴请宾客的诗。诗中描写了鲁公能继承祖先的事业,整修泮宫、征服淮夷的文治武功。

吴闿生《诗义会通》引刘氏瑾曰:“诗言不无过实,要当为颂祷之溢辞也。”刘氏指出此诗言过其实、颂祷溢辞的缺点,可谓击中要害。末章“翩彼飞鸮,集于泮林。食我桑黮,怀我好音”四句,被刘勰《文心雕龙·夸饰》引为夸张修辞例证之一。

原文	译文
思乐泮水[1],薄采其芹。	泮水那边喜气盈,人在水边采水芹。
鲁侯戾止[2],言观其旂[3]。	鲁侯大驾已光临,且看水旗绣龙纹。
其旂茷茷[4],鸾声哕哕。	绣龙旗帜迎风展,车铃声儿响叮叮。
无小无大[5],从公于迈[6]。	百官不论大和小,跟着鲁侯随驾行。
思乐泮水,薄采其藻[7]。	泮水那边乐陶陶,人在水面采水藻。
鲁侯戾止,其马蹻蹻[8]。	鲁侯大驾已来到,马儿强壮四蹄骄。
其马蹻蹻,其音昭昭[9]。	马儿强壮四蹄骄,铃声清脆多热闹。
载色载笑[10],匪怒伊教[11]。	鲁侯温和脸带笑,从不发怒善教导。
思乐泮水,薄采其茆[12]。	泮水那边多愉快,人在水上采莼菜。
鲁侯戾止,在泮饮酒。	鲁侯大驾已到来,泮水岸上酒筵摆。
既饮旨酒,永锡难老[13]。	痛饮美酒真开怀,永赐不老春常在。

顺彼长道[14],屈此群丑[15]。	沿着漫漫远征路,征服叛贼除灾害。
穆穆鲁侯[16],敬明其德。	鲁侯威严又端庄,修明德行振朝纲。
敬慎威仪,维民之则[17]。	容貌举止也端方,确是人民好榜样。
允文允武[18],昭假烈祖[19]。	又能文来又能武,英明能及众先王。
靡有不孝[20],自求伊祜[21]。	事事仿效祖宗法,自求福佑保吉祥。
明明鲁侯[22],克明其德。	勤勤恳恳我鲁侯,能修品德使淳厚。
既作泮宫[23],淮夷攸服[24]。	既已建起泮宫来,征服淮夷众小丑。
矫矫虎臣[25],在泮献馘[26]。	将帅英勇如猛虎,泮宫献耳诛敌酋。
淑问如皋陶[27],在泮献囚。	法官善审如皋陶,泮宫献上阶上囚。
济济多士[28],克广德心[29]。	百官济济人才多,鲁侯善意得远播。
桓桓于征[30],狄彼东南[31]。	三军威武去出征,治服东南除灾祸。
烝烝皇皇[32],不吴不扬[33]。	军容壮观又盛大,肃静无哗列队过。
不告于讻[34],在泮献功。	对待俘虏不严惩,泮宫献功赐玉帛。
角弓其觩[35],束矢其搜[36]。	牛角雕弓硬又强,众箭齐发嗖嗖响。
戎车孔博[37],徒御无斁[38]。	战车奔驰千百辆,官兵上下斗志昂。
既克淮夷,孔淑不逆。	淮夷已经被征服,俯首听命不违抗。
式固尔犹[39],淮夷卒获。	坚持执行好计谋,终将淮夷全扫荡。
翩彼飞鸮[40],集于泮林。	翩翩飞翔猫头鹰,停在泮水岸边林。
食我桑黮[41],怀我好音[42]。	吃罢我家紫桑葚,给我唱出悦耳音。
憬彼淮夷[43],来献其琛[44]。	淮夷悔悟有诚心,特地来献宝和珍。
元龟象齿[45],大赂南金[46]。	呈上大龟和象牙,再加巨玉和南金。

注释

1 思:发语词。 泮水:水名。

2 戾止:到达。
3 言:语助词。旂:画有龙纹的旗。
4 茷茷:音义同“旆旆”,旗帜飘扬的样子。
5 无:无论。小、大:指大小官员。
6 于:往。迈:行。
7 藻:水藻。
8 蹻蹻:马强壮的样子。
9 昭昭:响亮。
10 载:又。色:和颜悦色。
11 匪:不。伊:是。
12 茆(mǎo):莼菜。
13 锡:赐。难老:长寿的意思。
14 长道:远路。
15 屈:征服。群:对淮夷的蔑称。
16 穆穆:恭敬端庄的样子。
17 维:是。则:法则、模范。
18 允:确实。
19 昭:明。假:格、至。烈祖:指鲁国有功的祖先,如周公、伯禽等。
20 孝:通“效”,效法。
21 伊:是、此。祜:福。
22 明明:勉勉。
23 作:建筑。泮宫:泮水边筑的宫名。
24 攸:语助词。
25 矫矫:勇武的样子。
26 馘(guó):割下敌尸的左耳以计功。
27 淑问:善于审问。皋陶:舜时有名的掌刑狱的官。
28 济济:众多的样子。

29 德心：善意。

30 桓桓：威武的样子。

31 狄(tì)：治理。东南：指淮夷。

32 烝烝皇皇：形容“多士”的美盛。

33 吴：喧哗。扬：高声。

34 告：严厉治罪。讻(xiōng)：凶恶的敌人。

35 其觩：即觩觩，弓弯曲强硬的样子。

36 束矢：五十矢为一束。其搜：即搜搜，箭一起发射时发出的声音。

37 戎车：兵车。博：多。

38 徒：步兵。御：驾车的官兵。无斁(yì)：不厌倦。

39 式：用、因为。固：坚定。犹：通“猷”，计谋。

40 鸮(xiāo)：猫头鹰。

41 黮(shèn)：亦作“葚”，桑树的果实。

42 怀：给。

43 憬：觉悟的意思。

44 琛：珍宝。

45 元龟：大龟。

46 大赂：“大璐”的假借。璐，玉。南金：南方出产的金。

閟宫

导读

《毛序》:“《閟宫》,颂僖公能复周公之宇也。”朱熹《诗序辨说》:“为僖公修庙之诗明矣。”他们都重点地提出了诗的主题,但不全面。这是歌颂鲁僖公能兴祖业、复疆土、建新庙的诗。

全诗共九章,一百二十句,是《诗经》里最长的一首诗。首章追叙周的始祖姜嫄和后稷,次章叙周的兴起由于太王、文王、武王。三章叙伯禽受封为鲁公及僖公祭祀祖先。四章叙僖公的祭祀并祝其昌大。五、六两章夸他的战绩并祝其长寿。七章夸他的土地广大。八章颂他能恢复旧土,家齐国治。末章叙僖公作新庙、奚斯作颂。(照朱熹《诗集传》分章)《文选》班固《两都赋序》:“奚斯颂鲁。”李善注引《韩诗·薛君章句》云:“言其新庙奕奕然盛,是诗公子奚斯所作也。”可见此诗确是他的作品。他的名字见于《左传》鲁闵公二年,和僖公是同时人,官大夫,亦名公子鱼。

王安石云:“《周颂》之词约,约所以为严,盛德故也。《鲁颂》之词侈,侈所以为夸,德不足故也。”王氏指出此诗的缺点在于浮夸。僖公虽尝从齐桓有伐楚之功,而诗夸大其词,名不副实。由于浮夸,则流为铺张炫耀,形成长诗。陈廷杰说:“《鲁颂》多分章,且其体又近乎《风》,盖实鲁风焉。舍告神之义,为美上之词,遂为秦汉以来刻石铭功之所祖。”他指出了《鲁颂》是媚上的作品,对后世文人替封建帝王、权贵歌功颂德的诗文碑铭,产生过很大影响。

原文

閟宫有侐[1],实实枚枚[2]。
赫赫姜嫄[3],其德不回[4]。

译文

肃穆清静姜嫄庙,又高又大人稀到。
姜嫄光明又伟大,品德纯正无疵瑕。

上帝是依[5],无灾无害。
弥月不迟[6],是生后稷。
降之百福:黍稷重穋[7],
稙稚菽麦[8]。
奄有下国[9],俾民稼穑[10]。
有稷有黍,有稻有秬[11]。
奄有下土[12],缵禹之绪[13]。

上帝凭依在她身,无灾无害有妊娠。
怀足十月没拖延,后稷诞生她分娩。
上天赐他百种福:小米高粱都丰足,
豆麦先后播下土。
后稷拥有普天下,教会百姓种庄稼。
高粱小米长得好,还种黑黍和香稻。
四海都归后稷有,继承大禹功业守。

注释

1 閟(bì)宫:神庙,指后稷母亲姜嫄的庙。閟,音义同"闭",神的意思。有侐(xù):即侐侐,清静的样子。

2 实实:广大的样子。 枚枚:闲暇无人之貌。

3 赫赫:显耀。 姜嫄:后稷的母亲。

4 回:邪。

5 依:凭依。

6 弥:满。

7 黍:小米。 稷:高粱。 重:通"穜",早种晚熟的谷。 穋:同"稑",晚种早熟的谷。

8 稙(zhī):早种的谷物。 稚:晚种的谷物。

9 奄:包括。 下国:天下。

10 俾:使。 稼穑:耕种。

11 秬(jù):黑黍。

12 下土:和"下国"同义。

13 缵:继承。 绪:事业。

原文

后稷之孙,实维大王[1],
居岐之阳,实始翦商[2],
至于文武,缵大王之绪;
致天之届[3],于牧之野[4]。
"无贰无虞[5],上帝临女[6]!"
敦商之旅[7],克咸厥功[8]。
王曰:"叔父[9],建尔元子[10],
俾侯于鲁。
大启尔宇[11],为周室辅。"

译文

说起后稷子孙旺,古公亶父谥太王,
住在岐山向阳坡,开始准备灭殷商。
传到文王和武王,太王事业更发扬;
替天行道伐商纣,牧野一战商朝亡。
"莫怀二心莫欺诳,人人头顶有上苍!"
集合商朝众俘虏,完成大业功辉煌。
成王开口叫:"叔父,立您长子为侯王,
封于鲁国守东方。
开疆拓土大发展,辅助周室作屏障。"

注释

1 大(tài)王:即文王的祖父古公亶父。
2 翦:消灭。
3 致:招致。届:同"殛",诛戮。
4 牧之野:即牧野,在今河南淇县西南。
5 贰:有二心。虞:误、欺骗。
6 临:临视。女:汝。
7 敦:聚集。旅:军队。
8 咸:完成。
9 王:指成王。叔父:指周公。
10 建:立。元子:长子,指周公长子伯禽。
11 宇:居。引申为领土之义。

原文

乃命鲁公,俾侯于东,

译文

于是成王命鲁公,东鲁为侯要慎重,

锡之山川，土田附庸[1]。	赐他山川和土地，还有小国作附庸。
周公之孙[2]，庄公之子，	周公子孙鲁僖公，庄公之子建殊功，
龙旂承祀[3]，六辔耳耳[4]，	继承祭祀龙旗用，四马六缰青丝鞚，
春秋匪解[5]，享祀不忒[6]。	四时致祭不懈怠，玉帛牺牲按时供。
皇皇后帝[7]，皇祖后稷，	光明伟大的上帝，先祖后稷神灵通，
享以骍牺[8]，是飨是宜[9]，	赤色牺牲敬献上，飨祭宜祭典礼隆，
降福既多。	天降洪福千百种。
周公皇祖，亦其福女。	伟大先祖周公旦，将福赐你真光荣。

注释

1 附庸：小国。

2 周公之孙：指鲁僖公。

3 龙旂：画着交龙的旗。 承祀：继承祭祀之礼。

4 耳耳：华丽的样子。

5 春秋：代表四时。 解：通“懈”。

6 享祀：祭祀。 忒：差错。

7 皇皇：光明。 后帝：指上帝。

8 骍(xīn)：赤色。牺：祭宗庙的牲口。周人崇尚赤色，故用赤色牲口祭神。

9 飨、宜：是两种祭名。

原文	译文
秋而载尝[1]，夏而楅衡[2]，	秋天尝祭庆丰收，夏天设栏先养牛，
白牡骍刚[3]。	白猪赤牛养几头。
牺尊将将[4]，毛炰胾羹[5]，	牺杯相碰盛美酒，生烤乳猪肉汤稠，
笾豆大房[6]。	大盘大碗皆流油。
万舞洋洋[7]，孝孙有庆[8]。	场面盛大跳万舞，子孙祭祀神保佑。

原文	译文
俾尔炽而昌[9],俾尔寿而臧[10],	使你昌盛又兴旺,使你长寿且安康,
保彼东方,鲁邦是常[11]。	愿你安抚定东方,守住国土保鲁邦。
不亏不崩,不震不腾[12];	如山永固不崩溃,如水长流不动荡;
三寿作朋[13],如冈如陵。	寿比三老百年长,犹如巍巍南山冈。

注释

1 载:始。 尝:秋祭名。
2 楅(fú)衡:牛栏。
3 白牡:白色的公猪。 刚:公牛。
4 牺尊:状似卧牛的酒杯。 将(qiāng)将:器物相碰撞声。
5 毛炰:去毛的烤小猪。 胾(zì)羹:肉片汤。
6 笾豆:都是古食器名。 大房:一种盛大块肉的食器。
7 万舞:一种舞蹈名。 洋洋:形容盛大的样子。
8 孝:享。 孙:祭祀的孙,指僖公。
9 炽:盛。
10 臧:善、好。
11 常:守。
12 腾:沸腾。
13 三寿:上寿、中寿、下寿。上寿百二十,中寿百年,下寿八十。 朋:比。

原文	译文
公车千乘[1],朱英绿縢[2],	有车千辆鲁称雄,红缨长矛丝缠弓,
二矛重弓[3]。	弓矛成双待备用。
公徒三万[4],贝胄朱綅[5],	鲁公步卒三万众,盔上镶贝垂红绒,
烝徒增增[6]。	排山倒海向前冲。
戎狄是膺[7],荆舒是惩[8],	痛击北狄和西戎,严惩荆舒使知痛,

原文	译文
则莫我敢承[9]。	谁人胆敢撄我锋。
俾尔昌而炽，俾尔寿而富，	使你兴旺又繁荣，使你长寿又年丰，
黄发台背[10]，寿胥与试[11]。	鬓发变黄背生纹，高寿无比人中龙。
俾尔昌而大，俾尔耆而艾[12]，	使你繁盛又兴隆，使你寿如不老松，
万有千岁[13]，眉寿无有害。	千秋万岁寿无疆，长命百岁无病痛。

注释

1 车：兵车。

2 朱英：指矛头的红缨。绿縢：缠在弓上的绿色丝绳。

3 二矛：夷矛和酋矛。重弓：两张弓。

4 徒：步卒。

5 贝：贝壳。胄：头盔。朱綅(qīn)：红线。

6 烝：众。增增：形容兵士蜂拥前进的样子。

7 戎：西戎。狄：北狄。膺：击。

8 荆：楚的别名。舒：楚的属国，在今安徽庐江县。

9 承：抵挡。

10 黄发台背：都是老人的征象。台，同"鲐"，鲐鱼背有黑纹。老人头发由白变黄，背像鲐鱼一样。

11 胥：相。试：比。

12 耆、艾：都是长寿的意思。

13 有：又。

原文	译文
泰山岩岩[1]，鲁邦所詹[2]。	泰山高峻接苍穹，鲁国对它最尊崇。
奄有龟蒙[3]，遂荒大东[4]，	龟山蒙山都属鲁，边境直到地极东，
至于海邦[5]，淮夷来同[6]。	沿海小国都附庸，淮夷带头来朝贡。

莫不率从,鲁侯之功。	没人胆敢不服从,这是鲁侯建大功。
保有凫绎[7],遂荒徐宅[8]。	保有凫绎两山头,又把徐国拿到手。
至于海邦,淮夷蛮貊[9]。	沿海小国都归附,东南淮夷齐俯首。
及彼南夷[10],莫不率从。	势力直达荆楚地,莫不顺服来相投。
莫敢不诺[11],鲁侯是若[12]。	个个唯唯又诺诺,人人服帖尊鲁侯。

注释

1 岩岩:高峻的样子。
2 詹:"瞻"的假借字,瞻仰。
3 龟:龟山,在今山东省新泰市西南。蒙:蒙山,亦名东山,在今山东蒙阴县南。
4 荒:有。大东:极东。指鲁极东的边境。
5 海邦:鲁东境近海的小国。
6 来同:来朝。
7 凫:凫山,在山东邹城西南。绎:绎山,在山东邹城东南。
8 徐宅:徐戎所居,指徐国。徐,徐戎,在今江苏徐州。宅,居。
9 淮夷:淮水流域的异族。蛮貊:东南方的异族,亦指淮夷。
10 南夷:指荆楚。
11 诺:答应、顺从。
12 若:顺。

原文	译文
天锡公纯嘏[1],眉寿保鲁。	天赐鲁公大吉祥,高龄长寿保鲁邦。
居常与许[2],复周公之宇[3]。	收回国土常和许,恢复周公旧封疆。
鲁侯燕喜[4],令妻寿母[5]。	鲁侯举办喜庆宴,贤妻良母受颂扬。
宜大夫庶士[6],邦国是有[7]。	大夫诸臣尽和睦,国家始能保兴旺。

既多受祉，黄发儿齿[8]。	屡蒙上苍降福禄，鬓发变黄新齿长。
徂来之松[9]，新甫之柏[10]， 是断是度[11]，是寻是尺[12]。 松桷有舄[13]，路寝孔硕[14]， 新庙奕奕[15]。 奚斯所作，孔曼且硕， 万民是若[16]。	徂徕山上千松栽，新甫岭头万棵柏， 砍下树木又劈开，锯成长短栋梁材。 松树屋椽粗又大，宫殿高敞好气派， 新庙和它紧相挨。 颂歌一曲奚斯唱，鸿篇巨制有文采， 人人赞他好诗才。

注释

1 纯嘏：大福。

2 常、许：都是地名。常曾被齐国侵占，到鲁庄公时才归还鲁国；许即许田，曾被郑国侵占，到僖公时也归还鲁国。

3 宇：域，疆域。

4 燕：通"宴"。

5 令：善。妻：指僖公妻声姜。寿：祝寿。母：指僖公的母亲成风。

6 宜：和顺。庶士：众士，指众臣。

7 有：保有。

8 儿："齯(ní)"的假借字。齯，老人齿。

9 徂来：山名，亦作"徂徕"，在山东泰安市东南。

10 新甫：山名，在泰山之旁。

11 度："剫"字的省借。剫，劈开。

12 寻：八尺。

13 桷(jué)：方的椽子。舄(xì)：大。

14 路寝：古代君主处理政事的宫室。

15 新庙：指鲁闵公庙。奕奕：同"绎绎"，相连的样子。

16 是若：若是，若，善。称善他做的诗。

商颂

《商颂》共五篇。前三篇《那》《烈祖》《玄鸟》为祭祀乐歌,不分章,产生的时间较早。后二篇《长发》《殷武》是歌颂宋襄公伐楚的胜利,皆分章,产生的时间较晚。叙事具体,韵律和谐,比《周颂》进步多了。据魏源、皮锡瑞、王先谦、王国维等精审的考证,认为《商颂》即《宋颂》,是春秋时代的作品,产生于宋首都河南商丘地带。陆侃如、冯沅君《诗史》说《商颂》"一仿《周颂》,一仿《二雅》",可称的评。

那

导读

《毛序》:"《那》,祀成汤也。微子至于戴公,其间礼乐废坏。有正考甫者,得《商颂》十二篇于周之大师,以《那》为首。"关于《商颂》创作的年代,学者争论甚烈。《毛序》认为此诗是祭祀商朝开国君主成汤的。《商颂》本为商人所作,至春秋宋国时,由正考甫(父)改写,用来祭祀祖先、赞美宋襄公。据此,则《商颂》为周太师所保管的商代乐章,时代当在周以前。后人多信《序》说。魏源《诗古微》举了十三证,说明《商颂》是春秋宋诗。皮锡瑞《诗经通论》又添上七证。王先谦说:"魏、皮二十证,精确无伦,即令起古人于九原,当无异议。"王氏又引《鲁说》曰:"宋襄公之时,修仁行义,欲为盟主。其大夫正考父美之,故追道汤、契、高宗所以兴,作《商颂》。"(《史记·宋世家》)《齐说》曰:"《商》,宋诗也。"(《礼记·乐记》郑注)《韩》说曰:"正考父,孔子之先也,作《商颂》十二篇。"(《后汉书·曹褒传》李贤注引《韩诗·薛君章句》)说明三家《诗》均认为《商颂》是春秋宋诗,正考父所作。近世王国维《观堂集林》有《说商颂》一文,从卜辞角度证明《商颂》皆宗周中叶之诗,约在公元前770年左右,尤有说服力。从此,"《商颂》即宋诗"已成诗坛定论。

此诗侧重描写祭祀的音乐歌舞。形式模仿《周颂》,不分章。用韵模仿《大雅》,但杂乱无章。语言浅显,不像《周颂》那样古朴聱牙。

原文

猗与那与[1],置我鞉鼓[2]。
奏鼓简简[3],衎我烈祖[4]。
汤孙奏假[5]。绥我思成[6]。

译文

多盛大啊多繁富,堂上竖起拨浪鼓。
击鼓咚咚响不停,以此娱乐我先祖。
襄公祭祀祈神明,赐我顺利拓疆土。

鞉鼓渊渊[7]，嘒嘒管声[8]。	拨浪鼓儿声声响，竹管呜呜吹新声。
既和且平，依我磬声[9]。	曲调协谐音和平，玉磬一声众乐停。
於赫汤孙，穆穆厥声[10]。	啊哈显赫宋襄公，他的乐队真动听。
庸鼓有斁[11]，万舞有奕。	铿锵洪亮钟鼓鸣，洋洋万舞场面盛。
我有嘉客，亦不夷怿[12]。	助祭嘉宾都光临，无不欢乐喜盈盈。
自古在昔，先民有作。	遥远古代先民们，早把祭礼安排定。
温恭朝夕，执事有恪[13]。	早晚温文又恭敬，管理祭祀真虔诚。
顾予烝尝[14]，汤孙之将[15]。	秋冬致祭请光临，襄公奉献表衷情。

注释

1 猗(ē)、那(nuó)：形容乐队美盛的样子。与：通“欤”，美叹词。

2 置：通“植”，竖立。鞉(táo)鼓：一种摇鼓，似今之拨浪鼓。

3 简简：鼓声。

4 衎(kàn)：欢乐。

5 汤孙：商汤的子孙，此指宋襄公。奏：进。假：格、致，祭者致神的意思。

6 绥：赠予的意思。思：语助词。成：指生长成功的地方。

7 渊渊：鼓声。

8 嘒嘒：吹管的声音。管：用大竹制成的一种吹奏乐器。

9 磬：玉制打击乐器。古乐队以磬声止众乐。

10 穆穆：美好的样子。

11 庸：通“镛”，大钟。有斁(yì)：乐器声音盛大的样子。

12 夷怿：喜悦。夷，通“怡”。

13 执事：办事人员。恪(kè)：恭敬。

14 顾：光顾。烝：冬祭。尝：秋祭。

15 将：奉献。

烈祖

导读

《毛序》:"《烈祖》,祀中宗也。"朱熹《诗序辨说》云:"详此诗,未见其为祀中宗,而末言汤孙,则亦祭成汤之诗耳。"王质《诗总闻》:"前诗声也,所言皆音乐。此诗臭(xiù,气味)也,所言皆饮食也。商尚声,亦尚臭,二诗当是各一节。《那》奏声之诗,此荐臭之诗也。"姚际恒《诗经通论》引辅广云:"《那》与《烈祖》皆祀成汤之乐,然《那》诗则专言乐声,至《烈祖》则及于酒馔焉。"他们都不信祀中宗之《序》说,并指出此诗和《那》同为祀成汤,内容却不相同。

这首诗共用鱼、耕、阳三部韵,音调颇和谐。尤其是最末十一句,句句入韵,读来铿锵有节,给人一气呵成之感。

原文

嗟嗟烈祖!有秩斯祜[1],
申锡无疆[2],及尔斯所[3]。
既载清酤[4],赉我思成。
亦有和羹[5],既戒既平[6]。
鬷假无言[7],时靡有争。
绥我眉寿[8],黄耇无疆。
约軧错衡[9],八鸾鸧鸧[10]。
以假以享[11],我受命溥将[12]。
自天降康,丰年穰穰。
来假来飨,降福无疆。

译文

赞叹先祖多荣光!齐天洪福不断降,
无穷无尽重重赏,恩泽遍及宋封疆。
供上清酒祭先祖,赐我疆土兴宋邦。
还有调匀美味汤,五味平正阵阵香。
心中默默暗祷告,次序井井不争抢。
赐我长命寿百年,满头黄发福无疆。
彩绘车衡皮缠毂,四马八铃响叮当。
宋君赴庙来致祭,受周之命封地广。
安定康乐自天降,五谷丰登粮满仓。
先祖降临来受飨,赐我福分大无量。

顾予烝尝，汤孙之将。

秋冬致祭请赏光，宋君奉献情意长。

注释

1 有秩：即“秩秩”，福大的样子。 祜：福。
2 申：重、又。 锡：赐。
3 斯所：此处，指宋的国土。
4 载：陈设。 酤：酒。
5 和羹：调制好的汤。
6 戒：完备，指和羹必备五味。 平：平和。
7 鬷：通“奏”。 奏假，祭祷。
8 绥：赠予。
9 约：束、缠。 軧(qí)：车毂。 错：花纹。 衡：车辕前端的横木。
10 鸾：车铃。 鸧(qiāng)鸧：铃声。
11 假(gé)：通“格”，祭者上祭于神。 享：祭。
12 溥将：广大。

玄鸟

导读

《毛序》:"《玄鸟》,祀高宗也。"高宗,指殷高宗武丁,成汤的孙子。三家《诗》则以为宋公祀中宗之乐歌。中宗指帝太戊。朱熹不信《序》说:"此亦祭祀宗庙之乐,而追叙商人之所由生,以及其有天下之初也。"朱说较胜。这是宋君祭祀并歌颂祖先的乐歌。

诗中追叙部分,带有神话传说及史诗性质,和《大雅·生民》相似,可作史料读。关于契及其母有娀氏的传说,在屈原、吕不韦时代也继续流传:《天问》:"简狄在台喾何宜?玄鸟致贻女何喜?"《吕氏春秋·音初篇》:"有娀氏有二佚女,为之九成之台,饮食必以鼓。帝令燕往视之,鸣若谥隘。二女爱而争搏之,覆以王筐。少选,发而视之,燕遗二卵,北飞,遂不返。二女作歌,一终曰:'燕燕往飞'。实始作北音。"此后,司马迁《史记·殷本纪》、王充《论衡》及刘向《列女传》均有记载。但最早的首推此诗。

方玉润赞此篇:"诗骨奇秀,神气浑穆,而意亦复隽永,实为《三颂》压卷。"这话实在有些过分。论这首诗的气韵,浑穆则有之,奇秀恐未必,隽永更何从说起。说它与《生民》相似,是指同样反映上古历史情况而言。如若从诗的意境趣味看,读者只须细细咀嚼,自能体会《生民》的气势宏敞,奇谲生动,是这首诗所不能及的。

原文

天命玄鸟[1],降而生商[2],
宅殷土芒芒[3]。

译文

上天命令神燕降,降而生契始建商,
住在殷土多宽广。

原文	译文
古帝命武汤[4]，正域彼四方[5]。	当初上帝命成汤，治理天下管四方。
方命厥后[6]，奄有九有[7]。	广施号令为君王，九州尽入商封疆。
商之先后，受命不殆，	殷商先君受天命，国运长久安无恙，
在武丁孙子[8]。	全靠武丁是贤王。
武丁孙子，武王靡不胜[9]。	后裔武丁是贤王，成汤大业他承当。
龙旂十乘，大糦是承[10]。	十辆马车插龙旗，满载酒食来祭享。
邦畿千里[11]，维民所止[12]，	领土辽阔上千里，人民定居这地方，
肇域彼四海[13]。	四海之内是封疆。
四海来假[14]，来假祁祁。	四方夷狄来朝见，络绎不绝纷又攘，
景员维河[15]，	黄河绕在景山旁。
殷受命咸宜，百禄是何[16]。	殷商受命治国邦，邀天之福永呈祥。

注释

1 玄鸟：燕子。燕色黑，故名玄鸟。

2 商：指商的始祖契。传说有娀氏之女吞燕卵而怀孕生契。

3 宅：居住。芒芒：即茫茫。

4 古：从前。帝：上帝。武汤：成汤自号为武王。

5 正：治。域：封疆。

6 方：通“旁”，普遍的意思。后：君，指成汤。

7 奄：包括。九有：假借为“九域”，即九州，代指天下。

8 武丁孙子：孙子武丁的倒文。

9 胜：胜任。

10 糦：同“饎”，酒食。承：供奉。

11 邦：假借为“封”。

12 止：居。

13 肇：通“兆”。兆域，即疆域。

14 假:至。

15 景:景山,在今河南商丘,古称亳,商都城。员:周围。

16 何(hè):通“荷”,担负。

长发

导读

《毛序》:“《长发》,大禘也。”大禘,祭远祖,配祭始祖。今从毛说。这是宋君祭祀商汤,伊尹配祀的乐歌。王先谦《集疏》:“此或亦祀成汤之诗。诗本亦主祀汤,而以伊尹从祀。其历述先世,著汤业所由开,非皆祀之。否则,宋为诸侯,礼不得禘帝喾,又安得及有娀乎?”王说切合题旨,可从。《楚辞·天问》:“初汤臣挚(伊尹),后兹永辅,何卒官汤而尊食宗绪?”可见在屈原时代就有伊尹配祀汤庙的传说,一直到春秋商的后代宋君仍从惯例祭祀汤和伊尹。

此诗四、五、六言互用,参差不齐。六章句句用韵,末章六句三韵,读起来节奏抑扬,音调铿锵,颇觉悦耳。和西周《周颂》相比,显然有很大进步。

原文

濬哲维商[1],长发其祥[2]。
洪水芒芒,禹敷下土方[3]。
外大国是疆[4],幅陨既长[5]。
有娀方将[6],帝立子生商[7]。

玄王桓拨[8],受小国是达[9],
受大国是达。
率履不越[10],遂视既发[11]。
相土烈烈[12],海外有截[13]。

帝命不违,至于汤齐[14]。

译文

商朝世世有明王,上天常常示吉祥。
远古洪水白茫茫,大禹治水定四方。
扩大夏朝拓封疆,幅员从此宽又广。
有娀氏国也兴旺,简狄为妃生玄王。

商契威武又英明,受封小国令能行,
受封大国能行令。
遵循礼制不越轨,遍加视察促实行。
契孙相土真威武,海外诸侯齐听命。

上帝之命不违抗,代代奉行至成汤。

汤降不迟，圣敬日跻[15]。
昭假迟迟[16]，上帝是祗[17]。
帝命式于九围[18]。

汤王降生正当时，明慧谨慎日向上。
虔诚祈祷久不息，无限崇敬尊上苍。
帝命九州齐效汤。

受小球大球[19]，为下国缀旒[20]，
何天之休[21]。
不竞不絿[22]，不刚不柔，
敷政优优[23]，百禄是遒[24]。

接受上天大小法，表率诸侯作典范，
蒙天之赐美名传。
不相争来不急躁，不强硬也不柔软，
施行政令很宽和，百样福禄集如山。

受小共大共[25]，为下国骏厖[26]，
何天之龙。
敷奏其勇[27]，不震不动，
不戁不竦[28]，百禄是总[29]。

接受上天大小法，各国诸侯受庇蒙，
蒙天赐予我荣宠。
大施神威奏战功，不震惊也不摇动，
不胆怯也不惶恐，百样福禄都聚拢。

武王载旆[30]，有虔秉钺[31]，
如火烈烈，则莫我敢曷[32]。
苞有三蘖[33]，莫遂莫达[34]。
九有有截[35]，韦顾既伐[36]，
昆吾夏桀[37]。

汤王出兵伐夏后，锋利大斧拿在手，
好比烈火熊熊燃，谁敢阻挡和我斗。
一棵树干三个杈，没有一株枝叶稠。
征服九州成一统，诛韦灭顾扫敌寇，
昆吾夏桀也不留。

昔在中叶[38]，有震且业[39]。
允也天子，降予卿士[40]。
实维阿衡[41]，实左右商王。

从前中期国兴旺，威力强大震四方，
汤为天子诚又信，卿士贤明自天降。
贤明卿士是阿衡，是他辅佐商汤王。

注释

1 濬（ruì）：假借为“睿”，明智。

2 长：常。发：发现。

3 敷：治理的意思。方：四方。

4 外大国:指夏朝统治区域之外。大国,指夏。
5 幅陨:今作“幅员”,疆域。长:广大。
6 娀(sōng):上古国名,在今山西运城蒲州镇。将:大。
7 帝:指传说中简狄的丈夫高辛氏。子:指有娀氏国的女子简狄。商:指契。
8 玄王:契。桓:威武。拨:明的意思。
9 达:通。指契能通其教令于民。
10 率:循。履:假借为“礼”。
11 视:视察。发:实行。
12 相土:契的孙子。烈烈:威武的样子。
13 有截:即“截截”,整齐的样子。
14 齐:齐一、一样。
15 圣:聪明智慧。日跻:天天向上。
16 昭假(gé):虔诚祈祷。迟迟:长久的样子。
17 祇:敬。
18 式:法式、榜样。九围:即九域,九州。
19 球:本作“捄”,法制。
20 缀旒:表率、榜样的意思。
21 何:通“荷”。休:指美誉。
22 絿(qiú):急躁。
23 优优:宽和的样子。
24 遒(qiú):聚。
25 共:假借为“拱”,法则。
26 骏厖(máng):覆庇保护的意思。
27 敷奏:施展。
28 戁(nǎn)、竦(sǒng):都是恐惧的意思。
29 总:聚。

30 载：始。旆：假借为“发”，出发。指出兵伐夏桀。

31 有虔：即“虔虔”，坚固的样子。钺(yuè)：大斧。

32 曷：通“遏”，止。

33 苞：树的本。指夏桀。蘖(niè)：树的枝。指韦、顾、昆吾这三个夏的属国。

34 遂、达：都是形容草木生长的样子。

35 九有：九州。

36 韦：夏的属国。在今河南滑县东南。顾：夏的属国，在今山东鄄城东北。

37 昆吾：夏的属国，在今河南濮阳。夏桀：夏代末代君主，名履癸，恃勇暴虐，荒淫无度。被成汤所灭。

38 中叶：中世，指汤的时候。叶，世。

39 有震：即“震震”，威武的样子。业：大。

40 降予：天赐予。卿士：官名。这里指伊尹，汤的大臣，名挚。

41 阿衡：伊尹的号。

殷武

导读

《毛序》:"《殷武》,祀高宗也。"《孔疏》:"高宗前世,殷道中衰,宫室不修,荆楚背叛。高宗有德,中兴殷道,伐荆楚,修宫室。既崩之后,子孙美之,追述其功,而歌此诗也。"王先谦《集疏》:"《韩说》曰:宋襄公去奢即俭。"见于《史记》司马贞《索隐》、《文选》张衡《东京赋》李善注引《韩诗》。证明这是宋诗,祭者为宋襄公,建庙祭祀高宗。从文字方面考查,也不是殷商甲骨文时代所能产生的作品。

此诗主要叙述高宗攻伐荆楚之功,《孔疏》:"首章言伐楚之功,二章言责楚之义,三章、四章、五章述其告晓荆楚。"陈廷杰《诗序解》:"详味此篇之辞,既温而厉。"即指这五章而言。第二章举成汤时代氐羌不敢不来贡来朝作比,第三章言诸侯亦来服,第四、五章言高宗中兴的国内形势。措辞虽温而实厉,曲而实直。和《周颂》相比,确实有很大进步。

原文

挞彼殷武[1],奋伐荆楚。
罙入其阻[2],裒荆之旅[3]。
有截其所[4],汤孙之绪[5]。

维女荆楚,居国南乡[6]。
昔有成汤,自彼氐羌[7],
莫敢不来享[8],莫敢不来王[9],
曰商是常[10]。

天命多辟[11],设都于禹之绩[12]。

译文

殷商大军疾如风,讨伐楚国真奋勇。
长驱深入险阻地,大败楚军擒敌众,
所到之处皆报捷,汤王子孙赫赫功。

荆楚之邦听端详,你们住在宋南方。
昔我远祖号成汤,即使遥远如氐羌,
谁敢不来献宝藏,谁敢不来朝汤王,
都说服从我殷商。

天子下令诸侯听,禹治水处建都城。

岁事来辟[13]，勿予祸適[14]，
稼穑匪解。

天命降监[15]，下民有严[16]。
不僭不滥[17]，不敢怠遑[18]。
命于下国[19]，封建厥福[20]。

商邑翼翼，四方之极。
赫赫厥声，濯濯厥灵[21]。
寿考且宁，以保我后生[22]。

陟彼景山[23]，松柏丸丸[24]。
是断是迁[25]，方斫是虔[26]。
松桷有梴[27]，旅楹有闲[28]，
寝成孔安。

年终祭祀来朝见，不给你们加罪名，
但莫松懈误农耕。

天子下令去视察，下民肃敬实可嘉。
不敢妄为违礼法，不敢松劲又拖拉。
天子下令我宋国，努力兴建福禄大。

商都繁华又整齐，好给四方作标准。
他有赫赫好名声，光焰灿灿显威灵。
他既长寿又安宁，保我子孙常昌盛。

登上高高景山巅，苍松翠柏参云天。
弄断松柏搬回去，又砍又削把屋建。
松树椽子长又大，根根柱子粗而圆，
寝庙建成神灵安。

注释

1 挞(tà)：迅疾的样子。殷武：宋的武力。宋是殷的后代，故自称殷。
2 罙："深"的本字。阻：险要的地方。
3 裒(póu)：俘虏的意思。
4 有截：整齐划一的样子。其所：指楚地。
5 汤孙：指高宗武丁。绪：功业。
6 国：指宋国。
7 氐、羌：古代两个民族。分布在今陕西、甘肃、青海一带。
8 享：奉献。
9 来王：来朝见。
10 常：服从。
11 天：指周天子。多辟：众诸侯。

12 绩:假借为“迹”。禹之迹,指禹治水所经之处。

13 岁事:指每年年终的祭祀大典。来辟:来王,即来朝。

14 祸:音义同“过”,罪过。適:音义同“谪”,谴责、惩罚。

15 监:视察。

16 有严:严严,肃敬庄重的样子。

17 僭:越。

18 怠:懒惰。遑:闲暇。

19 命:指周天子的命令。下国:宋国的自称。

20 封:大。建:建设。

21 濯濯:光明。灵:神灵。

22 后:子孙后代。生:语助词。

23 景山:在今河南商丘,古称亳,商都城。

24 丸丸:光滑而笔直的样子。

25 断:砍伐。迁:搬动。

26 方:是。虔:砍削。

27 桷(jué):方的椽子。有梴(chān):木材长长的样子。

28 旅:众多。楹:柱。有闲:大的样子。

图书在版编目(CIP)数据

诗经/程俊英,蒋见元导读注译,蒋见元重订. —长沙:岳麓书社,2024. 11

(古典名著全本全注全译)

ISBN 978-7-5538-2059-0

Ⅰ. ①诗…　Ⅱ. ①程…②蒋…　Ⅲ. ①《诗经》　Ⅳ. ①I222. 2

中国国家版本馆 CIP 数据核字(2024)第 087941 号

SHIJING

诗经

程俊英　蒋见元　导读 注译　蒋见元　重订

出 版 人:崔　灿

责任编辑:周家琛

责任校对:舒　舍

封面设计:罗志义

岳麓书社出版发行

地址:湖南省长沙市爱民路 47 号

直销电话:0731-88804152　0731-88885616

邮编:410006

版次:2024 年 11 月第 1 版

印次:2024 年 11 月第 1 次印刷

开本:890mm×1240mm　1/32

印张:26. 25

字数:710 千字

书号:ISBN 978-7-5538-2059-0

定价(上下册):78. 00 元

承印:湖南省众鑫印务有限公司

如有印装质量问题,请与本社印务部联系

电话:0731-88884129